MASTER PIECE 100

大師名作坊

middlesex

Jeffrey Eugenides

中性

傑佛瑞・尤金尼德斯

景翔——譯

目次

獻給——

來自完全不同基因庫的Yama

第一卷

銀湯匙

我出生過兩次：第一次，是個女嬰，生於一九六〇年一月，底特律那天難得沒有煙塵廢氣；然後，是一九七四年八月，在密西根州佩托斯開附近一間急診室裡，重生為一個十來歲的男孩。某些涉獵特定知識的讀者，也許曾經在彼德·路思博士一九七五年發表於《小兒科內分泌學學報》上的研究報告〈5—α—還原酶用作假性雌雄同體性別判定〉中看過我的事。或者是在惜已絕版的《基因的遺傳》第十六章裡看過我的照片。第五七八頁的人就是我，裸體站在一張身高表前，一方黑塊遮住了我的眼睛。

我出生證照上開列的姓名是卡莉歐琵·海倫·史蒂芬尼德，我最近取得（由德意志聯邦共和國發給）的駕駛執照上的名字是卡爾。我以前當過曲棍球守門員，一直是海牛保護基金會的會員，也是鮮少參加禮拜儀式的希臘正教徒，成年以後，在美國國務院任職。我就像泰瑞西亞斯[1]先是女人，又變成男人。我遭到同學的取笑，給好多醫生當白老鼠，受過各種專家的觸診，還讓「小題大作協會」當成研究對象。一個從格洛斯波因來的紅髮女子愛上了我，也不知我是男是女。（她的哥哥也很喜歡我。）有次一輛軍用裝甲車把我帶進一場郊區游擊戰；而一個游泳池卻把我化為一則神話；說我脫離了我的軀體，是為了要有別的身軀——而所有這一切都發生在我滿十六歲之前。

可是現在，我四十一歲了，感覺自己將再重生一次。幾十年都沒理會過這些的我，卻發現自己想著早已亡故的叔公叔婆，一脈相傳的祖先，從未相識的遠房堂表兄弟姊妹，而在像我這樣一個近親婚配的家族裡，所有這些都集於一身。所以我想趁早一次寫清楚：一個基因在時間裡像坐雲霄飛車似的旅程。哦，繆思，高唱我第五對染色體隱性的突變吧！高唱兩百五十年前，在放牧著山羊和掉落著橄欖的奧林帕斯山坡上生長繁茂的基因，如何傳了九代，集合在史蒂芬尼德家族受污染的基因庫裡。高唱難違的天命如何以大屠殺的方式讓這個基因再度飛起；像一粒種子般被吹過海洋來到美國，歷經我們工業的風雨，最後落在我母親本人的子宮裡那塊沃土上。

如果我有時寫得有點荷馬史詩的風格，真是抱歉。那也是基因的影響。

在我出生三個月前，一次豐盛的週日大餐之後，我的祖母黛絲荻蒙娜・史蒂芬尼德命令我哥哥去拿她的蠶盒。十一章當時正要去廚房再添一盤大米布丁，被她擋住了去路。五十七歲的祖母一副矮胖身材，戴著嚇人的髮網，正合擋住別人去路。在她身後的廚房裡，當天的婦女臨時大會已經開始，眾人笑著低聲交談。十一章好奇地歪過身子去看是怎麼回事，可是黛絲荻蒙娜一伸手就捏緊了他的臉頰。拉回他的注意之後，她在空中畫了個長方形，指指天花板。然後張開假牙裝得不好的嘴說：「去給 yia yia（奶奶）拿來，小寶貝。」

十一章知道該做什麼。他跑過走廊，進了客廳，手腳並用地爬上樓梯，到了二樓，衝過走廊邊的幾間臥房。走廊盡頭是一扇幾乎看不出來的門，門上糊著牆紙，就像是祕密通道的入口。十一章用頭頂住小小的門閂，用盡全力把門打開，門後面又是一道樓梯。我哥哥猶豫地朝黑黑的上方看了很久，這才慢慢地往上爬向我祖父母所住的閣樓。

他摸著黑從樑上十二個墊了濕報紙的鳥籠下走過，臉上帶著勇敢的表情被那些鸚鵡發酸的氣味，和我祖父特有的氣味所淹沒：那種混合了樟腦丸和大麻菸的香氣。他穿行過我祖父堆滿了書的書桌和他收藏的大批三弦古琴的唱片。最後他來到那只皮的擱腳凳和那張銅製圓茶几，他找到了我祖父母睡的床，還有床下的那個蠶盒。

橄欖木做的盒子比鞋盒大一點，馬口鐵的蓋子上穿了很多小透氣孔，還嵌了一張不知是哪個聖者的聖像。那個聖者的臉給刮掉了，但他右手的手指朝上伸著，賜福給一棵顏色深紫，看來自信滿滿的矮桑樹。十一章對這幅栩栩如生的植物畫像看了一陣，將盒子從床下拉出來，打開蓋子，裡面有兩頂用麻繩編成的婚禮頭冠，捲得像兩條蛇，兩束長髮辮，各綁了一條破爛的黑緞帶，他用食指戳了下一條髮辮。正在這時候，有隻鸚鵡叫了一聲，讓我哥哥大吃一驚，他蓋上盒蓋，把盒子挾在脅下，帶下樓去給黛絲荻蒙娜。

她還在門口等著，從他手裡取過蠶盒後就轉身回到廚房裡。這時候十一章看到了廚房裡的景象，所有的女人都沉默下來。她們移到旁邊，讓黛絲荻蒙娜過去，而我母親在油氈中央。泰喜・史蒂芬尼德靠坐在一張廚房的椅子上，整個人給壓在她那因懷孕而綳得像鼓一樣緊的大肚子下。又紅又熱的臉上，帶著既快樂又無助的表情。黛絲荻蒙娜把蠶盒放在廚房桌子上，打開了蓋子，伸手到婚禮頭冠和髮辮下掏出一樣十一章從來沒見過的東西：一根銀湯匙。她將一條細繩綁在湯匙柄上。然後俯身向前，讓湯匙懸在我母親圓鼓鼓的肚子上方。延伸來看，也就是在我的上方。

一直到這次爲止，黛絲荻蒙娜保持著完美的紀錄：二十三次正確的預測。她早知道泰喜生下來會是女生。她預測了我哥哥和她那群教會朋友所有小孩的性別。她唯一沒有猜性別的就是她自己的子女，因爲做母親的窺探自己子宮之謎會引來厄運。可是她毫不畏懼地去測我母親的肚子。湯匙在最初遲疑了一下，然後向南晃動，意思是說我會是男生。

我母親兩腿叉開，坐在椅子上，想要笑笑。她不想要男孩子，她已經有個兒子了。事實上，她非常確定我會是女孩，所以只給我挑了一個名字：卡莉歐琵。可是在我祖母用希臘話大叫：「是男的！」叫聲迴盪在房間裡，然後傳到了走廊裡，再越過走廊，傳到男士們在談政治的客廳裡時，我母親聽到這句話重複了那麼多次，就開始相信這是眞的了。

然而，我父親聽到叫聲後，大步走進了廚房，告訴他母親說，至少這一次，她的湯匙弄錯了。「你怎麼曉得？」黛絲莪蒙娜問他。他的回答是他那一代的美國人大多會說的：

「根據科學，媽。」

自從他們決定再添個孩子以來——餐館生意很好，而十一章早已不包尿布——密爾頓和泰喜就彼此同意說他們想要個女兒。十一章剛滿五歲。最近在院子找到一隻死鳥，就拿到屋子裡來給他母親看。他喜歡射東西，搥東西，打破東西，還有跟他父親玩摔角。在這樣一個陽剛味的家庭裡，泰喜開始覺得自己是個多出來的女人，預見自己有十年的時間會給囚禁在一個只談汽車和疝氣的世界裡。我母親認爲一個女兒可以和她聯手抗暴：和她一樣愛哈巴狗，會附議她提出去看冰上歌舞秀的提議。一九五九年的春天，討論要懷胎生我的時候，我母親完全不能預見不久之後女人就開始燒掉奶罩了。她的奶罩有襯裡，很硬，而且防火。泰喜儘管很愛她的兒子，可是她知道某些事情只能和女兒分享。

我父親早上開車去上班的時候，曾經想見一個可愛得叫人難以抗拒的黑眼小女孩，坐在他旁邊的座位上——大半是在等紅燈的時候——對著他那很有耐性且無所不知的耳朵提問題：「爹，那個東西叫什麼？」「那個啊？那是凱迪拉克的紋章。」「凱迪拉克的紋章是什麼？」「呃，好久好久以前，有個叫凱迪拉克的法國探險家，底特律就是他建立的。而那個紋章就是他那家族的紋章，法國來的。」「法國是什麼？」「法國是在歐洲的一個國家。」「歐洲是什麼？」「那是一個大陸，就是很大很大的一塊陸地，比一個國家要大好多好多。不過現在凱迪拉克都不是歐洲來的了，kukla（寶貝），現在全都是美國的了。」號誌轉成綠燈，他繼續往前開。可是我的原型卻仍然留在那裡，在下一個紅燈和再下一個紅燈，她都會在，因爲有她陪著，讓我父親這樣一個充滿了進取心的人，決定要盡量讓他的夢想成眞。

因此：在那個男士們討論政治的客廳裡，也就精子的速度問題討論了好一陣。我們稱爲「彼德舅公」的彼德・塔塔奇斯是這個辯論社的首要會員，每個禮拜在我們家黑色的沙發上高談闊論。他一直是個單身漢，在美國沒有家，所以混在我們家裡。每個禮拜六開著他暗紅色的別克車來，個子很高，臉色紫紅，表情哀傷，一頭不搭調的鬈髮。他對孩子毫無興趣。彼德舅公是《經典書系》的擁護者——那套書他看了兩遍——熱中於嚴肅的思想和義大利歌劇。在歷史方面熱愛吉朋，文學方面則偏好斯塔爾夫人[2]的作品。他喜歡引用這位才智過人的女士對德文的意見，認爲德文不利於交談，因爲你得等到句子最後才聽到動詞，因此不能打斷對方的話。彼德舅公當初想做醫生，可是那場「災難」扼殺了他的美夢，他在美國念了兩年脊柱按摩學校，後來在伯明罕開了間小工作室，裡面放了一具還在分期付款的人體骨骼標本。那個年頭，脊柱按摩的名聲並不怎麼樣，來找彼德舅公的人可不是爲了釋出他們的亢達里尼[3]，他幫人家扭脖子，整脊椎，還用泡沫橡膠量身訂做護撐支架。然而，那些個禮拜天下午在我們家的人裡，他還是最像醫生的人。他年輕的時候動手術割掉了半個胃，現在吃完飯之後都會喝一瓶百事可樂來幫助消化。他一本正經地告訴我們說這種飲料的命名是從消化酵素蛋白酶來的，所以正合用。

就是這一類的知識，讓我父親在討論受孕時機上相信彼德舅公的話。彼德舅公的頭枕著一個靠墊，脫掉鞋子，聽著我父母的立體音響播放的《蝴蝶夫人》，一面解釋說，用顯微鏡看得到帶男性染色體的精子游得比帶女性染色體的精子快。這種說法引起聚在客廳裡的那些餐館老闆和皮草師傅的哄笑。可是我父親卻擺出了他最喜歡的那件雕刻作品的姿勢，一座迷你的羅丹「沉思者」就放在房間那頭放電話的小桌上。儘管這個話題是在週日餐後閒談的氣氛下提起的，儘管討論的口氣很客觀，可是他們所討論的精子，顯然是我父親的。彼德舅公說得很清楚：想要生女兒，夫婦倆就該「在排卵的二十四小時前交媾」。這樣的話，快速的男性精子會在衝進去之後死掉，而拖拖拉拉卻更爲可靠的女性精子，卻會正好在卵排出來時到達。

我父親要說動我母親同意這個計畫非常困難。泰喜・齊思默在二十二歲嫁給密爾頓・史蒂芬尼德時還是個處女。他們訂婚時正逢第二次世界大戰爆發，因此始終維持著貞潔，我母親對於她同時能燃起和熄滅我父親的慾火，讓他在全球動亂期間一直小火慢燒的事頗爲自豪。事實上這並沒那麼困難，因爲她在底特律，而密爾頓則在安納波里的美國海軍官校裡。有一年多的時間裡，泰喜到希臘教堂去爲她未婚夫燃燭祈福，而密爾頓則看著貼在他床頭的她的照片。他喜歡讓泰喜擺出電影雜誌裡的姿勢，側身站著，一隻高跟鞋踩在台階上，露出一截黑色絲襪。我母親在那些老照片裡看來特別柔順，好像她最喜歡的莫過於讓她穿制服的男人擺布，在他們簡陋的住家附近靠在門口或路燈杆上。

她一直等到日本投降之後才肯獻身。然後，從他們洞房花燭夜開始（根據我哥哥貼在我耳邊說的），我父母經常共享魚水之歡。不過碰到生孩子的問題，我母親卻有她自己的看法。她相信每個胎兒都能感受到創造出來時的愛有多少，因此我父親的建議並不能讓她認同。

「你以爲這是什麼？密爾，奧運嗎？」

「我們只是按理論來說。」我父親說。

「彼德舅舅懂什麼生孩子的事？」

「他在《科學美國人》上看到這篇報導。」密爾頓說。爲了支持他的說法，又加上一句：「他是長期訂戶。」

「哎，要是我背痛，我會去找彼德舅舅，要是我跟你一樣有扁平足，我也會去找他。可是也就是如此而已。」

「可是那些都經過證實呀，用顯微鏡看，男性精子是要快得多。」

「我打賭他們也蠢得多。」

「好嘛，隨妳愛怎麼罵男性精子，請便。我們不要男性精子，我們要的是一個老好而很慢又可靠的女性精子。」

「就算這話是眞的，也還是太荒謬了。我不能像機器那樣運作，密爾。」

「這方面我比妳更困難。」

「我不想聽。」

「我以爲妳想要個女兒。」

「是呀。」

「哎，」我父親說：「這樣就能生女兒。」

泰喜對這個建議一笑置之。可是在她嘲諷的背後是很嚴肅的道德考量。操縱像生孩子這樣既神祕又神奇的事，是一種最後會導致自己毀滅的狂妄行爲。首先，泰喜就不相信能做得到，而就算做得到，她也覺得不該嘗試。

當然，以我的立場（當時我還沒有成爲胎兒）並不能完全確定有這些事，我只能說明在一九五九年春天，我父親這種科學上的偏執，只是當時所有人的通病。要記得，蘇聯的人造衛星「史普尼克」剛在兩年前升空。讓我父母小時候每逢夏天就被關在家裡以免傳染到的小兒痲痺症，已被沙克疫苗征服。大家完全不知道病毒比人類聰明，還以爲病毒就此已成過往。讓我跟上車尾的戰後美國，在這種樂觀主義下，每個人都是他自己命運的主宰，所以我父親只是順應潮流，也想主宰他的命運。

幾天之後，他向泰喜重提他的計畫。有天晚上，密爾頓帶了一件禮物回家，是一個綁了條緞帶的珠寶盒。

「這是幹什麼？」泰喜懷疑地問道。

「妳這話是什麼意思？什麼叫這是幹什麼？」

「今天不是我生日，不是我們的結婚紀念日，你爲什麼要送我禮物？」

「送妳禮物一定要有理由嗎？來，打開來吧。」

泰喜不相信地縮起一邊嘴角。可是手裡拿著珠寶盒，要不打開也很難。因此最後她抽開緞帶，打開了盒蓋。

盒子裡的黑絲絨上放著一支體溫計。

「一支體溫計。」我母親說。

「這不是一支普通的體溫計，」密爾頓說：「我跑了三家藥房才找到一支這種的。」

「豪華型的，呃？」

「不錯，」密爾頓說：「這種叫基礎體溫計，可以詳細到十分之一度。」他挑高了眉毛。「一般的體溫計只能讀到零點二度，這支是零點一度。試一下，放進嘴裡。」

「我又沒發燒。」泰喜說。

「這不是用來量燒的。妳用這個來測基礎體溫是多少，這比一般量燒的體溫計要精準得多。」

「下回送我條項鍊。」

可是密爾頓不換話題：「妳的體溫隨時在變，泰喜。妳大概沒注意過，可是就是那樣，以體溫來說，妳隨時都在改變。比方說，」——他輕咳一聲——「正好碰上排卵，妳的體溫會上升，大部分的情況下，會升零點六度。現在，」我父親越說越起勁，沒有注意到他太太皺起了眉頭，「要是打算實行那天我們談過的那套方法——只是打個比方啦——妳要做的就是，首先，建立妳的基礎體溫。也許不是九十八點六度。每個人都有點不同，這也是我從彼德舅舅那裡學來的。反正，一旦妳有了基礎體溫，就要注意有沒有升高零點六度。如果我們要用那套方法，那就是我們，我們知道該，呃，調雞尾酒的時候了。」

我母親沒有說話，只把體溫計放回盒子裡，蓋好了還給她丈夫。

「好吧，」他說：「沒問題，隨妳。我們也許會再生個兒子，第二個。如果妳要這樣的話，就這樣好了。」

「目前我可不敢說我們還會生。」我母親回答說。

這時候，我正等在出世前的溫室中。在我父親眼裡連一點影子也沒有（他正悶悶不樂地看著他懷裡裝著體溫計的盒子）。我母親從那所謂「情人座」的雙人沙發上站了起來，一手按著額頭，看來我出生的可能性是越來越遙遠了。現在我父親站起來在屋子裡走一圈，關燈鎖門。在他上樓的時候，我的希望又來了。這件事必須時機湊巧才能有我這個人。延遲一個鐘點，基因的選擇就會改變。我的受孕還在幾個禮拜之後，可是我父母已經開始他們緩慢的彼此結合。在我們樓上的走廊裡，雅典衛城的小夜燈亮著，那是開藝品店的傑奇·哈拉斯送的。我父親走進睡房時，我母親正坐在梳妝台前，用兩根手指把冷霜揉在臉上，再用一張面紙擦乾淨。我父親只要說一句親熱的話，她就會原諒他。那天晚上很可能會做出一個不是我，卻和我很像的人來。不知有多少可能的人擠在門口，包括我在內，可是沒有打包票，時間慢慢地過去，星球在天空依平常的速度運行，天氣也有影響，因爲我母親很怕雷雨，如果那天夜裡下雨的話，就會蜷靠在我父親身上。可是，沒有，天空始終清朗，我父母也都沒讓步。睡房的燈關了，他們各自躺在床的一側。最後，我母親說：「晚安。」而我父親說：「明天見。」和我大有關係的時刻就像命中注定地決定了。我想，這正是我爲什麼常常想起他們的原因所在。

接下來的那個禮拜天，我母親帶著黛絲荻蒙娜和我哥哥上教堂。我父親從來不跟著去，他八歲那年因爲許願蠟燭的價錢貴得離譜而叛教。同樣的，我祖父情願把早上的時間用來以現代希臘文翻譯莎孚「復原補建」的詩作。在接下去的七年裡，儘管心臟病一再發作，我祖父都一直在一張小書桌前工作，把那些傳奇性的斷簡殘篇拼湊起來，這裡加一節，那裡補一段，修補一處抑抑揚格或抑揚格的詩行。晚上則聽他的妓院音樂，抽一袋水菸。

一九五九年時，聖母升天希臘正教教堂坐落在夏利華，一年後我在那裡受洗，在信奉希臘正教的家庭中長大。這裡的本堂神甫都是由君士坦丁堡的最高級主教派給我們，每一個來時都是一把大鬍子，非常權威，穿著繡花的法衣，十分神聖，但每一個都在過了一段時間——大抵是六個月——後就困乏不堪，原因在於會眾的爭論不休，對他吟唱方式的人身攻擊，時時要讓那些把教堂當棒球場看台的信徒安靜，最後還有每個禮拜都得把佈道詞說上兩遍，先是希臘文，再用英文。這個教堂有生氣勃勃的咖啡時間，很爛的地基和會漏的屋頂，很熱烈的民族慶典，還有教義問答的課程，讓我們的歷史傳承在死於顛沛流離之前，能暫時得以在我們之間存活。泰喜和陪同的人一起沿著正中央的通道走過去，經過裝滿沙子，插著蠟燭的托盤，頭上的主耶穌像大得有如梅西百貨公司感恩節大遊行的彩篷。主耶穌像跟空間本身一樣橫越過整個拱頂，不像那個在地上受苦的耶穌，畫在我們眼前的教堂牆上，我們的主耶穌像顯然超凡入聖，有無上的權力，高踞在天堂上。祂的手往下伸向祭壇上的使徒們，握著四捲寫著福音的羊皮。我那位畢生想信仰上帝卻並不能完全成功的母親，仰望著祂，祈求指引。

主耶穌像的兩眼在微光中閃爍，似乎將泰喜吸了上去。透過繚繞的香煙，救世主的兩眼亮得像映現出新聞大事場景的電視……

首先是黛絲荻蒙娜在一週前向她的媳婦提出忠告：「妳爲什麼還想再生孩子？泰喜？」她故作冷靜地問道，一面彎下腰往爐子裡看，以掩飾她臉上警醒的表情（這種表情還要令人費解地持續十六年）。黛絲荻蒙娜揮著手，「孩子越多，麻煩越多……」

然後是費洛波西恩大夫，我們家的老家庭醫師。這位背後掛了張古老文憑的醫生斷然地說：「胡說八道，男性的精子游得比較快？我告訴你，第一個用顯微鏡看到精蟲的人是列文胡克[4]，你知道在他看來精子像什麼？像沒腳的蟲……」

然後又是黛絲荻蒙娜，用另外一個角度：「孩子是男是女由上帝決定。不是妳決定……」

在冗長的週日禮拜進行之中，這些場景流經我母親的心思。會眾起立又坐下。在前排的座位上，我的表兄表姊，蘇格拉底、柏拉圖、亞里斯多德和克麗奧派屈拉坐立不安，麥可神父從聖像後面出來，晃著手裡的香爐，我母親試著禱告，但沒有用，她勉強撐到休息時間。

從十二歲的小小年紀開始，我母親就不可或缺地要以至少兩杯濃得可怕，黑如柏油而不加糖的咖啡來開始一天的生活。這種嗜好是由她生長的寄宿舍裡那些拖船的船老大和花稍的單身漢那裡學來的。念高中時，身高五呎一吋的她，會先和車廠工人一起坐在街口小店裡喝咖啡，然後才去上第一堂課。那些工人看的是賽馬的投注單，泰喜則是在做功課。現在，在教堂的地下室裡，她叫十一章去跟別的孩子玩耍，讓她能喝杯咖啡提振精神。

她喝到第二杯的時候，一個很柔和而像女人的聲音在她耳邊輕輕說道：「早安，泰喜。」說話的是她的妹夫。麥可・安東尼奧神父。

「嗨，麥可神父。今天的禮拜眞精采。」泰喜說完，馬上感到後悔。麥可神父是聖母升天堂的助理神甫。上一位本堂神甫只做了三個月就回雅典去了之後，家裡人都希望麥可神父能夠高升。可是最後又來了三個外國來的新神甫，得到這個職位的是葛利哥瑞奧神父。從來不錯過爲自己婚姻悲嘆的柔依姑姑，就在晚餐桌上用她女丑的聲音說過：「我老公啊，總是當伴郎，永遠當不成新郎。」

泰喜誇讚禮拜儀式時，並無意誇讚葛利哥瑞奧神父。而讓當時情況更加尷尬的是，多年前，泰喜和麥可・安東尼奧訂過婚。現在她嫁給了密爾頓，而麥可神父娶了密爾頓的妹妹。泰喜原先想下來讓她的頭腦清醒一點，喝杯咖啡，可是這一天已經弄得亂七八糟。

不過，麥可神父好像並沒有注意到她的輕忽。他站在那裡微笑著，在那一大把像奔流瀑布似的鬍子上，他的眼光很是柔和。麥可神父是個和藹可親的人，在孀居的教友之間很受歡迎，她們喜歡圍在他身邊，送他小餅乾，浸浴在他的喜福之中。那分喜福部分來自於麥可神父對他只有五呎四吋的身高完全處之泰然，他的矮小有種慈善的味道，就好像他把身高奉獻了出去。他似乎早已原諒泰喜多年前和他解除婚約的事，可是那事始終是他們之間的隔閡，就像偶爾會從他法衣領口噴出的爽身粉。

麥可神父小心地端著咖啡和小碟子，微笑著問道：「哎，泰喜，家裡都還好吧？」

我母親當然知道每個禮拜天到我家來作客的麥可神父很清楚那個體溫計計畫。她正視著他的兩眼，發現有一絲覺得有趣的眼神。

「你今天會到家裡來的，」她很不在乎地說：「你可以自己看看。」

「我正盼著呢，」麥可神父說：「我們在妳家一向有很有趣的討論。」

泰喜再細細地看了下麥可神父的兩眼，可是現在他眼中只充滿了眞誠的熱情。然後有一件事把她對麥可神父的注意力完全吸引過去。

在房間那頭，十一章正站在一張椅子上，伸手去扳咖啡桶的龍頭。他本來想倒杯咖啡，可是龍頭打開之後卻關不上。滾燙的咖啡沖到桌子上，濺到一個站在旁邊的小女孩身上。那女孩往後一跳，張大了嘴，卻叫不出聲音來。我母親飛快地衝了過去，一把將那小女孩抱進了女廁所。

沒有人記得那個女孩子的名字。她不是哪個常來做禮拜的教友的家屬，甚至不是希臘人。她只在那天出現在教堂裡，後來再也沒去過，好像只爲了讓我母親改變主意而存在似的。在女廁所裡，那小女孩拉開冒著熱氣的衣服，而泰喜取來了濕毛巾。「妳沒事吧？寶貝？有沒有燙到妳？」

「那個男生眞是笨手笨腳。」小女孩說。

「眞的，他什麼都搞不好。」

「男生有時眞很難以駕馭。」

泰喜微微一笑。「妳眞會用字。」

那女孩聽到這句恭維的話，咧嘴笑了起來。「『難以駕馭』是我很喜歡的一個詞。我哥哥就非常難以駕馭。上個月我最喜歡的詞是『誇張』，可是『誇張』這個詞沒辦法用得那麼多。仔細想想，也沒有那麼多很誇張的事物。」

「妳說得很對，」泰喜大笑道：「可是到處都是難以駕馭的問題。」

「我再同意不過了。」那小女孩說。

兩週後。一九五九年復活節的那個禮拜天。我們教會堅持使用的儒略曆[5]又讓我們和街坊過的日子不一樣。兩個星期前，我哥哥看著鄰舍其他的孩子在附近樹叢裡找染成各種顏色的蛋，他看到他的朋友們咬掉巧克力兔子的頭，將一把軟心豆粒糖丟進滿是蛀牙的嘴裡。（我哥哥站在窗口，只希望自己信的是一個美國的神，在該復活的那一天復活。）一直到昨天，家裡才許十一章把蛋染色，還只准用一種顏色：紅的。整棟房子裡，到處都是紅蛋閃亮在斜射的陽光中，飯廳桌上好幾個碗裡都裝著紅蛋。也用網袋裝著吊在門楣上；堆放在壁爐架上；還烘成一條條十字形的 tsoureki（芝麻餅）。

不過現在是下午三四點鐘；大餐已經吃過了。我哥哥正在微笑，因爲現在到了希臘復活節習俗裡，他比找蛋和吃軟心豆粒糖更喜歡的部分：碰蛋比賽。所有的人都圍在餐桌旁邊。十一章咬著嘴唇，從碗裡選了一顆蛋，仔細看了看，又放回去，選了另外一顆。「這個看來很好。」密爾頓說著，挑選他要的蛋。「結實得像部卡車。」密爾頓把蛋舉在手裡，十一章準備攻擊。這時我母親突然拍了下我父親的背。

「等一下，泰喜，我們正要玩碰蛋呢。」

她拍得更用力。

「什麼啦？」

「我的體溫，」她停了一下，「升了零點六度。」

原來她在用那支體溫計，這還是我父親頭一次聽說這件事。

「現在？」我父親低聲地說：「天啦，泰喜，妳確定嗎？」

「不，我並不確定。是你要我注意我體溫有沒有升高的。我現在告訴你說我高了零點六度。」然後，她放低了聲音，「而且從上次你知道我說的是什麼之後，已經有十三天了。」

「來啦，爹地。」十一章懇求道。

「暫停。」密爾頓說。他把手裡的蛋放在菸灰缸裡，「這是我的蛋，我回來之前，誰都不許碰。」

在樓上的主臥室裡，我父母辦完了正事。孩子天生的端莊有禮，讓我不去想像這方面的細節問題，只是這樣：做完之後，我父親就像剛給油箱裡加滿油似地說：「這樣應該可以了。」結果他說得很對。到了五月，泰喜知道她懷孕了，等待就此開始。

第六個禮拜，我長了眼睛和耳朵。第七週，長了鼻孔，甚至還有嘴唇。我的生殖器開始成形。胎兒的荷爾蒙由染色體指引，停止了繆勒[6]式的擬態構造，長出了中腎管。在我的papou（爺爺）把手按在我母親肚子上說：「幸運的老二！」時，我的二十三對染色體彼此連結，基因在同源染色體間相互交換，轉動著他們輪盤賭台上的輪盤。我的基因聽命令排放整齊，只有兩個，一對搗蛋分子——或者是革命分子，看你怎麼認定——在第五對染色體那裡藏了起來，他們一起吸走了一種酵素，使得某種荷爾蒙停止生產，從而讓我的生命變得複雜起來。

在客廳的那些男人不再高談政治，而是下注去賭密爾頓新生的孩子是男是女。我父親信心十足。在完成任務的二十四小時之後，我母親的體溫又升高了零點二度，證實她在排卵。到這時候，男性精子已經棄守，筋疲力竭。而女性精子就像和兔子賽跑的烏龜，贏得比賽。（這時候，泰喜把那支體溫計還給密爾頓，告訴他說她再也不想見到這個東西。）

所有這些一直發展到黛絲荻蒙娜把一根湯匙懸在我母親的肚子上方，當時還沒有超音波掃描：那根湯匙就算是最好的了。黛絲荻蒙娜佝僂著身子，廚房裡安靜下來，其他的女人都咬著下唇，看著，看著。前一分鐘，那根湯匙完全一動也不動，然後，慢慢地，被一陣沒有人感覺到的風吹動，像神祕的靈乩板那樣，銀湯匙開始動了，開始晃動，起先打著小圈圈，但每個圈圈都越來越形成橢圓，最後變成一直線，由爐子指向碗櫃後的壁架。換言之，由北指向南。黛絲荻蒙娜叫道：「koros（男的）！」整個房間裡充滿了「koros, koros」的叫聲。

那天晚上，我父親說：「一連猜中二十三次的意思就是她注定會失敗。這次她猜錯了，相信我吧。」

「是兒子我也不在乎，」我母親說：「真的不在乎。只要它很健康，有十根手指和十根腳趾頭。」

「怎麼用『它』這個字，妳說的可是我女兒呢。」

我是新年過後一個禮拜出生的，那天是一九六〇年元月八日。在候診室裡，只帶著綁了粉紅緞帶雪茄菸的父親大聲叫道：「賓果！」我是個女嬰，十九吋長，重七磅四盎司。

就在那個元月八號，我的祖父碰上了他十三次心臟病發作的第一次。他被我父母趕往醫院生產而吵醒之後，下了床，到樓下去給自己沖杯咖啡。一個小時之後，黛絲荻蒙娜發現他躺在廚房地上。雖然他的智能完全沒受影響，但那天早上，我在婦幼醫院發出第一聲啼哭時，我的papou失去了說話的能力。據黛絲荻蒙娜說，我的祖父是在把咖啡杯裡的渣子倒在地上占卜的時候倒下去了。

彼德舅公聽到關於我性別的消息時，拒絕接受任何道賀。這當中不涉及魔法。「何況，」他開玩笑道：「活兒完全是密爾頓幹的。」黛絲荻蒙娜面色陰沉。她那生在美國的兒子的說法證明是對的，因爲這個新的打擊，那個儘管遠在四千哩外和三十八年前，卻讓她仍想居住其間的古老國家，又往後退開了一些。我的誕生標示出她預測嬰兒性別的告終和她丈夫健康衰退的開始。儘管那個蠶盒偶爾還不時會出現，那根湯匙卻不再珍藏在裡面了。

我給拉了出來，打了屁股，沖洗乾淨。他們給我裹上毯子，把我放在其他六個嬰兒中間展示，四男兩女，不像我，全都標注準確。事情雖不可能，但我記得：黑色銀幕現出火花。

有人打開了我的眼睛。

做媒

世界上的人聽到這個故事之後，我大概會成爲歷史上最有名的陰陽人。在我之前還有過其他這樣的人。艾麗辛娜·巴賓在變成艾伯之前，曾在法國的一所女子寄宿學校就讀。她留下一本自傳，是米榭爾·傅科在法國公共衛生部的檔案室裡發現的。（她那本結束於她自殺前不久的回憶錄讓人讀來很不滿意。我就是在幾年前看完之後，才想到要自己寫一本。）葛利普·戈德利赫，生於一七九八年，一直到三十三歲以前，都是以瑪麗·羅辛的身分活著。有一天，瑪麗因爲腹痛去看醫生。那位醫生檢查是否有疝氣，卻發現有睪丸在腹腔裡。從此瑪麗改穿男裝，更名爲葛利普，周遊歐洲，把自己展示給醫界人士而發了大財。

在醫生的立場來看，我的狀況比葛利普更好得多，到了胎兒的荷爾蒙影響到腦部化學作用和組織結構的程度。我有的是一個男性的頭腦。可是當成女孩來教養長大。若是你想要進行實驗以測定先天與後天相關影響的話，大概找不到比我這一生更好的了。將近三十年前，我在醫院裡時，路思醫生給我做了好多的測驗，包括貝登視覺記憶測驗，和班德爾視力運動性完形測驗。也測量了我的語言智商和其他一大堆別的。路思甚至還分析了我的寫作風格，要看我是以直接的男性方式，還是迂迴的女性方式來書寫。

我只知道：儘管我的頭腦受到雄性激素的影響，但在我要說的故事裡，卻有種天生性的迂迴，任何一個和基因有關的歷史都一樣。我是一個時代性句子中的最後一個子句。而那個長句開始於很早之前，用的是另一種語言，你得從開頭讀起，才能讀到最後，也就是我的誕生。

所以現在，既然已經生下來了，我就得將影片倒轉回去，因此我的粉紅毯子飛走了，我的搖籃溜過地板，我的臍帶重新連接上，而我哭喊出聲，被吸回我母親的兩腿之間。她又挺了個大肚子。然後再退回一點，一根銀湯匙停止晃動，一支體溫計放回絲絨盒裡。蘇聯的人造衛星循著火箭的軌跡退回到發射台上，而小兒麻痺症蔓延各地。一閃而過的畫面裡，我父親是個二十歲的豎笛演奏者，對著電話筒吹奏一首阿提・蕭的曲子。然後是他在教堂裡，八歲的時候，因為蠟燭的價錢而大為憤慨。接下來是我祖父一九三一年在一台收銀機前把他的第一張美金鈔票打開。然後我們完全離開了美國；我們在大海之中，配樂因為倒轉的關係聽來很奇怪。一艘輪船出現，甲板上一條救生艇在奇怪地搖晃著；然後輪船停泊在港口，船尾在前，我們又上到了陸地，這時電影膠卷從捲軸上脫下，回到最開始的地方……

*

一九二二年夏末，我的祖母黛絲荻蒙娜・史蒂芬尼德在預測的不是生育，而是死亡，尤其是她自己的死期。她在那個位於小亞細亞奧林帕斯山山坡上的養蠶室裡，心跳突然毫無徵兆地停了一下。這種感覺很清楚明白：她感到她的心跳停止，整個糾結成一團。然後，就在她緊張得僵直時，她的心又開始跳動，撞擊著她的肋骨。她發出一聲小小的驚叫。她養的那兩萬條對人類情緒極其敏感的蠶，都停止吐絲結繭。我的祖母在暗淡的光線下細瞇起眼睛，低頭看到她袍子的前胸在很明顯地抖動著，在那一瞬間，她了解到自己內心的反亂，黛絲荻蒙娜從此終其一生成為一個囚困在健康軀體內的病人。然而，儘管她的心情已經平靜，卻無法相信自己能撐得下去，就走出了養蠶室，想看她其實還有五十八年都不會離開的那個世界最後一眼。

景色非常之美。在一千呎深的下方，是古老的鄂圖曼帝國首都布爾沙，像一塊雙陸棋盤伸展在山谷的綠氈上。屋瓦如紅寶石鑲在如鑽的白牆上，到處有蘇丹的陵寢，像閃亮的籌碼般突起。在一九二二年的當時，來往的汽車還不會壅塞住街道。運送滑雪者上山吊椅的纜索還沒有切割進山上的松林裡。冶金和紡織的工廠還沒有包圍這個城市，讓空中瀰漫著煙塵。布爾沙——至少從一千呎的高處——看來和過去六百年來差不多，是一座聖城，土耳其的史前墳場和絲綢交易中心，安靜而傾斜的街道邊滿是回教寺院的尖塔和絲柏樹。綠色清眞寺的磚瓦因爲年代久遠而變成了藍色，但改變的也不過如此。然而，從遠處冷眼旁觀的黛絲荻蒙娜·史蒂芬尼德低頭望著這方棋盤，卻看到了對弈者沒有見到的東西。

如果以心理分析來看我祖母的心悸：那些都是悲傷的表現。她的雙親都已過世——在最近一次和土耳其之間的戰爭中遭到殺害。希臘軍隊在協約國的鼓勵下，於一九一九年入侵土耳其西部，要求歸還在小亞細亞的古希臘領土。我祖母所住的村子在俾斯尼奧斯，那裡的人在和祖國分離，居住在山上多年之後，進入了Megale Idea——「大理想」的安全保護之下，作著一個大希臘的美夢。目前是希臘軍隊占領了布爾沙，一面希臘的國旗飄揚在前鄂圖曼帝國的皇宮上。土耳其人和他們的領袖凱末爾[7]退到東部的安哥拉。這是在小亞細亞的希臘人有生以來第一次脫離了土耳其人的統治。這些被回教徒蔑稱爲「異教狗」的人不必再受到不准穿著色彩鮮艷服裝，不准騎馬或不准用馬鞍等等的禁制。不會再像過去幾百年來一樣，每年有土耳其的軍官到村子裡來，把強壯的男丁拉伕到土耳其禁衛軍去當兵。現在，村子裡的男人把絲拿到布爾沙去賣的時候，他們是自由的希臘人，在一個自由的希臘城市裡。

但是哀悼雙親的黛絲荻蒙娜仍然受困於過去，所以她站在山上，俯看那座解放後的城市，覺得自己受到不能像別人一樣快樂的欺騙。多年之後，在她寡居的歲月裡，花了十年的時間躺在床上一心求死，才終於同意說半個世紀前在兩次戰爭之中的那兩年，是她一生中唯一的好日子；可是到那時候，她認得的人全都死了，她只能對著電視機說這句話。

那一個鐘點裡，大部分的時間黛絲荻蒙娜一直盡量不去理會那不吉的預感，埋頭在養蠶室裡工作。她從屋子的後門出來，穿過氣味香甜的葡萄樹，再走過墊高的院子，進入斜屋頂的低矮小屋。屋子裡刺鼻的蟲子味道她並不在乎，養蠶室是我祖母私人的，發著惡臭的綠洲，在她四周，漫天蓋地的全是軟軟的白蠶，攀附在一捆捆的桑樹枝葉上。黛絲荻蒙娜看著牠們吐絲結繭，牠們的頭旋轉著，好像隨音樂起舞。她這麼看著時，就忘了外在的世界，那些變化和騷動，那些可怕的新音樂（過一下就會唱了起來）。卻能聽見她的母親，尤芙洛絲妮・史蒂芬尼德多年前就在這間養蠶室裡向她說養蠶的祕訣——「要有好的絲，妳就一定得保持純潔。」她總對女兒說，「蠶什麼都知道。從絲就可以看出有人心裡在怎麼想。」——等等這類的話，尤芙洛絲妮還舉出實例——「瑪麗亞・蒲洛絲，那個人盡可夫的女人，妳看過她的蠶繭嗎？有一個男人就有一塊污跡。妳下回注意看。」——當時黛絲荻蒙娜只有十二歲，每個字都相信，現在她已經是個二十一歲的女人了，仍然沒有辦法完全不相信她母親那些有道德教育意義的故事，隨時都在檢查蠶繭上有沒有她不純潔的痕跡（想想她作過的那些夢！）。她也在找其他的問題，因爲她母親也說過蠶對歷史性的災禍也會有所反應。在每次大屠殺之後，即使是遠在五十哩外的小村子裡，蠶絲也會變得血紅——「我就看過牠們像耶穌基督的腳一樣流血。」又是尤芙洛絲妮的話，而她的女兒，在多年之後，又想了起來，在微弱的光線裡細瞇起兩眼，要看有沒有哪個繭變成了紅色。她拉出一個大托盤來搖一搖；把一個個的繭挑出來；而就在那一剎那，她感到自己的心跳停了，糾結成一團，開始從體內向她撞擊。她丟下了托盤，看到她的袍子因爲體內的力量而鼓動，了解到她的心自有主張，她無力控制，其實，在其他任何事情上，她也都無力控制。

因此我的 yia yia 在承受她第一次想像中的疾病侵襲下，站在那裡俯瞰布爾沙，好像她可能會看到什麼東西能證實她那看不見的恐懼。然後那個東西以聲音的形式從屋子裡傳來：她的弟弟，伊留瑟里奧斯（「拉夫提」）・史蒂芬尼德，開始唱歌，唱的是發音很爛，毫無意義的英文：

「每天早上，每天晚上，我們都開心。」拉夫提唱道，他像每天下午差不多這個時候一樣地站在他們臥室裡的鏡子前，把一片賽璐珞的硬領裝在新的白襯衫上，把一坨髮蠟（聞起來有萊姆果的味道）擠在手心裡，抹在他新剪成范倫鐵諾型的頭髮上。繼續唱道：「同時，在早晚之間，我們都開心。」這些歌詞對他來說也不具任何意義，可是有那個旋律就夠了。讓拉夫提能感受到爵士樂時代流行的事物：加琴酒的雞尾酒和賣香菸的女郎；讓他得意地將頭髮向後梳得油光水滑……而在外面院子裡的黛絲荻蒙娜聽到這個歌聲卻有不一樣的反應。對她來說，這首歌只讓她想到她弟弟下山進城裡去的那種聲名狼藉的酒吧，那些雜亂如窟穴的地方，在那裡播放遊民音樂[8]和美國音樂，還有放蕩的女人在唱歌……拉夫提穿上細條花紋的新西裝，摺好一條和他紅色領帶相配，插在胸前袋裡的紅手巾，……她覺得身體裡怪怪的，尤其是胃裡，複雜的情感在翻攪：悲傷、憤怒，還有一種她說不出是什麼，卻痛得最厲害的感覺。「房租還沒付啊，寶貝，我們也沒車，」拉夫提用我後來遺傳到的甜美男高音輕柔地唱著；而在歌聲之外，黛絲荻蒙娜又聽到了她母親的聲音，尤芙洛絲妮・史蒂芬尼德在她因槍傷而死前的最後遺言，「照顧好拉夫提，答應我，給他找個太太！」……而黛絲荻蒙娜流著淚回答道：「我答應！我一定做到！」……這些聲音同時在黛絲荻蒙娜的頭腦裡響起，她穿過院子，走進屋裡。她經過正燒著晚餐（一人份的）小廚房，直接走進她和她弟弟同住的臥室裡。他還在唱著——「沒多少錢，啊！可是寶貝，」——戴好袖扣，分好頭髮；然後他抬起眼來，看到了他姊姊——「我們多」——現在變成最弱音——「開心」——沒聲音了。

一時之間，鏡子裡映照著他們的兩張臉。早在配上不合嘴的假牙和自己想出來的久病之前，我祖母在二十一歲時是個美人。她一頭黑髮編成辮子盤在頭上，用手巾包住。那兩條辮子不是像小女孩那樣細細的小辮子，而是粗大的女人的辮子，帶著一股天生的力量，像是海狸的尾巴。歲月、季節和名稱不同的氣候都編進了髮辮裡，等到晚上她解開時，頭髮會落到腰際。現在，如果你看到的話，也有黑色的緞帶緊緊綁在辮子上，使髮辮看來更神氣，只不過很少有人看到。能讓大家看到的是黛絲荻蒙娜的臉：她那雙悲傷的大眼睛，蒼白如燭光的膚色。我也該以我曾經身爲一個平胸女孩的痛苦提一下黛絲荻蒙娜豐滿的身材。她的肉體始終讓她感到尷尬，總是在她不肯認可的地方凸顯出來，在教堂裡跪著的時候，在院子裡拍打毯子的時候，在桃樹下摘果子的時候，黛絲荻蒙娜那身單調乏味的衣裳總遮不住她女性的特質。在她擺動的身體之上，用大手巾包著的臉卻始終像是獨立開來，有些反感地看她的胸部和臀部想做什麼好事。

伊留瑟里奧斯要高一點，也瘦一點。在那時候拍的照片裡，他看起來很像是他所崇拜的下層社會的人，那些雅典或君士坦丁堡海邊酒吧裡常見，留著小鬍子的盜賊和賭徒。他的鼻子是鷹鉤鼻，兩眼犀利，整張臉給人的印象就像老鷹。不過，他笑起來的時候，你就能看到他眼睛裡的柔情，讓人很清楚地知道拉夫提其實不是個壞蛋，而是小康之家的父母嬌縱下會讀書的兒子。

一九二二年那個夏日午後，黛絲荻蒙娜沒有在看她弟弟的臉，而是把她的眼光移到西裝上衣、油亮的頭髮和細條紋的長褲上，一面想弄清楚過去幾個月來，他到底是怎麼了。

拉夫提比黛絲荻蒙娜小一歲，而她常常想著沒有他的那十二個月，她是怎麼活過來的。因爲就她記憶所及，他就一直在那張隔在他們兩張床中間的羊毛毯的另外一邊。他在那 kelimi（毛毯）後面表演手影戲，把他的兩手化作聰明而駝背的卡拉吉歐喜斯[9]那個總能智取土耳其人的角色。他在黑暗中會吟詩和唱歌，而她之所以討厭他這種新的美國音樂的原因之一，就是他只唱給他自己聽。黛絲荻蒙娜一向很愛她的弟弟，只有在山上長大的姊姊才那樣愛弟弟：他是她所有的樂趣所在，也是她最好的朋友和可以談心的知己，是和她一起發現捷徑和修道士小室的人。從很早開始，她對拉夫提所有的感情純粹得讓她有時會忘了他們是兩個人。小時候，他們一起由形成階地的山坡往下爬，就像隻四條腿，兩個頭的怪物。她已經習慣於他們像連體嬰似的影子落在黃昏中的白色房屋上，而每次看到她單獨的身影時，就覺得好像切掉了一半。

戰後的和平時期似乎改變了一切，拉夫提利用了這份新的自由。在過去的一個月裡，他到布爾沙去了有十七次。其中有三次在奧汗蘇丹清眞寺對面的蠶繭旅舍過夜。有天早上，他出門時穿著靴子，長統襪，短褲，還有背心，第二天晚上回來的時候，卻是一身細條紋花的西裝，領口圍了條絲巾，像個歌劇演員似的，頭上還戴了頂黑禮帽。另外還有別的變化，他開始自修法文，用的是一本杏子色的會話小冊。學了一些裝模作樣的動作表情，比方說把兩手插在口袋裡，把零錢弄得叮噹響，或是脫帽打招呼。黛絲荻蒙娜洗衣服的時候，在拉夫提的口袋裡發現一些紙片，上面寫滿了計算的數字。他的衣服聞起來有麝香味和菸味，還有種甜甜的味道。

現在，在鏡子裡，他們兩人的臉掩飾不了他們漸行漸遠的事實。而我的祖母，天生的憂鬱剛剛才爆發成心裡的雷鳴，望著她那原先就像自己影子一樣的弟弟，覺得好像少掉了些什麼東西。

「你這樣打扮起來，要到哪裡去？」

「妳想我會去哪裡？到城裡，去賣蠶繭。」

「你昨天才去過。」

「現在正是旺季。」

拉夫提用一把玳瑁梳子把頭髮分到右邊，在一綹不聽話的鬈髮上加了點髮蠟。黛絲荻蒙娜靠近了一點，拿起髮蠟來聞了一下。那不是他衣服上的味道。「你到那裡還做些什麼別的事？」

「沒有啊。」

「你有時在那裡過夜。」

「路太遠了，等我走到那裡的時候，天都晚了。」

「你在那些酒吧裡都抽些什麼菸？」

「水菸筒裡有什麼就抽什麼。多問是不禮貌的。」

「要是爹媽知道你這樣抽菸喝酒的話……」她沒有說完。

「他們不會知道，是吧？」拉夫提說：「所以我沒問題。」他那輕快的語氣並不很有說服力。拉夫提一副好像已經從父母雙亡的打擊中恢復了的樣子，可是黛絲荻蒙娜卻看穿了他。她對她弟弟冷笑了一下，沒有說什麼，只伸出拳頭。拉夫提一面照著鏡子，一面本能地也握起拳來。他們數著，「一、二、三……出拳！」

「石頭砸剪刀，我贏了，」黛絲荻蒙娜說：「所以告訴我吧。」

「告訴妳什麼？」

「告訴我在布爾沙有什麼那麼有意思？」

拉夫提又把他的頭髮梳到前面，然後往左邊分，他把頭轉前轉後地照著鏡子，「分哪邊比較好看？左邊還是右邊？」

「讓我看看。」黛絲荻蒙娜把手優雅地伸向拉夫提的頭髮——一陣亂揉。

「嗨！」

「你到布爾沙去做什麼？」

「別管我。」

「告訴我。」

「妳想知道嗎？」拉夫提說，對他姊姊生起氣來。「妳認爲我想要什麼？」他用壓抑太久而爆發出來的力量說道：「我想要個女人。」

黛絲荻蒙娜抱緊肚子，拍著心口，往後退了兩步，在那個有利地位重新打量她的弟弟。黛絲荻蒙娜從來沒想過眼睛和眉毛和她長得一樣，就睡在她旁邊床上的拉夫提，竟然會有這樣的慾望。儘管實際上已經成熟，對黛絲荻蒙娜來說，她的肉體仍然是個陌生人。夜裡，在他們的臥室裡，她看過她熟睡的弟弟緊壓著他的床墊，好像在生氣似的。小時候她也碰到過他在養蠶室裡，天眞地靠在一根木頭柱子上磨蹭。可是這些她都從來沒當回事。「你在幹什麼？」她當時問過，八九歲的拉夫提抱著柱子，兩個膝蓋上下動著，他用穩定而決斷的語氣回答道：「我想要有那種感覺。」

「什麼感覺？」

「妳知道的，」——哼著，喘著，動著兩膝——「那種感覺。」

可是她並不知道。多年之後，黛絲荻蒙娜在切黃瓜的時候，靠在廚房的桌角上，不知不覺地，用力往前靠了一點，之後發現她自己每天都站在那個位置上，桌角卡在她兩腿之間。現在，在準備她弟弟的晚餐時，她有時還是會重溫她和飯桌的交往情形，可是她並沒有意識到這件事。是她的肉體在做那件事，就像每個地方的肉體那樣狡猾而沉默。

她弟弟到城裡去就是另外一回事了。他顯然知道自己要的是什麼；他和他的肉體有充分的溝通。他的身心合一，想的是一件事，只有一個目標，而黛絲荻蒙娜卻是有史以來第一次讀不出來那是個什麼念頭。她只知道那和她無關。

這讓她生氣，我猜也讓她有點嫉妒。她不是他最好的朋友嗎？他們不是一向彼此無話不談的嗎？難道她不是像他們的母親那樣什麼都替他做到了，燒飯、縫衣，還做家事嗎？難道不是她一個人獨力養蠶，好讓他這個聰明的小弟弟能到教士那裡去學古希臘文嗎？不也就是她說：「你去念書，我來養蠶，你只要到市場去賣蠶繭就好了。」而等到他在城裡流連忘返的時候，她有沒有抱怨過呢？她有沒有提過那些紙片，或是他紅紅的眼睛，或是他衣服上那些麝香的味道呢？黛絲荻蒙娜懷疑她那作白日夢的弟弟成了個抽大麻的人。只要有音樂的地方，就總會有大麻菸。拉夫提是用這唯一的方法來應付父母雙亡的事，讓自己消失在大麻的煙雲之中，一面聽著那世界上最悲傷不過的音樂。黛絲荻蒙娜很了解這一切，所以她什麼話也不說。可是她現在看到她弟弟想用一種她再也想不到的辦法去逃避他的悲傷，她就不能再保持沉默了。

「你想要個女人？」黛絲荻蒙娜用不敢置信的聲音問道：「什麼樣的女人？一個土耳其的女人？」

拉夫提沒有說話。在他剛才衝口而出地說了那句話之後，又開始梳起頭髮來。

「也許你要的是個妓女，對不對？你以爲我不曉得那一類的壞女人，那些舞女？我才曉得呢，我沒那麼蠢。你喜歡一個胖女人在你面前抖她的肚皮？肚臍眼裡還嵌著塊寶石？你要這種女人？我告訴你，你知道那些土耳其女人爲什麼要把臉遮起來嗎？你以爲那是宗教的關係？不是的，是因爲否則誰看到她們都會受不了！」

現在她大叫起來，「不要臉啊，伊留瑟里奧斯！你是怎麼了？你爲什麼不找個村子裡的女孩子呢？」

就在這個節骨眼上，正用刷子在刷上衣的拉夫提讓他姊姊注意到一件她忽略的事。「也許妳沒注意到，」他說：「可是這個村子裡一個女孩子也沒有。」

這一點，事實上還真可以這麼說。俾斯尼奧斯從來就不是個大村子，可是在一九二二年，卻比以前都小得多。一九一三年葡萄根瘤蚜的蟲害毀了作物之後，村人就開始遷離，巴爾幹戰爭期間，人口持續外流。拉夫提和黛絲荻蒙娜的表姊蘇美莉娜去了美國，現在住在一個叫底特律的地方。俾斯尼奧斯依山而建，不是那種在懸崖峭壁邊上的危險地方。而是一群很雅致，或至少很和諧的紅屋頂黃泥牆的房子。最豪華的房子有兩幢，都有小陽台，被伸到外面街上的大凸窗包住。最窮苦的房子倒是很多，通常是連廚房在一起的一間房。然後還有些像黛絲荻蒙娜和拉夫提的房子，有一個塞了很多東西的客廳，兩間臥室，一個廚房，還有一個在後院裡裝了歐式馬桶的廁所。俾斯尼奧斯沒有店鋪，沒有郵局或銀行，只有一所教堂和一家小餐館。要買東西得去布爾沙，先要走一段路，再坐馬拉的公車。

一九二二年，村子裡住著近一百個人。只有一小半是女人，四十七個女人裡，有二十一個是老太太，另外二十個是中年的太太們，三個年輕的媽媽，各有一個還在襁褓裡的女兒。一個是他的姊姊，剩下還有兩個能娶的女孩子。黛絲荻蒙娜趕緊提了出來。

「你說一個女孩子也沒有是什麼意思？露西麗・卡芙卡拉絲呢？她就是個好女孩。還有維多莉亞・帕帕絲呢？」

「露西麗一身怪味道，」拉夫提很講道理地回答道：「她大概一年才洗一次澡，只有生日那天吧。維多莉亞的鬍子比我的還長，我可不想和老婆共用一把剃刀。」說完之後，他把衣刷放下，穿上了上裝。「不用等我。」他說著走出了臥室。

「走吧！」黛絲荻蒙娜在他後面叫道：「看我會不會在乎。只要記住，等你那土耳其的老婆拿掉面紗的時候，可別跑回村子裡來。」

可是拉夫提已經走掉了，他的腳步聲漸漸消失。黛絲荻蒙娜感到那神祕的毒素又在她血裡冒了起來，她沒有理會，「我不喜歡一個人吃飯。」她也不是對著什麼人地叫著。

山谷裡吹來的風變大了，像每個下午一樣。風吹進了開著的窗子，吹動了她希望櫃門上的門鎖，而她父親的那串舊煩惱珠就放在櫃頂上。黛絲荻蒙娜把那串珠子拿下來，開始一顆顆地由指間撥過去，完全像她父親、祖父、曾祖父的做法一樣，以這種家傳的方式來準確地表達具體化而全然的煩惱。在珠子碰撞在一起時，黛絲荻蒙娜就將自己完全交付給那些珠子。上帝到底是怎麼回事？祂為什麼帶走了她的父母，把她留下來為她弟弟煩惱？她該拿他怎麼辦？「抽菸、喝酒，現在更糟糕了！他做這些蠢事的錢從哪裡來？是我的蠶繭那裡來的！」每一顆珠子從她指間滑過，就是把一個怨恨記錄下來再丟了開去。有著悲傷的雙眼，以及一張被迫成熟得太快的面孔的黛絲荻蒙娜用珠子來數她的煩惱，就像在她之前和之後，所有史蒂芬尼德家的男人一樣（如果我也算上的話，一直傳到我這裡）。

她走到窗前，把頭伸了出去，聽到風在松林和白樺樹中颯颯作響。她繼續數著她的煩惱珠，然後一點一點地，那些珠子發生了作用。她覺得好過多了。她決定繼續過她的日子。拉夫提今晚不會回來。誰在乎呢？反正，有誰需要他？他永遠不回來的話，她還輕鬆得多。可是她答應過她母親要注意他不會得什麼丟臉的病，或者，更糟的是，跟個土耳其的女孩子私奔。珠子繼續往下掉，一顆又一顆，滑過黛絲荻蒙娜的兩手。可是她不再計數她的痛苦，現在那些珠子讓她想起藏在她父親舊書桌裡一本雜誌中的圖片，一顆珠子是一個髮型，另一顆珠子是一件綢襯裙，接下來那顆是件黑色的胸罩。我的祖母開始做媒。

這時候，拉夫提背了一袋蠶繭，正在下山。等到了城裡，他先走過卡帕里，再在波沙索卡轉彎，不久就經過拱門，進了柯札罕的大院子，在那裡面，藍綠色的噴泉四周，有好幾百個高及腰部硬硬的袋子，全裝滿了蠶繭。到處擠滿了人，不是在買，就是在賣，從早上十點開市的鐘響之後，他們一直大聲叫嚷，聲音都沙啞了。「價錢好！東西好！」拉夫提由那些袋子中間狹窄的通道擠過去，抱著他自己的袋子。他對這份家傳的生意毫無興趣，也不像他姊姊那樣光靠摸摸聞聞就能決定蠶繭的好壞。他之所以把蠶繭拿到市場來，唯一的原因就是女人不許做生意。挑伕的推擠和要閃躲袋子都讓他緊張。他想只要所有人都靜止一下，大家站定在那裡欣賞暮色中閃亮的蠶繭，不知會多好；可是當然從來也沒人這樣做。他們不停地叫嚷，彼此把蠶繭送到對方的面前，說謊騙人，討價還價。拉夫提的父親很喜歡柯札罕的市集，可是這種商人的血統並沒傳給他兒子。

在近門廊的地方，拉夫提看到一個他認得的商人。他把袋子打開，那個商人伸手到底下掏出一個蠶繭來。他把蠶繭在一碗水裡浸了下，然後仔細看過，再到一杯酒裡浸了一下。

「我是要用來紡經絲的，這些蠶繭不夠結實。」

拉夫提不相信這話。黛絲荻蒙娜的蠶絲一向是最好的。他知道自己該大聲叫罵，裝出受到冒犯的模樣，假裝要拿去賣給別人。可是他來得太晚了，收市的鐘就快響起。他父親以前一直告誡他不要等下午才把蠶繭拿來，因爲那樣你得折價出售。拉夫提的皮膚在新西裝下感到刺痛，他希望趕快把交易做完。他充滿了困窘的感覺：爲人類感到困窘，這麼貪財，這麼愛騙人。他毫不抗議地接受了那個人開的價，一等生意成交，就匆匆地走出了柯札罕，去做他進城來眞正要做的事。

事情並不像黛絲荻蒙娜所想的那樣。注意看了：拉夫提把禮帽歪戴在頭上，走下布爾沙斜坡似的街道。不過他在經過一個咖啡亭時，並沒有進去。老闆叫了他，可是拉夫提只揮了揮手。到了下一條街，他經過一扇窗子，在百葉窗後面有女子的聲音在叫他，可是他沒有理會，沿著彎曲的街道經過賣水果的和餐廳，最後到了另外一條街上，並進了一所教堂。說得更清楚點：那以前是座清眞寺，拆掉了尖塔，用灰泥抹上原來寫著可蘭經的牆，用來畫上基督教的聖像，而教堂裡面現在也還在畫這些聖像。拉夫提拿了個銅板給賣蠟燭的老太婆，點了一支蠟燭，直直地插進沙裡。他在後面的座位上坐了下來。像後來我母親爲我受孕的事祈求指引一樣，拉夫提．史蒂芬尼德，我的舅公（還有其他身分）抬頭望著天花板上還沒畫完的主耶穌像。他的禱告由他從小就學會的字句開始：Kyrie eleison, Kyrie eleison（上主，求祢垂憐），我不配來到祢的寶座前，可是禱詞很快就轉了方向，變得很個人化，我不知道我為什麼會有這種感覺，這很不自然……然後變得有點責怪的意味說：是祢把我造成這樣的，我並沒要求去想那種事……但最後又有點可憐地說：給我力量吧，主耶穌基督，不要讓我這樣，要是她知道了的話……兩眼緊閉，兩手揑捲著禮帽的帽沿，這些禱詞隨著繚繞的香煙飄向正在畫著的耶穌基督。

他祈禱了五分鐘，然後走了出去，把帽子戴回頭上，撥弄著口袋裡的零錢。他爬回斜斜的街上，這一回（他心裡的負擔卸下了）進了他剛才走下去時所拒絕的所有地方。他走進亭子去喝杯咖啡，抽根菸，進了家小酒館去喝一杯茴香酒，賭雙陸的客人們叫道：「嗨，范倫鐵諾，賭一把如何？」他讓自己給哄得參加賭局，只下一注，結果輸了，只好再加倍翻本。（黛絲荻蒙娜在拉夫提褲袋裡發現的那些計算數字就是賭債。）夜越來越深，茴香酒不停地送來，樂隊來了，開始演奏，他們彈奏關於性慾、死亡、監獄以及街頭生活的歌曲，「海岸邊的菸窟，我天天都去。」拉夫提跟著唱道：「每個亮麗的清晨，趕走我的憂鬱；我遇見兩個風塵女子，坐在沙灘上，兩個可憐的傢伙暈淘淘，看來可眞棒。」同時，水菸筒裡也裝上了菸。等到了半夜，拉夫提又漂回到街上。

一條往下走的小弄堂，拐個彎，到了底，一扇門開了。一張臉笑著，叫他進去。接下來拉夫提就發現自己和三名希臘士兵坐在一張大沙發上，看著對面兩張沙發上所坐的七個搽了香水的豐滿女子。（一架留聲機在放著到處都聽得到的熱門歌曲：「每天早上，每天晚上……」）現在他完全忘了不久前的祈禱，因爲鴇母說：「有你中意的嗎？寶貝？」時，拉夫提的視線滑過那金髮藍眼的高加索女子，那別有暗示意味地咬著顆桃子的美國女子，還有蓄著劉海的蒙古女子；他的視線一路看過去，最後落在沙發盡頭一個靜坐著的女子身上，那是一個眼光悲傷，皮膚很好，梳著黑色辮子的女孩。（「每把刀都配得到鞘。」鴇母用土耳其語說，所有的妓女都笑了起來。）拉夫提沒有意識到自己注意力是怎麼作用的，站起身來，拉平了上裝，朝他所選的人伸出手來……等到她帶他上樓的時候，他頭腦裡才有個聲音指出這個女孩子的模樣正好是……她的側影恰好像……可是他們這時已經進了那個有骯髒床單、血紅色油燈和玫瑰水與臭腳味的房間。陶醉在他年輕感覺之中的拉夫提沒有注意到那女孩子脫去衣服之後越來越像。他的兩眼望著那對大大的乳房，纖細的腰，頭髮散披到毫無防備的尾椎骨；可是拉夫提並沒有聯想起來。那女子給他裝了筒菸。不久他就迷迷糊糊地，不再聽見他頭腦裡的那個聲音。在大麻所造成的柔美夢境中，他不知道自己是誰，又和什麼人在一起。那個妓女的肢體變成了另外一個女人的，有幾次他叫了個名字，可是當時他已經迷糊得沒有注意。一直到後來，那個女孩送他出門的時候，才讓他回到現實。「對了，我的名字叫艾瑞妮。我們這裡沒有叫黛絲荻蒙娜的。」

第二天早上，他在蠶繭旅舍裡醒來，充滿了自責。他出了城，爬上山回到俾斯尼奧斯，他（空的）口袋裏沒有聲音，既宿醉又有點發熱，拉夫提告訴自己說他姊姊是對的；是到他結婚的時候了。他要娶露西麗，或是維多莉亞。他會生兒育女，不再下山到布爾沙去，然後他會一點一點地改變；他會變老，而他現在所感到的一切都會淡入回憶，然後什麼都沒有了。他點了點頭；把禮帽戴正。

而在俾斯尼奧斯，黛絲荻蒙娜正在教兩個新手最後的課程。拉夫提還在蠶繭旅舍呼呼大睡的時候，她把露西麗・卡芙卡拉絲和維多莉亞・帕帕絲請到了家裡來。那兩個女孩的年紀都比黛絲荻蒙娜小，仍然住在她們父母的家裡。她們把黛絲荻蒙娜看做是她自己房子的女主人，羨慕她的美貌，滿懷傾慕地看著她，因爲她的眷顧而受寵若驚，也向她傾吐心事；而在她開始對她們的外貌提出忠告時，都專注地傾聽。她告訴露西麗要經常洗澡，建議她用醋搽在腋下當防汗劑。她讓維多莉亞去找一個專門清除多餘毛髮的土耳其女人。在接下去的那個禮拜裡，黛絲荻蒙娜把她從唯一一本她看過的女性雜誌裡所學到的一切都傾囊相授。那其實是一本破舊的型錄，題名《巴黎內衣時尚》。這本型錄原先是她父親的，內有三十二頁照片，照片裡的模特兒穿著胸罩、束腹、吊襪帶和絲襪。她父親以前會在晚上大家都睡了之後再把型錄從他書桌最底下的抽屜裡拿出來，現在黛絲荻蒙娜則私下研究這本型錄，記下那些照片的內容，好讓她之後能加以重現。

她關照露西麗和維多莉亞每天下午過來，她們走進屋子，照她所說的扭腰擺臀，經過拉夫提喜歡在那裡看書的葡萄園。她們每次換穿不同的衣服，也變化她們的髮型，走路的姿勢，珠寶首飾，還有舉止儀態。在黛絲荻蒙娜的指導下，那兩個平淡無奇的女孩子化身成不同的女子，各有其獨特的笑聲，特有的寶石，愛哼唱的歌曲。兩個禮拜之後，有天下午，黛絲荻蒙娜走到外面的葡萄園裡，問她弟弟：「你在這裡做什麼？你爲什麼不下山到布爾沙去？我以爲你現在總該找到一個好土耳其女孩結婚了。還是說她們都和維多莉亞一樣長了鬍子？」

「妳會提起這話也眞有意思，」拉夫提說：「妳有沒有注意到？維琪的鬍子不見了。妳知道嗎？」——他微笑著站了起來——「就連露西麗也沒那股味道了，她每次來，我都聞到花香。」（他當然是在說謊，兩個女孩子的外表和味道都和以前一樣對他毫無吸引力。他的熱誠只是表示他屈服於不可避免的命運：安排好的婚事，成家，生子——那場徹底的大災難。）他走到黛絲荻蒙娜的身邊。「妳說得對，」他說：「世界上最美的女孩子就在這個村子裡。」

她靦腆地正視著他：「眞的嗎？」

「有時在你眼前的反而不會注意。」

他們站在那裡，彼此互望著對方，黛絲荻蒙娜的胃裡又感到怪怪的起來。爲了說明這種感覺，我得說另外一個故事。一九六八年性科學研究協會的年會上（那年是在墨西哥的馬薩特蘭城很多頗具暗示性的彩罐之間舉行的），路思博士以主席身分致詞時，介紹了所謂「動情感覺」的概念。這個名詞本身毫無意義；路思編造出這個名詞來避免詞源學上的牽扯。不過，動情感覺的狀態卻是眾所周知的。指涉的是兩個人類交往時最初的狂熱，會造成頭暈眼花，得意洋洋，胸口發癢，以及想抓住愛人的頭髮爬上陽台去的衝動。動情感覺指的是最初像嗑了藥般的快樂床上時光，你會像隻發情的小狗似地把你的愛人嗅上好幾個鐘點。（路思說這種感覺最多可以維持到兩年。）古人會說黛絲荻蒙娜的感覺是愛神的傑作。現代專家的意見卻認爲是腦部的化學作用和進化的關係。然而，我仍然必須堅持：對黛絲荻蒙娜而言，動情感覺就像是一個暖暖的湖水從她的腹部一直漲上她的胸膛。就像一種一百八十度的薄荷綠芬蘭烈酒似地漫開來，而由她脖子上兩個腺體的作用，使她滿臉燒燙。然後那股暖意有了其他的想法，開始轉向像黛絲荻蒙娜這樣的女孩子絕不會容許去到的那些地方，因此她轉開了眼光，走到窗前，把那個動情感覺丟在腦後，而由山谷裡吹來的微風讓她冷靜下來。「我會去和那個女孩的父母談談，」她盡量學她母親的口氣說道：「然後你得去求婚。」

第二天晚上，月亮像後來的土耳其國旗圖案一樣，是彎新月。在山下的布爾沙城裡，希臘軍隊搶奪食物，飲酒狂歡，又朝一座清眞寺開槍。在安哥拉，凱末爾在報上發布消息說他要在千卡亞主持一個茶會，其實是動身到他在野地裡的指揮部去，他和手下喝了他在戰事結束前最後的一次烈酒。在夜色的掩護下，土耳其的軍隊沒有像大家預期的那樣開往北方的艾斯基瑟希，而是移向南方防禦堅強的阿夫永。艾斯基瑟希的土耳其軍隊點上大量營火來誇張他們的軍力，一支牽制用的小部隊往北佯攻向布爾沙。在這些部署之中，拉夫提．史蒂芬尼德帶著兩束花，走出了他家的大門，開始走向維多莉亞．帕帕絲所住的房子。

這是一件可比生死交關的大事，俾斯尼奧斯村裡近百位居民都聽說了拉夫提要來的事，那些老寡婦，已婚的婦人和年輕的母親，還有那些老男人，都在等著看他會選哪個女孩子。因爲人口太少，傳承的求婚儀式已經近乎絕跡了。這種缺少浪漫可能的狀況造成了惡性循環。沒人可以愛：沒了愛。沒有愛：沒有孩子。沒有孩子：沒人可以愛。

維多莉亞．帕帕絲站在半明半暗處，她身上的影子完全像《巴黎內衣時尚》第八頁的照片。黛絲荻蒙娜（身兼造型師、舞台監督和導演三職）把維多莉亞的頭髮盤起來，讓小小髮捲落在前額上，警告她把嫌大的鼻子隱在暗處。維多莉亞搽了香水，脫了毛，抹上保濕潤膚的面霜，眼睛周圍還塗上黛粉[10]，讓拉夫提看她。她感到他目光的熾熱，聽到他沉重的呼吸。也聽到他兩次開口想說話——由乾乾的喉嚨裡發出小小的沙啞聲音——然後她聽到他的腳向她走來，於是轉過身去，做出黛絲荻蒙娜教她的表情；可是她太專注於把她的嘴唇噘得像那個法國內衣模特兒，而沒有發現腳步聲不是接近而是後退；她轉頭看見拉夫提・史蒂芬尼德，村裡唯一的單身漢，已經跑掉了……

……這時候，在家裡，黛絲荻蒙娜打開了她的希望櫃。她伸手進去，取出了她自己的緊身褡。那是多年前她母親給她在新婚之夜用的，當時對她說：「我希望妳將來會用上。」現在，在臥室的鏡子前面，黛絲荻蒙娜把這件奇怪而複雜的衣物貼靠在身上。她脫去長襪和灰色的內褲。脫掉了她高腰的裙子和高領的短袖長衣。她解開包頭的手帕，拆散她的辮子，讓頭髮披在她赤裸的肩上。那件緊身褡是用白緞子做的。在穿上的時候，黛絲荻蒙娜覺得好像她是在給自己做繭，等著變形。

可是等她再照鏡子的時候，她看到自己的身影。沒有用的。她永遠嫁不出去。拉夫提今晚會選好新娘回來，然後他會把她帶回家來和他們住在一起。黛絲荻蒙娜會守在她原來的地方，數著她的珠子，變得比她現在已經感覺到的更爲衰老。有隻狗在嗥叫。村子裡有什麼人踢到了一捆柴火，發出咒罵。而我祖母默默地哭泣，因爲她後半輩子都會在數著永遠不會消失的煩惱……

……就在這時候，露西麗・卡芙卡拉絲正完全照教給她的樣子站在半明半暗處，戴著一頂綴著玻璃櫻桃的白帽子，裸露的肩膀上披了方小披肩，一件袒胸露肩的鮮綠色禮服，還穿了雙高跟鞋，因此她不敢動彈，怕會摔跤。她肥胖的母親搖搖擺擺地進來，咧開嘴笑著叫道：「他來了！連一分鐘都沒法和維多莉亞在一起！」……

……他已經聞到了醋的味道。拉夫提才剛走進卡芙卡拉絲家低矮的大門。露西麗的父親歡迎他來訪，然後說：「我們不吵你們兩個了，讓你們熟識一下。」做父母的走了出去。房間裡很暗。拉夫提轉過身來……又失手掉了一束花。

黛絲荻蒙娜沒有想到的是：她的弟弟也細看過《巴黎內衣時尚》。事實上，他從滿十二歲開始就一直看到他十四歲，那時候他發現了眞正的寶藏：十張明信片大小的照片，藏在一個舊皮箱裡，照片上是「莎敏，歡樂宮的女孩」，一個表情無聊，曲線玲瓏的二十五歲女子，在一個後宮似的布景中有縫子的枕頭上擺出各式各樣的姿勢。在盥洗用品袋裡找到她，就像擦了盞有精靈的神燈。在一蓬閃亮的金粉中，她盤旋而起：全身上下只穿了一雙天方夜譚裡的拖鞋和腰間一條腰帶（鎂光一閃）；慵懶地躺在一張虎皮上，撫弄一把彎刀（鎂光一閃）；透過格子窗的光裡，在大理石的土耳其式浴缸中出浴。這十張深咖啡色的照片使拉夫提開始對城市著迷。可是他始終沒有忘記他在《巴黎內衣時尚》裡的初戀，他能隨心所欲地把她們召到他的想像之中。當他看到維多莉亞·帕帕絲看來像第八頁，眞正讓拉夫提如受重擊的是她和他少年理想之間的差距。他試著想像自己和維多莉亞結婚，和她生活在一起，但每個來到他腦子裡的意象都在中間有一大片空洞，少了他更愛，也比別人都更了解的那個人。所以他逃離了維多莉亞·帕帕絲，到另外一條街上，只發現露西麗·卡芙卡拉絲同樣令人失望地沒法比得上第二十二頁……

……現在事情發生了。黛絲荻蒙娜哭著脫掉了緊身褡，重新摺好，放回希望櫃裡。她撲倒在床上，拉夫提的床，繼續哭著。枕頭聞起來有他萊姆髮蠟的味道，她吸著氣味，哭著……

……最後她由於哭泣的鎭靜作用而睡著了。她夢到近來常有的夢境。在夢裡一切都和以前一樣。她和拉夫提又成了孩子（不過他們有成人的身體）。他們躺在同一張床上（不過現在是他們父母的床）。他們在睡夢中挪動肢體（他們挪動的感覺非常舒服，而那張床是濕的）……黛絲荻蒙娜像平常一樣在這時候醒了過來。她的胃裡覺得怪怪的，一直到很深的底下，而她幾乎能說得出那是種什麼感覺……

……現在我坐在椅子上，想著E.O.威爾森[11]的想法。那是愛情還是生育？是機會還是命運？是犯罪還是自然的力量？也許是基因裡有特別的什麼，造成了某種特性，可以說明黛絲荻蒙娜的眼淚和拉夫提對妓女的品味；不是喜歡，不是感情上的同情；只是有需要讓這個新的東西進入世界，因而有心裡那欺瞞的遊戲。可是我無法解釋，就像黛絲荻蒙娜或拉夫提一樣，像我們任何一個人一樣，在墜入情網時，無法將荷爾蒙引起的和那種至美的感覺分開來，也許是我執著於出於利他主義的神的旨意，要讓種族延續下去；我說不清楚。我試著在我思想中回溯到有基因理論之前，那時候還不是大家都習慣於把每件事都說受「基因造成的。」那時候沒有我們現在的自由，卻更自由得多，黛絲荻蒙娜一點也不知道是怎麼回事，她沒有把自己想像成一組巨大的電腦符碼，全由一和〇所組成，無盡的序號，每一個其中都可能有瑕疵。現在我們知道我們隨身帶著自己的地圖。就算我們站在街角，也能測知我們的命運。會給我們臉上帶來我們父母有過的皺紋和老人斑。讓我們發覺特異體質，可以辨識的家族特徵。基因潛藏得深到能控制我們眼部的肌肉，使得一對姊妹有相同的霎眼方式，而雙胞胎的兄弟會一起流口水。我感覺到自己在焦慮中有時會像我哥哥一樣玩著我鼻子的軟骨，我們的喉嚨構造相同，會發出同樣的音調和分貝。而這點可以反推回過去，所以在我說話時，也是黛絲荻蒙娜在說話，是她現在在寫著這些字句。黛絲荻蒙娜完全不知道她體內的大軍，執行著上百萬個命令，也不知道其中有一個士兵抗命，開了小差……

……就像拉夫提從露西麗・卡芙卡拉絲那裡逃回他姊姊身邊。她在繫好裙子的時候聽到他急促的腳步聲。她用手帕擦了擦眼睛，換上笑臉，看他走進門來。

「哎，你選了哪一個？」

拉夫提沒有說話，只打量著他姊姊，他這輩子都和她住在同一間臥室裡，當然看得出她哭過了。她的頭髮披散著，遮沒了大半個臉，但那雙望著他的眼睛裡卻充滿了感情。「兩個都沒選。」他說。

黛絲荻蒙娜聽了這話，感到無比的快樂。可是她說：「你搞什麼呀？你一定得選一個。」

「那兩個女孩子看來就像兩個婊子。」

「拉夫提！」

「是眞的。」

「你不想娶她們？」

「不想。」

「你一定要，」她伸出拳頭，「要是我贏了，你就娶露西麗。」從來就抗拒不了打賭的拉夫提也握起了拳頭。「一、二、三……出拳！」

「布包石頭，」拉夫提說：「我贏了。」

「再來，」黛絲荻蒙娜說：「這回，要是我贏了，你娶維琪。一、二、三……」

「剪刀剪破布。我又贏了，維琪再見。」

「那你娶誰呢？」

「我不知道，」——拉過她的手來，低頭看著她，「娶妳怎麼樣？」

「可惜我是你姊姊。」

「妳不光是我姊姊，妳也是我三等親的表姊，三等親的表兄弟姊妹可以結婚。」

「你瘋了，拉夫提。」

「這樣方便得多，我們不必重換房間。」

是開玩笑但也不是開玩笑，黛絲荻蒙娜和拉夫提擁抱在一起。起先只是很規矩地擁抱著，但十秒鐘之後，擁抱開始變了；手放的某些位置和手指的撫摸都不像只是手足之情，而這些都自有含義，在那寂靜的房間裡宣示著一個全新的訊息。拉夫提開始帶著黛絲荻蒙娜翩翩起舞，歐洲式的；帶她舞到外面，經過院子，一直跳到養蠶室，再回到葡萄樹下，她笑著，用手捂住嘴。「你舞跳得眞好，表弟。」她說。而她的心又猛跳了一下，讓她以爲她會當場死在拉夫提懷裡，可是她當然沒死；他們繼續跳舞。我們不要忘了他們跳舞的地方，是在俾斯尼奧斯，那個山上的村子裡表兄妹有時會結婚，而所有的人多少都有點親戚關係；所以他們跳舞時，彼此抱得更緊了些，不再開玩笑，然後只是一起跳著舞，就像一男一女，在寂寞和迫切需要的情況下，有時會跳的那樣。

而在這中間，在任何話直截了當地說出來或做出任何決定之前（在後來大火爲他們做出決定之前），就在那時候，在跳舞跳到一半的時候，他們聽到遠方的炮聲，往下張望著看見在火光中，希臘軍隊全面敗退。

大膽的求婚

祖先是小亞細亞希臘人，出生在美國的我，現在住在歐洲。說得更精準點，是住在柏林的什內貝克區。外事單位分爲兩個部分：外交官員和文化工作人員。大使和他的多位助理在坐落於新城教堂街上新開設而官僚味十足的大使館裡執行外交政策。我們這部門（負責讀書會，演講和音樂會）則在Amerike Haus（美國之家）多彩的水泥盒子裡工作。

這天早上，我像平常一樣搭車去上班。地下鐵緩緩地載著我從克萊斯特公園向西到柏林人街，然後轉車往北開向動物園。以前屬於西柏林的各站一個個地經過，大部分最後都是在七〇年代改建的，有著我孩童時期郊區廚房的各種顏色：酪梨、肉桂、向日葵的黃色。在許畢仙街站，車子停下來讓乘客上下。外面的月台上有個街頭音樂家用手風琴演奏著一首感傷的斯拉夫曲子，我的皮鞋雪亮，頭髮還沒乾，正在翻閱《法蘭克福公論報》時，她推著她那輛不可思議的自行車進入車廂。

以前你可以由一個人的長相猜出他的國籍，有了移民之後就不行了。後來你可以由鞋子來判定是哪國人。全球化之後就不行了。那些芬蘭人像小海豹似的鞋，那些德國人像比目魚似的鞋——現在都很難得看到了，只有耐吉牌的鞋子，穿在巴斯克人、荷蘭人和西伯利亞人的腳上。

那個自行車騎士是亞洲人，至少是亞裔人。一頭黑髮剪得很蓬亂。她穿了件橄欖綠色的短夾克，一條黑色滑雪褲，還有一雙褐紅色的球鞋，外形很像保齡球鞋。她自行車的籃子裡放著一個攝影器材包。

我直覺地想到她是美國人，那是一輛復古式的自行車，鉻黃和松綠石兩色，擋泥板寬得像雪佛蘭車的擋泥板，輪胎也粗得像獨輪手推車的輪子，看起來起碼有一百磅重。那輛自行車就像一個被放逐在外的人的怪異想法。我正打算以此為藉口來搭訕，車又停了。那個自行車騎士抬起頭來。她的頭髮由她那張美麗的面孔上滑開，一時之間，我們的視線相接。表情的沉靜和皮膚的光滑使得她的臉像一張面具，後面有一對靈活的人眼。那對眼睛由我臉上轉向別處，她抓住自行車的龍頭，把那輛了不起的兩輪車推出了車廂，走向電梯。地鐵再次啓動，但我沒有再看報。我坐在位子上，有種肉慾的激動，和衝動的情慾，一直到我該下車的那站，然後我跟蹌地下了車。

我解開西裝上衣的扣子，由內袋裡抽出一支雪茄菸，再從一個更小的口袋裡取出了雪茄剪和火柴。儘管那不是飯後，我還是點著了雪茄——一支大衛杜夫豪門三號雪茄——站在那裡抽著，想讓自己鎮定下來。雪茄菸，雙排扣的西裝——有那麼點過分。我很清楚，可是我有此需要。這些東西讓我比較好過。在經歷過那些事之後，是會有過度補償的情形的。我穿著這套西裝，我的格子花襯衫，吸著我中等粗細的雪茄菸，等到我血液中的火消退。

有件事你應該了解；我一點也不是個陰陽人。5—α—還原酶不足症候群的睪酮仍然在胎兒期、新生兒時期、還有青春期，都能有正常的合成和其他作用。換言之，我在社會上是個男人，我上男廁所。從不用小便斗，總是進馬桶間，在健身房的男更衣室裡，我甚至還淋浴，雖然都很隱祕。我有一個正常男人所有的第二性徵，只除了一樣：因為我體內不能合成二氫睪酮（DHT），使得我免於禿頭。我過了大半輩子的男人生活，到現在一切都很自然。卡莉歐琵有浮現的時候，就像小時候的口吃一樣，突然出現，撩一下頭髮，或看著手指甲。那有點像鬼附身似的。卡莉在我體內醒過來，把我的皮膚像件寬袍似地穿著，把她的小手伸進我雙臂的寬大袖子裡，把她的腳放到我兩腿的褲子裡。走在人行道上，我感到她女孩子的步伐取代了我的步子，而這個動作喚回了某種感性，一種對我看到放學回家的小女孩所產生的不安與多事的同情。這樣會再繼續好幾步路。卡莉歐琵的頭髮搔著我的喉嚨，我感覺到她試著貼靠在我胸口——她那種緊張不安的老習慣——想看看是不是會發生什麼事。在她血脈中流過的青春期的絕望感，就像惡水般溢流進我的血脈裡。但緊接著，同樣突然地，她又開始離去。在我體內收縮融化，等我轉身去看照在櫥窗中的身影時，看到的是：一個四十一歲的男人，留著鬈曲的長髮；一道細細的鬍髭，和一簇山羊鬍鬚，像是個現代的火槍手。

可是現在談我已經談夠了。我得由昨天被炮火打斷的地方接下去。畢竟，要沒有接下來所發生的那些事，就不會有卡爾或卡莉歐琵。

*

「我早跟你說過，」黛絲荻蒙娜用最大的聲音叫道：「我早告訴過你說所有這些好運都是壞事！他們就是這樣解放我們？只有希臘人才會這麼蠢！」

你知道，在他們跳完舞的第二天早上，黛絲荻蒙娜的預言果然成眞，「大理想」灰飛煙滅，土耳其軍隊攻占了阿夫永。戰敗的希臘軍隊向海邊逃竄。在撤退時一路燒毀了所有的一切。黛絲荻蒙娜和拉夫提在晨曦中站在山邊，看著這場浩劫，山谷裡好幾哩地都冒著黑煙，每一個村子，每一塊田地，每一棵樹都在焚燒。

「我們不能留在這裡。」拉夫提說：「土耳其人會要報仇的。」

「他們什麼時候需要過理由？」

「我們到美國去，我們去住在蘇美莉娜那裡。」

「在美國不會好的，」黛絲荻蒙娜堅持己見地搖著頭，「你不該相信莉娜信上說的話，她太誇大了。」

「只要我們在一起就沒有問題。」

他看著她，就像昨天夜裡那樣，黛絲荻蒙娜的臉紅了起來。他想伸手抱著她，但是她將他攔住。「看。」

山下的黑煙暫時變淡了。他們現在能看得到路，路上擠滿了難民：像一條由牛車、蓬車、水牛、騾子以及匆忙出城的人組成的大河。

「我們到哪裡找得到路？去君士坦丁堡嗎？」

「我們去斯麥納，」拉夫提說：「每個人都說走斯麥納那條路最安全。」黛絲荻蒙娜沉默了一陣，想要想清楚這個新的現實問題。由別的房子裡傳來嘈雜的聲音，有人在咒罵希臘人和土耳其人，一面開始收拾行李。她突然下定決心說：「我要帶著我的蠶盒，還有一些蠶卵，這樣我們才能賺錢。」

拉夫提握住她的手肘，開玩笑地搖著她的手臂，「他們在美國不養蠶的。」

「他們總要穿衣服的吧？難道他們光著身子到處走嗎？只要他們穿衣服，就需要有絲，他們可以向我買。」

「好吧，隨妳想怎麼樣都行，只要趕快。」

伊留瑟里奧斯和黛絲荻蒙娜．史蒂芬尼德於一九二二年八月卅一日離開了俾斯尼奧斯。他們步行逃難，帶著兩個箱子，裝著衣服和漱洗用具，黛絲荻蒙娜的解夢書和煩惱珠，還有拉夫提的兩本古希臘文教科書。黛絲荻蒙娜脅下挾著她的蠶盒，裡面裝了幾百顆蠶卵，包在一塊白布裡。拉夫提口袋裡的紙片上現在記的不是賭債，而是到雅典或是阿斯托利亞的地址，就在一個多禮拜的時間裡，還住在俾斯尼奧斯的那近百人收拾起家當，向希臘本土進發，大部分都準備到美國去。（這次逃難本來該讓我無法出生的，可是並非如此。）

在離家之前，黛絲荻蒙娜走到外面院子裡，豎起拇指，照希臘正教的規矩在胸前畫了十字。向滿布塵埃，發著臭味的養蠶室，以及沿牆種植的那排桑樹，那些她永遠不會再爬的台階，還有這種住在世界之上的感覺，一一道了再見。她走進養蠶室，再看她的蠶最後一眼。所有的蠶都停止吐絲。她伸出手去。把一個蠶繭由桑樹枝上取下，放進她短上衣的口袋裡。

一九二二年九月六日，在小亞細亞的希臘軍總司令哈吉尼斯提斯將軍，醒來時覺得他的兩條腿是玻璃做的。他怕下床，就打發走了理髮師，早晨的修面因此作罷。到了下午，他也拒絕上岸到斯麥納的碼頭上去享受他通常要吃的檸檬冰。只仰臥著，一動也不動，但很警醒，命令他的副將——他們來來去去地報告前線軍情——不許用力關門或跺腳。這眞是這位指揮官比較清醒而有作爲的一天。兩週前土耳其軍隊進攻阿夫永時，哈吉尼斯提斯相信自己已經死了，映在他艙房牆上的波光正是天堂的煙火。

兩點鐘時，他的副司令踮著腳走進將軍的艙房，輕聲地說：「將軍，我正等您下令反擊。」

「你有沒有聽到它們在吱吱作響？」

「什麼？」

「我的兩條腿，我那兩條玻璃的細腿。」

「長官，我知道將軍的兩條腿有問題，可是請恕我直言，長官，」——他的聲音大了一點——「現在不是管這種事的時候。」

「你以爲我是在開玩笑，是不是？中將？要是你的腿是玻璃做的，你就會明白了。我不能上岸去，凱末爾就是在等著這件事！讓我站起來，把我兩條腿打得粉碎。」

「這是最新的報告，將軍，」他的副司令把一張紙伸到哈吉尼斯提斯面前。「『土耳其騎兵出現在斯麥納東方一百哩的地方。』」他念道：「『難民的人數現在是十八萬人。』比昨天增加了三萬人。」

「我不知道死亡會是這麼回事，中將，我覺得離你好近。我已經死了，我已經去了冥府，可是我還看得見你。聽我說，死亡不是終結。這是我的發現。我們還在，我們還留存著，死者看到我是他們中間的一個，他們在我周圍。你看不到他們，可是他們在這裡。好多母親帶著孩子，還有好多老女人——每個人都在這裡。叫廚子把我的中飯送來。」

在外面，這個知名的海港裡滿是船艦。商船排成一長列，繫泊在駁船和木頭小船旁邊。再往外，盟國的軍艦停泊著。看到那些軍艦，斯麥納的希臘人和美國人（以及成千上萬的希臘難民）都感到安心，而每次有謠言流傳——昨天一份美國報紙宣稱，盟軍急於表示他們支持入侵希臘，準備把這個城市交給戰勝的土耳其人——這裡的居民就遠眺著法國的驅逐艦和英國的軍艦，仍然在保護歐洲在斯麥納的商業利益，他們的懼意就會平息下來。

倪山・費洛波西恩大夫那天下午到港口來，正是爲求得這份心安。他和他的妻子陶琪，還有他的兩個女兒蘿絲和安妮妲吻別，拍了拍他兩個兒子卡里金和史提本的背，指著棋盤，假裝一本正經地說：「別動這些棋子。」他把大門關好鎖上，還用肩膀試了試，然後沿蘇雅尼街走下去，經過了美國區那些打烊的店鋪和上了板的窗子。他在貝比利安的麵包店外停了一下，不知道查爾斯・貝比利安有沒有帶著家人逃出城去，還是說他們也和費洛波西恩一家一樣藏在樓上。他們這樣自我監禁已有五天，費洛波西恩大夫和他兩個兒子無休無止地下著棋，蘿絲和安妮妲則在看他最近到派拉迪斯近郊美國人區時帶回來的一本《銀河之星》雜誌，陶琪夜以繼日地燒菜煮飯，因爲他們只能靠吃東西來紓解焦慮。麵包店的門上只有一張「近期復業」的告示，還有一張凱末爾的照片——這讓費洛波西恩大夫皺起了眉頭——那個土耳其的領袖在羔羊皮帽子與皮領之間露出堅毅的面孔，像兩把軍刀似的眉毛底下，一雙藍眼的眼光犀利。費洛波西恩大夫轉開身去，繼續往前走，又再想起他反對像這樣張貼凱末爾照片的各種理由——整個禮拜他都在對他妻子這樣說——歐洲勢力絕不會讓土耳其人進城。其次，就算他們進了城，港裡停泊的軍艦也會制止土耳其人掠奪。就連一九一五年的大屠殺中，斯麥納的亞美尼亞人也都很安全。最後還有——至少是為他自己的家人——他現在要到他的辦公室去取回那封信。他這麼想著，繼續往山下走，到了歐僑區，這一帶的房子越來越豪華。街道的兩側都建起兩層樓的別墅，有擺著花的陽台和加強防護的高牆。費洛波西恩大夫從來沒被邀請到那些別墅中作客，可是他卻常去出診，幫住在裡面那些地中海東部地區的女孩子看病；都是十八九歲的女孩子，在後院的「水宮」等著他，慵懶地躺在很多果樹中的長沙發上；那些急於要找個歐洲老公的女孩子都有相當的自由，因而使得斯麥納這地方以特別善待軍官而出名，也使得那些女孩子在早上費洛波西恩大夫去出診時都會臉羞得通紅。而她們的症狀不外是在舞池裡扭傷了腳踝，或是在更高的地方有難以示人的擦傷。不過這些女孩子都毫不害羞，拉開她們的綢睡衣說：「都紅了，大夫，治一治吧，我十一點還得到Casin（賭場）去呢。」這些女孩子現在都不在了，幾個禮拜以前的第一戰後，就都被她們的父母帶出城去，送到了巴黎和倫敦——正是社交季節的開始——費洛波西恩大夫經過的這些房子也寂靜無聲，他想到那些敞開的睡衣時，腦海裡淡忘了目前的危險。但接著他轉過街角，到了碼頭上，危急的狀況又回到他心中。

從港口的一頭到另外一頭，全是筋疲力竭，憔悴而骯髒的希臘士兵，蹣跚地走向城市西南的切斯米，在那裡等候上船撤退。他們襤褸的制服因為一路放火燒村而被薰黑。才不過一個禮拜以前，碼頭上高雅的露天咖啡座上滿是海軍官員和外交官；現在的碼頭成了一塊臨時關牛羊的畜欄。最早來的一批難民帶著地毯和扶手椅、收音機、留聲機、立燈、梳妝台等等，全都攤放在露天下的港口邊。最近來的難民大多只有一個袋子或一口皮箱。在混亂之中，腳伕到處跑來跑去，把香菸、無花果、乳香、絲綢和毛海毛織物裝運上船，倉庫都趕在土耳其人來之前清空。

費洛波西恩大夫看到一個難民在垃圾堆裡撿雞骨頭和洋芋皮。那是一個年輕男人，穿了一套剪裁合身卻骯髒的西裝。即使離得很遠，費洛波西恩大夫專業的眼睛卻注意到那年輕男子手上的傷和營養不良的蒼白臉色。但等那個難民抬起頭來時，這位大夫只看到一臉茫然；他和蜂湧在碼頭上的其他難民毫無分別。然而大夫還是望著那張茫然的臉叫道：「你病了嗎？」

「我有三天沒吃東西了。」那年輕人說。

大夫嘆了口氣。「跟我來。」

他領著那個難民走過幾條後街，到了他的診所，讓那個人進了門，從藥櫃子裡取出紗布、防腐劑和繃帶，開始檢查手上的傷。

傷在年輕男子的拇指上，指甲不見了。

「這是怎麼搞的？」

「先是希臘人打過來，」那個難民說：「然後土耳其人打回去，我的手正好在中間。」

費洛波西恩大夫在清洗傷口時沒有說話。「我只能付你支票，大夫，」那個難民說：「希望你不會介意，目前我身上可沒什麼錢。」

費洛波西恩大夫把手伸進口袋裡。「我倒有點錢，來吧，拿去。」

那個難民只微一遲疑。「謝謝你，大夫，等我一到美國之後就還你，請把地址給我。」

「要注意你喝的東西，」費洛波西恩大夫沒有理會他的要求，「可能的話，只喝開水。祈求上帝，早點有船來。」

那個難民點了點頭。「你是亞美尼亞人嗎？大夫？」

「是的。」

「那你怎麼不走呢？」

「斯麥納就是我的家。」

「那就祝你好運了，上帝保佑你。」

「你也一樣。」費洛波西恩大夫說著送他出門。他望著那個難民走了開去，心裡想著，這人一點希望也沒有，大概活不過一個禮拜。要不是得傷寒，也會是別的病。可是他已經管不著了。他伸手到一架打字機裡，由色帶底下抽出一大捲鈔票來，再翻找了幾個抽屜，最後在他的醫科文憑裡找到一封已經褪了色的打字信：「謹以此函證明倪山・費洛波西恩醫師於一九一九年四月三日診治穆斯塔法・凱末爾大人之憩室炎。凱末爾大人敬請閱讀此函者對費洛波西恩醫師給予尊重、信任與保護。」收取這封信的人把信摺好，放進口袋裡。

這時候，那個難民正在碼頭上的一家店裡買麵包。在他轉過身去，把那條還是溫熱的麵包藏在他骯髒的上衣下面時，水面反射的陽光照亮了他的臉，很清楚地看到他的面容：鷹鉤鼻，老鷹似的表情，那對棕色眼睛裡浮現的柔和神色。

自從來到斯麥納之後，拉夫提・史蒂芬尼德第一次露出笑容。上一回覓食，他只找到一個爛了的桃子和六顆橄欖，他讓黛絲荻蒙娜連皮帶核一起吃下去，以填飽肚子。現在，他帶著有些芝麻的chureki（麵包）擠回人叢裡。他繞過一個個露天的客廳（好幾家人坐在那裡聽沒有聲音的收音機），跨過好些他希望只是睡著了的人，他也感到一個新的發展鼓舞了他的精神。就在那天早上，傳言說希臘政府派了一支艦隊來疏散難民。拉夫提望向外面的愛琴海。他在山上住了二十年，從來沒見過大海。在海的那邊就是美國和他們的表姊蘇美莉娜。他聞到海風，那條過熱的麵包，還有從他綁了繃帶的拇指上傳來的防腐劑的味道，然後他看到了她——黛絲荻蒙娜，坐在箱子上，還在他留下她所在的地方——因而更感到快樂。

拉夫提沒辦法確定他是什麼時候開始對他姊姊有那些想法的。最初他只是好奇，想看看一個眞正女人的乳房長得什麼樣子，是不是他姊姊的乳房都沒關係。他還試著去忘記那是他姊姊的乳房。在那條掛在他們兩張床中間的kelimi後面，他看到黛絲荻蒙娜脫衣服的影子。那只是一具軀體；可以是任何一個人的身體，或不如說拉夫提想假裝是這樣。「你在那邊做什麼？」黛絲荻蒙娜當時一邊脫衣服，一邊問道：「你怎麼這麼安靜？」

「我在看書。」

「看什麼書？」

「聖經。」

「哦，還眞的呢，你從來不看聖經的。」

不久之後，他就發現自己在關燈以後想像著他姊姊的模樣。她侵入了他的幻想中，可是拉夫提一直抗拒。只下山進城，去找那些和他沒有親戚關係的裸女。

可是在他們跳舞的那個晚上之後，他不再抗拒。因爲黛絲荻蒙娜的手指傳來的訊息，因爲他們的父母已經死了，而他們的村子也毀了，因爲在斯麥納沒有一個人知道他們是誰，也因爲黛絲荻蒙娜現在坐在箱子上的模樣。

至於黛絲荻蒙娜呢？她有什麼感覺？最主要的是害怕，還有擔心，其間夾雜著前所未有的快樂。以前在乘牛車時，從來沒有把頭枕在一個男人懷裡過。她也從來沒有睡得像兩根湯匙套在一起似的，被男人抱著；也從來沒有經驗過一個男人貼靠在她背上，底下硬了起來，卻還假裝什麼事也沒有似地說話。「只有五十哩路了，」拉夫提有天晚上在他們逃亡到斯麥納的路上說：「也許我們明天運氣好，能搭得到車子。等我們到了斯麥納之後，我們再弄條船去雅典。」——他的聲音很緊，聽來很滑稽，音調比平常要高得多——「到雅典再弄艘船去美國。聽起來不錯吧？嗯，我覺得那很不錯。」

我在幹什麼？黛絲荻蒙娜想道。他是我弟弟！她看看碼頭上其他的難民，以為會看到他們對她指指點點，說：「不要臉！」，可是他們只有了無生氣的臉和空洞的眼神。沒有人知道，沒有人在乎。然後她聽到她弟弟興奮的聲音，一面把麵包送到她面前，「看啦，天賜的糧食。」

黛絲荻蒙娜抬眼望著他，在拉夫提把麵包分成兩半時，她嘴裡充滿了口水。可是她臉上仍然是悲傷的表情，「我沒看到有船來。」她說。

「會來的，別擔心。吃吧。」拉夫提和她一起坐在箱子上，他們的肩膀互相靠著。黛絲荻蒙娜挪開了身子。

「怎麼了？」

「沒什麼。」

「每次我一坐下，妳就挪開。」他不解地望著黛絲荻蒙娜，但緊接著他的表情柔和下來，伸手摟著她。她全身僵直。

「好吧，隨便妳。」他站了起來。

「你到哪裡去？」

「去再找點吃的。」

「不要走。」黛絲荻蒙娜懇求道。「對不起。我不想一個人坐在這裡。」

可是拉夫提已經氣沖沖地走掉了。他離開了碼頭，在城裡的街上遊蕩，一面自言自語。他為黛絲荻蒙娜拒絕他而生她的氣，也因為生她的氣而生他自己的氣，因為他知道她是對的。可是他並沒有氣多久，因為他天性如此。他很疲倦，餓得半死，喉嚨又痛，手還受了傷，可是不管怎麼說，拉夫提只有二十歲，是第一次離家在外，對各種新鮮的事物都很注意。一旦離開了碼頭，你就幾乎忘記了身處危機之中。城裡還有些精品店和高級酒吧開著，他沿著法蘭西路走下去，發現自己到了運動俱樂部。儘管局勢危急，兩名外國領事卻在後面的草地球場上打著網球。在漸暗的天光裡，他們前後移動，打著球，而一個黑皮膚的男孩，穿著一件白上衣，端著放了琴酒和通寧水的托盤站在球場邊。拉夫提繼續往前走，他走到一處廣場的噴泉邊，洗了把臉。一陣微風吹來，帶來遠在波納貝特的茉莉花香。在拉夫提停下腳步吸著花香時，我倒想借這個機會——只是爲了哀悼，也只說一小段——說說這個城市在一九二二年完全消失了。

斯麥納在今天只存在於少數幾首民謠和《荒原》中的一首短詩裡：

尤金尼德斯先生，斯麥納的商人，
沒刮鬍子，口袋裡裝滿鈔票，
金額運送倫敦：文件已經看到，
用希臘腔的法語邀我
去堪農街大飯店午餐，
再去曼特浦度週末。

你對斯麥納想知道的一切都在這裡面。那個商人很有錢，斯麥納也很富有，他的邀約很有誘惑力，斯麥納也是一樣，是近東最國際化的城市。在建立這個城的歷代名人中，首先是亞馬遜族（這正和我的主題相合），其次是坦特勒斯本人。荷馬出生在這裡，亞理士多德·歐納西斯也是。在斯麥納，東方與西方，歌劇和 politakia（弦樂團），小提琴和 zourna（嗩吶），鋼琴和 daouli（扁鼓）都被視爲有很好的品味，就像當地糕點裡的玫瑰花瓣和蜂蜜一樣。

拉夫提又開始走著，不久就到了斯麥納 Casin。盆栽的棕櫚樹圍著壯觀的入口，但是大門敞開著。他走了進去，沒有人攔阻他，周圍一個人也沒有。他順著一道紅地毯走上二樓，進了賭室。骰子檯是空著的，也沒有人在玩輪盤賭，不過在那頭的角落裡，有一群人正在玩牌。他們抬頭看了拉夫提一眼，又繼續打牌，沒有理會他一身髒衣服。他這時候才發現那些賭客都不是一般的俱樂部會員；全是和他一樣的難民。每個人都是逛進了敞開的大門，希望能贏錢來買路逃出斯麥納。拉夫提向賭桌走去。一個打牌的人問道：「參一腳嗎？」

「我參一腳。」

他根本不懂規則。他以前從來沒打過撲克，只玩過雙陸，前半個小時裡，他輸了一把又一把。不過，最後拉夫提開始明白各種點數大小的不同。慢慢的，桌上的輸贏有了轉變。「三張這個。」他說著亮出三張A，那些人開始嘟嘟嚷嚷。他們緊緊地盯著他發牌，誤以為他是在扮豬吃老虎。拉夫提開始樂在其中，在贏了一把大的之後，大聲叫道：「請每個人一杯酒。」等到全無下文，他抬起頭來，才再一次看到賭場裡眞是人都走空了，也讓他看清楚他們的賭注有多大。是生命，他們是在賭命，現在，他細看其他的賭客，看到他們額頭上滿是汗珠，也聞到他們酸臭的口氣。拉夫提．史蒂芬尼德表現出比他四十年後在底特律賭錢時要強得多的自制力，站起來說：「我收手了。」

他們差點殺了他。贏來的錢把拉夫提的口袋塞得鼓鼓的，那些人堅持說不給他們機會贏回一些的話，就不可以走。他彎下腰去在腿上抓癢，堅持說：「我隨時要走就可以走。」其中一個人抓住他骯髒的衣領，拉夫提接著說，「不過我現在還不想走。」他坐下來，又在另外一條腿上抓癢，接下來開始輸了一把又一把。等到他所有的錢全輸光之後，拉夫提站了起來，又怨又恨地說：「現在我可以走了嗎？」那些人說當然可以，走吧，一面笑著發牌。拉夫提步伐僵直而沮喪地走出了賭場，在大門口的盆栽之間，他彎下身去把塞在他臭襪子裡的錢取了出來。

回到碼頭之後，他找到黛絲荻蒙娜，「妳看我撿到了什麼，」他把鈔票亮出來說：「想必是什麼人掉了的。現在我們能弄到船了。」

黛絲荻蒙娜尖叫起來，緊抱著他，親了他的嘴。然後她退了回去，紅著臉，轉身向海。「你聽，」她說：「那些英國人又在奏樂了。」

她說的是「鐵公爵號」上的樂隊。每天晚上，軍官們用餐的時候，樂隊就在甲板上演奏。維瓦弟和布拉姆斯的弦樂曲由海上飄出去。英國皇家海軍陸戰隊少校亞瑟・麥思維爾一面喝著白蘭地，一面和他的部下把望遠鏡傳來傳去，觀察岸上的情形。

「人眞擠啊，是吧？」

「看起來像耶誕夜的維多利亞車站呢，長官。」

「看著那些可憐的傢伙，給留下來自求多福了，等到希臘指揮官走了的消息一傳開，那可就要天下大亂了。」

「我們會疏散難民嗎？長官？」

「我們奉命保護英國的財產和僑民。」

「可是，長官，要是土耳其人來了，今天屠殺的話，當然……」

「我們沒什麼辦法，菲利浦。我在近東多年，學到的教訓就是你拿這些人沒辦法。一點辦法也沒有！土耳其人是這些人裡最好的，我把亞美尼亞人比作猶太人。缺少道德和智慧。至於希臘人嘛，哎，你看看他們，他們把整個國家都燒掉了，現在擠在這裡叫救命。這雪茄菸不錯，是吧？」

「非常好，長官。」

「斯麥納的菸草。全世界最好的。想到所有的菸草都堆放在那邊的那些倉庫裡，就讓我想哭啊，菲利浦。」
「也許我們可以派一小隊人去救那些菸草，長官。」
「我是不是聽到有諷刺的味道？菲利浦？」
「一點點，長官，一點點而已。」
「天啦，菲利浦，我可不是沒心沒肝的人。我也希望我們能幫那些人。可是我們不能幫。這不是我們打的仗。」
「您確定是這樣嗎？長官？」
「什麼意思？」
「我們也許原先支持過希臘軍隊，是我們把他們送進去的。」
「他們想死了要讓人送進去！韋尼澤洛斯[12]和他那批人。我想你不了解情況的複雜。我們在土耳其有既得利益，必須極端慎重，我們不能讓自己捲進這些拜占庭的爭鬥之中。」
「我明白了，長官，再來點白蘭地嗎？長官？」
「好的，謝謝你。」
「不過，這是個很美的城市，是吧？」
「的確。你知道斯特拉博[13]怎麼說斯麥納吧？他稱斯麥納是亞洲最好的城市。那還是在奧古斯都時代的事。就維持了那麼久。好好看著，菲利浦，眞要好好地看著。」

到了一九二二年九月七號，所有在斯麥納的希臘人，包括拉夫提·史蒂芬尼德，都戴上了土耳其氈帽，混充土耳其人。最後一批希臘軍隊也由切斯米撤離了。土耳其的軍隊離城只有三十哩——並沒有船隻從雅典來撤退難民。

新近有了錢，戴上了土耳其氈帽的拉夫提，由碼頭上都戴上紅帽子的擁擠人群中穿過，跨過電車軌道和躺在地上的人往山上走。他找到一家輪船公司。辦公室裡一名職員正低頭整著旅客名單。拉夫提拿出他贏來的錢說：「兩張到雅典的船票。」

那個人頭都不抬。「統艙還是艙房？」

「統艙。」

「一千五百銀元。」

「不是，不用艙房，」拉夫提說：「統艙就可以了。」

「是統艙的價錢。」

「一千五？我沒有一千五百銀元。昨天說是五百嘛。」

「那是昨天。」

一九二二年九月八日。哈吉尼斯提斯將軍在他的艙房裡，坐在床上，先揉了他的右腿，再揉他的左腿，用指節敲打了一陣，然後站了起來。他走到上層的甲板上，步伐很威嚴，就好像後來他在雅典因敗戰遭受處決赴死時一樣。

在碼頭上，希臘的文官總督亞理士特底・史特吉德斯上了一艘汽艇，把他送出城去，群眾叫罵嘲笑，揮舞著拳頭。哈吉尼斯提斯平靜地看著這一切，人群遮住了碼頭和他最喜歡的小酒館，他只能看到電影院的天篷，十天前，他還在那裡看了場叫《死之舞》的電影——很可能這也是一個幻覺——他聞到了波納貝特的茉莉花香。他用力地吸著花香。那艘汽艇到了艦邊，灰著一張臉的史特吉德斯爬上了軍艦。

然後哈吉尼斯提斯下了他在過去幾個禮拜以來唯一的命令：「起錨，調頭，全速前進。」在岸上，拉夫提和黛絲荻蒙娜望著希臘艦隊離開。群眾擠向海邊，伸起四十萬隻手，高聲叫喊。然後完全安靜下來，沒有一張嘴發出一點聲音，他們終於了解他們自己的國家拋棄了他們，斯麥納現在已經沒有了政府，再沒有什麼阻擋在他們和進逼的土耳其人之間。

（我有沒有提過，夏天的時候，斯麥納的街道兩邊都是一籃籃的玫瑰花瓣？還有城裡的每一個人都會說法語、義大利話、希臘語、土耳其話、英語和荷蘭話呢？我有沒有告訴你那有名的無花果，是駱駝商隊帶進來的，丟在地上，大堆大堆熟透的果子躺在土裡，一些骯髒的女人把果子浸在鹽水裡，而孩子們就蹲在後面大便？我有沒有提到那些弄無花果的女人的臭味和杏仁樹、含羞草、月桂，以及桃子等的芳香混在一起，還有每個人在狂歡節時都會戴上面具，在大船的甲板上吃豐盛的大餐？我想提這些是因為這些事全都發生在這個不單是一個城市的城市裡，這裡不是哪一個國家的一部分，因爲這裡是所有的國家，也因爲如果你現在到那裡去的話，你會看到現代的高樓建築，沒有任何記憶的寬闊大道，蝟集的血汗工廠，北大西洋公約組織總部，還有一塊牌子寫著這個城市的名稱：伊士麥……）

五輛裝飾著橄欖枝的車子衝進了城門，騎兵護在車子兩側。那些汽車轟隆地開過廣場，經過有群眾歡呼的土耳其區，那裡所有的路燈、大門和窗子上都掛著紅布。根據鄂圖曼帝國的法律，土耳其人必須占據一個城市最高的地方，所以車隊現在在市區的上方高處，再往下走。不久之後，這五輛車經過那些荒涼的地段，那裡的房子不是人去樓空，就是有家人藏匿其中。安妮妲・費洛波西恩偷偷朝外看那些裝飾了枝葉的漂亮車子開過來，那景象吸引得她開始打開木板套窗，幸好她母親將她拉了開去……也還有其他人的臉貼在窗縫後，亞美尼亞人、保加利亞人和希臘人的眼睛從藏匿的地方與閣樓上向外窺探，想看一眼征服者，猜測他的心意；可是那些車子開得太快了，而由騎兵高舉的彎刀上反射來的陽光也照花了這些眼睛，然後那些汽車就開走了，開到了碼頭，馬匹衝進人群中，難民驚叫著四下逃竄。

最後一輛汽車的後座坐著穆斯塔法．凱末爾。他因為打仗而很瘦，藍眼閃亮。已經兩個多禮拜沒有喝一口酒。（費洛波西恩替這位將軍治療的「憩室炎」只是一個幌子，力主西化而建立土耳其共和國的凱末爾，後來一直終生信守這個原則，到最後於五十七歲時死於肝硬化。）

而在他經過時，他轉頭望向人群中，正好有個坐在皮箱上的女人站了起來。藍眼和棕眼對望。兩秒鐘。甚至還不到兩秒鐘。然後凱末爾轉開了目光；車隊開走了。

現在完全是風向的問題了。一九二二年九月十三日，星期三，半夜一點鐘。拉夫提和黛絲荻蒙娜到這個城市來已經有七晚了。茉莉花香變成了汽油味，亞美尼亞區的四周圍起了拒馬。土耳其軍隊擋住了碼頭的出入口。但是風向仍然一直不對。不過，到了午夜時分，風向轉了，開始往西南吹，也就是說，從土耳其人所在的高地吹向港口。

在黑暗中，火把集在一處。三個土耳其士兵站在一間裁縫店裡，他們的火把照亮了一疋疋的布料和掛在架子上的一套套西裝。然後，等火光更亮時，照見了那個裁縫師傅，他坐在縫衣機前，右腳仍踩在踏板上。火光更加明亮，看清楚了他的臉，挖掉了眼珠子的眼眶，大片大片血肉模糊被扯掉的鬍子。

亞美尼亞區到處都起了火，像百萬隻螢火蟲似的火星飛舞在黑暗的城市，落下的地方又燃起新的火種。費洛波西恩大夫在他位於蘇雅尼街的家裡，把一塊濕地毯掛在露台上，然後趕快回到黑黑的屋子裡，關上木板套窗。可是火光穿透了房間，射進一道道的亮光：照著陶琪刺痛的眼睛；安妮妲像《銀河之星》裡的克拉拉．寶似地綁著條銀色緞帶的額頭；蘿絲的頸子；史提本和卡里金低垂的黑色頭顱。

費洛波西恩大夫就著火光，在那晚第五次讀那封信：「『……敬請閱讀此函者……給予尊重、信任與保護……』你們聽到了嗎？『保護……』」

在對街的皮德吉其安太太唱了歌劇《魔笛》裡〈夜之后〉詠嘆調最高的三個音。歌聲聽起來很奇怪，還有其他的聲音——撞破了大門，有人在尖叫，女孩子在哭喊——使得他們全都抬起頭來。皮德吉其安太太重複了兩遍那降B、D和F三個音，好像在練唱那首詠嘆調，然後她的聲音高到一個他們從來沒有聽過的音調，而他們這才發現皮德吉其安太太根本不是在唱歌。

「蘿絲，把我的皮包給我。」

「倪山，不可以。」他的太太反對道：「要是他們看到你走出去，就會知道我們躲在這裡了。」

「沒有人會看到的。」

黛絲荻蒙娜最早注意到起火是有光映在船艦上。一筆筆橘紅色抹閃在美國船「李奇福號」和法國船「幸運石號」的吃水線上。然後水面亮了起來，好像大群閃著磷光的魚游進港裡來。

拉夫提的頭枕在她肩膀上。她想看看他是不是睡著了。「拉夫提，拉夫提？」他沒有回應，於是她吻了下他的頭頂。然後警笛聲響了起來。

她看到的火頭不是一處，而是有很多。在上面的小山丘上大約有二十個橘紅色的點。但那些火好像燒得很不自然。一等消防隊撲滅了一個火頭，另外一個火頭又在別處燒了起來。火由車上的稻車或垃圾桶燃起，順著油跡由路中間燒下來；轉上另一條街；燒進被撞開的大門。一道火燒進了貝比利安的麵包店，很快地燃著了放麵包的架子和裝糕點的小車，燒穿到後面的住家，爬上前面的樓梯，在半路上就遇上了查爾斯・貝比利安本人，想用一條毯子來撲滅烈火，但火焰躲過了他，往上衝進房子裡。從那裡燒過一條東方的地毯，直到外面的後門口，敏捷地跳上一條曬衣繩，順著繩子走到後面的房子，爬上窗子，在那裡停了一下，好像因爲運氣太好而感到震驚：因爲這棟房子裡面所有的東西都正是很好燒的——有長縫子的緞面沙發，桃花心木的茶几，還有印花布的燈罩。熱氣使牆紙一條條剝落；而這種情形不止發生在這間公寓裡，而且也發生在十間到十五間其他的公寓中，接著是二十間或二十五間，每棟房子都燒到隔鄰，最後整區都燒了起來。那些不易燃的東西燒起來所發出的氣味飄過整個城市：鞋油，滅鼠藥，牙膏，鋼琴弦，疝氣帶，嬰兒搖籃，體操健身棒。還有頭髮和皮膚。到這時候，全是頭髮和皮膚燒焦的味道。在碼頭上，拉夫提和黛絲荻蒙娜和其他人一起站了起來，還有很多人吃驚得無法有什麼反應，或是仍然半睡半醒，或是得了傷寒和霍亂，或是被累得什麼都不在乎了。然後，突然之間，山上所有的火形成一道很大的火牆，橫跨過整個城市——現在已無可逃避——開始往下逼向他們而來。

（現在我記起了另外一件事：我的父親，密爾頓．史蒂芬尼德，穿著睡袍和拖鞋，在耶誕節清晨彎著腰點火。一年只有一次因爲需要燒掉堆積如山的包裝紙和紙盒子，才能推翻黛絲荻蒙娜反對我們家壁爐的禁令。「媽，」密爾頓會先警告她：「我現在要燒掉一些垃圾了。」聽到這話，黛絲荻蒙娜就會大叫一聲：「Mana（天啦）！」抓起她的拐杖，我父親在爐床前從六角形的盒子裡抽出一根長火柴，可是黛絲荻蒙娜已經往外走向安全的廚房去了，廚房裡用的是電爐。「你們的 yia yia 不喜歡火。」我父親會這樣告訴我們，然後，劃著了火柴，湊向印滿了小精靈和聖誕老公公的包裝紙，火舌升了起來，而我們這兩個無知的美國小孩像發瘋似地把紙張、盒子和緞帶丟進火裡。）

費洛波西恩大夫走到外面街上，向兩邊看了看，直接跑進對街的大門。他爬上樓梯，看到皮德吉其安太太的後腦勺，她正坐在客廳裡。他向她跑過去，一面叫她不要擔心，說他是對街的費洛波西恩大夫。皮德吉其安太太好像點著頭，可是她的頭沒再抬起來，費洛波西恩大夫跪在她身邊，用手摸著她的頸子，感到脈搏很微弱。他輕輕地把她從椅子上拉下來，讓她躺在地板上，就在這時候，他聽到樓梯上有腳步聲。他很快地跑到房間另一頭，藏身在窗簾後面，一群士兵衝了進來。

他們在公寓裡搜了十五分鐘，拿走前一批人留下來的東西。他們倒空所有的抽屜，割開沙發和衣服，尋找藏在裡面的珠寶或金錢。等他們走了之後，費洛波西恩大夫又等了整整五分鐘，才從簾子後面走出來。皮德吉其安太太的脈搏停了。他掏出手帕來蓋在她臉上，在她身體上方畫了個十字，然後拿起他的醫療用皮包，匆忙下樓。

熱氣比火先到。來不及裝運而堆在碼頭上的無花果開始烤得爆裂，流出汁液來。甜香味和煙味混在一起。黛絲荻蒙娜和拉夫提跟其他人都盡量往水邊站。他們無路可逃，土耳其的士兵仍守在拒馬旁。很多人在祈禱，高舉雙手，向港裡的船艦哀求。探照燈掃過水面，照著有人在游泳，淹死。

「我們會死在這裡的，拉夫提。」

「不對，我們不會死。我們要逃出這裡。」可是拉夫提自己也不相信這句話。他抬頭看著大火時，他也確定他們會死在這裡。而這種確定使他說出了在其他情況下絕不會說的話，一件甚至從來沒想過的事。「我們會逃出這裡，然後妳要嫁給我。」

「我們永遠也逃不掉。我們早該留在俾斯尼奧斯的。」

在大火逼近時，法國領事館的大門開了，一隊陸戰隊的守備隊排成兩行，橫過碼頭直到港口。法國國旗降了下來。有人從領事館的門裡出來，一些穿著淡黃色西裝的男人和戴著草帽的女人，手挽著手走向一艘等著的汽艇。由那些陸戰隊交叉的長槍上望過去，拉夫提看到那些女人臉上新撲的粉，還有男人嘴裡叼著的雪茄菸。有個女人在脅下抱著隻小貴賓狗。另外一個女人絆了一下，折斷了鞋跟，她的丈夫連忙安慰她。在汽艇開走之後，一名官員轉身對著人群。

「我們只疏散法國公民。馬上開始核發簽證。」

他們聽到敲門聲時，全都嚇了一跳。史提本走到窗口下看。「一定是爸爸。」

「去。開門讓他進來！趕快！」陶琪說。

卡里金兩級一步地衝下樓梯，到了門口停下來，穩住身子，很快地拉開門閂。他把門拉開的時候，起先什麼也沒有看到。然後有嗤的一聲輕響，接下來是一陣裂開的聲音。那個聲音聽來好像和他毫無關係，然後一顆襯衫扣子彈脫了，喀喇一聲打在門上。卡里金低頭看去，只覺得他嘴裡突然滿是溫熱的液體。他感到自己給舉得離了地，那種感覺讓他回想起小時候被他父親一把抱到空中，他說：「爹，我的扣子。」接著他給舉得高到看見刺穿了他胸骨的刺刀，映照的火光一路沿著槍管，標尺，撞針，到那個士兵狂喜的面孔。

火往碼頭上的人群燒了下來。美國領事館的屋頂著了火。火焰燒上電影院，烤焦了天篷。人群在強熱下慢慢後退。可是拉夫提看準了他的機會，毫不灰心。

「沒有人會知道，」他說：「誰會知道呢？除了我們，別人都不在了。」

「這樣不對。」

好多屋頂坍塌，大家發出尖叫，拉夫提把嘴湊到他姊姊耳邊。「妳答應過說妳會給我找一個好希臘姑娘。哎，就是妳了。」

在一邊，有個男人跳進水裡想自溺，另外一邊有個女人在生產，她的丈夫用件大衣把她遮住。

「Kaymaste! Kaymaste!」大家叫著：「我們要燒死了！我們要燒死了！」黛絲荻蒙娜用手指著大火，指著這一切。「來不及了，拉夫提。現在什麼都沒用了。」

「可是要是我們活下來了呢？那到時候妳會嫁給我嗎？」

點了下頭。這就夠了。接著拉夫提就走了，直朝大火跑去。

在一方黑色銀幕上，一個望遠鏡形狀的畫面來回移動，照見遠處的難民，他們無聲地吶喊，他們伸出雙手在哀求。

「他們打算把那些可憐的傢伙活活燒熟。」

「請求准許救回一個游泳的人，長官。」

「不許，菲利浦，一旦我們救了一個人上船，就得讓他們所有的人上來。」

「是個女孩子，長官。」

「多大？」

「看起來大約是十歲還是十一歲。」

亞瑟．麥思維爾少校把望遠鏡放了下來。在他下巴有塊三角形的肌肉拉緊了一下又放鬆。

「請您看看她，長官。」

「我們不能受情感左右，菲利浦。還有更重要的問題。」

「請您看看她，長官。」

亞瑟．麥思維爾少校看著菲利浦上尉，鼻翼鼓動著。然後，用一隻手拍著大腿，朝船邊走去。

探照燈掃過水面，光圈照亮一塊圓形的畫面。在燈光下，海水看起來很奇怪，像一鍋沒有顏色的湯，上面浮著各式各樣的東西：一粒鮮亮的橘子；一頂男用呢帽，帽沿沾著糞便；一些像撕碎的信似的紙片。然後，在這些了無生氣的東西之間，那個女孩出現了，她抓著船的纜繩，一身粉紅衣裳被水浸成紅色，頭髮貼在小小的頭顱上。她的兩眼沒有哀求的神情，只向上望著。小小的兩腳不住踢動，像鰭一樣。

由岸上射來的子彈打中她四周的海水，她沒有理會。

「關掉探照燈。」

燈光熄滅，槍聲也停止了。麥思維爾少校看著手錶。「現在是二十一點十五分，我要去我的艙房了，菲利浦。我會在房裡待到明早七點。要是有難民在這段時間救上了船，我是不會曉得的。明白嗎？」

「明白，長官。」

費洛波西恩大夫沒有想到他在街上跨過的那具扭曲的屍體是他的小兒子，只注意到他家的大門是開著的。他走到門廳裡，停下來聽了聽，屋子裡一片沉寂。他提著醫療用的皮包，慢慢地爬上樓梯。所有的燈都開著，客廳裡非常的亮。陶琪坐在沙發上，正在等他。她的頭向後仰著，好像正在大笑，那個角度拉開了傷口，露出一截氣管。史提本仆倒在餐桌上，拿著那封提請保護信函的右手被一把牛排刀釘在桌面上。費洛波西恩大夫向前走了一步，腳下卻一滑，他這才注意到一道血跡直通過走廊，他跟著血跡走進了主臥室，發現他的兩個女兒，都全身赤裸地仰臥在床上，四個乳房被割掉了三個。蘿絲的手伸向她妹妹，好像要幫她調整好綁在額頭上的銀色緞帶。

隊伍很長，又移動得很慢，讓拉夫提有時間再複習他的語彙。他重溫文法，很快地看了看那本會話小冊。他仔細念過「第一課：問候語」，等輪到他站在那位官員的辦公桌前時，他已經準備好了。

「姓名？」

「伊留瑟里奧斯・史蒂芬尼德。」

「出生地？」

「巴黎。」

那個官員抬起頭來。「護照。」

「所有的東西都給火燒掉了！所有的證件全沒了！」拉夫提噘起嘴來，吹了口氣，就像他以前看過法國人那樣做法。「你看看我穿的什麼衣服。我所有的好西裝全沒了。」

那個官員冷淡地笑了笑，在一些文件上蓋了章。「好了。」

「我太太跟我在一起。」

「我猜她也是生在巴黎的吧。」

「當然啦。」

「叫什麼名字？」

「黛絲荻蒙娜。」

「黛絲荻蒙娜・史蒂芬尼德？」

「對呀，跟我的姓一樣。」

等他帶著簽證回來的時候，黛絲荻蒙娜不是一個人在那裡，還有個男人和她一起坐在皮箱上。「他想跳水自殺，我及時把他抓住了。」那個男人有點神智不清，渾身是血，一條醒目的繃帶纏在一邊手上，不斷地重複說著：「他們不識字。他們是文盲！」拉夫提檢查了一下，看那個人身上什麼地方在流血，可是找不到傷口。他把那個人當做繃帶用的那條銀色緞帶解開丟掉。「他們看不懂我的信。」那個人說著抬起頭來，拉夫提認出了他是誰。

「又是你？」那位法國官員說。

「我的表哥。」拉夫提用不怎麼高明的法語說。那官員在一張簽證上蓋了章，遞給他。

一艘快艇把他們載運到大船去。拉夫提一直抓住仍然想投水自盡的費洛波西恩大夫。黛絲荻蒙娜打開了她的蠶盒，再把白布解開來檢查她的蠶卵。在可怕的海水中，有屍體漂過，也有活人載浮載沉，高聲呼救。探照燈照見一個男孩已經沿著一艘軍艦的錨鍊爬到一半的地方，艦上的人把油倒在他身上，使他又滑回到水裡。

在「尚巴特號」的甲板上，那三位新的法國公民回頭望著焚燒的城市，全城都陷入了烈焰之中。那場大火還會再延燒三天，火光在五十哩外都看得見。在海上的水手會把冒上天的黑煙誤看成一座巨大的山嶺。在他們要去的美國，斯麥納焚城的消息上了報紙頭條有一兩天之久，然後取而代之的是何爾－密爾斯謀殺案（何爾是位新教的牧師，和一位美麗的唱詩班成員密爾斯小姐兩人陳屍一處）以及世界博覽會開幕的新聞。美國海軍上將馬克．布里斯托擔心美國與土耳其兩國關係受損，以電報發布新聞稿，宣稱「因屠殺、火災和處決而造成之死亡人數無法估計，但總數大概不超過兩千人。」美國領事喬治．荷頓估算的數字比較大些，大火之前，在斯麥納的四十萬土耳其基督徒裡，到了十月一日，有十九萬人下落不明。荷頓把這個數字砍掉一半，估計死者約十萬人。

錨拉離了水面，那艘驅逐艦的引擎轉向的時候，腳下的甲板震動不止。黛絲荻蒙娜和拉夫提望著小亞細亞逐漸遠去。

在他們經過「鐵公爵號」的時候，英國軍方的樂隊開始演奏一首圓舞曲。

絲路

根據一則古老的中國傳奇故事，在公元前二六四〇年的某一天，西靈奇公主坐在一棵桑樹下，突然一個蠶繭落在她的茶杯裡。就在她準備把蠶繭撈出來的時候，注意到蠶繭在熱水裡開始鬆解開來。她把鬆脫的一頭交給她的侍女，叫她往外走。那個侍女走出了公主的寢宮，進了皇宮內院，再穿過皇宮大門，出了禁城，到了半哩外的鄉野，蠶繭的絲才抽完。（在西方，這個傳奇故事在三千年來慢慢變化，最後成爲一個物理學家和一顆蘋果的故事。不管怎麼說，其意義是一樣的：偉大的發現，不論是蠶絲或地心引力，都是天上掉下來的意外，發生在遊蕩樹下的人身上。）

我覺得有點像那個中國公主，她的發現給了黛絲荻蒙娜生計。我像她一樣把我的故事解開來，而線拉得越長，剩下來可以說的就越少。順著這根細絲往前回溯，你就會回到蠶繭最初成形的那一個小結，最早試著產生的一小圈。而順著我故事的線回到我前面說到的地方，我看到「尚巴特號」停泊在雅典。我看到我祖父母又上了陸地，準備另一段航程。護照拿到了手裡，預防針打進了上臂。另一艘船出現在碼頭上，是「吉利亞號」。一聲霧笛響起。

看哪：由「吉利亞號」的甲板上，有什麼別的現在展開了，一些彩色繽紛的東西，旋舞著投出在皮里亞斯的水面上空。

當時的習俗是啓程往美國去的旅客都要帶一球紗線上船。紗線的一頭由在碼頭上的親友抓在手裡。當

「吉利亞號」鳴響號角駛離碼頭時，幾百根紗線橫在水面上。所有的人大聲道別，瘋狂地揮著手，把嬰兒高高舉起，讓他們看不會記得的最後一眼。螺旋槳轉動，手帕在空中飛飄，而在甲板上，一球球的紗線開始轉動，紅的、黃的、藍的、綠的，都鬆解開來直伸向碼頭，起先很慢，每十秒一圈，然後隨著船隻的加速而越來越快。旅客們盡其可能長久地將紗線抓在手裡，維繫著和岸上漸漸消失的面孔之間的連結。但最後，一個接一個的紗線球放完了。紗線飛了出去，被風吹上天。

拉夫提和黛絲荻蒙娜——現在我終於可以說是我的祖父母了——在「吉利亞號」甲板上兩個不同的地方看著那方空中的毯子飛去。黛絲荻蒙娜站在兩支外形像大喇叭似的通氣管中間，拉夫提則在船中央部位，和一群單身男子擠在一起。在過去的三個鐘點裡，他們彼此沒有見面。那天早上，他們一起在港口附近的一家咖啡店裡喝了咖啡，然後像兩個職業間諜似地，各人拿起自己的皮箱——黛絲荻蒙娜還留著她的蠶盒——由不同的方向出發上船。我祖母帶著竄改過的文件。希臘政府在她必須立即離境的條件下發給她的護照上，用的是她母親娘家的姓氏阿里斯托，而不是史蒂芬尼德。她在登上「吉利亞號」時用的就是這份護照和登船證。然後她按計畫走到船尾，等待啓航。

出港之後，霧笛再次響起，船頭轉向西邊，更加快了速度。裙子、手帕和西裝上衣在風中翻飛，幾頂帽子在叫聲和笑聲中給吹掉了，紗線在空中織成的網子現在幾乎已經看不見了。大家還是盡量極目張望。黛絲荻蒙娜是最早下到船艙去的一批人，拉夫提則在甲板上又逗留了半個鐘點。這也是計畫的一部分。

在海上的第一天，他們彼此沒有交談。他們在規定用餐的時間到甲板上來，排在不同的隊伍裡。吃完飯後，拉夫提和那些男士們一起在欄杆邊抽菸，黛絲荻蒙娜則和一些女人與孩子蹲在甲板上，避開海風。「有人會來接妳嗎？」那些女人問道：「有未婚夫會來？」

「沒有，只有我住在底特律的表姊。」

「一個人上路呀？」那些男的問拉夫提。

「對呀。自由又輕鬆。」

到了晚上，他們下去回各自的艙房，躺在各自用粗麻布包海草做成的床上，把救生衣捲起來當枕頭，他們盡可能地試著入睡，讓自己習慣於船的晃動，忍受著難聞的氣味。旅客們帶了各種辛香料和甜食、罐裝沙丁魚、酒泡的章魚、用大蒜和丁香醃的羊腿。當年那時候，你由氣味就可以判斷出一個人的國籍。黛絲荻蒙娜閉著眼睛，仰臥在那裡，就能辨別出右邊是有洋蔥味的匈牙利女人，左邊則是有生肉味的亞美尼亞婦人。（而她們同樣可以從黛絲荻蒙娜的大蒜和優酪乳的氣味斷定她是希臘人。）拉夫提的困擾則來自聽覺和嗅覺兩方面，一邊是個叫卡拉斯的男子，鼾聲直如一支小霧笛；另外一邊則是費洛波西恩大夫，總在睡夢中哭個不停，自從離開斯麥納之後，這位大夫就始終悲痛不能自已。深受打擊之下，整個人蜷縮在他的大衣裡，眼圈發青。他幾乎什麼也不吃，拒絕到甲板上去呼吸新鮮空氣，而難得上去的時候，就鬧著要跳海。

在雅典的時候，費洛波西恩大夫叫他們不要理他。他拒絕討論有關未來的計畫，說他在任何地方都沒有家人。「我家破人亡了，他們殺光了我的家人。」

「可憐的傢伙，」黛絲荻蒙娜說：「他不想活了。」

「我們一定要幫助他，」拉夫提堅持道：「他給了我錢，他治了我手上的傷。沒有別人關心過我們。我們要帶他一起走。」在他們等著他們的表姊把錢電匯來的時候，拉夫提盡量安慰這位醫生，最後說服他和他們一起去底特律。「只要是遠的地方，哪裡都行。」費洛波西恩大夫說。可是現在在船上，他卻只說要死。

這趟旅程大約要花十二到十四天。拉夫提和黛絲荻蒙娜把整個進度都安排好了。在海上的第二天，一吃完晚飯，拉夫提就到全船去走一趟。他由統艙裡橫七豎八地躺著的人中間走過，經過樓梯，到了操舵室，在額外加運的貨物，一箱箱卡拉馬塔產的橄欖和橄欖油，還有柯斯島的海綿之間擠過去。他繼續向前走，用手順著救生艇的綠色防水罩一路摸過去，最後碰到了隔開統艙和三等艙之間的鐵鍊。在當年的全盛時期裡，「吉利亞號」曾隸屬奧匈帝國航運公司。號稱有現代的便利（「lumina electrica, ventilatie et comfortu cel mai mare【電燈，電扇以及衛生設備】」），每月一次航行於的港與紐約之間。現在電燈只用在頭等艙，而且還有時無。鐵欄杆都生了鏽。由煙囪裡冒出的黑煙把希臘國旗燻黑了。整條船有股舊污水桶和長期有人暈船嘔吐的味道。拉夫提還沒法走得很穩，不停地倒靠在欄杆上。他在鐵鍊邊站了好一陣子，然後走到船頭，再回到船尾。黛絲荻蒙娜按照計畫獨自站在欄杆邊。拉夫提在走過時，微笑點頭。她冷冷地點頭回禮，然後再回眼望著海上。

第三天，拉夫提又來了一次飯後散步。他走向前，往船頭走，再回到船尾。他又向黛絲荻蒙娜微笑點頭。這回，黛絲荻蒙娜也報以微笑。拉夫提回到一起抽菸的那群人中間，問他們有誰碰巧知道那個獨自旅行的年輕女人叫什麼名字。

到了第四天散步的時候，拉夫提停下腳步，自我介紹。

「到目前爲止，天氣都一直很好。」

「我希望能一直這樣維持下去。」

「妳一個人嗎？」

「是的。」

「我也是。妳要去美國的什麼地方呢？」

「底特律。」

「好巧啊！我也是要去底特律。」

他們站在一起，又聊了幾分鐘。然後黛絲荻蒙娜告退下樓去。

他們之間羅曼史萌芽的謠言很快地在船上傳開來。爲了打發時間，所有的人不久都在討論著那個子高高而優雅的年輕希臘人愛上了那個隨便到哪裡都帶著她雕花橄欖木盒子的黑美人。「他們兩個都是單身旅行，」大家說：「而且他們兩個都有親戚在底特律。」

「我覺得他們彼此不合適。」

「爲什麼？」

「他比她高級多了，不會成功的。」

「可是他好像很喜歡她呢。」

「他是在大海當中的一條船上啊！他還能怎麼樣？」

第五天，拉夫提和黛絲荻蒙娜一起在甲板上散步。第六天，他把手臂伸出去，而她挽住了他。

「是我介紹他們認得的。」有個人吹噓道。城裡來的女孩嗤之以鼻地說：「她的頭髮還編成辮子耶。一副土包子的樣子。」

整體說起來，我祖父的風評要好得多，說他是一個斯麥納的絲商，在大火裡家當盡失；說他是君士坦丁一世和法國情婦的私生子；是大戰期間奧國皇帝派來的間諜。拉夫提從來不否認任何傳言，他抓住橫渡大西洋的機會來重塑自己的身分。他把一條破毯子像禮服斗篷似地披在肩上。知道不管現在發生的什麼事都會變成眞的，他的形象就會是他應有的面目——換言之，他已經成了個美國人——他等著黛絲荻蒙娜上到甲板上來。在她出現的時候，他把毯子裹緊一點，向同伴們點點頭，向甲板那頭逛過去和她打招呼。

「他給迷住了。」

「我想不是。像他這種人，只是找找樂子而已。那個女孩子最好當心點，否則她得在懷裡帶著的就不止那個盒子了。」

我的祖父母很得意於他們的相互追求。有人在附近的時候，他們就像才認識一兩天似地談話，給他們自己編造過去。「啊，」拉夫提會問：「妳有兄弟姊妹嗎？」

「我有個弟弟，」黛絲荻蒙娜不勝懷念地說：「他和一個土耳其女孩私奔了，我父親和他斷絕了關係。」

「這太嚴苛了吧。我認爲愛情能打破一切的禁忌，妳覺得呢？」

單獨在一起的時候，他們彼此告訴對方：「我想很成功，沒人懷疑。」

每次拉夫提在甲板上碰到黛絲荻蒙娜，就假裝才剛認得她。他迎上前去，寒暄幾句，說落日多美之類的，然後很慇懃地接著誇讚她的美貌。黛絲荻蒙娜也扮演她該演的角色，起先很冷漠。每次他開玩笑開得過分時，她就會把挽著他的手抽回來。她告訴他說她母親曾經警告過她要提防像他這樣的男人。他們在旅程中玩著這個想像中的追求遊戲。一點一點地，開始相信起來，他們編織記憶，即興地創造命運。（他們爲什麼這樣做？爲什麼要那麼大費周章？難道不能說他們早已訂了親？或是說他們多年前就有了婚約？不錯，他們當然可以這樣做。可是問題在於他們想要騙過的不是其他的旅客，而是他們自己。）

旅行讓這件事容易得多，混在六七百個完全陌生的人中間橫渡大海，誰也不知道誰是誰，讓我的祖父母能重新創造自己，在「吉利亞號」上的主要精神就是自我轉化。望著大海時，菸農想像他們自己是賽車選手，染絲的工匠想像自己是華爾街的大亨，賣女帽的女孩子想像自己是齊格飛歌舞團裡跳羽扇舞的舞者，四面八方全是一望無際的灰色海水，歐洲和小亞細亞已拋在身後，前面是美國和新的遠景。

到了海上的第八天，拉夫提．史蒂芬尼德很招搖地單膝跪地，當著六百六十三名統艙客人的面，向坐在一個繫纜墩上的黛絲荻蒙娜．阿里斯托求婚。年輕的女子都屏住了呼吸，已婚的男人用手肘擁著那些單身漢說：「注意看著，可以學著點。」我的祖母戲劇化地表現出和她憂鬱症類似的複雜情緒：大吃一驚；喜上心頭；猶豫遲疑；準備拒絕；然後，在已經開始的喝采聲中，不知所措地答應下來。

典禮在甲板上舉行。黛絲荻蒙娜在頭上戴了條借來的絲圍巾，權充結婚禮服。孔陶里斯船長借給拉夫提一條沾有醬汁痕跡的領帶。「把上裝扣起來，就沒有人會注意到了。」他說。至於stephana（婚禮花冠），我祖父母戴的是用麻繩編的頭冠，因爲海上既沒有鮮花，也沒有koumbaros（主婚人）。一個叫皮諾斯的男子擔任男儐相，把國王的麻繩王冠換到皇后頭上，皇后的換到國王頭上，再換回來。

新娘和新郎跳了以賽亞之舞。黛絲荻蒙娜和拉夫提背對背，手臂交纏去握住手，繞著船長轉了一圈，兩圈，然後再轉了一圈，像吐絲結成他們共同生活的繭。這裡沒有父權的直線承襲，我們希臘人結婚是圓形的，爲了要讓我們自己認清婚姻的基本道理：要快樂，就必須在不斷的重複中找到變化；要向前，就必須回到你開始的地方。

或者，像我祖父母的情形，繞圓圈的意義是：他們第一次在甲板上繞一圈時，拉夫提和黛絲荻蒙娜仍然是姊弟。第二次，他們是新娘和新郎。第三次，他們是丈夫和妻子。

我祖父母的結婚之夜，太陽落在船頭的正前方，指引著去紐約的路。月亮升起，在海上映出一帶銀光。孔陶里斯船長從舵房下來往前走，到甲板上巡夜。風增強了，「吉利亞號」在巨浪中顛簸。甲板前後起伏時，孔陶里斯船長連一步也不曾踉蹌，甚至還能點上一支他最喜歡的印尼菸，把他帽子的帽沿拉下來擋風。孔陶里斯船長穿著他不是非常乾淨的制服，穿著高及膝蓋的克里特島長統靴，仔細查看航行燈、堆疊好的甲板椅、救生艇。「吉利亞號」孤單地航行在浩瀚的大西洋上，艙門頂著由船側打來的巨浪。空蕩蕩的甲板上只有兩個頭等艙的客人，身上蓋著毯子的那兩位美國商人正在共享睡前一杯酒。「據我聽說，緹爾丹不光是和門生打網球而已，你懂我的意思吧？」「不會吧。」「讓他們去共飲愛的美酒吧。」孔陶里斯船長一句也聽不懂，只在走過的時候向他們點頭爲禮……

在其中一條救生艇裡，黛絲荻蒙娜說：「不要看。」她仰臥著，他們之間沒有羊毛毯子隔著，所以拉夫提用兩手捂住眼睛，由指縫間看出去。防水布上的一個小孔中透進月光，慢慢地照滿了救生艇。拉夫提以前看過好多次黛絲荻蒙娜脫衣服，但通常只是一個黑影，也從來沒有月光。她也從來沒有用背頂著彎起身子，把腳抬起來脫掉鞋子。他望著她拉下裙子，撩起短上衣，很震驚地發現他姊姊在月光下，在救生艇裡，看起來有多麼的不一樣。她全身發亮。她射出白色光輝。他在手掌後面眨著雙眼。月光不斷升起；照著他的頸子，照到他的眼睛，最後才明白：黛絲荻蒙娜穿了件緊身褡。那也是她帶來的一件東西：包著那些蠶卵的白布原來是黛絲荻蒙娜新婚夜穿的緊身褡。她以爲她永遠穿不到的，可是現在卻穿著。胸罩的罩杯朝上指向帆布頂，一條條的鯨魚骨束緊了她的腰，緊身褡下襬垂落的吊襪帶沒有和什麼相接，因爲我祖母沒有絲襪。在救生艇裏，那件緊身褡吸收了所有照進來的月光，造成奇異的結果是黛絲荻蒙娜的臉、頭和兩臂都不見了。她看起來很像長了翅膀的勝利女神像，仰面放倒，送往征服者的博物館。只少了那雙翅膀。

拉夫提脫掉了鞋襪，沙礫如雨而下。在他脫下內褲的時候，救生艇裡瀰漫了一股香菇似的味道，他一時覺得很丟臉，但黛絲荻蒙娜似乎並不介意。

她因爲自己複雜的感覺而分心。那件緊身褡當然讓她想起了她的母親，突然之間，她如受重擊地感受到他們這樣做法的不當。到目前爲止，她一直不去想這點。在過去那些日子的混亂中，也沒有時間去多想。

拉夫提也感到矛盾。他雖然因爲想到黛絲荻蒙娜而飽受煎熬，卻很慶幸救生艇裡很黑，尤其慶幸他沒法看到她的臉。幾個月來，拉夫提和很多長得像黛絲荻蒙娜的妓女睡過覺，可是現在他發現假裝她是個陌生人要輕鬆得多。

那件緊身褡好像長了手，一隻溫柔地在她兩腿之間摩擦，兩隻托住她的乳房，一、二、三隻手在壓著摸著她；而穿著這件內衣的黛絲荻蒙娜以全新的眼光去看自己，她纖細的腰，豐滿的大腿；她覺得很美，嫵媚動人，最重要的是：不像她自己。她抬起兩腳，擱在槳架上，分開兩腿。她伸開兩手來抱拉夫提，他扭轉身子，擦傷了兩膝和雙肘，拉開了槳，差點讓照明信號槍走火。最後他終於進入她的柔軟體內，陶醉得幾近昏了過去。黛絲荻蒙娜第一次嚐到他嘴唇的味道，而在他們做愛過程中，她唯一像姊姊似的時候，是抬頭喘氣時，說了聲：「壞孩子。這種事你以前做過。」可是拉夫提只再三地說著：「不一樣，不一樣……」

我剛才說錯了，我把話收回。在黛絲荻蒙娜身下，拍擊著船板，將她抬起來的：是一對翅膀。

「拉夫提！」黛絲荻蒙娜喘不過氣來地說：「我想我感覺到了。」

「感覺到什麼？」

「你知道的，那個感覺。」

「新婚夫婦，」孔陶里斯船長望著救生艇在搖晃，說道：「哦，眞想回到年輕的時候。」

在西靈奇公主——我發現我把她想成是我那天在地鐵裡看到的那個騎自行車女子的古裝扮相；不知道為什麼我會忍不住想她，每天早晨都在找她——在西靈奇公主發現了蠶絲之後，她的國家把這個祕密保持了三千一百九十年。任何企圖把蠶卵偷運出中國的人都會處死。我們家之所以會成為養蠶戶，多虧了查士丁尼皇帝，據普羅科匹厄斯[14]的說法，皇帝說動了兩名傳教士去冒險。在公元五五〇年，那兩名傳教士把蠶卵藏在當時用的一種保險套（一種中空的東西）之中，吞進肚裡，偷運出中國，他們也帶走了桑樹的種子。結果拜占庭成為絲綢文化的中心。桑樹在土耳其的山上生長繁茂。蠶吃桑葉，一千四百年後，那些最初帶來的蠶卵的後代裝滿了我祖母帶上「吉利亞號」的蠶盒。

我也是一次偷渡行動的後代。我的祖父母雖不自知，但在他們前往美國的途中，各自在第五對染色體上帶著一個變種的基因。那不是最近才有的異變，根據路思博士的說法，那個基因在我的世系中，大約是在一七五〇年左右，是在一個叫潘妮洛普・伊文古拉脫斯的女人身上，她是我九代以前的高祖母，她把基因傳給她的兒子佩特拉斯，而他傳給了他的兩個女兒，然後傳給她們五個孩子裡的三個，這樣一路往下傳。因爲屬於隱性，出現的情況不定，基因學者稱之爲偶發遺傳。一種特性潛伏地下數十年，等到大家都忘記了的時候才重新出現。就是這樣，那個基因到了俾斯尼奧斯。有時生下陰陽人，看來是個女孩，長大之後才發現不是那麼回事。

在接下來的六天夜裡，在不同的天候狀況下，我的祖父母在救生艇裡幽會。黛絲荻蒙娜的罪惡感在白天興起，她坐在甲板上想著不知道這一切是否都該怪罪她和拉夫提，但到了夜晚，她感到孤寂，想要逃離艙房，於是又偷偷回到救生艇裡她新婚夫婿身邊。

他們的蜜月像顛倒過來的，不是逐漸認識對方，對彼此的好惡、脾氣、怕癢的地方漸漸熟悉，黛絲荻蒙娜和拉夫提卻要去除他們自己的家庭關係。就像他們在船上玩的欺瞞遊戲一樣，繼續編織虛假的過去，捏造出能令人相信的兄弟姊妹，有道德缺陷的堂表親戚名字，以及顏面抽搐的姻親。他們輪流大談家族的情形，其中充滿了眞眞假假的事，有時會爲了特別喜歡某一個眞有其人的叔叔或阿姨而爭搶起來，還得像分配角色似地交易一番。漸漸地，隨著那些夜晚過去，這些虛構的親戚在他們心裡開始越來越形象鮮明。他們會彼此對曖昧不明的關係互相詰難。拉夫提問：「妳的第二個堂哥雅尼士娶了誰？」黛絲荻蒙娜回答：「這很容易，雅典娜，跛腳的。」（說我對家族關係那樣著迷是開始於那具救生艇裡，應該不會錯吧？我母親不也常考我那些叔叔阿姨、堂哥表妹的事嗎？她從來不問我哥哥，因爲他負責雪鏟和曳引機，而我則應該負責提供女性像膠水般維繫家族的力量，寫感謝函，記住每個人的生日和受洗日。聽，我就聽到下面這段有關家系的話出自我母親的口：「那是妳表妹米莉亞，她是麥可姑丈的妹妹露西莉的大伯史塔士的女兒。妳知道史塔士就是當郵差的，動作不是很敏捷的那個？米莉亞是他的第三個小孩，前面是麥克和強尼兩個男孩，妳應該認得她的，米莉亞！是姻親的表妹。」

而我現在把所有的一切描繪出來，盡責地流出女性的膠水，可是我的胸口卻也隱隱作痛，因爲我了解家系根本不能告訴你什麼。泰喜知道誰跟誰是什麼關係，卻完全不知道她丈夫是什麼人，或者她的姻親彼此間的關係如何；這一切都是我祖父母在救生艇裡虛構出來的。

在性愛方面，事情對他們來說很簡單。偉大的性學家彼德・路思博士能舉出令人吃驚的統計數字，證明在一九五〇年以前，夫婦間沒有口交行爲。我祖父母的性愛很歡悅但無變化。每天晚上，黛絲荻蒙娜都把衣服脫得只剩緊身褡，而拉夫提則按著扣子和鉤子，像摸索著保險箱密碼似的，找出能讓那鎖緊衣物打開的機關。那件緊身褡就是他們所需要的催情劑，也一直是我祖父生命中性慾的象徵。那件緊身褡讓黛絲荻蒙娜再度成爲一個新人。正如我說過，拉夫提曾瞥見過他姊姊的裸體，但那件緊身褡卻有種奇特的力量，讓她看來似乎更裸露；把她變成一種難以親近，外有甲胄的生物，卻有他要獵取的柔軟內裡。鎖裡的制栓卡對了位，甲胄就會彈開來；拉夫提趴到黛絲荻蒙娜身上，而他們兩個幾乎不必動；起伏的海浪就替他們做了。

他們的動情感覺也同時存在，但不像交合那樣熱情。性愛隨時可以讓位給談心。所以，在做完愛之後，他們躺在那裡，從拉開的防水布仰望夜空，討論生活上的問題。「也許莉娜的先生能給我份工作。」拉夫提說：「他有自己的生意，對吧？」

「我不知道他在做什麼，莉娜從來沒有跟我說明白。」

「等我們存到些錢之後，我可以開個賭場。可以賭錢，還有個酒吧，說不定還可以有表演節目。到處都放上棕櫚盆栽。」

「你應該去上大學，像爸媽希望的那樣當個教授。而且我們得蓋間養蠶室，記住了。」

「別養蠶了，我說的是輪盤賭、音樂、美酒、跳舞。也許我還可以順便賣點大麻。」

「在美國他們不會讓你抽大麻的。」

「誰說的？」

黛絲荻蒙娜很肯定地宣稱：

「那裡不是那種國家。」

剩下的蜜月，他們在甲板上度過，學習如何在艾利斯島[15]過關。這回不會再那麼容易了。一八九四年組成了「移民設限聯盟」。在美國參議院裡，亨利・卡伯・洛奇[16]用力地摔下一本《物種源起論》，警告說由南歐和東歐來的劣等民族蜂湧而至，威脅到「我們種族的結構」。一九一七年的移民法案禁止三十三種不受歡迎的人進入美國，因此，一九二二年，在「吉利亞號」的甲板上，旅客都在討論如何避開這些限制。文盲用填鴨式的惡補學怎麼假裝能看書；重婚者要承認只有一個老婆；無政府主義者否認曾看過蒲魯東[17]的著作；心臟病患者假裝很有活力；癲癇症患者要否認會發作；有遺傳性疾病的不可提起病史。我的祖父母並不知道他們基因的異變，只專注於更顯而易見的資格問題。那是另外一條限制：「曾因犯罪判刑或犯背德行爲者」。在這一類下，有一項是：「亂倫關係」。

他們躲開好像有砂眼或長癬的旅客，碰到不停乾咳的，更是避之唯恐不及。拉夫提不時爲了讓人安心而取出那張證明文件，上面寫著：

已經預防接種並

已除蝨

經檢查且無寄生蟲

一九二二年九月廿三日

希臘比雷埃夫市海事衛生局

能讀能寫，只有一個配偶（雖然是手足），主張民主，精神狀態穩定，而且已經官方除蝨，我的祖父母認爲他們沒有理由會有麻煩而不能過關。他們也有個保證人：他們的表姊蘇美莉娜。就在前一年，配額法案將由南歐和東歐來的移民人數由七十八萬三千人減少到十五萬五千人。要是沒有保證人或特殊的職業技能，就幾乎不可能進入這個國家。爲了增加他們的機會，拉夫提把他的法語會話小冊放開，開始背誦詹姆士王欽定本新約聖經裡的四句話。「吉利亞號」裡多的是對英國文學測驗熟悉的內幕消息。對希臘人來說，是馬太福音十九章十二節：「因爲有生來是閹人，也有被人閹的，並有爲天國的緣故自閹的，這話誰能領受就可以領受。」

「閹人？」黛絲荻蒙娜沮喪地說：「誰告訴你這個的？」

「這是聖經裡的一段。」

「什麼聖經？希臘聖經裡沒這個，去問問別人會考些什麼。」

可是拉夫提讓她看那張卡上面的希臘文和下面的英文。他一字一句地把那段再念了一遍，讓她不管懂不懂，先背了再說。

「我們在土耳其的閹人還不夠多嗎？現在我們還得到艾利斯島談這些人？」

「美國人讓所有的人都進去，」拉夫提開著玩笑說：「包括閹人在內。」

「要是他們眞這麼好的話，」黛絲荻蒙娜咕噥道：「就該讓我們說希臘話。」

夏天已經離開了這個海洋。有天晚上天冷得讓他們在救生艇沒法打開緊身褡。因此他們相擁在毯子下談天。

「蘇美莉娜會到紐約來接我們嗎？」黛絲荻蒙娜問道。

「不會。我們得坐火車到底特律去。」

「她爲什麼不能來接我們？」

「太遠了。」

「無所謂啦，她反正不會準時的。」

不停的海風讓防水布的邊緣不住撲動。救生艇的邊緣則結上了霜。他們能看到「吉利亞號」煙囪的頂端，冒出的黑煙只是一塊沒有星星的夜空。（雖然他們當時不知道，那一條條斜飛的煙已經在知會他們的新家會是如何；在輕聲地談著紅河和聯皇工廠，七姊妹和兩兄弟，可是他們沒有傾聽；他們皺起了眉頭，縮進救生艇裡，躲開煙塵。）

要是工廠的氣味沒有堅持進入我的故事，要是黛絲荻蒙娜和拉夫提生長在松香味的山上，始終不能習慣底特律污染的空氣，而沒有躲進救生艇裡，那他們很可能聞到有股新的氣味正等在清爽的海風中：一股泥巴和濕樹皮的潮濕氣味。那是陸地。紐約。美國。

「我們該怎麼把我們的事告訴蘇美莉娜？」

「她會了解的。」

「她會不說出去嗎？」

「她有些事是不想讓她丈夫知道的。」

「你說的是海倫的事?」

「我可什麼也沒說。」拉夫提說。

然後他們睡著了，醒來時看到陽光，還有一張俯視著他們的臉。

「你們睡得好嗎?」孔陶里斯船長說：「也許我可以給你們拿床毯子來。」

「對不起，」拉夫提說：「我們以後不會再這樣了。」

「也沒那機會了。」那位船長說道。爲了證明他的話，他把救生艇上的防水布整個掀開來。黛絲荻蒙娜和拉夫提坐起來。在遠方朝陽的照射下，是紐約的天際線。那不像是個城市的模樣——沒有拱頂，沒有回教寺院的尖塔——他們花了一分鐘的時間才看清那幾何圖形。霧氣由海灣升起，百萬粉紅色的窗台閃亮著。在近一點的地方，自由女神戴著她自己陽光的冠冕，穿得像個古典希臘人，歡迎著他們。

「你們喜歡嗎?」孔陶里斯船長問道。

「我火把可是看得太夠了。」拉夫提說。

可是黛絲荻蒙娜難得樂觀。「至少這是個女人，」她說：「也許這裡的人不會每天彼此砍來殺去。」

註釋

1 Tiresias，希臘神話中，底比斯的一位盲人先知，曾出現在荷馬史詩《奧迪賽》和很多其他傳奇故事中，據說因爲殺死一條正在交尾的母蛇而變成女人，在殺死那條公蛇之後，才恢復爲男性。

2 Madame de Staël，1766-1817，法國女作家，文藝理論家，廣交文壇名流的沙龍主人，著有《論文學》、《論德國》及長篇小說《黛爾菲娜》、《高麗娜》等。

3 kundalini，瑜伽教理中的生命力，據認爲蜷伏在尾椎部，當上升至腦部時，即激發悟道。

4 Anton van Leeuwenhoek，1632-1723，荷蘭生物學家、顯微鏡學家，一生磨製四百多塊透鏡，最早用透鏡觀察細菌和原生動物，發現精子、血紅細胞和水中微生物。

5 Julian calendar，凱撒大帝制定和開始使用的曆法。

6 Fritz Müller，德國動物學家，一八七八年所發表的擬態理論，廣爲世人接受。

7 Mustafa Kemal，1881-1938，土耳其共和國締造者、第一任總統，發展民族經濟，實行社會改革，被尊爲「土耳其之父」。

8 rebetika，希臘音樂，相當於美國的藍調，由斯拉夫語轉化而來，意指遊民或難民，實際上也是在港口都市中失業難民傳唱而成。

9 Karaghiozis是希臘皮影戲的主角之一，名字來自那雙明顯的黑眼珠，造型矮小，駝背，衣衫襤褸，並不可憐，卻很滑稽，詭計多端，但種種伎倆只能暫時解決問題。

10 kohl，阿拉伯等東方婦女用以塗黑眼瞼和睫毛的化妝品，通常爲粉末狀的硫化銻。

11 Edward Osborne Wilson，生於一九二九年，美國生物學家，是世界公認蟻類研究權威，也是社會生物學的先驅，研究包括人類在內的動物基因與群居行爲的關係。

12 Eleftherios Venizelos，1864-1936，二十世紀初期希臘最主要的政治家，四度擔任首相，在他政策主導下，希臘在巴爾幹戰爭期間領土與人民倍增。

13 Strabo，64?BC-23AD，古希臘地理學家和歷史學家，著有《地理學》十七卷、《歷史概論》四十七卷，對區域地理與希臘文化傳統之研究大有貢獻。

14 Procopius，490?-562?，拜占庭歷史學家，寫查士丁尼皇帝統治時期的歷史，分《戰爭》〔八卷〕、《建築》〔六卷〕和《祕史》三部分。

15 Ellis Island，紐約曼哈頓西南的一個小島，當年是入境移民的主要檢查站。

16 Henry Cabot Lodge，1850-1924，美國參議員，制定反托拉斯法案，支持美國參加第一次世界大戰，一九一九年任外交委員會主席，反對國際聯盟盟約和凡爾賽條約，成爲美國孤立主義者的代表。

17 Pierre Joseph Proudhon，1809-1865，法國小資產階級社會主義者、經濟學家、無政府主義創始人之一，主張無階級經濟合作，廢除國家。

第二卷

亨利・福特的英語大熔鍋

每個建工廠的人都建了大廟。

——卡爾文・柯立芝[1]

底特律一向是由輪子組成的，早在三大廠設立以及有「汽車城」的稱號之前；在有汽車工廠和貨輪以及因化學作用而弄成粉紅的夜空之前；更早在有人到「雷鳥」車裡親熱或到T型車裡抱抱之前；還沒到年輕的亨利・福特把他工作室的牆給拆了的那天，因爲在他發明他的「四輪車」時，什麼都考慮到了，就是沒想到怎麼把那該死的東西給弄出去；而離一八九六年那個寒冷的三月夜裡，查爾斯・金掌著舵把他那輛不用馬拖的車子由聖安東尼街開出，順著傑佛遜路開到伍華大道（他的二衝程引擎當場罷工）大約一百年前：回溯得更早、更早的時候，這個城市還只是一塊從印地安人手裡偷來的土地，坐落在因此得名的河岸上，有個英國和法國爭搶的城寨，最後兩敗俱傷，落在美國人手裡；早在那時候，還沒有車子和立體交叉道路之前，底特律就是由輪子形成的。

我九歲的時候，握著我父親多肉多汗的手。我們站在龐察全大飯店頂樓的窗前。我當時進城來是爲了我們一年一度的午餐之約。我穿著迷你裙和紫紅色的緊身褲。一個白色的漆皮皮包以長長的背帶掛在我肩膀上。

有霧氣的窗子上斑斑點點。我們在高高的頂樓，再過一下我要點蒜味明蝦。

我父親手上有汗的原因：他怕高。兩天前，他答應隨我想去哪裡就帶我去的時候，我用又高又尖的聲音說：「龐察全頂樓！」我想去的是高踞城市之上，和一大堆生意人和掮客一起吃午飯。密爾頓果然言出必行。儘管他心跳加快，還是讓侍者領班給了我們一個靠窗的桌位；所以我們現在就在這個地方——一個穿了燕尾服的侍者替我拉出椅子——而我父親怕得不敢坐下，就開始上起歷史課來。

爲什麼要學歷史呢？是爲了了解現在，還是爲了避免它呢？黑黑的臉色變得有點蒼白的密爾頓只說：「看，看到那大輪子嗎？」

我瞇起了眼睛，九歲的我完全想不到會造成魚尾紋，只朝市中心俯瞰下去，看我父親指著（而不是看著）的那幾條街道。一點也不錯：半個轂蓋似的市中心廣場，巴格利、華盛頓、伍華、百老匯和麥迪遜，這幾條大街如輪輻般放射出去。

著名的伍華都市計畫就只剩下這些。那是一八○七年由那位酒喝得很凶的法官規畫的。（兩年前，一八○五年，整個城市燒成平地。一七○一年由凱迪拉克[2]開發時所建的木造房屋和農場，在三小時內付之一炬。而在一九六九年，以我敏銳的眼光，我還能在半哩外大環公園裡飄揚的市旗上看到那大火的痕跡：Speramus meliora; resurget cineribus.「我們希望有更好的事物，會由灰燼中起來。」）

伍華法官把新的底特律看做是一個由相互連接的六角形構成的阿卡迪亞[3]。每個輪子各自分開，卻又連結在一起，正像這個年輕國家的聯邦主義，也是古典的對稱形式，很合於傑佛遜式的美學觀。這個夢想並沒有完全實現。計畫是給世界上那些偉大城市的，像巴黎、倫敦，和羅馬，那些在某些程度上屬於有文化的城市。當時底特律是個美國城市，只爲賺錢，所以設計敵不過利害關係。從一八一八年以後，整個城市沿河發展出去，一棟又一棟的倉庫，一家又一家的工廠。伍華法官的輪子給擠壓、剖半，壓成了一般的長方形。

或者從另外一邊看來（從頂樓餐廳看下去）：那些輪子並沒有完全消失，只是改變了形狀。到了一九〇〇年，底特律是馬車與篷車最頂尖的製造地。到一九二二年，也就是我祖父母到的時候，底特律也做了更多轉動的東西：船艦的引擎、自行車、手工捲的雪茄菸。還有，不錯，最後是：汽車。

所有這些從火車上都清晰可見。在沿著底特律河向城市而去的路上，拉夫提和黛絲荻蒙娜看著他們的新家鄉逐漸成形。他們看到農田變成了籬笆圍起來的地和石子路，天空中因爲煙霧而變黑。建築物飛馳而過，磚造的倉庫上漆著很實用的大大白字：萊特公司……J．H．布萊克父子……底特律爐具。在河上，四方形，瀝青色的駁船緩緩而行，街道上突然出現很多的人，穿著骯髒工裝褲的工人，拉著吊褲帶的職員，接下來出現的是小旅館和寄宿舍的招牌：出售淡啤酒……賓至如歸　客飯一角五分……

……新的景象湧進我祖父母的腦海裡，和前一天的那些相互撞擊。艾利斯島，像一座總督府似地矗立在海上。行李房裡的行李堆得高及天花板。他們像群牲口似地被趕上一道樓梯，到了登記室。身上別著由「吉利亞號」發的貨單號碼牌，排隊經過一排體檢人員，檢查他們的眼睛，耳朵，揉擦頭皮，還用鈕扣鉤把他們的眼皮翻轉來。有一個醫生注意到費洛波西恩大夫的眼瞼下有點感染，就停止檢查，用粉筆在他的大衣上畫了個×。他給帶出了隊伍，我的祖父母後來就沒再見到他。「他想必是在船上感染到什麼，」黛絲荻蒙娜說：「要不然就是他哭得太多，把眼睛哭紅了。」同時，粉筆繼續不斷地在他們周圍畫著，在一個孕婦肚子上標註Pg。在一個老頭子無力的心臟上塗了個H。用C表示查出了結膜炎。F是黃癬，而T是砂眼。可是，不管訓練得再好，醫生的肉眼也看不出有隱形的異變基因藏在第五對染色體。手指觸摸不到；鈕扣鉤也無法使之現形……

現在，坐在火車上，我的祖父母身上別著的不再是貨單號碼，而是寫著目的地的卡片：「致列車長：請指示持卡人應在何處轉車與下車地點，因持卡人不通英語。持卡人前往：底特律火車總站。」他們並排坐在不對號的普通車廂裡，拉夫提面對著窗子，興奮地望著外面。黛絲荻蒙娜低頭看著她的蠶盒，兩頰因為過去三十六小時裡感到的羞愧和憤怒而通紅。

「以後再不許有人剪我的頭髮。」她說。

「妳看起來很好看，」拉夫提頭也不回地說：「妳看起來像個 Amerikanidha（美國人）。」

「我不想要像 Amerikanidha！」

在艾利斯島的特許營業區，拉夫提哄著黛絲荻蒙娜進了一個由女青年會經營的攤位帳篷。她進去的時候圍著披肩和頭巾，十五分鐘之後出來的時候，穿著一件低腰的連身裙，戴了一頂像痰盂的鬆垮帽子，臉上新搽的粉下透出艷紅的胭脂，為了讓她改頭換面，女青年會的人把黛絲荻蒙娜有移民味道的髮辮給剪掉了。

她就像個為口袋深處有道裂縫而擔心的人似地總惦記在心，已經是第十三還是十四次伸手到那頂帽子下面去摸她的頭，「這是我最後一次剪頭髮。」她又說了一遍。（她真的守住了這個誓約，從那天以後，黛絲荻蒙娜把頭髮留長得像高黛華夫人[4]，用一張髮網網住那一大堆頭髮，每個禮拜五洗一次頭；一直等到拉夫提過世之後，她才把頭髮剪掉，給了蘇菲・賽宋，而蘇菲以兩百五十美元的價錢賣給一個假髮製造商，製造了五頂假髮，據她說其中的一頂讓前白宮第一夫人貝蒂・福特買了去，所以我們有次在電視上看到過，那是尼克森的葬禮上，我祖母的頭髮頂在那位前總統夫人頭上。）

可是我祖母之所以不高興，還有另外一個原因。她打開懷裡的那個蠶盒，裡面是她的兩根髮辮，仍然結著表示悼念的黑緞帶，可是除此之外，盒子裡是空的。黛絲荻蒙娜千里迢迢從俾斯尼奧斯帶來的蠶卵，在艾利斯島全部被迫倒了出去，蠶卵是禁止進口物品清單上的項目之一。

拉夫提一直像黏在窗子上，從荷波肯開始，一路望著外面的各種奇景：電車軌道把一張張粉紅色的臉拉上阿爾巴尼山；工廠在水牛城的夜裡亮得像一座座火山。有一回，拉夫提在火車於黎明時分穿過一個城市時醒來，把一間有大柱子的銀行誤以爲是帕德嫩神殿，以爲自己又在雅典。

現在底特律河很快地過去，市區逐漸浮現。拉夫提瞪眼看著外面一部部汽車像巨大的甲蟲似地停放在路邊。到處矗立著煙囪，像無數大炮在轟著天空。有些是紅磚的大煙囪，也有高高的銀色煙囪，有些煙囪像軍隊般排列著，也有單獨像在沉思似地吐著煙，林立的煙囪讓陽光也爲之黯淡，然後，突然之間，將陽光完全擋住。一切都黑了：他們進入了火車站。

火車總站，現在是一處廣大的廢墟，當年卻是這個城市企圖贏過紐約的地方。最下層是一座以大理石建成而極其巨大的新古典博物館式建築，還有科林斯式列柱[5]和弧狀的楣構。在這座大廟上方是十三層的辦公大樓。拉夫提一路見證所有希臘傳給美國的東西，現在到了這種轉換告終的地方。換句話說，就是：未來。他下車迎向前去。黛絲荻蒙娜沒有別的選擇，跟在他後面。

可是想想那在當年的樣子！火車總站！在近百間船運公司裡電話響個不停，那時還算是比較新的聲音；貨物送到東方和西方；旅客來來往往，在棕櫚廳喝咖啡，或是把皮鞋擦亮，這裡是銀行界的翼尖，零件供應業的腳趾，酒類走私者的鞋履。火車總站，有古斯塔維諾[6]式的穹頂天花板，水晶吊燈，還有威爾斯的石材鋪的地板。站裡有一間設有六張椅子的理髮店，有名的人坐在那裡臉上蒙著熱毛巾；有出租的澡盆；電梯外都亮著透明的蛋形大理石燈。

拉夫提讓黛絲荻蒙娜藏身在一根柱子後面，自己在站裡的人潮中尋找來接他們的表姊。蘇美莉娜．齊思莫，娘家姓帕帕狄亞曼多波洛斯，是我祖父的表姊，所以也是高我兩輩的親戚。我只知道她是個多采多姿的老女人。亂彈菸灰的蘇美莉娜，用靛藍色浴水洗澡的蘇美莉娜，神智學會[7]分會的蘇美莉娜。她戴著長及肘部的緞子手套，一隻接一隻地養了好多臭烘烘的短腿長身淚眼汪汪的德國獵犬。她的家裡擺滿了高腳凳，讓那些短腿的生物占據了沙發和躺椅。不過，在一九二三年時，蘇美莉娜才二十八歲，要在火車總站的人群裡找出她來，其困難度不下於讓我在我父母的婚禮照相簿裡辨認客人，因爲所有的面孔都戴著青春的假面。拉夫提的問題又不一樣。他在人群中走來走去，尋找著他青梅竹馬的表姊，一個尖鼻子，嘴咧得像喜劇面具般的女孩子。陽光從頂上的天窗照下來。他瞇起眼睛，仔細打量經過的女人，最後還是她大聲地叫他：「在這邊，表弟。你認不得我了嗎？我就是那難以抗拒的第一美人啦。」

「莉娜，眞的是妳？」

「我可不像在鄉下了。」

在離開土耳其之後的那五年裡，蘇美莉娜想辦法消除了所有讓人看得出是希臘人的一切，從她的頭髮（染成了深栗色，燙成大波浪捲）到她的口音（西化得聽來有點「歐洲腔」）到她所看的雜誌（《柯里爾》和《哈潑》）[8]，到她喜歡的食物（焗釀龍蝦，花生醬），最後是她的衣著。她穿著一件軟料的綠色短洋裝，下襬鑲著縫子，鞋子是同樣綠色緞面，鞋尖飾有亮片，還有細緻的皮帶扣在足踝上。肩膀上圍著一條黑色羽毛的女用圍巾，頭上是一頂吊鐘形女帽，一些瑪瑙的垂飾吊掛在她修過的眉毛前。

接下來的幾秒鐘裡，她讓拉夫提欣賞她流利的美國姿態，但是內在的（在那頂吊鐘形的帽子下）仍然是莉娜的本色，她那希臘人的熱誠迸發出來，伸開了兩手。「親我打招呼吧，表弟。」

他們相互擁抱，莉娜把搽了胭脂的臉頰貼在他的頸子上。然後她退後一步來看著他，笑了起來，用手蓋在他鼻子上。「你還是老樣子，我到哪裡都認得出這個鼻子。」她的笑聲一直持續下去，肩膀上下聳動，然後她問到下一件事。「哎，她人呢？你的新娘子在哪裡？你電報上連她的名字都沒說。怎麼了？她躲起來了嗎？」

「她……在洗手間。」

「她想必是個美人。你們這婚結得可眞快。你先做了哪件事？自我介紹呢還是求婚呀？」

「我想是求婚吧。」

「她長得什麼樣子?」

「她長得……像妳。」

「哦,親愛的,當然不會那麼好吧。」

蘇美莉娜把菸嘴放到唇邊吸了一口,四下看了看人群,「可憐的黛絲荻蒙娜!她的弟弟戀愛了,把她丟在紐約。她還好嗎?」

「她很好。」

「她爲什麼不跟你一起來呢?她不是在吃你新娘子的醋吧?」

「不是,沒那種事。」

她挽住他的手臂。「我們在報上看到那場大火的事。真可怕!我擔心死了,還好後來接到你的信。火是土耳其人放的,我知道。當然啦,我老公不同意。」

「他不同意?」

「因爲你要跟我們住在一起,給你個建議好嗎?別跟我老公談政治。」

「好的。」

「村子裡呢?」蘇美莉娜問道。

「所有的人都離開了horeo(鄉下),現在那裡什麼也沒有了。」

「要不是我恨透了那個地方,也許我會流一兩滴眼淚。」

「莉娜,有件事我一定得跟妳解釋……」

可是蘇美莉娜正四下張望,輕拍著腳。「說不定她掉進馬桶了。」

「……是黛絲荻蒙娜和我的事……」

「怎麼樣？」

「……我太太……黛絲荻蒙娜……」

「我說對了嗎？她們處不來？」

「不是……黛絲荻蒙娜……我太太……」

「怎麼樣？」

「是同一個女人。」他比了個手勢，黛絲荻蒙娜從柱子後面走了出來。

「妳好，莉娜，」我祖母說：「我們結婚了，不要告訴別人。」

事情就是這樣幾乎在最後一刻揭穿了，由我的 yia yia 在火車總站有回聲的屋頂下，對著蘇美莉娜被吊鐘帽蓋著的耳朵，這樣衝口而出。這番告白在空中盤旋了一陣之後，才和她香菸升起的青煙一起飄散，黛絲荻蒙娜挽起了她丈夫的手臂。

我的祖父母相信蘇美莉娜會爲他們保密是有原因的。她到美國來的時候，自己也有個祕密，而那個祕密一直讓我的家人守到她在一九七九年過世爲止。在那之後，就像每個人的私祕一樣，在死後解密，於是大家開始談到「蘇美莉娜的女朋友們」。換句話說，所謂保密也不過就是做到最起碼的程度，所以現在——我自己準備洩露這個祕密了——我只覺得有一點點晚輩該有的內疚。

蘇美莉娜的祕密（照柔依姑姑說來）是：「莉娜是那種以那個島的名字來稱呼的女人。」9 蘇美莉娜還是個在 horeo 裡的女孩時，被逮到在某種不當的情況下和幾個女性朋友在一起。「並不多，」她在多年之後自己告訴我：「兩三個吧，大家覺得要是妳喜歡女孩子，就會每個女的都喜歡，我一向很挑的，而那裡還眞沒多少人可挑。」有一陣子，她還因爲這種傾向而掙扎過。「我去了教堂，一點用也沒有，在那個年頭，教堂！那還是認得女朋友最好的地方。我們全在那裡禱告，希望能變得不一樣。」等到蘇美莉娜被逮到不是和另外一個女孩子，而是和一個成年女人，一個有兩名子女的母親在一起的時候，醜聞就傳開了。

蘇美莉娜的父母想替她安排成親嫁人，卻找不到肯娶她的人。在俾斯尼奧斯要找個丈夫本來就很困難了，何況還加上是這麼個不感興趣，又有缺陷的新娘子。

她父親做了件當年家裡有嫁不出去女兒的希臘老爹們都會做的事：寫信到美國。美國到處都是美金、棒球好手、浣熊皮大衣、鑽石珠寶——還有移民過去的孤寂單身漢。用一張這位準新娘的照片和一筆可觀的嫁奩，她的父親就找到了一個。

吉米・齊思莫（齊思莫波洛斯的簡稱）是一九〇七年，他三十歲時到美國的。家裡人對他所知不多，只知道他是個厲害的生意人。在一連串給蘇美莉娜父親的信裡，齊思莫用像律師那樣的正式用語來商談嫁奩的數值，甚至還要求在結婚之前收到銀行支票。蘇美莉娜收到的照片上面是個高大英俊的男子，留著很有男子氣概的鬍子。一隻手中握了隻手槍，另一隻手則拿著一瓶酒。但是，兩個月後，她在火車總站走下火車的時候，來接她的那個矮小男人臉刮得很乾淨，一張勞動階級的黑臉上，露著陰鬱的表情。這樣的差異大概會讓一般當新娘子的人感到失望，可是蘇美莉娜根本不在乎。

蘇美莉娜常常寫信談她在美國的新生活，可是她只談新的時裝，或是她每天要聽上好幾個鐘點的袖珍收音機，她戴上耳機，撥動轉鈕，常常停下來清掉在晶體上所積的碳粉塵。她從來不提任何與黛絲荻蒙娜稱爲「床事」有關的問題，所以她的表弟妹被迫要在她的字裡行間去找資訊，在談到開車往拜爾艾兜風時，她那個在開車的丈夫，到底臉上是幸福還是不滿足的表情；或是從一段談到蘇美莉娜新髮型——叫做「虱子窩」——的話裡去猜她會不會讓齊思莫把她的頭髮弄亂。

就是這個自己也有好多祕密的蘇美莉娜，現在正視著她這兩個新的同謀。「結婚了？妳是說睡在一起的那種結婚？」

拉夫提勉強說道：「是的。」

蘇美莉娜這才第一次注意到她的菸灰，急忙彈掉。「我運氣眞不好。一離開村子，事情就好玩起來了。」

可是黛絲荻蒙娜受不了這種諷刺。她抓住蘇美莉娜的兩手，哀求道：「妳一定要答應絕對不說出去，我們會活著，將來也會死，事情到那時候才爲止。」

「我不會說的。」

「甚至於不能讓別人曉得我是妳表妹。」

「我不會告訴任何人。」

「妳丈夫呢？」

「他以爲我是在接我表弟和他的新娘子。」

「妳什麼也不會跟他說吧？」

「那容易得很，」莉娜大笑道：「他根本不聽我說話。」

蘇美莉娜堅持要找個腳伕來把他們的行李搬上車，那是一部黑棕兩色的派卡德。她給了腳伕小費，坐上駕駛座，吸引了很多人的目光。在一九二二年，女人開車還是件很驚世駭俗的事。在把她的菸嘴架在儀表板上之後，先把引擎的活門拉開，等了必要的五秒鐘，然後按下點火鈕，汽車的引擎蓋抖動起來。皮座椅開始震動，黛絲荻蒙娜抓住了她丈夫的手臂。在前座的蘇美莉娜脫掉了有緞帶的高跟鞋，打著光腳開車，她推上排擋，也不看看來往的車輛，就衝進密西根大道，直朝凱迪拉克廣場開去。我祖父母茫然地看著街上的動靜，電車轟隆開動，鐘聲響著，像黑白片的交通熙來攘往。當年的底特律市中心區擠滿了購物的人和商人。哈德森百貨公司外面人群擁擠，急著想擠進新奇的旋轉門。莉娜指給他們看一些地方：弗隆特納克咖啡館[10]……家庭劇院……以及巨大的電動招牌：雷爾史東[11]……黑石牌淡雪茄10¢。在上面，一個三十呎高的男孩子正把草原金牌奶油抹在一片十呎長的麵包上。有一棟建築物在入口上方掛了一排油燈，來宣傳大拍賣到十月卅一日爲止。一切都令人目眩神搖。黛絲荻蒙娜靠坐在後座，心裡已經開始對往後日子裡這些現代生活的便利性產生焦慮，大部分的原因在汽車，但烤麵包機也會，還有草地自動灑水器和電動扶梯；拉夫提則咧嘴笑著，不住搖頭。到處都在造摩天樓、電影院和旅館。二○年代見證了幾乎所有底特律大建築的興建，佩諾布斯科特[12]大樓和第二棟布爾大樓，色彩繽紛如一條印地安人的帶子，新聯合信託大樓和凱迪拉克大廈，有金屋頂的費雪大樓。對我的祖父來說，底特律就像是蠶繭旺季的一處巨大市集。他們沒有看見的是因爲住宿地方短缺而露宿街頭的工人，以及就在東邊的貧民區，一方由里南街、馬康白路、哈斯亭街和布拉許路圍成占地三千平方呎的區域，這個城裡所有的非裔美國人都擠住在裡面，因爲不許住在別處。簡而言之，他們沒有看到造成這個城市毀滅——第二次毀滅——的種子，因爲他們也是其中的一部分，就像所有從四面八方爲了亨利·福特「日薪五元」的承諾而來的人一樣。

底特律的東城是很寧靜的住宅區，全是在高大榆樹下的獨棟房子，莉娜開車把他們送到霍爾伯特街的那棟房子是用深咖啡色磚造的二層樓建築，相當樸素。我的祖父母坐在車子裡呆望著房子，不能動彈，然後正門突然打開，有人走了出來。

吉米·齊思莫的身分多到我不知從何說起。業餘的藥草學者；反對婦女參政權和投票權運動分子；專獵大獵物的獵人；有前科的罪犯；毒販；絕對戒酒主義者——隨你挑選。他四十五歲，年齡將近他妻子年齡的兩倍。他站在燈光昏暗的門廊上，穿著一套平價西裝，一件已經不挺的尖領襯衫，一頭黑色亂髮讓人覺得他還像那個單身多年的王老五，而他那張皺得像沒鋪好的床似的面孔，更加深了這種印象。不過，他的眉毛卻像個印度舞女似的很誘惑地彎著，睫毛濃得就像塗了睫毛膏一般。可是我的祖母都沒有注意這些，她只專注在另一件事上。

「是個阿拉伯人？」黛絲荻蒙娜一等到只有她和她表姊兩個人在廚房裡時，就忙不迭地問道：「所以妳才不在信裡跟我們談他嗎？」

「他不是阿拉伯人，是黑海一帶來的。」

「這裡是sala（客廳）。」齊思莫這時候正帶著拉夫提參觀房子，一面說明。

「黑海來的！」黛絲荻蒙娜害怕地倒吸一口氣，一面也在看冰箱。「他不是回教徒吧？」

「並不是每個從黑海來的都信回教，」莉娜說：「妳以為一個希臘人到黑海去游趟泳就會變成回教徒嗎？」

「可是他有土耳其血統嗎？」她放低了聲音，「是不是因為這個緣故，他才那麼黑？」

「我不知道，我也不在乎。」

「你願意在這裡住多久就住多久。」——齊思莫現在正帶拉夫提上樓——「可是家裡有幾樣規矩。第一，我吃素。如果你老婆要燒葷菜，她得用另外一套鍋碗瓢盆。還有，不准喝酒。你喝酒嗎？」

「有時候。」

「家裡不准喝酒。如果你想喝酒，去地下酒店。我不想跟警方有什麼麻煩。現在，關於房租問題，你們才剛結婚？」

「是的。」

「你拿到什麼樣的嫁奩？」

「嫁奩？」

「是呀，有多少？」

「可是妳當時知道他有多老嗎？」黛絲荻蒙娜在樓下低聲地問道，一面在看爐子。

「至少他不是我親兄弟。」

「別說了！連開玩笑也不可以。」

「我沒有拿到嫁奩，」拉夫提回答道：「我們是在來這裡的船上認得的。」

「沒有嫁奩！」齊思莫在樓梯上停了下來，吃驚地回頭望著拉夫提。「那，你爲什麼要結婚呢？」

「我們彼此相愛呀。」拉夫提說。他以前從來沒向陌生人說過這種事，這讓他感到既高興又害怕。

「沒拿到錢，就不要結婚。」齊思莫說。「所以我才會等了那麼久。我一直在等著有個好價錢。」他眨了下眼。

「莉娜說你現在有自己的生意了。」拉夫提突然很感興趣地說，跟著齊思莫進了浴室。「是哪一種生意？」

「我嗎？我是進口商。」

「我不知道是什麼貨，」蘇美莉娜在廚房裡回答道：「做進口的。我只知道他拿錢回來。」

「可是妳怎麼能嫁個對他一無所知的人呢？」

「黛絲，只要能離開那個國家，我連瘸子都肯嫁。」

「我在進出口方面有點經驗，」齊思莫在說明用水管線的時候，拉夫提插嘴說道：「是在布爾沙的時候，做絲綢那一行。」

「你們付的那部分房租是二十美元。」齊思莫沒有理會他的暗示。他拉了下鍊子，放下大量的水。

「就我來說，」莉娜在樓下繼續說道：「要談到老公的話，那是越老越好。」她打開儲藏室的門。「年輕的老公會一天到晚糾纏我，壓力太大了。」

「妳眞不要臉，莉娜。」可是黛絲荻蒙娜卻忍不住笑了起來。能再見到她的表姊，眞是太好了，俾斯尼奧斯還是有一點地方保留下來。黑黑的儲藏室裡堆滿了無花果、杏仁、胡桃、芝麻糖，還有乾的杏桃，也讓她好過了些。

「可是我哪來的錢付房租呢？」拉夫提在他們往樓下走的時候終於衝口而出道：「我身上什麼錢都沒剩下，我能去哪裡工作？」

「不是問題，」齊思莫揮了下手，「我會去找幾個人談談。」他們又穿過sala。齊思莫停下來，煞有介事地低頭看著，「你還沒誇讚我的斑馬皮地毯呢。」

「很漂亮。」

「我從非洲帶回來的，我自己打到的。」

「你去過非洲？」

「我哪裡都去過。」

像鎭上其他人一樣，他們一起擠了進來。黛絲荻蒙娜和拉夫提的臥房正好在齊思莫和莉娜的睡房樓上，前幾個晚上，我祖母爬下床來，把耳朵貼在地板上。「什麼也沒有，」她說：「我早跟你說了。」

「回到床上來，」拉夫提叱責道：「那是他們家的事。」

「什麼事？我現在跟你說的就是這個，他們什麼事都沒有。」

而在下面的睡房裡，齊思莫正在討論樓上那對新房客的事。「眞浪漫！在船上認得個女孩子就娶了她，沒嫁奩呢。」

「有人是爲愛而結婚的。」

「婚姻是爲了成家和生孩子。這倒讓我想起來了。」

「拜託，吉米，今晚不要。」

「那，什麼時候呢？我們結婚五年了，還沒生孩子。妳永遠不舒服，累了，這個，那個的。妳有沒有喝蓖麻油？」

「喝了。」

「有沒有吃鎂？」

「吃了。」

「很好，我們得減少妳的膽汁。要是做媽的膽汁太多，小孩子就會缺少活力，不服從父母的。」

「晚安，kyrie（老公）。」

「晚安，kyria（老婆）。」

不到一個禮拜，我祖父母對蘇美莉娜婚姻所有的問題都得到了答案。由於年齡的關係，吉米．齊思莫對待他年輕的新娘子就像是女兒，而不像是太太。他總在告訴她什麼事可以做，什麼事不能做，爲她衣服的價錢和開得太低的領子而大呼小叫，叫她上床，起床，說話，閉嘴。在她對他又親又抱地哄了他之後才肯把車鑰匙給她。他那套江湖郎中的營養理論，甚至讓他像個醫生似地控制她排便正常，而他們有時會大吵架則是他向莉娜盤問她排便次數的結果。至於性關係，的確有過，但不是最近的事。在過去的五個月裡，莉娜一直在裝病，寧願吃她丈夫的草藥，也不要他肉體的慰藉。而齊思莫始終相信守精固本對精神大有好處，所以願意等他太太體力恢復。這個家就像在patridha（故鄉），以前鄉下的老家一樣，男人在sala，女人在廚房。兩個領域，各有各關心的事和責任，甚至於——進化生物學家可能會說——各有各的思想模式。以前習慣於住在自己家裡的黛絲荻蒙娜和拉夫提，被迫接受他們新房東的生活方式。何況，我祖父需要有份工作。

當年有很多家汽車公司可以去工作，有查默斯、馬吉爾、布拉許、哥倫比亞和佛蘭德爾。還有哈普、佩吉、哈德森、克瑞特、薩克松、利百代、雷肯貝克，以及道奇。可是吉米・齊思莫在福特公司裡有熟人。

「我是他們的供應商。」他說。

「供應什麼？」

「各式各樣的燃料。」

他們又坐上了那輛派卡德，車身在薄薄輪胎上震動，一陣輕霧降了下來。拉夫提眯起眼睛由霧濛濛的擋風玻璃望出去。在沿著密西根大道開行過去的時候，他一點一點地開始注意到遠方出現了一塊巨大的石碑，是一座像巨型教堂管風琴的建築，好多支管子伸向天際。

也有一種氣味：就是多年之後，順著河飄向上游，飄向在床上或在曲棍球場上的我的同一種氣味。就像那些時候我同樣有點鷹鉤鼻似的鼻子的反應一樣，我祖父的鼻子警醒起來，鼻翼煽動，往裡吸氣。起先那種氣味很容易辨識，像是臭了的雞蛋和有機肥料的味道。可是過了幾秒鐘之後，氣味中的化學成分阻塞了他的鼻孔，讓他用手帕掩住了鼻子。

齊思莫大笑起來。「別擔心，你會習慣的。」

「不會，我不會習慣的。」

「你想不想知道祕訣是什麼？」

「什麼？」

「不要呼吸。」

等他們到了工廠之後，齊思莫把他帶到人事室裡。

「他在底特律住了多久了？」經理問道。

「六個月。」

「你能證明嗎？」

齊思莫放低了音調說：「我可以把必要的文件送到府上去。」

人事經理四下看了看，「老木屋牌的？」

「最好的那種。」

經理把下嘴唇伸了出來，仔細看著我祖父。「他的英文好嗎？」

「不像我那麼好，可是他學得很快。」

「他得去上語文課，還得考試及格。否則就走人。」

「就這樣說定了。現在請你把府上地址寄給我，我們會安排送貨，禮拜一晚上，大概八點半可以嗎？」

「繞到後門。」

我祖父在福特汽車公司的那一段短短時間，是史蒂芬尼德家人唯一在汽車工業界工作的時候。我們後來沒有製造汽車，而是成爲漢堡與希臘式沙拉的製造商，是Spanakopita（菠菜派）和火烤乳酪三明治的生產者，米布丁和香蕉派的專家。我們的裝配線是烤箱；我們的重機械裝備是冷飲販賣部。然而，那二十五個星期仍然讓我們能親身接觸到我們從高速公路上看到的那巨大、可怕、令人敬畏的工業中心。那裡掌控了由滑運道、管路、梯子、狹小通道、火，和只有一種顏色：「胭紅」，像瘟疫或君王的煙霧所組成的維蘇威火山。

上班的第一天，拉夫提走進廚房，展示他的新工裝褲。他伸開穿著法蘭絨長袖襯衫的雙臂，捻著手指，穿著工人靴跳舞，黛絲荻蒙娜笑著把廚房門關上，以免吵醒了莉娜。拉夫提吃了梅乾和優酪乳當早餐，看了份幾天前的希臘報紙。黛絲荻蒙娜準備好包括羊奶乾酪、橄欖和麵包的午餐，裝進一個新的美式容器：牛皮紙袋。到了後門口，在他轉身吻她的時候，她退後一步，深怕有人看到。可是緊接著她就想起他們已經結婚了，他們住在一個叫密西根的地方，那裡的鳥好像只有一種顏色，那裡沒有人認得他們。黛絲荻蒙娜再次走向前來，迎向她丈夫的嘴唇。他們在偉大美國的戶外初吻，在後門口，靠近一棵正在落葉的櫻桃樹。短短的一陣幸福的花火在她心裡爆了開來，火星懸在空中，如雨而下，一直到拉夫提繞過去，消失在房子的正門那邊。

我祖父的好心情一直伴隨著他到了電車站。別的工人已經在等車，弔兒郎當地站著，抽菸，說笑。拉夫提注意到他們金屬的便當盒，爲他的紙袋感到不好意思，就藏在身後。電車來的時候，他的靴子底先有一陣輕響，然後車子背著升起的朝陽出現，太陽神阿波羅的戰車，只不過是電動的。車裡的人因爲語言的關係，分成好幾群站著，爲了上工洗過的臉，耳朵裡還有黑黑的油煙。電車又加速開動，很快地，愉悅的情緒消散，話聲也沉寂下來，靠近市中心區的地方，幾個黑人上了車，站在外面的踏板上，用手抓住車頂。

然後「胭紅」出現在天邊，由冒出的煙裡升起，起先在八根主要的煙囪頂上只看到這個。每支煙囪都產生自己的黑雲，這些黑雲升起，交混成一個頂蓋懸在整個地區上方，投下遮蔽了電車軌道的陰影；拉夫提知道這些人的沉默是認出了這個黑影，知道每天早晨都無可避免地會席捲過來。在黑影伸來時，所有的人都背過身去，因此只有拉夫提看到天光消失，而黑影籠罩了電車，那些人的面孔都成了灰色，而一個站在踏板上的 mavro（黑人）朝路邊吐了口血，緊接著那股氣味透進電車裡來，先是還能忍受的蛋和肥料的味道，接著是難以忍受的化學藥品氣味，拉夫提看著其他的人，看他們是不是聞到了，可是他們並沒有聞到，雖然每個人都還在呼吸。車門開了，所有的人魚貫而出，透過蔽天的黑煙，拉夫提看到還有別的工人從其他的電車上下來，數以百計的灰色身影沉重地走過鋪了水泥地的院子，向工廠大門走去。有卡車從身邊開過，拉夫提讓自己隨著下一批人潮前進，五萬，六萬，七萬人匆忙地吸著最後幾口菸，或是說最後幾句話——因爲在向工廠走過去的時候，他們又開始交談，不是因爲他們有什麼事要說，而是因爲一旦進了大門就不許再說話了。主要的大樓是一座黑色磚砌的堡壘，有七層樓高，煙囱有十七層樓高。兩道斜坡式的運送道伸了出來，頂端是水塔。斜坡通向觀測台，還有鄰接的精煉廠，那邊的煙囱就沒有那麼壯觀了。那就像個小樹林，好像「胭紅」的八支主煙囱把種子播進風中，結果現在有十支、二十支、五十支比較小的煙囱在工廠四周貧瘠的土壤裡冒了出來。拉夫提現在可以看到鐵軌了，還有沿著河邊的一排龐大筒倉，裝煤、焦炭和鐵礦的巨型調味料瓶子，以及伸展在頭上像大蜘蛛似的狹窄通道。在他被吸進大門之前，他看到一艘貨輪和一小段河水，那條河的名字是法國探險家根據紅紅的水而取的，在當年河水還沒有因爲排放的工業廢水或著火燃燒而變成桔色。

歷史事實：人在一九一三年就不再是人了。那一年亨利・福特把他的汽車放在輸送帶上，要他的工人趕上裝配線的速度。起先，工人群起反抗，大批辭職，無法讓他們的身體習慣於那個時代的新步調。但是，從那時候起，適應力傳了下來：我們都有某種程度的遺傳，因此我們能直接投身進操縱桿和遙控器，以及上百種重複的動作。

但在一九二二年，機器還是新鮮事。

在工廠裡，我祖父在十七分鐘之內完成了他的就職訓練。新的生產方式最天才的部分，就是把工作分割成不需要特殊技能的任務，這樣你就可以雇用或開除任何一個人。工頭教拉夫提怎麼從輸送帶上取下一個軸承，在車床上打磨，然後放回輸送帶上。他拿著一個碼錶，給這個新來的工人計算完成工作的時間，然後點了下頭，把拉夫提帶到他在生產線上的位置。左邊站著一個叫韋茲畢奇的男人，右邊是個叫歐馬利的男人，起先，他們是三個人，一起等著，然後哨音響起。

每十四秒鐘，韋茲畢奇鑽好一個軸承，史蒂芬尼德打磨好一個軸承，而歐馬利把軸承裝在一個凸輪軸上。這個凸輪軸由一條環繞工廠的輸送帶送走，穿過一陣陣金屬的煙塵和酸霧，讓五十碼外的另一個工人把凸輪軸拿起來，裝進一具待裝配的引擎裡（三十秒）。同時，其他的工人把零件從鄰近的輸送帶上取下——化油器，分配器，進氣歧管——也裝進引擎裡。在他們低垂的頭部上方，巨大的機軸以蒸汽的力量推動著。沒有一個人說話。韋茲畢奇鑽好軸承，史蒂芬尼德打磨軸承，歐馬利把軸承裝在凸輪軸上。凸輪軸繞行過去，有手伸過來將之取下，裝進引擎裡，而這具引擎越來越怪異，因爲還有發出颼颼聲的管子和像羽翼似的扇葉。韋茲畢奇鑽軸承，史蒂芬尼德打磨軸承，歐馬利把軸承裝在凸輪軸上，而別的工人用螺絲釘把空氣濾清器拴上（十七秒），裝上起動機的馬達（二十六秒），裝上飛輪。到這時候，引擎裝配完成，最後一個人把引擎送出去……

只不過他還不是最後一個。下面還有其他的人把引擎拉進去，同時一部汽車的底盤推出來與之相配。這些人把引擎與傳動裝置連接好（二十五秒）。韋茲畢奇鑽軸承，史蒂芬尼德打磨軸承，歐馬利把軸承裝在凸輪軸上。我的祖父只看到他面前的那個軸承，他用手取下來，加以打磨，在另一個軸承出現時，把原先的一個放回去。他頭上的輸送帶往回一直延伸到那些從模子裡打出軸承來和把金屬塊放進熔爐裡的人；延伸回到鑄造廠，在那裡做事的都是黑人，在如煉獄般的強光高溫中戴著護目鏡工作。他們把鐵礦石送進鼓風爐裡，把熔化的鐵漿由長柄杓裡倒進鑄模中。他們傾倒的速度恰好——太快的話，模子會炸開；太慢的話鐵就硬化了。他們甚至不能停下來把濺在手臂上的灼熱鐵屑弄掉。有時工頭會來做這件事，有時不會。鑄造廠是最基層的地方，是那裡熔化的中心，但是輸送帶往回延伸得更遠。延伸到外面堆積如山的煤和焦炭；到河邊貨輪停泊把鐵礦卸下來的地方，在這個地點，輸送帶變成了那條河，蜿蜒到北方的樹林，最後抵達了源頭，也就是地球本身，裡面的石灰石和沙岩；然後輸送帶回轉過來，由土壤裡出來，到河裡，到貨船上，最後到了起重機、鏟子和熔爐，再化爲熔鐵，倒進模子裡，冷硬成汽車零件——齒輪、驅動軸和油箱，給一九二二年的T型車。韋茲畢奇鑽軸承，史蒂芬尼德打磨軸承，歐馬利把軸承裝在凸輪軸上。在上面，在後面，在不同的角度，都有工人把沙子放進模具裡，或是用錘子把栓子敲進鑄模中，或是把鑄模放進熔鐵爐裡。輸送帶不是單獨的一條帶了，而是有很多很多，分散又相交。別的工人鑄出車體的各部分（五十秒），加以修整（四十二秒），再把各部分焊接在一起（一分又十秒）。韋茲畢奇鑽軸承，史蒂芬尼德打磨軸承，歐馬利把軸承裝在凸輪軸上。凸輪軸在廠房裡飛繞，等到有個人把它取下來，裝進引擎裡，現在因爲裝了扇葉、管子和火星塞而更加怪形怪狀。然後引擎完成了。一個人把引擎往下放在推出來迎合上的底盤上，這時另外三個工人把車身從爐邊移開，黑漆烤得發亮，讓他們可以照見自己的面孔，而他們也在一刹那間看到了自己身影，接著車身就落在推出來的底盤上。一個人跳上了前座（三秒），發動引擎（兩秒），然後把汽車開走。

白天，一個字也沒有；到了晚上，有好幾百個字。每天晚上下班之後，我那筋疲力竭的祖父由工廠裡出來，蹣跚地走進隔鄰的大樓裡，去上福特英語學校。他坐在一張書桌後面，面前攤放著他的課本。書桌感覺上好像以輸送帶每小時一點二哩的速度震動著滑過地板。他抬頭看著教室牆上寫成一行的英文字母。在他四周，一排排的人坐在那裡低頭看著一模一樣的課本，頭髮因爲汗濕後又乾了而僵硬，兩眼因爲金屬塵霧而發紅，兩手發痛，他們像唱詩班的孩子一樣溫馴地念著：

「員工在家該使用大量肥皂和水。

「再沒有比清潔更重要的事。

「不要在家裡地板上吐痰。

「不要讓蒼蠅飛進屋子裡。

「最進步的人是最清潔的人。」

有時候英文課還會延續到工作上。有個禮拜，在聽完工頭一番增產的訓示之後，拉夫提加快了他的工作速度，每十二秒打磨一個軸承，而不是十四秒，後來他去上廁所回來，發現他的車床邊上有人寫了「小人」兩個字。皮帶也被割斷了。等他到裝備室找到一條新皮帶的時候，號角響起，裝配線停了。

「你搞什麼鬼？」工頭對他大吼道：「每次停掉一條裝配線，我們就會賠錢。要是再出這種事，你就滾蛋，聽到沒有？」

「聽到了，老大。」

「好了，開動！」

裝配線又再開始啓動。等到工頭走了之後，歐馬利朝兩邊看了看，然後靠過來低聲說道：「別逞能當快手，懂不懂？那樣的話我們全都得做得更快。」

黛絲荻蒙娜留在家裡做菜。沒有蠶要養，也沒有桑葉要摘，沒有鄰居來聊閒天，也沒有羊奶要擠，我的祖母就把時間花在食物上。拉夫提在無休無止地打磨軸承的時候，黛絲荻蒙娜在做 pastitso（醬汁碎肉通心麵），moussaka（碎肉茄子蛋）和 galactoboureko（奶油餅）。她把廚房桌子上撒滿麵粉，用一根洗乾淨的掃帚柄擀出了一張張其薄如紙的麵皮。這些麵皮一張張地形成了她的裝配線，鋪滿了廚房，鋪滿了她用床單罩住家具的客廳。黛絲荻蒙娜在裝配線上來來去去，加上胡桃、牛油、蜂蜜、菠菜、乳酪，再加上一層層的麵皮，然後是更多的牛油，最後把這些做好的東西放進烤箱裡。工廠裡的工人因爲太熱和過勞而倒下，但是在霍爾伯特街的房子裡，我祖母卻連做兩班。她早上起來，給她的丈夫做早餐和午餐的便當，然後用酒和大蒜把一隻羊腿醃起來。到了下午，她自己做香腸，加上茴香調味，把香腸掛在地下室的熱水管上。三點鐘，她就開始準備晚餐，等到飯菜燒好了之後才休息一下，坐在廚房桌子前面，查她的解夢書，看她前一天晚上做的夢是什麼意思。爐子上隨時都至少有三個鍋子在煮東西，偶爾，吉米．齊思莫會帶幾個生意上的朋友回家，全是大個子男人，大得像火腿的腦袋塞在軟呢帽裡。黛絲荻蒙娜隨時都有飯讓他們吃。然後他們離開，進城裡去。黛絲荻蒙娜再來收拾乾淨。

她唯一不肯做的事就是採購。美國的商店讓她搞不清楚，也覺得那些貨品不好。甚至於很多年後，在我們廚房裡看到一顆麥金托什紅蘋果[13]，她還會拿起來嘲笑道：「這不算什麼，這種我們都拿來餵羊。」走進當地的市場，就讓她懷念起布爾沙的桃子、無花果，還有冬天的栗子的味道。在到美國的前幾個月裡，黛絲荻蒙娜已經染上了「無藥可醫的思鄉病」。所以，在工廠忙完，又上完英文課之後，拉夫提就吃羊肉和蔬菜，香料和蜂蜜。

他們就這樣住了下來……一個月……三個月……五個月。他們忍耐著過了他們的第一個密西根的冬天。在正月的一個晚上，剛過半夜一點鐘，黛絲荻蒙娜．史蒂芬尼德睡著了，戴著她恨透了的那頂女青年會的帽子來擋由薄牆外吹進來的寒風。熱水汀發出如嘆息般的聲音和震響。拉夫提湊著燭光做完了功課。筆記本放在膝蓋上，鉛筆拿在手裡。牆邊傳來窸窣的聲音，他抬起頭來，看到踢腳板的一個洞裡閃亮著一對紅眼睛。他寫下了「老——鼠」兩個字，再把鉛筆扔了過去。黛絲荻蒙娜繼續睡著。他摸了下她的頭髮，用英語說道：「哈囉，親愛的。」新的國家和語言有助於將過去推得更遠一些，睡在他身邊的那個女人隨著每一晚過去，越來越不像他姊姊，而越來越像他的妻子。一天又一天地，那些法令限制一點點消失，所有犯罪的記憶都滌淨了。(可是人會忘記的事，細胞記得。身體像大象一樣有上好的記憶力……)

春天來了，一九二三年。我的祖父因爲早已習慣於古希臘文動詞的繁雜變化，發現英文儘管很零碎而無系統可言，卻是一種比較容易學好的語文。一旦吞下了相當大量的英語詞彙之後，他就開始品嚐熟悉的成分，有希臘味的字根、字首和字尾。爲慶祝福特英語學校的畢業典禮，他們計畫一次盛大演出。拉夫提是成績最好的學生，因此獲邀參加。

「什麼樣的演出？」黛絲荻蒙娜問道。

「我不能告訴妳。這是要讓人想不到的表演，不過妳得幫我做幾件衣服。」

「什麼樣的？」

「像是patridha穿的。」

那天是禮拜三晚上，拉夫提和齊思莫坐在sala裡，莉娜突然進來聽《羅尼·羅南時間》的廣播節目。齊思莫不高興地看了她一眼，但是她躲在耳機後面。

「她以爲自己是個Amerikanidhes。」齊思莫對拉夫提說。「你看，看到了沒有？她居然還蹺著二郎腿。」

「這裡是美國，」拉夫提說：「我們現在都是Amerikanidhes了。」

「這裡不是美國，」齊思莫反駁道：「這裡是我家。我們在這裡不像那些Amerikanidhes一樣過日子。你老婆就明白。你幾時看過她到sala裡來，露著腿聽收音機呢？」

有人在敲門。一向不知爲什麼總想躲開不速之客的齊思莫跳了起來，把手伸到他上衣下面，他比著手勢叫拉夫提不要動。莉娜注意到有什麼事，就把耳機拿了下來，敲門聲又再響起。「kyrie，」莉娜說：「要是他們是來殺你的，還會先敲門嗎？」

「誰要來殺人?」黛絲荻蒙娜說著由廚房裡衝了進來。

「只是這樣說說。」莉娜說,她對她丈夫的進口生意其實相當清楚。她滑走到門邊,把門打開。

兩個人站在門口的墊子上。他們穿著灰色西裝,打了條紋領帶,黑色的厚底皮鞋,留著短短的鬢角。兩人拿著一模一樣的公事包。在他們脫下帽子時,露出來的是一模一樣的栗色頭髮,整齊地中分著。齊思莫把手從上衣裡縮了回來。

「我們是福特公司社會部來的,」那高個子說:「史蒂芬尼德先生在家嗎?」

「什麼事?」拉夫提說。

「史蒂芬尼德先生,我先說明我們的來意。」

「經理部門早已預見,」矮的那個天衣無縫地接嘴繼續說道:「一天有五塊錢在手上,對有些人來說,恐怕會在清廉和正確生活的路上形成很大的障礙,讓他們成爲一般社會上的惡源。」

「所以福特先生認爲,」——高個子再接過話去——「凡是不能對錢善加利用或是會揮霍的人,就不能拿那筆錢。」

「而且,」——又是那個矮的——「就算一個人看來在這計畫下合格,可是後來有了弱點,那麼公司還是會拿走他的這份利潤,等他能重新振作起來再說。我們能進去嗎?」

進門之後,他們就分了開來。高個子從他的公事包裡取出一本拍紙簿。「如果你不在意的話,我要請教幾個問題。你喝酒嗎?史蒂芬尼德先生?」

「不會,他不喝酒。」齊思莫代他回答道。

「請問,你是哪位?」

「我姓齊思莫。」

「你是這裡的房客嗎？」

「這是我的房子。」

「所以史蒂芬尼德先生和太太是房客？」

「不錯。」

「不行，不行。」高個子說：「我們鼓勵我們的員工貸款購屋。」

「他正在努力。」齊思莫說。

這時候，矮的那個走進了廚房。他打開鍋蓋，拉開爐門，檢查垃圾桶。黛絲荻蒙娜想要抗議，但莉娜用眼神制止了她。（還要注意的是黛絲荻蒙娜的鼻子皺了起來。已經有兩天了，她的嗅覺敏銳得一塌糊塗，她開始覺得食物聞起來怪怪的，羊奶乾酪像臭襪子，橄欖像羊糞。）

「你多久洗一次澡，史蒂芬尼德先生？」高個子問道。

「每天，先生。」

「多久刷一次牙？」

「每天，先生。」

「用什麼刷牙？」

「小蘇打。」

現在矮的那個爬上樓去，他侵入我祖父母的臥房，檢查他們的床單，他走進浴室，檢查馬桶座墊。

「從現在開始，用這個，」高個子說：「這是一種牙粉，還有一支新牙刷。」

我祖父很狼狽地接過這些東西。「我們是布爾沙來的，」他解釋道：「那是個大城市。」

「沿著牙齦刷，下面往上刷，上面往下刷。早上和晚上各兩分鐘。讓我看看，試一下。」

「我們是文明人。」

「你是不是要拒絕保健方面的指示？」

「你們聽我說，」齊思莫說：「希臘人建帕德嫩神殿，埃及人造金字塔的時候，盎格魯—撒克遜人還在穿獸皮呢。」

高個子看了齊思莫一大眼，在他的簿子上記了一筆。

「像這樣嗎？」我的祖父說，他很可怕地咧開了嘴，把牙刷在嘴裡上下移動。

「沒錯，很好。」

矮的那個現在由樓上重新出現，他打開他的拍紙簿，開始說道：「第一點，廚房裡的垃圾桶沒有蓋子。第二點，廚房桌子上有蒼蠅。第三點，食物裡大蒜太多，會引起消化不良。」

（現在黛絲荻蒙娜找到犯人在哪裡了：那矮個子的頭髮。上面頭油的味道讓她反胃。）

「你們能到這裡來，關心你們員工的健康，眞是太周到了，」齊思莫說：「我們可不希望有人生病，是吧？會延誤生產嘛。」

「我會假裝沒有聽到這句話，」高個子說：「因爲你不是福特汽車公司的正式員工。不過，」——他轉回身去對著我祖父——「我要告訴你，史蒂芬尼德先生，在我的報告裡，我會註記上你的社交關係。我準備建議你和史蒂芬尼德太太只要一旦財力許可，就儘快搬到你們自己的房子去住。」

「我能請問你的職業是什麼嗎？先生？」矮的那個問道。

「我在航運界工作。」齊思莫說。

「很高興你們兩位能駕臨寒舍，」莉娜插嘴道：「可是對不起，我們正準備吃晚飯。我們今晚要上教堂。而且，當然啦，拉夫提九點一定得上床睡覺。他希望早上能精神飽滿。」

「這樣很好，很好。」

他們一起戴上帽子，走了出去。

我們現在到了要有畢業演出的那幾個禮拜。黛絲荻蒙娜縫了一件palikari（背心），用紅、白、藍三種顏色的線繡了花。拉夫提在一個禮拜五的黃昏時分下了班，走過了米勒路，到一輛裝甲車邊去領薪水。然後到了演出當晚，拉夫提搭電車到凱迪拉克廣場，走進了金記服裝店。吉米・齊思莫和他在那裡碰頭，幫他挑了一套西裝。

「就快到夏天了，來套奶油色的怎麼樣？打一條黃色的絲領帶。」

「不行。英文老師告訴我們，只能挑藍色或灰色的。」

「他們想把你變成新教徒。拒絕！」

「我就要這套藍西裝，勞駕，謝謝你。」拉夫提用他最好的英文說。

（這裡，這家店的老闆好像也欠齊思莫的人情，給他們打了八折。）

同時，在霍爾伯特街的房子裡，聖母升天希臘正教教堂的本堂神甫，史泰里安諾波洛斯神父終於來給這棟房子祈福。黛絲荻蒙娜緊張不安地望著那位教士喝她奉上的那杯希臘產的迷塔克瑟白蘭地酒。她和拉夫提成爲他的會眾時，老神父依慣例問他們有沒有行希臘正教的婚禮。黛絲荻蒙娜回答說有。她從小到大始終相信神父會知道一個人有沒有說實話。可是史泰里安諾波洛斯神父只點了點頭，把他們的名字寫在教會的登記簿裡。現在他放下酒杯，站起身來念了祝詞，把聖水灑在門檻上。但是，在儀式還沒完成之前，黛絲荻蒙娜的鼻子又有了反應。她能聞到這位教士午餐吃了些什麼。在他舉起手來畫十字架的時候，她能聞到他腋下的氣味。到了大門口，送他出門時，她屏住了呼吸，「謝謝您，神父，謝謝您。」史泰里安諾波洛斯走了，可是沒有用。她一吸氣，就聞到澆了肥的花床和隔壁的扎絲拉維斯基太太在煮包心菜，還有她可以發誓說是哪裡有瓶芥末醬打開了瓶蓋，所有這些氣味都朝她襲來，讓她用手按著肚子。

就在這時候，臥房的門開了，蘇美莉娜走了出來。半邊臉上搽了粉和胭脂；光著的另外半邊臉看來發綠。「妳有沒有聞到什麼味道？」她問道。

「有呀，我什麼都聞得到。」

「哦，天啦。」

「怎麼了？」

「我以爲這種事不會發生在我身上，妳還有可能，我是不會的呀。」

現在我們是在底特律民防團總部，當晚七點鐘。兩千名觀眾坐好了，燈光暗了下來。工商界的領袖彼此握手問候。吉米・齊思莫穿著一套新的奶油色西裝，打了條黃領帶，蹺著二郎腿，抖著一隻鞍脊鞋[14]。莉娜和黛絲荻蒙娜手拉著手，很神祕地連在一起。

大幕在驚嘆聲和散亂的掌聲中拉了開來，一塊布景板上畫了一艘汽船，兩支大煙囪，一段甲板和欄杆。一道跳板伸進舞台上另一個焦點：一口巨大的灰色鍋子，上面裝飾著一行字：福特英語學校大熔鍋。一段歐洲民歌的旋律響起，突然有一個身影出現在跳板上，穿著巴爾幹半島服裝的背心，燈籠褲，還有高統皮靴，這個移民用一根棍子挑著他的家當。他充滿期待地四下看看，然後走進了熔鍋。

「搞什麼宣傳。」齊思莫在位子咕噥道。

莉娜叫他不要出聲。

現在敘利亞進了鍋子，然後是義大利，波蘭，挪威，巴勒斯坦，最後是：希臘。

「看啦，是拉夫提耶。」

我的祖父穿著繡花的palikari，蓬蓬袖的poukamiso（襯衫），以及打褶的foustanella（裙子），大步走上跳板，他停了一下，望向觀眾，可是明亮的燈光照花了他的眼睛，沒辦法看到我那滿懷祕密的祖母在回望著他。德國拍了下他的背。「Macht schnell（趕快），對不起，走快一點。」

坐在最前排的亨利·福特贊許地點著頭，欣賞演出。福特夫人想湊近他耳邊說話，可是他揮手制止。他那如海鷗般的藍眼由一張臉轉到另一張臉上，看著那些英語教師一個個出現在台上。他們拿著長湯匙，伸進鍋子裡。燈光轉紅閃動，那些教師在鍋裡攪著，蒸汽瀰漫了舞台。

在熔鍋裡，那些人擠在一起，脫掉移民的服裝，換上西裝。四肢糾纏在一起，腳踩著別人的腳，拉夫提說：「抱歉，對不起。」穿上他藍色的羊毛西褲和上裝，覺得自己是個徹頭徹尾的美國人。在他的嘴裡：三十二顆牙齒以美國式的方法刷得乾淨。他的腋下：噴灑了很多美國的除臭劑。現在湯匙從上面伸了下來，所有的人在轉來轉去……

……兩個男人，一高一矮，站在台側，拿著一張紙……

……在觀眾席上，我的祖母臉上露出吃驚的表情……

……熔鍋沸騰了。紅色燈光更亮。樂隊演奏起〈揚基歌〉[15]，福特英語學校的畢業生一個個地從熔鍋裡出來。他們穿著藍色或灰色的西裝，爬了出來，搖著美國國旗，台下掌聲雷動。

大幕才剛落下，那兩個由社會部來的人就走了過來。

「我通過了最後的測驗，」我的祖父告訴他們。「九十三分！今天我去開了個儲蓄帳戶。」

「眞不錯。」高個子說。

「可是不幸得很，來不及了。」矮的那個說。他由口袋裡掏出一張紙來，是底特律的人很熟的顏色：粉紅。

「我們調查了一下你的房東。那個所謂的吉米・齊思莫。他有前科。」

「我什麼也不知道，」我的祖父說：「我相信那弄錯了。他是個好人。工作努力。」

「對不起，史蒂芬尼德先生，可是你了解福特先生不能雇用和這種人來往的工人。你禮拜一不用再到工廠去了。」

就在我祖父還在掙扎著要弄清楚這個消息的時候，矮的那個靠了過來。「我希望你在這件事情上學到教訓。跟不好的人混在一起，會讓你沉下去的。我看你是個好人，史蒂芬尼德先生。眞的。我們祝你將來有好運氣。」

幾分鐘之後，拉夫提到外面來和他的妻子見面，他沒想到她居然會在所有的人面前將他緊緊抱住，不肯放手。

「妳喜歡這次演出嗎？」

「不是那個。」

「那是怎麼回事呢？」

黛絲荻蒙娜正視著她丈夫的兩眼。可是提出解釋的卻是蘇美莉娜。「你老婆和我？」她用英語明白地說：「我們都有了。」

牛頭怪

這是一件永遠都跟我沒多大關係的事。儘管不是所有的陰陽人都如此，我卻和大部分這類的人一樣不能生孩子。這是我爲什麼始終沒有結婚的原因之一。也是除了覺得丟臉之外，之所以會加入海外工作的原因之一。我永遠不想待在同一個地方。自從我以男性的身分開始生活以來，我母親就和我搬離了密西根州，然後我就一直搬來搬去。再過一兩年，我就要離開柏林，調到別的地方去。要離開這裡，會讓我很難過，這個一度分裂過的城市讓我想起我自己，我爲求合一，爲了Einheit（一致）而做的努力。從那個到目前爲止還因種族仇恨而分成兩半的城市出來之後，我覺得在柏林會大有希望。

先談一下我的羞愧感。我無法擺脫，只能盡力加以克服。雌雄同體運動的目標是要終止嬰兒生殖器改造手術。在這方面努力的第一步就是要說服社會大眾——尤其是小兒內分泌科專家——雌雄同體的生殖器官不是一種病態。每兩千名初生嬰兒中就有一個是性器官不明確的。以美國兩億七千五百萬人口來計算的話，就有十三萬七千名陰陽人。

可是我們陰陽人和其他人一樣，而我又碰巧不是一個很政治化的人，我不喜歡成群結黨。雖然我是北美雌雄同體協會的成員，卻從來沒參加過示威遊行，我過我自己的生活，舔我自己的傷口。這不是最好的生活方式，可是我就是這個樣子。

歷史上最有名的陰陽人？我嗎？這樣寫法眞讓人覺得很好，可是我還有很長的路要走。我在職場上沒有公開身分，只私下透露給少數幾個朋友。在酒會上，我發現自己站在那位前任大使（也是底特律人）身邊的時候，我們談的是老虎隊的事。在柏林只有少數幾個人知道我的祕密，我告訴過的人比以前多，可是我完全不照規矩來。有些夜裡我會跟剛認識的人說。其他的時候我則始終保持沉默。

尤其是對很吸引我的女人。我碰到我喜歡的什麼人，而對方似乎也喜歡我的話，我就會打退堂鼓。在柏林有好幾個晚上，因為昂貴的西班牙紅酒壯膽，我忘了生理上的矛盾而讓自己懷有希望。訂做的西裝脫掉了，名牌的襯衫也脫掉了，我的約會對象必定會欣賞我的體格。（在我雙排扣西裝的甲冑下，是另一副健身房鍛鍊出來的肌肉形成的甲冑。）可是最後的保護層，我寬大、謹慎的四角內褲，是不會脫掉的，絕不會脫掉。我只會找藉口離開，走了之後再也不和她們連絡，標準的男人做法。

過不多久，我又老戲重溫，再一次試著逾越那條底線。今早我又見到了我的那位自行車騎士。這次我查到了她的名字，茱莉．菊池茱莉，生長在加州北部，畢業於羅德島設計學校，目前在柏林伯大尼藝術工作者之家拿獎助金工作。但更重要的是，目前她和我這個禮拜五晚上有約。

這只是第一次的約會，不會有什麼事。也沒理由提起我與眾不同之處，或是我這麼些年來一直在迷宮裡打轉，不讓人看見，也遠離了愛情的事。

＊

同時受孕的事發生於一九二三年三月二十四日半夜，在上下兩間臥房裡，是那天晚上他們到劇院看戲回來之後的事。我祖父當時還不知道不久之後就會遭到開革，很得意地誇示著四張在家庭戲院演出《牛頭怪》[16]的票券。黛絲荻蒙娜起初拒絕去看，她基本上不贊成去戲院，尤其是看歌舞劇和雜耍之類，可是最後實在無法抗拒希臘的故事，就穿上了一雙新的絲襪，還有黑色洋裝和大衣，和其他的人一起走過人行道，上了那部可怕的派卡德。

家庭戲院的大幕升起時，我的這些親戚以為會看到整個的故事。克里特島的國王彌諾斯沒有把一條白色公牛獻祭給海神波賽頓。海神憤怒之餘，下咒讓彌諾斯的妻子巴喜菲愛上了那頭公牛，他們生出來的兒子是牛頭人身。還有大建築師兼發明家戴達勒斯、迷宮等等。可是等到舞台上的燈亮起之後，整個製作非傳統的重點變得十分清楚。因為在台上跳著的是一群歌舞女郎，穿著銀色的胸兜，外罩透明的古式女用內衣，一面跳舞，一面吟誦和尖利的笛聲不搭調的詩歌。牛頭怪出現了，一個男演員套了個紙糊的牛頭。完全沒有一點古典的心理學，把這個半人半牛的角色演得純粹是個電影裡的怪物。他發出咆哮；鼓聲響起；歌舞女郎尖叫奔逃。牛頭怪追上去，當然抓到了她們，一個個咬得鮮血淋漓，再把蒼白而無法抵擋的身子拖進迷宮深處。幕落。

我那位坐在第十八排的祖母發表了她的評論意見。「這就像是美術館裡的那些畫一樣，」她說：「只是找個藉口來看光著身子的人。」

她堅持在第二幕開始之前就走。回到家裡，準備上床睡覺，這四個看戲的各自忙他們每晚的例行公事。黛絲荻蒙娜洗了她的絲襪，點著了走廊上的守夜燈。齊思莫喝了一杯他認為有助消化功能的木瓜汁。拉夫提把西裝整齊地掛好，把兩條褲縫夾直，而蘇美莉娜則用冷霜卸了妝之後上床。這四個人，各做各的事，假裝那齣戲對他們毫無影響。可是現在吉米・齊思莫關了他臥房的燈。現在他爬上他的單人床——發現床上有人！蘇美莉娜夢著那些歌舞女郎，夢遊到地毯這邊來。她喃喃吟誦詩句，爬到她丈夫身上。（「妳看吧？」齊思莫在黑暗中說：「不發脾氣了吧，都是蓖麻油的功勞。」）在樓上，黛絲荻蒙娜如果沒有假裝睡著了的話，倒是會聽到地板下面的動靜。儘管她不願意，那齣戲也讓她很是興奮。牛頭怪那野蠻而肌肉結實的大腿，他那些獵物具有暗示性地伸展肢體。她為自己的亢奮感到羞恥，一點也沒有表露出來。她關了燈，向她丈夫道過晚安，打了個呵欠（同樣戲劇化）翻過身去。而拉夫提偷偷地從她後面貼上去。

畫面定格。對所有相關的人（包括我在內）來說，這是個事關重大的夜晚。我要記下姿勢位置（拉夫提側背著，莉娜俯臥著）和氛圍（夜裡一切都放開了）還有直接的原因（一齣關於雜種怪物的戲）。做父母的會把容貌和特徵遺傳給他們的孩子們，但是我相信各式各樣其他的東西也會遺傳下去：動機、場景，甚至命運。我不是也會偷偷地接近一個假裝睡著的女孩子？不是也會牽涉到一齣戲，而且有人死在台上嗎？

我先把這些遺傳上的問題放一邊，回到生物學上的事實。黛絲荻蒙娜和莉娜就像是住在同一間宿舍裡的兩個女大學生，月經來潮的時間相同。那天晚上正好是第十四天。並沒有體溫計來證明這一點，但幾個禮拜之後，惡心的症狀和超過敏的鼻子卻證實了這件事。「發明孕婦晨吐這個名稱的一定是個男人，」莉娜說：「因為他正好早上在家注意到了。」孕吐根本沒有一定的時間；也不看錶。她們在下午會吐，在半夜也會吐。懷孕就像一艘碰上暴風雨的船，而她們又不能下船。所以她們把自己綁在她們床的桅桿上，撐過這場暴風雨。她們所接觸到的一切，床單、枕頭，就連空氣，都開始和她們作對。她們丈夫的氣息變得難以忍受，等到她們吐得不能動彈時，她們就揮著手臂，要那些男人走開。

懷孕也讓做丈夫的卑微起來。在最初那陣男性的驕傲過後，他們很快就認定了大自然在傳宗接代的大戰中分派給他們的邊配角色，悄悄地退居一隅，無法解釋他們所引起的爆發。他們的妻子在臥房裡受苦的時候，齊思莫和拉夫提就退到sala裡去聽音樂，或開車到希臘城的咖啡館去，那裡可沒有人覺得他們的氣味難聞。他們玩雙陸戲，聊政治，沒有人談女人，因為在咖啡館裡，每個人都是單身漢，不管他年紀有多老，或者他跟他老婆生了多少兒女，反正她寧願要他們也不要他陪。聊的話題總是那些，談土耳其人和他們的暴行，談韋尼澤洛斯首相和他的錯誤，談君士坦丁國王和他的復辟，還有談斯麥納焚城這件未能雪恥的罪行。

「有誰在乎嗎？沒有。」

「這就像貝林傑對克利孟梭說的：『誰能擁有石油，就能擁有世界。』」

「那些該死的土耳其人！凶手，強暴犯！」

「他們褻瀆了聖蘇菲亞教堂[17]，現在又毀了斯麥納。」

可是這時候齊思莫說話了。「別再囉嗦了。這場戰爭是希臘的錯。」

「什麼！」

「是誰侵略了誰呀？」齊思莫問道。

「土耳其入侵呀，在一四五三年。」

「希臘人連他們自己的國家都治理不好，爲什麼還要別的？」

這時候，好多人站了起來，椅子也翻倒了。「你是什麼東西，齊思莫！他媽的黑海來的！土耳其的同路人！」

「我是眞理的同路人。」齊思莫叫道：「有什麼證據說火是土耳其人放的？希臘人放的火來怪罪在土耳其人身上。」

拉夫提隔在那些人中間，阻止了一場混戰。在那之後，齊思莫不再發表和政治有關的高見，悶坐在一旁喝著咖啡，翻閱一堆雜誌和談太空旅行和古文明的小冊子。他嚼著咖啡裡的檸檬皮，還叫拉夫提也這樣做。他們一起成爲在生產邊緣的同志。像所有準備做爸爸的人一樣，他們的心思轉到金錢上。

我的祖父始終沒有把他遭到福特公司解雇的原因告訴吉米，可是齊思莫很清楚爲什麼會出現這種事。所以，幾個禮拜之後，他盡可能地做了補償。

「裝出我們開車去兜風的樣子。」

「好。」

「要是有人攔住我們，什麼也別說。」

「好。」

「這份工作比工廠裡好多了。相信我。一天五塊錢算不了什麼。這裡你還可以愛吃多少大蒜就吃多少。」

他們坐在那部派卡德車裡，經過了電力公園的遊樂場。外面起了霧，而且時間很晚——剛過半夜三點，說老實話，遊樂場現在應該已經關了門，可是，為了我個人的目的，今晚電力公園會整晚開放，而霧氣突然消散，因此我祖父可以望到窗外，看見一輛雲霄飛車從軌道上直衝下來。這只是很簡單的象徵性的一刻，然後我就必須回到寫實主義的嚴格規範來，說明白：他們什麼也看不見。春天的霧遮沒了新近開通的拜爾島大橋，黃色圓球狀的街燈亮著，在霧氣中形成光暈。

「這麼晚還有這麼多車子。」拉夫提驚嘆道。

「是呀，」齊思莫說：「這裡晚上很熱鬧。」

那座大橋緩緩地將他們升到河水之上，再把他們放回對面的岸上。拜爾島，在底特律河中一處草履蟲形狀的小島，離加拿大那邊的河岸不到半哩。在白天，這座公園裡到處是野餐客和遊人，泥濘的河岸邊有釣魚的人排排坐著。教堂的人群搭帳篷聚會。但天黑之後，這個小島就有股道德防線都解開了似的氛圍。情侶們把車停在隱蔽的地方。開過橋的車子在進行一些見不得光的任務。齊思莫開車穿過幽暗，經過八角形的涼亭，還有南北戰爭英雄紀念碑，進入了奧塔瓦族印地安人以前夏日紮營的樹林裡。霧氣掠過擋風玻璃，樺樹在墨黑的天空下剝落如羊皮紙的樹皮。

二〇年代的汽車大多沒有後照鏡，「穩住。」齊思莫不斷說著，回頭去看有沒有人跟蹤他們，就這樣催動車輪沿中央大道和河濱大道在島上繞了三圈，最後齊思莫才感到滿意。到了東北角，他把車開過去，車頭對著加拿大。

「我們爲什麼停下來了?」

「等著瞧。」

齊思莫把車燈開關了三回。他下了車，拉夫提也跟著下了車。他們在河水流動聲音裡站在黑暗中，波浪拍岸，貨船鳴響霧笛。然後有了另外一種聲音：遠遠的嗡嗡聲。「你有辦公室嗎?」我祖父問道，「還是有倉庫?」「這就是我的辦公室，」齊思莫的手在空中一揮，指著那輛派卡德，「而那就是我的倉庫。」嗡嗡聲越來越響；拉夫提瞇起眼來往霧裡看去。「我以前在鐵路工作過，」齊思莫從口袋裡掏出塊乾杏桃，放進嘴裡吃著，「在西部猶他州，傷了背部。後來我學聰明了。」這時那個響聲已經幾乎到了他們面前；齊思莫打開了汽車的行李廂。現在，在霧裡，先出現了在船尾的馬達，是一條有兩個人在上面的漂亮小船。船身滑進蘆葦叢時，他們讓引擎熄了火。齊思莫把一個信封交給其中一個人。另外那個人把船尾蓋著的油布掀開。十二個疊得整整齊齊的木箱在月光中閃亮。

「現在我有自己的鐵路貨運，」齊思莫說：「開始卸貨吧。」

吉米．齊思莫進口貿易的眞相就此揭露。他並不是由敘利亞買進杏桃乾，或是買土耳其的芝麻糖，黎巴嫩的蜂蜜。他進口的是安大略的威士忌，魁北克的啤酒，還有經由加拿大聖羅倫斯河轉運來巴貝多的蘭姆酒。他自己雖是個滴酒不沾的人，卻靠買賣酒類維生。「既然那些Amerikani都是酒鬼，我能怎麼辦?」他辯論道。幾分鐘之後開車離去。

「你該事先告訴我的!」拉夫提生氣地叫道：「要是我們被逮到的話，我就拿不到公民資格了，他們會把我遣返希臘去的。」

「你有什麼選擇的餘地?找得到更好的工作嗎?別忘了，你跟我，我們都快有孩子了。」

就這樣開始了我祖父的犯罪生涯。在接下來的八個月裡，他參與了齊思莫走私酒類的行動，配合那樣奇特的時間，半夜起床，黎明時吃晚餐。他學到一口非法生意的黑話，使他的英語詞彙大爲增加。他學會把酒稱爲「喝的」、「爽口水」、「黃湯」和「貓尿」，把可以喝酒的地方叫做「池塘」、「黃湯館」、「貓尿洞」和「灌口」。他知道全市各地哪裡的條子會視而不見，哪些殯儀館裡灌進人體的不是防腐劑而是杜松子酒，哪些教堂裡提供的不只是儀式用酒，還有哪些理髮店的髮水瓶子裡放的是「潤喉的」。拉夫提對底特律河的河岸一帶，有遮蔽的小灣和祕密的上岸地點，都越來越熟悉。在四分之一哩外就能認出警方的船隻馬達聲。走私酒類是件很需要點技巧的生意。大宗的走私是由紫幫和黑手黨控制的。在他們恩准之下，也有些玩票性質的走私勾當進行——白天到加拿大去走一趟，半夜開條魚船去兜一兜。女人坐渡輪到溫莎去，把一加侖裝的酒瓶藏在衣裙下。只要這類的走私不干涉到主要的生意，那些幫會就讓他們去。可是齊思莫遠超過了這個範圍。

他們一禮拜去個五六趟，派卡德的行李廂裡放得下四箱酒，寬敞而裝了簾子的後座可以再放八箱。齊思莫對規矩或地盤都毫不尊重。「一等他們通過了禁酒令，我就去圖書館查地圖。」他解釋說他是怎麼幹上這一行的。「清清楚楚，加拿大和密西根州，幾乎親在一起。所以我買了張車票到底特律來。等我到了這裡的時候，一文不名。我到希臘城去找了個婚姻掮客，我爲什麼讓莉娜開這部車？這是她出錢買的呀。」他很滿足地笑著，但接著他又多想了一下，臉色暗沉下來。「我不贊成女人開車，我告訴你，現在她們還能投票呢！」他一個人發著牢騷。「記得我們看過的那齣戲嗎？所有的女人都是那個樣子，只要有機會，就會跟條公牛私通。」

「那些只是神話故事而已，吉米，」拉夫提說：「你不能當眞。」

「爲什麼不能？」齊思莫繼續說道：「女人跟我們不一樣，她們天性淫蕩，對付她們最好的辦法就是把她們關在迷宮裡。」

「你在說什麼呀？」

齊思莫笑道：「懷孕生孩子。」

那還眞像座迷宮。黛絲荻蒙娜這樣翻那樣轉，左邊，右邊，想要找到個舒服的位置。她身不離床地在懷孕的黑暗迷宮中遊蕩，踩到那些在她之前走過這條路的女人的骸骨。先是她的母親，尤芙洛絲妮（她突然開始和母親越來越像），她的祖母和外婆，她的姨婆，還有她們之前所有的女人，一直追溯到史前，到夏娃，這個詛咒就是從她的子宮開始的。黛絲荻蒙娜對那些女人有了實質上的認識，分享她們的痛苦和嘆息，她們的恐懼和關切，她們的憤怒，她們的期盼。她像她們一樣把一隻手放在肚子上，支撐著這個世界；她感到有無限力量而驕傲；但接著背上一塊肌肉抽搐起來。

我現在隨時間過去給你整個懷孕過程。黛絲荻蒙娜在第八週時，仰臥著，床單一直拉到她腋下。窗上的光線隨著日夜變化而不同。她的身子抽動，她側臥著，她的肚子；床單變了形狀。一條羊毛毯出現又消失。放食物的托盤飛到床邊小几上，然後跳離，又回來。可是在這些無生物的瘋狂舞蹈中，黛絲荻蒙娜輾轉反側的身影始終在中間。她的乳房鼓脹，她的乳頭變黑。到了第十四週，她的臉開始肥胖，因此我第一次能認出我孩童時期的 yia yia。到了第二十週，一條神祕的線由她的肚臍開始向下畫了出來，她的肚子就像爆米花袋一樣鼓了起來。第三十週時，她的皮膚薄了，毛髮粗了。她的臉色最初因爲犯惡心而蒼白，漸漸不那麼蒼白，最後：容光煥發。她的肚子越大，越不肯動。她不再俯臥。她一動也不動，肚子朝攝影機越鼓越大。窗外的閃光效果繼續著。到了第三十六週，她用床單把自己包得像個蠶繭，床單上上下下，露出她的臉，疲累、欣慰、無奈、不耐煩，她的眼睛張開。她哭出聲來。

莉娜用油灰糊住兩腿，以防靜脈曲張。她怕自己有口臭，床邊總放著一罐薄荷糖。她每天早上量體重，咬著下唇。她很欣賞自己新近豐滿的身材，可是又爲後果而煩惱。「我的胸部不會再跟以前一樣了，我知道。在這之後，就會垮垂下去了。像在《國家地理雜誌》裡的一樣。」懷孕讓她覺得非常之像一隻野獸，這麼公然地像多了塊殖民地似的，讓她很尷尬。在荷爾蒙分泌旺盛的時候，她的臉燙得像著了火一般。她流汗；妝都掉了。整個過程就是進化初期的延長，把她和低等生物相連，她想到女王蜂產卵。她想到隔壁家的牧羊犬，去年春天在後院挖洞。

唯一的慰藉是收音機。她在床上、沙發上、浴缸裡都戴著耳機。夏天的時候，她帶著袖珍收音機到屋子外面去坐在櫻桃樹下，讓她的腦袋裡充滿音樂，來逃避她的身體。

到了第七個月，在十月的一個早晨，一輛計程車開到霍爾伯特街三四六七號門口停了下來，一個瘦高個子下了車。他拿著一張紙，確定了地址，拿出他的東西——一把傘和一口箱子——把車錢付給司機。他脫下帽子，瞪著帽子裡面，好像在看寫在襯裡上的指示。然後他把帽子戴上，走上台階，到了門口。

黛絲荻蒙娜和莉娜都聽見敲門聲，她們一起到了門口。

等她們打開大門之後，那個男人看著那兩個大肚子。

「我來得正是時候。」他說。

來的是費洛波西恩大夫，兩眼清亮，鬍子刮得乾乾淨淨，已經從悲傷中恢復。「我還留著你們的地址。」她們把他請了進去，而他說了他的故事。他的確在「吉利亞號」上感染了眼疾，可是他的醫師執照讓他免於被遣返希臘；美國需要醫生。費洛波西恩大夫在艾利斯島的醫院裡住了一個月，然後，經由亞美尼亞救難協會的保證，讓他能進入這個國家。在過去十一個月裡，他一直住在紐約的下東城。「給一家眼鏡店磨鏡片。」最近他想辦法由土耳其取回了一些財產，到了中西部。「我打算在這裡開業。紐約的醫生已經太多了。」

他留下來吃晚餐。兩個女人目前的生理狀況並不能讓她們免除家務事。她們用腫脹的兩腿走來走去地端來羊肉和米飯、加蕃茄燒的秋葵、希臘沙拉、米布丁。飯後，黛絲荻蒙娜煮了希臘咖啡，倒在小咖啡杯裡，上面還有棕色的泡沫。費洛波西恩大夫向坐在那裡的兩個丈夫問道：「百分之一的機會，你們確定是在同一天晚上嗎？」

「是的。」蘇美莉娜回答道，她坐在桌邊抽菸。「那天想必是滿月吧。」

「一個女人通常要五六個月才會受孕，」那位大夫繼續說道：「兩個人同一晚受孕——百分之一的機率。」

「百分之一？」齊思莫望向桌子對面的蘇美莉娜，而她則望著別處。

「至少是百分之一。」那位大夫確認道。

「全是牛頭怪的錯。」拉夫提開玩笑道。

「別提那齣戲了。」黛絲荻蒙娜責罵道。

「你為什麼這樣看著我？」莉娜問道。

「我不能看妳？」她丈夫問道。

蘇美莉娜憤怒地嘆了口氣，用餐巾擦了下嘴。一陣令人緊張的靜默。費洛波西恩大夫給自己再斟上一杯酒，很快地說下去。

「生產是一個很有意思的題目。拿畸形兒來說吧，以前大家都認為是因為做母親的想像所造成的。在交媾的時候，不論那做母親的碰巧看到或想到什麼，都會影響到孩子。大馬士革流傳一個故事，說有個女人在她床頭掛了一張施洗約翰的像，穿著傳統的剛毛襯衣。在激情中，那個可憐的女人碰巧抬眼看到這張畫像。九個月之後，她的嬰兒生下來了——全身毛茸茸的像隻熊！」大夫大聲笑著，十分自得地又喝了些酒。

「不可能會有這種事情吧？」黛絲荻蒙娜突然警覺地想要知道。

可是費洛波西恩大夫說得興起，「還有一個故事是說有個女人在做愛的時候摸到一隻癩蛤蟆。她的孩子生下來一對凸眼，滿身膿疱。」

「這些是你在書上看到的嗎？」黛絲荻蒙娜的聲音很緊張。

「派爾的《怪物與奇事》裡這些大部分都有。教會也參了一腳。坎吉亞米拉在他的《胎兒聖事》一書裡建議胚胎洗禮。比方說你擔心懷了個怪物似的孩子，呃，倒是有治療的辦法。只要把針筒裡裝滿聖水，讓嬰兒在出生之前受洗。」

「別擔心，黛絲荻蒙娜。」拉夫提說，他看出她滿面焦急的表情。「醫生都不這樣想了。」

「當然不會，」費洛波西恩大夫說：「所有這些胡說八道的事都是黑暗時期來的。我們現在知道大多數的畸形兒是父母有血緣關係的結果。」

「什麼的結果？」黛絲荻蒙娜問道。

「家族通婚。」

黛絲荻蒙娜臉都白了。

「造成各式各樣的問題。智能不足，血友病。你看看羅曼諾夫家族[18]。看看任何一個皇家。突變，全部都是。」

「我不記得那天晚上我在想什麼。」黛絲荻蒙娜後來在洗碗的時候說。

「我記得。」莉娜說。「右邊第三個，紅頭髮的。」

「我當時閉著眼睛。」

「那就別擔心了。」

黛絲荻蒙娜打開水龍頭來遮擋她們說話的聲音。「另外那件事怎麼辦？那血……那血……」

「血緣關係？」

「對呀，你怎麼曉得孩子有沒問題？」

「沒生下來就不知道。」

「Mana！」

「妳以爲教會爲什麼不許兄弟姊妹結婚？就連堂表兄弟姊妹也還得主教批准呢。」

「我以爲那是因爲……」她說不下去，沒有答案。

「不用擔心，」莉娜說：「這些當醫生的都會誇大其詞，要是近親結婚眞的有那麼糟糕的話，我們現在都會有六隻手，沒有腿了。」

可是黛絲荻蒙娜很擔心。她試著回想在俾斯尼奧斯有多少孩子生下來是有毛病的。米莉亞．沙拉卡斯有個女兒，臉中間少了一塊。她的哥哥伊奧戈斯只活到八歲。有哪個孩子滿身是毛嗎？有像蛤蟆的小孩嗎？黛絲荻蒙娜回想起她母親說過關於村子裡生下怪嬰兒的故事。好幾代以來只有很少幾個有什麼問題的嬰兒，黛絲荻蒙娜不記得到底是些什麼問題——她母親說得很含糊。偶爾有這樣的孩子，都有悲慘的下場：自殺，逃出家去到馬戲團裡表演，或是多年後出現在布爾沙，不是討飯，就是賣春。拉夫提晚上出去工作的時候，黛絲荻蒙娜獨自躺在床上，想要記起那些故事的細節，可是那是太久以前的事，現在尤芙洛絲妮．史蒂芬尼德已經死了，沒有人可問。她回想自己受孕的那晚，想要重建現場。她側躺著。她拿了個枕頭來代替拉夫提，貼靠在自己背上。她在房間裡四下環顧。牆上沒有畫像，她也沒碰到癩蛤蟆，「我當時看到什麼呢？」她問自己。「只有那面牆。」

可是她不是唯一飽受焦慮折磨的人。現在坐立不安，正式否認我就要告訴你們的事——因爲在我這中西部的埃皮達洛斯[19]的眾多演員中，戴著最大假面具的人就是吉米．齊思莫——我要試著讓你們能略微了解他最後這三個月裡的情緒。他對能當爸爸的事很興奮嗎？他有沒有把有營養的草藥帶回家來泡有療效的茶呢？沒有，他不是，他也沒有。在費洛波西恩大夫到家裡來吃晚餐的那夜之後，吉米．齊思莫開始變了。也許是因爲那位大夫對同時懷孕一事所說的那番話，百分之一的機率。也許就是這麼一點離題的訊息讓齊思莫越來越不樂，對他妻子投以懷疑的眼光，也許他是在懷疑五個月來唯一的交歡就能受孕的可能性。齊思莫是不是在細看他的年輕妻子而覺得自己老了？給騙了？

一九二三年的秋末，牛頭怪在我家裡作祟。對黛絲荻蒙娜來說，是一群孩子，不停地流血，或是滿身是毛。齊思莫的怪獸就是大家都知道有綠眼睛的那個[20]，每次他在岸邊等著一批私貨的時候，就在河上的黑暗中瞪著他。會從路邊撲出來，隔著派卡德的擋風玻璃與他對峙。等他在日出前回到家裡時，又在他床上翻滾：一隻綠眼的怪物躺在他那年輕莫測高深的妻子身邊，可是只要齊思莫一眨眼，那怪物就會消失了。

等那兩個女人懷孕八個月的時候，初雪落了下來。拉夫提和齊思莫都戴上手套和圍巾在拜爾島岸邊等私貨。可是，儘管穿了這麼多，我祖父還是在發抖。過去一個月裡，他們有兩回差點碰上警察，齊思莫因爲嫉妒和懷疑而變得十分古怪，忘記排定時間，沒有充分準備就選定交貨地點。更糟的是，紫幫加強了對這地方酒類走私的控制，和他們發生衝突只是遲早的問題。

這時候，在霍爾伯特街，有根湯匙在擺動。蘇美莉娜兩腿綁著繃帶，躺在閨房裡，由黛絲荻蒙娜進行到我爲止的眾多預測的第一次。

「告訴我會生女兒。」

「不要女兒，女孩子太麻煩，妳得擔心她們跟男孩子出去的事，我們還得準備嫁奩，找丈夫——」

「美國不要嫁奩的，黛絲荻蒙娜。」

湯匙開始動了。

「如果是兒子的話，我會殺了妳。」

「女兒的話，妳會跟她吵嘴。」

「女兒可以跟我談話。」

「兒子可以讓妳愛。」

湯匙的擺幅加大了。

「是……是……」

「什麼？」

「開始存錢吧。」

「眞的嗎？」

「把窗子都關上。」

「是嗎？眞的是嗎？」

「準備吵嘴吧。」

「妳是說，是個……」

「沒錯，是個女兒。絕對不錯。」

「哦，謝天謝地。」

……一間大更衣室清乾淨了，牆都漆成白色，當做育嬰室。兩個一模一樣的搖籃由哈德森百貨公司送來。我祖母把搖籃放進育嬰室裡，然後在兩個搖籃之間掛上一床毯子，以防萬一她生的是個男孩。到了外面走廊上，她停在祈禱燈前向上帝禱告：「請祢不要讓我的孩子得血友病什麼的，拉夫提和我不知道我們在做些什麼，求求祢，我發誓不再生另外一個孩子。只有這一個。」

三十三週。三十四週。在子宮的游泳池裡，嬰兒做了個反身的動作，翻過去頭向下。可是蘇美莉娜和黛絲荻蒙娜同時受孕，最後卻分了先後。十二月十七日，正在聽廣播劇的時候，蘇美莉娜把耳機拿下來，宣布說她陣痛開始了。三個鐘點之後，費洛波西恩大夫接生了一個女孩，正如黛絲荻蒙娜所預測的一樣。小嬰兒的體重只有四磅三盎斯，必須在保溫箱裡放上一個禮拜。「看到了吧？」莉娜望著玻璃後面的小嬰兒對黛絲荻蒙娜說：「費洛波西恩大夫錯了。看，她的頭髮是黑的，不是紅的。」

接著來到保溫箱前的是吉米・齊思莫。他脫下帽子，彎到很靠近的地方瞇起眼來看。他有沒有皺眉頭？嬰兒蒼白的小臉證實了他的懷疑嗎？還是給了他答案？比方說爲什麼一個做老婆的不是說頭痛就是身子痛呢？爲什麼她就那麼方便地就痊癒了，只是爲了證明他是父親？（不論他懷疑些什麼，孩子就是他的。只是蘇美莉娜的長相搶了鋒頭而已。遺傳完全是一場有風險的賭博。）

我只知道，齊思莫看過他女兒之後不久，就想出了他的最後計畫。一個禮拜之後，他對拉夫提說：「準備好，我們今晚有生意。」

現在湖邊的大廈都裝飾了耶誕的燈，玫瑰台前白雪覆蓋的大草坪，道奇大廈，由上半島運來一棵四十呎高的耶誕樹。松樹下有小精靈乘著迷你的道奇轎車繞圈子，耶誕老人則由一隻戴了帽子的馴鹿當司機。（魯道夫[21]當時還沒創出來，所以那隻馴鹿的鼻子是黑的。）大廈的大門外面，一輛黑棕兩色的派卡德開過。開車的人兩眼直視正前方，助手席上的乘客則望著車外的大房子。

因爲輪胎上綁有防滑的鐵鍊，吉米・齊思莫把車開得很慢。他們沿著傑佛遜東街出來，經過電力公園和拜爾島橋。他們繼續穿過底特律東城，順著傑佛遜大道往前開。（現在我們到了我的那帶樹林：格洛斯波因。這裡是史達克家的房子，也就是升三年級前那個暑假裡，克莉曼婷・史達克和我「練習」接吻的地方。那裡是培英女校，高踞在湖邊的山丘上。）我的祖父很清楚齊思莫不是到格洛斯波因來欣賞那些豪宅的。他著急地等著看齊思莫到底在想些什麼。到了離玫瑰台不遠的地方，是一片開展的湖面，又黑又空曠，凍得結結實實的。靠近岸邊，大片的厚冰堆著，齊思莫沿著岸邊一直開到路上有個缺口，也就是夏天在這裡上下船的地方。他把車轉進去停了下來。

「我們要從冰上開過去嗎？」我祖父問道。

「是現在到加拿大去最方便的一條路。」

「你確定冰能承受得住？」

齊思莫對我祖父提出問題的回答就是打開了車門：方便逃生。拉夫提也有樣學樣。派卡德的兩個前輪落在冰上。感覺上好像整個結了冰的湖面移動了一下。緊接著是一陣尖利的聲音，像是牙齒在咬著冰塊。幾秒鐘後，聲音停止了。後面的兩個輪子落下。冰也穩住了。

我祖父自從離開布爾沙之後就沒再禱告過，現在卻有了想禱告的衝動。聖克雷湖是紫幫掌控的地盤，沒有可以藏身其後的樹，也沒有可以偷溜的岔路。他咬著缺了指甲的拇指。

沒有月亮，他們只能看見車燈所照見的地方：十五呎雪粒覆蓋的冰藍色湖面，有著橫七豎八的雜亂胎痕。雪如漩渦般地在他們前面落下，齊思莫用他的袖子擦了下起霧的擋風玻璃。「注意看哪裡有黑色的冰。」

「爲什麼？」

「那表示冰很薄。」

不久之後就出現了第一塊。在有沙洲的地方，波動的水讓冰薄弱了。齊思莫把車繞過去。可是很快地又出現了一處，他必須繞另外一個方向。右邊，左邊，右邊，那輛派卡德蛇行前進，跟著其他走私者車輪的胎痕。偶爾一座冰屋擋住去路。他們就得照原路退回去。現在往右，現在向左，現在退後，現在往前，在光滑如大理石的冰上開進黑暗之中。齊思莫俯身在方向盤上，緊盯著車燈燈光所及之處，我祖父讓身邊的車門開著，一面聽著冰發出呻吟……

……可是現在，除了引擎的聲音之外，開始響起了另一個聲音。就在這天晚上，在鎮的那頭，我的祖母正在做一個噩夢。她在「吉利亞號」上的救生艇裡，孔陶里斯船長跪在她兩腿之間，脫下她的緊身褡。他解開帶子，將緊身褡打開，一邊還在抽著一支丁香味的菸。黛絲荻蒙娜因爲突然赤裸而感到尷尬，她低頭看著船長看得入神的東西：一條很粗的船纜消失在她體內。「天老爺喲！」孔陶里斯船長叫道，然後拉夫提出現了，看來很擔心的模樣。他抓住纜繩的頭，開始往後拉。然後：

疼痛。夢裡的疼痛，眞實而又不眞實，只是神經在燒灼。在黛絲荻蒙娜體內深處，一個水球爆裂開來。一陣溫熱順著她大腿衝了出來，血流滿了救生艇。拉夫提扯了下繩子，又扯了一下，血濺在船長的臉上，可是他把帽沿拉下來擋住。黛絲荻蒙娜叫出聲來，救生艇搖動，然後有種噗噗的聲音，她感到一陣噁心，好像她被扯成兩半，在纜繩的另一頭是她的孩子，一小團肉球，顏色青紫，她想看孩子的手臂卻找不到，想看腿也找不到。然後小小的頭抬起來，她望著她孩子的臉，只有兩排牙齒在開合，沒有眼睛，沒有嘴巴，只有牙齒，在一張一合……

黛絲荻蒙娜陡然驚醒。過了一下之後才發現她在現實生活中所睡的那張床已經濕透。她的羊水破了……

……這時在冰上，那輛派卡德的車燈因爲加速而更亮，因爲電池裡來的能量更大。他們現在到了航線上，恰好在兩岸的中間。頭上的天像個黑色大碗，被點點天火穿透。他們現在記不得來時的路了，不知道轉了多少次彎，那些壞冰又在哪裡。結冰的湖面上滿是輪胎的痕跡，通往任何一個可能的方向。他們經過一些老爺車的殘骸，前端倒栽進水裡，門上彈痕累累，四散著有輪軸，轂蓋，還有一些備胎。在黑暗和旋舞的雪中，我祖父的眼睛花了。他有兩次以爲自己看見有車陣開來，那些車子戲耍他們，一下子出現在前面，一下到了旁邊，現在又到了後面，來去快到讓他不敢確定到底有沒有看見那些車子。現在在派卡德車裡除了皮椅和威士忌酒的氣味之外，又多了種味道，一種刺鼻的金屬氣味，蓋過了我祖父的除臭劑：是恐懼的氣味。就在這時候，齊思莫用很平靜的聲音說：「我一直在想著一件事，爲什麼你從來沒有跟任何人說過莉娜是你的表姊？」

這個突如其來的問題讓我祖父猝不及防。「我們並沒把這事當做是祕密。」

「沒有嗎？」齊思莫說：「我就從來沒聽你提起過。」

「在我們老家，每個人都有親戚關係。」拉夫提想開開玩笑，然後問道：「我們還要走多遠？」

「到航線的另外一頭。我們現在還在美國境內。」

「在那種地方怎麼找得到他們？」

「我們會找到的，你要我開快點嗎？」齊思莫不等他回答，就踩了油門。

「不要緊，開慢一點。」

「我還想知道另外一件事。」齊思莫說著，加快了車速。

「吉米，注意安全。」

「莉娜爲什麼要離開村子去結婚？」

「你開得太快了，我沒時間檢查結冰的情況。」

「回答我的話。」

「她爲什麼離開？因爲那裡沒男人可嫁，她想到美國來。」

「是爲了這個嗎？」他又加快了車速。

「吉米，開慢一些！」

可是齊思莫把油門踩到了底，大聲叫道：「是你吧！」

「你在說什麼呀？」

「是你吧！」齊思莫又大聲叫道，現在引擎也號叫起來，冰在車下飛馳而過。「是誰？」他追問道：「告訴我！是誰？」

……可是在我祖父能想出話來回答之前，另一個記憶在冰上翻滾過來。那是我小時候一個禮拜天的晚上，我父親帶著我到底特律遊艇俱樂部去看電影。我們爬上鋪了紅地毯的樓梯，經過帆船比賽的銀獎盃和水上飛機賽手賈爾・伍德的油畫肖像。進了二樓的大會堂，木製的摺椅排放在銀幕前。現在燈熄了，叮噹作響的放映機射出一道光來，照見空中百萬塵粒。

我父親能想得到把傳統灌輸給我的唯一方法，就是讓我去看義大利拍攝的古希臘神話。所以，每個禮拜，我們看到赫丘力殺死刀槍不入的「奈米亞之獅」，或是偷取亞馬遜女王的腰帶（「好漂亮的腰帶啊，是吧？卡莉？」），或是毫無根據地就無故將他丟入蛇坑。不過我們最喜歡的還是牛頭怪……

……在銀幕上，一個戴了頂難看假髮的演員出現。「那是鐵修斯，」密爾頓解釋道：「他有一個他女朋友給他的線球，看到沒有？他要用來找路走出迷宮。」

現在鐵修斯走進了迷宮，他的火把照亮了紙板做成的石牆，路上滿是骸骨和髑髏，那些假的岩石上有黑黑的血漬。我兩眼盯著銀幕，伸出手來。我父親在他上裝口袋裡找出一塊奶油糖。在遞給我的時候，低聲地說：「牛頭怪來了！」而我既害怕又高興地發抖。

那個怪物的悲慘命運，當時對我來說還太深奧。也不是他的錯，生下來就是個怪物。背叛的毒果，必須藏匿起來的恥辱；我在八歲的時候還不懂這些，我只會聲援鐵修斯……

……像我的祖母，在一九二三年，準備見到藏在她子宮裡的那個生物。她捧著肚子，坐在計程車的後座，而莉娜在前座，叫那個司機開快車。黛絲荻蒙娜用力地呼氣吸氣，像一個跑者調整自己的腳步，莉娜說：「妳把我叫起來，我一點也不生氣，反正我早上也要到醫院去的。他們答應讓我把孩子接回家去了。」可是黛絲荻蒙娜根本沒在聽她說話。她打開了預先準備好的箱子，伸手到睡衣和拖鞋之間去找她的煩惱珠。像凝結的蜂蜜般的琥珀，因為太熱而有了裂痕，讓她度過了大屠殺、逃難和焚城，現在她撥弄著，隨計程車穿行過黑暗的街道，要在她生產前趕到醫院……

……這時齊思莫正把派卡德衝過冰上。時速表上的指針上升，引擎轟隆作響，鐵鍊捲起積雪。那輛派卡德衝進黑暗中，在冰上打滑，甩尾。「你們兩個老早計畫好了的吧？」他大聲叫道：「莉娜之所以嫁個美國人，是為了可以當你的保人嗎？」

「你在說什麼呀？」我的祖父想和他說理：「你跟莉娜結婚的時候，我甚至還不曉得我要到美國來呢，拜託你開慢一點。」

「是不是你們的計畫？找個丈夫，然後住進他家裡來！」

牛頭怪的電影裡永遠不會失敗的手法。怪物總是從你最想不到的地方出來。同樣的，在聖克雷湖上，我祖父一直在留神提防紫幫的人，實際上怪物卻就在他身邊，在駕駛著這輛車。在由開著的車門吹進來的風裡，齊思莫的鬈髮像鬃毛似地向後飛揚。他低著頭，鼻翼翕動，兩眼充滿了怒火。

「是誰？」

「吉米！轉回去吧！冰呀！你都沒有在看冰的狀況！」

「你不告訴我，我就不停車。」

「沒什麼好說的。莉娜是個好女孩。是你的好太太。我可以發誓！」

可是那輛派卡德繼續向前衝。我祖父整個人貼靠在座位上。

「孩子怎麼辦？吉米，想想你的女兒！」

「誰說她是我的種？」

「她當然是你的女兒。」

「我根本不該娶那個女人。」

拉夫提沒有時間來爭論這件事。他不再回答什麼問題，就由開著的車門滾了出去，離開了那部車子。風就像堵牆似地撞向他，把他撞回得靠住後面的保險桿。他看著他的圍巾以慢動作繞纏在派卡德的一邊後輪上。他感到圍巾像套索似地拉緊了，可是接著那條圍巾就由他脖子上拉脫開去，而時間的速度恢復，拉夫提被拋離了那部汽車。在他落在冰上時，他護住了臉，滑了好長一段距離。等他再抬起頭來的時候，看到那輛派卡德仍在往前開。沒辦法看得出齊思莫是打算調頭還是煞車。拉夫提站了起來，骨頭都沒斷，他望著齊思莫發瘋似地繼續衝進黑暗中……六十碼……八十……一百……最後突然聽見另外一個聲音。在引擎的吼聲之外，有很響的崩裂聲，緊接著一陣閃光在腳下伸展開來，那輛派卡德開上了結冰的湖面上一處暗黑的地方。

就像冰一樣，生命也會裂開，還有人格、身分。吉米．齊思莫，俯身在派卡德的方向盤上，早已改變得讓人無法了解。路到這裡都斷了，我只能把你帶到這麼遠，不能再往前。也許那是嫉妒的怒火，或者他也許只是在算計他有什麼選擇。用嫁奩來和養家活口的開支做比較。想到那不可能永遠持續下去，這種禁酒時期的好日子。

另外還有一種可能：說不定整件事都是他假裝的。

可是沒有時間來多想這些。因爲冰發出了尖利的聲音，齊思莫的前輪壓碎了冰面，那輛派卡德，優雅得如一隻只用前腳站著的大象，翻得豎立在擋風玻璃上。一時之間，車燈照亮了冰和下面的水，像一個游泳池，但緊接著引擎蓋撞破了冰，在一陣火星如雨而下後，一切都陷入黑暗。

在婦幼醫院裡，黛絲荻蒙娜陣痛持續了六個小時。費洛波西恩大夫將孩子接生下來，以一般的方式來觀其性別：將兩腿分開看一看，「恭喜，是個兒子。」

黛絲荻蒙娜非常寬慰地叫道：「唯一長毛的地方在他頭上。」

不久之後拉夫提就到了醫院。他走回岸上，搭上一輛送牛奶的車回家。現在他站在育嬰室的窗外，兩邊腋下仍然因爲恐懼而發出汗臭，右臉頰因爲摔落在冰上而擦傷，下唇腫脹。就在那天早上，很偶然地，莉娜的孩子體重增加到可以離開保溫箱。護士抱起這兩個孩子。男嬰取名米太亞德，以紀念那位希臘名將[22]，但後來用的名字是密爾頓，紀念那位偉大的英國詩人。從小就沒有父親的女嬰取名狄奧多拉[23]，因爲蘇美莉娜很仰慕那位聲名狼藉的拜占庭皇后，後來也有個美國式的小名。

不過我還要提一件和這兩個孩子有關的事，是一件肉眼不可能看得到的事。仔細看看，喏，就在那裡。一點也不錯：

兩人各有一個突變的染色體。

相敬如「冰」

吉米・齊思莫的葬禮經過芝加哥的主教批准，在十三天後舉行。近兩週來，家裡的人都留在被死亡污染的家裡，接待來弔唁的客人。鏡子都用黑布罩住，黑色的簾幕擋住每一扇門。因爲有人過世的時候，誰也不能有虛飾的東西，拉夫提不再刮鬍子，等到葬禮的那天，幾乎已經留了一把大鬍子了。

因爲警方沒有尋獲屍體，才造成葬禮的延宕，意外發生的第二天，兩名警探去勘查現場。當晚冰又結了起來，而且積了幾吋厚的新雪。兩名警探來回蹣跚地走著，搜尋輪胎的痕跡，但半個鐘點之後就宣告放棄，他們接受了拉夫提的說法，認爲要去冰上釣魚的齊思莫可能喝醉了酒。有一位警探告訴拉夫提說屍體通常會在春天浮上來，因爲泡在冰冷的水裡，都還會保存得很完整。

家人都感悲痛，史泰里安諾波洛斯神父把這件事呈報給主教，主教應允了給齊思莫行希臘正教葬禮的要求，等將來找到屍體後，再到墳旁舉行埋葬儀式。拉夫提負責葬禮的安排。他選了一具棺木，選了塊墓地，訂了墓碑，還付錢在報上登了訃聞。在那個年代，希臘移民剛開始使用葬儀社的禮堂，可是蘇美莉娜堅持要在家裡辦喪事。前後有一個多禮拜，弔客走進暗黑的 sala，窗簾全都拉緊，空氣中瀰漫著濃烈的花香。齊思莫那些不大見人的生意上來往的朋友，由他供應貨品的地下酒店裡的人，還有一些莉娜的朋友，都來弔慰。在向遺孀表示過哀悼之後，他們穿過客廳，站在打開的棺材前面。棺材裡躺在一個枕頭上的，是一張裝了框的吉米・齊思莫的照片，照片裡的齊思莫微側著露出四分之三的臉，兩眼望向照相館的燈打出來的聖光。蘇美莉娜把他們婚冠上的緞帶剪了下來，把她丈夫的那段也放入棺中。

蘇美莉娜對她老公的死所感到的悲痛，遠遠超過在他生前對他的愛意。一連兩天，她都在吉米・齊思莫的空棺旁邊跪上十個鐘點，唱著mirologhia（輓歌）。按照最佳的鄉間傳統形式，蘇美莉娜放聲高唱詠嘆調，悲嘆她丈夫的死，也怪他就這樣死了。把齊思莫的事說完之後，她責怪上帝這麼快就把他帶走，又爲她新生女兒的命運嘆息。「都要怪你！全是你的錯！」她哭喊道：「你爲什麼要死？丟下我當寡婦！讓你的女兒流落街頭！」她跪在那裡給孩子餵奶，不時地把她高高舉起，好讓齊思莫和上帝能看到他們幹了什麼好事。那些老移民聽到莉娜的憤怒之聲，一時以爲自己回到了在希臘的童年，回憶起他們自己祖父母或父母的喪禮，每個人都同意說這樣表達悲痛的方式，一定能讓吉米・齊思莫的靈魂得到永遠的安息。

根據教會的律法，葬禮要在非週末的日子舉行。史泰里安諾波洛斯神父在頭上戴了一頂高高的kalimafkion（冠冕），胸前掛了個大十字架，在那天上午十點來到這棟房子。禱告過後，蘇美莉娜給這位教士端來了一支點在盤子上的蠟燭。她把蠟燭吹熄，當煙升起飛散，史泰里安諾波洛斯把蠟燭折成兩半。完畢之後，所有的人都排在外面，開始走向教堂。拉夫提爲那天租了一輛禮車，爲他的妻子和表姊打開車門。在他自己上車的時候，他向選來留守的人揮了下手，那個人要擋住門口，不讓齊思莫的靈魂回到屋子裡。那個人就是彼德・塔塔奇斯，那位未來的脊椎按摩專家。彼德舅公按傳統在門口守了兩個多鐘點，一直等到在教堂裡舉行的儀式結束。

儀式是全套的葬禮，只省略了最後讓會眾親吻死者的那一部分，而是由蘇美莉娜走過棺木，親吻那頂婚冠，接著是黛絲荻蒙娜和拉夫提。當時的聖母升天教堂還是哈特街上的一個小店面，裡面的來賓還不到三成。吉米和莉娜不是固定常上教堂的人。大部分的弔客都是老寡婦，對她們來說，喪禮算是娛樂的一種。最後扶柩的把棺木抬到外面來拍葬禮的照片。眾賓客散立在四周，用那簡單的哈特街教堂當背景。史泰里安諾波洛斯神父站在棺木的前端，棺材重新打開，露出吉米·齊思莫的照片靠放在打了摺的緞子上。兩面國旗舉在棺木上，希臘國旗在一邊，美國國旗在另一邊。鎂光燈閃亮時沒有人露出笑容。照完之後，送葬行列繼續走到凡代克街的林坪墓園，棺木要在那裡存放到春天，因爲屍體很可能在春天冰雪融化之後出現。

儘管所有必要的儀式都行過了，家人卻仍然覺得吉米·齊思莫的靈魂沒有安息。希臘正教教徒在死後靈魂不會直接飛上天堂。他們喜歡逗留在世間，騷擾那些活人。在接下來的四十天裡，每次我祖母把她的解夢書或煩惱珠放錯了地方，就會怪在齊思莫的靈魂身上。他在屋子裡作祟，讓新鮮牛奶凝固，還偷走浴室裡的肥皂。等哀悼期接近尾聲的時候，黛絲荻蒙娜和蘇美莉娜準備了kolyvo（喪禮蛋糕），那就像是結婚蛋糕，一共有白得耀眼的三層。最上面一層圍著一圈籬笆，由那裡長出用綠色凝膠做成的樅樹，有一個藍色果凍做成的池塘，而齊思莫的名字以銀色小糖粒拼出來。在葬禮後的第四十天，又在教堂裡舉行了一次儀式，之後所有的人回到霍爾伯特街來。大家圍在那個kolyvo四周，蛋糕上又撒上了來世的糖粉，還混雜有永恆的石榴子。等他們把蛋糕吃掉了以後，他們都能感覺到：吉米·齊思莫的靈魂離開塵世，進入天堂，不會再來打擾他們了。在這歡樂的高潮，蘇美莉娜造成了一件醜聞：她從她的房間裡出來，換上一套亮桔紅色的洋裝。

「妳在幹什麼？」黛絲荻蒙娜小聲地說：「寡婦後半輩子都要穿黑的。」

「四十天就夠了。」莉娜說完，繼續吃著。

等到這時候，兩個孩子才能受洗。到了禮拜六，黛絲荻蒙娜懷著矛盾的情緒，看著兩個孩子的教父把他們抱在聖母升天教堂的洗禮盤上。當她走進教堂的時候，我祖父感到無比的驕傲。所有的人都擠著圍了過來，想看一眼她新生的嬰兒，孩子就有這種奇蹟似的力量，甚至連最老的女人也能再變成年輕的母親。在儀式進行中，史泰里安諾波洛斯神父剪下密爾頓的一小綹頭髮，丟進水裡。他在孩子的前額上畫了十字。他把嬰兒浸在水下。可是就在密爾頓滌淨了原罪的時候，黛絲荻蒙娜仍然認定她的罪行，默默地重複她永遠不要再生孩子的誓言。

「莉娜。」幾天之後，她紅著臉說。

「什麼？」

「沒什麼。」

「不會沒什麼，一定有事。什麼事呢？」

「我在想，妳怎麼……要是妳不想……」然後她衝口而出道：「妳怎麼才能不懷孕？」

莉娜輕笑一聲。「這可是我再也不必擔心的事了。」

「可是妳知道怎麼做嗎？有沒有辦法？」

「我媽老是說只要妳還在給孩子餵奶，就不會懷孕，我不知道這是不是眞的，可是她就是這樣說的。」

「可是斷奶以後呢？怎麼辦？」

「簡單。不要跟妳老公睡覺。」

目前，這事很可能。自從生了孩子以後，我的祖父母就停止了做愛。黛絲荻蒙娜晚上一半的時間都會起來餵奶。她始終很疲累，此外，她的會陰部因爲生產而有裂傷，仍然沒有痊癒。拉夫提很有禮地不讓自己挑起任何情慾，可是過了第二個月之後，他開始到她睡的那半邊床來：黛絲荻蒙娜盡量阻攔他。「太快了，」她說：「我們現在還不想再生個孩子。」

「爲什麼不要？密爾頓需要個弟弟。」

「你這樣會弄痛我。」

「我會輕一點的，來啦。」

「不行，拜託，不要今晚。」

「什麼？妳要變成蘇美莉娜了嗎？一年一次就夠了？」

「小聲一點，你會吵醒孩子的。」

「我才不在乎會不會吵醒了孩子。」

「不要叫。好吧，來，我準備好了。」

可是五分鐘後：「怎麼了？」

「沒什麼。」

「不要跟我說沒什麼，這就像抱著尊雕像一樣。」

「哦，拉夫提。」她哭了起來。

拉夫提安慰她，向她道歉，可是在他翻過身去睡覺的時候，卻感到自己給禁錮在爲人父者的孤寂中。生了兒子之後，伊留瑟里奧斯・史蒂芬尼德看到了自己的未來，以及在他妻子眼中的地位越來越渺小，在他把頭埋進枕頭的時候，他了解到那些隨處可見，覺得在自己家裡像個房客的父親心裡的苦衷。對他襁褓中的兒子感到強烈的嫉妒，孩子的啼哭似乎是黛絲荻蒙娜唯一聽得見的聲音，只有那小小的身子才能得到無休無止的照顧和愛撫，而且還在黛絲荻蒙娜的愛意中用看似神聖的藉口把他自己的父親擠到一邊去，一個神祇化身爲小豬仔，只爲吮吸一個女人的乳房。在接下來的幾個禮拜和幾個月裡，拉夫提在大床上他那如西伯利亞似的一側望著母親與嬰兒的愛情滋長。他看到他的妻子把臉貼在孩子的臉頰上，發出咿唔的聲音；他佩服她完全不覺惡心地料理小嬰兒的排泄物，那樣溫柔地清洗小寶寶的屁屁，還撲上粉，用手繞圈圈地撫摸著，甚至有一次，讓拉夫提大爲震驚地把小屁屁扳開，給中間那像玫瑰花蕾的開口搽油。

從那以後，我祖父母的關係開始有了變化。在密爾頓誕生之前，拉夫提和黛絲荻蒙娜過著當時眞是親蜜而平等得非比尋常的婚姻生活。可是在拉夫提開始感到被排拒在外之後，他就以傳統回敬。他不再叫他的妻子kukla，也就是「寶貝」的意思，而開始稱她kyria，也就是「老婆」。他在家裡重新制定了性別歧視規矩，把sala保留給他的男性同伴，而將黛絲荻蒙娜趕進廚房。他開始下命令。「kyria，端晚飯來。」或是：「kyria，拿酒來！」在這方面，他裝出一副他同輩男人的樣子，也沒有人注意到有什麼不尋常的地方。只有蘇美莉娜覺得不對，但即使是她也不能完全擺脫村子裡的規矩，在拉夫提把一些男性朋友請到家裡來抽菸唱歌的時候，她就回到她的臥房去。

在親子關係上受到孤立的拉夫提．史蒂芬尼德專心想找個比較安全的賺錢方法，他寫信給紐約的亞特蘭蒂斯出版公司，願意爲他們做翻譯工作，但只接到一封回信，表示感謝，另外附了一本目錄。他把目錄給了黛絲荻蒙娜，而她去訂了一本新的解夢書。拉夫提穿上他藍色新教徒的西裝，親自拜訪當地的大專學校，探詢當希臘語文教師的可能性。可是這方面的職位很少，沒有空缺。我的祖父沒有不可或缺的學位；他甚至沒有大學畢業，雖然學到一口流利卻有點腔調的英語，他的書寫最多只能算普通而已。有妻兒要養，根本不能有回學校的想法。儘管有這些障礙，也或者就是因爲有這些問題，在那四十天的守喪期間，拉夫提在客廳裡給自己弄出個書房，回到他在學術上的追求。也是爲了逃避，他固執地每天花上好幾個鐘點的時間把荷馬和明勒莫斯[24]的作品譯成英文。他用的是非常漂亮，也太昂貴的義大利米蘭的筆記本，和一支裝滿翠綠色墨水的自來水筆。到了晚上，其他年輕的移民男子會帶著走私的威士忌酒來，大家一起喝酒賭雙陸。有時候黛絲荻蒙娜會聞到熟悉的麝香甜味的氣息由門下縫隙裡傳進來。

白天的時候，要是他覺得關得太久，拉夫提就會把他那頂新呢帽低壓在前額上，離開房子去想事情。他走到自來水廠公園，想不到美國人會造這麼漂亮的一個地方來放濾水器和水龍頭。他走到河邊，站在放在乾塢中的船隻之間。用鏈子鎖在因爲冰雪而變白的院子裡的德國牧羊犬，朝他張牙露齒地咆哮。他往那些冬季打烊的餌食店的窗子裡張望。在有次這樣散步的時候，他經過一棟荒廢的公寓大樓。正面都拆除了，露出裡面一間間的房間，像座洋娃娃屋。拉夫提看到鋪著色澤光亮瓷磚的廚房和浴室懸在半空中，半閉的空間裡，豐富的色彩讓他想起蘇丹的墳墓，他想到這個主意。

第二天早上，他爬到霍爾伯特街那棟房子的地下室裡，開始工作。他把黛絲荻蒙娜掛在熱水管上加了香料的香腸挪開。把蜘蛛網打掃乾淨，在泥地上放上一張地毯。他把吉米・齊思莫的那張斑馬皮從樓上拿下來，釘在牆上。在水槽前面，他用廢木料釘了一個吧台，上面貼著四處蒐來的瓷磚：藍白兩色的蔓藤花紋；那不勒斯的棋盤格花紋；紅色的龍紋；還有本地土色的瓷磚。他把電纜線的大型捲軸倒轉過來，蓋上布當桌子。把床單像帳篷似地釘在上面，遮住管線，再從他以前走私酒類生意中認得的朋友那裡租來一部吃角子老虎，叫了夠用一禮拜的啤酒和威士忌。然後在一九二四年二月一個寒冷的週五夜裡，他開張做生意。

「斑馬房」是一個沒有固定營業時間，專供街坊鄰居消閒的地方。拉夫提開店營業的時候，就會在客廳窗前放上一張聖喬治的聖像，面對著街上。客人繞到後門口，依照暗號——一長聲，兩短聲，再接著兩長聲——敲地下室的門，然後他們下樓梯去，脫離在工廠做工和受暴虐工頭管制的美國，進入可以忘記一切的古希臘洞室。我祖父把留聲機放在一角，在吧台上擺了攙和芝麻的 koulouria（芝麻圈）。他用大家覺得外國人該有的誇張熱誠來接待客人，和女士們打情罵俏。吧台後面，由酒瓶組成的彩色玻璃窗閃亮：有英國杜松子酒的藍色，波爾多紅葡萄酒和馬德拉葡萄酒的深紅色，蘇格蘭威士忌和波旁威士忌的棕褐色。一盞吊燈在鏈子上旋轉，把光照射在那張斑馬皮上，也讓客人感覺更爲醺醺然。偶爾有人會從椅子上站起來，隨著那奇特的音樂扭擺，彈著指頭，而他的同伴大聲嘻笑。

在那個地下室的地下酒吧裡，我的祖父因此開始了他終生經營酒吧的生涯。他把他的智力灌輸在調酒學上，學會在黃昏人潮擁擠的時候，用一人樂隊的形式來服務，右手倒威士忌，左手裝啤酒，以手肘將人群推開，用腳把小酒桶裡的酒抽出來。他一天要在那裝飾華美的地洞裡忙上十四到十六個鐘點，一刻也不停。要不是在倒酒，就是把koulouria添進盤子裡；要不是在滾一桶新的啤酒出來，就是在把白煮蛋放進一個網籃裡。他讓他的肉體一直忙碌，這樣他的腦子就沒機會多想：想他的妻子對他越來越冷漠，或是他們的罪行怎麼追擊他們。拉夫提原就夢想要開一家賭場，而「斑馬房」就是最接近他夢想的東西。這裡沒有賭博，沒有盆栽的棕櫚，可是這裡有音樂，而且好幾個晚上還有大麻。只有在一九五八年，他從另外一間斑馬房的酒吧台後面走出來的時候，我的祖父才有閒回想起他年輕時賭輪盤賭的夢。然後，爲了補償失去的時光，他結果毀了自己，最後在我的生活中永遠失去了聲音。

黛絲荻蒙娜和蘇美莉娜留在樓上帶孩子。眞正說起來，是黛絲荻蒙娜早上抱他們起床，餵他們，給他們洗臉，替他們換了尿布，再帶他們去給蘇美莉娜，這時莉娜正在接見客人，聞起來還有股夜裡蓋在兩眼上的黃瓜片的味道。一見到狄奧多拉，蘇美莉娜就伸開兩臂，輕哼道：「Chryso fili（漂亮的小朋友！）」——一把將她的寶貝女兒從黛絲荻蒙娜手裡搶過去，沒頭沒腦地親吻一番。至於早上其他的時候，莉娜喝著咖啡，把眼圈粉塗在狄奧多拉的睫毛上自娛。一聞到味道不對，她就把孩子還回去說：「有問題了。」

蘇美莉娜相信要等孩子開始說話了，靈魂才會進入身體，她讓黛絲荻蒙娜去爲尿布疹和百日咳、耳朵痛和流鼻血等等的事煩心，可是只要碰到有人到家裡來共進週日晚餐的時候，蘇美莉娜就會把盛裝的嬰兒抱在肩上去招呼客人，是最完美的衣飾配件。蘇美莉娜對小嬰兒不好，但和十來歲的孩子在一起卻非常了不起。第一次愛上什麼人或心碎的時候，她都會在身邊，會幫你挑參加舞會的衣服，對那些正經八百的事情則像個脫序的人一樣嗤之以鼻。所以，在很小的時候，密爾頓和狄奧多拉在傳統的史蒂芬尼德式教養下一起長大，像以前用一塊kelimi隔開姊弟二人一樣，現在是一條羊毛毯子隔開了這對表姊弟。像以前一雙人影跳躍在山邊一樣，現在也是相似的兩個連生在一起的身影經過霍爾伯特街那棟房子的後門廊。

他們一起長大，一歲的時候，共用一盆水洗澡，兩歲，共用一枝蠟筆畫畫。三歲，密爾頓坐在一架玩具飛機裡，由狄奧多拉來扳動螺旋槳。可是底特律的東城不是個小山村，有好多孩子可以一起玩耍。所以等到四歲的時候，密爾頓就拒絕了他表姊的陪伴，情願去跟附近的男孩子玩在一起。狄奧多拉並不在乎，到那時候，她又有了另外一個小表妹一起玩耍。

黛絲荻蒙娜盡了一切的努力來信守她的承諾，她餵密爾頓吃奶，一直吃到三歲。她繼續對拉夫提加以阻撓，可是不可能每天晚上都這樣。有時候她因爲嫁給拉夫提而有的罪惡感，和她因爲不能滿足他而感到的內疚互相衝突。也有些時候拉夫提的需要看來異常迫切而可憐，使她忍不住給了他。還有些時候是她自己也需要肉體上的安慰和發洩。這種情形一年裡沒有多少回，只是在夏天比較多些。偶爾黛絲荻蒙娜在什麼人的命名禮上喝了太多的酒，那也會有那樣的事發生。在一九二七年七月的一個炎熱夜晚，發生了很重大的這件事，其結果是一個女兒，柔依·海倫·史蒂芬尼德。我的柔依姑姑。

從她知道自己懷孕了的那一刻開始，我的祖母又開始因爲擔心孩子會是畸形而飽受折磨。在希臘正教的教會裡，即使是教父母有近親關係的孩子也不可以結婚，理由是這樣會造成精神上的亂倫。那和這個相比呢？這個可糟多了！所以黛絲荻蒙娜痛苦不堪，新的嬰兒在她體內生長而她在夜裡都無法入睡。她承諾過聖母說她不再生孩子的事，讓黛絲荻蒙娜更加確定審判的手會重重地落在她頭上。可是她的焦慮又一次證明毫無道理。第二天春天，也就是一九二八年四月二十七日，柔依·史蒂芬尼德誕生了，是個很大而健康的女孩，一顆方方的腦袋就像她祖母，哭聲宏亮，一點毛病也沒有。

密爾頓對他新生的妹妹毫無興趣，他寧願和他的朋友們一起去射彈弓。狄奧多拉則正好相反。她深深地迷上了柔依。她把那新生的嬰兒到處抱來抱去，就像是個新的洋娃娃。她們那一生一世的友誼，雖然有不少波折，卻是從第一天狄奧多拉假裝是柔依的媽媽時就開始了。

多了個孩子讓霍爾伯特街上這棟房子擁擠起來。蘇美莉娜決定要搬出去。她在一家花店找到份工作，讓拉夫提和黛絲荻蒙娜去負擔房子的貸款，在那年的秋天，蘇美莉娜和狄奧多拉住進附近的歐圖寄宿公寓，坐落在凱迪拉克大道，正在霍爾伯特街的後方，兩棟房子的後門遙遙相對，而莉娜和狄奧多拉仍然近得幾乎每天都會過來。

一九二九年十月二十四日，禮拜四那天，紐約市的華爾街上，好多穿著筆挺西裝的人開始從那個城市好幾棟著名的摩天大樓裡往窗外跳。他們那像旅鼠[25]的絕望似乎離霍爾伯特街十分遙遠，可是一點一點地，烏雲逐漸籠罩全國，和氣候變化的方向相反，最後抵達了中西部。經濟大蕭條讓拉夫提對越來越多的空椅子產生注意，經過將近六年來人滿爲患的盛況之後，開始了一些生意較差的時期，有幾天夜裡上座只有六七成，或是五成。沒有什麼能擋得了那些好酒成癮的客人。儘管有全國性的金融陰謀（在收音機裡遭到卡夫林神父[26]揭露），這些死忠的人只要見到聖喬治的馬上英姿出現在窗口，就會趕來盡責。可是交際性的酒客和要養家活口的男人就不再上門了。到了一九三〇年的三月，大約只有一半的恩客會在後門以暗號敲門。夏天的時候，生意好轉。「不用擔心，」拉夫提對黛絲荻蒙娜說：「胡佛總統會有安排的，最糟的時期已經過去了。」他們勉強撐過了一年半，但是到了一九三二年，每天只有很少幾個顧客上門。拉夫提讓人賒帳，把酒價打折，可是都沒有用。不久之後，他就付不起買酒進貨的錢。有一天，兩個男人走了進來，搬走了吃角子老虎。

「眞可怕，眞可怕！」雖然過了這麼久，黛絲荻蒙娜在五十年後說來仍心有餘悸。在我童年的時候，只要提到經濟大蕭條，就會讓我的yia yia來上一整套的搥胸頓足，嗚咽失聲。（甚至有一次說的只是「有種蕭條的心情」。）她會癱倒在椅子上，兩手擠著臉，就像孟克名作《吶喊》裡的人物——然後就會這樣：「Mana！經濟大蕭條！可怕到讓你沒辦法相信！每個人都沒有工作。我記得失業者的絕食遊行，所有的人都走上街頭。總有一百萬人，一個跟著一個，一個跟著一個，去叫亨利・福特先生開工廠。有天晚上，我們聽到巷子裡有好可怕的聲音。有人在打老鼠，砰，砰，砰，用棍子打，打死了拿來吃。哦，我的天哪！那時候拉夫提已經不在工廠上班了。他只有，你知道的，那家地下酒吧，那些人都來喝酒的，可是碰到經濟大蕭條，就是碰到大壞時機，經濟很壞，沒有人有錢喝酒，連飯都沒得吃，怎麼還能喝酒？所以不多久，papou和yia yia我們都沒錢了。結果後來——用手揪著心——「後來他們逼我去給那些mavros做事，黑人耶！哦，我的天哪！」

事情經過是這樣的：有天晚上，我祖父上了我祖母的床，卻發現她不是一個人，已經八歲的密爾頓擠貼在她身邊，另一邊則是只有四歲的柔依。工作得疲累不堪的拉夫提低頭看著這幅家族圖。他很愛看到他熟睡的子女。儘管他的婚姻出了問題，他卻不能怪罪在他的兒女身上，同時，他也很少見到他們。為了要賺夠錢，他的地下酒吧每天得開上十六，有時還到十八個鐘頭。他一個禮拜工作七天，為了養活他的家人，他得從家裡流亡在外。有時早上他還在家裡的時候，他的孩子們對他就像是對一個很熟的親戚，也許是個叔叔，而不是爸爸。

還有酒吧裡女客人的問題。從早到晚在一個陰暗的地洞裡賣酒，他有很多機會遇到和朋友一起來飲酒，或甚至是單身前來的女子。一九三二年的時候，我祖父三十歲。身體結實，很有男子氣概；他很迷人，很友善，永遠衣冠楚楚——而且正值盛年。在樓上，他的妻子因為太害怕而不肯有性愛，可是在地下室的斑馬房裡，女人卻對拉夫提投以大膽而熱情的眼光。現在，我祖父低頭看著床上那三個熟睡的身影時，腦子裡同時想著所有的事情：他對子女的愛，對妻子的愛，還有婚姻關係中的挫折感，以及對酒吧裡女客所感到那種孩子氣，像未婚似地興奮。他彎下身，把臉貼近柔依的小臉。她洗過澡後頭髮還是濕的，而且很香。他感到做父親的快樂，同時也還意識到自己是個男人。拉夫提知道他腦袋裡所有的事不能集在一起。所以在看過他兩個孩子美麗的小臉之後，他把他們抱起來，送回他們自己的房間。他回到臥房，上了床，躺在他熟睡的妻子身邊，開始溫柔地撫摸她，把手伸到她睡衣底下。黛絲荻蒙娜突然張開了眼睛。

「你在幹什麼？」

「妳覺得我在做什麼？」

「我在睡覺耶。」

「我在吵醒妳呀。」

「不要臉。」我祖母把他推開。拉夫提放了手。他憤怒地轉開身子，沉默了好久才開口。

「我在妳那裡什麼也得不到。我整天在工作，什麼也得不到。」

「你以爲我就沒有做事？我有兩個孩子要照顧呢。」

「如果妳是個正常的老婆，那我一天忙到晚還値得。」

「如果你是個正常的老公，就會幫忙照顧孩子。」

「我怎麼幫妳忙？妳根本不明白在這個國家賺錢有多難。妳以爲我是在底下享福嗎？」

「你放音樂，喝酒。我在廚房都聽得到音樂的聲音。」

「那是我的工作。客人就是爲這個才來的。要是他們不來的話，我們就沒錢付帳。所有的事全落在我一個人身上。這就是妳不明白的地方。我整天整夜地忙，等我上床的時候，連覺都不能睡。沒有我睡覺的地方！」

「密爾頓做噩夢了嘛。」

「我是每天都在做噩夢。」

他打開了電燈，在燈光下，黛絲荻蒙娜看到她丈夫的臉上布滿了她從未見過的怨恨。那不是拉夫提的臉，不是她弟弟或她丈夫的臉。那是一個沒有見過的人的臉，一個和她住在一起的陌生人。

而這張可怕的陌生面孔提出最後通牒。

「明天早上，」拉夫提恨恨地說道：「妳去給我找一份工作。」

第二天，莉娜過來吃中飯的時候，黛絲荻蒙娜請她念報紙給她聽。

「我怎麼去工作呢？我連英文都不懂。」

「妳懂一點呀。」

「我們應該去希臘的。在希臘，做丈夫的不會逼他太太出去找工作。」

「不用擔心。」莉娜說著，拿起那份舊報紙。「根本沒什麼工作。」一九三二年的《底特律時報》登給四百萬人看的分類廣告只有一欄。蘇美莉娜瞇起眼睛來，找合適的工作。

「女侍。」莉娜念道。

「不行。」

「爲什麼不行？」

「那些男人會跟我打情罵俏。」

「妳不喜歡打情罵俏嗎？」

「念下去。」黛絲荻蒙娜說。

「工具與染料。」莉娜說。

我的祖母皺起了眉頭。「那是什麼東西？」

「我不知道。」

「是染布嗎？」

「可能。」

「念下去。」黛絲荻蒙娜說。

「捲菸女士。」莉娜繼續唸道。

「我不喜歡香菸。」

「女傭。」

「莉娜，拜託，我不能去給別人當女傭。」

「絲綢工人。」

「什麼？」

「絲綢工人，上面只寫了這麼幾個字，還有個地址。」

「絲綢工人？我是個絲綢工人。我什麼都知道。」

「那恭喜妳，妳找到工作了。只要等妳去到那裡的時候，那個空缺還在。」

一小時之後，我的祖母為求職打扮好了，很勉強地出了家門。蘇美莉娜一直勸她借一件低領的洋裝。「穿了這個，別人就不會注意妳說的是哪種英文了。」她說。可是黛絲荻蒙娜還是穿著她一套灰底有棕色圓點花，很樸實的洋裝去搭電車。她的鞋子，帽子和皮包也都是幾乎一樣的棕色。

電車雖然比汽車好一點，但同樣不得黛絲荻蒙娜的歡心，她搞不清楚路線，那樣有鬼在驅動的電車總會出其不意地轉彎，把她送到這個城市裡陌生的地區去。第一部電車停靠時，她大聲問車掌：「進城的嗎？」他點了點頭。她上了車，坐在位子上，從皮包裡掏出莉娜抄下來的地址。等車掌走過的時候，她把地址拿給他看。

「海斯汀街？妳要去哪裡？」

「對，海斯汀街。」

「坐這個車到格拉提奧，再坐格拉提奧線的車往城裡，到海斯汀街下車。」

聽到格拉提奧，黛絲荻蒙娜就放心了。她和拉夫提曾坐格拉提奧線到希臘城去過。現在一切都有道理了。還說他們在底特律沒有絲綢？她得意地問著她那不在場的丈夫。你根本什麼也不知道。電車加速前進。經過麥克大道的商店，有好多都關了門，櫥窗也刷白了。黛絲荻蒙娜把臉貼在車窗上，可是現在，因為只有她一個人，她還有些話要對拉夫提說。要是艾利斯島上那些警察沒有把我的蠶拿走的話，我就能在後院弄一個養蠶室，那我就不必出去找工作。我們可以賺很多錢。我早跟你說過了。車上乘客的衣服，在那些日子裡還很講究，可是終究看得出舊了，也破了；帽子幾個月沒清理，衣服底邊和袖口磨損了，領帶和西裝領子上有油漬。人行道上有個人舉著一塊手寫的牌子：我要的是工作而不是救濟——誰能給我一份工作。住底特律七年。沒有錢。失業離職——有最好的經歷。看著那個可憐的人。Mana！他看起來就像個難民。這個地方簡直就像是在斯麥納，有什麼兩樣？電車繼續往前開，離開了那些她認識的地標，賣蔬菜的店，電影院，消防栓和附近的報攤，她那鄉下人的眼睛，一眼就可以分辨出樹木和灌木，卻只能茫然地看著沿路的標誌，那些毫無意義的羅馬字交混在一起，破爛的招牌廣告上一些美國人的面孔都脫了皮，或是缺了眼睛，少了嘴巴，或是什麼都沒有，只剩一個鼻子。等她認出了格拉提奧那條斜街時，她站了起來，高聲地叫道：「夠娘洋德！」她根本不知道這是什麼意思，只是聽到蘇美莉娜每次坐過站的時候就會說這句話。像平常一樣，果然見效。司機將電車剎住，乘客很快地往旁邊挪開，讓她下車。在她微笑著向他們道謝的時候，那些人似乎都很驚訝。

上了格拉提奧線的電車之後，她對車掌說：「勞駕，我要到海斯汀街。」

「海斯汀？妳確定嗎？」

她把地址拿給他看，更大聲地說：「海斯汀街。」

「好，我會告訴妳。」

電車開向希臘城，黛絲荻蒙娜仔細看著自己映照在車窗上的身影，整了下帽子。因爲生孩子的關係，她增加了些體重，腰也粗了點，可是她的皮膚和頭髮仍舊很美，也依然是個很有吸引力的女人。在細看過自己之後，她把注意力回到經過的街景上。我的祖母在一九三二年的底特律街上還看到些什麼呢？她會看到戴著鬆垮軟帽的男人在街角賣蘋果。看到捲菸工人從沒有窗戶的工廠裡走出來吸點新鮮空氣，他們的臉上都因爲菸葉的細塵而染成洗不掉的褐色。她會看到工人在散發贊成工會的宣傳單，而平克頓[27]的偵探則在跟蹤他們。在巷子裡，她會看見有反工會的暴徒在痛打那些發傳單的人。她會看到警察，步行或騎馬巡邏，百分之六十都是白人新教反黑騎士團的祕密成員，他們自有一套收拾黑人、共產黨徒和天主教徒的方法。「哎喲，卡爾，」我聽到我母親的聲音：「你就沒什麼好的可說嗎？」哎，好吧。一九三二年的底特律有「樹城」的稱號，每平方哩樹木的數量是全國各城市之冠。要買東西，有凱恩和哈德生兩家大百貨公司。在伍華大道上，汽車大亨們建造了美麗的底特律藝術學院，就在黛絲荻蒙娜搭車去求職的那一刻，一位名叫狄亞戈·里維拉[28]的墨西哥畫家，正在學院裡進行他新近接受委託的工作：一幅描述汽車工業新神話的壁畫。在鷹架上，他坐著一張折椅，給這個巨作打草稿：四個男女不分的人類族群在上一層，俯瞰著紅河的裝配線，汽車工人在工作，他們的身體和努力十分協調。很多不同的較小畫面上則是一個小嬰兒包在植物球根裡的「受精卵」，醫藥的奇妙與可怕，密西根州本土的水果和穀類；在很遠的一個角落裡，亨利·福特灰著一張臉，非常嚴謹地在看帳本。

電車經過麥克道格、荷斯·坎樸和奇尼，然後，輕輕地一陣抖動，越過了海斯汀街。就在這時候，每一個乘客（全都是白人）都做出像是辟邪的動作。男人都摸了下皮夾，女人都再把皮包重新關好。司機拉動槓桿裝置關上後車門。注意到這些的黛絲荻蒙娜望回窗外，看到電車已經開進了黑人區。

那裡沒有路障，沒有圍籬，電車在越過那看不見的邊界時也絲毫沒有停頓，但就在那一刻，那條街上看來完全是一個不同的世界。連光線都似乎改變了，從晾曬的衣服透過來的日光變得灰暗。沒有電燈的前廊和公寓的陰暗流到外面的街道上，貧窮的烏雲籠罩在這一帶，將注意力直往下到那些孤寂、沒有影子而看得一清二楚的事物：從台階上掉落的紅磚，一堆堆的垃圾和火腿骨，廢輪胎，去年園遊會留下來被壓爛了的紙風車，什麼人掉了的舊鞋子。這種廢棄的寂靜只持續了一下子，然後那些黑屁股的人像從所有的巷弄和門口冒了出來。看看那些孩子！怎麼有那麼多！突然之間，大群的孩子跟在電車旁邊跑著，一邊揮手一邊叫。他們在玩比膽子的遊戲，跳到軌道前面，也有人爬上車後。黛絲荻蒙娜伸手按著喉嚨，他們為什麼會生這麼多小孩？這些人到底有什麼問題？Mavro女人應該給孩子餵奶餵久一點。應該有人跟她們說這件事。她看到巷子裡有男人在打開的水龍頭下洗澡，衣衫不整的女人在二樓的門口撅著屁股。黛絲荻蒙娜既敬畏又害怕地看著擠滿窗口的那些面孔，擠滿街道的那些身體，差不多有五十萬人擠住在兩千五百平方公尺的街區裡。自從第一次世界大戰期間，派卡德汽車公司的老板E.I.魏斯自稱他把「第一批黑仔」帶到這個城市來之後，就準備把他們安置在這裡。現在各行各業的人都擠了進來，鑄造工人和律師，女傭和木匠，醫生和流氓，可是在一九三二年，最多的還是失業的人。然而，每年、每個月來的人還是越來越多，都到北方來找工作。每棟房子裡的每張長沙發上都睡得有人。他們在院子裡搭小木屋，在屋頂上搭帳篷。（這種情況當然並不能持久。在後來的幾年裡，儘管所有白人都想加以限制——也因爲貧窮與種族主義的無情法則——黑人區慢慢地擴散，一條街又一條街，一區又一區，最後所謂的黑人區就是整個城市，等到了二十世紀七〇年代，在柯爾曼·楊當政時沒有計稅基數，白人逃竄，而成爲謀殺之都的底特律，黑人終於想住哪裡就可以住哪裡……）

可是現在，回到一九三二年，有件怪事發生了。電車慢了下來，就在黑人區的正中間，車子停住了，而且——從來沒聽說過的！——打開了車門，乘客個個驚惶失措。車掌拍了下黛絲荻蒙娜的肩膀。「太太，到了，海斯汀街。」

「海斯汀街？」她不相信他的話，又把地址拿給他看。他指著門外。

「這裡有絲廠？」她向車掌問道。

「不知道這裡有什麼，我不住這一帶。」

於是我的祖母下車到了海斯汀街上。電車開走了，那些白人面孔回頭望著她，一個被丟下車的女人。她開始走著，緊抓住皮包，匆忙地沿著海斯汀街走去，好像她知道自己要去的地方。她兩眼盯著正前方。有小孩子在人行道上跳繩。在一個三樓的窗口，有個男人把一張紙撕碎，叫道：「郵差老爺，從現在開始，你可以把我的信送到巴黎去。」很多大門口放著客廳裡用的家具，舊的長沙發和扶手椅，有人在下棋，爭吵，揮舞手指，突然大笑起來。這些mavros老是在笑，笑，笑，好像什麼事都很好笑，告訴我，到底有什麼好笑的？那是什麼——哦，我的天啦！——有個男人當街撒尿！我不要看。她經過一個廢棄物藝術家的院子：用瓶蓋拼成的世界七大奇景。一個老醉漢，戴了頂色彩繽紛的墨西哥帽，在用慢動作看，一面吸著他沒牙的嘴，一面伸手討錢。可是他們能怎麼辦呢？他們沒有自來水，沒有水溝，可怕，真可怕。她經過一家理髮店，有男人在裡面把鬈髮弄直，像女人似地戴著浴帽。在對街有些年輕男人在對她叫著。

「寶貝，妳的曲線多到會讓汽車撞車。」

「妳想必是個甜甜圈吧，寶貝，因爲妳讓我的奶油都要流出來了。」

她匆匆地向前走，身後響起一陣哄笑。她越走越遠，經過好多她不知道名字的街道。現在空氣中有她不熟悉的食物味道，從附近河裡抓來的魚，豬腳，玉米粉，煎香腸，黑眼豆。可是也有很多房子裡沒有在烹煮食物，沒有人在笑，甚至沒有人說話，黑黑的房間裡擠滿了愁苦的面孔和乞食的狗，就是在這樣一個門口有人終於開口說話。是個女人，謝天謝地。

「妳迷路了嗎？」

黛絲荻蒙娜看著那張溫柔的黑臉。「我在找一家工廠，蠶絲工廠。」

「這附近沒有工廠。就算有，也關掉了。」

黛絲荻蒙娜把那個地址給她。

那位太太指著對街。「這裡。」

轉過身去，黛絲荻蒙娜看到的是什麼呢？她有沒有看到一棟後來大家都知道是麥克菲爾森堂的紅磚建築？那個專門出租給政治性集會、婚禮，或是偶爾巡迴到此有超能力的人表演用的地方呢？她有沒有注意到在入口處那些很富裝飾性的東西？花崗石雕成裝滿水果的羅馬式缸甕，還有大理石的小丑？還是說她的兩眼只盯著立正站在大門外的那兩個年輕黑人？她有沒有注意到他們身上完美無瑕的西裝？一個是像地球上有水的部分那種淺藍色，另外一個則是像法國粉蠟筆似的淺紫色。她想必注意到了他們像軍人的模樣，鞋子擦得雪亮，領帶顏色鮮豔。她想必感覺到那兩個年輕人很有自信的神態和鄰近一帶的破敗形成強烈對比，可是不管她當時有什麼感覺，她臉上的表情在我看來只是單純的震驚。

土耳其氈帽。他們戴著土耳其氈帽。以前給我祖父母帶來痛苦的那些人所戴的柔軟、褐紅色、平頂的帽子。這種帽子所用的血紅色染料來自摩洛哥的一個城市，而這種帽子（戴在士兵的頭上）曾經把我的祖父母趕出了土耳其，也讓土地沾染了這種暗褐紅色。現在又出現了，在底特律，在兩個漂亮的年輕黑人頭上。（土耳其氈帽還會再在我的故事裡出現，是在舉行一次葬禮的那天，可是這種巧合，只有在現實生活裡才會發生的，實在是好得不該現在就先洩露出來。）

黛絲荻蒙娜戰戰兢兢地過了街。她告訴那兩個人說她是看了廣告來的。其中一個點了點頭。「妳得繞到後面去。」他說。他很有禮貌地帶著她走過一條弄堂，到了掃得很乾淨的後院。這時候，就好像得到私密暗號似的，後門打了開來，讓黛絲荻蒙娜第二次感到震驚。兩個罩著大披巾的女人走了出來。在我祖母看來，她們就像是布爾沙虔誠的回教婦女，只不過衣服的顏色不同，不是黑的，而是白的。大披巾從她們下巴那裡直垂到腳踝。白色的手帕包住頭髮。她們沒有戴面紗，可是等她們走到面前的時候，黛絲荻蒙娜注意到她們腳上穿的是棕色繫帶淺幫的學生鞋。

土耳其氈帽，大披巾，接下來是這個：一座清眞寺。內部看來，這座前麥克菲爾森堂的裝潢頗有回教風味。這兩名接待人員帶著黛絲荻蒙娜走過幾何圖形花紋的瓷磚地。她們帶她穿過遮沒了光線的帶縫厚簾子。裡面除了那兩個女人袍服的窸窣聲外，一點聲音也沒有，另外只有遠處傳來好像是有個人在說話還是禱告的聲音，最後她們帶她走進一間辦公室，房間裡有個女人，正在掛一幅畫。

「我是汪妲姊妹，」那個女人沒有轉身地說道：「第一號神廟的最高領導人。」她穿著完全不一樣的大披巾，有緄邊的肩章。她在掛的那幅畫上面是一個飛在紐約上空的飛碟，射出光線來。

「妳是來應徵工作的嗎？」

「是的，我是個蠶絲工，有很多的經驗，養蠶，育繭，織……」

汪妲姊妹轉過身來。她看了看黛絲荻蒙娜的臉。「有問題。妳是哪裡人？」

「我是希臘人。」

「希臘人，呃，那算是白種人，是吧？妳生在希臘嗎？」

「不是，是土耳其，我們是從土耳其來的。我丈夫和我都是。」

「土耳其！妳怎麼不早說呢？土耳其是回教國家，妳是回教徒嗎？」

「不是，是希臘教，希臘正教。」

「可是妳是出生在土耳其吧？」

「Ne（是的）。」

「什麼？」

「是的。」

「妳家裡人也都是土耳其來的？」

「是。」

「所以妳大概也有點混血，對吧？妳並不全是白人。」

黛絲荻蒙娜遲疑了一下。

「明白嗎？我是想看我們能怎麼安排。」汪妲姊妹繼續說道。「法德教長，是從聖城麥加來的，他一向要我們注意自力更生的重要性，不能再靠白種男人了，必須爲我們自己努力，明白嗎？」她壓低了聲音，「問題是，來應徵的人都不值一提。他們到這裡來，說他們懂絲綢，可是他們什麼也不懂。只希望雇了他再開革他。賺一天的工錢。」她瞇起眼睛來。「妳也是這種想法嗎？」

「不是，我只要雇用，不要開革。」

「可是妳到底是哪裡人？希臘人？土耳其人，還是什麼？」

黛絲荻蒙娜又遲疑了。她想到她的兩個孩子，她想像自己回家看到他們沒有東西吃，然後她用力地嚥了下口水。「每個人都有點混血，希臘人、土耳其人，一樣一樣。」

「這正是我想要聽的話。」汪妲姊妹笑逐顏開。「法德教長，他也是混血的，我來告訴妳我們需要的是什麼。」

她帶著黛絲荻蒙娜走過一條裝上壁板的長廊，穿過一間電話總機小姐的辦公室，進入另一條更黑的走廊。走廊盡頭有厚重的簾幕隔開了主廳。兩名年輕的警衛立正站在那裡。「妳來我們這裡工作，有幾件應該知道的事。絕對不可以進這些簾幕，裡面是大廟，是法德教長講道的地方，妳要守在婦女的這一區。最好也把妳的頭髮蒙起來，這頂帽子讓妳耳朵露出來了，這樣是種誘惑。」

黛絲荻蒙娜很本能地摸了下耳朵，回頭看了那兩個警衛一眼。他們仍然一副無動於衷的表情。她轉回身來，跟著那位最高領導人。

「我讓妳看看我們在做的東西。」汪妲姊妹說：「我們什麼都有。妳知道，我們需要的只是一點技術竅門。」她走上樓梯，黛絲荻蒙娜跟在她後面。

（那是一道很長的樓梯，一共有三段，而汪妲姊妹膝蓋不好，所以要爬到頂上得花很多時間。我先讓她們在那裡爬樓梯，在這裡解釋一下我的祖母把自己搞進個什麼樣的情況。）

「一九三〇年夏，一個很親切但有些神祕的小販突然出現在底特律的黑人區。」（我這是在引用C.艾瑞克·林肯的《美國黑人回教》一書）「大家認爲他是阿拉伯人，不過他的種族和國籍始終無法查證。他很受當時對文化渴求的非裔美國人歡迎，搶購他的絲綢和手工藝品，他說那些都是大海彼岸他們家鄉的黑人穿戴使用的……他的顧客都急於想知道他們自己的過去歷史，以及他們祖國的情形，所以那個小販很快地就在那個社區一家一家的房子裡舉行集會。

「起先，這位被大家稱爲『先知』的人所教的只是他在外國的各種經歷，告誡他們不要吃某些食物，以及建議他們如何改善身體健康，他很仁慈、友善、謙虛而有耐性。」

「在引起做主人的興趣之後，」（我們現在引用的是克勞帝·安德魯·柯里格三世所寫的《創見者》一書），「〔那個小販〕就會轉而談論非裔美國人的歷史和未來。這種戰術十分見效，最後的目的是在私人住宅裡讓那些好奇的黑人集會。後來更租用公共會堂來演講，而把『伊斯蘭國』的組織架構開始在飽受貧困打擊的底特律成形。」

那個小販有很多的名字。有時候他自稱法拉德．穆罕默德，或是F.穆罕默德．阿里先生。也有時自稱爲佛烈德．杜德．福特教授、華萊士．福特、W.D.福特、瓦里．法拉德、瓦德爾．法德、或是W.D.法德。籍貫也很多。有人說他是個牙買加的黑人，父親是個敘利亞的回教徒，有謠言說他是個巴勒斯坦的阿拉伯人，曾在印度、南非和倫敦挑起過種族動亂，後來才到了底特律來。也有傳說認爲他是先知穆罕默德那一族，也就是科里希族一對富人的兒子，而聯邦調查局的檔案紀錄則說法德出生在紐西蘭或俄勒崗州的波特蘭，父母是夏威夷人或是英國人和玻里尼西亞人。

有一件事很清楚：一九三二年，法德在底特律建立了第一號神廟。也就是在這座神廟的後樓梯上，黛絲荻蒙娜正往上爬。

「我們就在廟裡賣那些絲綢，」汪妲姊妹在樓梯上面解釋道：「我們根據法德教長的設計，自己做衣服。那也是我們在非洲的祖先的衣服式樣。可是碰上大一蕭條、料子越來越難到手。結果教長法德得到天啓。他有天早上來找我說：『我們必須有自己的養蠶業。』他就是這樣說的，很有力吧？他能說得動一條狗從運肉的車上下來。」

黛絲荻蒙娜一面爬著樓梯，一面開始把事情想通了。外面那兩個人穿得很炫的西裝，裡面的裝潢。汪妲姊妹到了梯頂——「裡面是我們的訓練教室。」——將門推開。黛絲荻蒙娜走上樓梯，看到了她們。

二十三個十來歲的女孩子，穿著亮眼的大披巾，戴了頭巾，正在縫衣服。雖然最高領導人帶了個陌生人進來，她們卻連眼睛也沒抬一下。所有的人低著頭，嘴裡含著一排別針，裙襬遮住的鞋子在踩動看不見的踏板，繼續生產。「這裡是我們回教少女訓練班和文化教室。看她們多好，多乖呀？妳不說話，她們就不開口。『伊斯蘭』的意思是順從，妳知道嗎？還是話說回來，說我爲什麼要登那個廣告。我們料子不夠了，好像大家都關門不做生意了。」

她帶著黛絲荻蒙娜走到房間那頭，一個滿是塵土的木箱敞開著。

「我們的做法是，從一家公司訂了這些蠶。妳知道什麼叫郵購吧？我們還有更多的貨正在運送過來。問題是，蠶好像不喜歡底—特律這個地方。我倒也不怪牠們。我們養著養著，蠶都死了，牠們死的時候怎麼樣？喔喲！好臭啊，我的耶穌——」她猛然停住。「只是表示驚訝，我家裡人信教。對了，妳說妳叫什麼？」

「黛絲荻蒙娜。」

「妳聽我說，黛絲，我在當上最高領導人前，是做頭髮修指甲的。不是農家女兒，明白嗎？妳覺得我這根拇指是綠的嗎？[29]幫幫忙啊。那些蠶到底是怎麼回事？我們要怎麼樣才能讓牠們，妳知道，吐絲？」

「工作很辛苦。」

「我們不在乎。」

「要花錢。」

「我們有的是。」

黛絲荻蒙娜抓起一條抖個不停，還算活著的蠶，對牠輕柔地說著希臘話。

「注意聽了，各位小姊妹。」汪妲姊妹說，所有的女孩子動作一致地停止縫紉，兩手交握在懷裡，注意地抬起頭來。「這位新來的女士要教我們抽絲織綢，她是個和法德教長一樣的黑白混血兒，她要帶回我們族人失傳的技藝知識。這樣我們就可以自己動手做了。」

二十三雙眼睛看著黛絲荻蒙娜，她鼓起勇氣，把她想說的話譯成英文，想了兩次之後才開口。「要有好的絲，」她很明確地說，開始了她給回教女子訓練班文化教室的課程，「妳必須很純潔。」

「我們在努力，黛絲，讚美阿拉，我們在努力。」

詭「技」

我的祖母就是這樣開始爲「伊斯蘭國」工作。她像個在格洛斯波因上班的清潔婦一樣，由後門進出。她不戴帽子，而用一塊頭巾把她那令人難以抗拒的兩耳遮起來。她從不高聲說話，從不問問題，也不抱怨，她生長在一個受別人統治的國家，因此覺得這一切都很熟悉。土耳其氈帽，祈禱用的毯子，新月形的符號：這有點像回到了故鄉。

對住在黑人區的人來說，這就像到了另外一個星球。神廟的大門和絕大多數美國建築的入口相反，讓黑人進去，卻把白人擋在外面。以前掛在大廳裡的畫——煥發出「命定說」[30]光輝的風景畫，印地安人遭到殺戮的場面等等——都給送進了地下室。取而代之的是描寫非洲歷史的圖畫：王子和公主漫步在如水晶般的河邊；一群黑人學者在戶外的公共集會所辯論。

很多人到第一號神廟來聽法德的演說，他們也來買東西。在那個舊衣帽間裡，汪妲姊妹展示那些這位先知說是「黑人民族在東方他們家中所穿的同樣式樣」的衣服。她把那些閃映出不同色澤的料子在燈光下抖動，而信眾都走上前來付錢。婦女們把代表屈從的女傭制服換成有解放意義的白色大披巾，男人把象徵壓制的工裝褲換成大有尊嚴的絲綢西裝，大廟的收銀機裝得滿了出來。在蕭條時期，這座寺廟卻大發其財。福特一直在關廠，但在海斯汀街三四〇八號，法德卻開張營業。

黛絲荻蒙娜在三樓根本看不到這些。她早上在教堂裡教課，下午則在存放尚未剪裁的綢料的「絲綢室」

裡。有天早上，她把她的蠶盒帶去當教具。她把盒子交給學生傳看，談這盒子的來歷，怎麼由她祖父以橄欖木刻成，又怎麼經歷過一場火災，她居然一路說來沒有說什麼傷到和那些學生有相同宗教信仰的人。事實上，那些女孩子都乖巧而友善得使黛絲荻蒙娜回想起希臘人和土耳其人以前相處融洽的日子。

然而，對我的yia yia來說，黑人還是很新奇。她因爲各式各樣的新發現而大感震驚。「在他們手掌心裡，」她告訴她丈夫說：「那些mavros跟我們一樣白。」或者是：「mavros都沒有疤，只有腫塊。」或者：「你知道mavros都怎麼刮鬍子嗎？用一種粉！我在商店櫥窗裡看到過。」在黑人區的街道上，黛絲荻蒙娜對那些人的生活方式大驚失色。「沒有人掃地。門口全是垃圾，都沒有人掃，眞可怕。」可是在廟裡情形不一樣。男人都努力工作，也不喝酒，女孩子都很乾淨而樸素。

「這個法德先生事情做得很對。」她在週日晚餐時說。

「拜託，」蘇美莉娜不以爲然，「我們早把面紗丟在土耳其了。」

可是黛絲荻蒙娜搖了搖頭。「這些美國女孩子還眞該用用面紗呢。」

對黛絲荻蒙娜而言，那位先知本人也始終蒙著神祕的面紗。法德就像是個神：每個地方都在，卻什麼地方也看不見。他的光輝流連在聽完演講的那些人眼中。他定下飲食方面的規矩，主張吃非洲當地的食物——馬鈴薯、樹薯——禁止吃豬肉。黛絲荻蒙娜偶爾會看見法德的車子——一輛嶄新的克萊斯勒雙門車——停放在廟前。永遠看來像剛洗完打好蠟，鍍鉻的部分擦得雪亮。可是她從來沒看到法德在車上。

「如果他是神的話，妳怎麼會想能看得到他呢？」有天晚上他們要上床的時候，拉夫提覺得很有意思地問道。黛絲荻蒙娜躺在那裡微微地笑著，好像被她藏在床墊的第一個禮拜的薪水給搔到癢處似的。「我得有幻象才行。」她說。

她在第一號神廟的第一個任務就是要把那間戶外廁所改建成養蠶室。在召來「伊斯蘭國」稱為「伊斯蘭之果」的軍方人員後，她站在一邊看那些年輕男人把那東倒西歪的小屋裡原來的木頭便桶拆除，他們用土把化糞池塡平，拿掉牆上那些舊的裸女月曆，轉開眼光去把這些不堪入目的東西丟進垃圾堆裡。他們裝上木板架，在天花板上打洞通風透氣。儘管花了這麼多力氣，還是有股難聞的味道。「等著瞧吧，」黛絲荻蒙娜告訴他們說：「和蠶的味道比起來，這根本不算什麼。」

在樓上，回教少女訓練班文化教室的人編織餵食用的托盤。黛絲荻蒙娜想要救活第一批寄來的蠶。她用電燈泡來為牠們取暖，對牠們唱希臘的歌，可是那些蠶都不受騙，從黑色的卵裡孵化出來後，發現那乾燥的室內空氣和冒充陽光的電燈泡，就開始皺縮起來。「還有更多的要運來。」汪妲姊妹說，認為這種挫敗無足輕重。「會直接運到這裡。」

日子一天天過去，黛絲荻蒙娜已經對黑人的蒼白手掌感到習慣，也習慣於使用後門進出，以及沒有人和她說話就不開口。她不教那些女孩子的時候，就守在樓上的絲綢室裡。

絲綢室：應該描述一下。（在這十五呎寬、二十呎長的空間裡，發生了那麼多的事：神說話；我的祖母否定了她的種族；創世經過得到說明；而這些還只是小小開端而已。）那是一個天花板很低的小房間，在一頭有一張剪裁桌。一疋疋的絲綢靠放在牆邊。這些奢華的料子從地板上直堆到天花板，就像是在一個珠寶盒裡面。料子越來越難買到了，可是汪妲姊妹卻囤積了不少。

有時候那些絲綢看來好像在舞動，被來源頗為神祕的氣流擾動，那些料子飛揚起來，在房間裡飄浮。黛絲荻蒙娜就得抓住那些布料，再捲放回去。

有一天，正在這種詭異的雙人舞之中——一段綠綢在前，黛絲荻蒙娜退後——她聽到了一個聲音。

「我一八七七年二月十七日生於麥加聖城。」

她起先以爲什麼人走進了房間，可是她轉過身來，卻一個人也沒有。

「我父親叫艾爾方索，是沙巴士族一個黑皮膚的男人。我母親的名字叫貝比·季，她是個白人，是一個魔鬼。」

一個什麼？黛絲荻蒙娜不是聽得很清楚，也不知道聲音在哪裡。現在聽起來好像是從地板傳來。「我父親是在東亞山裡遇到她的。他看出了她的潛力，把她帶上正路，最後她成為一個神聖的回教徒。」

引起黛絲荻蒙娜好奇的，不是那聲音的話——她根本沒聽清楚到底在說什麼。是那個低沉的男低音讓她的胸骨引起了共振。她放掉了那塊舞動著的綢子，把包著頭巾的頭低下來，仔細傾聽，等那聲音再度響起的時候，她在疋疋綢布之間搜尋著聲音的來源。「我父親為什麼會娶一個白魔鬼呢？因為他知道他的兒子命中注定會把這話傳布給沙巴士族失落的部分去。」三疋、四疋、五疋布，找到了：一個暖氣口。現在那聲音更大了。「因此，他認為我，他的兒子，應該有一種能讓我公平而正確地和白人與黑人雙方交往的膚色。所以我就是這樣，是個黑白混血兒，像在我之前的摩西，他把十誡帶給猶太人。」

那先知的聲音從那棟建築的深處升起，開始於三層樓下的會堂裡，穿過了舞台上的活門（當年菸草商年會上，全身不著寸縷，只圍著一條雪茄菸圈帶的美女，就是從那裡蹦出來）。聲音在通往兩側廂房的狹窄空間裡迴響，然後進入暖氣孔，沿管線在這棟房子裡繞行，聲音因而變形，又加了回音，最後隨著暖氣衝出了黛絲荻蒙娜蹲在旁邊的那個暖氣口。「我受的教育，還有流在我血脈中的皇室血統，原本可能會讓我去尋求一個權位。可是，弟兄們，我聽到我們的親人在哭泣，我聽到我的族人在美國哭泣。」

她現在能聽清楚那微弱的口音了。她等著聽下文，可是只有一陣沉寂。暖爐的氣味撲在她臉上。她把身子彎得更低，仔細聽著。但接下來她所聽到的卻是汪姐姊妹在樓梯口的叫聲：「喲嗬！黛絲！我們準備好了。」

她趕快閃開。

我祖母是唯一聽過W.D.法德講道的白人，而他所說的，她只聽懂一半。那是因爲暖氣口傳音效果太差，以及她本身英文不好的緣故，另外還因爲她不時會抬起頭來聽聽是不是有人來了。黛絲荻蒙娜知道她是不准聽法德講道的，她最怕的就是危害到她這份新的工作。可是她沒有別的地方可去。

每天下午一點鐘的時候，暖氣口就會開始有聲音傳出來。起先聽到的是很多人走進會堂。接著是禱告的聲音。她多拿了幾疋綢子擋在暖氣口來遮住聲音，她把她的椅子搬到絲綢室遠遠的角落裡，可是一點用也沒有。

「你們也許還記得，在我們上一次演講的時候，我告訴過你們月亮是怎麼來的吧？」

「不，我不記得。」黛絲荻蒙娜說。

「六十兆年前，一個神的科學家在地球上挖了一個洞，在裡面裝滿炸藥，把地球炸成兩半，小的那一半就成了月亮。你們記得嗎？」

我的祖母用兩手捂著耳朵；臉上露出拒斥的表情，可是有個問題卻從她唇間溜了出來，「有人炸開了地球？是誰呢？」

「今天我要跟你們說另外一個神的科學家，是個邪惡的科學家，名叫雅可布。」

她的手指張了開來，讓聲音進入耳朵……

「在我們現在兩萬五千年一週期的歷史中，雅可布是在八千四百年前。這個雅可布有一個大得非比尋常的頭蓋骨，是個很機靈的人，很聰明的人，是伊斯蘭國卓越的學者之一，六歲的時候就發現了磁力的祕密。當時他在玩兩塊鋼鐵，他把兩塊鋼鐵放在一起，發現了那科學理論：磁學。」

那聲音就像磁鐵一樣對黛絲荻蒙娜產生了吸引力，把她的手拉下到身側，使她在椅子上向前俯過身去……

……

「可是雅可布並不以磁學為滿足，在他那大腦殼裡，還有別的偉大想法。結果有一天，雅可布自己心裡想，要是他能創造一個和原先完全不同的一種人——從起源上就大不相同——這種人最後能利用詭『技』統治黑人國家。」

……等俯身向前還不夠時，她移近了些。走到房間這頭來，把綢子搬開，跪在暖氣口前，聽法德繼續解釋：「每一個黑人都是由兩個胚種形成的，一個黑的胚種和一個棕的胚種。雅可布說服了五萬九千九百九十九個穆斯林移民到庇南島去，庇南島在愛琴海，你們現在還在歐洲的地圖上找得到，用的是一個假名，雅可布把他的五萬九千九百九十九個穆斯林帶到這個島上，在那裡實行他的計畫。」

她現在還能聽見別的聲音，法德在台上走來走去的腳步聲，他的聽眾俯身向前細聽他每個字時，椅子的吱嘎聲。

「在庇南島上的實驗室裡，雅可布不許所有的黑人生孩子，要是有黑女人生了孩子，那個孩子就被殺掉，雅可布只讓棕色的小孩子活著，他只讓棕色的人交配。」

「眞可怕，」黛絲荻蒙娜在三樓上說：「這個叫雅可布的人，眞可怕。」

「你們聽說過達爾文的物競天擇說嗎？這是不自然的選擇。雅可布用他科學的移殖法，產生了第一個黃種人和紅種人。可是他並沒有就此罷手，他繼續讓那些人所生的淺色皮膚的下一代交配，經過很多很多年，他從胚種上改變了黑種人，一次一代，讓他顏色越來越淺，人也越來越弱。稀釋了他的正義感與道德，把他帶上了邪路。然後，弟兄們，有一天，雅可布大功告成。有一天，雅可布的工作完成了。他的邪惡創造出什麼來了呢？就像我以前告訴過你們的：什麼樣的人就只能做出什麼樣的事來。雅可布創造了白種人！由謊言和謀殺中生出來的，一種藍眼睛的魔鬼。」

在外面，回教少女訓練班文化教室的成員正把養蠶盤裝上去。她們默默工作，想著各式各樣的事情。茹碧·詹姆士想著約翰二世今早看來好英俊，不知道他們將來會不會結婚。戴莉妮·伍德開始有點不高興，因爲所有的弟兄們都已經擺脫了他們那些奴隸的名字，可是法德教長還沒有來管女孩子們，所以她到現在還是叫戴莉妮·伍德。莉莉·哈爾幾乎完全只在想她藏在頭巾底下用口水捲起來的頭髮，今晚要把頭伸到窗子外面去，假裝在看天氣如何，好讓隔壁的路百克·T.海斯能看得到。貝蒂·史密斯想著：讚美阿拉讚美阿拉讚美阿拉。蜜麗·李特想要口香糖。

而在樓上，臉被由暖氣口吹出來的熱氣烘得發燙的黛絲荻蒙娜不相信那故事情節中的新轉折。「魔鬼？所有的白種人都是？」她嗤之以鼻地說。她從地上爬了起來，彈乾淨衣服。「夠了，我不要再聽這個瘋子說話。我做事，他們付我錢。如此而已。」

可是第二天早上，她回到廟裡。到了一點鐘的時候，那個聲音開始說話，我的祖母又注意聽著：「現在讓我們把白種人和原先的人做個心理上的比較。照解剖學看來，白人的骨頭要脆弱得多。白人的血要稀薄得多，白人的體力大約只有黑人的三分之一，誰能否認這點？你們用自己的眼睛看得到什麼證據？」

黛絲荻蒙娜和那聲音爭辯；她嘲笑法德的說法。可是隨著日子一天天地過去，我的祖母發現自己到時候就會把絲綢鋪在暖氣口前來墊著她的膝蓋。她向前跪倒，把耳朵靠近氣口，額頭幾乎貼在地板上。「他不過是個騙子，」她說：「騙所有人的錢。」可是，她還是沒有走開。過了一下，暖氣管線裡就響起最新的天啓。

黛絲荻蒙娜是怎麼了？難道說，一向對教士般低沉的聲音易於接納的她，也受到了法德未見其人的聲音影響？還是說她只是在這個城市住了十年之後，終於成了個底特律人，也就是說，對所有的事情都考慮到黑人白人的問題。

還有最後一個可能。會不會是我祖母的罪惡感，那種幾乎是週期性地充塞在她體內，像瘧疾般發作的愚蠢恐懼——會不會是這個無法治癒的病毒，使她承受法德的訴求？是不是因爲中了罪惡感的毒才讓她覺得法德的指控很有分量？是不是她把他那種種族歧視攬到了自己身上？

有天夜裡，她問拉夫提：「你覺得孩子們有什麼問題沒有？」

「沒有，他們都很好。」

「你怎麼知道？」

「看看他們就知道了。」

「我們是怎麼了？我們怎麼能做那種事？」

「我們沒什麼問題。」

「不對，拉夫提。我們，」——她開始哭了起來——「我們不是好人。」

「孩子們都很好。我們很幸福，那些現在都已經成爲了過去。」

可是黛絲荻蒙娜撲倒在床上。「當初我爲什麼要聽你的？」她哭泣道：「我爲什麼沒有像其他的人那樣跳海！」

我的祖父想抱她，可是她將身子避開。「不要碰我。」

「黛絲，拜託……」

「我希望我能死在那場大火裡！我向你發誓！我眞希望我死在斯麥納！」

她開始緊盯著她的兩個孩子。到目前爲止，除了一次大的驚嚇——密爾頓五歲那年因爲乳突感染而差點送命——之外，他們兩個都很健康。割傷的時候，血凝結得很快。密爾頓在學校成績很好，柔依也在平均成績之上。可是這些都不能讓黛絲荻蒙娜安心。她一直在等著會出什麼事，生病，畸形，怕她犯的罪會引來最可怕的處罰：不是落在她自己的靈魂，而是她孩子的身上。

我現在能感受到那棟房子在快到一九三三年前幾個月裡的變化。寒氣穿透了沙士色的磚牆，侵入每個房間，吹熄了點在走廊上的祈禱燈。一陣冷風吹動了黛絲荻蒙娜用來查解她越來越多噩夢的解夢書的書頁。她夢到小嬰兒的胚胎冒上冒下，在分解。夢見非常討厭的怪物從蒼白的泡沫裡長出來。現在她避免所有床第間的事，就連在夏天，就連在某人的命名禮上喝了三杯酒也一樣。過了一陣之後，拉夫提不再堅持。我的祖父母，以前那樣密不可分的，已經漸行漸遠。黛絲荻蒙娜早上去第一號神廟時，拉夫提還在睡覺，因爲地下酒吧通宵營業。而在她回家之前，他已經消失在地下室裡。

我跟著那陣一九三三年秋老虎來時也還在吹颼的冷風，滑下地下室的樓梯，看到我的祖父在有一天早上正數著錢。失去他妻子的愛情後，拉夫提·史蒂芬尼德專心工作。不過他的生意也經歷了一些變化。爲因應地下酒吧客人銳減，我祖父有了新的生意。

那天是禮拜二，剛過八點。黛絲荻蒙娜已經去上班了。在前面的窗子裡，有一隻手把聖喬治的聖像移走。一輛舊的戴姆勒開到人行道邊停下。拉夫提匆忙地走出去，上了汽車的後座。

我祖父的新生意搭檔：在前座坐著梅寶·芮斯，二十六歲，肯塔基州人，臉上搽了胭脂，頭髮上還有今早用鐵棒捲髮的焦味。「在帕度卡，」她正在和開車的人說：「有個聾子，有架照相機。他就在河邊上下來去拍照片。拍的全是最特別的東西。」

「我也是呀，」開車的人回答道：「可是我的照片能賺錢。」莫里斯·普南坦吉納的柯達照相機就放在後座拉夫提身邊，他朝梅寶笑了笑，把車開向傑佛遜大道。普南坦吉納發現在公共事業振興署[31]成立之前的那幾年，對他藝術上的嗜好頗爲有害。在他們開向拜爾島的路上，他發表了一篇對攝影史的研究論文：明明是尼賽浮．倪耶士[32]發明的，功勞卻全歸了達蓋爾[33]。描述有史以來第一張人物攝影作品是一幅巴黎街景，因爲曝光時間太長，結果快速走動的行人一個也沒拍清楚，只有一個停下來擦鞋的人。「我自己也想能在歷史書上記一筆，可是我覺得這並不是個對的路。」

到了拜爾島上，普南坦吉納把那輛戴姆勒順著中央大道開下去，不過，他沒有開向河濱，反而轉進一條是個死胡同的小土路。他停住車子，他們全都下了車，普南坦吉納把照相機照他喜歡的光線架好，而拉夫提則負責照顧那輛車子，他用手巾擦亮了有輻條的轂蓋和頭燈；把踏腳板上的泥塊踢掉，擦乾淨了車窗和擋風玻璃。普南坦吉納說：「大師準備好了。」

梅寶．芮斯脫掉大衣，裡面只穿了一件緊身褡和吊襪帶。「你要我在哪兒？」

「躺在引擎蓋上。」

「像這樣？」

「對，很好。臉貼在引擎蓋上，現在兩腿再分開一點。」

「像這樣？」

「對。現在把頭轉一下，回望著鏡頭。很好，笑一笑，好像我是妳男朋友。」

這就是每個禮拜做的事。普南坦吉納拍照片，我的祖父提供模特兒。這種女孩子不難找，她們每天晚上到地下酒吧來，像所有的人一樣需要錢。普南坦吉納把照片賣給城裡發貨的人，所得則和拉夫提分成。製作公式直截了當：穿內衣的女子和車子。衣衫輕薄短小的女子蜷伏在後座，或在前座袒胸露乳，或是在修漏氣的輪胎時，整個人彎下去。通常是一個女孩子，但有時也會有兩個。普南坦吉納安排各種協調的畫面，臀部的曲線搭配保險桿的曲線，緊身褡則配上椅墊上的皺褶，吊襪帶和風扇皮帶相映成趣。這是我祖父想出來的主意。他回想起他父親以前的寶藏：「莎敏，歡樂宮的女孩」，他想到把以前的典型現代化，後宮的時代早已過去，現在是後座的時代！汽車是新的歡樂宮，他們讓一般的凡夫俗子化身爲公路上的蘇丹王。普南坦吉納的照片讓人有種在偏僻地方野餐的感覺。那些女孩子靠在踏腳板上假寐，或彎身到行李廂裡去拿一根拆輪胎棒。在經濟大蕭條期間，大家都沒錢買吃的，男人卻還找得到錢來買普南坦吉納的汽車情色照。這些照片讓拉夫提有份穩定的外快收入。他開始存錢，事實上，後來還給他帶來下一次機會。

我偶爾在跳蚤市場，或是當年的攝影集裡，會看到一張普南坦吉納的老照片，通常因爲那輛戴姆勒而誤歸在二〇年代的作品裡。當年在經濟大蕭條期間一張只賣五分錢的照片，現在售價卻高達六百美元。普南坦吉納的「藝術」作品都早被遺忘，但他美女與汽車的情色之作卻仍然大受歡迎。他是無心插柳而進入歷史，當時還覺得他自己太妥協了。我翻閱這些蒐藏品，看他拍的女人，她們刻意安排的姿態，不自然的笑容。我望著多年前我祖父盯著看過的那些面孔，問我自己，拉夫提爲什麼不再尋找他姊姊的面孔，而開始尋找其他的，找薄嘴唇的金髮女郎，有誘人臀部的「黑道大哥的女人」？他對這些模特兒的興趣只在金錢方面嗎？是不是吹透房子的那陣冷風讓他到處去尋求溫暖呢？還是說罪惡感也開始感染到他身上，因此爲了讓自己不去想他所做的事，才和這些梅寶、露西和桃樂絲混在一起呢？

我無法回答這些問題，現在再回到第一號神廟，新的信眾正在用羅盤看方位。這些羅盤形如淚滴，白底上有黑色的數字，正中央畫有天房石[34]。這些人對於他們新的信仰還不懂有哪些規矩，並沒依規定的時間祈禱。但至少他們都有了這些羅盤，就是從賣衣服給他們的同一位好姊妹那裡買來的。那些人轉動著，一次一步，轉到指針指著「三十四」，也就是代表底特律的數碼。再由邊上的箭頭來定麥加的方向。

「現在讓我們來談談頭蓋測量學，什麼叫頭蓋測量學呢？就是用科學方法去量腦子，也就是醫學界稱之為『灰質』的東西，一般白人的腦子平均重六盎司，一般黑人的腦子平均重量是七盎司半。」法德缺少浸信會傳教士那種熱情和滔滔雄辯，但他的聽眾都是心懷不滿的基督徒（還有一個希臘正教的信徒），對他們來說，這點倒反而成了優點。他們厭倦了做禮拜時又喊又叫，亂搖亂晃，呼吸急促，滿頭大汗，他們厭倦了奴化的宗教，聽白人告訴黑人說奴役是神聖的。

「但有一件事是白人勝過黑人的。用命運，還有他們自己的遺傳規畫，白種人在詭『技』上遠勝黑人。還需要我告訴你們這點嗎？這是你們早就知道的事。利用詭『技』，歐洲人把原人從麥加和東亞其他部分帶來。一五五五年，一個名叫約翰．霍金斯[35]的奴隸販子把第一批沙巴士族的人帶到這個國家的海岸。一五五五年。那條船的名字呢？叫『耶穌號』。這在歷史上都有記載。你們可以到底特律公共圖書館去查。

「第一代原人到了美國之後怎麼樣呢？白人謀殺了他們。白人用詭『技』謀殺了他們，因此他們的子女長大之後，對他們自己的民族一無所知，也不知道他們是哪裡來的。這些子女的後代，這些可憐的孤兒的後代——就是你們。你們這些在這個房間裡的人。還有所有在美國貧民區的所謂黑人。我到這裡來，是要告訴你們，說你們是什麼人，你們是沙巴士族失落的族人啊。」

坐車經過黑人區沒什麼用。黛絲荻蒙娜現在才知道爲什麼街上有那麼多垃圾：市政府沒有收垃圾。白人房東讓他們的公寓建築破爛失修，只繼續調漲房租。有一天，黛絲荻蒙娜看見一個白人店員拒絕從一個黑人顧客手裡接過零錢。「放在櫃台上就好了。」她說。不想碰那位太太的手！在那些懷有罪惡感的日子裡，她的腦子裡滿是法德的理論，我的祖母開始了解他的看法，城裡到處都是藍眼睛的魔鬼。希臘人也有句老話說：「紅鬍子和藍眼睛就是魔鬼的前兆。」我祖母的眼睛是棕色的，可是這並沒有讓她覺得好過點。要有誰是魔鬼的話，那就是她了。她沒有辦法改變既成的事實。可是她能保證這樣的事不再發生。她去見了費洛波西恩大夫。

「那是個非常極端的做法，黛絲荻蒙娜。」大夫對她說。

「我要能確定這一點。」

「可是妳還是個年輕的女人。」

「不對，大夫，我不是，」我祖母用很疲累的聲音說：「我八千四百歲了。」

一九三二年十一月二十一日，《底特律時報》的頭條新聞標題是：「活人獻祭」。接著報導：「一名黑人邪教領袖在自宅粗陋之祭壇以活人獻祭，今日警方將其信徒百人帶往警局偵訊。自封為伊斯蘭會之王的勞勃·哈里斯，四十四歲，住杜白士大道一四二九號，被害人占姆士·J.史密斯，四十歲，為哈里斯的黑人房客，凶嫌承認以車輪軸加以重擊，再以一把銀刀刺入心臟。」這個後來被稱為「巫毒殺手」的哈里斯，常在第一號神廟出沒。很可能是他讀了法德所寫的《重獲散佚之穆斯林教義第一、二冊》其中一冊：「所有回教徒應殺死魔鬼，因為他們知道他是蛇，而且若讓他活著，他會用毒牙咬別的人。」哈里斯後來建立了他自己的教會。他原本是要找一個（白人）魔鬼的，可是發現在他住家附近很難找到，才決定就地取材。

三天以後，法德遭到拘捕。在審訊之下，他堅持從來沒有下令任何人以活人獻祭，宣稱他是「地球上至高無上的人」。（至少，這是他在第一次偵訊時所說的。幾個月後，他第二次被捕後，據警方說他「承認」所謂「伊斯蘭國」不過是「一個騙局」。他創出預言書和宇宙論「來盡量搞錢。」）不論事情的眞相如何，最後的結果是：法德同意永遠離開底特律，以作為不起訴的交換條件。

所以我們來到了一九三三年五月。黛絲荻蒙娜向回教女子訓練班文化教室的成員道再見。由頭巾包著的臉上流下淚水。那些女孩子排著隊，親吻黛絲荻蒙娜的兩頰。（我祖母後來很想念那些女孩子，她慢慢地喜歡上她們。）「我母親以前常對我說，日子不好蠶就不會吐絲，」她說：「吐出來的絲很壞，做的繭也很壞。」那些女孩子接受了這個事實，看著剛孵化的蠶，找著代表絕望的徵兆。

在絲綢室裡，所有的架子都空了。法德・穆罕默德把權力轉給一位新的領袖，卡利姆弟兄，原名以利亞・蒲爾，現在叫以利亞・穆罕默德，伊斯蘭國的首相，以利亞・穆罕默德對伊斯蘭國的經濟前途有不同的看法。從現在開始，會做房地產，而不賣衣服。

現在黛絲荻蒙娜下樓準備離開。她到了一樓，轉頭去看大廳。伊斯蘭之果有史以來第一次沒有把守著大廳入口，簾幕也開著。黛絲荻蒙娜知道自己應該直接由後門走出去，可是現在她也不用在乎什麼了，因此她冒險往前面走。她走到那兩扇門前，推開門走進了大會堂。

最初的十五秒鐘裡，她一動也不動地站著，把她想像中的會堂轉換成現實的景況。她原先以爲這裡有高高的拱頂，色彩豐富的地毯，可是那只是一間禮堂。在一頭有個小小的台子，好多折椅疊放在牆邊。她靜靜地看著這一切。然後，又像先前那樣，有聲音響起：

「哈囉，黛絲荻蒙娜。」

在空蕩蕩的台上，那位先知，那位救世主，法德・穆罕默德，站在台上矮隔牆後面。他只是一個影子，瘦而高雅，戴了一頂把他的臉藏在陰影中的軟呢帽。

「妳不應該到這裡來的，」他說：「不過我想今天沒什麼關係。」

黛絲荻蒙娜覺得心都跳到喉嚨裡來了，她勉強問道：「你怎麼知道我的名字？」

「妳沒聽說嗎？我什麼都知道。」

法德・穆罕默德的低沉聲音由暖氣口傳來的時候，讓她的太陽穴爲之悸動。現在，離得這麼近，更穿透了她的全身。震動直延伸下她的兩臂，最後她的手指全都顫抖起來。

「拉夫提好嗎？」

這個問題讓黛絲荻蒙娜大吃一驚。她說不出話來。她一下子同時想著好幾件事，法德怎麼會知道她丈夫的名字，她向汪妲姊妹說過嗎？……第二，如果他說他什麼都知道的事是眞的話，那麼其他的一切想必也是眞的了，像藍眼睛的魔鬼，還有邪惡的科學家，還有從日本來的母機會摧毀世界，把回教徒帶走。恐懼將她緊緊攫住，但同時她也回想起一些什麼，自問她在什麼地方聽到過這個聲音……

現在法德・穆罕默德從矮隔牆後面走了出來，他穿過台子，走下階梯，朝黛絲荻蒙娜走過來，一面還在展示他的無所不知。

「還在開那間地下酒吧？這樣的日子不多了。拉夫提最好找點別的事做。」軟呢帽歪在一邊，西裝扣得整整齊齊，臉藏在陰影裡，這位救世主朝她直接過來。她想要逃跑，卻無法動彈。「孩子們都好嗎？」法德問道：「密爾頓應該幾歲了？八歲？」

他現在只有十呎遠了，黛絲荻蒙娜的心狂跳起來時，法德・穆罕默德脫掉了帽子，露出面孔來。那位先知微微一笑。

你現在一定猜到了，不錯：正是吉米・齊思莫。

「Mana！」

「哈囉！黛絲荻蒙娜。」

「是你！」

「還能是誰呢？」

她瞪大了眼睛。「我們以爲你死了，吉米！在那部車子裡，沉到湖裡了。」

「吉米是死了。」

「可是你就是吉米呀，」這話一說，黛絲荻蒙娜才想到該有的反應而開始責罵起來，「你爲什麼丟下老婆孩子？你有什麼毛病？」

「我唯一的責任是照顧我的人民。」

「什麼人民？那些mavros？」

「是原民。」她搞不懂他是不是在認眞。

「你爲什麼不喜歡白人？爲什麼說他們是魔鬼？」

「看看這些證據，這個城市，這個國家，妳不同意嗎？」

「每個地方都有魔鬼。」

「尤其是霍爾伯特街上的那棟房子裡。」

他們沉默了一下，然後黛絲荻蒙娜小心翼翼地問道：「你這話是什麼意思？」

法德，或該說是齊思莫，又微微笑著。「很多隱藏的祕密都被我看穿了。」

「有什麼隱藏的？」

「我那所謂的老婆，蘇美莉娜是一個，可以說是口味特殊的女人，而妳和拉夫提呢？妳以爲你們騙得了我？」

「拜託，吉米。」

「不要這樣叫我，那不是我的名字。」

「你說什麼呀？你是我的表姊夫。」

「妳根本不知道我！」他大叫道：「妳根本從來就不知道我！」然後，他控制住自己。「妳從來不知道我是誰，又是哪兒來的。」說完之後，那位救世主就由我祖母身邊走過去，穿過大廳和那兩扇門，走出了我們的生活。

最後的這一部分，黛絲荻蒙娜沒有親眼看到，但是有籍可考。首先，法德・穆罕默德和伊斯蘭之果的士兵們握了手，那些年輕人在他道再見的時候都強忍住淚水。然後他穿過圍在第一號神廟外的群眾，走向他停在路邊的那輛克萊斯勒兩門車，他站上踏腳板。事後，每一個人都堅持說那位救世主在整個這段時間裡都正視著他的兩眼。婦女現在都公然哭了起來，求他不要走。法德・穆罕默德脫下帽子，壓在胸前，他很和藹地低頭看著他們說：「不要擔心，我和你們在一起。」他舉起帽子揮了一揮，包括了整個附近一帶，這滿是臨時搭蓋小屋的貧民區，沒有鋪柏油路面的街道，以及曬晾的衣物。「我很快就會回來，領你們離開這個地獄。」然後法德・穆罕默德上了那輛克萊斯勒，發動車子，最後露出一個讓人安心的微笑，開車離去。

法德・穆罕默德從此再沒有出現在底特律過。他像什葉派的第十二伊瑪目[36]似的潛隱了。有份報告說一九三四年他在一條開往倫敦的郵輪上。根據一九五九年芝加哥的很多報紙報導，W.D.法德是個「生於土耳其的納粹間諜」，後來在二次世界大戰期間為希特勒工作。也有陰謀論說警方或美國聯邦調查局和他的死亡有關。各有各的說法。法德・穆罕默德，我的外祖父，回到了和他來時一樣不知道是什麼的地方。

至於黛絲莜蒙娜，她和法德見面的事也許是造成她差不多在那時候做出可怕決定的原因。在那位先知消失後不久，我的祖母去動了一次相當新奇的手術。一位外科醫生在她的肚臍下方開了兩道口子，把那裡的組織和肌肉扳開，露出兩條輸卵管來，他將兩條管子各打成一個結，從此她就不會再有孩子了。

豎笛訴情

我們有過約會。我到茱莉在克羅茲堡的工作室去接她。我想看她做的東西，可是她不讓我看，所以我們去一家叫奧地利的餐廳吃飯。

奧地利像一間獵舍，四壁掛滿了鹿角標本，大概有五六十對。那些角都小得滑稽，好像那些動物你空手就都能殺死。這間餐廳很黑，很溫暖，全是木造的，而且很舒服。誰要是不喜歡這裡，那我也不會喜歡這個人。茱莉喜歡這裡。

「既然妳不肯讓我看妳的工作，」我們坐定之後，我說：「至少能告訴我是什麼嗎？」

「攝影。」

「妳大概不會告訴我妳都拍些什麼吧。」

「我們先喝杯酒吧。」

菊池茱莉三十六歲。她看起來像二十六歲。她很矮，但並不顯小。她有點無禮但並不粗魯。她以前看過心理醫師，但後來停掉了。她的右手因爲一次電梯發生意外而有部分關節炎。這讓她在相機拿久了之後會很痛苦。「我需要一個助手，」她告訴我，「或者換隻新手。」她的指甲並不特別乾淨。事實上，我從來沒看過像她這樣一個可愛而聞起來味道很好的人有那麼髒的指甲。

胸部對我的影響，就像對任何一個和我同樣有男性荷爾蒙的男人一樣。

我把菜單翻譯給茱莉聽，然後我們點了菜。端來了兩盤煮熟的牛肉，兩碗肉汁和紅色包心菜，knödels（糰子）大得像壘球。我們談柏林，以及歐洲各國彼此不同之處，茱莉告訴我一件在巴塞隆納的事，她和她的男朋友過了參觀時間而被關在奎爾公園裡。來了，我想道。第一個前男友給召了出來，馬上其他的也會隨之而來。他們會排排站在餐桌四周，展露他們的缺點，他們的癖好，還有欺騙別人的心。然後，就要輪到我來談我的前女友。通常我第一次約會的問題就出在這裡。我沒有足夠的資料。我沒有像我這把年紀的男人該有的那麼多舊帳。女人會感覺到這一點，而一種奇怪而頗有疑問的神色會出現在她們的眼睛裡。而在甜點還沒上來之前，我已經開始打退堂鼓了……

可是這種事並沒有發生在和茱莉的約會上。那個男朋友突然在巴塞隆納出現，然後就不見了。也沒有別人跟著來。這當然不是沒有其他男友的緣故，而是因爲茱莉不是在找丈夫，所以她不必和我面談這份工作的事。

我喜歡菊池茱莉。我非常喜歡她。

因此我又有了我通常會碰到的問題：她要從我這裡得到什麼？如果知道眞相的話，她會有什麼反應？我該把那事告訴她嗎？不行，太快了。我們連吻都沒接過。而且現在，我還得專心談另外一段羅曼史。

＊

我們的開場是一九四四年的一個夏夜。狄奧多拉・齊思莫，現在每個人都叫她泰喜，正在給腳趾甲搽蔻丹。她坐在歐圖寄宿公寓裡一張坐臥兩用的沙發床上，兩腳下墊著一個枕頭。每個腳趾縫裡都夾著一小塊棉花。房間裡充滿了枯萎的花和她母親亂放的各種東西的氣味：沒有蓋上蓋子的化妝品，脫下來的絲襪，通神學的書籍，還有一盒巧克力糖，盒蓋也打開著，裡面滿是空的紙托，還有一些留著齒痕、不要的奶油餡。在泰喜的那半邊就整潔多了。鋼筆和鉛筆直直地立在杯子裡，在用一對小莎士比亞胸像做成的銅書擋之間，放著她乘大減價時蒐來的小說。

泰喜．齊思莫芳齡二十的那雙腳：四號半大小，蒼白，青筋微現，張開的紅色趾甲就像孔雀尾巴上的一個個小太陽。她很苛刻地檢查她的腳趾，一路看過去，正好一隻蚊子被她腿上乳液的香味吸引，落在她大拇趾甲上給粘住了。「哦，討厭，」泰喜說：「該死的蟲子。」她重新開始工作，把蚊子抓掉，再上指甲油。

在二次大戰期間的這個晚上，一首情歌正要開始，還有幾分鐘。如果你仔細傾聽的話，就能聽見有扇窗子打了開來，一片新的簧片插進了一根木管樂器的吹口裡。那首樂曲是所有一切的開端，你可以說我的一生就全仗著有它，而樂曲正要開始。可是在曲調眞正響起之前，讓我先把過去十一年裡所發生的事告訴你。

第一件就是，禁酒令取消了。一九三三年，經由各州批准，憲法第二十一條修正案廢止了第十八條修正案。在底特律的美國退伍軍人協會的年會上，朱利亞．史特羅打開一桶金桶史特羅波西米亞啤酒的木塞。羅斯福總統也拍下了在白宮喝雞尾酒的照片。而在霍爾伯特街，我的祖父，拉夫提．史蒂芬尼德，取下了那張斑馬皮，關掉了他的地下酒吧，重新回到地面上來。

他用香車美人情色照片存下來的錢分期付款買下平格里街上的一棟房子，就在西大街邊。地上的「斑馬房」是一間酒吧兼燒烤餐廳，正在一條繁榮的商店街上。我小時候附近的商店都還在。我大約還記得：A.勞瑞的眼鏡店，霓虹燈招牌就是一副眼鏡；紐約客服飾店，就是在那家店的櫥窗裡，我第一次看到裸體的木製模特兒，跳著可怕的探戈。另外還有超值肉鋪，韓家鮮魚店，以及精剪理髮廳。街角就是我們的店，一棟狹窄的平房，有個木頭的斑馬頭伸到人行道上來。到了晚上，閃爍的紅色霓虹燈勾勒出口鼻、脖子和耳朵的輪廓。

顧客主要是汽車工人。他們在當班之後來，也常常在當班之前來。拉夫提清早八點開始營業，不到八點半，吧台前的高腳凳上就坐滿了在上班之前來買醉的男人。在讓他們灌飽啤酒的時候，拉夫提就聽到了外面城裡所發生的事情。一九三五年，他的客人慶祝汽車工人聯合會的成立。兩年後，他們咒罵福特公司的武裝警衛在「高架路之戰」中毆打他們的領袖華特．魯瑟爾。我祖父在這些討論中從不選邊站，他的工作只是傾聽、點頭、倒酒、微笑。一九四三年，酒吧間裡的談話變得難聽的時候，他什麼也沒說。八月份的一個禮拜天，在拜爾島上爆發了黑人與白人之間的打鬥。「有個黑鬼強暴了一個白種女人，」一個客人說：「現在所有的黑鬼都要付出代價。你等著瞧。」到了禮拜一早上，一場種族衝突即將爆發，可是等一群人進來，吹噓說他們把一個黑人打得送了老命的時候，我祖父拒絕他們喝酒。

「你爲什麼不滾回你自己的國家去？」其中一個人叫道。

「這裡就是我的國家。」拉夫提說，爲了證明他這句話，他做了件非常美國化的事：他伸手到櫃台下，取出一把手槍來。

現在這些衝突都已經過去了——就在泰喜給腳趾甲搽蔻丹的時候——現在有了更大的衝突。一九四九年，全底特律的汽車工廠都因爲製造新產品而更換了機械設備。在威羅倫，裝配線上出來的是B-24型轟炸機，而不是福特的轎車。克萊斯勒的廠裡在製造坦克車。工業家們終於找到振興經濟的方法：戰爭。汽車之都底特律，還沒叫做「汽車城」之前，一度成爲「民主世界的兵工廠」。而在凱迪拉克大道上的那家寄宿公寓裡，泰喜．齊思莫把蔻丹搽在趾甲上，聽到了豎笛的聲音。

阿提．蕭[37]的大熱門曲〈開始來跳比金舞〉飄蕩在潮濕的空氣中。使得松鼠在電話線上停了下來，警覺地歪頭傾聽。旋律抖動了蘋果樹的葉子，讓一隻風向雞轉個不住。〈開始來跳比金舞〉的快節拍和旋轉不停的曲調升到家庭菜園和涼椅茶几，以及爬滿荊棘的樹籬和門廊上的鞦韆椅上方；躍過了圍牆，進入歐圖寄宿公寓的後院。繞過了大部分男性房客的休閒活動——一塊草地滾球戲的球場，幾根忘了收起來的槌球棍——

然後那首歌曲順著沒有修剪的長春藤爬上磚牆，經過了好幾扇窗子，窗裡的單身漢在打盹，或是在搔鬍子，或者，像丹尼立可夫先生，正在擺棋譜；那曲調直往上升，那是早在一九三九年就錄製的，阿提・蕭最好、也最受歡迎的曲子，到現在你還在城裡到處都聽到電台在播放，那樣清新而活潑的曲子，好像能確保淨化美國的目標和聯軍的最後勝利；可是現在這首樂曲終於在狄奧多拉搧著腳趾，讓蔻丹快乾的時候，進入了她的窗子。聽到音樂後，我母親就轉身對著窗口，微微一笑。

那音樂的來源不是別人，正是一個換了樂器的現代奧菲士，就住在她正後方。密爾頓・史蒂芬尼德，一個二十歲的大學生，正站在他自己臥室窗前，靈巧地按著豎笛上的鍵。他穿著一套童子軍的制服，下巴昂著，兩肘外伸，右膝在卡其褲裡打著拍子，他在那個夏日吹奏他的情歌，演奏時的那種熱情，等到二十五年後，我在閣樓上發現這支塵封已久的木管樂器時，早已消失殆盡。密爾頓曾經在東南高中管弦樂團裡擔任第三豎笛手。在學校的音樂會上，他必須演奏舒伯特、貝多芬和莫札特的作品，可是現在他已經畢業了，可以自由地吹奏他喜歡的東西，也就是搖擺樂。他學的是阿提・蕭的路子，他模仿蕭的那種華美而不平衡的姿勢，像是被他自己的吹奏力量給往後吹倒了似的。現在，站在窗前，他用蕭的那種精準得像寫書法似的上下繞圈方式擺弄著他的豎笛。他順著那根黑亮的長長樂器望過去，對著隔了兩個後院的那棟房子，尤其是在三樓窗口的那張蒼白、羞怯而興奮的面孔。樹枝和電話線擋住了他的視野，但他能看得到像他的豎笛一樣閃亮的那頭黑色長髮。

她沒有揮手。除了微笑，她也一點都沒有表示出她聽到了他的吹奏。在附近人家的後院裡，大家都繼續做他們正在做的事，沒有理會這支情歌。他們給草坪澆水，或是給餵鳥的食器裡添飼料；小孩子在追撲蝴蝶。等密爾頓把曲子吹完之後，他把樂器放下，把身子伸出窗外，咧嘴一笑，然後再從頭開始吹奏。

樓下，正在招待客人的黛絲荻蒙娜聽到她兒子吹奏豎笛的聲音，就好像配上和音似的長長地嘆了口氣。

因爲在過去四十五分鐘裡，蓋西・瓦西納奇斯和他的太太嬌姬，還有女兒凱雅一直坐在客廳裡。那是一個禮拜天的下午，咖啡桌上有一碟玫瑰果醬，映照著幾個大人正在飲酒的杯子上閃亮的光。凱雅拿著一杯已經溫熱了的汽水。桌上還有一罐打開了蓋子的奶油小餅乾。

「妳覺得怎麼樣？凱雅？」她的父親逗著她說：「密爾頓有扁平足，這讓妳覺得不好嗎？」

「爹呀！」凱雅說著尷尬萬分。

「有扁平足總比給打得從此站不起來要好多了。」拉夫提說。

「這倒也是，」嬌姬・瓦西納奇斯同意道：「你們運氣好，他們不會來帶走密爾頓。我倒不覺得這有什麼不光榮的。要是我得把兒子送去打仗的話，我還眞不知道該怎麼辦。」

在這場談話進行之中，黛絲荻蒙娜不時拍拍凱雅・瓦西納奇斯的膝蓋說：「密爾頓馬上就來了。」從她的客人來了之後，她就一直這麼說。在過去一個半月裡，她每個禮拜天都這麼說，而且不單是對凱雅・瓦西納奇斯說，也對上禮拜天由父母帶來的珍妮・戴蒙這樣說過，還對上上個禮拜天來的維琪・洛伽哲蒂斯這樣說過。

黛絲荻蒙娜剛滿四十三歲，像她那一代的女人一樣，已經算是個老婦人了。頭髮開始花白。她開始戴會讓她的兩眼變大的無邊金絲眼鏡，使她看起來更加顯得始終很愁苦。她容易擔憂的特性（最近樓上的搖擺樂更有激發作用）又喚回她心悸的老毛病。現在每天都會發作。不過，在這種憂慮之中，黛絲荻蒙娜仍然忙個不停，永遠在燒菜，打掃，打點她的孩子和別人家的孩子，總是扯大了嗓子叫喊，充滿了嘈雜與活力。

儘管我祖母戴上了眼鏡，這個世界卻仍然在她焦點之外。黛絲荻蒙娜不了解打仗是怎麼回事。在斯麥納的時候，日本是唯一派船來救難民的國家。我的祖母對此終身抱著感激。別人提起偷襲珍珠港的時候，她說：「別跟我說在大海中央一個小島的事。這個國家還不夠大呀？還要所有的小島？」自由女神的性別也不能改變什麼，在這裡跟所有的地方一樣：男人跟他們的戰爭。幸好密爾頓被軍方打了回票。他不用去打仗，而是進了夜校，白天則在店裡幫忙。他唯一穿的制服是童子軍服，他是小隊長。常常帶著他的隊員到北方露營。

又過了五分鐘，密爾頓仍然沒有出現，黛絲荻蒙娜就向客人告退，爬上了樓梯。她停在密爾頓的臥房外面，對裡面傳來的音樂聲皺起了眉頭。然後，她門也不敲地走了進去。

密爾頓在窗前抬起豎笛，繼續吹奏，完全沒有注意。他的臀部很不雅地搖擺著，嘴唇像他頭髮一樣閃亮。黛絲荻蒙娜大步走到房間那頭，砰然將窗關上。

「來，密爾頓，」她命令道：「凱雅在樓下。」

「我在練習。」

「等下再練。」她瞇起眼睛朝後院對面的歐圖寄宿公寓望過去，她覺得好像看到三樓窗口有個人頭躲了下去，但是她並不確定。

「你爲什麼老是在窗子前面呢？」

「我渾身發熱。」

黛絲荻蒙娜警覺起來：「這話什麼意思？」

「吹得渾身發熱。」

她哼了一聲。「來，凱雅給你帶餅乾來了。」

我祖母懷疑密爾頓和泰喜之間越來越親密已經有一陣子了。她注意到每次泰喜和蘇美莉娜來吃晚飯時，密爾頓對泰喜的殷勤。從小到大，柔依一直是泰喜最好的朋友和玩伴，可是現在和泰喜一起坐在門廊上的鞦韆椅上的卻是密爾頓。黛絲荻蒙娜問過柔依：「妳怎麼都不再和泰喜一起出去了？」而柔依用有點冷的口氣回答道：「她在忙。」

就因爲這些讓我的祖母又犯了她心悸的老毛病。在她盡了一切力量來爲她犯下的罪尋求救贖之後，在她把婚姻變成一塊北極荒原，還讓一個外科醫生把她的輸卵管結紮之後，近親結婚的問題還不能擺脫。因此，驚恐之餘，我的祖母又開始做一件她以前插手做過而得到各種結果的事：黛絲荻蒙娜又在做媒了。

每個禮拜天，就像在俾斯尼奧斯的家裡一樣，不停地有適婚的女孩走進霍爾伯特街上這棟房子的大門。唯一的不同就是這回不再是同樣兩個女孩一再重複出現。在底特律，黛絲荻蒙娜有好大一群人供她挑選。有吱吱喳喳的也有柔聲細語的女孩；有胖的和瘦的；有娃娃臉，還戴著心形項鍊的女孩，也有早熟而已經在保險公司當打字員的女孩；有從一次露營活動中踩到火燙的煤塊之後，走路的樣子就很怪的蘇菲・季奧戈波洛斯，還有自以爲美艷動人，其實無聊至極的瑪西妲・里瓦諾斯，她對密爾頓毫無興趣，甚至連頭髮都沒洗。一個禮拜又一個禮拜，她們由父母帶著或逼著到這裡來，而一個禮拜又一個禮拜，密爾頓・史蒂芬尼德都告退到樓上他的臥房裡，對著窗外吹奏豎笛。

現在，由黛絲荻蒙娜在後面驅趕著，他下樓來見凱雅・瓦西納奇斯。她夾在父母中間，坐在裝填過度的海綠色沙發上，是個個子很大的女孩，穿了一件白色蓬蓬裙的洋裝，下襬緄了荷葉邊，上面則是燈籠袖。她的白色短襪也有荷葉邊。這些衣物讓密爾頓想起廁所裡垃圾桶的蕾絲布套。

「哎喲，好多獎章啊。」蓋西・瓦西納奇斯說道。

「密爾頓只要再得一枚獎章，就可以當最高級童子軍[38]了。」拉夫提說。

「缺的是什麼？」

「游泳，」密爾頓說：「我一點也不會游。」

「我也不是游得很好。」凱雅微笑道。

「吃塊餅乾吧，密爾。」黛絲荻蒙娜慫恿道。

密爾頓看了看罐子裡，取了一塊餅乾。

「凱雅做的，」黛絲荻蒙娜說：「喜歡嗎？」

密爾頓沉吟地咀嚼著。過了一下之後，他舉手行童軍禮，「我不能說謊，」他說：「這餅乾難吃死了。」

還有什麼比你自己父母的戀愛經過更令人難以置信的嗎？實在很難想像這兩個已經步入中年，永遠列入無解名單中的人，當初也曾在起跑點上吧？實在無法想像在我的經驗中只有聽說利率降低時才會興奮的父親大人，眞正受過青春期肉慾的煎熬，密爾頓躺在床上，像我後來夢想那曖昧的對象似地想著我的母親。密爾頓開始在看過馬韋爾[39]的〈致羞澀的情人〉後，愛上了詩。密爾頓把伊莉莎白時代的玄學和艾德加・貝爾金[40]式的押韻法混用在一起。

泰喜・齊思莫，妳眞了不起，
就像是通用電氣的經理
會給他哥兒們的新機械零件，
而妳這樣美女只有世博會上才得一見……。

即使是由一個做女兒的眼中回顧，我還是得承認：我父親從來就不怎麼好看。十八歲時瘦得叫人擔心他有病，臉上斑斑點點，那雙愁苦兩眼下的皮膚已有了黑眼袋。下巴太尖，鼻子太大，抹了髮蠟的頭髮既多又亮得像果凍。不過，密爾頓一點也不知道這些生理上的缺陷，他有種非常扎實的自信，像一層殼似地保護著他，不受外界的打擊。

狄奧多拉的外表就明顯多了，她遺傳到蘇美莉娜的美貌，只是小了一號。她只有五呎一吋，腰肢纖細，胸部很小，像天鵝似的長脖子撐著她心形的漂亮面孔。如果說蘇美莉娜始終是像瑪琳．黛德麗[41]一樣歐洲型的美國人，那泰喜就是黛德麗可能會有的那樣一個完全美國化的女兒。比較土氣的遺傳外貌只到她微大的牙縫和上翹的鼻子。遺傳常會隔代，我看起來就比我母親更像典型的希臘人。泰喜不知怎麼的有部分像美國南方人。她會說南方腔的「謝啦」和「天哪」，莉娜每天在花店裡工作，把泰喜丟給一群老女人照顧，其中有不少是肯塔基州來的蘇格蘭愛爾蘭太太們，結果泰喜說起話來也就有了南方腔。和柔依那有力而帶點男人味的五官比較起來，泰喜有所謂純美國味的長相，這一點顯然成為吸引我父親的一部分。

蘇美莉娜在花店的薪水並不高，母女兩人不得不省吃儉用。在二手衣店裡，蘇美莉娜會買像賭城歌舞女郎的服飾，而泰喜挑選的衣服就有道理得多了。回到歐圖寄宿公寓裡，她修改羊毛裙子和手洗的罩衫；她把毛衣上的毛球清掉，擦亮別人穿過的皮鞋。可是那種淡淡的舊貨店的味道始終沒有完全離開她的衣飾。（多年後，在我獨自外出生活的時候，那種味道也會在我身上。）那種味道跟她是個無父孤兒，以及在貧窮人家長大都脫不了關係。

吉米．齊思莫：他留下的就只有遺傳給泰喜的部分。她的身材像他一樣細緻，她的頭髮雖然柔軟多了，卻和他的頭髮一樣黑，洗得不夠勤快的時候，就會很油，而她在聞她枕頭的時候，會想道：「也許我爹聞起來就是這個味道。」她在冬天會生口瘡（齊思莫以前都吃維他命C來防止）。可是泰喜的皮膚很白，在太陽下很容易曬傷。

從密爾頓有記憶以來，泰喜就在家裡，穿著她母親覺得很有趣的僵硬死板的衣服。「看看我們兩個，」莉娜會說：「就像是中國菜裡的糖醋料理，一甜一酸。」泰喜不喜歡莉娜說這種話，她不覺得自己很酸；只是很規矩。她只希望她母親也能規矩一點。莉娜喝得太多的時候，都是泰喜扶她回家，幫她脫衣服，送她上床。因爲莉娜很愛現，泰喜就只在一邊看。因爲莉娜很聒噪，泰喜就變得很安靜。她也會演奏一種樂器：手風琴。琴放在她床底下的一個箱子裡。她偶爾會拿出來，把皮帶套在肩膀上，讓那個巨大、有好多按鍵、嗚嗚作響的樂器離地。那架手風琴看起來和她一樣大，她彈奏起來很死板，也彈得不好，而且總帶著一點嘉年華會的傷感。

小時候，密爾頓和泰喜共用一個臥房和浴缸，不過那是很久以前的事了。一直到最近，密爾頓都以爲泰喜是他拘謹古板的表姊。碰到他哪個朋友表示對她有意思的時候，密爾頓就告訴他們放棄這種想法。「她像冰箱裡出來的蜂蜜，」他像阿提．蕭似地說：「冰冷的糖是不會化的。」

後來有一天，密爾頓從樂器行買了幾片新的簧片後回到家裡。他把大衣掛在玄關的掛衣釘上，拿出新買的簧片，把紙袋在手裡揉成一團。他走進客廳，把紙團像投籃似地丟了出去。那團紙飛到房間那頭，打中了垃圾桶的邊上，彈了出來。這時候，有個聲音說：「你還是只玩樂器好。」

密爾頓伸頭去看那是誰。他看到了那是什麼人，而那個人和以前大不相同。

狄奧多拉躺在長沙發上看書。她穿著一件春裝，衣服上印著紅花。赤著一雙腳，密爾頓這才看到了：紅紅的腳趾甲。密爾頓從來沒想到狄奧多拉是那種會在腳趾甲上搽蔻丹的女孩子。紅色的腳趾甲讓她看來很有女人味，而她其餘的部分——細瘦蒼白的手臂，脆弱的脖子——還像以前一樣很像小女孩。「我在看著烤的東西。」她解釋道。

「我媽呢？」

「她出去了。」

「她出去了？她從來不出門的。」

「她今天出去了。」

「我妹妹呢？」

「去了四健會[42]。」泰喜看著他提著的黑盒子，「那是你的豎笛嗎？」

「是呀。」

「吹點什麼給我聽吧。」

密爾頓把他的樂器盒子放在沙發上。在他打開盒蓋，取出豎笛來的時候，始終注意到泰喜裸露的兩腿。他把吹口裝好，動了動手指，在按鍵上來回滑動，然後，在一陣強烈的衝動下，他俯身向前，把豎笛前面的開口貼靠在泰喜赤裸的膝蓋上，吹了一個長音。

她叫了一聲，把膝蓋移開。

「剛剛是降D，」密爾頓說：「要聽一個升D嗎？」

泰喜的手仍然摸著她好像還在嗡嗡響的膝蓋。豎笛的震動使她一直顫抖到大腿。她感到很奇怪，就好像忍不住要笑出來，可是她沒有笑。她瞪著她的表弟，想道：「看看他笑得那樣。臉上還長著青春痘，卻一副得意洋洋的樣子。那是怎麼來的？」

「好吧。」她最後終於回答道。

「好。」密爾頓說。「升D，來了。」

第一天吹的是泰喜的膝蓋。下一個禮拜天，密爾頓從後面欺上來，把豎笛貼在泰喜的後頸上吹了一下。聲音是悶住的。她的幾絲頭髮吹了起來。泰喜尖叫一聲，但聲音很短促。「對，叫爹。」密爾頓站在她後面說。

事情就這樣開始了。他在泰喜的鎖骨上演奏〈開始來跳比金舞〉，貼在她光滑的臉頰吹奏〈月亮臉〉。把豎笛對準了當初讓他目眩神搖的紅色腳趾，吹奏〈直到你的雙腳〉。密爾頓和泰喜帶著他們不肯說明的祕密溜到屋子裡沒人打擾的地方，在那裡提起點裙子，或脫下隻襪子，還有一次，乘沒有人在家，撩起她的罩衫，露出她背部的下方，泰喜讓密爾頓把豎笛貼在她的肌膚上，讓她的體內充滿了音樂。起先那只讓她癢癢的。但過了一陣子之後，那些音符更深入她的體內。她感到那種震動穿透了她的肌肉，像波浪般陣陣傳送，最後震動了她的骨頭，使她的內臟也共鳴起來。

密爾頓用他行童軍禮的手指來演奏樂器，但他的思想卻不那麼單純。他沉重地呼吸著，俯身在泰喜身上，顫抖而專注地讓豎笛繞著圈圈，像一個弄蛇的人。而泰喜就是一條眼鏡蛇，受到那音樂的催眠，馴服和迷惑。最後，有一天下午，只有他們兩個人的時候，泰喜，他那拘謹古板的表姊，仰面躺了下來，將一隻手臂橫擱在臉上。「要我在哪裡吹奏？」密爾頓悄聲地說，他的嘴覺得乾得什麼也沒法吹。泰喜解開一顆罩衫的扣子，用很奇怪的聲音說：「我的肚子。」

「我不知道有關於肚子的曲子。」密爾頓大膽地說。

「那就，我的肋骨吧。」

「我也不知道什麼肋骨的曲子。」

「我的胸骨呢？」

「沒人拿胸骨寫過曲子，泰喜。」

她又解開一顆扣子，閉上兩眼，用小得幾乎聽不見的聲音說：「那這個呢？」

「這個我知道。」密爾頓說。

密爾頓不貼著泰喜的肌膚吹奏的時候，就會打開他臥房的窗子，從遠處爲她演奏情歌。有時他打電話到寄宿公寓去，問歐圖太太說他是不是能和狄奧多拉說話。「等一下，」歐圖太太說，然後朝樓上叫道：「齊思莫電話！」密爾頓聽到有腳步跑下樓來的聲音，然後泰喜的聲音說喂。他就開始對著話筒吹奏豎笛。

（多年之後，我母親會回想起當年豎笛訴情意的日子。「你們的爸爸吹得不怎麼好，兩三首曲子吧，如此而已。」「什麼話？」密爾頓抗議道：「我有一整套曲目。」他開始用口哨吹奏〈開始來跳比金舞〉，發出顫音來模仿豎笛的抖音，手指虛按著，「你怎麼都不再對我奏情歌了？」泰喜問他，可是密爾頓心裡想別的事。「我那支舊的豎笛到哪裡去了？」然後泰喜說：「我怎麼曉得？你覺得我什麼都得知道嗎？」「是不是在地下室裡？」「也許我早丟掉了。」「妳丟掉了！妳他媽的爲什麼要幹這種事！」「你想怎麼樣，密爾，重新開始練習？你那時候就吹不好了。」）

所有的情歌最後都會結束。可是在一九四四年，什麼也阻擋不了那音樂。到了七月，歐圖寄宿公寓的電話鈴響起的時候，有時從聽筒裡傳來的是另外一種情歌：「Kyrie eleison, Kyrie eleison.」一個柔和的聲音，幾乎像泰喜的聲音一樣女性化，在離那裡幾條街遠處對著話筒呢喃。至少會唱上一分鐘，然後麥可．安東尼奧問道：「怎麼樣？」

「很棒。」我母親說。

「眞的？」

「就像在教堂一樣，差點就騙倒我了。」

這讓我要談到那多事的一年裡最後的複雜情況。因爲擔心不知密爾頓和泰喜在搞些什麼，我的祖母不單是想讓密爾頓娶別人，也在那個夏天替泰喜挑了個丈夫。

麥可．安東尼奧——後來我們家的人都叫他麥可神父——當時是康乃狄克州朋夫雷特市希臘正教聖十字架神學院的學生。回家過暑假的時候，對泰喜・齊思莫非常注意。一九三三年，聖母升天教堂搬出了在哈特街上的那個小店面。現在信眾有了一間眞正的教堂，在維諾街靠近班尼提奧路的地方。這座教堂是用黃磚砌成的，有三個鴿灰色的拱頂，像帽子一樣，還有一間讓會眾交誼的地下室。在休息喝咖啡的時候，麥可・安東尼奧和泰喜談到聖十字架神學院的情形，還教她很多希臘正教不大為人熟知的層面。他告訴她說亞陀斯峰僧侶的事，說他們為了保持純潔，在他們那個島上的修道院裡不但不准有女人，連其他的動物也不准有母的。亞陀斯峰沒有母鳥，沒有母蛇，也沒有母狗和母貓。「對我來說有點太嚴格了。」麥可・安東尼奧說著，別有用意地對泰喜微微一笑。「我只想做個教區的教士，結婚生子。」他對我母親感興趣這件事，並不讓她驚訝。她自己很矮，也常有矮個子男人來請她跳舞，她不喜歡別人是因為她的身高而選上她，不過麥可・安東尼奧很堅持，而且很可能不是因為她是唯一比他矮的女孩子才追求她，很可能是因應泰喜眼中的需求，她非常希望能相信她能有點什麼而不是一無所有。

黛絲荻蒙娜抓住機會。「麥可是個很好的希臘男孩，很乖巧的男孩子，」她對泰喜說：「而且將來是個教士！」又對麥可・安東尼奧說：「泰喜的個子很小，可是身體很強壯。你猜她能端多少個盤子？麥可神父？」「我還不是神父，史蒂芬尼德太太。」「請問你，多少個？」「六個？」「你覺得只有六個？」她把兩手舉了起來：「十個！泰喜能端十個盤子，從來沒打破過。」

她開始請麥可・安東尼奧到家裡來吃週日大餐。這位神學院學生的出現，對泰喜產生了抑制作用，她不再上樓去上私人教授搖擺樂的課。密爾頓對這種新的發展大為不樂，在飯桌上就話裡帶刺：「我猜想在美國要當教士一定難多了，是吧？」

「什麼意思？」麥可・安東尼奧問道。

「我是說在老家的人都沒受什麼教育，」密爾頓說：「不管教士說什麼故事，他們都會相信。這裡就不一樣了。你可以去上學，學會自己思考。」

「教會並不想要大家不思考，」麥可毫不在意地回答道：「教會相信思考只能讓一個人到某個地步。思考終止處，就是神啓的開始。」

「Chrysostomos（金口玉言）！」黛絲荻蒙娜驚嘆道：「麥可神父，你眞是口出金言。」

可是密爾頓不肯罷休。「我倒覺得思考終止處，正是愚昧的開始。」

「人活著，密爾，」——麥可．安東尼奧開了口，仍然很客氣，很溫和——「就是會講故事。小孩子學會講話之後，最先說的是什麼呢？『跟我說故事。』我們就是這樣才明白我們是什麼人，我們是從哪裡來的。故事最重要不過。教會說些什麼故事呢？很簡單，就是聖經上的故事。」

我的母親在聽著他們辯論的時候，當然注意到這兩個追求她的人之間那樣強烈的對比。一方面是信仰；另外一方面是懷疑。一邊是仁慈；另一邊是敵意。一個是的確很矮卻長相討喜的年輕人，另外一個則是骨瘦如柴，長著青春痘，不用去當兵的男孩子，兩眼還有黑眼圈，像條餓狼。麥可．安東尼奧甚至沒有想到要親吻泰喜，而密爾頓卻用一支木管樂器把她引上歧途。降D和升A的音舔著她，就像是火舌一般，在她的膝彎，她的後頸，在她的臍下……細數這些讓她充滿羞慚。那天下午，密爾頓攔住她。「我給妳吹一首新歌，泰喜，今天才學會的。」可是泰喜對他說：「走開。」「怎麼了？怎麼回事？」「這……這……」——她想要說點很堅決的話——「這樣不好！」「妳上禮拜可不是這樣說的。」密爾頓揮著那根豎笛，調整著簧片，眨了下眼睛，最後泰喜終於說道：「我不想再那樣了！你懂不懂？別來煩我！」

那個夏天，後來的每個禮拜天，麥可．安東尼奧都到歐圖寄宿公寓去接泰喜。在他們走路的時候，他拿過她的皮包來，抓起背帶來甩著，假裝那是個香爐。「你得做得很正確，」他對她說：「要是你甩得不夠用力的話，鍊子會鬆脫，裡面的香會掉出來。」他們走在街上，我母親盡量不去理會因爲讓人看到她跟個甩皮包的男人一起而感到的尷尬。在吃冰的時候，她看著他先把餐巾塞進領口之後才開始吃聖代。不像密爾頓那樣把櫻桃丟進嘴裡，麥可．安東尼奧總把櫻桃給她吃。然後，送她回家，捏著她的手，很誠懇地正視著她的兩眼。「謝謝妳又給我一個愉快的下午。明天在教堂見。」然後他兩手背在身後，走了開去，一面在練習走路也像個教士。

在他走了之後，泰喜走進屋子裡，上樓到她房間去，躺在那張沙發床上看書。有天下午，她沒法集中精神，就沒再看下去，把書蓋住臉，就在這時候，外面有支豎笛開始吹奏起來。泰喜聽了一陣，動也沒動。最後，她的手抬起來，要把臉上的書拿開。可是始終沒有做到，那隻手在空中揮舞著，好像在指揮那首樂曲，然後，很理智，很無奈，很絕望地將窗子關上了。

「太好了！」幾天之後，黛絲荻蒙娜對著電話大叫道。然後，她把話筒貼在胸前。「麥可．安東尼奧剛向泰喜求婚！他們訂婚了！一等麥可念完神學院之後就結婚。」

「別一副太興奮的樣子。」柔依對她哥哥說。

「妳閉嘴好不好？」

「別跟我發脾氣嘛。」她說，對未來一無所知。「我可不會嫁給他。你得先殺了我。」

「要是她想嫁個教士，」密爾頓說：「就讓她去嫁個教士。去她媽的。」他滿臉通紅，從桌邊一躍而起，衝上了樓梯。

可是我母親為什麼會那樣做呢？她自己也無法解釋。什麼人會和什麼人結婚的原因並不是相關的人都能搞清楚的。所以我只能猜測，也許我母親從小沒有父親，想要嫁一個像父親的人。也可能她的決定很實際，她曾經問過密爾頓對他的生活有什麼規畫。「我想大概會接手我爹的酒吧。」除了所有那些對比之外，可能還加上了最後一項：酒保對教士。

很難想像我父親會因心碎而痛哭，很難想像他會不肯吃飯。也很難想像他會一而再，再而三地打電話到寄宿公寓去，最後歐圖太太說：「你好好聽著，寶貝，她不想跟你說話。知道了嗎？」「嗯！」——密爾頓用力吞嚥一口——「我知道了。」「海裡的魚還多的是。」所有這些事都很難想像，可是，事實上，就是發生了。

也許歐圖太太那句和海有關的比喻給了他靈感。泰喜訂婚一週之後，在一個起霧的禮拜二早上，密爾頓把他的豎笛從此收在一邊，走到凱迪拉克廣場，把他的童子軍制服換成另外一套制服。

「呃，我今天去了。」當晚吃飯時，他告訴家人說：「我申請入伍。」

「去當兵！」黛絲荻蒙娜驚嚇不已地說。

「這是幹什麼？」柔依說：「仗都快打完了，希特勒已經完了。」

「我不知道什麼希特勒的事。我要擔心的是日本軍艦，我進了海軍，不是陸軍。」

「你扁平足的問題呢？」黛絲荻蒙娜叫道。

「他們沒問我腳的事。」

我祖父對豎笛訴情的事像對所有的事一樣坐視不理，他知道那些事的重要性，可是認爲牽扯進去很不聰明，現在他怒視著他的兒子。「你是個很蠢的年輕人，你知道嗎？你以爲這是玩什麼遊戲嗎？」

「不是的，爹。」

「這是打仗。你以爲打仗是什麼好玩的事？是可以跟你父母開的大玩笑？」

「不是的，爹。」

「你會知道那是個什麼樣大玩笑的。」

「海軍！」黛絲荻蒙娜這時候還在悲嘆。「萬一你的船沉了怎麼辦？」

「看到你做的什麼好事了嗎？」拉夫提搖著頭。「你會讓你媽擔心得要死。」

「我不會有問題的。」密爾頓說。

拉夫提看著他的兒子，看到一個痛苦的景象：二十年前的自己，充滿了愚昧自大的樂觀主義。對他感到像矛刺穿身子的恐懼，他沒有別的辦法，只有憤怒地罵了出來。「那，好吧，去當海軍，」拉夫提說：「可是你知道你忘了什麼嗎？差點當上最高級童子軍的這位先生，」他指著密爾頓的胸口，「你忘了你始終沒有得到游泳獎章。」

世界新聞

我等了三天才再打電話給茱莉。那時候是夜裡十點，她還在她的工作室裡忙著。還沒有吃晚飯，所以我建議去吃點東西。我說我去接她。這回她讓我進了門。她的工作室亂成一團，亂得叫我害怕，但走了幾步之後就把這一切都忘了。我的注意力完全被我在牆上所看到的東西吸引住。五六張試印的照片釘在牆上，每一張都是一座化學工廠的景象。茱莉由起重機上面俯攝，因此讓人看起來有飄浮在煙囪和各種蜿蜒的管線上方的感覺。

「好，看夠了。」她說著把我推向門口。

「等一下，」我說：「我很喜歡工廠。我老家在底特律。這對我來說就像是安塞爾・亞當斯的作品。」

「你已經看到了。」她說著把我趕了出去，她的樣子很開心，有點窘，微笑著，卻很固執。

「我客廳裡有一張貝德和希拉・白契爾的作品。」我吹噓道。

「你有白契爾拍的照片？」她不再推我。

「是一座老水泥廠的照片。」

「哎，好吧。」茱莉說，她心軟了。「我拍工廠，這就是我拍的主題。這些是法賓集團[43]的工廠。」她皺起了眉頭。「我很擔心這是美國人在這裡會做的很典型的事。」

「妳是說，那是造成大屠殺的工業？」

「我沒看過那本書，不過正是如此。」

「如果妳一直就在拍工廠的話，我想那就不一樣了，」我對她說：「那妳不算是投機取巧。如果工廠就是妳攝影的題材，那妳怎麼能不拍法賓集團的工廠呢？」

「你覺得這樣沒問題嗎？」

我指著那幾張照片，「這些棒極了。」

我們沉默下來，彼此對望著，我想也沒想地往前俯過身去，輕輕地吻了茱莉的嘴唇。吻過之後，她把眼睛睜得很大。「我們剛認得的時候，我以爲你是個同志。」她說。

「想必是那套西裝的關係。」

「我的同志雷達完全失效了，」茱莉搖著頭說，「因爲是最後一站，所以我一直會懷疑。」

「最後什麼？」

「你從來沒聽過那種說法嗎？亞洲女孩是最後一站。如果一個男的是還沒出櫃的同志，他就會去找亞洲女孩子，因爲她們的身材比較像男孩子。」

「妳的身材不像男孩子。」我說。

這話讓茱莉很尷尬，她轉開了目光。

「有很多沒出櫃的男同志追過妳嗎？」我向她問道。

「大學裡有兩個，念研究所的時候有三個。」茱莉回答道。

對這點不能有別的反應，只有再吻她。

＊

要再回來說我父母的故事，就必須提起一件對希臘裔的美國人來說是很尷尬的舊事：邁可・杜卡吉斯乘著他的坦克車。你還記得嗎？就那一個畫面粉碎了我們讓一個希臘人入主白宮的希望：杜卡吉斯，戴了一頂過大的鋼盔，在一輛M41牛頭犬型坦克車上顛簸而行。想看來有總統的樣子，卻讓人覺得他像是個在遊樂場裡玩的小男孩。（每次有希臘人接近橢圓辦公室的時候，就會出問題。起先是安格紐的逃漏稅問題，然後又是杜卡吉斯坐坦克車的事。）在杜卡吉斯爬上那部裝甲車之前，在他脫下他的名牌西裝換上陸軍的操作服之前，我們——我是在替我的美籍希臘同胞發言，不管他們要不要我說——都有一種歡欣鼓舞的感覺。這個人是民主黨提名的美國總統候選人！他來自麻薩諸塞州，跟甘迺迪家一樣！他的宗教信仰比天主教更奇怪，但沒有一個人提這點。那年是一九八八年，也許時間終於到了，可以有什麼人——至少不是以前那個什麼人——當上總統了。看看民主黨全國大會的旗幟！看看所有富豪汽車的保險桿上的貼紙。「杜卡吉斯」，一個有兩個以上母音在內的名字，在競選總統！最近一次這種情形是艾森豪威爾（他在坦克車上就很好看）。一般說來，美國人喜歡他們總統的名字裡不超過兩個母音。杜魯門、詹森、尼克森、柯林頓。要是有兩個以上的母音（像雷根），就不能超過兩個音節。最好是一個音節和一個母音：布希。還來了父子兩個。爲什麼馬里奧・庫歐默決定不參選總統？他在考慮這件事的時候得到的是什麼結論？馬里奧・庫歐默不像邁可・杜卡吉斯來自文風鼎盛的麻薩諸塞州，庫歐默是紐約人，知道什麼是什麼。庫歐默知道他不可能會贏。在當時來說他太自由派，不錯。可是還有個原因，名字裡母音太多。

邁可・杜卡吉斯乘坐著坦克車，開向一群攝影記者，也開向他政治生涯的落日。儘管這個景象令人痛苦，我會提起來卻是有原因的。最重要的一點就是，我那位新入伍的父親，二等水兵密爾頓・史蒂芬尼德，在一九四四年秋天在加州海岸乘著一艘登陸艇時，正是那副模樣。像杜卡吉斯一樣，密爾頓看起來像只剩一頂鋼盔。像杜卡吉斯一樣，密爾頓下巴上的皮帶看來好像是他媽媽綁的。像杜卡吉斯一樣，密爾頓的表情流露出知道自己錯誤的樣子。密爾頓也不能在行進的舟車上下來，他也開向末路。唯一不同的是沒有攝影記者在場，因爲那是在半夜。

在加入美國海軍一個月後，密爾頓發現自己駐在聖地牙哥的科羅納多海軍基地。他是兩棲作戰部隊的一員，任務是將部隊運到遠東，協助他們搶灘。而密爾頓的工作——幸好到目前爲止還只在演習階段——是把登陸小艇由運輸艦的船邊放下去。一個多月以來，每週六天，每天十小時，他就一直在做這件事——在各種不同的海上狀況下把坐滿人的小艇放下去。

他不在放登陸小艇的時候，就是自己坐在小艇裡。一禮拜有三四個晚上要練習夜間登陸。這些事非常麻煩。科羅納多附近的海岸很危險，沒有經驗的舵手很難把船開向標註海灘所在的不同燈光，而通常會讓船觸礁。

雖然軍用鋼盔遮擋了密爾頓目前的視野，卻讓他看清楚了他的未來。那頂鋼盔重得像一顆保齡球，厚得像汽車的引擎蓋。你把鋼盔像頂帽子似地戴在頭上，可是那一點也不像帽子，和頭皮接觸的軍用鋼盔會把一些影像直接傳送到腦子裡。那些都是刻意把鋼盔設計得不讓你碰到的東西。比方說，子彈，還有榴彈。鋼盔讓你的頭腦不去想這些重要的現實問題。

而要是你是個像我父親那樣的人，你就會開始想著怎麼樣才能逃避這些現實。經過一禮拜的磨練之後，密爾頓發現他加入海軍是個可怕的錯誤。戰場上可能只比這種準備工作略少些危險。每天晚上都有人受傷，大浪讓人撞在船上，也有人跌下去就被捲到底下。上個禮拜，一個從奧馬哈來的孩子淹死了。

白天他們也訓練，穿著軍靴在海灘上玩美式足球以鍛鍊他們的兩腿，夜裡則是作戰訓練。密爾頓筋疲力盡，又暈船，和其他人一起像沙丁魚一樣地擠著站在那裡，背著沉重的裝備。他一直想做個美國人，現在他知道他的美國同胞是什麼樣子了。在窄小的艙房裡，他忍受著他們偏遠鄉下捉摸不定的個性和沒頭腦的談話。他們一起在小艇裡一待好幾個鐘頭，給撞來撞去，弄得滿身濕。半夜三四點才上床。然後太陽升起，又該一切從頭再來了。

他爲什麼加入海軍呢？爲了報復，爲了逃避。他想要報復泰喜，也想要忘了她，卻兩樣都做不到。軍中生活的無聊，永無休止的重複任務，排隊吃飯，上廁所，刮鬍子，完全不能讓他分心。整天排隊的結果是讓密爾頓想起他要避開的事，想到豎笛留下的痕跡，像一個火圈，印在泰喜泛紅的大腿上。或是想到范登布洛克，那個出生在奧馬哈而淹死在這裡的男孩子：他傷痕累累的面孔，海水從他斷掉的牙齒間漏出來。

現在小艇裡密爾頓周圍的人都吐了，在大浪裡十分鐘，那些水兵都彎下身子，把那天晚餐所吃的燉牛肉和洋芋泥全吐在有稜紋的金屬船板上。這並沒有引發什麼意見。嘔吐出來的東西在月光下呈現出怪異的藍色，也起著波浪，在每個人的靴子上來回沖刷。密爾頓抬起臉來，想要吸一點新鮮空氣。

小艇前後顚簸，搖晃，從浪頭上直落而下，艇身震動。他們已經接近陸地，浪更大了。其他的人調整裝備，準備進行攻擊演習，而水兵史蒂芬尼德也丟開了他鋼盔下的獨思。

「在圖書館裡看到的，」他身邊的水兵對另外一個說：「就在公布欄裡。」

「什麼樣的測驗？」

「入學測驗之類的，去安納波利斯海軍官校。」

「哎，還眞的呢，他們會讓幾個像我們這樣的人進安納波利斯海軍官校。」

「讓不讓我們進都沒關係。好的是，去考試的人就可以不參加訓練了。」

「你說的測驗是怎麼回事？」密爾頓插進嘴去問道。

那個水兵四下看了看，怕有別人聽到。「別說出去，要是所有的人都去報名，那就沒用了。」

「那是什麼時候呢？」

那個水兵還沒來得及回答，就傳來一陣很響的摩擦聲：他們又撞上岩石了。突然停下來使所有的人都往前傾倒。鋼盔彼此相撞；也有人碰破了鼻子。水兵們跌成一堆，前面的船板掉了下去。現在水灌進艇裡，班長在大聲叫嚷。密爾頓和其他所有的人跳進一團混亂之中——黑色的岩石，吸力很強的暗流，墨西哥啤酒的瓶子，受驚的螃蟹。

鏡頭轉回底特律，也是在黑暗中，我母親正在看電影。麥可．安東尼奧，她的未婚夫，已經回聖十字架神學院，現在她禮拜六就有空了。在老爺戲院的銀幕上，數字閃動……5……4……3……然後新聞影片開始，悶悶的喇叭聲響起。播報員開始報導戰況。整個戰爭期間都是那同一個播報員，所以現在泰喜都覺得好像認得他了似的；幾乎就像是家裡人。一週又一週地告訴她蒙哥馬利和那些英國人把隆美爾的裝甲部隊趕出了北非，而美軍部隊收復了阿爾及利亞，登陸西西里島。泰喜一面吃著爆米花，一面看著時間月月年年地過去。新聞影片有如旅行日記，起先集中在歐洲。坦克車開進小小村莊，法國女孩子在陽台上揮舞手帕，法國女孩子看起來好像沒有經歷過戰事；她們穿著漂亮的蓬蓬裙，白短襪，還戴著絲圍巾。男人都沒有戴貝雷帽，這點讓泰喜很驚訝。她一直想去歐洲，並不那麼想去希臘，而是想去法國和義大利。泰喜在看那些新聞片的時候，注意的不是炸毀的建築物，而是路邊的咖啡座，噴泉，還有鎮定自若的小狗。

兩個禮拜以前，她看到盟軍光復了安特衛普和布魯塞爾。現在，注意力轉移向日本，景觀也改變了。新聞片中出現了棕櫚樹和熱帶島嶼。這天下午，銀幕上出現了日期：「一九四四年十月」，而播報員播報道：美軍部隊準備對太平洋作最後進攻，道格拉斯．麥克阿瑟將軍誓言要達成他「我會再回來」的承諾，檢閱他的部隊。那段影片拍的是海軍立正站在甲板上，或是把炮彈裝塡進大砲裡，或是在海灘上打鬧，向家鄉的父老揮手致意，而在觀眾群裡，我的母親發現自己在做一件瘋狂的事：她在尋找密爾頓的面孔。

他畢竟是她的表弟，對吧？她會替他擔心也是很自然的事。他們並沒有眞正戀愛，可是終究有過不太成熟的感情，有點迷戀或動情。不像她和麥可之間的關係。泰喜在位子上坐直了身子，拿好在她懷裡的皮包。她像個已經訂婚而準備結婚的年輕淑女似地端坐著。可是等新聞影片播完，電影開始，她就忘了要做大人。她癱坐在座位上，還把兩腳蹺到前面椅背上。

也許那天所放映的片子不很好，要不也可能是她最近電影看得太多了——她一連看了八天——不過不管是什麼原因，泰喜就是不能集中精神。她一直在想著不知道密爾頓有沒有出事，他有沒有受傷，或者，老天不容，他若是一去不回了——那是不是該怪她。她可沒叫他去加入海軍。如果他當時問她的話，她就會勸他不要去。可是她知道他這樣做是爲了她，這有點像是由克勞迪・巴農主演的《情斷黃沙》，那是她在兩三個禮拜前看過的一部電影。在那部片子裡，克勞迪・巴農加入外籍兵團，就因爲麗塔・卡蘿嫁給了另外一個男人。另外那個男的結果是個騙子和酒鬼，所以麗塔・卡蘿離開了他，前往克勞迪・巴農和阿拉伯人作戰的沙漠。等麗塔・卡蘿到了那裡的時候，他卻因爲受傷而住進了醫院，其實那也不是眞正的醫院，只是一個帳篷。她告訴他說她愛他，而克勞迪・巴農說：「我到沙漠裡來是爲了要忘了妳，可是沙是妳頭髮的顏色，沙漠的天空是妳眼睛的顏色。我去的地方沒有一個不是妳。」然後他就死了。泰喜哭得一塌糊塗，她的睫毛膏都流下來，把她罩衫的領子都弄髒了。

夜間訓練和禮拜六下午看電影，跳進海裡和靠躺在戲院座位上，擔心和後悔和希望和想要忘記——不管怎麼樣，說得實在一點，在戰時大家做得最多的事就是寫信。爲了支持我個人的想法，認爲眞實生活並不像描寫的那樣，我家裡的人似乎把他們大部分的時間都花在通信上。麥可・安東尼奧在聖十字架神學院裡每禮拜寫兩封信給他的未婚妻。他的信都用淺藍色的信封寄來，信封左上角還印著班哲明主教的頭像，在裡面的信箋上，他的筆跡和他的聲音一樣，很女性化而整齊。「在我授任之後，他們第一個最可能讓我們去的地方會是希臘的某個城市。納粹離開之後，那裡有很多重建工作要做。」

在她那對莎士比亞書擋下的書桌上，泰喜很忠實地寫回信，雖然寫來並不完全眞實。她大部分的日常活動似乎不夠貞淑得說給當神學院學生的未婚夫聽。所以她開始給自己編造一個規矩得多的生活。「今天早上柔依和我到紅十字會去當志工。」我母親寫道，其實她一整天都在福斯戲院裡，吃著糖果。「他們要我們把舊床單剪成一條條的當繃帶用。你應該看我拇指上的水泡，好大一個。」她並不是一開始就這樣大量虛構。起先泰喜很誠實地記載她的日常生活。可是麥可・安東尼奧在一封信裡說：「電影是一種很好的娛樂，可是國家正在打仗，我覺得這不是妳消磨時間的最好方法。」在那之後，泰喜就開始編起故事來。她以告訴自己說這是她能自由的最後一年來讓她的說謊合理化。到明年夏天，她就會成爲一個教士的妻子，住在希臘的什麼地方了。爲了減輕她的不誠實，她把所有的榮譽都不放在自己身上，在信裡寫滿了對柔依的誇讚。「她一個禮拜工作六天，禮拜天一大早就起來，精神奕奕地陪特索塔吉斯太太上教堂——可憐的老太太九十三歲了，連路都走不穩。柔依就是這樣，永遠在爲別人著想。」

同時，黛絲荻蒙娜和密爾頓也在彼此通信。在去當兵以前，我父親曾經答應過他母親說他最後要學會希臘文。現在，在加州，晚上躺在營房的床上，腰痠背痛得幾乎動彈不得，密爾頓查著一本希英字典來拼湊出他的海軍生活報告。可是不管他多專心，等到他的信寄到霍爾伯特街時，還是會有好多翻譯的問題。

「這是種什麼紙？」黛絲荻蒙娜拿著一封看起來像瑞士乳酪的信問她丈夫。軍方的信件檢查像老鼠一樣在黛絲荻蒙娜還沒看到之前，先把密爾頓的信咬嚙過。他們咬掉所有提到「進攻」的字句，所有提到「聖地牙哥」或「科羅納多」的字句，吃掉整段形容海軍基地，還有停泊在碼頭的驅逐艦和潛水艇等等的字句。因為負責檢查的人希臘文比密爾頓還爛，經常會弄錯，連親熱和問候的話都刪節掉了。

儘管密爾頓的信上有那麼多缺口（文義上的和實際上的），我的祖母還是了解到他處境的危險，在他寫得很難看的字跡中，她看出她兒子的手因為越來越焦慮而顫抖。在他的文法錯誤裡，她感受到他話中的恐懼。那張信紙本身也讓她很害怕，因為看來就像炸成了碎片。

不過水兵史蒂芬尼德倒是盡了全力來防止受傷。在一個禮拜三的早上，他到圖書館去報到，參加美國海軍官校的入學考試。在接下來的五個小時裡，每次他在試卷上作答途中抬起頭來的時候，都看到他的袍澤弟兄在酷熱的太陽下做著體操，就忍不住微笑起來。他那些弟兄在外面被烈日燒烤的時候，密爾頓卻坐在吊扇下，做著一道數學的證明題。他們被迫在沙灘上跑來跑去的時候，密爾頓卻在看著一段由一個叫卡萊爾[44]的人所寫的文章，回答後面的問題。而今晚，他們在岩石上撞得七葷八素的時候，他卻會在自己床上睡得沉沉的。

到了一九四五年初的幾個月裡，每個人都在想辦法逃避責任。我母親去看電影以規避慈善義工。我父親參加考試來規避操練。可是在這方面，我的祖母卻是更向上天許願。

三月份的一個禮拜天，她在禮拜儀式開始之前就到了聖母升天教堂。她走進一個壁龕，到聖克里斯多夫的聖像前提出一個交易。「求求祢，聖克里斯多夫，」黛絲荻蒙娜吻了下自己的手指尖，再用指尖觸著那位聖人的額頭，「如果祢能保佑密爾頓在打仗的時候平安無事，我就會要他承諾回到俾斯尼奧斯去重修教堂。」她抬眼望著聖克里斯多夫，那位小亞細亞的殉道者。「要是土耳其人摧毀了那裡，密爾頓會去重建。如果那裡只要重新油漆粉刷，他就會去油漆粉刷。」聖克里斯多夫是個巨人，他有一根杖，渡過一條湍急的河水，背上背著是孩子的基督，可是那是有史以來最重的一個小孩，因為他手裡還抱著這個世界。在海上的危險中，還有哪個聖人更能保護她的兒子呢？在那點著油燈的陰暗空間裡，黛絲荻蒙娜祈禱著，她的嘴唇蠕動，說出所提的條件：「如果可能的話，聖克里斯多夫，我也希望密爾頓能免於受訓，他告訴我說訓練非常危險，他現在都用希臘文跟我寫信了，聖克里斯多夫，不是很好，可是還過得去。我也要他答應給教堂添幾排椅子，而且，如果祢喜歡的話，添幾塊地毯。」她沉默下來，閉上眼睛，在胸前畫了好幾次十字，等著一個答案。然後她的背突然挺直了。她睜開眼睛，點了點頭，微微一笑。她吻了下指尖，把指尖觸了下聖像，然後匆匆趕回家去把好消息寫信告訴密爾頓。

「哦，還眞的呢，」我父親在收到那封信時說：「聖克里斯多夫來救我。」他把那封信夾進那本希英字典裡，一起拿到那座半圓錐形活動房屋後面的焚化爐去。（我父親的希臘語文課程於焉告終。雖然他後來還繼續和他父母說希臘話，但再也沒能用希臘文寫什麼，而且等到他老一點的時候，更是連最簡單的字是什麼意思都忘記了。最後他能說的比十一章和我都還少，而我們幾乎等於什麼都不會。）

密爾頓會說那種挖苦話，在當時的情況下是可以了解的。就在前一天，他的指揮官在即將發起的攻擊行動中指派密爾頓一個新任務。這個消息，像所有的壞消息一樣，起初一時聽不清楚，就好像指揮官的話，他對密爾頓所說的每一個字，都被情報單位的人給弄亂了一般。密爾頓當時敬了個禮，退了出來，他繼續走到海灘上，仍然未受到任何影響，那個壞消息相當謹愼地讓他擁有最後的片刻寧靜。他看著日落，欣賞岩石上有如中立的瑞士般的海豹。他脫掉靴子，感受沙子貼在腳上的感覺，好像這世界是他剛剛才開始生活的地方，而不是他就要離開的所在。可是接著裂縫出現了。在他頭頂上裂了開來，那個壞消息就從縫裡倒了進去；他的膝蓋抖動著，突然之間密爾頓不能再加以阻攔。

三十八秒鐘。這就是那個壞消息。

「史蒂芬尼德，我們要把你調去當信號兵，明早七點整向B大樓報到。解散。」這就是指揮官說的話，如此而已。這事其實並不意外。在接近攻擊發起的時候，突然有大量信號兵受傷。很多信號兵在值班當伙夫時切掉了手指。很多信號兵在清槍的時候打傷了自己的腳，夜間訓練時，很多信號兵自己往岩石上撞。

信號兵的預期壽命是三十八秒。登陸時，信號兵史蒂芬尼德會站在小艇前方，他要操作一種燈，以摩斯電碼來打出閃光信號。這種燈非常之亮，守在岸上的敵軍能看得一清二楚。他現在脫掉靴子站在海灘上想的就是這件事。他想著他再也不能接管他父親開的酒吧，想著以後再也見不到泰喜了。因爲再過幾個禮拜，他就要站在小艇前方，暴露在敵人的炮火中，拿著一盞很亮的燈。至少，會有那麼一下子。

沒有包含在世界新聞裡的：一個我父親的運兵船離開科羅納多的海軍基地，向西航行的鏡頭。在老爺戲院裡，泰喜．齊思莫把腳抬著不碰黏黏的地板，看著銀幕上出現一道弧行的箭頭橫過太平洋。美國海軍第十二號艦隊前進攻進太平洋，播報員說：最後的目的地：日本。一個箭頭由澳洲伸出來，經過新幾內亞指向菲律賓，另一個箭頭從所羅門群島射出，還有一個來自馬里亞納群島。泰喜以前從來沒聽說過這些地名，可是現在箭頭繼續前進，伸向其他她也沒聽過的島嶼——硫磺島，琉球——每個都有太陽旗。這些箭頭從三面向日本集中，那裡也只是幾個島而已。就在泰喜把地理位置弄清楚時，新聞片轉成了拍攝的實景影片。一隻手敲響警鐘；好多水兵從床上一躍而起，快步跑上樓梯，就戰鬥位置。然後看到了他——密爾頓——跑過那艘船艦的甲板！泰喜認出了他瘦瘦的胸部，那對像浣熊的眼睛。她忘了地板是黏的而把兩腳放下。在新聞片裡那艘驅逐艦的炮火沒有聲音，而在半個地球之外，在那個裝潢雅致的老式戲院裡，泰喜．齊思莫卻感受到後座力。戲院裡上座大約五成，大部分是像她一樣的年輕婦女，她們也因爲情緒的影響在吃糖果；她們也在粒子很粗的新聞片裡搜尋著未婚夫的面孔。空氣裡瀰漫著汽水、香水和帶位員在大廳裡抽菸的味道。大部分的時間裡，戰爭只是一件很抽象的事，發生在別的地方，只有在這裡，有四五分鐘的時間，擠在卡通和正片之間，戰爭變得很實在。也許是因爲身分的模糊，人數的眾多，對泰喜產生了影響，像辛那屈的歌似地引發了那種歇斯底里的情緒。不論到底是什麼原因，在戲院裡暗如臥房的燈光中，泰喜．齊思莫讓自己回憶起那些她一直試著忘掉的事情。一支豎笛像支攻擊部隊似地順著她光裸的腿往上探，朝她的島嶼帝國畫出箭頭，而她在這時候才發現她那個帝國給錯了人。放映機投射出閃動的光柱，穿透她上方的黑暗時，泰喜向自己承認她不想嫁給麥可．安東尼奧。她不想做一個教士的妻子，也不想搬到希臘去。當她看著新聞片裡的密爾頓時，她的眼中充滿了淚水，她大聲地說：「我去的地方沒有一個不是你。」

其他的觀眾對她發出噓聲，新聞片裡的那個水兵朝鏡頭走來——而泰喜發現原來那個人不是密爾頓。可是這一點關係也沒有。她已經看到了她所看到的。她站起身來走了出去。

就在同一天下午，在霍爾伯特街，黛絲荻蒙娜正躺在床上。從郵差又送來一封密爾頓的來信之後，她已經在床上躺了三天了。那封信不是希臘文，而是用英文寫的，必須由拉夫提來翻譯。

父母親大人：

這是我能寄給你們的最後一封信。（對不起，媽，沒能用家鄉話寫，可是目前我有點忙。）上面不讓我多說是怎麼回事，我只想捎個信告訴你們說不用替我擔心。我正要去一個安全的地方。爸，把酒吧顧好了，戰事總有結束的一天，我希望能進來做家傳的生意。叫柔依別進我的房間。

獻上愛與歡笑。

密爾

這封信和以前的都不一樣，寄到的時候完整無缺，連一個洞也沒有。起先黛絲荻蒙娜覺得開心，然後她才想到是怎麼回事。現在不需要再保密。攻擊行動已經開始了。

這時候，黛絲荻蒙娜從廚房桌子邊的座位上站了起來，一臉帶著勝利的落寞神情，做出一個很可怕的宣告：

「神給了我們應得的審判。」她說。

她走進客廳，在經過時整理了一下沙發墊子，然後爬上樓梯到臥房去，脫下衣服，換上睡袍，也不管那時候才早上十點。然後，是她懷了柔依之後的第一次，也是二十五年後爬上床後不再起來之前的最後一次，我的祖母決定留在床上。

她在床上躺了三天，只起來上廁所。我祖父怎麼樣也沒法哄她下床。第三天早上他上班之前，端了些食物上去，是一碟蕃茄燒白豆和麵包。

大門上響起敲門聲的時候，那些食物仍然放在床邊小几上，動也沒動。黛絲荻蒙娜沒有起床應門，只拿過一個枕頭蓋在臉上。儘管這樣蓋住，她仍然能聽見敲門聲持續不斷。過了一下之後，大門打開了，最後有腳步聲一路走上樓梯，進了她的房間。

「黛絲阿姨？」泰喜說。

黛絲荻蒙娜沒有動彈。

「我有件事要跟妳說，」泰喜繼續說道：「我要讓妳第一個知道。」

在床上的那個身影仍然動也不動。但是，黛絲荻蒙娜的身子突然警覺的樣子讓泰喜知道她正醒著，而且在聽她說話。泰喜吸了口氣，宣布道：「我要取消婚禮。」

一片沉寂。黛絲荻蒙娜緩緩地把蓋住臉的枕頭挪開，伸手到床邊小几上把眼鏡拿過來戴好，然後在床上坐了起來。「妳不想嫁給麥可嗎？」

「不想。」

「麥可是個很好的希臘男孩子。」

「我知道他是，可是我不愛他，我愛密爾頓。」

泰喜以爲黛絲荻蒙娜會有震驚或憤怒的反應，可是她沒想到我祖母好像沒聽到她的自白。「妳不知道這件事，可是密爾頓先前曾經要我嫁給他，我說不要。現在我打算寫信給他說我願意嫁他。」

黛絲荻蒙娜微聳了下肩膀。「妳愛寫什麼就寫什麼，親愛的，密爾頓不會收到的。」

「這並不違法什麼的。表兄妹都能結婚，何況我們是姨表姊弟。密爾頓查過各種規定。」

黛絲荻蒙娜又聳了下肩膀。她因爲擔心而筋疲力盡，又遭到聖克里斯多夫的背棄，她不再反抗這種本來就不是命定卻終會到來的事。「要是妳和密爾頓結婚，那我祝福你們。」她說。然後，在致上她的祝福之後，她又躺回枕頭上，對生活的痛苦閉上了眼睛。「願上帝讓妳永遠不會有個死在海上的孩子。」

在我們家裡，婚禮宴上好像總少不了喪禮的菜。我祖母之所以同意嫁給我祖父，是因爲她以爲自己不可能活著看到那場婚禮。而我祖母在那樣努力暗中破壞我父母的婚姻之後會給予祝福，只因爲她認爲密爾頓活不過這個禮拜。

在海上，我父親也有同樣想法。他站在運兵船的船頭，望著海上和他即將面臨的結局，他並沒想到祈禱或跟上帝把帳算清楚，他感覺到前面的空無，但他並沒有以人的願望來加溫。那空無就像伸展在船艦四周的海洋一樣廣大而寒冷，而在空無中，密爾頓最能感受到的是他雜亂的思想。在海的那一邊，是那顆會結束他生命的子彈，說不定已經在那支會向他開火的日本槍裡上了膛；也可能還在子彈帶裡。他才二十一歲，皮膚很油，喉嚨突出。他想到自己爲了一個女孩子離家打仗實在很愚蠢，可是他馬上又把這個念頭收回，因爲對方並不是隨便哪個女孩子；而是狄奧多拉。就在她的面容出現在密爾頓的腦海中時，一個水兵拍了下他的背。

「你在華盛頓認得什麼人嗎？」

他把一張立即生效的調職令交給我父親，要他到安納波利斯的海軍官校報到，那次的入學測驗，我父親得到九十八分。

每齣希臘戲劇都需要一位「解圍之神」[45]，我的這一位是以高空作業坐板的形式出現，將我父親從運兵船的甲板上接走，帶他由空中轉到一艘開回美國本土的驅逐艦甲板上。他由舊金山再乘坐高級的臥車到安納波利斯，註冊成爲官校學生。

「我告訴你聖克里斯多夫會讓你不用上戰場的吧。」黛絲荻蒙娜在他打電話回家報告這個消息時興高采烈地說。

「的確是。」

「現在你得把教堂修建好。」

「什麼？」

「教堂，你得修建教堂。」

「當然，當然。」海軍官校生史蒂芬尼德說，他甚至很可能眞有這個意思。他對自己能活著還能有未來的事心懷感激。可是不是有這個事就是有那個事，密爾頓一直沒有去俾斯尼奧斯，不到一年的時間，他結婚了；後來，當了爸爸。戰爭結束了。他由安納波利斯的海軍官校畢業，打了韓戰。最後他回到底特律，做起家傳的生意。黛絲荻蒙娜不時提醒她的兒子早該向聖克里斯多夫還願，可是我的父親總能找到藉口不去做這件事。他的拖延會引來災難，如果你眞相信這種事情的話，有時候我那希臘的血統影響大時，就會相信。

我父母在一九四六年六月結婚。麥可・安東尼奧爲了表現寬宏大量而參加了婚禮。他現在已經是正式授任的教士，模樣很神氣而仁慈，但婚宴進行到第二個小時，就可以很清楚地看到他整個垮了。他在筵席上喝了太多香檳，等到樂隊開始演奏時，他就去找除了新娘之外最好的那個：伴娘，柔依・史蒂芬尼德。

柔依低頭看他——大約有一呎的距離。他請她跳舞。等她會意過來時，他們已經在舞池裡了。

「泰喜在她的信裡跟我講了好多妳的事。」麥可・安東尼奧說。

「我希望不是什麼壞事。」

「正好相反。她告訴我說妳是多好的一個基督徒。」

他的長袍遮住了他的小腳，讓柔依很難跟上。旁邊，泰喜正和穿著白色海軍軍服的密爾頓跳舞。在這兩對錯身而過時，柔依裝出很滑稽的鬼臉瞪著泰喜，無聲地說：「我要殺了妳。」可是就在這時候，密爾頓帶著泰喜一個轉身，兩個情敵正好面對面。

「嗨，你好，麥可。」密爾頓客氣地說。

「現在是麥可神父了。」那個追求失敗的人說道。

「升遷了嗎？恭喜，我想我可以放心讓你和我妹妹在一起。」

他抱著泰喜舞了開去，她帶著默默的歉意回望他們。柔依很清楚她哥哥有多討人厭，不禁爲麥可神父難過。她建議他們去吃點結婚蛋糕。

Ex Ovo Omnia

現在，再重新整理一下：蘇美莉娜・齊思莫（娘家舊姓是帕帕狄亞曼多波洛斯）不僅是我的表姨婆，也是我外婆。我父親是他自己母親的侄兒，是他父親的外甥。黛絲荻蒙娜和拉夫提除了是我的祖母和祖父之外，也是我的姑婆和舅公。我父母則也是我的表舅和表姨，十一章不但是我的哥哥，也是我的表哥。史蒂芬尼德的家系圖在路思博士的《常染色體之隱性遺傳》中更清楚，只是我想你不會有興趣，我只集中在這個基因最後幾代的遺傳上。現在我們已經差不多要講到了。爲了紀念我念初二時的拉丁文老師芭瑞小姐，我要請大家注意前面的引文：ex ovo omnia。我站起身來（每次芭瑞小姐走進教室，我們都要起立），聽見她問：

「小朋友？有誰能翻譯這小小一句，說說它的出處？」

我舉起手來。

「卡莉歐琵，我們的才女，先開始。」

「這是出自奧維德的《變形記》。講創世的故事。」

「太棒了，妳能不能爲我們翻成英文？」

「一切出自於一個卵。」

「小朋友，你們聽見沒有？這間教室，你們活潑的面孔，甚至於我桌上那尊西賽羅的像——全都是出自於一個卵。」

*

多年來費洛波西恩大夫在餐桌上所談的祕辛中（除了做母親的想像力所帶來的可怕影響之外）有所謂十七世紀的預成說理論。一些預成說學者，名聲有高有低——斯帕蘭扎尼[46]、斯瓦姆默丹[47]，列文胡克——相信全人類從創世開始就極其微小地存在於亞當的精子或夏娃的卵子裡，就像俄羅斯娃娃似地一個套在一個裡面，這一切都始於斯瓦姆默丹用一把手術刀剖開了某種昆蟲的外殼皮層，哪種昆蟲？呃……是節肢動物門的。拉丁名是什麼？好吧，告訴你：Bombyx mori。一六六九年斯瓦姆默丹用來做實驗的不是別的，就是一條蠶。在一群學者觀眾眼前，斯瓦姆默丹割開蠶的皮層，露出裡面小小的蛾形，從吻到觸角到折起的翅膀，一應俱全。預成說的理論於焉誕生。

同樣的，我也喜歡想像我哥哥和我從世界最起始時就一起乘著我們的卵筏漂流。各在一個透明的膜裡，各自等著他或她（在我則是兩者都有）的誕生時刻。十一章，老是那樣沒精神，二十三歲就禿了頭，使他成爲一個非常完美的 homunculus（古代醫學認爲存在於精液內的極爲微小的人）。他那明顯的頭蓋骨顯示他未來的精於數學與機械。他那不健康的蒼白臉色顯示他會得到孔羅氏症[48]。緊貼在他旁邊的是我，他有段時間裡的妹妹，我的臉已經是個謎，像透鏡上的花飾在兩個形象之間閃動：一個是我當初那黑眼睛的漂亮小女孩；另外一個則是我今天這樣一個嚴肅，有鷹鉤鼻，像羅馬錢幣上人頭的男人。我們就這樣漂流著，我們兩個，從剛有世界的時候開始，等著我們出場的訊號，看著一場場好戲。

比方說：密爾頓．史蒂芬尼德於一九四九年由安納波利斯的海軍官校畢業。他的白帽子飛上空中。他和泰喜隨部隊駐在珍珠港，他們住在一棟簡樸的軍眷宿舍裡，我二十五歲的母親被太陽曬傷，從此再沒穿過泳裝。一九五一年，他們調到維吉尼亞州的諾福克。這時候，在我隔壁的十一章的卵囊開始振動。不過，他還是留在這裡看到南北韓的衝突，史蒂芬尼德少尉在一艘獵潛艦上服役。我們看到密爾頓的成人性格在這幾年裡形成，漸漸成為我們未來父親那個正經八百的個性。就因為美國海軍，密爾頓．史蒂芬尼德從此以後頭髮都從正中分，也養成用他的襯衫袖子擦亮皮帶環的習慣，他那「是，長官」和「井井有條」的要求，以及到購物中心我們必須把手錶對好時間的堅持。戴著他那頂有銅製海軍軍徽的少尉軍帽，密爾頓．史蒂芬尼德遠離了他的童子軍時代，海軍使他愛上航海和厭惡排隊。甚至他對政治的看法也在那時開始成形，反對共產主義和對俄國人的不信任。去過非洲和東南亞，讓他更相信各種族在智商上有差異。他長官社交上的勢利，使他討厭東部的自由派和長春藤盟校出身的人，也因為他愛上了布魯克兄弟牌的服飾他對便鞋和棉布短褲的喜好也漸漸養成。在我們出生之前，對我們父親的這一切都瞭如指掌，然後我們忘記了，必須從頭再去了解。等韓戰在一九五三年結束後，密爾頓再次駐在諾福克，到了一九五四年三月，我父親正在考慮他的未來，十一章向我擺擺手道再見，舉起兩臂，順著滑水道溜下去進入世界。

剩下我一個人。

在我出生前那幾年裡發生的大事：和柔依在我父母的婚禮上跳過舞之後，麥可神父不屈不撓地追求了她兩年半。柔依並不想嫁給信仰那樣虔誠的人，也不想嫁個那樣矮小的人。麥可神父向她求了三次婚，每次她都加以拒絕，要等有更好的人來。可是一直沒有，最後，她覺得別無選擇（而且黛絲荻蒙娜始終覺得嫁給一個教士是件很好的事而百般慫恿），柔依終於屈從。在一九四九年，她嫁給了麥可神父，不久之後就搬到希臘去住。她在那裡生了四個兒女，也就是我的表兄弟姊妹，而且在那裡住了八年。

在底特律，一九五〇年，黑人區給鏟平了，建造一條高速公路。伊斯蘭國現在的總部設在芝加哥的第二號神廟，有了一個新的神職人員，名叫馬爾科姆．艾克斯[49]。一九五四年冬，黛絲荻蒙娜首次開始談到哪天要退休到佛羅里達州去。「他們在佛羅里達有個城市，你知道叫什麼嗎？叫新斯麥納灘！」到了一九五六年，底特律的最後一線電車停駛，派卡德汽車廠關門。同一年，密爾頓．史蒂芬尼德厭倦了軍旅生活，離開了海軍，回家來圓他的舊夢。

「做點別的吧。」拉夫提．史蒂芬尼德對他兒子說。他們當時在斑馬房裡喝著咖啡。「你去上海軍官校只爲當酒保？」

「我不想當酒保，我想開餐廳。開連鎖餐廳。這裡是個開始的好地方。」

拉夫提搖了搖頭。他往後一靠，兩手伸開，指著整個酒吧。「這不是個開始什麼事業的地方。」他說。他的話很有道理。儘管我祖父很勤勉地倒酒和擦櫃檯，那間坐落在平格里街上的酒吧已經失去了光采，那張舊的斑馬皮仍然釘在牆上，卻已經乾裂了。香菸的煙把鑽石形的白鐵天花板熏黑了。這麼多年來，斑馬房吸取了在汽車工廠做事的客人所散發出來的一切。這個地方聞起來有他們的啤酒和髮油的味道，還有他們工作上的苦惱，磨損的神經，他們那一行的工會主義。周遭的環境也改變了。我祖父的酒吧在一九三三年開張的時候，那個地區住的都是中等階級的白人，現在變得窮多了，而且黑人越來越多。在那看不見的因果關係中，一旦第一家黑人搬到那條街上，周圍的白人馬上開始賣房子。房子的供過於求打壓了房地產的價錢，讓更窮的人搬了進來，犯罪隨著貧窮而來，因爲犯罪增加，搬家的卡車來得更多。

「生意大不如前了，」拉夫提說：「要是你想開間酒吧的話，試試希臘城，或是伯明罕。」

我父親把這些反對意見放在一邊。「也許酒吧的生意不那麼好，」他說：「那是因爲這附近酒吧太多的緣故，競爭太大。這一帶需要的是一間像樣的餐館。」

「赫丘力熱狗」（商標已註冊）在巓峰時期號稱在密西根州、俄亥俄州和佛羅里達州東南部共有六十六家連鎖店——每家餐館大門口都有那著名的「赫丘力墩」[50]——可以說是始於一九五六年二月一個下雪的早晨，我父親到「斑馬房」來開始裝修的時候。他所做的第一件事就是拆掉前面窗子裡已經鬆垮的百葉窗，讓裡面更爲明亮，他把室內漆得雪白。他利用退伍軍人創業貸款，把那個吧台改裝成一個小餐館的櫃檯，弄了一間小廚房。工人在對面牆前做了很多有紅色塑膠椅面的隔間雅座，再用齊思莫的那張斑馬皮重新包裝舊的高腳凳。有一天早上，兩個搬運工人把一架自動點唱機抬進了大門。在釘錘搥打而空氣中充滿了鋸木屑時，密爾頓本人則在忙著看拉夫提隨便收在收銀機下面一個雪茄菸盒裡的文件和各種契約收據。

「這些是什麼鬼東西？」他問他的父親：「你這個地方買了三個保險？」

「保險絕不嫌多，」拉夫提說：「有時候有的公司不肯認賠，最好能有把握一點。」

「有把握？每份保險都超過這個地方所值的錢。我們在付這麼多保險費？浪費錢嘛。」

到目前爲止，拉夫提都讓他兒子隨心所欲地做各種改變，可是現在他不肯讓步了。「聽我說，密爾頓。你沒有碰到過火災，你不知道那會是什麼情況。有時候在大火裡，連保險公司也燒掉了。那你怎麼辦？」

「可是三個——」

「我們需要三個保險。」

「就隨他高興吧，」那天晚上泰喜對密爾頓說：「你的父母親經歷了很多事。」

「他們的確是經歷了很多事，可是得一直付這些保險費的人是我們呀。」不過，他還是聽了他妻子的話，三個保險都保留下來。

我小時候記憶中的「斑馬房」：那裡到處都是假花，黃色的鬱金香，紅色的玫瑰，矮樹上結著蠟做的蘋果。塑膠的雛菊由茶壺裡伸出來；蒲公英從瓷牛的肚子裡冒起。阿提．蕭和平．克勞斯貝的照片掛在牆上，旁邊有手寫的標語：來一杯好的酸橙利克酒！還有我們的法國土司是全城之冠！還有密爾頓的照片，把櫻桃放在奶昔上，或是像市長似地親吻某人的小小孩。也有兩位眞正市長的照片，密瑞安尼和卡瓦南。偉大的右外野手艾爾．卡林，在到老虎球場去練球的路上到店裡來了一下，在他自己的大頭照上簽著：「給我的哥兒們密爾，蛋做得棒極了！」佛靈特街一座希臘正教教堂失火焚毀之後，密爾頓開車趕去，搶救下一扇倖免於難的彩色玻璃窗。他把那片玻璃掛在那排隔間雅座上方的牆上。雅典娜牌的橄欖油罐子排放在前面的窗口，旁邊是一尊唐尼采諦[51]的半身像。所有的東西都混在一起：老式的檯燈旁邊是艾爾·格列柯[52]畫作的複製品，一對水牛角掛在美神雕像的脖子上。咖啡機上方，有一排瓷偶排在架子上：巨人保羅·班揚[53]和藍色公牛貝貝[54]、米老鼠、天王宙斯，還有菲力貓。

我的祖父想要幫忙，有天開車出去，帶了五十個盤子回來。

「我已經訂了盤子，」密爾頓說：「是向餐具供應商那裡訂的，分期付款，只收百分之十的頭期款。」

「你不要這些？」拉夫提一臉失望的表情。「好吧，我退回去。」

「嗨，爸，」他的兒子追著他叫道：「今天你就休息吧，這裡的事我來處理。」

「你不需要幫忙？」

「回家吧，讓媽給你做中飯。」

拉夫提照他說的走了。可是車子開到西大街上時，他覺得自己沒人要似的，正好經過羅薩曼醫藥及醫療器材行——一家櫥窗很骯髒的店鋪，大白天還閃亮著霓虹燈——他感到舊有的誘惑蠢蠢欲動。

到了禮拜一，密爾頓的新餐館開張了，他在清晨六點開始營業，新雇了兩名員工，伊蓮妮·帕帕尼可拉斯，穿著用她自己的錢買的女侍制服，還有她的丈夫，當快餐廚子。「記住了，伊蓮妮，妳的收入主要是靠小費，」密爾頓向她精神訓話，「所以要微笑。」

「對誰笑？」伊蓮妮問道。因爲儘管每個隔間雅座都裝點了插著紅色康乃馨的小花瓶，儘管有印著斑馬花紋的菜單、紙本、火柴和餐巾紙，「斑馬屋」裡卻是空蕩蕩的。

「自作聰明。」密爾頓說著笑了起來。伊蓮妮嘲弄的話並不讓他不爽。他都算計好了。他找到了他的需要，正在加以滿足。

爲了節省時間，我現在給你一段常見的蒙太奇。我們看到密爾頓招呼他的第一批客人。我們看見伊蓮妮給他們端來炒蛋。我們看到密爾頓和伊蓮妮退後站好，咬著下唇。可是現在那幾位客人都微笑點頭！伊蓮妮跑過去給他們加咖啡。接著是密爾頓，穿著不同的衣服，迎接更多的客人；廚子占米用一隻手在打蛋；而拉夫提看來被排擠在外的樣子。「給我兩份煎黃白！」密爾頓叫著，炫耀他新學會的切口。「乾白酒，六八年的，不要冰！」特寫收銀機叮噹響著打開又關上，密爾頓的手在數錢；拉夫提戴上帽子離開，沒有人注意。然後是很多的蛋，蛋打開，下鍋煎，翻面，還有炒碎的；一箱箱的蛋由後門送進來，裝在盤子上由前面的出菜口送出去；鬆鬆的一大堆炒蛋，閃著特藝彩色的亮黃；收銀機又響著打開來，鈔票越堆越高。最後，我們看到密爾頓和泰喜，穿著他們最好的衣服，跟著一個房屋仲介商在一棟大房子裡走著。

印地安村一帶位於霍爾伯特街西邊，距離只有十二條街，卻是一個完全不同的世界。四條大馬路：布恩街、衣裴奎士街、塞米若里街和亞當斯街（即使是在印地安村，白人也拿到一半的名字）上全是各種不同風格的豪宅。喬治亞州的紅磚房舍旁邊是英國都鐸王朝式的建築，再過去又是法國農村式的房子。在印地安村裡的房子都有很大的院子，很多的連接走道，銹得很漂亮的通風頂塔，警衛人偶[55]，防盜警鈴（才剛開始受歡迎）。不過，我的祖父在參觀他兒子那漂亮的新房子時卻始終一言不發。「你覺得這間客廳的大小怎麼樣？」密爾頓問他：「來，坐下吧。不要客氣。泰喜和我希望你跟媽都把這裡當你們自己的家一樣。你既然已經退休了——」

「你說退休了是什麼意思？」

「好吧，半退休了。現在你既然可以輕鬆一點了，你就可以做所有你一直想做的事。喏，這邊就是書房。你要想來做你的翻譯工作，就可以在這裡做。這張桌子怎麼樣，對你來說夠大嗎？那些書架是直接裝在牆上的。」

在被排除在「斑馬房」的日常工作之外以後，我的祖父開始整天開車在城市裡到處逛。他開到城裡的圖書館去看外國的報紙。然後他到希臘城的一家咖啡館去玩雙陸。五十四歲的拉夫提・史蒂芬尼德健康狀況還很好。他每天走三哩路當運動，不亂吃東西，肚子比他兒子還小。不過，歲月不饒人，拉夫提現在得戴雙焦的眼鏡了。肩膀有點黏液囊炎。他的衣著已經早就不流行了，所以他看來像是幫會電影裡的臨時演員。有一天，他在浴室的鏡子裡很嚴格地看看自己，拉夫提發現他已經成了所謂老一輩的人，當時把頭髮整個往後梳的那個年代，現在已經沒有人記得了。這個事實讓他很沮喪，拉夫提收拾起他的那些書本，開車往塞米若里街去，準備去用那間書房，可是等他開到那棟房子時，他卻繼續往前開。他眼中流露著狂野的神色，直朝羅薩曼醫藥及醫療器材行開去。

你一旦去過下層社會，就永遠不會忘記再回那裡去的路。從此以後，你都能發現閃亮在樓上窗口的紅燈，或是要到半夜才開門的酒吧間門上香檳杯形的霓虹燈亮著，多年來，我祖父開車經過羅薩曼醫藥及醫療器材行時注意到櫥窗裡始終不變地陳列著疝氣帶、護頸箍和拐杖。他看到一些帶著一張不顧一切，充滿瘋狂希望面孔的男女黑人在店裡進出，卻什麼也沒有買。我祖父認得出那種表情，而現在自己被迫退休後，知道那正是他要去的地方。拉夫提開車向西城疾駛而去，腦子裡想到的是旋轉的輪盤，踩下油門時，耳邊聽到的是骰子擲落的聲音。一陣舊有的興奮使他熱血沸騰，從他當年下山到布爾沙的後街去探險之後，他的脈搏沒再那樣快過。他把車停在路邊，很快地走了進去。經過吃驚的顧客群（他們不習慣見到白人）；他大步走過當道具用的止痛藥瓶子、石膏和瀉藥，走到後面藥劑師的窗口。

「需要點什麼嗎？」那藥劑師問道。

「二十二。」拉夫提說。

「沒問題。」

我祖父想要恢復當年在賭場的日子裡那種風光，開始玩西城的賭戲。他開始玩得很小，下兩三塊錢的小注。過了幾個禮拜，爲了想贏回輸了的錢，他一注提高到十元。他每天從餐館新賺的錢裡取一些賭金。有天他贏了，接下來就把錢押下去賭不是加倍就是輸光，結果輸了。他在熱水瓶和灌腸袋之間下注，周圍全是咳嗽藥和消炎止疼油膏，他開始玩「三數」，也就是說一次押三個數字。就像當年在布爾沙一樣，他的口袋裡塞滿了小紙條，他記錄下日期和所押的數字，以免重複。他用密爾頓的生日，黛絲荻蒙娜的生日，希臘獨立紀念日減去最後一個數字，還有斯麥納焚城的日期等等數字去下注。黛絲荻蒙娜在洗衣服時發現這些紙片，以爲一定是和新餐館有關。「我老公是百萬富翁。」她說著，夢想到佛羅里達州去過退休的日子。

拉夫提第一次去翻閱黛絲荻蒙娜的解夢書，希望在他下意識的算盤上能算出可以贏錢的數字來。他開始注意出現在他夢裡的數字。很多常去羅薩曼醫藥及醫療器材行的黑人都注意到我祖父全神貫注於解夢的事，在他連贏兩個禮拜之後，話就傳開了，這是（除了戴金牌之外）希臘人對非裔美國人所作的唯一貢獻，因爲底特律的黑人開始自己去買解夢書了。亞特蘭蒂斯出版公司把那本書翻成英文，運到美國各大城市。有一段時間裡，年紀很大的黑人婦女都和我祖母一樣迷信，相信比方說夢見一隻兔子在跑表示你會發財，或者一隻黑鳥停在電話線上就代表有什麼人死了。

「拿錢到銀行去存嗎？」密爾頓看到他父親從收銀機裡拿錢，就問道。

「嗯，去銀行。」拉夫提眞的去了銀行，他去把錢從他的存款帳戶裡取出來，爲了繼續不斷地試盡三個數字變化的九百九十九種可能組合。每次輸錢的時候，他就很難過，他想要停下來，想要回家去向黛絲荻蒙娜懺悔，不過唯一能治療這種感覺的就是第二天還有贏的希望。在我祖父簽賭下注之中，有一部分自我毀滅的味道，他心中充滿了大難幸存的罪惡感，把自己交給命運的隨機力量，想因爲他仍然活著而懲罰自己。可是，最重要的原因，賭博塡滿了他空虛的日子。

只有我，在我那原始的卵的私人包廂裡，看到了所發生的這一切。密爾頓因爲經營那個餐館忙得沒有注意，泰喜則因爲忙著照顧十一章，也沒有注意。蘇美莉娜也許會注意到點什麼，可是在那幾年裡，她很少到我們家來。一九五三年，在一次神智學會的集會中，莉娜姨婆認得了一個叫艾芙琳·華生太太的女人。華生太太之所以會參加神智學會，是希望能接觸到她已故的丈夫。可是不久就失去了和靈魂世界交通的興趣，而寧願和活生生的蘇美莉娜輕聲交談。莉娜姨婆以令人吃驚的速度辭去了花店的工作，和華生太太一起搬到西南部去住。從那以後，每年耶誕節，她就會寄給我父母一個禮盒，其中有辣醬，一盆開花的仙人掌，還有一張華生太太和她自己在某個國定名勝古蹟區的合照。（有一張還留了下來的照片裡，這一對在班迪萊爾一個安納刹奇族印地安人進行宗教儀式的地下洞穴，華生太太看來一副女畫家歐姬芙[56]的模樣，而莉娜戴著一頂巨大的遮陽帽，由梯子往洞裡爬。）

至於黛絲荻蒙娜，在五〇年代中期到後期這段時間裡，她正經歷著一種短促而完全不合她性格的滿足感覺。她的兒子從另一場戰爭中毫髮無傷地回到家裡。（聖克里斯多夫守住承諾，在到韓國的「警察行動」中，密爾頓都沒碰到有人朝他開槍過。）她媳婦懷孕的事，當然像往常一樣引起焦慮，可是十一章生下來十分健康。餐館的生意很好，每個禮拜全家人和朋友們聚在密爾頓在印地安村的新房子裡吃週日大餐。有一天，黛絲荻蒙娜收到新斯麥納灘商會寄來的一份她函索的簡介。那裡看來一點也不像斯麥納，不過至少那裡陽光普照，而且有很多水果攤。

同時，我祖父覺得自己很幸運。他兩年多來每天至少押一個數目，現在已經押過從一到七四〇的每個數字。到九九九只剩下兩百五十九個數字了！然後呢？還能怎麼辦？——重新開始囉。銀行的出納把一捲捲的鈔票遞給拉夫提，然後他轉手交給了窗口裡的藥劑師。他押了七四一、七四二和七四三。他押了七四四、七四五和七四六。然後有天早上，銀行的出納告訴拉夫提說他戶頭的錢已經不夠他提用了。出納讓他看戶頭裡的餘額：十三塊兩毛六分。我祖父向出納道了謝。他穿過銀行大廳，整著領帶，突然覺得頭昏。兩年兩個月來對賭博的狂熱中止了，讓最後一陣熱浪席捲他的肌膚，突然之間，他全身冒汗，拉夫提擦了下額頭，走出銀行，走進他一文不名的晚年。

我的祖母聽說這場災難時所發出那聲刺耳的尖叫，完全無法以筆墨形容。尖叫聲一直持續不斷，她扯著頭髮，撕著衣裳，委頓在地上。**「我們吃什麼！」**黛絲荻蒙娜哭喊道，在廚房裡踉蹌地走著。**「我們要住哪裡！」**她伸開雙臂，向上帝祈求，然後搥打著胸口，終於抓住左手的袖子，撕了下來。**「你這算什麼樣的丈夫，對你的太太做出這種事情來，我替你燒飯洗衣，生兒育女，從來不抱怨！」**現在她撕下了右手的袖子。**「我不是叫你不要賭錢嗎？我不是說過了嗎？」**現在她開始扯她衣服的正身了，她把衣服的邊抓在手裡，從喉嚨裡發出近東古老的叫聲，**「啊嚕嚕嚕嚕嚕嚕！啊嚕嚕嚕嚕嚕嚕！」**我的祖父大驚失色地看著他淑靜的妻子在他面前把衣裳扯得稀爛，先是洋裝的裙子，然後是裙腰、前胸、領口。最後用力一扯，衣服裂成兩半，黛絲荻蒙娜躺在廚房的地板上，向全世界袒露出她難看的內衣；她那負擔過重的鋼絲襯底胸罩，暗淡的底褲，還有勒緊的束腹。在她朝向衣衫不整的最高峰時，甚至開始拉扯起來。不過最後她停了下來，在她完全赤裸之前，黛絲荻蒙娜像虛脫了似地朝後倒下。她拉脫了髮網，她的長髮披散下來將她遮住，她閉上了眼睛，筋疲力竭。緊接著，她用很實際的口吻說：「現在我們一定得搬去和密爾頓住了。」

三個禮拜之後，在一九五八年的十月，我的祖父母搬出了霍爾伯特街的那棟房子，原本還有一年他們的貸款就可以付清了。在那個小陽春的溫暖週末，我的父親和顏面盡失的祖父把家具拿出來拍賣。海綠色的沙發和扶手椅，在塑膠套下看來還是嶄新的，還有廚房桌子、書架。好幾盞燈放在草地上，旁邊還有密爾頓的童子軍手冊，柔依的洋娃娃和踢踏舞鞋，一張裝在相框裡的阿西納哥拉斯大主教的照片，還有一滿櫃子拉夫提的西裝，我祖母強迫他賣掉，以作處罰。黛絲荻蒙娜把頭髮重新網在髮網下，恨恨地環顧著院子，絕望到流不出眼淚。她仔細看過每樣東西，大聲地嘆著氣，標上價錢，叱罵她那想搬太重物品的丈夫。「你以為你還年輕呀？讓密爾頓搬吧，你是個老頭子。」她把那個蠶盒挾在一邊脅下，這可是非賣品。當她看到那張大主教的肖像時，她害怕地叫道：「我們的運氣還不夠壞？你還要把大主教賣了？」

她一把搶過來，帶回屋子裡去。那一整天她都留在廚房裡，沒辦法去看那些到處找這種拍賣來撿便宜的人挑剔她的私人物品。有從郊區來、專在週末蒐集老東西的人，還帶著他們的狗來。也有窮困的家庭，把椅子用繩子綁在他們破舊的老爺車頂上運走，還有一對頗具鑑賞力的同志會把每樣東西都倒翻過來看底下的商標。黛絲荻蒙娜就算把她自己給賣了，赤裸地陳列在綠沙發上，腳上掛著個價錢，大概也不會比現在更感到羞愧。等到所有的東西賣完或送掉之後，密爾頓把我祖父母剩下的東西放在一輛租來的卡車裡，開過十二條街送到塞米若里街。

為了讓他們能有隱私，我的祖父母住在閣樓上。我父親和占米．帕帕尼可拉斯冒著受傷的危險，把所有的東西由糊了牆紙的那扇門後面的祕密樓梯搬上樓去。搬到那高高在上的空間去的，有我祖父母拆開來的大床，那張皮的矮凳，銅的咖啡桌，還有拉夫提的唱片。我祖父為了討好他的老婆，買來一隻鸚鵡，那也是我祖父母後來養了很多鸚鵡的第一隻。黛絲荻蒙娜和拉夫提住在我們所有人的頭上，漸漸地安頓好他們共同生活的倒數第二個家。在接下來的九年裡，黛絲荻蒙娜抱怨那擁擠的住處，還有她下樓時兩腿疼痛；可是每次我父親請她搬到樓下來住時，她又加以拒絕。在我看來，她很喜歡住在閣樓上，因為住在高處讓她想起奧林匹斯山。樓上的窗子看出去的景觀很好（不是蘇丹的墳墓，而是愛迪生的工廠），而若是把窗打開，風吹進來，就像當年在俾斯尼奧斯一樣。在高高的閣樓裡，黛絲荻蒙娜和拉夫提又回到了他們開始的地方。

我的故事也一樣。

因爲現在，我那五歲的哥哥十一章，還有占米．帕帕尼可拉斯正各拿著一顆紅蛋。蛋染上了基督之血的顏色之後，在餐廳桌上的大碗裡越放越多。紅色的蛋排放在壁爐架上，用網袋吊在門口。

天神宙斯讓所有的生物從一個卵裡出來。Ex ovo omnia。蛋白飛上去成爲天，蛋黃沉下去成爲地。希臘的復活節那天，我們仍然玩碰蛋的遊戲。占米．帕帕尼可拉斯把他手裡的蛋伸出去，不動，而十一章用手裡的蛋來撞碰。永遠只有一個蛋會裂。「我贏了！」十一章叫道。現在密爾頓從碗裡選了一個蛋。「這個看來很好，結實得像部卡車。」他把蛋舉在手裡，十一章準備攻擊。可是在什麼事都還沒發生之前，我母親拍了下我父親的背，她嘴裡含著一支體溫計。

樓下在把桌上的碗盤清乾淨的時候，我父母手牽著手上樓進了他們的臥房。在黛絲荻蒙娜用她的蛋去碰拉夫提的蛋時，我父母只脫掉了很少一部分的衣服。而在從新墨西哥州回來度假的蘇美莉娜和華生太太玩碰蛋遊戲的時候，我父親發出小小的呻吟，由我母親身上側翻下去，說道：「這樣應該可以了。」

臥房裡一片寂靜。在我母親體內，一千萬個精子逆流而上地游著，男性在前面領頭。他們帶著的不單是有關眼睛顏色、身高、鼻子形狀、酶生產、對小吞噬細胞的抵抗力等等的指令，還有一個故事。他們在一片黑色的背景前游著。像一條長長的白色絲線紡了出來，那條線開始於兩千五百年前的一天，那些掌生物學的神祇，只是因爲好玩，弄亂了一個嬰兒第五對染色體上的一個基因。那個嬰兒把這個異變傳給了她的兒子，而他傳給了兩個女兒，再傳到她們孩子裡面的三個人身上（我的高曾祖等等），一直到最後到了我祖父母的身體裡。這個基因像搭便車一樣，下了山，離開了村莊。困在大火焚燒的城裡，然後逃脫，說著蹩腳的法文，飄洋過海，假裝出一段浪漫情史，繞行過甲板，在一艘救生艇裡做愛。剪掉了辮子。乘著火車到了底特律，住進一棟坐落霍爾伯特街的房子；參考解夢書，開了間地下酒吧；在第一號神廟找到份工作……然後那個基因再次轉移，進入了新的身體裡……參加了童子軍，把腳趾甲搽上蔻丹；在後窗的窗口吹奏〈開始來跳比金舞〉；然後上了戰場和留在家裡，看新聞影片；參加入學測驗；擺出像電影雜誌的姿勢；得到死刑判決又和聖克里斯多夫做了交易；和一個未來的教士約會又退了婚約；被高空作業坐板救起……始終在往前進，向前衝，現在軌跡上只剩下幾個彎道了，安納波利斯的海軍官校和獵潛艦……最後那些掌生物學的神祇知道他們的時候到了，這正是他們等待的一刻，而就在一根湯匙擺動而一位yia yia擔心的時候，我的命運決定了……一九五四年三月二十日，十一章來了，掌生物學的神祇們搖搖頭，不行，抱歉……可是還有時間，一切都就定位，雲霄飛車正在自由落體狀態，現在停不下來了，我父親幻想著小女孩，而我母親則在向她並不完全相信的大基督像祈禱，最後終於——就在這一刻！——一九五九年的希臘復活節那天，事情就要發生，那個基因就要遇見它的孿生。

當精子遇到卵子時，我感到一陣搖動。有一個巨大的聲響，轟隆聲中，我的世界有了裂縫。我感到自己移了位，已經失去了一些我產前的全知能力，撞向做人的空白石板。（以我還剩下的一點全知能力，我看到我的祖父，拉夫提·史蒂芬尼德，在九個月後我出生的那個晚上，把一個小咖啡杯翻轉來倒在一個碟子上，我看到他的咖啡渣形成一個圓形時，劇痛在他太陽穴裡爆裂開來，而他仆倒在地上。）精子又撞著我的囊包；我知道我沒辦法再多拖延。我這可愛的小公寓租約終於到期，而我給趕了出來。所以我舉起一個拳頭（典型的男性舉止）開始敲打我蛋殼的壁，打到那裡裂開。然後，我滑溜得像蛋黃一樣，頭先腳後地衝進了世界。

「眞抱歉，小女娃娃，」我母親在床上說道，她摸著肚子，已經在對我說話：「我本來想要更浪漫一點的。」

「妳要有浪漫情調？」我父親說：「我的豎笛到哪裡去了？」

註釋

1 John Calvin Coolidge，1872-1933，美國第卅任總統，對內實行不干涉工商業政策，一面減稅，一面堅持高額保護關稅，任內美國經濟繁榮。

2 Antoine Laumet de La Mothe, sieur de Cadillac，1658-1730，法國軍人，探險家，一七○一年得法王路易十四之允准，設立大湖區毛皮交易站，建立底特律龐察全堡，後稱爲底特律，管轄至一七一○年。

3 Arcadia，古希臘一山區，今伯羅奔尼撒半島中部，以其居民過著田園牧歌式淳樸生活著稱。

4 Lady Godiva，十一世紀初的一位貴婦，相傳爲讓她丈夫減輕人民賦稅而答應裸體騎馬通過考文垂的街道，只以長髮遮身。

5 Corinthian pillars，帶有葉形裝飾鐘狀柱頂的柱式，爲希臘柱型中最華麗的一種。

6 Guastavino，一八八五年古斯塔維諾父子改進了原來的古代羅馬拱頂，並在美國申請專利後而得名，有高柱及穹頂。

7 Theosophy，一八七五年在美國創辦，宣揚的學說摻雜西方神祕主義和印度婆羅門教與佛教的教義。

8 *Collier's*和*Harper's*，都是當時流行的雜誌。

9 指萊斯博斯島（Lesbos），即今希臘在愛琴海東部之米蒂利尼島（Mytilene）。相傳住在島上的古希臘女詩人莎孚（Sappho）是同性戀，因此以萊斯博斯島人（Lesbian）來稱呼女同性戀者。

10 Frontenac指Louis de Buade Frontenac，1620-1698，法國駐新法蘭西總督，擴展法國在北美之領土與皮貨貿易大有功勞。

11 Ralston Purina Company，美國公司，是世界最大的寵物及動物飼料製造商。

12 Penobscot，美國緬因州佩諾布斯科特河一帶使用阿耳岡昆語的印地安人。

13 McIntosh，一種皮薄汁多而有香味的蘋果，加拿大安大略省殖民者約翰·麥金托什於一七九六年培育成功的品種。

14 saddle shoe，一種幫跗面跨縫著質地顏色不同的幫面，繫帶的淺幫鞋。

15 Yankee Doodle，美國獨立戰爭時期流行的一支民間歌曲，相傳是隨興吹笛成曲。

16 Minotaur，牛頭人身怪物，被彌諾斯王之孫禁錮在克里特島的迷宮裡，每年要吃由雅典送來的七對童男女，後被雅典王鐵修斯殺死。

17 Hagia Sophia，也稱爲「神聖智慧教堂」（Church of the Divine Wisdom），西元五三七年完成於君士坦丁堡的大教堂，是一棟極爲獨特的建築，也是世界偉大建築之一。

18 the Romanovs，一六一三至一九一七年的俄羅斯統治家族，其王朝從第一代沙皇Mikhali Peodorovich Romanov於一六一三年登基，至末代沙皇尼古拉斯二世在一九一七年被俄國二月革命推翻。

19 Epidaurus，古希臘之重要商業中心之一，壯觀的西元前四世紀圓形劇場，至今依舊是希臘觀光重點之一，仍可見其音響工程之完美。

20 中國說對別人羨慕或嫉妒是「眼紅」，西洋人則說是「眼綠」。

21 Rudolph，爲耶誕老人拉雪橇的馴鹿之一，特色是有個紅鼻子。

22 Miltiades，554?-489?BC，曾在馬拉松戰役擊敗波斯軍隊。

23 Theodora，500?-548，拜占庭皇帝查士丁尼一世之妻，馬戲演員出身，握有統治實權，制定禁止買賣少女的法律，爲史上最早承認婦女權利的統治者之一。

24 Mimnermos，約西元前六三〇年早期的希臘輓歌詩人。

25 lemming，常見於北美溫帶或寒帶地區的數種齧齒類動物，相傳會有集體投海自殺的行爲，並非事實。

26 Father Coughlin本名Charles Edward Coughlin，1891-1979，美國羅馬天主教著名的「廣播教士」，在三〇年代成爲廣播史上第一個擁有廣大死忠信徒聽眾的宗教界人士，進而獲得在經濟和政治上的影響力，並創辦雜誌《社會公義》（*Social Justice*）攻擊共產主義、華爾街和猶太人。一九四二年後雜誌因違法遭禁，同年教會也命令他中止廣播工作。

27 Pinkerton，由艾倫・平克頓（Allan Pinkerton，1819-1884）於一八五〇年創立的全國性偵探事務所。

28 Diego Rivera，1886-1957，墨西哥畫家，是墨西哥政治社會畫派奠基人之一，以在公共建築物上的大型壁畫著稱。作品主題多爲墨西哥各民族革命及社會問題。

29 俗語中稱善於園藝的人是「綠拇指」。

30 Manifest Destiny，十九世紀時，認爲美國注定該統治全西半球的主張。

31 WPA，美國羅斯福總統爲解決失業問題而在一九三五年成立的機構，運作的八年期間，由聯邦政府花費了一千一百億美元，讓八百五十萬人就業，建造了一百零四萬六千公里的公路，十二萬五千棟公共建築，七萬五千座橋樑，八千個公園和八百個機場。另外還有文化藝術方面的專案，雇用了數千名畫家、作家與演員，同時還贊助全國青少年局，爲年輕人找兼差工作。

32 Nicéphone Niépce，1765-1833，法國發明家，是第一個使拍攝影像存留的人。

33 Louis Jacques Mandé Daguerre，1789-1851，法國舞台美術家和物理學家，和 Niépce合作發明達蓋爾銀版法拍攝照片。

34 Kaaba stone，聖地麥加城大清眞寺廣場中央著名方形石殿中所供的神聖黑石。

35 Sir John Hawkins，1532-1595，英國海軍行政官和指揮官，奴隸販子，從西非運奴隸到西印度群島等地。一五八八年在英國海軍任財務官時，曾指揮一個中隊擊敗西班牙無敵艦隊。

36 Imam，指什葉派的宗教領袖或聲稱繼承穆罕默德的任何政教領袖。

37 Artie Shaw，美國單簧管演奏家，樂隊指揮，首創搖擺樂大樂隊，在三〇及四〇年代大受歡迎，以錄製柯爾・波特的〈開始來跳比金舞〉唱片而揚名於世。

38 Eagle Scout，得過二十一次獎章的童子軍。

39 Andrew Marvell，1621-1678，曾任議員的英國詩人，玄學派詩人代表之一，著名詩篇有〈致羞澀的情人〉〈花園〉及長篇諷刺詩〈對畫家的最後指令〉等。

40 Edgar Bergen，1903-1978，美國著名的腹語家和喜劇演員，在腹語表演、廣播與電影界活躍長達六十年，他最有名的是腹語偶查理・麥卡錫。

41 Marlene Dietrich，原籍德國的美國女星，一九三〇年以《藍天使》一舉成名後，赴好萊塢發展，名作甚多，極具個人特色與魅力。

42 4-H指 Head、Heart、Hands和 Health，美國農業部提出的口號，旨在推展對農村青少年在農牧和家政等現代科技教育，以利於健康成長。

43 I. G. Farben，全文爲 INTERESSENGEMEINSCHAFT FARBENINDUSTRIE AKTIENGESELLSCHAFT，爲全世界最大的化學企業，一九二九年成立於德國，二次大戰後被聯軍瓦解。

44 Thomas Carlyle，1795-1881，蘇格蘭散文作家及歷史學家，著有《法國革命》、《論英雄，英雄崇拜及歷史上的英雄事跡》等著作。

45 deus ex machnia，古希臘、羅馬戲劇中用舞台機關送出來而扭轉結局的神祇。

46 Lazzaro Spallazani，1729-1799，義大利生理學家，實驗生物學的先驅，一七八六年首次成功對狗進行人工授精，對微生物及感覺、消化、呼吸等研究貢獻卓著。

47 Jan Swammerdam，1637-1680，荷蘭科學家，古典顯微鏡研究學者，闡明多種昆蟲史和解剖學，首先發現紅細胞，著有《昆蟲通史》等。

48 Crohn's disease，節段性迴腸發炎，變厚，及潰瘍。以美國醫師孔羅B. B. Crohn命名。

49 Malcolm X，1925-1965，美國黑人領袖，因從其崇奉的黑色穆斯林運動被逐出，宣布成立自己的宗教組織，皈依正統伊斯蘭教，放棄其種族分離主義觀點，後被刺殺。其事蹟曾拍成電影《黑潮》，由丹佐．華盛頓主演，史派克．李編導。

50 Pillars of Hercules，指直布羅陀海峽東端兩岸的兩個岬角——歐洲的直布羅陀和非洲的穆塞山（Jebel Musa），相傳由希臘神話中的大力士赫丘力置放。

51 Gaetano Donizetti，1797-1848，義大利作曲家，與羅西尼和貝里尼並稱爲十九世紀前期義大利三大歌劇作曲家。一生創作歌劇六十多齣，最著名的有《拉美摩爾的露西亞》和《愛情靈藥》等。

52 El Greco，1541-1614，西班牙畫家，作品多爲宗教畫及肖像畫，畫風受風格主義影響，色彩明亮偏冷，人物造型奇異修長。

53 Paul Bunyan，美國民間故事中的伐木巨人，力大無比。

54 Babe the Blue Ox，兒童繪本讀物中的角色，很喜歡花。

55 lawn jockey，放置門前或車道邊的人偶，多爲黑人，著騎師裝，用爲裝飾但夜間更有嚇阻盜賊之作用，現仍有人擺放。

56 Georgia O'Keeffe，1887-1986，美國現代派女畫家，以描繪大自然，以及大朵花卉和獸骨等半抽象畫聞名，曾作大量描繪新墨西哥州沙漠的畫。

第三卷

家庭電影

我的眼睛，終於打開了，看到了以下的情景：一位護士伸出手來，把我從醫生手裡接過去；我母親得意的面孔，大得像拉什莫爾山，望著我去洗第一次澡。（我說了這是不可能的事，可是我還是記得。）還有很多別的，有些很實在，有些不是：手術室裡毫不留情的刺眼燈光；白鞋子在白色地板上走過的吱吱聲；一扇擋蒼蠅的紗門；在我的周圍，在婦幼醫院的走廊裡來來去去地上演著各人的好戲。我能感受到一對對夫婦抱著他們頭胎嬰兒的喜悅。還有天主教徒接受他們第九個孩子的不屈不撓的精神。我能感受到一個年輕媽媽看到她丈夫難看的下巴又重現在她新生小女兒臉上時所感到的失望，還有一個剛做爸爸的男子算算三胞胎將來的學費時所感到的恐慌。在產房的樓上，那些沒有花的房間裡，有做過子宮切除和乳房切除的婦女躺在那裡做術後恢復。也有十來歲的女孩子因為卵巢囊腫爆裂，注射了嗎啡而昏昏欲睡。從一開始，這些女性如聖經上說該受苦楚的重擔就在我的周遭。

把我洗乾淨的那位護士名叫羅莎里，她是生長在田納西州山區的一個漂亮長臉女子。她在幫我把鼻孔中的黏液吸乾淨之後，給我打了一針維他命K當促凝血劑。在阿巴拉契亞一帶內出血是常有的事，就像是基因異常一樣，可是羅莎里護士卻沒有注意到我有什麼不尋常的地方。她擔心的是我臉頰上有一塊紫色的斑點，以為那是塊胎記。結果那是一點胎盤，一洗就掉了。羅莎里護士把我抱回去給費洛波西恩大夫檢查。她把我放在一張桌子上，可是為了保險而始終用一隻手扶著我。她注意到那位大夫在接生的時候兩手顫抖。

一九六〇年，倪山・費洛波西恩大夫已經七十四歲了，他的頭像駱駝似地垂著，所有的活動集中在兩頰，頭禿得只剩一圈白髮，像一團亂雲，也像棉花一樣塞住了他的大耳朵。他那副外科醫生的眼鏡上還加裝了長方形的強力放大鏡。

他由我的頸部開始，看有沒有呆小症的跡象。他數了我的手指和足趾數目。他檢查我的上顎；看到我的莫洛反射[1]很正常。他檢查我的背部看有沒有長尾巴。然後再讓我仰臥著，握住我兩條彎曲的腿，分了開來。

他看到了什麼呢？那乾乾淨淨，像貽貝似的女陰。那個地方因內泌素而顯得紅腫，這種像狒狒似的情況是每個初生嬰兒都有的。費洛波西恩大夫若是把那個肉褶掰開就能看得更清楚，可是他沒有那樣做。因爲就在那一刹那，羅莎里護士（對她來說這一刻也是命中注定的）不小心碰到了他的手臂。費洛波西恩大夫抬起頭來。那對老花的亞美尼亞人眼睛望著中年阿巴拉契亞山區人的眼睛，他們的視線相連，然後分開。才出生五分鐘，我這一生的兩大主題——機緣和性別——已經宣示明白。羅莎里護士的臉紅了。「好美。」費洛波西恩大夫說，他說的是我，兩眼卻望著他的助手。「一個好美而健康的女孩子。」

在塞米若里街那棟房子裡，弄瓦之喜卻添加了死亡的陰影。

黛絲荻蒙娜發現拉夫提倒在廚房地上，躺在他翻倒的咖啡杯旁邊。她跪在他身旁，將一邊耳朵貼在他胸前，她聽不到心跳，就大聲叫著他的名字。她的悲鳴迴響在廚房所有冷硬的面上：烤麵包機、爐子、冰箱。最後，她撲倒在他胸前。然而，在接下來的沉寂中，黛絲荻蒙娜感到有種奇特的情緒在她心中升起，瀰漫在她恐慌和悲傷之間。那就像是在脹氣。很快地，她的兩眼猛然睜了開來，因爲她認清了這種情緒：那是快樂。淚水在她的臉上流下，她已經爲將她的丈夫奪走而對上帝大感憤怒，可是在這些該有的情緒另外一面，卻是一陣完全不該有的，鬆了一口氣的感覺。最壞的狀況已經發生了。這就是了：最壞的狀況。我的祖母有生以來第一次感到什麼都不用擔心了。

以我的經驗來說，情緒是不能用一個詞就說得明白的。我不相信所謂「悲傷」、「欣喜」或「悔恨」。也許說語言太霸道的最好證明就是：語言把感覺過分簡化了。我倒想說出非常複雜地混合在一起的情緒，德文裡像列車似的句法。比方說：「不幸中的大幸。」或是：「懷抱夢想所帶來的失望。」我很想表示如何將「高齡家人對敗亡的提示」和「從中年開始對鏡子的憎恨」連在一起。我也想有一個詞來形容「餐館不符預期所帶來的傷感」還有「得到一個設有迷你酒吧的旅館房間引起的興奮」。我從來沒找到適當的字句來形容我的生活，現在既然我已經在我的故事裡登場了，就更需要這些字句。從現在開始，我要告訴你的每一件事都染上了參與其間的主觀色彩。我的故事在這裡有了分歧，分散、分裂開來。因爲我已成爲世界的一部分，所以這個世界已經讓我感覺沉重了許多。我說的是繃帶和被血浸透的棉花，電影院裡的霉味，還有所有討厭的貓和牠們其臭無比的便盒，以及雨落在市區的街頭上，打起灰塵，而那些老義大利人收起折椅拿進家裡去。到現在爲止，那都不是我的世界，不是我的美國。可是現在終於是了。

伴著災難而來的快樂並沒能讓黛絲荻蒙娜擁有多久。幾秒鐘後，她再把頭放回她丈夫胸口時——聽到了他的心跳！拉夫提送進了醫院。兩天之後，他恢復了意識，他的思想清楚，記憶未受影響。可是在他想問新生的嬰兒是男是女的時候，他發現他不能說話了。

照菊池茱莉的說法，美麗總是很奇怪的。昨天，在愛因斯坦咖啡館吃果餡餅，喝咖啡的時候，她就想對我證明這一點。「你看那個模特兒，」她說著拿起一本時裝雜誌，「你看她的耳朵，應該長在火星人身上。」她開始翻著書頁。「看看這個人的嘴巴，你整個腦袋都能塞得進去。」

我正想再叫一杯卡布奇諾咖啡，那些穿著奧地利式制服的侍者沒人理我，都在招呼別的客人，外面黃色的椴樹濕淋淋地在哭泣。

「還有賈桂琳．歐納西斯呢？」茱莉仍在談那個話題。「她兩眼分開得等於是在頭的兩側了。她看起來就像是一條撞木鮫。」

我想用她這些說法來形容一下我自己。卡莉歐琵嬰兒期的照片看得出五官都有奇特之處。我的父母充滿憐愛地俯視著搖籃裡的我，對每一處都看個不停。（我有時候會想到就是我臉上那吸引人，卻有那麼點讓人不舒服的特質使得所有的人都不去注意以下的問題。）我想像自己的搖籃是博物館裡的一座西洋鏡。按一個鈕，我的耳朵就像一對金色喇叭似的亮了起來。按另外一個鈕，我方方的下巴開始發光。再按一個，高高的顴骨就由黑暗中浮現。到目前爲止，其效果還不是很好。以耳朵、下巴和顴骨來看，我很可能是個卡夫卡式的小怪物。可是下一個按鈕照亮了我的嘴，情況開始有所改變。嘴很小，可是形狀很好，可以親吻，也像高歌。然後，在這張地圖的中間，出現了鼻子。那不像你在古典希臘雕像中所見到的鼻子。這個鼻子像絲綢一樣是從東方到小亞細亞的。在這裡是到了中東。這個西洋鏡裡嬰兒的鼻子，如果你仔細看看的話，已經頗有阿拉伯風味。耳朵，鼻子，嘴巴，下巴——現在來看眼睛，這對眼睛不但分得很開（像賈桂琳的眼睛），而且很大。對一個嬰兒的臉來說太大了。眼睛像我祖母，眼睛又大又悲傷得很像基恩[2]畫像中的眼睛。兩眼上下都長著又長又黑的睫毛，我母親都不相信那會是在她身體裡孕育出來的。她的身體怎麼會運用到這樣細部的地方？這樣一對眼睛四周的面容：一顆蒼白的橄欖。頭髮：漆黑。現在同時按下所有的鈕。你能看到我嗎？看到全部的我嗎？大概不行，沒有一個人眞正看過。

在嬰兒期，甚至我是個小女孩的時候，我都有種說來尷尬而過度的美。五官裡沒有一樣是對的，可是放在一起來看的話，卻能產生吸引力。一種意外的和諧，也有改變的可能，就好像在我這張看得見的臉底下有另外一張臉，還有別的想法。

黛絲荻蒙娜對我的長相沒有興趣。她擔心的是我的靈魂。「孩子都兩個月大了，」她在三月裡對我父親說：「你怎麼還沒讓她受洗？」「我不想讓她受洗。」密爾頓回答道：「那全是胡搞瞎搞。」「胡搞瞎搞是不是？」黛絲荻蒙娜手指著他威脅道：「你認爲教會兩千年來保持的神聖傳統是胡搞瞎搞？」然後她呼叫天上聖母，用了她的每一個名字：「神聖的，無瑕的，最受祝福與榮耀的聖母，神的母親和聖處女，妳可聽見我兒子密爾頓在說什麼嗎？」因爲我父親仍然拒絕，黛絲荻蒙娜就使出她的祕密武器，開始搧扇子。

對任何沒有親身體驗過這件事的人來說，實在很難形容我祖母搧扇子時那種風雨欲來的不吉之兆。她拒絕再和我父親爭論，用她腳踝腫脹的兩腳走進日光浴室，在窗前一張藤椅上坐了下來。冬日的陽光由側面照進來，映紅了她張著的透明鼻翼。她拿起了她那把硬紙板的扇子。扇子正面寫著「土耳其的暴行」。在那行字下，用比較小的字印著明確的資料：一九五五年在伊斯坦堡的大屠殺，十五名希臘人被殺，兩百名希臘婦女遭到強暴，四千三百四十八家店鋪被搶，五十九座希臘正教教堂被毀，就連大主教的墳也給刨了。黛絲荻蒙娜有六把這樣的扇子。是供蒐藏的一組。她每年捐款給在君士坦丁堡的大主教，幾個禮拜之後，一把新的扇子就會寄到，控訴有計畫的屠殺。有一次，扇子上還印了一張阿西納哥拉斯大主教站在被摧毀的大教堂廢墟中的照片。那張照片這天並沒有出現在黛絲荻蒙娜拿的這把扇子上，但是所叱責的是最近的罪惡，不是土耳其人犯下的，而是她自己那個希臘兒子，拒絕讓他女兒行希臘正教的洗禮。黛絲荻蒙娜搧扇子不單是把手腕來回擺動而已；那力量來自於她體內深處。源起的地方約在她的胃和肝之間的那一點，也就是她有次告訴我說是聖靈住的地方。是從一個比她自己深埋著的罪惡更深的地方發出來的。密爾頓想要躲在報紙後面，但被扇子搧起的風吹動了報紙。黛絲荻蒙娜搧動的力量在整個屋子裡都可以感覺得到；會捲起樓梯上的灰塵；振動百葉窗；而且，因爲是在冬天，當然也讓每個人都冷得打顫。過了一下子之後，整棟房子都在喘氣。甚至把密爾頓逼進了他的奧斯摩比汽車裡，把暖氣打了開來。

除了搧扇子之外，我的祖母還訴諸家族的感情。麥可神父，她的女婿，也是我的親姑丈，這時候已經結束在希臘多年的工作回來，在聖母升天希臘正教教堂擔任助理神父。

「拜託，密爾，」黛絲荻蒙娜說：「替麥可神父想想，他們在教會裡始終沒給他一個在上面的差使，你想要是他的親侄女沒有受洗，會好看嗎？替你妹妹想想，密爾，可憐的柔依！他們現在也沒好多錢。」

最後，我的父親表示讓步，向我母親問道：「現在他們行次洗禮要收多少錢？」

「不要錢的。」

密爾頓的眉毛挑了起來。但仔細想過了一下之後，他點了點頭，確定了他所懷疑的事。「有道理。他們不收錢就讓你進去，然後你這一輩子都得付錢給他們。」

在一九六〇年，底特律東城的希臘正教信眾又有了另外一座做禮拜的新建築。聖母升天教堂從維諾街撤到了夏利華，建造夏利華教堂是件令人興奮的大事。從哈特街的店面開始，搬到班尼提奧路附近那間雖然體面卻實在難以說得上好看的地方，聖母升天教堂終於能有一座宏偉的教堂了。很多家建築公司爭取這件工作，但最後決定給「社區裡的人」，而這個人就是巴特・史奇奧提斯。

建造新教堂幕後的動機有兩個：一是要重振古拜占庭的光輝，二是要讓世界看看希臘裔美國人的雄厚財力。不惜任何花費。從克里特島請了一個聖像畫師來畫聖像。他在這裡住了一年多，用一張薄墊子當床，睡在尚未完工的教堂裡。他是個固守傳統的人，忌葷，忌酒，還忌甜食，好使他的靈魂潔淨，承受神聖的靈感，就連他的畫筆也是遵照古書上的規定，用松鼠尾巴尖端的毛做成。慢慢地，經過兩年多的時間，我們的東城聖索菲亞教堂建了起來，離福特高速公路不遠。不過有一個問題，巴特・史奇奧提斯不像那個聖像畫家，沒有用一顆純潔的心來做這份工作。原來他用的是劣等的材料，把污下來的錢送進了他私人的銀行帳戶。他的地基打得不對，所以沒多久牆上就出現了裂縫，嚇壞了那位聖像畫家，天花板也漏了。

就是在這座基礎不穩，建築不夠標準的夏利華教室裡，我受洗皈依了希臘正教；這個信仰存在的時間早在新教有什麼可以稱之爲新的之前，也早在天主教自稱爲天主教之前；這個信仰可以回溯到基督教源起之時，當時用的還是希臘文而不是拉丁文。因爲沒有一個像阿奎那[3]的人來使之具體化，所以始終還像當初開始的時候一樣遮掩在傳統和神祕的煙霧之中。我的教父，占米．帕帕尼可拉斯把我從我父親的懷裡抱過來，交給麥可神父。麥可神父面帶微笑，因爲終於有一次能成爲中心人物而樂不可支。他剪下我的一綹頭髮，丟進洗禮池裡。（後來我很懷疑正是因爲這一部分儀式才弄得我們的洗禮池表面上都毛茸茸的，一年又一年的嬰兒毛髮，因爲這賦予生命之水的灌溉而生根滋長了。）現在麥可神父準備把我浸下去。「神的僕人卡莉歐琵．海倫奉聖父之名受洗，阿門……」他第一次把我泡進水裡。在希臘正教的教堂裡，我們不只把一部分沾濕，也不撒聖水，或是只用聖水沾沾額頭。想要重生，就必須先埋下去，所以我到了水下。我的家人在一旁看著，我的母親焦慮異常（萬一我吸氣怎麼辦？），我哥哥乘別人不注意丟了個銅板到水裡，我祖母在這麼多個禮拜以來，第一次停止搧扇子。麥可神父把我抱起到空中——「奉聖子之名，阿門！」——第二次把我浸到水裡。這回我睜開了眼睛，十一章的那個銅板一路往下沉，在黝暗中閃亮。銅板沉到了池底，我現在才注意到那裡積存了好多東西：比方說還有別的銅板，髮夾，不知道什麼人在傷口上貼過的膠布。在綠色的骯髒聖水中，我覺得很平靜。一切都寂靜無聲。在我頸部兩側以前人類有過鰓的地方有點發癢。我彷彿感覺這樣的開始似乎對我未來一生頗有些暗示。我的家人圍繞著我，我在神的手裡。可是我也在我自己體內，有另一些元素，沉浸在少見的感覺裡，推擠著進化的外殼。這個認知在我心中閃過，然後麥可神父又將我拉了起來——「奉聖靈之名，阿門……」還要再浸入水裡一次。我浸了下去再上來，進入光和空氣之中。三次浸泡花了一些時間。那水除了很陰暗之外，還很暖和。所以等到第三次起來的時候，我眞的重生了：成爲一座噴泉。從我天使般的兩腿之間，一道晶亮的液體射入空中。在上面拱頂投下來的光照射下，那道黃色的光吸引了所有人的注意。那道水流畫出一道弧線，由於脹滿了的膀胱擠壓，射出了洗禮池。在大家還來不及反應之前，正中麥可神父臉部的中間。

座位上傳來強忍住的笑聲，幾位老太太嚇得倒吸了一口氣，然後是一陣沉寂。麥可神父對他自己也受到部分洗禮覺得十分丟臉——還像個新教徒似地自己擦了擦臉——把儀式完成了。他用指尖沾了聖油，給我行塗油禮，在該畫十字的地方都畫了十字，首先是我的額頭，然後是眼睛、鼻子、嘴巴、耳朵、胸口、兩手，還有兩腳。在碰觸每個地方的時候，他都說：「聖靈所賜贈的印記。」最後他給了我第一次聖餐（只有一點例外：麥可神父沒有原諒我犯的罪）。

「這才是我的乖女兒，」密爾頓在回家的路上得意地說：「在個教士身上撒尿。」

「那是意外。」泰喜堅持道，她還尷尬得滿臉通紅。「可憐的麥可神父！他這輩子都不會忘掉的。」

「還射得眞遠呢。」十一章驚嘆道。

在那陣騷動裡，沒有一個人想到其中所牽涉到的工程力學問題。

黛絲荻蒙娜把我反過來給她女婿行洗禮的事看做是個壞兆頭。已經該爲她丈夫心臟病發作負責的我，現在又乘我第一次禮拜的機會犯下了褻瀆的大罪。除此之外，我還因爲生下來是個女的而讓她大失面子。「也許妳該試試預測天氣。」蘇美莉娜戲弄她說，而我父親還要落井下石：「妳的湯匙不過如此，媽。已經用到沒力了。」事實上，在那段日子裡，黛絲荻蒙娜正承受著同化力所加給她難以抗拒的壓力。雖然她始終以一個流亡者的身分住在美國，做了四十年的過客，但她現在居住其中的這個國家某些點點滴滴還是滲進了她大不以爲然的重門深鎖之中。拉夫提出院回家之後，我父親搬了一台電視到閣樓上去，以提供一些娛樂。那是一台黑白的小增你智電視，畫面很容易上下跳動。密爾頓把電視放在床邊小几上，就下了樓。電視機留在原處，發出聲音，閃著畫面。拉夫提調整了枕頭的位置來看電視，黛絲荻蒙娜則想忙著家事，卻發現自己往螢光幕上看的時間越來越多。她仍然不喜歡汽車；每次用眞空吸塵器，她就捂住耳朵。可是電視卻好像有點不一樣。我的祖母馬上就接受了電視。那是她喜歡美國的第一件，也是唯一的一件東西。有時候她忘了關機，半夜兩點醒來聽到電視台收播之前所放的美國國歌。

電視取代了我祖父母生活中不再有的交談。黛絲荻蒙娜整天看著，爲連續劇裡的畸戀情節感到可恥。她特別喜歡清潔劑的廣告，只要是有肥皂泡和肥皂水的都好。

住在塞米若里街上，就受到帝國主義在文化上的影響。每個禮拜天，密爾頓不給客人喝希臘產的白蘭地酒，卻調製雞尾酒。「那些酒的名字跟人一樣，」黛絲荻蒙娜回到閣樓上向她啞了的丈夫抱怨道：「湯姆．柯林斯[6]，哈維．華爾班[7]，這些都是酒耶！他們還用那個，叫什麼來著，哦，高傳眞什麼的來聽音樂。密爾頓放上唱片，他們喝湯姆．柯林斯，有時候他們還，你知道，跳舞啊，一個對一個，男人跟女人一起跳，像在角力摔跤。」

我在黛絲荻蒙娜眼中不過是很多事情告一結束的另一個象徵而已吧？她盡量不看我，藏在她的扇子後面。然後有一天，泰喜必須出門，而黛絲荻蒙娜被迫要帶孩子。她戰戰兢兢地走進我的睡房，小心翼翼地走到我搖籃邊。全身穿黑的六十歲老婦彎下腰來看包在粉紅襁褓中的嬰兒。也許是我的表情裡有什麼觸動了警鈴。也許是她已經在做她後來所做的事，把鄉下孩子和這個市郊的孩子連接在一起，把古老的傳統和新的內分泌學扯上關係……不過話說回來，也許並沒有。因爲在她滿腹懷疑地由搖籃邊上窺視我的時候，她看到了我的臉——血緣產生了影響力。黛絲荻蒙娜擔憂的表情俯在我（相似的）困惑表情上。她充滿憂傷的眼睛俯視著我（同樣的）黑色大眼睛。我們的一切都一樣。於是她把我抱了起來，而我做了孫輩該做的事：我消除了我們之間的歲月，我還給黛絲荻蒙娜原有的面目。

從那以後，我成了她的心肝寶貝。早上十點左右，她就讓我母親休息，把我抱上閣樓。這時候拉夫提的體力已經大部分恢復了。儘管失去了語言能力，我祖父仍然是個很有活力的人。他每天很早起床，洗澡，刮鬍子，打好領帶，在吃早飯之前，先做兩小時閣樓希臘文的翻譯。他不再有把譯作出版的大志，只爲興趣來做這件事，也因爲翻譯能讓他保持思想的清楚。爲了和家人溝通，他隨身帶著一塊小黑板。用文字和他自創的圖象來寫口訊。他知道自己和黛絲荻蒙娜是我父母的負擔，在家裡特別賣力幫忙，修理東西，幫忙打掃和打雜。每天下午，不論天氣如何，他都去散步三哩路，高高興興地回來，笑得露出滿嘴金牙。夜裡在閣樓上聽他的希臘民歌唱片，抽著他的水菸筒。每次十一章問他水菸筒裡是什麼的時候，拉夫提就在他的小黑板上寫著：「土耳其泥巴。」我父母始終相信那是一種很香的香菸的品牌。至於拉夫提從哪裡弄來大麻，就沒有人知道了。大概是他出門散步時弄到的吧，他在城裡還有很多希臘和黎巴嫩的朋友。

每天從十點到中午，我的祖父母照顧我。黛絲荻蒙娜餵我喝牛奶，替我換尿布，用她的手指梳理我的頭髮。碰到我找麻煩的時候，拉夫提就抱著我在房間裡走來走去。因爲他不能和我說話，就常常抖著我，對我哼歌，還把他那個大鷹鉤鼻碰我還沒長出來的小鼻子。我的祖父很像一個尊貴而沒有塗彩的啞偶，而我一直到五歲的時候才發現他有什麼不對。他想做鬼臉的時候，就抱著我站在閣樓的窗前，我們就從生命的兩頭一起由那裡俯瞰翠綠的四周。

不久我會走路了，在包裝得色彩鮮艷的禮物誘惑下，我跑進了我父親拍攝的家庭電影的畫面裡。在最早的那些記錄在膠捲上的耶誕節裡，我看起來就像個過度盛裝的小公主。極端渴望有個女兒的泰喜在替我打扮的時候總有點過頭。粉紅的裙子，蕾絲鑲邊，頭髮上還綁著耶誕的蝴蝶結。我不喜歡這些衣服，也不喜歡刺人的耶誕樹，通常會拍到我很誇張地哭起來……

或者是因爲我父親的攝影器材的關係。密爾頓的攝影機上附裝有一排刺眼的燈。影片的那種明亮程度給人像蓋世太保審訊的感覺。我們帶著禮物，全都畏畏縮縮的，好像走私被逮了個正著。除了亮得刺眼之外，密爾頓的家庭電影還有另外一個奇怪的地方：他像希區考克一樣，總要出現在影片裡。唯一能檢查攝影機裡還剩多少底片的辦法，就是要看鏡頭裡的碼錶。在耶誕場景或生日宴會中間，總會有段時間，整個銀幕上只見到密爾頓的一隻眼睛。所以現在我想很快地勾勒一下我的童年時，能回想得最清楚的就是：我父親那隻睡眼惺忪，有點像熊眼的棕色瞳孔。在我們的家庭電影中添加了後現代的色彩，強調技巧，讓人注意到機械方面。（傳給我我的審美眼光。）密爾頓的眼睛瞪著我們，眨了一下。那隻眼睛大得像教堂裡大耶穌像的眼睛一樣，比什麼嵌瓷畫都好得多，那是隻活生生的眼睛，角膜有點血絲，睫毛濃密，下面的皮膚像沾了咖啡漬印，還有點浮腫。這隻眼睛會對我們看上十秒鐘，最後攝影機拉開，仍在拍攝，我們看到天花板，電燈，地板，然後又是我們：史蒂芬尼德一家。

首先是拉夫提，雖然中過風，仍然衣冠楚楚，穿著一件漿得筆挺的白襯衫，一條蘇格蘭呢的褲子，在他的黑板上寫了幾個字，再把黑板舉起來：「Christos Anesti（基督復活）」。黛絲荻蒙娜坐在他對面，她的假牙讓她看起來像隻在咬人的大烏龜。我的母親，在這部題名爲《一九六二年復活節》的家庭電影裡，離滿四十歲還有兩年。她用一隻手擋在臉前，除了燈光太強之外，另外一個原因是她眼角的魚尾紋。在這個姿勢中，我看到我一向對泰喜所抱持的同情，我們兩個最快樂的時候莫過於在別人不注意之下去看人。在她的手後面，我能看到她昨夜熬夜看的小說痕跡。所有那些她得查字典的難字全都擠在她疲倦的頭腦，等著在她今天要寫給我的信裡登場。她的手勢也是一種拒斥，這是她對那開始常在她面前失蹤的丈夫報復的唯一方法。（密爾頓每晚都回家；他不喝酒，也不找女人，可是，心裡老是記掛著生意上的問題，他開始每天把自己的一部分留在餐館裡，因此回到我們身邊的那個人似乎越來越不存在，像是一個機器人，會切火雞，會在假日拍家庭電影，可是其實根本不在那裡。）最後，當然，我母親舉起的手也是一種警告，是那個黑盒子的前身。

十一章趴在地毯上，大吃糖果，身為兩個以前從事養蠶工作者（一個帶著小黑板，一個帶著煩惱珠）的孫子，卻從來沒有在養蠶室裡幫過忙，也沒去過市集。環境卻已經在他身上留下印記，他有美國孩子那種暴虐、自我沉溺的神情……

現在兩隻狗跑進了畫面。魯弗斯和威利士是我們養的兩隻拳師狗。魯弗斯聞了下我的尿布，非常滑稽地看準了時機，一屁股坐在我身上。牠後來咬了人，兩隻狗都給送走了。我母親出現了，她趕走了魯弗斯……這下又看到我了。我站起來，蹣跚地走向攝影機，面帶微笑，還試著揮手……

我對這段影片很熟，《一九六二年復活節》是路思博士說動我父母給他的一部家庭電影。這是他每年在康乃爾大學醫學院放給他學生看的影片。路思堅稱這是他第三百五十二個證物，證明他性別認知建立於早期的理論。這是路思博士放給我看，告訴我，我以前是什麼人的影片。那是什麼人呢？請看銀幕上。我母親給我一個洋娃娃。我接過洋娃娃抱在胸前，把一個小奶瓶湊在洋娃娃嘴上，我給她餵奶。

我的童年在影片裡和影片外過去。從小就是把我當個女孩子養大，這點毫無問題。我母親幫我洗澡，教我怎麼洗乾淨自己的身體。從後來發生的一切看起來，我想這些關於女性衛生保健的教導最多只能算是最基本的。我不記得對我的性器官有任何直接的暗示。一切都遮掩在私密和脆弱的地帶，我母親也從來沒有太用力洗擦過我那個地方。（十一章的器官稱為「小雞雞」。可是對我那裡所有的東西卻完全沒有字句來稱呼。）我父親甚至更拘謹。難得有幾回由他給我換尿布或洗澡的時候，密爾頓都故意轉開眼光。「你全身都洗到了嗎?」我母親會問他,像平常一樣把話說得拐彎抹角的。「沒有全身。那是該妳管的部分。」

反正也沒關係。5—α—還原酶不足症候群的僞裝技巧極其高超。一直到我的青春期,男性荷爾蒙在我血液中氾濫之前,我和其他小女孩的相異之處幾乎難以察覺。我的小兒科醫生從來沒注意到有什麼不尋常的地方。而等到我五歲的時候,泰喜已經開始帶我去看費洛波西恩大夫——那位視力越來越差的費洛大夫和他草率的檢查。

一九六七年一月八日,我滿七歲。一九六七是底特律很多事物告終的一年。其中之一就是我父親的家庭電影。《卡莉的七歲生日》是密爾頓的最後一部超八釐米作品。場景是在我們家的餐廳裡,裝飾了很多汽球。我頭上戴著通常會有的圓錐形帽子,十一章,現在十二歲了,沒有和其他的男孩子與女孩子一起坐在餐桌邊,而是獨自站在後面,靠在牆上喝著水果酒。我們之間年齡的差距使我哥哥和我始終沒有一起成長。我還是嬰兒時,十一章是個小孩子,等我是個孩子的時候,他已經成了少年,而等我成爲青少年時,他又已經是成人了。十二歲那年,我哥哥最喜歡做的事莫過於把高爾夫球剖成兩半來看看裡面是什麼。通常他把威爾森牌或史佩汀牌的球做活體解剖的結果,露出球心是捆紮得極其緊密的橡皮圈。但有時卻有意外的結果。事實上,如果你仔細地看我那位在家庭電影裡的哥哥,就會注意到一件奇怪的事:他的臉、兩臂、襯衫和褲子上全都布滿了幾千個白色小點。

就在我的生日宴會開始之前,十一章在他地下室的實驗室裡,用一把弓形鋼鋸在剖一個最新的冠群牌高爾夫球,這個品牌的廣告說有「液體球心」。十一章鋸著用老虎鉗夾緊的球,等他鋸到冠群牌的球心時,一聲響亮的「噗」響,接著是一蓬白煙。球心是空的。十一章覺得困惑不解。可是等他從地下室裡出來時,我們都看到了那些白點……

再回來談生日宴會,我的蛋糕上插著七枝蠟燭推了出來。我母親的嘴巴無聲地動著,叫我許個願。我在七歲的時候許了什麼願呢？我不記得了。在電影裡，我俯身向前，然後，呼的一聲，把蠟燭吹熄了，緊接著，蠟燭又燃了起來。我再把它們吹熄，同樣的事又發生了。然後十一章在大笑，終於開心了。我們的家庭電影到此結束，在我的生日開了個大玩笑，還有好多條命的蠟燭。

問題還沒有答案：爲什麼這是密爾頓拍的最後一部影片？能不能解釋說是做父母的用影片來記錄孩子成長的那份熱誠消磨殆盡了？還是密爾頓給十一章拍過好幾百張嬰兒照片，而我的照片只有二十張左右的事實？要回答這些問題，我需要到攝影機後面去，用我父親的眼光來看所有的事情。

密爾頓在我們面前漸漸消失的原因：經營了十年之後，餐館已經沒了利潤，透過前面的窗子（越過雅典娜牌的橄欖油罐），我父親日復一日地看到平格里街上的變化。本來住在對面的那個白人家庭，以前是店裡的好顧客，早就已經走了。現在那裡住著一個叫莫里森的黑人。他到餐館來買香菸。他點杯咖啡，讓你續上一百萬次杯，在那裡抽菸，從來沒點過餐點。他好像沒有工作。有時候有別的人搬進他的房子，一個年輕的女人，也許是莫里森的女兒，帶著她的孩子，然後他們又不見了，只剩下莫里森一個人。他的屋頂上有一塊塗了焦油的防水布，用磚塊四邊壓著，遮住破洞。

就在這條街上，一家夜間營業的店開了張，他們的客人在回家的路上會在餐館門口撒尿。阻街女郎開始在十二街上做生意，隔壁街上的洗衣店遭人搶劫，白人店東被打得鼻青臉腫。隔壁眼鏡行的老板A.A.勞瑞把視力表從牆上取了下來，工人拆掉了店門口的霓虹燈大眼鏡。他要搬到南田的一家新店面去。

我父親也考慮過這樣做。

「那一帶就快完了，」吉美．費奧瑞托斯有個禮拜天在吃完飯後忠告道：「趁現在價錢還好的時候趕快搬走。」

然後是蓋斯．潘諾士，他動過氣切手術，說話都用他頸子上的那個洞，嘶嘶響得像刮風一樣地說：「吉美說得對……嘶嘶……你該搬到……嘶嘶……布隆菲希爾去。」

彼德舅公不同意。像平常一樣認爲白人黑人沒有差別待遇，支持詹森總統的對抗貧窮大作戰。幾個禮拜之後，密爾頓找人來估價頂讓，結果大爲震驚：斑馬房的現值比一九三三年拉夫提買下來的價錢還低。密爾頓等得太久了才來賣，搬出去已經划不來了。

所以斑馬房仍然開在平格里街和德克斯特街交叉口，自動點唱機裡的搖擺樂越來越落伍，牆上名人和體育明星的照片也越來越沒有人認得。我祖父常在禮拜六帶我開車兜風。我們開車到拜爾島去看鹿，然後到這個家庭餐館來吃中飯。我們坐在餐館的一個雅座裡，密爾頓來招呼我們，假裝我們是顧客。他先記下拉夫提點的菜，然後眨下眼睛，「這位太太要什麼？」

「我不是太太！」

「不是呀？」

我像平常一樣點了起士堡、奶昔，還有檸檬酥皮派當甜點。密爾頓打開收銀機，給我一疊兩毛五的硬幣，讓我到自動點唱機去點歌。我在選歌的時候，由前面的窗子望出去，找我住在附近的那個朋友。大部分禮拜六那天他都會站在街口，四周圍著其他的年輕男子。有時則站在一把破椅子上或是一堆煤渣上演說。他的手臂總是舉在空中，揮舞著，做著手勢。但要是他碰巧看到我的時候，他舉起的拳頭就會張開，對我揮手。

他的名字叫馬瑞奧斯·韋濟納扎·查洛衣里席爾吉士·葛里姆斯。我是不許跟他說話的。密爾頓認爲馬瑞奧斯是個惹是生非的傢伙，這個看法很多斑馬房的客人，不論黑白，都很同意。不過，我很喜歡他。他叫我「尼羅河的小女王」，說我很像克麗奧派屈拉。「克麗奧派屈拉是希臘人，」他說：「妳曉不曉得？」「不曉得。」「沒錯，她就是，她是托勒密家的人，當時是個大家族。他們都是希臘裔的埃及人。我也有一點點埃及血統，妳跟我說不定還有親戚關係呢。」如果他是站在那張破椅子上，等人群圍攏過來的話，他就會和我聊天。可是如果有別的人在那裡，他就會太忙了。

馬瑞奧斯・韋濟納扎・查洛衣里席爾吉士・葛里姆斯的名字是照著一位衣索匹亞的小說家名字取的，事實上，他等於是三〇年代的法德・穆罕默德的現代版。馬瑞奧斯小時候得過氣喘病，大部分童年時期都生活在戶內，在他母親的書房裡看過各式各樣的書，十幾歲的時候常常遭到毆打（馬瑞奧斯以前戴著眼鏡，還有張嘴呼吸的習慣）。可是等到我認得他的時候，馬瑞奧斯・W.C.葛里姆斯已經是個成年人了。他在一家唱片行工作，夜裡則去上底特律大學的法學院。這個國家有了些變動，尤其是鄰近的黑人區，正是會讓一個像馬瑞奧斯這樣的兄弟登上街口的肥皀箱。知道某些事情突然變得很酷，比方說細說西班牙內戰的起因，還有切・格瓦拉也有氣喘病。馬瑞奧斯戴了一頂貝雷帽。一頂民兵的黑色貝雷帽加上黑眼鏡，臉上還新貼了塊膠布。戴著貝雷帽和黑眼鏡的馬瑞奧斯站在街口提醒大家一些事情。「斑馬房，」他用一根骨瘦如柴的手指指著：「老闆是白人。」然後那根手指順著街上往下指。「電視專賣店，老闆是白人，雜貨店，老闆是白人，銀行……」弟兄們四下張望……「明白了吧。沒有銀行，他們不會貸款給黑人。」馬瑞奧斯計畫當一個公眾的先驅。一等他從法學院畢業之後，他就要告迪爾伯恩市政府在居住上有種族歧視。他目前在法學院他那一班的成績是第三名。可是現在氣候太潮濕，他小時候的氣喘病又犯了，馬瑞奧斯在我踩著輪鞋溜過來的時候，既不快樂又不舒服。

「嗨，馬瑞奧斯。」

他沒有出聲招呼，這表示他情緒低落。可是他點了點頭，這給了我繼續下去的勇氣。

「你怎麼不換把好點的椅子往上站？」

「妳不喜歡我的椅子？」

「都破了嘛。」

「這把椅子是古董，也就是說應該很破。」

「不會破成這樣。」

可是馬瑞奧斯只瞇起眼睛來望著對街的斑馬屋。

「讓我問妳一件事，小克麗奧。」

「什麼？」

「爲什麼總是至少有三個大胖警察，所謂維持治安的，坐在妳爹店裡的櫃檯前面？」

「他請他們喝不要錢的咖啡。」

「妳想他爲什麼要這樣做呢？」

「我不知道。」

「妳不知道？好吧，我來告訴妳。他是在付保護費。妳老頭之所以讓那些傢伙在那裡，是因爲他怕我們黑人。」

「他才不怕哩。」我說，突然想護著我爹。

「妳覺得他不怕？」

「不怕。」

「那，好吧，小女王，妳最知道了。」

可是馬瑞奧斯的指控讓我很不安。從那以後，我開始密切注意我的父親。我注意到他在開車經過黑人區的時候總會先把車門鎖好。我聽到他禮拜天在客廳裡說：「他們沒照顧好他們的財產，結果一切都完了。」下個禮拜，拉夫提帶我去餐館的時候，我比平常更注意坐在櫃檯前那些警察寬寬的背部。我聽到他們在和我父親開玩笑，「嗨，密爾，你最好開始在菜單上增加點黑人的菜。」

「是嗎？」——我父親快活地說——「也許來點烏青菜？」

我溜了出去，去找馬瑞奧斯。他在他的老地方，可是是坐在那裡，而不是站著，正在看一本書。

「明天考試，」他對我說：「得念念書。」

「我念二年級。」我說。

「才二年級！我以爲妳至少念高中了。」

我對他露出我最討喜的笑容。

「想必是托勒密家血統的關係。別跟羅馬人混在一起，好嗎？」

「什麼？」

「沒什麼，小女王，只是在跟妳鬧著玩。」他大笑起來，他可不常笑的。他笑逐顏開，容光煥發。

突然之間，我父親在叫我的名字：「卡莉！」

「什麼事？」

「馬上過來！」

馬瑞奧斯笨手笨腳地從椅子上站了起來。「我們只是在聊天，」他說：「你的小女兒好聰明。」

「你離她遠點，聽到了沒有？」

「爹！」我抗議道，嚇了一跳，也爲我的朋友感到尷尬。

可是馬瑞奧斯的聲音很柔和，「沒關係，小克麗奧。我得準備考試，回妳爹那裡去吧。」

那一整天，密爾頓都在盯著我，「妳永遠，絕對不可以像那樣跟陌生人說話，妳到底是怎麼了？」

「他不是陌生人，他的名字叫馬瑞奧斯・韋濟納扎・查洛衣里席爾吉士・葛里姆斯。」

「妳聽到我說的話沒有?少和那種人在一起。」

後來，密爾頓叫我祖父不要再帶我到餐館去吃午飯，可是不到幾個月，我又去了，是我自己去的。

Opa!

她們總以爲這是很老派、很紳士的做法。我是說我進展的緩慢，我進攻的優閒步伐。（我現在已經學會先主動走第一步，而不是等著走第二步。）

我邀請菊池茱莉去外地度週末。到波蘭的波美拉尼亞。主要的是開車到烏瑟敦，一個波羅的海的小島，住在一處以前威廉二世[4]很喜歡的老度假場所。我特別強調我們會各住各的房間。

因爲是週末，我盡量穿得很休閒。這對我來說並不容易。我穿了件駱駝毛的高領套頭毛衣，格子呢的上裝，搭配一條牛仔褲。還有一雙由愛德華．葛林手工製作的科爾多瓦皮革[5]皮鞋。這種特殊式樣稱爲「敦提」，看起來很正式，除非你注意到用的是伐柏拉姆牌登山靴的橡膠鞋底。皮子有兩倍厚，「敦提」是一種特別設計來健行的鞋子，讓你能打著領帶，踩在爛泥地裡，後面還跟著你的一群跟班。我等了四個月才拿到那雙鞋子。在鞋盒子寫著：「愛德華．葛林：爲極少數製鞋的大師」。說的正是我。極少數。

我租了一部賓士去接茱莉。一部不很安靜的柴油車。她準備了一堆在路上聽的錄音帶，還帶了可以看的書報雜誌：《衛報》和最近兩期的*Parkett*。我們開上兩邊都有行道樹的狹窄小路直往東北而去。我們經過茅草屋的村莊，沼澤地越來越多，也出現了不少港灣，不久之後，我們就過橋到了島上。

我該直接說結果嗎？不行，慢慢地，優閒地，這樣才對。讓我先說明現在是德國的十月。雖然天氣很涼，赫林朵夫的海灘上卻還有一些死硬派的天體主義者，大部分是男人，像海象一樣躺在大毛巾上，或是嘻嘻哈哈地聚集在搬空了的strandkörbe，海濱小屋裡。

我站在四周都是松樹和樺樹的高雅海濱步道上，遠眺著那些天體主義者，想著我一向覺得不解的事：像那樣地自由自在不知是什麼滋味？我是說，我的胴體比他們漂亮太多了，我有線條完美的結實手臂，鼓突的胸肌，光滑的臀部，可是我永遠也不可能像這樣當眾閒逛。

「實在不像是《陽光與健康》的封面。」茱莉說。

「人一過了某個年紀之後，就該把衣服穿著。」我說，或是諸如此類的話。有所懷疑的時候，我都會變得有些保守，或說些聽來有點英國味的批評。心裡並沒想著我所說的話。我突然完全忘了那些天體主義者的事。因爲我現在正在看著茱莉。她把她那副德意志民主共和國時代的銀邊太陽眼鏡推到頭頂上，好拍下遠處那些做日光浴的人的照片。波羅的海上吹來的風使她的頭髮飛揚著，「妳的眉毛就像小小的黑色毛毛蟲。」我說；「馬屁精。」茱莉說著，一面仍在拍照。我沒有再說什麼。就像冬天過後又見陽光的人一樣，我靜靜地站著，承受那種種可能所帶來的溫暖，以及陪著這位個子小小，性格強悍，有一頭漆黑頭髮，身材可愛卻不顯眼的人那種很對勁的感覺。

我們仍然睡在各自的房間裡。那天晚上，還有第二個晚上。

＊

我父親不許我和馬瑞奧斯．葛里姆斯說話的時候是在四月，在密西根州，那是個潮濕而清冷的月份。到了五月，天氣變暖和了；六月很熱，七月更熱。在我們坐落於塞米若里街上的房子後院裡，我穿著兩截式的泳裝在自動灑水器的水花裡跳進跳出，而十一章則在採擷蒲公英來釀蒲公英酒。

夏天氣溫攀升的時候，密爾頓想要認眞對付他所陷入的困境。他的夢想不是只開一家餐館，而是要有很多連鎖店。現在他發現這個連鎖帶頭的斑馬房就是很弱的一環，使他感到懷疑和困惑，密爾頓・史蒂芬尼德有生以來第一次碰到他從未想到的可能情況：失敗。他該拿這間餐館怎麼辦？是該低價拋售嗎？然後怎麼辦呢？（目前他決定週一和週二暫停營業，以節省薪資的支出。）

我的父親和母親不在我們面前討論這個情況，而和我祖父母討論時，就用希臘話。十一章和我只能憑那些一點也不懂的話說出來的語氣去猜測到底是怎麼回事，不過說老實話，我們也沒怎麼注意。我們只知道密爾頓突然白天也在家裡。我們以前難得在太陽光下見到的密爾頓，突然在外面後院裡看報紙。我們發現我們父親穿著短褲時露出的腿是什麼模樣，我們發現他不刮鬍子時是什麼模樣。前兩天他的臉像平常週末時那樣像砂紙似的。可是現在他不會再抓住我的手去摩擦他的鬍碴，等我尖叫了才放手，密爾頓根本沒有折磨我的興致。他只坐在院子裡，而鬍子像一塊污漬，像一塊癬，越來越擴散開來。

密爾頓無意識地守著希臘人在家有喪事之後不刮鬍子的習俗。只不過這回的情況裡，終結的不是一個人的生命，而是一家人的生活。鬍子讓他原本就很豐滿的臉變得更胖。他也沒有修剪或弄得太乾淨。而因爲他對他的煩惱一句話也不說，他的鬍子開始默默表達了所有他不讓自己說出來的事情。鬍子鬈曲打結表示了他越來越糾結的思想。鬍子難聞的味道散發出他的壓力。夏天一路過去，鬍子越長越亂，沒有修剪，顯然密爾頓是在想著平格里街；他打算像平格里街一樣的凋萎。

拉夫提想安慰他的兒子。「要堅強。」他寫道。他面帶微笑地抄錄塞莫皮萊[6]的戰士悼亡詩：「行過的陌生人，去告訴斯巴達人／我們遵從他們的律法，在這裡躺下。」可是密爾頓只看了一眼。他父親的中風讓他相信拉夫提已經不是個厲害角色。拉夫提啞了，隨身帶著他那塊可憐的小黑板，只忙著重建莎孚的斷簡殘篇，在他兒子眼裡已經老了。密爾頓發現自己越來越不耐煩，或根本不加注意。高齡家人對敗亡的提示，正是密爾頓的感覺，看著他父親佝僂在桌燈的光裡，伸著濕潤的下唇，看著已死的文字。

儘管像冷戰般地保密，還是有些消息洩漏給我們這兩個孩子。我們家財務吃緊的威脅，化爲緊皺的眉頭，像閃電般地出現在我母親的鼻梁上方，都是在我要買昂貴玩具的時候。我們餐桌上肉類出現的次數少了。密爾頓管制用電。要是十一章沒關燈而離開房間一分鐘以上，回來時就只見一片漆黑，而黑暗中有個聲音說：「我是怎麼跟你講電量的！」有一段時間，我們只靠一個電燈泡過日子，由密爾頓從一個房間拿到另一個房間。「這樣我才知道我們用了多少電。」他說著把燈泡裝在餐廳的燈座上，好讓我們能坐下來吃飯。「我都看不見飯菜。」泰喜埋怨道。「妳說什麼？」密爾頓說：「這就是他們所謂的氣氛。」吃完甜點之後，密爾頓從褲子後面口袋裡掏出一塊手帕，把發燙的燈泡取下來，像個平庸的特技表演者似地拋著，帶進客廳裡。我們在黑暗中等著他摸黑過去，撞著家具，最後遠處亮起昏暗燈光，密爾頓開心地叫道：「好了！」

他還是裝得很勇敢。用水管沖洗餐館外的人行道，把窗子擦得亮亮的。仍舊很誠懇地跟客人打招呼：「都好嗎？」或是「Yahsou, patriote!」（你好，老鄉！）可是斑馬房的搖擺樂和過去的棒球明星都不能讓時光停住。現在不是一九四〇，而是一九六七。尤其是在一九六七年七月二十三日，禮拜天的晚上，我父親的枕頭底下有一大塊東西。

請看我父母的臥房：擺設全是美國早期家具的複製品，讓他們（以低廉的價錢）和這個國家建國的神話接軌。比方說，看看薄木板的床頭板，密爾頓都說那是「純櫻桃木」，就像喬治・華盛頓砍倒的那棵小樹。再請你把注意力轉到有獨立戰爭圖案的壁紙。一再重複著那著名的三人組：打鼓的少年，吹笛子的人和跛腳的老人。我在世上的最早幾個年頭裡，這些身上沾著血跡的身影在我父母的臥房裡到處前進，在這裡消失在一個「蒙提瑟洛」[7]的梳妝台後面，在那裡又由一面「蒙佛農」[8]的鏡子後面出現，或者有時候無路可走，就被壁櫥切掉一半。

在那個歷史性的夜晚，我那已經四十三歲的父母躺在床上熟睡著。密爾頓打鼾打得連床都在震動；而且，隔牆就是我的房間，我自己也在一張大人用的床上睡著了。另外有樣東西在密爾頓的枕頭下面震動，如果考慮到那個東西是什麼的話，那倒是個有潛在危險的情況。在我父親枕頭底下的是一把他在打仗時帶回來的點四五口徑的自動手槍。

契訶夫編劇的第一條規則大約是這樣：「如果第一幕第一場裡，牆上掛了把槍，你就必須在第三幕第二場之前用那把槍開火。」我在想到我父親枕頭底下的那把槍時，就禁不住會想起這條說故事的規則。槍已經在那裡了。既然我已經提到，就不能把它拿走了。（那天晚上那把槍眞的在那裡。）槍裡有子彈，保險也開了……

底特律在一九六七年那個悶熱的夏天，正面臨著一場種族暴動。兩年前在瓦次[9]爆發過，最近在紐瓦克[10]也發生了幾次暴動。爲了因應這種全國性的騷動，全是白人的底特律警方一直在臨檢黑人區裡深夜營業的酒吧。他們的想法是對可能的爆發點先行壓制。通常警方都把他們押送囚犯的警車停在後面巷子裡，把店裡的客人一起趕上車而不讓別人看到。可是今天晚上，因爲某些始終沒有說明的原因，三輛警車開到第十二街九一二五號的經濟印刷公司——離平格里街有三條街遠——停在路邊。你也許以爲清晨五點鐘，這樣沒什麼關係。那你就錯了。因爲在一九六七年，底特律的第十二街可是城開不夜的。

比方說，警車開到的時候，好些女孩子排排站在路邊，都是穿著露出大腿的迷你裙和背心的女孩子。（密爾頓每天早上用水管在人行道上沖掉的海產包括像死水母的保險套和偶爾有如寄居蟹的一隻失落的高跟鞋。）那些女孩子站在路邊看汽車開過。有黃綠色的凱迪拉克，火紅色的托羅拉多，張著大嘴的林肯，全都是完美無瑕，鍍鉻的部分閃亮，轂蓋光可鑑人，任何地方都沒有一點銹斑。（這點是密爾頓始終搞不懂黑人的地方，也就是對汽車要求完美而房子卻不整修的矛盾。）……現在那些汽車都慢了下來。車窗搖下，那些女孩子彎下腰來和開車的人交談。彼此叫來叫去，掀起已經夠短的裙子，有時候很快地露一下奶子或是做個猥褻的手勢。那些女孩子賣弄風騷，大聲笑著，清早五點就已經「駭」到對兩腿之間的擦傷和不管用多少香水也遮不住的男人留下的味道，都已經麻木了。在街上實在很難讓自己保持乾淨，到了這個時候，每個這樣的女孩子在她們的重要部位聞起來都像是熟醇而柔軟的法國乳酪……她們也麻木到忘了留在家裡的嬰兒，六個月大，得了重感冒，躺在舊搖籃裡，吸著塑膠奶嘴，呼吸困難……對和薄荷口香糖一起留在嘴裡的精液的味道也麻木了，這些女孩子大部分不超過十八歲，第十二街的路邊人行道是她們第一個眞正有工作的地方，也是這個國家能給她們最好的工作。她們從這裡還能到哪裡呢？她們對這點也麻木了，只有一兩個還夢想著去唱歌，或是開一家美髮店……可是這都是一部分發生在那天晚上的事，接下來要發生的事（警察現在下了車，正闖進那家非法賣酒鋪子的門）……這時有扇窗子打開了，有人叫道：「是條子！從後面走！」人行道上的那些女孩子也認出了那些條子，因爲她們以前都得免費替他們服務過。可是今晚有點不一樣，出了一些事……那些女孩子並沒有像平常警察出現時那樣消失不見。她們站在那裡，看著酒吧裡的客人給銬上手銬帶了出來，有幾個女孩子甚至開始罵了起來……現在其他的門也打開了，車子停了下來，突然之間，所有的人都到了街上……好多人從非法的酒吧間，從房子裡，從街角處出來，你可以感覺到那在空氣裡，好像空氣一直在統計雙方的比數，而到了一九六七年七月的這一刻，欺壓的積分已經到了某一點，因此不可避免的事就由瓦次和紐瓦克飛出來，到了底特律的第十二街，一個女孩子叫道：「放開他們，操你媽的豬玀條子！」……然後有別的叫罵聲，還有推擠，一個瓶子從一個警察身邊擦身而過，打爛了他身後警車的玻璃……回到塞米若里街，我父親正枕在一支手槍上睡覺，而那把手槍就又要用上，因爲暴動開始了……

早上六點二十三分，我臥房裡那支公主型的電話響了起來，我接了電話，是吉美·費奧瑞托斯打來的，他在驚慌失措下把我的聲音誤聽做是我母親。「泰喜，叫密爾頓趕到餐館去，黑人暴動了！」

「這裡是史蒂芬尼德公館，」我照大人教導的那樣很有禮貌地繼續說道：「我是卡莉。」

「卡莉？天啦，寶貝，讓我跟妳爸爸說話。」

「請等一下。」我放下粉紅色的聽筒，走進我父母的臥房，把我父親搖醒。

「費奧瑞托斯先生找你。」

「吉美？天啦，有什麼事？」他把臉頰抬起來，還看得見槍柄留下來的印子。

「他說有人暴動了。」

這時候，我父親跳下床，就好像他還只有一百四十磅，而不是一百九十磅重似的，密爾頓像做體操似地翻跳進空中，落地站定，完全沒注意到他全身光溜溜的，而且還在半夢半醒的清晨勃起狀態。（所以底特律的暴動在我心裡始終和我第一次見到勃起的男性生殖器聯想在一起。）現在泰喜也起床了，大聲地叫密爾頓不要去，而密爾頓用一隻腳跳著，想把褲子穿上；不久之後，所有的人都來了。

「我告訴你這是怎麼回事，」黛絲荻蒙娜在密爾頓跑下樓梯的時候對他尖叫道：「你替聖克里斯多夫修了教堂沒有？沒有嘛！」

「交給警察去管，密爾。」泰喜哀求道。

而十一章說：「你什麼時候回來？爹？你答應過今天帶我去無線電棚的。」

而我呢，仍然用力地閉著眼睛，想抹去我所看見的畫面，說道：「我想我現在要回床上睡覺去了。」

唯一沒有說什麼的是拉夫提，因爲在一片混亂中，他找不到他那塊小黑板。

衣服只穿了一半，穿了鞋子沒穿襪子，穿了長褲沒穿內褲，密爾頓．史蒂芬尼德開著他那部三角州八十八型的車，疾駛過清晨的街道。一直到伍華大道，似乎什麼都沒問題，所有的路都空蕩蕩的，所有的人都還在睡覺。可是等他轉上西大街的時候，就看到有一條煙柱升到空中。和其他從這個城市的煙囪裡升起的煙柱大不相同，這道煙柱並沒有消散在一般的煙塵之中，而是低垂在地上，像是一道可怕的龍捲風。攪動著，始終維持著那可怕的形狀，被它所吸收的東西餵養著。那輛奥斯摩比直朝煙柱而去。突然之間，有人出現了，好多人在跑。好多人帶著東西。好多人笑著回頭看，另外一些人則揮舞雙手，求他們停下來。一輛警車從旁邊疾馳而過，開車的警員比著手勢叫密爾頓調頭回去，可是密爾頓沒有服從他的命令。

感覺很奇怪，因爲那裡是他的地盤，等於這半輩子都在這裡過的。在林肯街上那裡以前有一個水果攤。拉夫提常帶密爾頓到那裡買甜瓜，還教密爾頓找瓜上有蜜蜂叮過的小孔來挑眞正甜的瓜。在楚倫布爾街上是特莎莎拉吉士太太住的地方。以前常叫我幫她把東西從地下室搬上來，密爾頓心裡想道：説沒法再爬樓梯了。在史特靈街和國民街拐角的地方是老共濟會堂，三十五年前的一個禮拜六下午，密爾頓是拼字比賽的亞軍。拼字比賽！二十多個孩子穿著他們最好的衣服，盡量集中精神，一個字母一個字母地拼出「prestidigitation（變戲法）」這個字來。以前在這一帶就有這類的活動，拼字比賽；現在十幾歲的孩子們卻在街上跑著，手裡拿著磚頭。他們用磚頭打爛商店的櫥窗，又笑又跳，認爲這是種遊戲，像是放假。

密爾頓把視線由那些跳著的孩子身上轉開，看見那根煙柱就在他正前方街上，擋住了去路。他如果想調頭，還有一兩秒的時間。可是他沒有調頭，他直往前衝去。那輛奥斯摩比引擎蓋上的裝飾首先消失無蹤，接著是前面的保險桿和車頂。車尾燈紅紅地閃亮了一下，然後閃動著熄滅了。

在我們所看過的每場追逐戲裡，主角總是往上爬到屋頂上。我們家裡人都很講實際，對這點向來反對：「爲什麼他們老是往上爬？」「快看，他要爬上塔去了，看到了沒有？我說了吧。」可是好萊塢比我們更懂人性。因爲，在面對緊急狀況時，泰喜把十一章和我帶上了閣樓。也許是因爲我們祖先住在樹上所留下來的習慣；我們想要爬到高處去躲避危險。也可能是我母親覺得那裡比較安全，因爲那道門隱藏在壁紙後面。不管到底是什麼原因，總之我們拿了一個裝滿食物的箱子到閣樓上，在那裡躲了三天，由我祖父母的小黑白電視上看著市區起火。黛絲荻蒙娜穿著家居服和涼鞋，把她那把厚紙板的扇子壓在胸前，在那歷史重演的畫面前把自己遮擋住。「啊，我的天哪！這就像是斯麥納！看那些marvos！就像土耳其人把什麼都燒了。」

很難說這樣的比較不當。在斯麥納，大家把家具搬到碼頭上；電視上的人現在也搬著家具。好多人把全新的沙發從店裡用力拉出來。冰箱，還有爐子和洗碗機都在街上滑過。而就像在斯麥納一樣，所有的人好像把他們所有的衣服都帶了出來。雖然是七月的大熱天，女人都穿著貂皮大衣，男人則一面跑，一面把新西裝往身上套。「斯麥納！斯麥納！斯麥納！」黛絲荻蒙娜不住哀號。七歲的我已經聽過好多斯麥納的事，所以注意地盯著螢光幕，想看以前是什麼樣子。只是我一點也不明白。不錯，房子在燒，有屍體躺在街上，可是一點也沒有絕望的感覺。我這輩子還沒看到有人這麼快樂過。好些人在玩著從樂器行裡拿出來的樂器，還有些人從一扇打爛的櫥窗裡把一瓶瓶威士忌遞出來，傳給大家。看起來不像暴動，倒像是社區同樂會。

在那天晚上之前，我們街坊鄰居對我們黑人同胞的基本看法，大概可以用泰喜在看過暴動前一個月開始上映、由薛尼．鮑迪主演的《吾愛吾師》之後所說的話爲代表。她說：「你看，他們只要願意，也能把話說得很正常的嘛。」這就是我們的感覺。（當時就連我也一樣，我不否認這點，因爲我們都是我們父母的子女。）我們願意接受黑人，我們對他們沒有偏見，我們也想把他們包容在我們的社會裡，只要他們的行為舉止能很正常！

在他們對詹森的「偉大社會」[11]的支持中，在他們看完《吾愛吾師》後的喝采裡，我們的鄰居和親戚很明白地表示他們誠心相信黑人完全可以和白人一樣——可是那樣的話，這又是怎麼回事？他們在看到電視上的畫面時問自己。這些人把沙發帶著在街上走做什麼？薛尼．鮑迪會從店裡拿一張沙發椅或一件大型廚房用具而不付錢嗎？他會像那樣在一棟著了火的大樓前面跳舞嗎？「完全不尊重別人的私有財產。」住在隔壁的彭馳先生說，而他的太太菲莉絲說：「他們把他們自己住的那一帶都燒了之後，打算住在哪裡呢？」只有柔依姑姑好像很表同情：「我不知道，要是我走在街上，看到有件貂皮大衣在那裡，我大概也會拿走。」「柔依！」麥可神父大爲震驚。「這是偷竊呀！」「啊，眞正說起來，有什麼不是呢？這整個國家都是偷來的。」

我們在閣樓上待了三天兩夜，等著密爾頓捎來消息。大火使得電話不通，我母親打電話到餐館，卻只聽到接線生錄好的聲音。

除了泰喜之外，這三天裡沒有一個人離開過閣樓。她匆匆地下樓，把櫃子裡逐漸搬空的食物拿上來。我們望著死傷數字逐日攀升。

第一天：死亡─十五人。受傷─五百人。商店遭搶─一千家。火災─八百起。

第二天：死亡─二十七人。受傷─七百人。商店遭搶─一千五百家，火災─一千起。

第三天：死亡─三十六人。受傷─一千人。商店遭搶─一千七百家，火災─一千一百六十三起。

三天來，我們看著出現在電視上的受害者照片。莎朗．史東太太在停車等紅燈時，被狙擊手射殺。卡爾．E.史密斯，消防員，在救火時遭狙擊手射殺。

三天來，我們看著那些政客遲疑不決，爭論不休：共和黨的州長喬治．隆尼要求詹森總統派遣聯邦部隊；民主黨的詹森則說他「無法」做這種事。（秋天就要選舉，暴動情況越惡化，隆尼的選情越差。所以詹森總統在派出傘兵部隊之前，先派了賽洛斯．凡斯[12]來協助處理。將近二十四小時之後，聯邦部隊方才到達。在那段時間裡，毫無經驗的密西根州國民兵部隊在城裡胡亂開槍。）

我們三天沒有洗澡刷牙。三天來，所有正常的生活作息都告暫停，而已經差不多忘掉了的那些，比方說禱告，則重新開始。黛絲荻蒙娜用希臘話禱告，而我們都圍在她的床邊。泰喜還像平常一樣想要趕走她的懷疑，眞心相信。祈禱燈不再用油燈，而換成了電燈泡。

三天來，我們沒有一點密爾頓的消息。泰喜從樓下回來的時候，我開始察覺到她臉上除了淚痕之外，還有一些內疚。死亡總會讓人變得現實。所以泰喜到樓下去搜尋食物的時候，她也去翻了密爾頓的書桌。她看了他的人壽保險單，查了他們退休金戶頭裡的錢有多少。她在浴室裡照鏡子，評估她的容貌，看是不是在她這個年紀還能再找到個丈夫。「我得替你們這兩個孩子著想呀，」多年之後，她向我坦承：「我在想要是你爸爸沒回來的話，我們該怎麼辦。」

一直到最近，住在美國就意味著遠離戰爭。戰爭發生在東南亞的叢林中，發生在中東的沙漠裡，像老歌裡所唱的那樣，發生在遠方。可是那爲什麼我在我們躲到閣樓第二個晚上過去後的清晨，偷偷向窗外看時，會見到一輛坦克車從我們前院的草坪外開過去呢？一輛綠色的軍用裝甲車，孤零零地在早晨長長的影子裡，巨大的履帶在柏油路上嘎嘎作響。一輛裝了甲的軍用車輛，除了一隻掉在路上的輪鞋之外，沒有遇到別的障礙。坦克車開過富足的人家，山形牆和塔樓、車道。在停車再開的標誌前短暫地停了一下。迴轉炮塔向兩邊望了望，就像接受駕駛訓練的學生一樣，然後坦克車繼續開了下去。

事情是這樣的：禮拜一的晚上，詹森總統終於答應了隆尼州長的要求，下令聯邦部隊前往鎮壓。約翰·L.桑克摩頓將軍把一〇一傘兵部隊的指揮部設在東南高中，那是我父母的母校。雖然最激烈的暴動是在西城，桑克摩頓將軍卻選擇將他的傘兵部隊布署在東城，稱他這個決定「方便行動」。禮拜二清晨，傘兵部隊開動前往鎮壓。

沒有別人像我這樣醒著看到坦克車開過。我的祖父母在床上睡著，泰喜和十一章蜷臥在放在地上的氣墊上。就連那些鸚鵡也都悄沒聲息。我記得當時我看著我哥哥從睡袋裡露出來的臉。睡袋外面印著獵人打野鴨的圖。這樣富有男子氣概的背景，只更強調了十一章缺乏英雄氣概。有誰能去幫我父親呢？我父親能倚靠誰呢？戴著厚如可樂瓶底眼鏡的十一章嗎？六十多歲，帶著塊小黑板的拉夫提嗎？我相信接下去我所做的事和我的染色體異變沒有任何關連，而是我血液中睪丸素血漿含量高的結果。我做了一件任何一個可愛、忠心，看赫丘力爲主角的電影長大的女兒都會做的事。在那一剎那，我決定去找我父親，如果有必要時去拯救他，或至少去叫他回家。

我按照希臘正教的規矩畫了個十字，偷偷走下閣樓的樓梯，把門關好，到我的臥房去穿上球鞋，戴上我的愛蜜莉亞・艾爾哈特[13]飛行帽。沒有吵醒任何人，自己出了大門，奔向我停在房子邊上的自行車，騎了就走。過了兩個街口之後，我看到了那輛坦克車：停在那裡等紅燈。裡面的士兵們正在忙著看地圖，想要找出到暴動地點去的最好的一條路線。他們沒有注意到一個戴了頂飛行帽的小女孩，騎著一輛淺黃色的自行車偷偷行來。外面天色還很暗。小鳥剛開始鳴唱。夏日草地和護根土的味道瀰漫在空氣中，而我突然膽怯起來，我越接近那輛坦克車，那輛車看起來越大。我很害怕，想跑回家去。可是紅燈轉綠，坦克車往前開動。我屁股離了坐墊，飛快地踩著踏板追上去。

在市區的另外一頭，沒有光線的斑馬房裡，我父親正想盡辦法保持清醒。他躲在收音機後面，一手抓著手槍，另一手拿著一塊火腿三明治，由前面的窗子望出去，看街上的情形。因爲兩夜沒睡，密爾頓的眼圈隨著他喝下去的每一杯咖啡而越來越黑。他的眼皮像下著半旗，但額頭上卻因爲焦急和緊張而冒著冷汗。他的胃很痛，非常需要上廁所卻不敢去。

外面，他們又開始了：那些狙擊手。差不多是清早五點鐘。每天晚上，西沉的落日就像是窗簾下的拉環，把夜色拉下來籠罩全城。在酷熱的大白天裡不知由哪裡消失的狙擊手，都回來了。他們站好位置。從歇業的旅館窗口，從防火梯或露台，從堆在前院的汽車後方，把各式各樣的槍枝伸了出來。要是你仔細去看，要是你夠勇敢或夠冒失地在晚上這個時候把頭伸出窗外的話，你就能看見，在月亮——另外一個拉環，往上的——下有好幾百支閃著微光的槍，往下瞄準著街上正在前進的士兵。

餐館裡唯一的燈光就是自動點唱機的紅燈。點唱機立在店門的一側，是用鉻鋼、塑膠和彩色玻璃做成的機器，上面有個小窗，可以看見機器手臂更換唱片，點唱機的周邊使用循環的系統裝置而不斷地有深藍色的泡泡升起。這些泡泡代表了沸騰的美式生活，我們戰後的樂觀主義，還有我們冒著泡的優良飲料。泡泡裡充滿了美國式民主的熱空氣，由裡面一疊疊的塑膠唱片沸騰起來。由班尼．貝瑞根唱的〈媽媽不答應〉，或是湯米．杜塞和他的樂團所演奏的〈星塵〉。可是今晚都沒有。今晚密爾頓把點唱機關掉了，這樣他才能聽得到是不是有人想闖進來。

餐館裡熱鬧的四壁完全沒有注意到外面的暴動。艾爾．卡林仍然在相框裡笑著，保羅．班揚和藍色公牛貝貝仍然在今日特餐招牌下的架子上。寫菜單的黑板仍然寫著蛋、洋芋煎餅、七種派。到目前爲止還沒發生任何事情。也算是奇蹟。昨天密爾頓蹲在前面的窗子下，看到打劫的人闖進了街上的每一家店裡。他們搶了猶太商場，除了硬麵餅和親人忌日用的蠟燭之外，其餘的全都搜刮一空。他們品味講究地把喬爾．莫斯可維茲開的鞋店裡所有高價和流行式樣的鞋子拿走，只留下一些矯正整型用的鞋子和幾雙便鞋。戴氏電器行裡剩下的，就密爾頓看到的只有一架子眞空吸塵器裡的集塵袋。他們如果來搶餐館的話，會搶些什麼呢？他們會要那塊彩繪玻璃窗嗎？原先就是密爾頓從人家那裡拿來的。還是說他們有興趣的是泰．柯布張牙露齒，兩腳在前滑進二壘的照片呢？也許他們會剝掉高腳凳上的斑馬皮。只要是非洲的東西，他們都喜歡的，對吧？這不是最新的流行嗎？還是以前流行過的現在又是新流行了？媽的，那些該死的斑馬皮就給他們好了。他願意放在外面當和談的禮物。

可是現在密爾頓聽到了些聲音。是門把手，是嗎？他側耳傾聽。在過去幾個鐘點裡，他一直聽到有聲音。他的眼睛也在跟他玩花樣。他蹲在櫃檯後面，瞇起兩眼來望向暗處，他的耳朵裡像貝殼一樣響著回聲。他聽到遠處的槍聲和警笛的鳴叫聲。他聽到冰箱的嗡嗡聲和大鐘的滴答聲。在這些聲音之外還加上他血衝上來的聲音，在他頭裡的血管中轟隆奔流，可是沒有從大門那邊來的聲音。

密爾頓放鬆了緊張的情緒。他又咬了一口三明治。他輕輕地，試探性地把頭垂到櫃檯上。只睡一分鐘。等他閉上眼睛時，馬上感到快慰。然後門把手又響了，密爾頓跳了起來。他搖了搖頭，想讓自己清醒。他放下三明治，踮著腳從櫃檯後面走了出來，手裡還握著槍。

他並不打算用那把槍，只是要把打劫的人嚇走。要是那樣沒作用的話，密爾頓準備離開，那輛奧斯摩比停在餐館後面，他十分鐘之內就可以回到家裡。門把手又響了。密爾頓想也沒想地就走向那扇玻璃門，叫道：「我手裡有槍！」

問題是在他手裡的不是槍，是火腿三明治！密爾頓用來威脅打劫者的是兩片烤過的麵包，一片肉和一些辣芥末醬。然而，因爲那裡很黑，倒也起了作用。門外的那個打劫者高舉起雙手。

原來是對面的莫里森。

密爾頓瞪著莫里森，莫里森回瞪著他。然後我父親說——也就是在這種情況下白人會說的話：「要買什麼嗎？」

莫里森瞇起眼睛來看了看，一副不相信的樣子。「你在這裡幹啥？老兄？你瘋了嗎？白人在這裡可不安全哩。」一聲槍響，莫里森整個人貼在玻璃上。「誰都不安全。」

「我得保護我的資產。」

「你的命就不是你的資產？」莫里森挑高了眉毛來強調他這句話裡無懈可擊的邏輯。然後他完全拋開了那種高傲的表情，咳起嗽來。「哎，老大，既然你在這裡，也許能幫得上我的忙。」他舉著手裡的零錢。「來買菸的。」

密爾頓的下巴一收，讓他的脖子胖了出來，不敢置信地挑高了眉毛。他冷冷地說：「現在正是改了那壞習慣的好時機。」

又一聲槍響，這回近了一些。莫里森嚇了一跳，然後微笑道：「這的確是對我健康不好。而且越來越危險。」然後他咧開嘴笑了起來。「這是我的最後一包菸，」他說：「我可以向上帝發誓。」他把零錢從信箱口投了進來。「百樂門一包。」密爾頓低頭對那些零錢看了一陣，然後去把菸拿來。

「有沒有火柴？」莫里森說。

密爾頓把菸和火柴塞出去。就在這時候，這場暴動，他那磨損的神經，空氣中火燒的氣味，還有這個莫里森閃躲著狙擊手開的槍來買菸這種荒謬事，全都讓密爾頓覺得太過分了。他突然揮舞著手臂，指著這一切，隔著門大叫道：「你們這些人到底有什麼問題？」

莫里森只略一遲疑。「我們的問題，」他說：「就是你們。」然後他就走掉了。

「我們的問題就是你們。」這句話我在成長的過程中聽過多少次？由密爾頓用所謂的黑人腔說出來。每次碰到什麼自由派的學者談到「文化上遭到剝奪」或「下層階級」或「有待提升的區域」時，就會說這句當時黑人自己放火燒了我們鍾愛城市裡重要的一部分時，一個黑人向他說的話，深信這個說法證明了它本身的荒謬。隨著時間一年年地過去，密爾頓用這句話當盾牌，反對所有對這個國家的異見，最後這句話成了一種活動掩體，用來解釋爲什麼這個世界會變得一團糟。不但可以用在非裔美人身上，也可以用在女性主義和同性戀者身上；然後，他當然也喜歡用在我們身上，像是我們吃飯的時候遲到，或是碰上我們穿了泰喜覺得不該穿的衣服之類的時候。

我在四分之一哩外也聽到這句話。我偷偷地保持了一段距離，跟在那輛開得很慢的坦克車後面。我從東城的印地安村騎自行車一路到了西城。我盡可能地認清方向，可是我只有七歲半，還不知道多少路名。在經過市中心區時，我認出了「底特律的精神」，那尊馬歇爾．佛雷德烈克士的雕像矗立在市政大樓前。幾年前，有個惡作劇的傢伙畫了一行和雕像的腳一般大小的足跡，沿著伍華大道一路走到底特律國家銀行門前去和一尊裸女雕像幽會。在我騎著自行車經過時，那道足跡還依稀可見。那輛坦克車轉進了布希街，我跟在後面經過門羅街，和亮著燈的希臘城。在平常的日子裡，我祖父那一代的老希臘人這時會已經陸續地到咖啡館裡玩一整天的雙陸，可是在一九六七年七月二十五日的早上，街上卻是空蕩蕩的。在半路上，我的那輛坦克車找到了其他同伴；他們現在排成一列朝西北開去。不一會，市中心區消失了，我不知道自己身在何處。我的身子以流線型伏在車龍頭上，在那一列坦克車排出的濃濃油煙廢氣中拚命地踩著踏板……

……這時候，回到平格里街上，密爾頓正蹲在疊起來、留了槍眼的橄欖油鐵罐後面。整條街上到處都有子彈從每個黑黑的窗口飛出，不管是法蘭克的彈子房，還是烏鴉酒吧，還有非州聖公會教堂的鐘樓，子彈多得像下雨一樣，使人眼前變得模糊，也讓那盞唯一還亮著的路燈看來好像閃動著要熄滅了似的。子彈擊中鋼板，或由磚牆上反彈出去，給停放的車輛紋身。子彈打斷了美國郵政總局設立的郵筒下面的支腳，讓郵筒像個醉漢似的側躺在地上。子彈射穿了獸醫院的窗子，繼續射穿牆壁，打進後面關著動物的籠子裡，那隻三天兩夜來號叫不停的德國牧羊犬終於閉了嘴。一隻貓在空中扭動，發出一聲尖叫，燒灼的綠眼睛像光般射出。現在一場眞正的戰事正要開始，一場交火，有點像把越戰帶回家來。可是這回越共是躺在美人憩牌的墊子上，他們坐在露營折椅上，喝著啤酒，是一群志願軍在對抗街上那些服役的軍人。

沒有人知道所有這些狙擊手是什麼人，可是很容易明白爲什麼警方稱他們是狙擊手。也很容易明白爲什麼市長傑若米·卡瓦蘭和州長喬治·隆尼都稱他們是狙擊手。按照這個詞的定義，狙擊手是單獨行動的。狙擊手是個偷偷摸摸的膽小鬼，不讓人看見，從遠處開槍殺人。用狙擊手來稱呼他們很方便，因爲如果他們不是狙擊手的話，那他們是什麼呢？州長沒有這樣說；報紙上沒有這樣說；歷史書上也沒有這樣說，可是我騎在自行車上看到這整個情形，看得很清楚：在底特律，一九六七年的七月裡，所發生的事情就是一場游擊戰。

第二次美國革命。

現在國民兵部隊開始反擊。暴動剛爆發時，警方整體說來相當低調。他們退開，想對動亂加以圍堵。同樣的，聯邦部隊，包括第八十二師和一〇一師傘兵部隊都是有作戰經驗的老兵，知道怎麼運用適當的兵力。可是國民兵部隊就不一樣了。這些週末的戰士都是從家裡召來，突然投身於戰鬥。他們毫無經驗，非常害怕，在街上走的時候，一有風吹草動就開槍。有時他們開著坦克車直衝上人家門口的草坪。也會開上人家的門廊或撞破牆壁。開到斑馬房前的那輛坦克車暫時停了下來，四周有十個左右的士兵，瞄準一個在波蒙大旅社四樓的一個狙擊手。那個狙擊手開了槍，國民兵部隊開火還擊，那個人掉了下來，兩腿纏在防火梯上。緊接著，另一道光在對街閃亮。密爾頓抬眼看見莫里森在他的客廳裡，正在點菸。用有斑馬紋的火柴點一支百樂門香菸。「不要！」密爾頓大叫道：「不行！」……莫里森就算聽到了也以爲又是在反對他抽菸，可是讓我們面對現實吧，他根本沒聽到，他只是在點菸，兩秒鐘後，一顆子彈射穿了他的腦袋，他整個人跌成一團，然後那些士兵繼續往前走。

街上又空無一人了，一片死寂。機槍和坦克車開始在下一條街或是再下一條街上開火。密爾頓站在大門口，看著對面原先莫里森站在那裡的那扇空空的窗口。然後他才想到餐館安全了。部隊來過又走了，暴動已經過去了……

……只不過現在又有人從街上走了過來，在坦克車由平格里街尾消失之後，一個新的人影從另外一邊走了過來。一個住在附近的人，正從另一條街轉過來；走向斑馬房……

……我跟著那一列坦克車，已經不再想著要讓我哥哥看我的厲害。突如其來的那麼多槍聲讓我嚇了一大跳。我看過好多次我父親那本二次大戰的剪貼簿；我在電視上看過越戰；我不知看了多少部有關古羅馬和中世紀戰爭的電影。可是沒有一樣讓我對發生在我自己家鄉的戰火有心理準備。我們現在走著的這條街上，兩邊種滿了枝繁葉茂的榆樹。汽車停在路邊，我們經過草坪和放在門廊上的家具，餵小鳥的東西和讓小鳥洗澡的盆子。我抬頭望著由榆樹枝葉形成的天篷，天才剛剛開始亮。小鳥在樹枝間跳躍，還有松鼠。一隻風箏卡在一棵樹上。另外一根樹枝上掛著什麼人一雙鞋帶打了結的球鞋。就在那雙球鞋的正下方，我看到了一塊路牌，上面彈孔滿布，可是我還是想辦法看出那是：平格里街。我突然認得了我在什麼地方。那邊是超值肉鋪！還有紐約客服飾店。我看到這兩家店高興得一時都沒注意到兩個地方都起了火。我讓坦克車走遠了，騎上一條車道，停在一棵樹後。我下了自行車，偷眼去瞧對街的餐館。斑馬頭的招牌仍然完好無缺，餐館也沒有著火。不過，就在這時候，那個一直走向斑馬房的人影進入了我的視野。我在三十碼外看到他舉起手裡的一個瓶子，用火點著了從瓶口垂下的破布，然後用一隻手不是很好的手臂把那瓶莫洛托夫雞尾酒[14]丟進了斑馬房的窗子裡。當烈焰在餐館裡燒起時，那個縱火者用狂喜的聲音叫道：

「Opa（好棒）！操他媽的！」

我只看到他的背影。天還沒有完全亮，附近著火的房子冒出濃煙。但是，在火花裡，我想我還是能在那個人影逃跑之前認出了我朋友馬瑞奧斯．韋濟納扎．查洛衣里席爾吉士．葛里姆斯戴著的那頂黑貝雷帽。

「Opa！」我父親在餐館裡聽到那希臘作家們爲人熟知的呼喊，還沒來得及搞清楚是怎麼回事，那個地方已經燒得像一道點上火的前菜。斑馬房成了一盤saganaki（烤乳酪）！隔間雅座著了火，密爾頓衝進櫃檯後面抓起滅火器。他再走出來，握住皮管，就像一角檸檬包在紗布裡，對準了火焰，準備擠下去……

……突然之間，他停了下來。我認出了我父親臉上有種很熟悉的表情，是他常在飯桌上露出的表情，那些隨時在想著生意的男人所有的那種心不在焉的表情。成功有賴對新情況的因應。比現在更新的會是什麼情況呢？烈焰攀上了牆壁；湯米・杜塞的照片開始捲了起來。而密爾頓在問自己一些很中肯的問題：他怎麼可能再在這一帶開個餐館？還有：你想已經低迷的房地市價明天早上會如何？最重要的是：怎麼樣才算犯罪？暴動是他開始的嗎？他有沒有扔這瓶莫洛托夫雞尾酒？密爾頓像泰喜一樣，正用他的腦筋在搜索他書桌最底下的那個抽屜，尤其是一個又厚又大的信封，裡面放了三家保險公司的火險保單。他可以想見那三份文件；看到火災的賠償金額，把三個數字加在一起。最後的總和，五十萬美元，讓他什麼別的都看不見了。五十萬大洋！密爾頓用狂亂而急切的眼光四下環顧。法國土司的招貼著了火，包著斑馬皮的高腳凳像一排火炬。他發狂似地轉過身子，匆忙地走向店外那輛奧斯摩比……

他就在那裡碰到了我。

「卡莉！妳在這裡做什麼？」

「我來救你。」

「妳搞什麼呀！」密爾頓叫道。可是儘管他聲音裡飽含怒氣，卻跪了下來，緊緊地抱住我。我伸手抱住他的脖子。

「爹，餐館起火了。」

「我知道。」

我開始哭了起來。

「沒關係的。」我父親對我說著，把我抱上車。「我們現在回家去吧。事情都過去了。」

所以那到底是一場暴動還是一場游擊戰？讓我用另外一些問題來回答這個問題。在暴動平息之後，在那一帶到底是不是到處都找到了藏起來的武器？而那些武器是不是AK-47和機關槍？爲什麼桑克摩頓將軍把他的坦克車布署在東城，離暴動有好幾哩路？要鎮壓一群沒有組織的狙擊手，你會做這樣的事嗎？還是說這更像是戰略計畫？這像不像在戰場上建立前線？你愛怎麼相信都隨便你。我當時只有七歲，跟著一輛坦克車進入戰場，看到了我所看見的事。結果最後革命並沒有在電視上報導。在電視上他們說那只是一場暴動。

第二天早上，黑煙散了之後，又看見了市旗，還記得上面的圖樣嗎？一隻鳳凰由灰燼中起來，下面的字呢？*Speramus meliora; resurget cineribus.*「我們希望有更好的；會由灰燼中再起。」

中性

雖然說來很丟臉，那場暴動卻是我們所碰到過最好的一件事。一夜之間，我們就從一個拚命想要留在中產階級的家庭，變成一個希望能偷偷進入更上一個階層，或至少是中上階級的家庭。保險理賠的金額並沒有像密爾頓所預期的那麼多。其中有兩家保險公司拒絕全額賠償，提出一些額外的條款，他們只肯賠保額的四分之一。不過，整個加起來，總數還是超過了斑馬房的價值，而這筆錢讓我的父母能對我們的生活做了一些改變。

在我所有的童年記憶裡，從來沒有過極其神奇或純粹像作夢一般的遭遇，比方說半夜聽到我們房子外一聲巨響，跑到窗口一看，原來是一艘太空船降落在我們車道上。而是無聲無息地停在我母親的旅行車旁邊。前車燈閃著，後面的尾燈亮著紅光。有三十秒的時間，一點動靜也沒有。但接著太空船的窗子終於慢慢地縮下去，露出來在裡面的不是火星人，而是密爾頓。他把鬍子全刮掉了。

「叫你們的老媽來，」他笑著叫道：「我們要出去兜兜風。」

那不是一艘太空船，可是也很接近了：一輛一九六七年凱迪拉克的捷林，是底特律所生產的車子裡最有星際味道的一型。（登月只是一年後的事。）黑得像太空一樣，而形狀則如一枚側躺著的火箭。長長的前端形成一個尖頭，像火箭或導彈的頭錐，從那一點開始，整個車身順著車道向後伸展，成爲一個既長又美，預示著完美的形狀。一個銀色而有好多細格的護柵，好像用來過濾星塵。鍍鉻的管線，像裝著電流的線路，從圓錐形的黃色方向燈沿著車子圓圓的側邊一路通到後面，然後車身在這裡很有推進力地張開成爲噴射尾翼和火箭助推器。

車子裡面呢，這輛凱迪拉克鋪著厚厚的地毯，有著柔和的燈光，就像是麗池大飯店的酒吧間一樣。座椅的扶手上還附裝了菸灰缸和打火機。車裡全是黑色皮革，發出很濃的新皮的味道，簡直就像爬進了什麼人的皮夾裡。

我們沒有馬上開車。車子一直停著，好像單是坐在車子裡就足夠了；好像既然有了車子，我們就可以不再要我們的客廳，每天晚上都待在車道上。密爾頓發動了引擎，仍然讓車子停著，讓我們看這車有多少妙處，他按個鈕就能讓車窗打開或關上，再按個鈕就鎖上了車門。他讓前面的座椅向前，然後又往後仰到我可以看到他肩膀上的頭皮屑。等到他把車開動時，我們全都有點眼花撩亂了。我們開車行過塞米若里街，經過我們鄰居的房子，已經在向印地安村道別。在街口轉彎的地方，密爾頓打開閃燈，方向燈滴滴地響著，已經開始一秒秒地數著我們最後要離開這裡的時間。

那輛六七年的捷林是我父親的第一輛凱迪拉克，而後面還有好多輛要來。在接下來的七年裡，密爾頓幾乎每年都換一輛新車，因此讓我的生命歷程和他那一長串凱迪拉克的新車款式產生了密切關係。尾鰭消失時，我是九歲；電動天線發明的時候，我十一歲。我的情感生活也和車款設計有關。六〇年代，凱迪拉克一副前瞻未來而很有自信的模樣，我也很有自信地嚮往未來。但在汽油短缺的七〇年代，車廠推出那不幸的賽維利亞——一種看起來好像沒屁股的車款——我也覺得自己很畸形。隨便挑個年份，我就能告訴你說我們有過什麼車。一九七〇：可樂色的艾多雷多。一九七一：紅色轎車狄維爾。一九七二：金色的捷林，前座還有塊遮陽板，翻下來是一面小明星化妝室裡的鏡子（泰喜用來看她的妝化得如何，而我用來看我第一顆黑頭粉刺。）一九七三：又長又黑還帶穹形車頂的捷林，會讓其他的車子停下來，以爲是靈車通過。一九七四：金絲雀黃色兩門的「佛羅里達特快」，有白色塑膠車頂，附天窗，褐色皮座椅，近三十年之後，我母親現在還在開。

可是在一九六七年，那是一輛太空時代的捷林。等我們開到一定的速度之後，密爾頓說：「好，現在來試試這個。」他扳動了儀表板下的一個開關，我們聽到一陣嘶嘶的聲音，好像汽球在放氣。慢慢地，就像有魔毯把我們托了起來，我們四個人在汽車裡升高了。

「他們稱之爲『空飄』，嶄新的設備。很平穩，是吧？」

「是某種液壓裝置吧？」十一章問道。

「我想是的。」

「也許我開車的時候就不必用墊子了。」泰喜說。

在那之後，有一陣子誰都沒說話，我們往東開，出了底特律，眞的就飄在空中。

這就讓我談到我們往上爬的第二部分。在那場暴動之後，我父母親像其他很多底特律的白人一樣，開始到郊區去找房子。他們看中的地方是在湖邊一處，住的全是汽車業大亨的富人區，格洛斯波因。

情況比他們想像中要困難得多。坐在凱迪拉克裡，巡視過格洛斯波因的五大區（公園，城市，農莊，林地和湖岸），我父母看到很多房子前面的草坪上插著「出售」的牌子，可是等他們到房屋仲介公司去塡表時，卻發現那些房子都突然從市場上消失，或是售出，要不就是價格上漲了一倍。

找了兩個月之後，密爾頓只剩下最後一位房屋仲介，是大湖房屋的珍．馬許小姐。他找到她——連帶有不少越來越深的疑心。

「這棟房子有點特別，」馬許在九月的一個下午帶密爾頓由車道上走過去時說：「得識貨的人才會買。」

她打開了正門，帶他進去。「可是這房子倒是大有來歷的。是由哈德生・克拉克設計的，」她等了下久聞大名的反應，「是草原派的？」

密爾頓有點遲疑地點了點頭。他四下環顧著那個地方。他實在不喜歡馬許小姐在辦公室裡給他看的那些照片。太四四方方，太現代。

「我看內人不會喜歡這種房子，馬許小姐。」

「恐怕我們目前沒有什麼更傳統的給你看。」

她帶著他走過一處白色的走廊，再下了一小段沒扶手的樓梯。現在，他們走進低陷下去的客廳，馬許小姐也開始四下環顧。她露出很有禮貌的笑容，也露出像兔子似的上牙齦。她細看著密爾頓的五官，頭髮，還有鞋子，然後又看了看他所填寫的房屋申購表格。

「史蒂芬尼德。這是個什麼樣的姓氏？」

「希臘的。」

「希臘的，好有意思啊。」

馬許小姐在她的本子上做了個註記，露出更多的上牙齦。然後她繼續帶他參觀：「低下去的客廳。溫室連接飯廳，還有，你也看得出來，這棟房子的窗子很多。」

「這簡直就是一整面窗子，馬許小姐。」密爾頓貼近玻璃去看後院。同時，在幾呎遠處，馬許小姐則在看密爾頓。

「我能請教你是做哪一行的嗎？史蒂芬尼德先生？」

「餐飲業。」

本子上又記上一筆。「我能不能跟你說我們這一區都有哪些教堂？你是哪個教派的？」

「我不來這一套，內人帶孩子上希臘教堂。」

「她也是希臘人嗎？」

「她是底特律人，我們都出生在東城。」

「你們需要空間給你的兩個孩子，是吧？」

「對的，女士，再加上我父母和我們一起住。」

「哦，是這樣啊。」這下粉紅色的牙齦不見了，馬許小姐開始忙著算計：我看看。南地中海人，一點。不是在那幾個行當的，一點。宗教信仰？希臘的教會，那也算是天主教的一種吧，對不對？所以這也算一點。他還有父母在一起！再加兩點！加起來是——五點！哦，這樣不行。完全不行。

解釋一下馬許小姐的算術：在當年那個時候，格洛斯波因的房屋仲介都用一套所謂的評點制度來估量他們可能的買主。（擔心居住環境惡化的人不止密爾頓一個。）從來沒有人公開討論這件事，房屋仲介只提「社區標準」而把房子賣給「理想的客戶」。現在既然開始了白人逃亡潮，評點制度就比以前更重要了。你可不想讓這裡發生底特律那邊出的事吧。

馬許小姐偷偷地在「史蒂芬尼德」旁邊寫了個很小的「5」，然後畫了個圈。不過，她在這樣做的時候，卻頗有所感，有點懊惱。畢竟評點制度不是她的主意。她還沒到格洛斯波因來之前，那個制度早就有了，她是從威契塔來的，她父親在那裡是肉鋪老闆。可是她也沒別的法子。不錯，馬許小姐覺得很難過。我是說，真是的。看看這棟房子，除了義大利人和希臘人之外，還有誰會買呀。我這輩子也賣不出去的。再也休想！

她的客戶仍然站在窗前，向外張望。

「我很了解你會喜歡更『老式』一點的房子。史蒂芬尼德先生。我們的確不時就會有那樣的房子。你得耐心一點，我有你的電話，一有這樣的房子，我就會讓你知道。」

密爾頓沒有聽到她的話，他沉醉在眼前所見的景觀裡。這棟房子有個屋頂陽台，再加上外面有個露台，再過去還有另外兩棟小點的建築物。

「跟我說說那叫哈德生．克拉克的傢伙吧。」他問起道。

「克拉克？呃，說老實話，他是小角色。」

「草原派的，呃？」

「哈德生．克拉克可不是法蘭克．洛埃．萊特，如果你是這個意思。」

「我看到的那些外屋是什麼？」

「我可不會稱那些叫外屋，史蒂芬尼德先生，那樣說法太誇張了。一間是澡房。我怕已經破舊不堪了，我都不確定那裡有沒有用過。再過去是一棟客房，也需要大加整修。」

「澡房？那眞特別。」密爾頓從玻璃窗前轉過身來。他開始在房子裡四處走動，用全新的眼光來看這棟房子：巨石陣[15]似的牆壁，克利姆特風的瓷磚，開闊的房間。一切都像幾何圖形和格子。陽光一道道地從很多天窗照進來，「我現在到了屋子裡面，」密爾頓說：「可以說明白了這房子背後的設計概念。妳給我看的那些照片完全表達不出來。」

「說眞的，史蒂芬尼德先生，對你們這樣的家庭來說，又有很小的孩子，我想這裡恐怕不是最好的——」

可是，她話還沒說完，密爾頓就投降似地高舉兩手，「妳不必再帶我多看什麼了，不管那些外屋是不是破舊，這棟房子我買了。」

對方停了一下。馬許小姐笑著露出她兩層的牙齦，「太好了，史蒂芬尼德先生，」她毫不熱誠地說：「當然啦，這還得看房貸是不是下得來。」

可是這回輪到密爾頓笑了。儘管大家都否認有所謂評點制度的存在，這種制度卻不是祕密。哈利・卡拉斯去年就想在格洛斯波因買棟房子而沒買成。同樣的事也發生在培德・沙維迪斯身上。可是密爾頓・史蒂芬尼德才不讓人告訴他說他要住在什麼地方，馬許小姐自不用說，那一大群在鄉村俱樂部裡的房屋仲介也一樣。

「妳不必那麼麻煩，」我父親很得意地享受著這一刻，說：「我付現金。」

我父親打破了評點制度的障礙，在格洛斯波因給我們買了棟房子。這是他有生以來唯一的一次先錢後貨地付預付款。可是還有其他的障礙怎麼辦呢？比方說房屋仲介給他看的是最沒人要的房子，所在的地段又最接近底特律。房子沒有別的人要。還有他除了這麼神奇地成交之外，什麼別的都沒考慮，而且沒有先和我母親商量，就把房子給買了下來。哎，關於這些問題，都已經無可挽回了。

搬家那天，我們分坐兩部車出發。泰喜強忍住淚水，用家裡的旅行車載著拉夫提和黛絲荻蒙娜。密爾頓開著那輛新的捷林，帶著十一章和我。沿著傑佛遜大道上，仍然留著暴動的痕跡，還有我那個沒有得到回答的問題。「那波士頓傾茶事件[16]怎麼說呢？」我坐在後座，向我父親挑釁道：「那些殖民者偷了所有的茶葉，倒進港口裡。這和暴動一樣嘛。」

「完全不一樣，」密爾頓回答道：「他們在學校裡到底是怎麼教妳的？波士頓傾茶事件是美國人在反抗壓迫他們的另外一個國家。」

「可是那不是另外一個國家呀，爹。是同一個國家。當時還沒有美國呢。」

「我來問妳，他們把所有的茶葉倒到海裡去的時候，喬治王在哪裡？他在波士頓嗎？還是說他在美國呢？沒有，他還他媽的遠在英國，吃著鬆脆的烙餅呢。」

無情的黑色凱迪拉克繼續往前開行，載著我父親、我哥哥和我出了那毀於戰火的城市，我們越過一條小小的運河，那就像條壕溝似地將底特律和格洛斯波因隔了開來。然後，我們還來不及注意到其中的改變，就已經到了那棟坐落在中性大道上的房子門口。

我最早注意到的是那些樹。兩棵高大的垂柳，像毛茸茸的長毛象，分立在那棟房子的兩側。垂下來的枝條擋在車道上，就像自動洗車的一條條海綿。樹梢上方是秋天的太陽，陽光穿過柳葉，使葉子都變成帶磷光的綠色。就好像在這條街清冷的陰影裡，一座燈塔打開了開關；而我們面前的那棟房子更加強了這個印象。

中性大宅！有人住過這麼奇怪的房子嗎？像科幻小說裡的場景？同時讓人覺得既屬於未來，又屬於過去的？那棟房子就像共產主義，理論要好過現實？牆壁是淺黃色，以八角形的石塊砌成，再用邊與屋頂齊的紅木邊杜框起。前面是好多扇玻璃窗，哈德生・克拉克（這位老兄的名字在接下來的好多年裡不斷被密爾頓提起，卻沒有一個人知道他是誰）把中性大宅設計得和周遭的自然環境十分協調。在這裡，指的就是那兩棵垂柳，還有長在房子前面的桑樹。他忘了身在何處（一處保守的市郊）以及那些樹的另外兩邊有什麼（騰布家和畢凱特家），克拉克只根據法蘭克・洛埃・萊特的原則行事，摒棄了垂直線條的維多利亞式風格，而採用了中西部水平線條，敞開了內部空間，帶進來日本的影響。中性大宅是理論不向現實妥協的明證。舉例來說：哈德生・克拉克不相信門，所謂門就是朝這邊或那邊開關的概念已經過時了。所以在中性大宅裡，我們沒有門。而是長長的，像手風琴似的隔屏，用瓊麻製的，使用裝在地下室裡的氣壓裝置操控。傳統的樓梯在這裡也用不到了。樓梯代表的是宇宙中一種目的論的看法，只是由一處連到另外一處，可是現在每個人都知道一處是不會連到另一處的，通常都無處可去，所以我們的樓梯也一樣。哦，走樓梯最後還是上得去，能讓堅持要爬高的人能到二樓。可是在過程中，樓梯也把他帶到其他很多的地方。比方說，有一處樓梯平台凌空突伸出去，有個活動支架。樓梯間的牆上有很多的洞和嵌在裡面的架子。在你上樓的時候，你可以看到有人在上面走廊走動時的腿部，也可以偷看底下客廳裡的人。

「壁櫥在哪裡?」我們一進門,泰喜就問。

「壁櫥?」

「廚房離起居室有一百萬哩遠呢,密爾。每次你想吃點什麼,就得千里迢迢地從房子這頭走到那頭。」

「這可以讓我們有點運動。」

「這麼多窗子,要我到哪裡才找得到那麼多窗簾?他們也不做這麼大的窗簾。什麼人都能看到我們屋子裡面。」

「這樣想吧,我們也看得到外面。」

可是緊接著就從房子另外一頭傳來一聲尖叫。

「Mana-!」

黛絲荻蒙娜沒好好想想就按下了牆上的一個按鈕。「這是什麼門呀?」我們一起跑過去的時候,她大聲叫道:「自己就動起來了。」

「嗨,眞酷,」十一章說:「試一下,卡莉,把頭伸到門口,對,就像這樣……」

「別玩那些門,小鬼。」

「我只要試試壓力。」

「噢!」

「我不是跟你說了嗎?你這沒腦筋的小子。趕快把你妹妹弄出去。」

「我在試呀,按鈕沒作用嘛。」

「什麼叫沒作用?」

「哦,太棒了,密爾,沒有壁櫥,現在我們還得叫消防隊來把卡莉從夾住她的門裡救出去。」

「本來設計就沒讓人把脖子伸進去的。」

「Mana－！」

「妳能呼吸嗎？寶貝？」

「能，可是好痛啊。」

「這就像喀斯巴德洞的那個傢伙一樣。」十一章說：「他給卡住了，他們花了四十天才把他救出來，他最後還是死翹翹了。」

「不要扭來扭去，卡莉，妳這樣更——」

「我沒有扭來扭去——」

「我看到卡莉的內褲了！我看到卡莉的內褲了！」

「不許再吵！」

「來，泰喜，抓住卡莉的腿。好，數到三就拉啊。呃——一，呃——二，呃——三！」

我們懷著各種程度的不安住了進去。在發生了氣壓門的意外之後，黛絲荻蒙娜認定這棟有現代化便利的房子（事實上這棟房子幾乎和她一樣老）是絕對不能住在裡面的。她把她和我祖父剩下的那些東西搬進了客房——那張銅製的咖啡桌，那個蠶盒，那張阿西納哥拉斯大主教的照片——可是她始終無法習慣那像屋頂上有個洞似的天窗，或是浴室裡踏板似的水龍頭開關，還有在牆上會說話的小盒子。（中性大宅裡的每一個房間都裝有對講機，當初在四〇年代裝設的時候——那棟房子建造於一九〇九年，這時已過三十多年了——那些對講機大概都能用。可是到了一九六七年，你在廚房用對講機說話，聲音可能只在主臥室裡聽得見。擴音器使我們的聲音扭曲變形，因此我們必須聽得非常仔細才能弄清楚說些什麼，就好像解讀牙牙學語的小娃娃嘰嘰咕咕的聲音一樣。）

十一章用地下室那套氣壓系統弄出新的玩法，花了好幾個鐘點的時間把一顆乒乓球在整個屋子裝設的真空吸塵管路中轉來轉去。泰喜沒完沒了地始終在抱怨沒有放東西的壁櫥和不切實際的空間安排，但多虧了有點幽閉恐懼症，她漸漸地開始欣賞起中性大宅的玻璃牆來。

玻璃窗都是拉夫提在清洗，他像平常一樣要讓自己能有點用處，就自願擔當起那永無休止的苦工，讓所有現代化的表面光潔明亮。拉夫提以他對古希臘動詞不定過去式——那種充滿了焦慮使所指涉的動作可能永遠無法完成的時態——的專注來清洗那些巨大的觀景窗、溫室裡起了水霧的玻璃、通往院子的推拉門，甚至包括天窗。而在他忙著清洗新房子的時候，十一章和我卻在探測這棟房子，或者，我該說是那一組房子。面對大街那沉靜的粉黃色立方體裡面是主要的住宅部分。後面是一個院子，有一個乾了的游泳池，一棵瘦弱的山茱萸斜伸在池上，卻看不到它的倒影。沿著這個院子的西側，從廚房後面伸出來的是一條白色的透明甬道，很像是讓足球隊進入球場的那玩意兒。這條甬道通往一間有拱頂的小外屋——像放大了的愛斯基摩人的圓頂雪屋——四周是有頂蓋的迴廊，裡面是一個浴池（目前正在熱身，準備在我人生中演出它的角色）。在澡房後面又是一個院子，鋪著光滑的黑石。順著院子的東側，恰好和甬道平衡的，是一道有棕色細鐵條的門廊。這道門廊通往客房，裡面從來沒住過客人：只有黛絲荻蒙娜，一小段時間和她丈夫共住，還有很長的時間一個人獨居。

可是對孩子來說更重要的是：中性大宅有很多輪胎大小的壁架，可以在上面走，有曬台和狹窄通道，還有很深的，水泥窗井，最適合當堡壘。十一章和我爬遍了整個中性大宅。拉夫提洗了窗子，五分鐘之後，我哥哥和我過來，靠在玻璃上，留下了手指印。看到這些印子，我們那高大瘖啞的祖父，另外一輩子可能會是個教授什麼的，這輩子卻拿著濕抹布和水桶，只笑笑，再把窗子重洗一遍。

雖然他從來沒有對我說過一句話，我卻很愛我那像卓別林似的papou。他的沉默無言似乎是一種優雅行爲，很配他雅致的衣著，編織鞋面的皮鞋，以及油亮的頭髮。可是他一點也不死板，還很好玩，甚至很滑稽。他帶我開車兜風的時候，常常假裝握著方向盤睡著了。突然之間，兩眼閉上，身子歪向一邊，車子繼續往前，斜向路邊，我又笑又叫，抓著頭髮踢著腿。拉夫提會等到最後一秒鐘突然驚醒，抓住方向盤，閃避災禍。

我們不需要彼此交談。我們不用說話就能互相了解。可是後來發生了一件可怕的事。

那是我們搬進中性大宅幾個禮拜之後的一個禮拜天的早晨。拉夫提帶我到新搬來的那一帶去散步，原先的計畫是走到湖邊去。我們手牽著手漫步走過我們新家前面的草坪。銅板在他褲子口袋裡叮噹作響，正好在我肩膀下方。我用手摸著他的拇指，特別是他不見了的指甲，拉夫提總告訴我說是在動物園裡給猴子咬掉了。

我們走到了人行道上。給格洛斯波因做人行道的那個人把名字留在水泥地上：J.P.史提捷，那裡也有一條裂縫，一群螞蟻在那裡打仗。現在我們跨過了人行道和馬路之間的草地，到了馬路邊上。

我走了下去，拉夫提沒有，卻倒了下來，由六吋高的路邊直接摔倒在街上。我仍然握著他的手，取笑他這樣笨手笨腳。拉夫提也在笑。可是他沒有看著我，兩眼空瞪著前方，我抬眼望去，突然看到我應該因爲年紀太小而看不到的一些事情。我看到他眼中的懼意，還有慌亂，最嚇人的是，我看到一些大人擔心的事會比我們一起散步更重要得多。太陽照著他的眼睛，他的瞳孔縮小。我們還在街邊上，在泥土和落葉中。五秒鐘。十秒鐘。長得足夠讓拉夫提認清了他自己機能的退化，讓我感到我自己機能成長的衝擊。

沒有人知道的是：在一個禮拜之前，拉夫提又中風過一次。已經失去說話能力的他，現在開始有了失去空間位置感的問題。家具像在遊樂場裡有活動地板來嚇人的遊樂宮似的過來又退走，或是像惡作劇般，椅子自己挪了過來，等到最後一刻又給抽掉了。雙陸板上的菱形花紋波動起伏得像是自動鋼琴的琴鍵。拉夫提沒有告訴任何人。

因爲他不敢再開車，拉夫提就開始帶我去散步。（所以我們才會走到路邊，他怕沒法及時醒來閃避開的路邊。）我們沿著中性大街走，那個沉默的外國老紳士和他瘦小的孫女，一個話說得有兩個人那麼多的小女孩，滔滔不絕到讓她那以前會吹豎笛的父親都開玩笑地說她懂得循環呼吸法。我已經漸漸習慣了格洛斯波因，那些紮著雪紡紗頭巾的上流社會媽媽們，還有那棟黑黑的、四周種著絲柏樹的房子，那裡住的是一家猶太人（也是付現金買房子）。而我的祖父則是漸漸習慣於那些更可怕的現實。握著我的手來保持平衡，而大樹和矮樹叢在他眼前奇怪地滑動，拉夫提面對的是：清醒成爲一種生理意外的可能性。雖然他從來沒有虔誠的宗教信仰，現在卻了解到他一直相信人的靈魂，是一種死亡之後還能留下的人格力量。可是當他的心智持續動搖、短路，他終於得到了冷靜而不動感情、和他的年輕歡娛大相逕庭的結論，就是頭腦只是一個器官，和其他器官一樣，等到衰竭時，他也就沒有了。

一個七歲大的小女孩能和祖父散步的時間也不多，我是那一帶新來的孩子，想要交些朋友。從我們家屋頂的平台上，有時會看到一個和我年紀差不多的女孩子，就住在我們家後面的那棟房子裡。她會在黃昏時走到外面一個小陽台上，把窗口花壇裡的花瓣扯下來。興致好點的時候，就懶懶地踮著腳轉著圈子跳舞，好像配合著我帶上來作伴的音樂盒子。她有一頭白金色的長髮，前面剪了劉海，因爲我從來沒在白天看過她，所以我認爲她是個白化症的患者。

可是我錯了：因爲有天下午她出現在陽光下，到我們家院子裡來撿飛過來的球。她的名字叫克莉曼婷・史達克。她不是得了白化症，只是非常蒼白，而且對一些難以避開的東西（草、灰塵）過敏。她父親不久之後就會心臟病發作。而我現在對她的記憶總帶著點憂傷的感覺，其實那時候不幸還沒有降臨在她身上。她光著腿站在我們兩家之間那片像叢林似的野草中，她的皮膚已經因為沾在球上的碎草而開始起了反應。那個球之所以會那麼濕的原因突然之間就清楚了，因為一隻過重的拉布拉多犬蹣跚地走了過來。

克莉曼婷．史達克只有一張帶頂篷的床，像一艘豪華的駁船似地泊在她海藍色臥室地毯的一頭。她比我大一歲，因此見多識廣，還去過一趟克拉考，那個地方在波蘭。因為有過敏的毛病，克莉曼婷大部分時間都待在室內，因此我們大部分時間都一起留在屋子裡，也因此而有了克莉曼婷教我接吻的事。

在我把我這一生的事說給路思博士聽的時候，他永遠都會感興趣的地方就是我和克莉曼婷．史達克之間的交往。路思毫不在意受罪惡感折磨的祖父母，或是蠶盒，或是豎笛訴情。在某種程度上，我能了解，甚至同意這點。

克莉曼婷．史達克請我到她家去玩。即使不和中性大宅相比，那裡也是個看來非常中世紀的地方，一幢灰石砌就的城堡，一點也不可愛，不過有一樣很誇張的東西——公主住的——一座尖塔，上面還飄著一面三角旗。屋子裡有掛在牆上的壁毯，有一套在護面上刻了法文的盔甲，還有克莉曼婷那位穿著黑色緊身衣，身材窈窕的母親。她正在做抬腿的運動。

「她叫卡莉，」克莉曼婷說：「她來我們家玩。」

我露出笑臉，想做出很客氣的樣子。（畢竟，這是我初入有禮貌的社會。）可是克莉曼婷的母親連頭都沒回。

「我們剛搬來，」我說：「我們住在你們家後面的那棟房子裡。」

這下她皺起了眉頭。我想我說錯什麼話了——我在格洛斯波因所犯下禮儀的第一個錯誤。史達克太太說：「妳們怎麼不上樓去？」

我們上了樓。到了克莉曼婷的臥房裡，她騎上一匹木馬，接下來的三分鐘裡，她騎在馬上搖來搖去，一言不發。然後她突然開口說道：「我以前有一隻烏龜，可是牠跑掉了。」

「眞的？」

「我媽說只要牠能走得到外面就能活。」

「大概已經死了。」我說。

克莉曼婷很勇敢地接受了這個說法。她走了過來，把她的手臂伸到我手臂邊。「妳看，我的痣長得像大熊星座。」她說。我們並肩站在照得見全身的大鏡子前，做著鬼臉。克莉曼婷的眼眶發紅。她打了個呵欠，用手掌根揉了下鼻子。然後問道：「妳想不想練習接吻？」

我不知道該怎麼回答。我已經知道怎麼接吻了，不是嗎？難道說還有更多要學的？可是就在我還在想這些問題的時候，克莉曼婷卻已經開始做起功課來。她走過來面對著我，一本正經地伸出手來抱著我的脖子。這裡該用到的特殊效果我不會，可是我希望你們能想像的是，克莉曼婷的白臉湊了過來，她那雙睡眼惺忪的眼睛閉著，有藥味的嘴巴噘起，而世界上所有其他的聲音都靜止了——我們衣裳的窸窣聲，她母親在樓下數著抬腿的次數，在外面天空中畫出個驚嘆號的飛機——全都靜止了，而克莉曼婷那學得很好的八歲的嘴唇碰上了我的嘴唇。

然後，在下面的某個地方，我的心有了反應。

其實不是跳得很重，甚至不是小鹿亂撞，而是咻的一聲，像青蛙從泥濘的河岸上一躍而起。我的心，像兩棲動物，在那一刻擺盪在兩種情緒之間：其一是，興奮；另外一個則是：害怕。我想要專注一點，我想把我這邊該做的做到。可是克莉曼婷超前了很多，她的頭前後旋轉，就像電影裡的女明星那樣。我也開始依樣畫葫蘆，可是她從嘴角吐出叱責的話：「你是男的。」於是我停了下來，僵直地站著，兩手垂在身邊。最後克莉曼婷鬆開了嘴。她茫然地對我看了一會，然後說道：「以第一次來說，妳還不壞。」

「媽──，」那天晚上我回到家裡，叫道：「我交了個朋─友！」我向泰喜說到克莉曼婷，牆上的老掛毯，還有做運動的漂亮媽媽，只沒說教我接吻的事。從一開始，我就覺得我對克莉曼婷的感覺有什麼不妥的地方，是不該跟我母親說的，可是我並不清楚那是什麼，我並沒有把這種感覺和性聯想在一起。我當時還不知道有「性」這種東西，「我能請她來玩嗎？」

「當然可以。」泰喜說，她因爲我在這一帶的孤寂終於告一段落而鬆了口氣。

「我敢說她從來沒見過一棟像我們家這樣的房子。」

現在是一個禮拜左右之後的一個又冷又灰暗的十月天。由一棟黃色的房子後面，走出來兩個小女孩，扮著藝妓。我們把頭髮盤在頭上，把隨餐館外賣送的筷子交叉地插在頭髮裡。我們穿著涼鞋，圍著絲巾，撐著雨傘，假裝那是陽傘。我會唱一點《花鼓歌》[17]的主題曲，就一路唱著，兩人穿過院子，走上階梯到澡房去。我們進了門，沒有注意到角落裡有個黑影。澡房裡浴池像一塊很亮而冒著泡的土耳其玉。絲綢袍子落在地板上。兩隻嘰嘰咯咯笑著的火鶴，一個是白皮膚，另一個的皮膚是淺橄欖色的，兩個都用一隻腳趾去試水溫。「太燙了。」「本來就應該這樣燙的。」「妳先來，」「不要，妳先。」「好吧。」然後，跳進去了，我們兩個一起。有紅木和尤加利樹的味道、檀香肥皀的味道。克莉曼婷的頭髮黏在腦袋上。現在她的腳出現了，然後像鯊魚的背鰭一樣伸到水面上。我們大笑著，浮在水上，浪費我母親的小皀球。由水面升起的蒸氣濃得遮沒了牆壁、天花板，還有角落裡的黑影。我正在看我的腳背，想要明白說腳背「平了」是什麼意思的時候，看到克莉曼婷從水裡向我衝來。她的臉由蒸氣中露出。我以爲我們又要接吻了，可是想不到她卻用兩腿夾住我的腰。她用手捂著嘴，笑得歇斯底里地，睜大了兩眼，在我耳邊說：「來爽一下。」她叫得像隻猴子，把我往後拉倒在池子裡的一塊架板上，我落在她兩腿之間，我壓在她身上，我們沉了下去……然後我們在旋轉，在水中打轉，先是我在上，然後是她在上，再又是我在上。我們嘰嘰咯咯地笑著，學著鳥叫。水蒸氣包圍著我們，覆蓋著我們，激盪的水面上閃著光；我們不停地轉動，最後我都搞不清哪些手和腳是我的。我們沒有接吻，這個遊戲不那麼嚴肅，卻更好玩，隨興之所至，可是我們彼此緊緊抱著，盡量不放掉對方滑溜的身子，我們的膝蓋碰在一起，肚子相互撞擊，下半身來回滑動。克莉曼婷身體不同的柔軟部位向我的肉體傳遞了很多重要的訊息，我都存放起來，要到多年之後才終於了解。我們轉了多久？我不知道。可是後來我們累了。克莉曼婷擱淺在那塊架板上，而我壓在她身上。我跪了起來，想弄清楚方向——然後儘管在熱水裡，我卻像凍僵了。因爲就在那裡，坐在房間角落裡的——是我的祖父！我對他看了一秒鐘，身子歪向一邊——他是在笑嗎？還是在生氣？——然後水蒸氣又升了起來，將他遮沒了。

我吃驚得既不能動，也說不出話來。他在那裡有多久了？他看到了些什麼？「我們只是在跳水上芭蕾。」克莉曼婷輕輕地說。水蒸氣又散開來，拉夫提動也沒動，他還像先前一樣地坐在那裡，頭歪向一邊。他看來和克莉曼婷一樣蒼白，一時之間，我以爲他是在玩我們的開車遊戲，假裝睡著了，可是緊接著我就明白他永遠也不能再玩什麼遊戲了。

接下來，家裡所有的對講機都在哭號。我向在廚房的泰喜大叫，她再向在書房的密爾頓大叫，而他則向在客房裡的黛絲荻蒙娜大叫，「快來！papou出事了。」然後是一陣尖叫，一輛救護車閃著紅燈，而我母親告訴克莉曼婷說她該回家去了。

後來，在那天晚上：在我們在中性街的新房子裡，聚光燈照著兩個房間，在一個光圈裡，一位老太太在胸前畫了十字，做了禱告，另外一個光圈裡，一個七歲的小女孩也在禱告，祈求原諒，因爲在我看來，這事顯然該由我負責。是我所做的事……拉夫提看到的事……我承諾以後永遠不會再做出那樣的事來，祈求道：

請不要讓papou死掉，還發誓說：那是克莉曼婷的錯，是她讓我那樣做的。

（現在輪到史達克先生的心臟當主角了。他的動脈裡有一層像肥鵝肝似的東西，有一天堵住了，克莉曼婷的父親在浴室裡倒了下來，在一樓的史達克太太覺得有什麼不對，停下了抬腿的運動；三個禮拜之後，她把房子賣了，帶著她女兒搬走。我從此以後再也沒有見到克莉曼婷……）

拉夫提後來恢復了，由醫院回到家裡。可是那只是他緩慢卻無可避免的心智完全退化過程中一次暫時停頓。在接下來的三年裡，他記憶的硬碟慢慢地開始塗銷，開始時是大部分最近取得的資訊，一路往回消除。最初拉夫提會忘記眼前的事，比方說他把自來水筆或眼鏡放在哪裡，然後他忘記日期、月份，最後不知道當時是哪一年。他的生活大段大段地消失，因此我們在隨時間前進時，他卻在往回移動。一九六九年時，我們清楚地發現他活在一九六八年，因爲他一直爲馬丁路德·金恩博士和羅勃·甘迺迪遇刺的事搖頭嘆息。等到我們進入七〇年代時，拉夫提回到了五〇年代，他又因爲聖勞倫斯航道[18]的竣工而激動，而且他完全不再理會我，因爲我還沒出生。他重新經歷過對賭博的癡迷，以及他退休後的無用感覺，但這段時間很快就過去了，因爲他退到了四〇年代，又在經營酒吧和餐廳。他每天早上起床，好像要去上班，黛絲荻蒙娜必須想出很複雜的策略來滿足他，告訴他說我們家的廚房就是「斑馬房」，只不過重新裝潢過了，還要爲生意清淡而傷心。有時候她由教會裡請來一些太太們，一起演戲，點了咖啡，還把錢留在廚房的櫃檯上。

拉夫提·史蒂芬尼德在心智上越來越年輕，而實際上他卻越來越老，所以他常常想抬起他抬不動的東西，或是想爬上已經爬不動的樓梯。人摔跤，東西打破，每到這些時候，黛絲荻蒙娜彎下身子去扶他起來，會一時看到她丈夫兩眼的眼神清明，就好像他也是在演戲，假裝重過他往日的生活，以免面對現實。然後他會開始哭了起來，而黛絲荻蒙娜就躺在他身邊，將他抱住，等這一陣發作過去。

但不久他就回到三〇年代，在收音機上到處轉台要聽羅斯福總統的文告。他誤以爲給我們送牛奶的黑人是吉米・齊思莫，有時會爬上他的貨車，以爲他們要去運送私酒。他用那塊小黑板和送牛奶的談走私威士忌的事，這種作法即使行得通，那送牛奶的也不會明白，因爲就在這前後，拉夫提的英文也開始退化，拼音和文法的錯誤層出不窮，不久之後，他寫的都是不通的英文，然後完全不會英文了。他寫的文字裡提到布爾沙，現在黛絲荻蒙娜開始擔心起來。她知道她丈夫心智的倒退只會導向一個地方，回到他不是她丈夫而是她弟弟的時候。而她夜裡躺在床上，驚惶不安地等著那一刻到臨；在某方面說來，她也在過著倒轉的生活，因爲她又開始受著年輕時候心悸之苦。哦，上帝啊，她祈禱道：讓我現在就死了吧，死在拉夫提回到船上之前。然後，有一天早上，她起床的時候，看到拉夫提坐在早餐桌前，他的頭髮用他在放藥的櫃子裡找到的凡士林梳成范倫鐵諾的髮型。一塊抹布像絲巾般地圍在他脖子上，小黑板放在桌子上，黑板上用希臘文寫著「早安，姊姊。」

接下來那三天夜裡，他像以前一樣逗著她，拉她的頭髮，演很猥褻的卡拉吉歐喜斯偶戲。黛絲荻蒙娜把他的小黑板藏了起來，可是一點用也沒有。禮拜天吃大餐時，他把彼德舅公口袋裡的鋼筆抽出來，在桌布上寫道：「告訴我姊姊，她發胖了。」黛絲荻蒙娜嚇白了臉，兩手捂著臉，等著她始終害怕會有的打擊落下來。可是彼德・塔塔奇斯只把鋼筆從拉夫提手裡拿了回來，說道：「看起來拉夫提現在以爲妳是他姊姊了。」所有的人全都笑了起來。他們還能怎麼樣？所有的人那天下午都不停地對黛絲荻蒙娜說：嗨，姊姊。每次她都嚇一大跳，每次都以爲自己的心跳會停止。

可是這段時間並不長。我祖父那鎖在死氣沉沉螺絲中的心智加速分崩離析，三天之後，他開始像個嬰兒似的哼著，接下來連排泄也失去控制。到了這個地步，儘管他等於已經沒剩下什麼了，上帝卻仍讓拉夫提・史蒂芬尼德再活了三個月，拖到一九七〇年的冬天。到最後，他變得就像他始終未能成功復原的莎孚的斷簡殘篇一般，終於有天早上，他抬眼望著他一生最愛那女人的面孔，卻不認得她了。然後他頭腦裡又受到另一種重擊；且最後一次溢在他腦子裡，把他自我的最後一點碎片也沖刷掉了。

打從一開始，在我祖父和我之間就有一種奇怪的平衡。在我哭第一聲時，拉夫提失去了聲音；而在他漸漸失去了看、嚐、聽、想的能力，甚至喪失了記憶的時候，我卻開始觀看、品嚐和記下每一件事物，甚至包括我沒有看過、吃過，或做過的事情。在我體內，就像未來的網球天才球速高達每小時一百二十公里似的，早已潛伏下能在兩性間溝通的能力，不單是某一種性別的單一看法，而是具有兩者的不同觀點，所以在葬禮之後的 **makaria**（喪宴）上，我環顧在慈悲園裡的桌子，知道每個人各有什麼感覺。密爾頓正受著他不肯承認的情感風暴的侵襲，他擔心只要他開口說話，就會哭起來，所以他整頓飯一言不發，用麵包塞滿了嘴。泰喜內心充滿了對十一章和我所有的那種不顧一切的愛意，不停地摟抱我們，摸著我們的頭髮，因爲面對死亡時，孩子是唯一的安慰。蘇美莉娜回想起在火車站時，她告訴拉夫提說她不管在哪裡都能認得出他的鼻子。彼德・塔塔奇斯在哀嘆他永遠不會有個遺孀來哀悼他過世。麥可神父很自得地回味著那天早上他所致的頌辭，而柔依姑姑則在希望她當初能嫁給一個像她父親的男人。

我唯一無法探測到內心情感的人就是黛絲荻蒙娜。她默默地坐在桌子一頭未亡人的榮譽席位上，用叉子挑著她的白鮭魚，喝著她那杯馬弗羅達夫尼酒，可是她的思緒就像她藏在黑色面紗後的臉，讓我看不見。

那天我無法透視我祖母的心思，只能告訴你第二天發生的事。在 **makaria** 過後，我的父母、祖母、哥哥和我上了我父親的捷林。天線上飄著一條紫色的喪帶，我們開車離開了希臘城，沿傑佛遜大道開去。那輛凱迪拉克現在已經用了三年，是密爾頓所有過的車裡最老的一部。就在我們經過美杜莎水泥那間老工廠時，我聽到一陣很長的嘶響，以爲是坐在我旁邊的 **yia yia** 在爲她的不幸嘆息，可是接著我就注意到座椅傾斜了。黛絲荻蒙娜沉陷下去，一直對汽車心懷恐懼的她被汽車後座給吞沒了。

原來是「空飄」出了問題。除非車子時速超過三十哩，否則不能啓動，密爾頓因爲悲傷的緣故，車速只有二十五哩，液壓系統因而故障，從那以後，車子的右半邊斜了下去，再也無法復原。（而我父親開始每年換一部新車。）

我們歪歪扭扭地勉強回到家裡，我母親幫忙黛絲荻蒙娜下了車，把她送到後面的客房去。這事花了很長的時間，黛絲荻蒙娜不斷地撐著她的拐杖休息。最後，到了她門口，她宣布道：「泰喜，我現在要上床了。」

「好的，yia yia。」我母親說：「妳休息休息。」

「我要上床了。」黛絲荻蒙娜又說了一遍。她轉身走了進去。在她的床邊，那個蠶盒仍然開著。那天早上，她取出了拉夫提的婚禮頭冠，和她自己的頭冠分開來，好拿去陪葬。她現在對著盒子裡看了好久，才將盒子蓋上。然後她脫了衣服。她脫下黑色衣裳，掛進放滿防蠹丸的衣袋裡，把鞋子放回鞋盒中。在換上睡袍之後，她到浴室裡洗了褲襪，再晾在浴簾的桿子上，然後，雖然才下午三點鐘，她卻上了床。

在接下來的十年裡，除了每禮拜五洗澡的時候之外，她再也沒有下床。

地中海的飲食

她不喜歡讓人留她在世間，她不喜歡讓人留她在美國，她已經活膩了，她上下樓梯越來越困難。一個女人在丈夫死了之後，她的生命也完了，有人對她下了惡咒。

這就是黛絲荻蒙娜連續三天不肯下床之後，麥可神父給我們帶來的答案。我母親請他去和她談談，而他從客房回來，微帶驚嘆地挑高了眉頭。「不用擔心，這種情形會過去的，」他說：「寡婦有這種事的我看得多了。」

我們相信了他的話。可是一個個禮拜過去，黛絲荻蒙娜只是越來越沮喪，也越來越消沉。她平常習慣早起的，卻開始睡到很晚，我母親用托盤送早餐去的時候，黛絲荻蒙娜睜開一隻眼睛，比手勢要她把托盤放下。蛋冷掉了，咖啡上結了層薄膜。唯一能讓她起床的只有她每天準時收看的連續劇。她像往常一樣忠實地看著那些騙人的丈夫和詭計多端的妻子，但是不再譴責他們，好像她已經放棄了改正這個世界的錯誤。她靠躺在床頭板上，髮網像頂皇冠似地緊箍在額頭上，黛絲荻蒙娜看來古老而不屈不撓得像是年老的維多利亞女王。這個女王統治的只有一間掛滿鳥籠的睡房。一個流亡的女王，只剩下兩個隨侍，泰喜和我。

「爲我祈禱讓我早死吧，」她指示我說：「替 yia yia 禱告，讓她能死掉去和 papou 在一起。」

……不過在我繼續說黛絲荻蒙娜的故事之前，我想先讓你知道我和菊池茱莉之間的發展。主要的重點是：始終沒有進展。我們在波美拉尼亞的最後一天，茱莉和我變得很多話。波美拉尼亞屬於東德，赫林斯杜夫海濱的別墅都荒廢了五十年。現在，統一之後，房地產陡然興盛起來。身爲美國人，茱莉和我當然會注意到這點。我們手牽著手漫步在寬闊的海濱木板人行道上時，我們談論著買這棟或那棟已經坍塌的老別墅來加以整修。「我們會習慣於那些天體主義者的。」茱莉說。「我們可以請一個波美拉尼亞人。」我不知道我們是怎麼了，會用「我們」這個字眼。我們毫不在意地加以濫用，也毫不在乎其中的含義。藝術家對房地產都有很好的直覺，而赫林斯杜夫讓茱莉充滿活力。我們去打聽了一兩處合作公寓，那在此地還算是新鮮的東西。我們參觀了兩三棟大廈。這種全都很像是一對夫妻在做的事。在那老舊而貴族化的十九世紀避暑勝地的影響下，茱莉和我的言行也很老派，我們甚至還沒一起睡覺就在談買房地產的事。可是我們當然始終沒有提起愛情與婚姻。只談到分期付款。

可是在回柏林的路上，我又感到那種熟悉的恐懼。車開在路上，我開始預想未來，我想到下一步，以及我必須要做的事。準備工作，解釋，很可能會有的震驚，恐懼，退縮，挫折，所有通常會有的反應。

「怎麼了？」茱莉問我。

「沒什麼。」

「你好像很安靜。」

「只是累了。」

到了柏林，我讓她下了車。我的擁抱冰冷無情。以後我再沒打電話給她。她在我的答錄機上留了話。我沒回覆。現在她也不再打電話來了。所以和茱莉的事已經結束了。還沒開始就結束了。我沒有和什麼人去共享未來，反而再回到過去，回到完全不想有未來的黛絲荻蒙娜……

我給她送晚餐，有時也送午餐。我端著托盤走過有棕色金屬欄杆的走廊。上面就是曬台，沒有好好利用，紅木都腐爛了。在我右邊是澡房，線條光滑而流暢，客房則和主屋一樣是乾淨的直線條。中性大宅的建築式樣企圖重新捕捉到純淨的原型。當時我對這些都一無所知。可是當我推開門，走進有天窗的客房時，卻注意到那種不相稱的情形。這個像個盒子似的房間，裡面沒有一點裝飾或擺設，是一個希望能不限於特定的時間，也沒有過去歷史的房間，可是就在房間中央，卻有我那位飽經歷史滄桑和時間消磨的祖母。中性大宅的一切都教人要遺忘，但黛絲荻蒙娜的一切卻讓人很清楚逃脫不了記憶。她躺靠在那一大堆枕頭上，散發出悲苦，但還是溫和而親切，這是我祖母和她那一代希臘婦人的特色：她們的絕望都還很溫和。她們發出悲嘆，一面給你糖果！她們抱怨身體上的疼痛，一面輕拍著你的膝蓋！每次我來都會讓黛絲荻蒙娜高興。「哎呀，小寶貝。」她微笑著說。我坐在床上，她摸著我的頭髮，輕輕地用希臘語說些親熱的話。如果是我哥哥在，黛絲荻蒙娜會一直保持著一張笑臉。可是和我在一起的時候，過了十分鐘後，她那快活的眼神消沉了，然後把她真正的感覺告訴我。「我現在太老了，太老了。寶貝。」

她那生了一輩子的臆想症再也找不到比現在這樣一塊更好的地方開花結果。在她把自己限死在那張有四根柱子的大床上獨處的初期，黛絲荻蒙娜只抱怨她常有的心悸，可是一個禮拜之後，她開始出現虛弱、暈眩和血液循環上的問題。「我的腿痛，那裡的血脈不通。」

「她沒問題，」費洛波西恩大夫在檢查了半個鐘點之後，對我的父母說：「不像以前那樣年輕了，可是我看不出有什麼嚴重的問題。」

「我不能呼吸！」黛絲荻蒙娜爭論道。

「妳的肺聽起來很好。」

「我的腿像有小針在扎著。」

「揉一揉吧，那樣有助於血液循環。」

「他也太老了，」黛絲荻蒙娜在費洛大夫走了之後說：「給我找一個自己還沒死掉的年輕醫生來。」

我的父母遵命行事，違背了我們家對費洛大夫的忠誠，背著他找來一些新的醫生。一個圖特渥斯醫生，一個卡茲大夫，還有個很不幸地姓了冷這個姓氏的大夫。每個醫生對黛絲荻蒙娜的診斷都同樣的可怕，認為她一點問題也沒有。他們檢查她皺得像梅乾的眼睛，像杏乾的耳朵；仔細聽她穩定的心跳，宣布她健康無病。

我們想要哄她下床。我們請她去看大電視機上播映的《痴漢艷妊》[19]。我們打電話給在新墨西哥州的莉娜姨婆，把話筒貼在對講機上，「妳聽我說，黛絲，妳何不到這裡來看看我？這裡熱得讓妳會以為回到了老家。」

「我聽不到妳說什麼，莉娜！」黛絲荻蒙娜大聲叫道，也不顧她的肺有毛病，「這些機器沒有用！」

最後，泰喜利用黛絲荻蒙娜對神的敬畏，告訴她說身子能動卻不上教堂做禮拜是大罪。可是黛絲荻蒙娜拍著床墊說：「我下次進教堂是躺在棺材裡去。」

她開始準備後事。她躺在床上指揮我母親把衣櫥清理乾淨。「Papou的衣服可以捐給慈善機構，還有我那些好衣服也捐掉，現在我只需要用來下葬的壽衣。」她丈夫晚年必須加以照顧，使得黛絲荻蒙娜非常忙碌。才不過一兩個月前，她還在料理烹煮那些他能吃的軟食物，替他換尿布，清洗他的床單和睡衣，用濕毛巾和棉花棒替他擦洗身子。可是現在，七十歲的她在除了自己之外沒人讓她照顧的壓力下，一下子衰老了。她灰白的頭髮完全變白了，豐滿的身子像慢慢在漏氣，好像一天一天地扁了下去。她越來越蒼白，青筋浮現，胸口冒出很多小紅斑點。她不再照鏡子，因為她配得不好的假牙，黛絲荻蒙娜已經多年看不到嘴唇了，可是現在她連口紅也不再搽在原先是嘴唇的地方。

「密爾，」她有一天問我父親：「你替我買下papou旁邊的墓地了嗎？」

「不用擔心，媽，那是個雙穴位。」

「沒有別人會占掉吧？」

「上面刻得有妳的名字呢。媽。」

「上面沒有我的名字，密爾！所以我才擔心。一邊有papou的名字，另外一邊只有草，我要你去豎塊牌子，說那塊地方是給yia yia的，說不定會有哪個女人死了，想葬在我丈夫旁邊。」

可是她對後事的準備工作還不止如此，黛絲荻蒙娜不單是挑好了她的墓地，也挑好了她的葬儀社。喬治・帕帕斯，蘇菲・賽宋的哥哥，在T. J.湯馬斯葬儀社工作，四月裡來到了中性大宅（因爲一場肺炎看來大有使她送命的可能）。他帶了個樣品箱來，在客房裡，坐在黛絲荻蒙娜床邊，讓她看棺木、骨灰罈子和各式插花的照片，她興奮得就像別人看旅遊宣傳小冊子一樣。他問密爾頓能買得起哪一種。

「我不想談這個問題，媽，妳又不是快死了。」

「我不要求帝后型，喬治說帝后型是最頂級的，可是yia yia用總統型的就好了。」

「等時候到了，妳挑哪樣都可以，可是——」

「裡面要墊緞子，拜託，還要有個枕頭。像這樣的。第八頁，第五號。注意看嘛！還有關照喬治讓我戴上眼鏡。」

在黛絲荻蒙娜看來，死亡只是另外一種移民，上回是從土耳其坐船到美國，這回是從地上到天堂，拉夫提已經在那裡取得公民資格，留了個地方在等她。

我們漸漸習慣了黛絲荻蒙娜從家族裡退了出去，這時候，也就是一九七一年的春天，密爾頓正忙著新的「生意」。在經過平格里街的災難之後，密爾頓發誓不再犯同樣的錯誤。你怎麼能躲開房地產問題上，重要的第一是地段，第二是地段，第三還是地段的規則呢？很簡單：同時在所有的地方。「熱狗攤，」有天晚上密爾頓在晚餐時宣布道：「從三四個開始，然後一面做一面增加。」

密爾頓用保險理賠的餘款在底特律都會區的三個大購物中心租了場地，用一本黃色拍紙簿，畫出了熱狗攤的設計圖。「麥當勞有金色雙拱門？」他說：「我們有赫丘力之墩。」

要是你曾經在一九七一年到一九七八年之間，開車經過從密西根州到佛羅里達州的藍色公路上任何一段，大概都會看過亮白色霓虹燈的赫丘力之墩亮在我父親的熱狗連鎖餐廳上。這個商標結合了他的希臘身世和他鍾愛的祖國殖民式建築，密爾頓的石柱是帕德嫩神殿和最高法院大樓的柱子；也是神話中的赫丘力和好萊塢電影裡的赫丘力。而且能引起大家的注意。

密爾頓從三家「赫丘力熱狗」（申請了註冊商標）起家，但很快地在利潤許可的範圍裡增加了加盟店。他從密西根州開始，但很快地就越境到俄亥俄州，從那裡再順著州際公路到了南方。整個形式更像Dairy Queen而不像麥當勞。座位很少，甚至沒有（最多是一兩張野餐桌）。沒有遊樂區，沒有摸彩或「特價餐」，沒有附送的餐點或小禮物。有的只是熱狗，科尼島[20]式的，就像在底特律用的這種稱呼，意思是說加上辣醬和洋蔥。赫丘力熱狗是路邊攤，通常還不在很好的路上。設在保齡球館旁邊，火車站旁邊，小鎮往大鎮去的路上，只要是地價便宜而又有很多人車經過的地方都有。

我不喜歡這些攤子。對我來說，這和「斑馬房」那些浪漫的年代比起來，眞是太潦倒了。小擺飾，點唱機，一架子的派，還有深酒紅色的隔間雅座都到哪裡去了？我無法了解這些熱狗攤子怎麼會比餐館賺的錢多那麼多。可是它們就是賺錢。經過一年的賺了就花之後，我父親的熱狗連鎖餐廳開始讓他成爲一個相當富有的人。除了地點選得好之外，我父親還有另外一個成功的要素。是個噱頭，或者用現在的說法，是一種「特色」。Ball Park的香腸在煎煮時會鼓脹起來，但赫丘力熱狗更厲害。從包裝裡取出來的時候，看起來像一般的，粉紅色維也納香腸，可是一熱了之後，就會發生很驚人的變化，在烤架上滋滋作響的熱狗會從中間鼓突起來，越來越粗，而且，不錯，還撓起來。

這是十一章的貢獻。有天晚上，我那位當時十七歲的哥哥到廚房去給他自己弄消夜吃，他在冰箱裡找到一些熱狗，因為不想等水煮沸，就取出了煎鍋。接下來他決定把熱狗切成兩半。「我想增加表面積。」他後來向我解釋道。十一章沒有縱切，卻試了各種切法來自娛，他在這裡切個V字口，那裡劃個幾刀，然後把所有的熱狗放進煎鍋裡，看看會怎麼樣。

那第一個晚上的花樣不多，可是有些我哥哥的刻花卻讓熱狗有了很滑稽的形狀。在那之後，這事成了他的一種遊戲。他越來越精通把熱狗煎烤出各種形狀，為了好玩，還發展出一套各式各樣有趣的熱狗香腸。有一種在加熱後會站起來，很像比薩斜塔。為了紀念登陸月球，有種熱狗取名「阿波羅十一號」，外皮會漸漸繃緊，最後炸開來，整根香腸像會升入天空。十一章讓熱狗能隨山米．戴維斯[21]所唱的〈Bojangles〉跳舞；還有的熱狗能形成「L」和「S」等字母，不過始終沒弄成好看的「Z」。（他還讓熱狗做其他的表演給他的朋友們看。晚上會從廚房傳來陣陣哄笑聲。你聽得到十一章說：「我把這個叫做哈利．雷姆士[22]。」然後其他的男孩子叫道：「少來了，史蒂芬尼德！」既然我們已經談到這個話題，我倒想問問，難道只有我看到**Ball Park**的廣告裡紅紅的香腸變粗變長的時候覺得很震驚嗎？負責檢查分級的人到哪裡去了？難道沒有人注意到播映這些廣告時那些做母親的人臉上的表情？或者是緊接著還討論說他們喜歡配哪種「奶」的時候？我可是注意到了，因為當時我還是個女孩子，而這些廣告就是設計來引起我注意的。）

你一旦吃過赫丘力熱狗，就永遠忘不了。這個品牌很快就打響了名號。一家很大的熟食公司出價要買下商標，在店裡出售這種熱狗，可是密爾頓誤以為能永遠熱賣下去而拒絕了。

除了發明各式赫丘力熱狗之外，我哥哥對我們家的生意毫無興趣。「我是個發明家，」他說：「不是個賣熱狗的。」他在格洛斯波因和一群因為都不受歡迎才聚在一起的男孩子廝混。他們在暑熱的週六夜晚就只坐在我哥哥的房間裡，瞪著看艾斯科[23]的畫作，花上好幾個小時看那些既往上又往下的階梯，或看著鵝化為魚又再變回鵝。他們吃了塗了花生醬的餅乾，弄得牙齒上全是黏糊糊的，彼此考著化學元素週期表。十一章最好的朋友叫史提夫．孟哲爾，常用一些哲學式的討論把我父親氣得半死。（「可是你怎麼證明你的存在呢？史蒂芬尼德先生？」）每次我們到學校去接我哥哥的時候，我都以一個陌生人的眼光去看他。十一章是個很怪異的書獃子，他的身子就像一根花莖，頂著他如鬱金香的頭腦。在他向車子這邊走來時，他的頭總向後仰著，注意著樹梢的狀況。他不趕流行。泰喜仍然替他買衣服。因為他是我哥哥，我愛慕他，但也因為我是他妹妹，我也覺得高人一等。在分配賜予我們不同的天賦時，上帝把所有重要的都給了我。數理上的才能：給了十一章；語文上的才能：給了我。修繕的巧手：給了十一章；想像力：給了我。音樂上的才華：給了十一章；外表容貌：給了我。

我還是個嬰兒時的美貌，在我長大成一個女孩子時，只更見增加。難怪克莉曼婷．史達克要找我練習接吻。每個人都想呢。年紀很大的女侍在我點餐時彎腰貼近我，紅著臉的小男孩到我桌子邊，結結巴巴地說：「妳──妳的橡皮擦掉了。」即使是泰喜，在生氣的時候，低頭看到我──看到我如埃及艷后的眼睛──也就忘了她在生什麼氣。每次我端酒給那些禮拜天來爭論不休的客人時，不是都會引起一些騷動嗎？彼德舅公，吉美．費奧瑞托斯，蓋斯．潘諾士，那些五十歲、六十歲、七十歲的男人，挺著大肚子望著我，不是都會有些他們不肯承認的想法嗎？在俾斯尼奧斯，單身男人只要還有一口氣在就都有結婚的資格。這種年紀的男人有很多都娶到像我這個年紀的女孩子。靠躺在沙發上，他們是不是回想起那個時候？是不是在想著：「如果不是在美國，我說不定可以……」呢？我不知道。現在回想起來，我只記得那時候的世界像有百萬隻眼睛，不管我走到哪裡，那些眼睛都默默地睜開著。大部分的時間都偽裝得很好，像在綠樹間綠色蜥蜴閉起的眼睛。可是那些眼睛會突然睜開——在公車上，在藥房裡——而我感受到那些強烈的目光、欲望和不顧一切的感覺。

我有時會花上幾個小時自我欣賞我的美貌，在鏡子前側過來，轉過去，或是擺出很放鬆的姿勢，看我在現實生活中是什麼模樣。我用一把手鏡，可以看到我當時還很協調的側影。我梳理我的長髮，有時還偷我母親的睫毛膏來作眼部化妝。可是我自戀的樂趣越來越受到映照我影像的水潭所發生的狀況干擾。

「他又擠青春痘了！」我向我母親埋怨道。

「別那麼講究，卡莉。只不過是一點點……來，我來擦乾淨。」

「惡心！」

「且等妳長青春痘再說！」十一章覺得既丟臉又生氣地在走廊上叫道。

「我才不會呢。」

「妳一定會的！每個人在青春期的時候，皮脂腺都會過度分泌。」

「你們兩個都閉嘴！」泰喜說，可是她不需要這樣說，我已經閉了嘴。就因爲那三個字：青春期。當時那正是我焦慮的主要來源。這個名詞在等著我，不時會跳出來嚇我，因爲我不知道那到底是怎麼回事。可是現在我至少知道一件事：十一章就跟那種事扯上了關係。也許這就不但說明了青春痘的事，也說明了我最近注意到我哥哥的一些其他問題。

在黛絲荻蒙娜上床了就不肯下來之後不久，我就像一般做姊妹的會偷偷注意她兄弟那樣，注意到十一章有個獨自打發時間的新方式。是一種躲在鎖上的浴室門後做的事，在我敲門的時候，很緊張地回答：「再等一下。」不過，我終究比他小很多，對青春期的男孩那種迫切需要一無所知。

可是讓我再回溯一下。三年前，十一章十四歲，而我才八歲的時候，我哥哥耍了我一招。那天晚上我父母出去吃晚飯，天正在打雷下雨，我在看電視的時候，十一章突然出現，手裡拿了個檸檬蛋糕，「妳看我有什麼！」他唱歌似地說道。

他很大方地給我切了一塊，看著我吃光了。然後說道：「我要告訴爸媽！這個蛋糕是禮拜天請客用的。」

「不公平！」

我向他衝過去，想要打他，可是他抓住了我的手臂。我們站在那裡扭打，最後十一章提出了交換條件。我剛說過：在那個時候，整個世界都長著眼睛。現在又增加了兩隻，屬於我哥哥的，他站在客用的浴室裡那些漂亮的毛巾之間，看著我拉下小內褲，撩起裙子。（只要我讓他看，他就不告發我。）他雖然看得入迷，卻始終維持著一段距離，他的喉結上下動著，他看來既驚異又害怕。他沒有什麼可以用來和我比較，可是他所看到的也不至於對他誤導：粉紅的皺褶，一條小縫。十一章對我看了十秒鐘，沒有發現有什麼造假的部分。我們頭上雷電交加，而我讓他再切了塊蛋糕給我。

顯然十一章的好奇心並沒有因爲看了他八歲的妹妹而得到滿足，我懷疑他現在看的是那些眞實東西的照片。

一九七一年，我們生活中的男人都不見了。拉夫提去了天國，密爾頓埋頭在赫丘力熱狗裡，而十一章獨自鎖在浴室裡，剩下泰喜和我來應付黛絲荻蒙娜。

我們得替她剪腳趾甲，我們得打掉那些鑽進她房間裡的蒼蠅。我們得看光線如何，來移她的那些鳥籠。我們得開電視讓她看白天的連續劇，我們得關電視，免得她看到夜間新聞報導的謀殺案。不過，黛絲荻蒙娜不願意失去她的尊嚴，必要的時候，她就用對講機叫我們，而我們來扶她下床去廁所裡。

簡而言之：好幾年過去了。窗外的季節變化，垂柳落盡它們的百萬小葉子，雪落在平屋頂上，陽光照射的角度傾斜了，黛絲荻蒙娜始終在床上。雪融了，楊柳發出新芽時，她仍然在床上。太陽越爬越高時，她還在那裡，陽光由天窗直射而下，就像一道她急著要爬上去，通往天堂的梯子。

黛絲荻蒙娜在床上的時間裡發生的事：

莉娜姨婆的朋友華生太太過世了，蘇美莉娜像大多數人一樣在悲傷之餘做了不好的判斷，決定把她們的泥磚房子賣掉，搬回北方來，和家人親近。她在一九七二年二月回到底特律。冬日的天氣比她記憶中要冷得多，更糟的是，她在西南方的日子使她變了很多。蘇美莉娜變成了一個道地的美國人。老家村子對她的影響幾乎一點也沒留下。在另一方面，她那像自封在墳墓裡的表妹卻始終沒離開老家的村子。她們兩個都七十歲了，可是黛絲荻蒙娜是個滿頭白髮，在等死的老寡婦，而莉娜卻是完全另外一種的寡婦。一頭紅髮，開著一輛火鳥車，穿繫皮帶的牛仔裙，皮帶頭還鑲了土耳其玉。經過反傳統文化的性生活之後，莉娜認爲我父母的異性戀就像試吃的人一般的古怪。十一章的粉刺讓她很緊張，不喜歡和他共用一間浴室。蘇美莉娜住在我們家裡的那段時間裡，總有股緊張的氣氛。她在我們家的客廳裡就像個退休的賭城歌舞女郎一樣刺眼而格格不入，而因爲我們老用眼角盯著她，總覺得她做的每件事都太吵，什麼都沾上了她香菸的煙味，而且吃飯時酒也喝得太多。

我們漸漸地認得了我們的新鄰居。畢凱特夫婦。尼爾森以前在喬治亞理工學院打過橄欖球隊，現在在派克─戴維斯製藥公司做事，他的太太邦妮總在看《標竿》雜誌裡談神蹟的故事。住在對街的是綽號「亮眼」的史都·費德勒，是工業零件推銷員，特好波本威士忌和酒吧女侍，他的太太蜜琪，頭髮顏色變化之快就像情緒戒指[24]一樣。臨街口的最後一家是山姆和海蒂·葛羅辛格夫婦，是我們所見到的第一對希臘正教的猶太人，他們的獨生女瑪克馨是個靦腆的小提琴天才。山姆很滑稽，而海蒂則是個大嗓門，他們高談金錢問題，毫不覺得那樣很不禮貌，所以我們覺得跟他們在一起很自在。密爾頓和泰喜請葛羅辛格家來吃飯，哪怕他們在飲食上的限制始終讓我們有點爲難。比方說，我母親會千里迢迢地開車到市區的另外一頭去買符合猶太教規潔淨可食的肉，卻用奶油做淋醬。或者她完全不用肉和奶油而做蟹肉糕。葛羅辛格夫婦雖然在信仰上很虔誠，卻還是中西部的猶太人，行事低調的民族同化主義者。他們藏身在絲柏形成的高牆後面，耶誕節時照樣會在耶誕燈之外裝飾一個耶誕老人。

一九七一年：美國聯邦地方法院的史帝文．J.羅斯法官判定底特律的教育系統中存在著de jure（法律上的）種族隔離情形，立即下令學校廢除種族隔離。這件事只有一個問題。在一九七一年左右，底特律的學生有百分之八十都是黑人。「這個主張用校車[25]的法官愛怎麼搞就怎麼搞，」密爾頓在報紙上看到這個決定之後罵道：「現在反正沒什麼關係了，妳明白了吧？泰喜，妳現在知道妳親愛的老公爲什麼要把孩子們弄到這些學校制度之外了吧？因爲要是我沒這麼做的話，那他媽的羅斯就會用車把他們送到城裡的奈洛比去念書了。」

一九七二年：五呎五吋的宮本因爲不足五呎七吋的最低身高標準（他試過稱爲「矮子樂」的厚跟鞋等等），不能進入底特律警界，就上了電視節目《今夜》來談他這個案子。我寄了封信給警察局長，支持宮本，可是我始終沒得到回覆，而宮本還是被拒門外。幾個月後，警察局長尼可拉斯在遊行中從馬背上摔了下來。「這就是你的報應！」我說。

一九七二年：H.D.傑克森和L.D.摩爾因爲警察施暴訴請賠償四百萬美元，結果損害賠償金額只有二十五美元，因此憤而劫持了一架南方航空公司的噴射客機到古巴。

一九七二年：市長羅曼．葛里布斯宣稱底特律已經好轉。這個城市已經克服了一九六七年種族動亂的創傷，因此，他不打算再競選連任。新的候選人出現了，那個人後來成爲這個城市第一位非裔美國人市長，科爾門．A.楊。

而我滿十二歲了。

幾個月前，上六年級開學的第一天，卡蘿・洪琳走進教室時，臉上帶著雖淺卻顯然十分自得的笑容。在那張笑臉下面，就好像放在獎盃架上展示似的，是她在暑假裡新長出來的胸部。這樣的人還不只她一個。在那萬物生長的幾個月裡，有不少我的同學都——像大人喜歡說的——「發育」了。

對這事我倒不見得全無準備。就在那個暑假裡，我到休倫港附近的龐許維夏令營過了一個月。在那些漫漫夏日裡，我就像注意到湖的彼岸有穩定鼓聲似地，注意到我夏令營的夥伴身體上開始有了變化。女孩子們都變得靦腆起來，換衣服的時候會背過身去。有些人不但把姓氏繡在內褲和襪子上，也繡在她們的學生型胸罩上。大部分說來，那是私人的事，誰也不會說起。可是不時會有戲劇化的呈現。有天下午，在游泳時間裡，更衣室的鐵門開開關關地響著，聲音迴響在松林之間，越過不毛的湖濱到了水上，我正躺在一個內胎上漂浮，看著《愛的故事》[26]。（游泳時間是我唯一能看書的時候，雖然夏令營的輔導員想要刺激我練習我的自由式，我卻始終每天都在看那本我在我母親床頭櫃上找到的新暢銷小說。）現在我抬起頭來。珍妮・西蒙森正沿著一條滿布塵土和松針的棕色小徑走了過來，她穿著一套紅白藍三色的泳裝。這個景象使得萬籟俱寂。小鳥不再鳴叫，湖上的天鵝扭著長長的脖子想看一眼。就連遠方的一架電鋸也關斷了引擎。我望著珍妮的奪目光彩。金色的午後陽光在她四周更形強烈。她那很富愛國精神的泳衣在別人都沒有的地方隆起。她修長大腿上的肌肉牽動。她跑到碼頭前端，躍進湖裡，而一群水精（她從細得拉匹茲來的朋友們）游過去迎接她。

我放下書本，低頭看看我自己的身體。和平常一樣：扁平的胸部，什麼也沒有的屁股，兩條滿是蚊子叮咬痕跡的腿。湖水和陽光讓我脫皮，我的手指頭全都皺了。

多虧了費洛大夫的老耄和泰喜的假正經，使我到了青春期還不知道會是怎麼樣的情形。費洛波西恩大夫仍然在婦幼醫院附近開了家診所，不過那家醫院本身卻已經結束了。他的業務有相當大的改變。還是有一些老病人，因爲在他的照顧下活了這麼久，所以很怕換別的醫生。其他的都是靠救濟金過活的家庭。診所由羅莎里護士經管。她和費洛大夫在給我接生時認識一年之後結了婚。現在她安排看診時間和替病人打針。她出身於阿巴拉契亞山區的背景使她對政府的補助十分熟悉，而她還是個塡寫醫療補助表格的高手。

八十多歲的費洛大夫開始畫畫。他診所的牆上像沙龍裡一樣掛滿了厚厚油彩，以渦狀筆法繪成的油畫。他不怎麼用畫筆，主要用一把調色刀。他畫些什麼呢？斯麥納？破曉時分的碼頭？可怕的大火？不是的。費洛大夫像大多數業餘畫家一樣，認爲唯一適合的題材就是和他生活經驗全無關連的美麗風景。他畫他從來沒見過的海景和從來沒去過的林中小屋，還加上坐在鋸倒的大樹上抽菸斗的人。費洛波西恩大夫從來不談斯麥納的事，要是有人說起，他就會走出房間去。他從來不提他的前妻，或是被謀殺的子女。也許這才是他能活下來的原因。

不管怎麼說，費洛大夫成了活化石似的趕不上時代的人。我在一九七二年去做年度體檢的時候，他用的還是一九一〇年醫界流行的檢查方式。有一招是假裝摑我耳光來檢測我的反射動作。還會用酒杯來聽診。在他低下頭來聽我的心音時，我就能鳥瞰他光頭上有如加拉帕戈斯群島的疥癬。（群島的位置年年改變，持續地移過他頭顱的表面，但始終沒有痊癒。）費洛波西恩大夫有股舊沙發的氣味，混合著髮油和打翻了的湯汁，還有隨時躺在上面打盹的味道。他的行醫執照看起來就像是寫在羊皮紙上。就算費洛大夫會用水蛭來治熱病，我大概也不會覺得吃驚。他對待我的態度很得體，從來不表示友善，大部分的話都對著坐在角落一張椅子上的泰喜說。我一直在想，不知道費洛大夫是因爲回憶起什麼才不正眼看我？這些粗略的檢查是不是受到地中海東岸那些女孩子的鬼魅纏祟，因爲我脆弱的鎖骨，或是我充血的小小肺部發出的細小聲音而引起的？他是不是不讓自己想起那些浴池和解開的袍子，還是說他只是累了，老了，半瞎了，卻自尊心強得不肯承認？

不論答案究竟是什麼，年復一年地，泰喜很忠誠地帶著我去找他，以報答他不再提起的那場大災難所行的善事。在候診室裡，我每次看到的都是那幾本破爛的《精采》雜誌。裡面有益智遊戲「找找看」，一棵枝葉繁茂的栗子樹裡藏著刀子、狗、魚、老女人和蠟燭台——全都由我親手圈了出來，不知多少年前，當時因爲耳朵痛得手在發抖。

由柔依姑姑在廚房裡所說的暗示性的話裡，我知道女人每過那麼久就會發生某種事情，是一件她們都不喜歡的事，男人就不必忍受的事（像其他事一樣）。不管那到底是什麼事，似乎還很安全地離我很遠，就像結婚或生孩子之類的。然後有一天，在龐許維夏令營裡，麗碧嘉·烏伯納斯爬上一張椅子。麗碧嘉是從南卡羅來納州來的，祖先曾蓄養過黑奴，她自己則受過發聲訓練。在和附近夏令營來的男孩子跳舞的時候，她會一隻手在臉前面揮動著，好像拿了把扇子。她爲什麼要爬到椅子上呢？我們當時正在做才藝表演，麗碧嘉大概是在唱歌還是背誦華特·德·拉·梅爾[27]的詩作。太陽還高掛空中，她穿了一條白色的短褲，就在她唱歌（或是背詩）的時候，她白色短褲的背面突然變黑了。起先看起來好像只是旁邊大樹的影子，或是哪個孩子揮手的影子。可是不對？就在我們這一群十二歲的女生，身穿夏令營的圓領衫，頭綁印地安頭帶，坐在那裡注視下，我們看到了麗碧嘉·烏伯納斯沒有看到的東西。她上半身在表演，下半身卻在搶她的戲。那個痕跡越來越大，而且是紅色的。夏令營的輔導員不知道該怎麼反應。麗碧嘉唱著，揮舞雙手，她在椅子上轉著圈子來面對在圓形劇場裡的觀眾：而我們瞪大了眼睛，既覺得困惑，又感到害怕。有幾個「進步的」女孩子明白是怎麼回事，其他的人，像我，就想到：刀傷，被熊抓了。就在這時候，麗碧嘉·烏伯納斯注意到我們在看，她低頭看看自己，然後放聲尖叫，跳下舞台。

從夏令營回來的時候，我變得黑了也瘦了些，胸前只別了一枚獎章（很諷刺的是由越野識途比賽得來的)。可是像卡蘿・洪琳在開學第一天那麼得意地展示的另一種獎章，我卻還沒有得到。對這件事，我的感覺很矛盾。一方面，如果麗碧嘉・烏伯納斯的不幸遭遇有什麼代表意義的話，也許維持我的現狀要安全得多。萬一類似的事發生在我身上怎麼辦？我翻找了衣櫃，把所有白色衣物全都丟掉。也不再唱歌。這種事你無法控制。永遠也不會知道，隨時都可能會發生。

只不過，在我身上一直沒有發生過。慢慢的，我那個年級大部分其他女生都開始起了生理變化之後，我開始不再那麼擔心可能的意外，而更加擔心自己落在後面，被排除在外。

我在上數學課，是六年級時的一個冬日。我們年輕的數學老師郭洛托維斯基小姐正在黑板上寫一個算式。在她身後，坐在有木頭桌面書桌後面的學生跟著她計算，或在打瞌睡，或是從後面彼此踢來踢去。密西根州的一個灰色冬日，外面的草像白鑞。頭上的日光燈想要驅散這個季節的灰暗。一張偉大數學家拉曼魯眞(我們這些學生最初以爲那是郭洛托維斯基老師的外國男朋友)的照片掛在牆上。空氣悶熱得只有學校裡的空氣才會那樣。

在我們老師的背後，在我們的座位上，我們飛過時間。三十個孩子，坐成整齊的六排，以我們無法察覺的速度被帶著走，就在郭洛托維斯基小姐寫著算式的時候，我周遭的同班同學都開始變化。比方說，珍・布隆特的大腿似乎每個禮拜都會長長一點點，上衣前面漸漸隆起。然後有一天，就坐在我旁邊的碧芙莉・馬斯舉起手來，我從她袖子口往上看到黑黑的東西：是一小叢淺棕色的毛髮。這是什麼時候出現的？昨天嗎？還是前天？在那一年裡，算式越來越長，也越來越複雜，也許只是所有的數目字，或是乘法表；我們由新數學學到量化很大的數量，而肉體得到始料未及的答案。彼德・奎爾的聲音比上個月低了兩度，而他渾然不覺。爲什麼呢？他飛得太快了。男孩子們在上唇上面都長了茸毛。額頭和鼻子都凸顯出來。最驚人的是，女孩子都成了女人。不是在心智上，甚至也不是在情感上，而是在生理上。大自然在做各種準備工作，各族類該有的進度都要達成。

只有坐在第二排的卡莉歐琵一點動靜也沒有，她的書桌好像卡在原地動彈不得，因此只有她能看清楚在她四周變化的實質內容。在做證明題時，她注意到崔西雅・蘭伯的皮包放在她桌子旁邊的地板上，裡面有她今天早上看到一眼的衛生棉——那到底是怎麼用的？——她能問誰呢？卡莉歐琵仍然很美麗，卻很快地發現自己是全班最矮的一個女孩子。她掉了橡皮擦，沒有男孩子撿回來，到了耶誕晚會表演時，她演的不再是往年演的瑪麗，而是小精靈……可是希望還是有的，對吧？……因爲那些桌子都在一天一天地飛著；學生們列隊在時間裡衝過，結果有天下午，卡莉放下沾著墨水印的紙抬起頭來，發現春天來了，蓓蕾長了出來，迎春花綻放。榆樹都綠了；下課的時候，女孩子和男孩子手牽著手，有時還在樹後接吻，而卡莉歐琵感覺自己被騙了。「還記得我嗎？」她對大自然說。「我在等著，我還在這裡。」

黛絲荻蒙娜也一樣。到了一九七二年四月，她要和她丈夫在天堂相會的申請仍然在一個龐大的天國官僚體系中運作。雖然黛絲荻蒙娜在當初上床時身體非常健康，但週復一週，月復一月，到最後年復一年的臥床不動，加上她自己驚人的求死意志力，終於使她得到《醫師手冊》中列舉的各種病症。在臥房的這些年裡，黛絲荻蒙娜得了肺積水；腰痛；黏液囊炎；突然在比病原學上正常時間晚了半個世紀後發作起子癇[28]來，然後又同樣神祕地消失了，讓黛絲荻蒙娜大爲懊惱；一次嚴重的帶狀疱疹，使她的前胸和背部都像熟透的草莓，刺痛得像打了烙印；十九次感冒；一個禮拜純粹是想像中的「活性」肺炎；潰瘍；心理影響而生成的白內障，在她丈夫忌日時使她目光模糊，基本上哭過之後就好了；還有杜普伊倫攣縮，她手部的筋膜發炎，使拇指和三根手指痛苦地屈向掌心，剩下中指伸直，像在做猥褻的手勢。

有一個醫生把黛絲荻蒙娜列爲他做長壽研究的對象。他正在給一本醫學雜誌撰寫有關「地中海的飲食」

的文章。因此他向黛絲荻蒙娜提了一大堆有關她故鄉名菜的問題：她小時候喝過多少優酪乳？吃了多少橄欖油？大蒜？他所提的每一個問題她都回答，因爲她認爲他對這些的興趣表示她終於有什麼生理機能上的問題，也因爲她從來不放過重溫她童年生活的機會。那個醫生的名字叫穆勒。是德國人。可是一談到飲食問題時，就不承認他的種族來歷。他帶著戰後的罪惡感，公開譴責煎烤香腸、酸煎肉、肉丸子等等都是等同毒藥的菜餚。是食物中的希特勒。他欣賞的是我們希臘的食物——加蕃茄汁燒的茄子，加了黃瓜的沙拉醬，魚卵醬。我們的pilafi（炒飯）、葡萄乾、無花果——就像是良藥，是能讓你長壽、清血脈、皮膚光滑的神藥。穆勒醫生的話看來很有道理：他雖然只有四十二歲，卻滿臉皺紋，還有雙下巴，頭的兩邊都有灰白頭髮伸了出來；而我的父親呢，已經四十八歲了，雖然眼睛下方有咖啡色的陰影，卻仍然有一張毫無皺紋的圓臉和一頭濃密的黑髮。他們說什麼希臘祕方，不是沒有道理的。這全在我們的食物裡！在我們的羊肉大米菜葉包和燻魚子醬，甚至在我們的蜜糖果仁千層酥（可不能犯下使用糖精的大罪，只可以用蜂蜜）裡都有眞正的青春之泉。穆勒醫生讓我們看他製作的圖表，列舉了住在底特律都會這裡的一些義大利人和希臘人，還有一個保加利亞人的姓名和生日，我們看到我們家的參賽選手——黛絲荻蒙娜·史蒂芬尼德，九十一歲——赫然在其中占了優勝地位。計畫好對付被蒜味煙燻紅腸殺死的波蘭人，或是因爲油炸馬鈴薯而送命的比利時人，或因布丁而消失的英國人，或是被辣味香腸幹掉的西班牙人，我們希臘人的虛線不斷往前延伸，而其他人的則消失在糾結的下墜拋物線中。誰知道呢？在過去幾千年來，我們這個民族沒有那麼多値得驕傲的。所以在穆勒醫生到家裡來出診時，我們沒有提起拉夫提多次中風的惱人問題，也就可以理解了。我們不想讓新的資料壞了那張圖表，所以也沒有提起黛絲荻蒙娜其實是七十一歲，而不是九十一歲，她老是弄不清楚七和九。我們沒有說她的兩個阿姨，塔莉亞和維多莉亞，都在很年輕的時候死於乳癌；也沒說在密爾頓光滑年輕的外表下，血壓卻很高。我們不能說這些。我們不想輸給那些義大利人和那一個保加利亞人。而沉迷在研究之中的穆勒醫生也沒注意到黛絲荻蒙娜床邊放著她先夫的照片，就在他墳墓的照片旁邊，一個遺孀隨身帶著的東西。她不是奧林帕斯山上不死神祇中的一份子。只是還活著的一個人。

同時，在我母親和我之間的緊張關係正在升高。

「不要笑！」

「對不起，寶寶，可是就是，妳那裡什麼也沒有好……好……」

「媽！」

「……好托起來的。」

一聲憤怒的尖叫，十二歲大的兩腳跑上了樓梯，泰喜在後面叫道：「別這麼誇張，卡莉。妳要的話，我們就去幫妳買件胸罩。」我衝進臥房，鎖上房門之後，在鏡子前面脫下襯衫來看看……我母親說得對。什麼也沒有！完全沒有可以托起來的東西，我憤怒而無奈地痛哭失聲。

那天晚上，我終於下樓來吃晚飯的時候，我以唯一能做到的方式表示報復。

「怎麼了，妳不餓嗎？」

「我要正常的食物。」

「什麼叫正常的食物？」

「美國的食物。」

「我得做 yia yia 喜歡吃的。」

「那我喜歡的呢？」

「妳喜歡菠菜派呀，妳一向喜歡吃菠菜派的。」

「哼，我現在不喜歡了。」

「那，好吧，妳就別吃了。要餓就餓著吧。要是妳不喜歡我們給妳吃的東西，妳可以就坐在飯桌上等我們吃完。」

面對著鏡子裡的證據，遭到我親娘的嘲笑，四周全是正在發育的同班同學，我得到了一個可怕的結論。我開始相信地中海的飲食讓我祖母求死不得地活著，也暗中阻礙了我的發育。這只能說明泰喜在所有食物上都淋上的橄欖油有某種神祕的力量，能使身體的時鐘停止，而心智不受到烹飪用油的影響，繼續發展。所以黛絲荻蒙娜有著九十歲老人的絕望與疲累，卻有著五十歲的健康血脈。我懷疑是不是我吃的Ω—3脂肪酸和每頓飯三樣蔬菜造成了我性發育的障礙？是不是早餐吃的優酪乳使我胸部發育遲滯？很有可能。

「怎麼了？卡莉？」密爾頓一面吃飯，一面看著晚報問我：「妳不想活到一百歲嗎？」

「如果得一直吃這些東西的話就不要。」

可是現在泰喜崩潰了。到現在已經把一位不肯下床的老太太照顧了將近兩年時間的泰喜。有個愛熱狗勝過愛她的丈夫的泰喜，在暗中讓她兒女排便順暢，因此當然知道油膩的美國食物對他們消化有多大不良影響的泰喜。「妳不去採購買東西，」她涕泗縱橫地說：「妳沒有看到我看到的那些。妳最後一次到藥房是什麼時候？正常食物小姐？妳知道架子上擺滿了些什麼嗎？通便劑！每次我上藥房，在我前面的那個人就是在買通便劑。而且還不止買一盒，他們都一買就是好多。」

「那都是老年人。」

「不光是老年人。我看到年輕的媽媽在買。我看到十幾歲的年輕人在買。妳想知道是怎麼回事嗎？這整個國家的人都沒法上大號。」

「哦，現在我眞想吃了。」

「是不是因爲胸罩的關係?卡莉?因爲如果是這個問題的話,我告訴過妳——」

「媽——媽!」

可是已經來不及了。「什麼胸罩?」十一章問道,然後笑了起來。「難道說大鹽湖認爲她需要用胸罩?」

「閉嘴。」

「來,我的眼鏡想必是髒了。我來擦一擦。啊,這樣好多了。現在讓我們來看看——」

「閉嘴!」

「不對,我不覺得大鹽湖有什麼樣地質上的改變——」

「哼,你的臉倒有,膿疱頭!」

「還像以前一樣平。是試車的好地方。」

可是這時候密爾頓大叫一聲:「他媽的!」——把我們兩個人的聲音都壓倒了。

我們想他聽厭了我們鬥嘴。

「那個他媽的混蛋法官!」

他不是在看我們,而是瞪著《底特律時報》的頭版。他滿臉通紅,然後——因爲我們沒有提起的高血壓——幾乎變成紫色。

那天早上,在美國聯邦地方法院裡,羅斯法官發明了一個讓各學校消除種族隔離的聰明方法。要是底特律沒有那麼多白人學生分配到各個學校的話,他就要從別處找學生來。羅斯法官宣稱他有權管到「大都會區」,管轄權涵蓋底特律市和周圍五十三個郊區,包括格洛斯波因在內。

「我們才把你們這兩個孩子弄出那個鬼地方,」密爾頓叫道:「那該死的羅斯又要你們回去!」

狼獾隊

「如果你剛剛才開始收聽本節目，那我們要告訴你現在正有一場精采的曲棍球賽在進行中！這個球季兩大對手，BCDS的大黃蜂隊和培英女校的狼獾隊，最後一場比賽已經進行到最後幾秒鐘，比數四比四平手。在中場開球，然後……大黃蜂隊搶到球！錢伯霖盤球進攻，傳給側翼的歐羅基。歐羅基假裝向左，攻向右邊……她閃過一名狼獾隊的隊員，再閃過一個……現在她傳給在球場那邊的安蜜格里亞圖！現在貝琦・安蜜格里亞圖由邊線進攻！還剩十秒、九秒！狼獾隊的守門員是史蒂芬尼德而——哎喲，哎喲，她沒有看到安蜜格里亞圖衝過來！搞什麼鬼？……她在看一片葉子呢，各位！卡莉・史蒂芬尼德正在欣賞一片漂亮的火紅秋葉。可是怎麼挑這個時候來做這種事！安蜜格里亞圖攻上來了，五秒！四秒！就這樣了，各位，初中代表隊大賽的冠軍即將產生——可是等一下，……史蒂芬尼德聽到了腳步聲。現在她抬起頭來……安蜜格里亞圖擊球射門！喔咿！像子彈一樣！我們在這間樓上的轉播室裡都能感覺到威力。球直朝史蒂芬尼德的頭飛過去！她丟下了那片葉子！她在注意看球……注意看著……哎喲，各位，你們一定不願意看到這樣的場面……」

眞的是就在你臨死之前（不管是被曲棍球打死或其他原因）你的一生會在你眼前閃過嗎？也許不是你整個一生，而是其中某些部分。在秋季那天當貝琦・安蜜格里亞圖擊出的球朝我的臉飛來的時候，近半年來的幾件大事在我可能即將殞滅的意識中閃現。

首先，我們的凱迪拉克——當時是那部金色的捷林——在夏天轉進了培英女校的長長車道。後座是個非常不快樂的十二歲女孩，也就是我，被押來面試。「我不想去上女校，」我抱怨道：「我情願坐校車上學。」

接著是九月裡，另外一部車接我去上七年級開學第一天的課。以前我都走路到同百里小學；可是私立中學帶來很多的改變：比方說，我新的學校制服上有校徽和方格花紋，還有：這輛共乘的車子，一輛淺綠色的旅行車，由一位崔克瑟太太開著，她的頭髮又油又稀疏，在她上嘴唇上面的黑影，我後來在英文課上學到那叫鬍子。

現在是幾週之後，這輛旅行車在往前開。我正望著窗外，而崔克瑟太太的香菸冒出一縷青煙。我們開進格洛斯波因的中心地帶，我們經過很多外面裝了門的長車道，就是總讓我們家人充滿驚奇與敬畏的那種。可是現在崔克瑟太太開上了這些車道。（我的新同班同學都住這種車道的盡頭。）我們轟隆開過水蠟樹的樹籬，穿過修剪成拱門的樹下，到達與世隔絕的湖濱宅邸，那些女孩子帶著書包，站得筆直地在那裡等著，她們穿著和我一樣的制服，可是穿在她們身上看起來就不一樣，更整齊，也更有派頭。偶爾也有位包著頭巾的母親出現在畫面裡，正在花園裡剪下一枝玫瑰花。

接下來是兩個月後，秋季班學期將結束前，這輛旅行車爬上小山，開往我那不再是嶄新的學校。車裡坐滿了女孩子。崔克瑟太太正點著另外一根香菸。她把車子停在路邊，準備對我們下詛咒。她對眼前的景觀——在綠色山坡上的校園，遠方的湖——搖著頭說：「妳們這些女孩子現在最好盡情享受。人生最好的時候就是年輕的時候。」（十二歲的我很恨她這樣說，我想像不出對一個孩子還有比這更差勁的話說得出來。可是，因為由那年開始的某些其他改變，我說不定也懷疑我童年的快樂時光就要告終了。）

在曲棍球向我飛來時，我還回想到什麼別的？大概是一個曲棍球所能代表的一切吧。曲棍球，那種新英格蘭的運動，是由舊英格蘭傳下來的，就像我們學校裡其他所有的東西。那棟有響著回聲的長廊和像教堂似氣味的大樓，加了固定窗玻璃鉛框的窗子，哥德式的陰森。初級拉丁文讀本的顏色像病人吃的稀飯。下午茶。我們網球隊行的屈膝禮。我們教職員對戶外活動的喜好，還有課程的安排，很希臘式、很拜倫式地由荷馬開始，然後直接跳到喬叟，再到莎士比亞、多恩、斯威夫特、華茲華斯、狄更斯、丁尼生和E.M.福斯特。只有這樣的關連。

培克小姐和英格里斯小姐早在一九一一年創立這所學校。以創校緣起的話說來是「以人文與科學教育女孩，爲她們培養對學習的愛好，謙遜的舉止，親切的態度，最重要的是對公民義務的興趣。」這兩個女人以前一起住在校區最那邊的「小屋」裡，一棟蓋著木瓦的閨房，在學校神話中的地位彷彿是美國傳奇中林肯的小木屋。每年春天，五年級生都去參觀一次，她們排隊走過兩間單人臥室（大概騙得過她們），這兩位創校者的書桌上都仍然放著自來水筆和甘草精，以及她們用來聽蘇沙[29]的進行曲的留聲機。培克小姐和英格里斯小姐的鬼魂和她們的胸像與肖像一起纏祟著這所學校。院子裡有座雕像，那兩位戴著眼鏡的教育家興致高昂，培克小姐比著手勢，像教皇在賜福給空氣，而英格里斯小姐（總是在下面的）轉頭去看她同事要她看的東西，英格里斯小姐下垂的帽子遮沒了她平凡的面容。這座雕像唯一前衛的手法是一根很粗的鐵絲由培克小姐的頭上伸了出來，鐵絲的頂端浮著那件令她們驚奇的東西，一隻蜂鳥。

……這一切都由那旋轉著的曲棍球引發出來。可是也還有別的，一些更個人的事，也說明了爲什麼我會成爲那個曲棍球的目標。卡莉歐琵爲什麼來當守門員呢？她爲什麼穿戴著沉重的面罩和護具？爲什麼史托克教練在大叫著要她救球？

答案很簡單：我在運動方面不是很好。壘球、籃球、網球；每一樣我都毫無希望。曲棍球更差。我就是沒法習慣那滑稽的球棍，或是那些搞不清楚的歐洲式戰略。因爲球員不夠，史托克教練派我守門，希望碰上根本用不到我的最好情況。那種情形卻很難得碰到。一些缺乏團隊精神的狼獾隊員認定了我完全不能配合。這種指控有道理嗎？我目前坐辦公桌的工作和我運動能力太差之間有關連嗎？這個問題我不回答。可是要自我辯護的話，我會說我那些運動能力好的隊友們沒有一個的身體像我有那麼多問題。她們不像我，有兩粒睪丸非法蹲踞在鼠蹊部的管道裡。我完全不知道這些無法無天的傢伙占住在我肚子裡，甚至還偷接了水電。要是我架腿的方向不對，或是動作太快，小腹就會痙攣。在曲棍球場上，我常常彎下腰去，眼睛裡湧出淚水，而史托克教練只打打我的屁股。「不過是抽筋，史蒂芬尼德，跑跑就好了。」（現在，就在我搶過去擋那個球時，這樣一陣劇痛襲來。我的肚子裡扭曲，疼痛如火山熔岩般爆流出來。我往前彎下，被我的守門球棍絆倒，然後我踉蹌地倒了下去……）

可是還來得及記下一些生理上的變化。開始上初一時，我裝了牙套，一整副牙套。橡皮筋把我的上下顎勾在一起。我的下巴覺得鬆垮，像個腹語家用的木偶。每天晚上睡覺之前，我都很守規矩地把我這套醫藥用的首飾戴上。但是在黑暗中，儘管我的牙齒慢慢地給矯正了，我臉部其他的地方卻產生了由遺傳因子影響下的更大變化。按照尼采的說法，希臘人分爲兩種：太陽神阿波羅式的和暴君狄奧尼西奧斯式的。我生下來時屬於阿波羅式，是個快樂的小女孩，一頭鬈髮。可是等我快十三歲時，一種屬於狄奧尼西奧斯的味道偷偷地改變了我的五官。我的鼻子起先很纖巧，然後不那麼細緻，再就開始彎了起來。我的眉毛越來越粗，也彎了起來。我的表情裡多了一分邪惡，狡猾，像「色情狂」的味道。

所以最後的那個曲棍球（現在越來越近，不願意再多事耽擱）——那個曲棍球最後象徵和代表的是「時間」本身，那種無法停止的特性，還有我們被身體束縛，而身體受制於時間的事實。

曲棍球直朝前衝過來，重擊在我面罩的側邊，再反彈直入球門正中的網子裡。大黃蜂隊慶祝勝利。

我像平常一樣很丟臉地回到體育館。我帶著我的面罩，爬出了那個像露天劇院似的綠色圓形曲棍球場，踩著小小的步子，沿著那條碎石子路走回學校。遠處的山下，在路的另一邊，就是聖克雷湖，當年我外祖父吉米・齊思莫詐死的地方。那個湖在冬季仍會結冰，但運私酒的人不再開車從湖上來往。聖克雷湖已經失去了以前邪惡的光采，和其他地方一樣，成了城市的郊區。貨船仍然往返於航道之中，可是現在看到的大多是觀光遊艇。克里斯—克拉夫特號、聖塔安納號、飛行的荷蘭人號、四七〇號等等。陽光普照的日子裡，湖水還勉強看起來是藍色的，可是大部分的時間都像是冷豆湯的顏色。

可是我想的全不是這些。我正放慢了腳步，想盡量走得很慢很慢。我帶著擔心而焦慮的表情望著體育館的門。

就是現在，對其他所有的人來說比賽都已經結束了的時候，對我來說才剛開始。我的隊友在靜下來喘口氣的時候，我卻在做著心理建設。我得舉止優雅，卻要像運動員迅速而把時間算得很精確。我得在我自己身邊叫道：「抬頭挺胸，史蒂芬尼德！」我得同時兼具教練、明星球員和啦啦隊隊長等三種身分。

因爲雖然狄奧尼西奧斯的特質已經由我體內爆發出來（像我悸痛的牙齒和狂野放任的鼻子），但並不是我的一切都有所改變。在卡蘿・洪琳挺著她那全新的胸部來上學的一年半以後，我還是什麼也沒有。我終於從泰喜那裡哄騙來的胸罩，仍然像高級物理學一樣，只在理論上有用。沒有胸部，也沒有月經。我等過了整個六年級，然後又等過了一個暑假。現在我上初一了，還在等著。是有一些讓人很有希望的跡象。我的乳頭偶爾會脹痛，小心地碰觸時，感覺到在那粉紅色的嫩肉下有小小硬塊。我一直覺得這會是什麼的開始。我以爲我開始發育。可是那樣的脹痛一次又一次地消失，什麼結果也沒有。

所以在我的新學校裡必須習慣的所有事物中，最困難的就是去更衣室。即使現在球季已經結束了，史托克教練還是站在門口，吠叫道：「好了，小姐們，快去沖澡！趕快，趕快！」她看到我走過來，勉強露出個笑臉。「很努力。」她說著，遞給我一條毛巾。

到處都有階級之分，可是在更衣室裡特別明顯。潮濕和赤裸讓人回到原始狀態。且讓我把我們更衣室裡的人很快地分類說明一下。最靠近淋浴間的是飾物手鐲組。在我經過的時候，向那條水氣瀰漫的走道看了一眼，看她們展現她們鄭重其事很有女人味的動作。其中一個正向前彎著身子，把一塊毛巾包在她濕濕的頭髮上。她陡然站直了，把毛巾換成一頂頭巾。在她旁邊另外一個飾物手鐲組的正空瞪著一雙藍眼睛，在往身上搽潤膚乳液。還有一個把水瓶舉到口邊，露出她長長的脖子。我不想瞪著她們看，就轉開了眼光，可是仍然能聽到她們穿衣服的聲音。除了蓮蓬頭噴水的嘶嘶聲和赤腳走在瓷磚地上的聲音之外，還有一種高而細的叮鈴聲傳到我的耳裡，一種幾乎就像敬酒前輕碰香檳酒杯的聲音。那是什麼？你猜不到嗎？在那些女孩子纖細的手腕上，小小的銀飾正碰撞在一起。那是小網球拍撞著小小的雪橇，迷你的艾菲爾塔碰著半吋高、踮著腳尖的芭蕾舞女。那是第凡內的青蛙和鯨魚碰在一起的叮鈴聲；是小狗狗撞著小貓咪，鼻子上頂著球的海豹碰上玩手風琴的猴子，一塊三角形的乳酪擦著小丑的臉，草莓和墨水瓶的合唱，情人節的紅心碰著瑞士的牛鈴。在這一片柔和的叮響中，一個女孩子把手腕伸給她的朋友們看，就像個淑女在推薦某種香水。她的父親剛剛出差回來，給她帶來了新的禮物。

飾物手鐲組：她們是我新學校裡的統治階級。她們從上幼稚園時就進了培英女校，甚至上這裡的托兒所。她們住在湖邊，像所有住在格洛斯波因的人一樣，長大之後就假裝我們那淺淺的湖不是湖泊而是海洋。是大西洋。不錯，這正是飾物手鐲組的女生和她們父母的祕密願望，希望自己不是中西部人而是東岸人，因而影響到他們的穿著和咬著牙說話的習慣，夏天到瑪莎莊園，會說「我們東部」而不說「他們東部」，好像他們在密西根州的時間只是暫時離家出遊。

對我那些家世良好，鼻子小小，名下都有信託基金的同學，我能說些什麼呢？雖然是努力工作，節儉樸素的工業家的後代（我們班上有兩個女孩子的姓氏和美國汽車鉅子相同），她們會對數學或科學有興趣嗎？她們會有機械方面的天分嗎？或者是會遵循新教徒的工作倫理？一言以蔽之：不會。再沒有比有錢人家的子女更能反證遺傳基因決定一切的理論了。飾物手鐲組的女生不讀書。上課時從不舉手作答。她們癱坐在教室後面，每天帶著本筆記簿當道具回家。（不過也許飾物手鐲組比我更了解生命。她們從小就知道這個世界把書本的價值看得有多小，所以不在書本上浪費時間。而我卻直到現在還堅信白紙上的黑字非常之重要，只要我繼續寫下去，我也許就能抓住意念的彩虹。這是我在這個故事裡僅有的信託基金，而我不像那些謹慎的英國新教徒後代，我在使用本金，揮霍殆盡……）

念初一那年經過她們的置物櫃時，我還沒想到這些。現在我回頭過去（路思醫生慫恿我這樣做）看看十二歲的卡莉歐琵望著飾物手鐲組在水氣瀰漫的燈光下脫衣服時的眞正感覺是什麼。她有沒有感到興奮的顫抖？在守門員護具遮蓋下的肉體有沒有反應？我盡量回憶，但想起的只是一堆複雜的情緒；羨慕，是一定有的，可是也有些不屑。自卑感與優越感同時並存。更重要的是，感到恐慌。

在我面前，女孩子進出淋浴間，赤裸的胴體像發出的叫喊聲。一年多以前，就是這些女孩子還像是瓷娃娃，小心翼翼地把腳趾伸進公共游泳池消過毒的池裡試水溫，現在都已經成了漂亮的生物。我穿行在潮濕的空氣中，覺得自己像一艘裝了水下通氣管的潛艇。我走過來，踢著我沉重而戴有護具的兩腿，透過守門員的面罩張口結舌地看著在我四周令人驚異的水中生物。海葵在我同班同學們的兩腿之間伸了出來，有各式各樣的顏色：黑色的、棕色的、亮黃色的、鮮紅色的。再往上一點，她們的乳房像水母似地上下左右動著，微微地悸動，前面有刺眼的粉紅色。一切都在水流中擺動，呑食著細小的浮游生物，一分鐘一分鐘地越長越大。那些靦腆地坐著的女孩子就像海獅，潛伏在深處。

海面就是一面鏡子，映照出不同的進化過程。上面的，是空中的生物；下面的，是水裡的生物。一個星球，包含了兩個世界。我的同班同學們對她們揮霍無度的特性就像河豚對牠身上的刺一樣，絲毫不覺得驚訝。她們好像是另外一個物種。就好像她們有香腺或是袋子，能適應生殖力和在野地裡繁殖，這些和瘦弱無毛而馴養的我都毫無關係。我孤獨淒涼地匆匆走過，耳邊還迴響著那個地方嘈雜的聲音。

經過飾物手鐲組之後，我接下來走進了別針組的那一區。這是我們更衣室裡人數最多的一群，別針組占了三排置物櫃。她們有胖有瘦，有的膚色蒼白，有的滿是雀斑，笨手笨腳地在穿襪子，或是拉上一條不合身的內褲。她們就像別針一樣把我們的蘇格蘭裙扣住，很不起眼，很無趣，但有其必要。她們的名字，我一個也記不得。

經過飾物手鐲組，穿過別針組，卡莉歐琵蹣跚地走到更衣室的深處，那裡的瓷磚開裂，粉牆發黃，就在閃個不停的燈下，靠近飲水機，水溝裡還留著史前時代留下來的口香糖，我匆忙走到該我在的地方，到我那本地居民的活動範圍。

這一年在環境上有所改變的不止我一個人。坐校車越區就讀的問題使得很多其他家長也開始查問各個私立學校。培英女校有很好的硬體設備，卻資金短缺，當然不反對增收學生。所以，在一九七二年的夏天，我們都到了這裡（水氣在離淋浴間這麼遠的地方稀薄了很多，讓我能清楚地看到我的老朋友們）：莉蒂卡・丘拉史瓦米，有一對大大的黃色眼睛和細如麻雀似的腰；瓊安妮・瑪麗亞・芭芭拉・皮拉其奧，有隻矯正過的畸形足，以及（這點必須要承認）和約翰・伯奇協會[30]的關係；諾瑪・阿不杜，她的父親去朝聖，結果一去不回；提娜・庫比克，是捷克移民；還有琳達・雷米瑞茲，一半西班牙、一半菲律賓的混血兒，現在正一動也不動地站著，等她眼鏡上的霧氣消散。別人稱我們是「異族」，可是眞正說起來，誰不是呢？飾物手鐲組的不都是很有異族味道嗎？她們不是有好多奇怪的儀式和食物嗎？還有她們的特殊用語呢？她們不說討厭而說「噁」，不說奇怪而說「詭異」。她們吃切邊的白麵包做成的三明治——小黃瓜三明治、蛋黃醬、還有種叫

「水芹」的東西。在我們到培英女校就讀之前，我的朋友和我都一直覺得自己完全是美國人。可是現在那些飾物手鐲組鼻子朝天都表示有另外一個美國，是我們一輩子也進不去的。突然之間，美國不再是漢堡和熱狗，而是「五月花號」和普利茅斯海岸巨礫[31]。是四百年又兩分鐘之前的事，而不是從那以後所發生的一切。也不是現在所發生的一切！

別的不提，單說上初一時，卡莉歐琵發現自己加入了今年新來的人，被她們接納、教育，成爲了朋友。在我打開我的置物櫃時，我的朋友們對我守門的疏漏什麼也沒說。倒是莉蒂卡很仁慈地把話題轉到就要舉行的數學測驗上。瓊安妮．瑪麗亞．芭芭拉．皮拉其奧慢慢地脫下一隻長襪。矯正手術使她的右腳踝細得像支掃帚柄。看到她的足踝總讓我對自己覺得好過些。諾瑪．阿不杜打開了她的置物櫃，往裡看了看，叫道：「討厭！」我拖拖拉拉地，解開我的護具。在我兩邊的朋友們以迅速抖動的動作脫光了衣服，用毛巾圍在身上。「各位？」琳達．雷米瑞茲問道：「能不能借我點洗髮精？」「只要妳明天伺候我吃午餐就可以。」「免談！」「那就沒洗髮精。」「好吧，好吧。」「好什麼？」「好的，女王陛下。」

我一直等到她們走了之後才脫衣服。我首先脫掉長襪。伸手到我的連身運動裙底下把內褲脫下來，再把浴巾圍在腰上，解開運動服的肩帶，從頭上將運動服拉脫下來。這下我身上只剩了毛巾和針織的緊身內衣。現在到了最麻煩的部分。我所戴的胸罩尺寸是30AA。在兩個罩杯之間有一個小小的薔薇花飾，以及一個商標，上面寫著「歐嘉少女」。（泰喜原先慫恿我買件花式的學生型胸罩，可是我想要一件看起來像我朋友們用的，最好還是有襯墊的。）我，現在把這件東西繫在腰間，先在前面把搭鉤扣上，再轉到正常的位置。這時候，一次脫一隻袖子，我把手臂縮在緊身內衣裡，讓內衣像斗篷似地罩在肩上，在那底下，把胸罩拉上來，一直到我能把手臂穿過兩邊袖孔。等這件事完成之後，把裙子在毛巾下穿好，脫掉緊身內衣，穿上罩衫，再拉掉毛巾。我連一秒鐘也沒光著身子。

唯一看到我巧計的只有我們學校的吉祥物。在我身後的牆上是一塊褪了色的布條，上面寫著：「一九五五州曲棍球賽冠軍。」下面就是那隻培英女校的狼獾，擺著她慣有的那種無憂無慮的姿態。兩隻小眼睛，一口尖利的牙齒，一隻圓錐形的鼻子，靠著她的曲棍球棍站著，右腳還搭過左腳踝。她穿著一件藍色的連身運動服，戴著條紅色綬帶。兩隻毛茸茸的耳朵之間綁了條紅色緞帶。很難說她到底是在微笑還是在咆哮，我們的狼獾有點耶魯大學牛頭犬不屈不撓的味道，可是也有份優雅。我們的狼獾打球不僅是爲贏取勝利，也爲了保持身材。

在附近的飲水機前，我用一隻手指按在出水口上，讓水柱噴到空中。我把頭伸到水柱裡。史托克教練總會先摸過我們的頭髮才放我們走，要確定頭髮是濕的。

我去上私立學校的那一年，十一章上了大學。雖然他躲開了羅斯法官的長手臂，卻有其他的手抓到了他。在七月的一個暑熱天裡，我正好走過我們樓上的走道時，聽到有個奇怪的聲音由十一章的臥房裡傳了出來。那是一個男人的聲音，正在念著一些號碼和日期。「二月四日，」那個聲音說：「三十二。二月五日——三百二十一。二月六日……」那扇摺門沒有拉緊，所以我往裡偷看。

我哥哥躺在床上，身上裹著那條泰喜給他織的舊毯子。他的頭從一邊伸出來——兩眼空瞪著——白白的兩腿從另外一頭伸出去。房間對面的立體音響開著，收音機的指針在跳動。

那年春天，十一章收到了兩封信，一封是密西根大學來的，通知他已經錄取。另外一封是美國政府寄來的，通知他已屆兵役年齡。從那之後，我這位從不關心政治的哥哥就很不尋常地對時事關心起來。每天晚上，他和密爾頓一起看電視新聞，注意軍事動態，特別注意亨利・季辛吉在巴黎和會措辭謹慎的聲明。「權力是最偉大的春藥。」是季辛吉的名言，這話想必大有道理：因爲十一章每天晚上都盯著電視機，看各種外交圖謀。同時，密爾頓卻興起了一般父母，尤其是做父親的那種奇異慾望，要讓子女重受他們以前的苦難。「當兵對你大有好處。」他說。十一章對這句話的回應是：「我會去加拿大。」「不可以。要是他們來徵召你，你就要像我以前一樣為國服役。」然後泰喜說：「別擔心，不等他們來叫你去當兵，仗老早就打完了。」

可是，到了一九七二年的夏天，在我看著我那被號碼嚇呆的哥哥時，戰事仍然還在進行。尼克森的耶誕轟炸計畫還在等著假期的到來。季辛吉仍舊穿梭於巴黎和華盛頓之間以維持他的性感形象。事實上，巴黎和約要到第二年的一月才簽字，而最後一批美軍部隊要到三月才會撤出越南。可是當我偷看我哥哥毫無生氣的身體時，還沒有人知道這些事。我只想到做男人是件多麼奇怪的事。社會歧視女性，這點毫無問題。可是把人送去打仗的歧視行為又怎麼說呢？到底覺得哪種性別是可以犧牲掉的？我對我的哥哥感到一種以前從來不曾有過的同情和想要保護他的感覺。我想到十一章穿著軍服，蹲在叢林中的模樣。我想像他受了傷躺在擔架上，我開始哭了起來。收音機裡的聲音平板地繼續報著：「二月二十一日——一百四十一。二月二十二日——七十四。二月二十三日——兩百零六。」

我一直等到報三月二十日，十一章的生日。那個聲音報了他的徵兵號碼——是兩百九十號，他不會去打仗了——我衝進他的房間。十一章從床上跳了下來。我們彼此對望著，然後——幾乎是我們之間從來不曾聽說過的——我們緊緊地抱在一起。

那年秋天，我哥哥動身不是去加拿大，而是去了安亞伯。就像當初十一章的蛋掉下去的時候一樣，又只剩下我一個人。獨自在家裡看到我父親對夜間新聞越來越生氣，他對美國人「半調子」的作戰方式（儘管用了燃燒彈）大為憤怒，對尼克森總統卻越來越同情。也獨自察覺到我母親開始有種覺得她自己無用的感覺。在十一章離家，而我長大之後，泰喜發現自己手上有太多的空閒時間。她開始到戰爭紀念社區中心去上各種課程來充實她的日子。她學了剪紙。編掛盆景的吊索。我們家裡開始擺滿了她的手工藝品。有彩繪的籃子和珠串門簾；內含各種東西，像乾燥花、彩色穀粒和豆子等等的紙鎮。她還去買古董，在牆上掛了塊舊的洗衣板。她也去練瑜伽。

就是因爲密爾頓對反戰運動的厭惡加上泰喜覺得自己無用，使得他們開始看整套一百一十五本的「偉大名著系列」。彼德舅公推荐這些書已經有好久，更不用說在禮拜天和人辯論的時候，隨時引用那些書裡的話來駁倒對方。而現在，大家都在學習——十一章主修工程，我自己正跟上課還戴太陽眼鏡的賽白爾小姐學初級拉丁文——密爾頓和泰喜決定也是完成他們教育的時候了。「偉大名著系列」送到時分裝成十箱，箱子外都印著其中的內容。亞理士多德、柏拉圖和蘇格拉底合成一冊；西賽羅、馬可・奧勒利烏斯和維吉爾合成另外一本。我們把這些書放進中性大宅裡嵌在牆上的書架上時，一面看著作者的名字，有些很熟悉（莎士比亞），有些不認識（波伊提烏[32]）。權威認定之類的事當時還沒流行，何況，「偉大名著系列」開頭的作者姓氏和我們的也很相似（杜賽狄德斯[33]），所以我們覺得與有榮焉，「這是本好書。」密爾頓拿起一本密爾頓的作品說。唯一讓他失望的是這個系列裡沒有一本安・蘭德[34]的作品。不過，那天晚上吃過晚飯之後，密爾頓就開始大聲讀書給泰喜聽。

他們照年代先後順序來看，從第一冊往後看到第一百一十五冊。我在廚房裡做家庭作業的時候，聽見密爾頓宏亮，像鑽子似的聲音說道：「蘇格拉底：『使藝術墮落的原因有兩種。』阿迪曼塔斯：『是什麼呢？』蘇格拉底：『我說是財富，還有貧窮。』」等到柏拉圖讓他覺得很難懂的時候，密爾頓建議直接跳到馬基維利。讀了幾天之後，泰喜要求換成哈代，可是一個小時之後，密爾頓把書放了下來，覺得無趣。「太多石南荒原了，」他抱怨：「石南荒原這個，石南荒原那個。」然後他們看了海明威的《老人與海》，覺得很喜歡，接下來就把整個計畫給放棄了。

我提起我父母進攻「偉大名著系列」失敗的事是有原因的。在我成長時期裡，那套書始終放在我們家圖書室裡的書架上。金色的書脊看來很有分量和氣派。即使是在那個時候，「偉大名著系列」就已經在對我下功夫，默默地慫恿我去追求人類最徒勞無益的夢想，也就是去寫一本值得躋身其中的書，成爲第一百一十六冊「偉大名著」，封面上再多一個長長的希臘姓氏：史蒂芬尼德。當時我很年輕，充滿了偉大的夢想。現在我對名留千古或文學上的完美成就早已放棄了希望。我不再在乎是不是能寫得出一本偉大的著作，只想寫一本能記錄下我那難以置信的生活，卻不在乎其中有多少缺點的書。

這個生活在我把書放上架子時終於展露了出來。因爲卡莉歐琵正在開啓另外一個紙箱，她取出了第四十五冊（洛克和盧梭）。她將手舉起來，用不著踮腳，就把書放在最上一層書架上，而泰喜抬起頭來看了看說：「我想妳又長高了，卡莉。」

這話其實說得還太客氣了，從上初一後的一月份起，一直到那年的八月，我原先像凍住的身體開始以不尋常的比例和難以預見的後果一路成長。雖然在家裡吃的還是地中海的飲食，但我新學校裡的伙食——雞肉派、馬鈴薯、方方的果凍——卻把那種青春之泉的效果給抵消掉了，而我除了那一方面之外，其他每一處都開始成長。我就像博物課上學到的綠豆發芽一樣快速。在學光合作用時，我們把一盤放在暗處，一盤放在光下，每天用尺去量。我的身體就像綠豆一樣，向著天上那盞耀眼的大燈伸展上去，而且我還更厲害，因爲我在暗處也繼續生長。夜裡，我的關節會疼，睡不安穩，我把兩腿用電熱毯包起來，在疼痛中發出微笑，因爲隨著我新增的高度，其他的也終於發生了。毛髮開始在該有的地方出現。每天晚上，在鎖上我臥房的房門之後，我把檯燈的角度扳好，開始數長出來毛髮的根數。第一個禮拜是三根；下一個禮拜，六根；兩週之後，十七根。有一天我興致高昂地用梳子梳理，「也該是時候了。」我說，而就連這句話也不一樣：我的聲音開始變了。

變化並不突然，我不記得我有過發啞或變粗的情形，只是我的聲音開始慢慢地低沉下去，而且持續了兩年。原先刺耳的尖利——是我對付我哥哥的武器——消失了。國歌裡「自由」兩個字能唱得上去，已經是過去的事了。我母親一直覺得我得了感冒。售貨小姐會不理我而招呼別的女性顧客。我的聲音並非不迷人，像長笛和低音管的混合，我的咬字有點含糊，說起話來大多很快而帶點喘息聲。而有些特徵只有語言學家才會聽得出來，中產階級的省略母音，從希臘語傳到中西部腔裡的那份優雅，這些由我祖父母和雙親遺傳下來的都和其他的一樣到了我身上。

我長高了。聲音成熟了，可是沒什麼不自然的地方。我的苗條身材，細腰，小小的頭顱，雙手和兩腳，在任何人心裡都引不起疑問。很多給當成女孩子來養大的男人都不會這麼容易適應。他們從很小就看起來不一樣，動作也不一樣，找不到合身的鞋子或手套。別的小孩叫他們是男人婆，或是更難聽的：猿女、猩猩。我的瘦削掩飾了我。七〇年代初期是平胸族的大好時光。中性打扮正流行。我的身高和像小馬的腿讓我有種時裝模特兒的架式。我的衣著不像，我的臉也不像，可是我的瘦骨嶙峋卻很像，我有那種薩盧基狗[35]的樣子，再加上某些其他的原因——我那夢幻的氣質，我的書卷氣——讓我正好合適。

不過，也常有某些天真而容易激動的女孩子對我有些她們並不自知的反應。我想到的是莉莉·派克，她常躺在大廳的長沙發上，把頭枕在我懷裡，仰望著我說：「妳有個最完美的下巴。」或者是珍·詹姆士，她常常把我的頭髮拉過去蓋在她頭上，讓我們像在同一頂帳篷下。我的肉體大概會釋出費洛蒙來影響我的同學。否則該怎麼解釋我的朋友老跟著我，靠著我呢？在早期，在我的男性第二性徵還未出現之前，也還沒有人在背後說我閒話，女孩子對把頭枕在我懷裡的事會三思之前——在初一的時候，我的頭髮平直而不是鬈曲，我的兩頰依然光滑，我的肌肉尚未成形，可是，雖然看不見，卻毫無疑問地，我已經開始散發出某種男性的味道，比方說，我會把橡皮擦丟到空中再接住的樣子，或是用湯匙去搶人家的甜點，還有我緊皺眉頭的表情，或是在班上會跟任何人就任何事情抬槓；在我還是個醜小孩的時候，在我改變之前，我在我的新學校裡還很受歡迎呢。

可是那個階段很短。很快地，我的頭飾就在夜間的戰鬥中輸給了變形的力量，阿波羅讓給了狄奧尼西奧斯，美貌也許總會有點怪異，但在我十三歲那年，我卻變得比以前怪異得多了。

看著畢業紀念冊。在秋天拍的曲棍球隊的團體照裡，我一腿跪地，排在前排。到春天和同班同學的合照裡，我卻彎腰駝背地站在後面，滿臉不自在的表情。（那幾年裡我始終如一的困窘表情會讓攝影師瘋掉。那個表情毀了全班合照和耶誕卡上的全家福照片，最後，在我印得最多的照片裡，這個問題終於以把我整張臉擋掉的方式獲得解決。）

我始終不知道密爾頓是不是很懷念他以前有過一個美貌的女兒。在別人的婚宴上，他仍然會請我跳舞，完全不在乎我們在一起看來有多荒謬。「來吧，kukla，」他會跟我說：「我們去跳跳。」於是我們就進了舞池，一個矮胖的父親很有自信地帶著跳起老式的狐步舞，而笨手笨腳，像螳螂似的女兒勉強跟著跳。我父母對我的愛並沒有隨著我的外表而減少。不過，我也得很公平地說當我的外貌發生變化的那幾年裡，我父母對我的愛裡也摻進了一些傷感。他們擔心我不會吸引男孩子，怕我會像柔依姑姑一樣成為壁花。有時候我們跳舞時，密爾頓會挺起胸來四下環顧，好像表示看哪個敢說什麼。

我對這一切的反應就是留頭髮。我的頭髮不像我其他部分那樣各行其是，我的頭髮仍然在我的控制之下。所以就像黛絲荻蒙娜經過女青年會可怕的改造之後一樣，我拒絕再讓任何人剪我的頭髮。從初一的整個學年再到初二，我都始終追求我的目標。大學生舉行反戰遊行，卡莉歐琵則抗議剪頭髮。炸彈偷偷地投到柬埔寨的時候，卡莉正竭盡所能地保守她的祕密。到了一九七三年的春天，戰爭正式結束。尼克森會在次年八月辭去總統職位。搖滾樂被狄斯可取代。全國的髮型都在變，可是卡莉歐琵的頭，就像中西部人永遠趕不上流行，仍然以爲是在六〇年代。

我的頭髮！我那多得令人難以置信，十三歲的頭髮！幾曾見過十三歲的孩子有一頭像我這樣的頭髮？有哪個女孩子找這麼多水電工人開著他們的卡車來？每個月，每個禮拜，每半個禮拜，我們家的下水道會塞住。「天哪！」密爾頓一邊開支票，一邊抱怨道：「妳比那些他媽的樹根還麻煩。」頭髮像一球風滾草，吹過中性大宅的各個房間。頭髮像一陣出現在業餘玩家拍攝的新聞影片裡的黑色龍捲風。頭髮多得好像有它自己的天氣系統，因爲我那乾燥分叉的髮尾會因靜電而劈啪作響，而靠近我頭皮的地方氣候卻溫暖潮濕得像座雨林。黛絲荻蒙娜的頭髮又長又光滑，可是我卻遺傳到吉米・齊思莫那樣硬的髮質，髮油也沒法讓它柔順。第一夫人也永遠不會買它，那是能把蛇髮女妖化爲石頭的頭髮，是比電影裡所有蛇坑更像蛇的頭髮。

我的家人吃盡苦頭。我的頭髮會出現在每個角落，每個抽屜和每頓飯裡。甚至會在泰喜做好之後，每個小碗都用蠟紙蓋好再放進冰箱的大米布丁裡——就連這樣固若金湯的地方，我的頭髮也有辦法進去！漆黑的頭髮纏繞在肥皀上。像花莖一樣壓在書頁之間。出現在眼鏡盒子裡、生日卡裡，有一次——我發誓是眞的——還在泰喜剛敲開的一顆蛋裡。有一天隔壁鄰居的貓咳出一個毛球，而那些毛不是貓的毛。「好惡心喲！」貝琦・潭布叫道：「我要打電話給防止虐待動物協會！」密爾頓想要我戴上一頂法律規定他員工必須要戴的那種紙帽子，卻沒能成功。泰喜，就好像我還只有六歲似的，拿了把髮刷來找我。

「我—不—明白—爲什麼—妳—不—讓—蘇菲—整整—妳的—頭髮。」

「因爲我看到她怎麼整她的頭髮。」

「蘇菲的髮型非常好看。」

「噢！」

「哼！妳還想怎麼樣？這是個老鼠窩。」

「不要管它就好了。」

「不要動。」又梳又扯，每一下就讓我的頭一扭動。「而且現在流行短頭髮呢，卡莉。」

「梳好了嗎？」

最後再無可奈何地狠梳了幾下，然後，很可憐地說：「至少綁在腦袋後面。別遮住臉。」

我能跟她說什麼呢？說這正是我之所以留長頭髮的原因嗎？就是要遮住臉？也許我長得不像桃樂賽・哈密爾[36]，也許我甚至開始非常之像我們家的柳樹。可是我的頭髮有它的好處，它遮住了金牙，遮住了大鼻子，而最好的是，遮住了我。剪我的頭髮？休想！我還要繼續留長。我的夢想是將來能住在裡面。

想像我在升初二時是不幸的十三歲，五呎十吋高，重一百三十一磅。黑髮像簾子一樣掛在我鼻子兩邊。人家都在我臉前敲著空氣叫道：「裡面有人嗎？」

我當然在裡面，我還能去哪裡呢？

熱蠟脫毛術

我回到原來的生活方式，一個人在維多利亞公園散步，聽我的《羅密歐與茱麗葉》，抽我的大衛杜夫豪門三號雪茄。到大使館上班，欣賞柏林愛樂的音樂會，晚上去上小館子。秋天是我一年中最喜歡的季節。空氣裡那一點點涼意，使你的腦筋動得快，所有的學生，對學校生活的記憶都和秋天連接在一起。在歐洲，你不會看到像在新英格蘭那樣色彩艷麗的葉子。樹葉會冒煙但總燃不起火焰，天氣仍暖得可以騎自行車。昨天晚上我從荀貝格騎到密特的奧利安恩保街，和一個朋友見面喝一杯。那些銀河的阻街女郎向我招呼。她們穿著閃亮的衣服，月光的靴子，甩著像性感洋娃娃的頭髮，叫著：哈囉！哈囉。也許她們正是合我需要的東西，拿了錢幾乎什麼都可以忍受。什麼也不會令她們吃驚。可是，在我踩著踏板經過她們那一排，她們的隊伍時，我對她們的感覺不是個男人的感覺，我感到一個良家婦女會有的厭惡和非難，以及相當實在的同情。當她們搖擺著臀部，用她們畫得黑黑的眼睛來勾引我時，我的腦海裡充滿的影像不是我會跟她們做些什麼，而是像她們這樣夜復一夜，一個鐘頭接一個鐘頭地都非做那些事不可，究竟會是什麼情形。這些Huren（妓女）並沒有太仔細地看我。她們看到的是我的絲巾，我的名牌長褲，我閃亮的皮鞋。她們看到的是我皮夾裡的錢。哈囉，她們叫道：哈囉。哈囉。

*

當年也是秋天，一九七三年的秋天。再過一兩個月我就滿十四歲了。有個禮拜天，做完禮拜之後，蘇菲·賽宋輕聲地在我耳邊說：「寶貝？妳長了那麼一點點的鬍子，讓妳媽帶妳到店裡來，我幫妳解決這個問題。」

長了鬍子？眞的嗎？像崔克瑟太太？我趕快到洗手間去查看。特西洛拉斯太太正在那裡搽口紅，一等她離開之後，我就把臉貼近鏡子。並沒有眞的長出一排鬍子，只是在我上唇上面有一些比較黑的毛。這事倒不眞的那麼令我吃驚。事實上，我早就料到會有這種事。

就像有所謂陽光地帶[37]和聖經地帶[38]一樣，在我們這個多樣化的地球上，也有一個「毛髮地帶」，開始於西班牙南部，受摩爾人影響的地方，延伸過義大利那些黑眼睛的地區，幾乎包含整個希臘，絕對有整個土耳其，再往南包括了摩洛哥、突尼西亞、阿爾及利亞和埃及。繼續（在色澤上也越來越深，就像地圖上標示海洋深度一樣）席捲了敘利亞、伊朗和阿富汗，然後漸漸淡入印度，之後，除了日本的蝦夷那一點之外，毛髮地帶到此爲止。

高唱吧，繆思女神，歌頌希臘女子和她們對抗不堪入目毛髮的戰爭！歌頌脫毛膏和拔毛鑷子！歌頌漂白劑和蜜蠟！唱出那難看的黑色細毛如何像大流士的波斯大軍，在那些女孩子才十幾歲時就一舉攻占了她們的亞加亞[39]重鎮！不錯，卡莉歐琵對她上唇上面出現黑影的事一點也不驚訝。我的姑姑柔依，我的母親，蘇美莉娜，甚至我的表姊克麗奧，全都苦於在不想有毛的地方長出了毛髮。當我閉起雙眼，回想孩提時代最喜歡的氣味時，我聞到的會是耶誕樹的新鮮松枝味或正在烘烤的薑汁麵包嗎？不見得，事實上，充塞在我記憶鼻孔中的是帶硫磺味和蛋白質分解惡臭味的脫毛靈的氣味。

我想見我的母親，兩腳踩在浴缸裡，等著那起泡而刺痛的泡沫乳起作用。我看到蘇美莉娜在爐子上熱一罐蜂蠟。爲了讓她們皮膚光滑所承受的痛苦啊！那種乳劑留下來的紅疹啊！整件事的徒勞無功啊！她們的敵人，毛髮，是消滅不了的，總是春風吹又生。

我請我母親替我到東城購物中心裡蘇菲・賽宋的美容院預約時間。

「金羊毛美容院」夾在一家電影院和一家潛艇堡三明治店的中間，竭盡所能地想讓自己和隔鄰的生意有所距離。入口上方有頂很有品味的遮陽棚，上面畫著一位巴黎grande dame（貴婦）的側影，櫃檯上擺了花。像花一樣多采多姿的正是蘇菲・賽宋本人。她穿了一襲紫色的寬大長袍，戴了手鐲和珠寶，從一張椅子滑行到另一張椅子。「我們這裡還好吧？哦，妳看起來好漂亮。這種顏色讓妳年輕了十歲。」然後對另一位客人說：「別一臉擔心的樣子，相信我，她們現在正流行這種梳法。雷納度，跟她說。」穿著低腰緊身衣褲的雷納度說：「就像《失嬰記》裡的米亞・法蘿，片子很病態，可是她看起來好漂亮。」這時候，蘇菲又已經移到下一位身邊。「親愛的，聽我的話，別用吹風機去吹乾妳的頭髮，讓它自然乾。另外我介紹一種潤絲精給妳，妳簡直不敢相信會有多好。我是得到授權的經銷商啊。」這些女人來就是爲了蘇菲・賽宋對她們個別的關照，這家美髮沙龍所給她們的安全感，還有保證她們在這裡可以毫不尷尬地暴露她們的缺點而蘇菲會照顧她們。否則的話，這些顧客應該會注意到其實蘇菲・賽宋本人就需要美容方面的忠告。她們會看到她的眉毛像是用簽字筆畫上去的，而她的臉因爲搽了她賺取佣金所販售的波吉絲公主牌化妝品而呈現像磚頭般的顏色。可是我自己是在那天就看到了，還是在接下去的那幾個禮拜裡看到的呢？我像其他所有的人一樣，沒有評斷蘇菲・賽宋化妝的最後成效，而是對她化妝的複雜程度大爲欽佩。我像我母親和其他太太們一樣，知道蘇菲・賽宋每天早上至少要花上一小時又四十五分鐘去「畫上一張臉」。她得搽上護眼霜和消除眼袋的冷霜。她得像斯特拉迪瓦里製作的提琴髹漆一樣地要抹上好幾層。除了最後一層紅磚色之外，還有其他的：一點點綠色來控制紅色，粉紅色來增加血色，眼瞼上塗著藍色眼影。她用乾的眼線筆、液體的眼線筆、唇線筆、護唇膏，用來突出某些部位的輪廓霜，還有收縮毛孔的東西。蘇菲・賽宋的臉：就像是藏僧用一粒粒沙去做沙畫唐卡一樣嚴謹地創作出來。只維持一天，然後就不見了。

這張臉現在對我們說：「請這邊走，兩位。」蘇菲一向很熱情，一向都很可愛。她那雙每天晚上要搽護膚霜的手在我們四周舞動，摸著，揉著。她的耳環看來就像是謝里曼[40]在特洛伊挖出來的。她帶我們經過一排在做頭髮的女人，經過一大堆吹風機，進到一道藍色簾幕後面。在金羊毛美容院的前面，蘇菲梳整客人的頭髮；在後面則做去除體毛的工作。在那道藍色簾幕後面，半裸的女子把她們身上某些部分敷上熱蠟。有一個胖大女子仰臥著，她的罩衫撩起來，露出肚臍。另外一個俯臥著看一本雜誌，讓蠟在她的大腿背後慢慢乾掉。還有一個女人坐在椅子上，她的兩鬢和下巴都塗滿了暗金色的蠟。還有兩個漂亮的年輕女子從腰以下裸露地躺著，修掉她們穿比基尼泳裝可能露出的毛。蜂蠟的氣味很重，很好聞。整個氣氛像是洗土耳其浴的澡堂，只不過沒那麼熱，所有的一切都有種慵懶舒適的感覺，熱氣從一缽缽的蠟裡升起。

「我只要做臉。」我對蘇菲說。

「瞧她說話的樣子，好像是她付錢似的。」蘇菲對我母親開著玩笑道。

我母親笑了起來，其他的女人也都跟著笑。每個人都微笑朝我們這邊看，我剛從學校回來，還穿著制服。

「妳該慶幸只要做臉而已。」兩個修下半身體毛的女子裡有一個說。

「再過得幾年，」另外那個說：「妳大概就得『南下』了。」

哄笑聲，擠眼睛，更讓我吃驚的是，就連我母親的臉上也出現了邪邪的笑容。好像到了這道藍色簾幕後面，泰喜就變了個人似的。就好像，既然我們一起來用熱蠟脫毛了，她就可以把我當大人看待。

「蘇菲，也許妳能說服卡莉把她的頭髮剪一剪。」泰喜說。

「對妳的臉形來說，」蘇菲對我實話實說：「是太長太多了一點，寶貝。」

「只要用蠟脫毛，拜託。」我說。

「她就是不聽勸。」泰喜說。

一位匈牙利女子（那算是毛髮地帶外沿來的）負起了重責大任。她以占米・帕帕尼可拉斯做快餐的效率安排我們在房間裡的位置，就像食物放上烤架一樣：在一個角落裡，那大個子女人像一大塊加拿大醃肉般粉紅；最底下是泰喜和我，擠在一起，像炸薯條；左邊是那兩個修小腹毛髮的，像兩個荷包蛋。海爾嘉讓我們全烤得滋滋作響。她端著那個鋁製的托盤，從一個人走到另一個人，把楓糖漿色的熱蠟用一根平平的木匙塗在需要的地方，趁著還沒硬化之前，壓成薄薄的一條條。那大個子女人弄好了一面，海爾嘉就把她翻一個身。泰喜和我躺在我們的椅子上，聽到蠟被用力扯掉的聲音。「哎喲！」那大個子女人叫道。「不算什麼，」海爾嘉輕視地說：「我做得很完美。」「啊噫——」一個修小腹毛髮的狂叫道。海爾嘉採用很奇怪的女性主義者立場說：「看看妳爲了男人付出多少代價？妳受苦啊，眞不値得。」

現在海爾嘉走到我面前，她握住我的下巴，把我的頭轉來轉去地仔細看著。她把蠟塗在我上唇上面。她走到我母親面前，如法炮製。三十秒之後，蠟變硬了。

「有件讓妳驚喜的事告訴妳。」泰喜說。

「什麼?」我問道，正好海爾嘉把蠟扯掉，我確信我剛生的鬍子不見了。我的上嘴唇大概也沒有了。

「妳哥哥要回來過耶誕節。」

我兩眼流淚。我眨了下眼睛，沒有說話，一時嚇呆了。海爾嘉轉身對著我母親。

「有什麼好驚喜的?」我說。

「他要帶女朋友來。」

「他有了女朋友？有誰會和他交往呀？」

「她的名字叫……」海爾嘉用力一扯，過了一陣子，我母親把話說完：「梅格。」

從那以後，蘇菲・賽宋就開始管我臉上的毛，我大概每個月去兩次，把脫毛加在越來越長的那張必要維護清單上，我開始刮腿毛和腋毛，也修眉毛。學校裡規定不可以化妝。可是到了週末，我就會在某種限度之內做些嘗試。莉蒂卡和我在她的房間裡塗胭脂抹粉，將一把小手鏡傳來傳去。我特別喜歡很誇張的眼線。我學習的對象是瑪麗亞・卡拉絲[41]，或者可能是《妙女郎》[42]裡的芭芭拉・史翠珊。那位獲獎的長鼻子歌后。在家裡，我會到泰喜的浴室去刺探。我喜歡像護身符似的小玻璃瓶子，那些聞起來香甜，看起來好像能吃的冷霜。我也試用過她的蒸臉器。你把臉放在那塑膠的圓錐體上，就有熱氣噴上來，我對油油的潤膚液躲得遠遠的，擔心會讓我長青春痘。

十一章去上大學之後——他現在念二年級了——浴室就歸我一個人用，由放東西的小櫃子就可以證明這事。兩支粉紅色的女用剃刀倒插在一個小水杯裡，旁邊是一罐有噴頭的洗髮精，一管護唇膏，味道像沙士。緊挨著一瓶「髮麗香」，我的潤絲精保證能讓我成為一個「美髮少女」（可是我不早就是了嗎？）。然後是化妝品：我的戰痘組合；我的必鬈燙髮器；一罐「愛寶柔」爽身粉。然後是我那罐「柔爽」牌無刺激性的防汗噴霧劑，以及我的兩瓶香水：「木紋」，是我哥哥讓我有些不爽的耶誕禮物，我從來沒搽過；另外一瓶則是Nina Ricci出的「誘惑香氣」（「只有浪漫的人才用」）。我也有一管裘琳漂白霜，是在下一次去金羊毛之前用的。散置在這些不可或缺的東西之間的有：散亂的棉花棒和棉花球、唇線筆、蜜絲佛陀眼影膏、睫毛膏、小刷子，以及其他在打讓我自己變美的這場仗時總會落敗的一應用品。最後，藏在櫃子最裡面的是那盒可麗舒衛生棉，那是我母親有天拿給我的。「我們最好隨時準備著。」她說，這話讓我嚇了一大跳。而且沒有進一步的說明。

一九七二年夏天我給十一章的那個擁抱結果像是一種道別，因爲等他念完大一從大學回到家裡的時候，我哥哥已經變成了另外一個人。他留長了頭髮（不像我的那麼長，可是還是很長）。他開始學彈吉他。鼻子上架了副老奶奶的眼鏡。以前的直統褲不見了，現在穿的是泛白的喇叭牛仔褲。我們家的人一向有自我轉化的特長，像我在培英女校念完一年，開始第二年的時候，我從一個矮小的初一生變成了一個高得嚇人的初二生，而十一章在大學裡則從一個研究科學的獃子，變成了像約翰·藍儂似的人。

他買了一輛摩托車，他開始打坐。他宣稱看得懂《二〇〇一年太空漫遊》甚至能了解影片的結局。可是一直到十一章下到地下室去和密爾頓打乒乓球的時候，我才明白了這些事背後的原因。我們有那張乒乓球桌已經有好多年了，可是一直以來，不論我哥哥或我怎麼練習，要想打敗密爾頓卻還差一大截。不管是我新的長球，或是十一章緊皺眉頭專心一志都無法對抗密爾頓邪惡的轉球或他的「殺球」會隔著衣服在我們胸口打出紅印子來。可是這個夏天，情況不一樣了。密爾頓用他的超快發球，十一章卻毫不費力地接回。密爾頓使用他在海軍學會的「英式轉球」，十一章也回敬過來。甚至於在密爾頓使出他必勝殺球的時候，十一章反應靈巧地立刻把球反擊回來。密爾頓開始冒汗，臉變得通紅。十一章仍然保持冷靜，臉上有種很奇怪的迷惑表情。他的瞳孔放得很大。「加油！」我鼓勵他道：「把老爹打敗！」十二比十二，十二比十四，十四比十五，十七比十八，十八比廿一！十一章做到了！他打敗了密爾頓。

「我嗑了藥。」他後來解釋道。

「什麼？」

「迷幻藥，吃了三粒。」

那種藥會讓所有的一切都像以慢動作在進行，密爾頓最快的發球、最狠的殺球和轉球，看來都好像浮在半空中。

迷幻藥？三粒？十一章原來一直都在嗑藥之後的幻覺中！吃晚飯的時候就是那樣！「那段時間最困難，」他說：「我看著爹切雞，然後那隻雞拍著翅膀飛走了！」

「那小子是怎麼回事？」我聽到我父親隔著牆在他們臥房裡問我母親：「他現在說什麼不要再念理工了，說那太沉悶無趣。」

「這只是一個階段，會過去的。」

「最好是這樣。」

過後不久，十一章回到大學去。他沒有回來過感恩節。所以，等一九七三年的耶誕節快到的時候，我們都在猜不知道我們再看到他時他又會是什麼樣子。

我們很快就得到了答案。正像我父親所害怕的，十一章放棄了他原先想當工程師的計畫。現在，他告訴我們說他在主修人類學。

大概是他一門課的作業吧，十一章在那次假日中大部分時間都在做他所謂的「田野調查」。他隨身帶著個錄音機，錄下我們所說的一切，還記錄我們的「固定觀念體系」和「家族凝聚力的儀規」。他自己幾乎什麼也不說，宣稱他不想影響到調查結果。不過，在觀察我們家人親友吃飯、開玩笑和爭論的時候，十一章不時會發出笑聲，好像他私下有所發現使得他往後倒在椅子上，把腳抬了起來。然後他俯身向前，開始發瘋似地在他筆記簿上寫著。

我先前說過，在我們成長的過程中，我哥哥不怎麼注意我。可是，那個週末，因為受到他觀察狂熱的激發，十一章對我有了新的興趣。禮拜五下午，我正在廚房桌上努力地做些預習功課時，他走過來坐下。沉吟地瞪著我看了許久。

「拉丁文，呃？這就是他們在學校裡教妳的東西嗎？」

「我喜歡拉丁文。」

「妳是有戀屍癖嗎？」

「是什麼？」

「就是對死人有特殊癖好的意思，拉丁文已經死了，不是嗎？」

「我不知道。」

「我會一點拉丁文。」

「眞的？」

「Cunnilingus（對女性的口交）。」

「少噁心了。」

「Fellatio（對男性的口交）。」

「哈，哈。」

「Mons veneris（陰阜）。」

「我快笑死了。你要讓我笑死了，你看，我已經死了。」

十一章靜默了一陣。我想要繼續讀書，可是感覺到他在瞪著我。最後，我憤怒地合上書本。「你在看些什麼？」我說。

一陣很合我哥哥性格的沉默，在他圓形眼鏡後面的那對眼睛看來很溫和，但後面的腦筋卻動得很快。

「我在看我的小妹妹。」他說。

「很好。你已經看到她了。現在快走吧。」

「我在看著我的小妹妹，一面在想著她看起來不像是我的小妹妹了。」

「這話是什麼意思？」我問道。

又是一陣沉默。「我不知道，」我哥哥說：「我正想弄個明白。」

「哼，等你弄明白之後，要讓我知道。現在我有正經事要做。」

禮拜六早上，十一章的女朋友來了，梅格．席姆卡和我母親一樣是小個子，和我一樣是平胸族。她的頭髮是鼠棕色，一口牙齒因爲小時候家裡太窮而沒有好好照顧。她是個流浪兒，是個孤兒，是個小鬼，比我哥哥強六倍。

「妳在大學裡主修什麼？梅格？」吃中飯的時候，我父親問道。

「政治。」

「聽起來很有意思。」

「我很懷疑你會喜歡我的觀點，我是個馬克思主義信徒。」

「哦，是嗎？」

「你開了好幾家餐廳，是吧？」

「不錯，赫丘力熱狗，妳吃過沒有？我們得帶妳到我們的哪個攤子上去吃一頓。」

「梅格不吃肉的。」我母親提醒道。

「哦，對了，我忘記了。」密爾頓說：「呃，妳可以吃點炸薯條。我們也賣炸薯條。」

「你都怎麼付錢給你的員工？」梅格問道。

「那些站在櫃檯後面的？他們拿基本薪。」

「而你住在格洛斯波因這棟大房子裡？」

「那是因爲我經營整個生意，還冒風險。」

「我聽起來像在剝削勞工。」

「是嗎？」密爾頓微笑道：「哎，要是讓人家有工作可做就是剝削勞工的話，那我想我可眞是個剝削者了。在我開始這門生意之前，還沒有那些工作呢。」

「這就像是在說沒建農場之前，那些奴隸都沒工作可做一樣。」

「妳眞是個活潑進取的人呢，」密爾頓說著轉頭問我哥哥：「你在哪裡找到她的？」

「是我找到了他，」梅格說：「在一座電梯頂上。」

我們這才知道了十一章在大學裡的日子是怎麼過的。他最喜歡做的事就是把宿舍裡電梯的頂蓋卸下來，爬到電梯頂上，在那裡一坐就是幾個鐘頭，在黑暗中隨著電梯上上下下。

「我第一次幹這事的時候，」十一章現在承認道：「電梯直升到頂，我以爲自己會給壓扁了。可是上面還留有一些透氣的空間。」

「我們就爲這個付你的學費嗎？」密爾頓問道。

「這就是你剝削勞工的結果。」梅格說。

泰喜讓十一章和梅格睡在各自的房間裡，可是半夜裡有人踮著腳尖來去，在黑暗中發出嘰嘰咯咯的笑聲。梅格想要當個我從來沒有過的大姊姊，給了我一本《做自己身體的主人》。受到性革命影響的十一章也想教育我。

「妳有沒有自慰過？卡莉？」

「什麼！」

「妳不必覺得尷尬，這是很自然的事。我一個朋友告訴我說可以用自己的手來做，所以我進了浴室——」

「我不想聽——」

「——去試了一試，突然之間，我下體的肌肉全部開始收縮——」

「在我們的浴室裡？」

「——接著我就射出來了。那種感覺眞棒。如果妳還沒試過的話，卡莉，妳眞該試一下。女孩子是有點不一樣，可是心理上大致是一樣的。我是說，陰莖和陰蒂的構造很類似，妳得用實驗的方法來看怎麼樣才有效。」

我把手指塞住耳朵，開始哼歌。

「妳不必對我不好意思，」十一章大聲地說：「我是妳哥哥。」

搖滾樂，對馬赫西大師[43]的崇敬，在窗台上發芽的酪梨核，彩虹色的捲菸紙。還有什麼？哦，對了，我哥哥停止使用去體味的噴劑。

「你好臭！」有天我在看電視時坐在他旁邊，向他抗議道。

十一章只微微地聳了下肩膀，「我是人，」他說：「人就是這個味道。」

「那人都是臭的。」

「妳覺得我臭嗎？梅格？」

「才不會咧，」她擠到他腋下。「這味道讓我好興奮。」

「你們兩位請出去好嗎？我要看這個節目。」

「嗨，寶貝，我小妹妹要我們走開。跟個小笨B有啥好說的？」

「好極了。」

「再見了，小妹，我們會到樓上的 flagrante delicto（犯罪現場）。」

這會有什麼結果？只會引起家族糾紛，高聲對罵，讓人心碎。除夕夜裡，密爾頓和泰喜用一杯科達克酒敬酒賀年時，十一章和梅格卻抱著象牌威士忌的瓶子猛灌，不時還偷偷地抽支大麻。密爾頓說：「你知道，我一直在想到底還是要到那個老國家去一趟，我們可以回去看看 papou 和 yia yia 的村子。」

「把那間教堂修一下，你答應過的。」泰喜說。

「你覺得呢？」密爾頓問十一章：「也許這個夏天我們可以全家去度個假。」

「我不去。」十一章說。

「為什麼？」

「觀光旅遊是另外一種形式的殖民主義。」

如此這般，等等等等。不久之後，十一章就宣稱他不能認同密爾頓和泰喜的價值觀。密爾頓問說他們的價值觀有什麼不對，十一章說他反對唯物主義。「你只在乎錢，」他對密爾頓說：「我不想過這樣的生活。」他朝房間比了個手勢。十一章反對我們的起居室，我們所有的一切，密爾頓辛苦工作得來的一切。他反對中性大宅！然後一陣叫罵，十一章對密爾頓說了兩個字，一個是動詞，一個是代名詞；接著又是一陣叫罵，然後十一章的摩托車轟然騎走，梅格坐在後座上。

十一章到底是怎麼了？他為什麼變了那麼多？都是離開家的關係，泰喜說。是這個時代的問題，都是戰爭惹來的麻煩。可是我卻有另一個不同的答案。我懷疑十一章的轉變一大部分是因為那天他躺在床上，等著抽籤來決定他的命運。我是不是把我自己的感覺投射在他身上？把我自己對機會與命運的執迷強加在我哥哥身上？也許是吧。可是在我們計畫一趟旅程——那是把密爾頓由另一場戰爭中救出來的時候就承諾過的旅程——的時候，似乎十一章正嗑著藥，想逃避他當初裹在一條毯子裡時稍微知覺到的事：不單是他的徵兵序號是由抽籤決定，很可能所有的一切都是這樣決定的。十一章要躲開這個發現，躲在窗子後面，躲在電梯頂上，躲在不斷啊啊叫，有一口爛牙的梅格·席姆卡的床上。梅格·席姆卡在他們做愛的時候，在他耳邊嘶嘶地說著：「忘了你的家人吧，老兄！他們是中產階級的豬玀！你爸是個剝削者，老兄！忘了他們，他們是死人，老兄，死人啦。這個才是真實的！就在這裡，來占為己有吧，寶貝！」

暗戀對象

我今天才發現我的進展並不像我想像中那麼遠。把我的故事寫出來，並不如我希望的那樣是一種勇敢的解放行爲。寫作是孤獨的、隱祕的，而這些我都很清楚。我是個地下生活的專家。難道說眞的是我不問政治的個性讓我遠離兩性平權的運動嗎？有沒有可能是因爲害怕！怕挺身而出，怕成爲他們之一。但是，你仍然只能做你能力所及的事。就算這個故事只是爲我自己寫的，那就這樣好了。可是感覺上不是如此。我感覺到有你這個讀者在那裡，這是我唯一覺得自在的親密關係。就只有我們兩個，在這黑暗之中。

事情並不總像這樣。在大學裡，我有一個女朋友。她的名字叫奧莉薇亞。我們是因爲都受了傷而在一起。奧莉薇亞在十三歲的時候受到很野蠻的侵害，差點被強暴。警察抓到了那個男的，而奧莉薇亞上了好多次法庭去作證。這件事限制了她的發育、她不能做一般高中女生所做的事，而必須始終是那個站在證人席上的十三歲女孩。儘管奧莉薇亞和我的聰明才智都足以應付大學的課程，甚至還有優異的成績，但在很多重要層面，我們在情緒上始終還是青少年。我們常在床上哭。我記得我們第一次在彼此面前脫衣服的時候，簡直就像在拆掉繃帶。當時我可以說是奧莉薇亞能忍受的一個男人。我是她的啓蒙工具。

大學畢業之後，我做了一趟環球旅行。我盡量讓我的身體不停地動著來忘記我的身體。九個月後，回到家裡，我參加了國務院駐外機關事務局的甄試，一年以後，開始爲國務院工作。這對我來說是再好不過的差事。這個地方待三年，另外一個地方待兩年，從來不會長到能和任何人有很多實在的關係。在布魯塞爾，我愛上了一個酒保，她表示完全不在乎我天生與眾不同之處。我感激得向她求婚，雖然我發現她很無趣，毫無進取心，太會說大話，會迎合別人。幸好她拒絕了我，跟別人跑了。之後還有誰呢？這裡那裡都有過一兩個，都維持不了多久。所以，既沒有長久關係，我就習慣了那種沒有結果的戀愛。我擅長聊天、吃頓飯、喝酒，在門口的擁抱。可是接下來我就走了。

「明天一早要和大使開會。」我說。她們都相信我。她們相信大使要聽關於即將舉行的科普蘭紀念音樂會的簡報。

情況越來越困難，和奧莉薇亞以及她之後的每一個女人在一起時，都始終會想到一件事：我的狀況。不過，我的暗戀對象和我初識的時候，大幸因爲無知而完全沒有想到這些。

*

在我們家裡所有那些叫罵之後，那年冬天在中性大宅裡只有寂靜。那寂靜深長到就像總統祕書的左腳一樣，擦掉了部分正式的紀錄。在那個濕冷而含糊的季節裡，密爾頓不肯承認十一章的攻擊傷透了他的心，開始顯而易見地充滿了怒氣，幾乎任何一件事都能讓他發火。哪怕只是紅燈等得太久，或是飯後甜點只是冰牛奶而不是冰淇淋。（他的沉默感覺很強烈，但總還是沉默。）那年冬天泰喜爲孩子們擔心得什麼都做不了，結果忘了把不合適的耶誕禮物退回去，卻只把那些東西收在櫃子裡，沒把錢退回來。到了這個受傷而不老實的季節將近尾聲，第一批番紅花由它們過冬的地下回來而出現的時候，卡莉歐琵也感到在她自身的土壤中有什麼在蠢動，發現自己在看那些古典名著。

初二的上學期讓我上了達．西爾瓦先生的英文課。一組只有五個學生，在二樓的溫室裡上課。吊蘭從玻璃屋頂上垂下藤蔓，靠近我們腦袋的地方有天竺葵擠了過來，散發出一種介乎甘草和鋁之間的氣味。除了我之外，班上還有莉蒂卡、提娜、瓊安妮和瑪克馨．葛羅辛格。雖然我們的父母親是朋友，我卻和瑪克馨不熟，她不和中性大街上的其他孩子混在一起。她總在練她的小提琴，是學校裡唯一的猶太教孩子。她一個人吃午餐，用湯匙舀著猶太人吃的食物，我猜她的臉色蒼白是一直待在房子裡的結果，而她太陽穴那邊跳得很猛的青筋則是一種體內的節拍器。

達．西爾瓦先生出生在巴西。這點很難看得出來。他不像那種嘉年華會上的人。他童年時屬於拉丁人的細節（吊床、戶外的浴缸）都因爲北美洲的教育和對歐洲小說的愛好而消除殆盡。他現在是自由派的民主黨員，戴著黑色臂章表示支持急進派的運動。他在一間本地主義派教堂裡教主日學，有一張粉紅色、很有教養的臉，一頭暗金色的頭髮，在他念詩的時候會垂到他眼睛上。他有時會從草地上採摘薊花或野花，插在他上裝的領子上。他的身子矮而結實。在下課時常常做等長肌肉收縮鍛鍊的運動，他也吹直笛。在他的教室裡有一個樂譜架，上面擺著樂譜，大部分是巴洛克早期的樂曲。

達．西爾瓦先生是個很棒的老師，他對我們非常認眞，好像我們初二的學生在第五節課時，就可能解決某些學者爭論了幾個世紀的問題。他注意聽我們高談闊論，頭髮垂到眼前。他說話的時候，說出來的都是完整的段落，只要你注意聽的話，都可能聽得到他話裡的破折號和逗點，甚至於冒號和分號。達．西爾瓦先生對發生在他身上所有的事都能適恰地引經據典，而以此規避了現實生活。比方說，他不吃中飯，卻告訴你在《安娜．卡列尼娜》裡，歐布龍斯基和列文中飯吃些什麼；或者是，引用《丹尼爾．狄朗達》[44]裡對落日的形容，卻沒注意到現在在密西根州正是落日時分。

達．西爾瓦先生在六年前到希臘去過了一個夏天，到現在還對那件事興奮不已。談起他到馬尼[45]去觀光的事，聲音都變得比平常更加柔和而兩眼閃亮。他有天晚上找不到旅館，就席地而臥，第二天早上醒來，發現自己在一棵橄欖樹下。達．西爾瓦先生始終沒有忘記那棵樹，他們兩者之間有過意義深遠的交流。橄欖樹是一種親密的植物，枝繁葉茂的交纏極富表情，也就不難明白為什麼古人相信人的靈魂能被困在其中了。達．西爾瓦先生在他的睡袋裡醒來的時候，就感覺到了這一點。

我自己當然也對希臘十分好奇。我渴望能去看看。達．西爾瓦先生也鼓勵我覺得自己是希臘人。「史蒂芬尼德小姐，」他有天點名叫我，「既然妳出身於荷馬的故國，能不能麻煩妳大聲朗誦呢？」他清了下喉嚨：「第八十九頁。」

那個學期，我們不怎麼學院派的姊妹們讀的是《森林中的光》[46]。但是在溫室裡，我們卻在讀《伊里亞德》。那是一本平裝本的散文體節譯本，完全脫離了原先的章節，也失去了古希臘文的音樂性，可是——就我看來——仍然是很棒的讀物。天哪，我愛死了那本書！從阿基里斯在帳篷裡鬧脾氣（讓我想起那個總統[47]拒絕交出錄音帶的事）到赫克特被綁住腳倒拖著繞城而行（這讓我哭了），把我完全吸引住。《愛的故事》算什麼，哈佛大學的背景根本不能和特洛伊相提並論，而且在席格的整本小說裡只有一個人死掉。（也許這是荷爾蒙在我體內默然呈現的另一個跡象。因為我的同班同學覺得《伊里亞德》太過血腥，盡是一些男人在正式自我介紹之後就彼此屠殺的事，我卻對刺戳和砍頭、挖眼、血淋淋的內臟等等大感興奮。）

我打開書本，低下頭。我的頭髮向前垂蕩，遮沒了一切——瑪克馨、達．西爾瓦先生，溫室裡的天竺葵——只剩下那本書。我那如酒廊歌者的聲音就從絲絨簾幕後面開始吐露出來。「阿芙柔黛蒂[48]除下她有名的腰帶，其中編織了所有愛的魔力，權勢、欲望、甜言蜜語，以及誘惑的力量，能讓最理智的人也喪失了謹慎和判斷力。」

當時是一點鐘，一種午餐後的睏倦瀰漫了整個房間。外面大雨欲來。門上響起敲門聲。

「對不起，卡莉，能不能請妳停一下？」達．西爾瓦先生轉頭向著門口：「進來。」

我和所有的人都抬頭看去。站在門口的是一個紅髮女孩。兩朵雲在空中撞在一起，再從彼此旁邊滑過，讓一道光射了下來。這道光照在溫室的玻璃屋頂上，穿過了懸吊的天竺葵，光映照成玫瑰紅色，就像一層薄膜似地，將那女孩裹住。也很可能這些都不是陽光形成的，而是某種強烈的感受，像靈魂的光，由我兩眼射了出來。

「這位同學，我們正在上課。」

「我就是來上這堂課的。」那個女孩不高興地說。她遞出一張紙條。

達．西爾瓦先生仔細看了看，「妳確定杜瑞爾小姐要妳轉到這個班上？」他說。

「藍培太太不想再讓我上她的課了。」那個女孩回答道。

「坐下吧，妳得先和什麼人共用一本書。史蒂芬尼德小姐在爲我們讀《伊里亞德》的第三卷。」

我又開始念了起來。也就是說，我的兩眼一直在看著句子，嘴巴不停地讀著那些字句，可是我的心卻不再去注意那些字句的意義。等我念完了之後，我沒有把頭髮甩回去，仍舊讓頭髮垂落在我的臉前，從中間的小縫隙偷偷地望出去。

那個女孩坐在我對面，身子朝莉蒂卡那邊俯著，好像在和她同看一本書，可是她的兩眼卻看著那些花草植物，她的鼻子因爲肥料的氣味而皺了起來。

我的興趣有一部分很科學，屬於動物學方面。我從來沒見過長了那麼多雀斑的人。一次創世大爆炸在她的鼻梁上發生，爆炸的威力使得如繁星的雀斑投射和漂浮到她那曲線玲瓏而溫血的宇宙每個角落。在她的前臂和手腕上有一群群的雀斑，整條銀河橫過她的額頭，甚至還有飛濺的類星體飛進她的耳蝸裡。

我們既然是在上英文課，就讓我來引用一首詩。吉拉德．曼里．霍普金斯[49]的〈花斑美人〉，開頭就是：「爲有花斑的事物讚美上帝。」當我回想起我當時對那位紅髮女孩所有的立即反應，好像就是起於我對自然美的欣賞。我是說在看著有斑點的樹葉，或是普羅旺斯懸鈴木被刮去的樹皮時，內心所感到的愉悅。她身上顏色的搭配非常吸引人，薑黃色的星星點點浮在乳白色的皮膚裡，草莓色頭髮上閃現的金光。看著她，就像是秋天。就像是開車到北方去看秋色。

這時候，她一直斜倚在她的桌子上，穿著藍色長裙的兩腿伸出來，露出鞋跟已經磨損的鞋子。因爲她沒有朗讀過，所以始終沒有叫到她，可是達．西爾瓦先生一再擔心地向她那邊看著。那新來的女孩子沒有注意，她懶散地坐在她橘色的光輝中，有些惺忪地張合著雙眼。有一次，她打了個呵欠，但半路上就止住了，好像有什麼不對勁。她呑嚥了一口，用拳頭敲了一敲胸骨，輕輕地打了個嗝，自言自語地說：「嘎，討厭！」一下課她就走了。

她是誰？她是從哪裡來的？爲什麼我以前在學校裡都沒注意到她過？她顯然不是新到培英女校來的，她那雙繫帶的淺幫鞋後面踩了下去，讓她可以像穿拖鞋似地套在腳上。這是飾物手鐲組的人做的事。而且，她手上戴了個古董戒指，上面鑲了眞正的紅寶石。她的嘴唇很薄，抿得很緊。新教徒。她的鼻子根本不能算是鼻子，像才剛長出來。

她每天來上課時都是那副疏遠而煩悶的表情，她穿著那雙弄成拖鞋似的鞋子走來走去，有點像在溜冰似的，兩膝微彎，身子前傾。更加深了她整體來說非常散漫的感覺。她進來的時候，我都會在給達．西爾瓦先生的花草澆水。他請我在上課之前做這件事。所以每天都是這樣開始，我在那間玻璃房子的一頭，被包圍在盛開的天竺葵中，而另一陣相對應的紅色從門口進來。

她不情不願走路的樣子很明白地表示出她對我們在念的那些怪異、老舊、已經死了的詩篇有什麼感覺。她毫無興趣。她從來不做功課，她想用唬攏的方式混過這門課。她應付考試和測驗。要是她有個飾物手鐲組的陪著她，那她們就能組成一個不感興趣但求及格的小黨派。現在她單獨一個人，只能悶悶不樂。達·西爾瓦先生也放棄了教給她什麼的希望，盡量不叫她答問。

我在班上注意看她，下了課也注意看她。我一到學校就開始注意她。我坐在大廳裡一張黃色有翼狀靠背的扶手椅上，假裝在做功課，等著她經過。她短暫的現身總令我傾倒。我就像是卡通裡的人物，有金星在我腦袋四周打轉。她總是從那頭轉過來，嘴裡咬著一枝硬頭細字簽字筆，拖著腳走路，好像穿的是拖鞋似的。她走起路來總有點匆忙的感覺，好像她不一直把腳往前頂的話，她那雙踩下後幫的鞋子就會掉了。這使得她小腿的肌肉鼓突，她在那部分也長雀斑，幾乎像是一種曬斑一般。她快步滑過，一面跟另外一個飾物手鐲組的聊著天，兩個人都一副她們所有的人都有的慵懶卻很有自信的模樣。她有時候會看我一眼，可是一副不認得的表情。一道瞬膜[50]落下來遮住了她的兩眼。

且讓我先打個岔，路易士·布紐爾的《朦朧的慾望對象》[51]一直到一九七七年才上映。到那時候，這個紅髮女孩和我早已斷了連絡。我很懷疑她會看過這部電影。可是我想到她的時候，想到的正是這部《朦朧的慾望對象》。我是在西班牙一個酒吧裡的電視上看到的，當時我正駐在馬德里工作。大部分的對白我都沒聽清楚，可是故事卻夠清楚的。由費南度·雷飾演的老紳士迷上了由卡洛莉·布奎和安琪拉·莫麗娜飾演的年輕美貌女子。我一點也不在乎劇中的情節。讓我注意的是其中超現實的手法。在好幾場戲裡，費南度·雷都在肩上背著一個很重的袋子。爲什麼會有那個袋子的原因，始終沒有說明。（或者是說了，而我也漏看了。）他背著那個袋子到處走，進旅館，走過公園。這正是我跟隨我自己那朦朧的對象時所有的感覺。好像我隨身背負著一個神祕而難以解釋的包袱或重擔。如果你不在意的話，我就要用這個名字來稱呼她。我要稱她做朦朧的對象，只是感情用事。（也要對她的身分保密。）

她在上體育課時裝病。在吃午飯時笑得前仰後合，把身子俯在桌上，想要打那個惹她發笑的人，嘴裡的牛奶冒出來，也有些從她鼻孔裡滴下，又讓所有的人笑得更厲害。接下來我看到她放學之後，和一個不知名的男生共騎一輛自行車，她爬到坐墊上，而那個男生站在踏板上。她並沒有用手摟著他的腰，獨自維持著平衡。這事給了我希望。

有天上課的時候，達．西爾瓦先生叫我的對象朗讀。

她當時正像平常一樣癱坐在椅子上。在女校裡，其實不必那麼講究地一定要把兩膝併攏或是把裙子拉下來。我的對象兩膝分開，兩條大腿部分有點粗的腿露得很高。她動也不動地說：「我忘了帶書。」

達．西爾瓦先生抿緊了嘴唇。

「妳可以跟卡莉一起看。」

她唯一表示同意的動作就是把她臉上的頭髮撩開。她把一隻手貼在前額上，像把犁似地往後梳過她的頭髮，手指留下一道道溝痕。一路梳到底之後，她微一甩頭，很花稍的動作。她的臉頰向我靠近，我挨了過去，把我的書移到我們兩張桌子的中間。我的對象俯過身來。

「從哪裡開始？」

「從第一百一十二頁最上頭開始，形容阿基里斯盾牌的那段。」

我以前從來沒有這麼貼近朦朧的對象過。那對我的生理機能來說實在很辛苦。我的神經系統突然開始〈大黃蜂的飛行〉[52]，小提琴在我脊椎裡拉動，定音鼓在我胸中敲打。同時，我爲了要遮掩這一切，一絲肌肉都不敢動。幾乎屏住了呼吸。基本上就是：外在緊張，內在狂亂。

我能聞得到她肉桂口香糖的味道，口香糖還藏在她嘴裡什麼地方。我沒有正眼看她，兩眼始終盯在書上。她的一綹金紅色頭髮垂落在我們之間的桌上。陽光照在那綹頭髮上，產生了分光的效果。而就在我看著那半吋彩虹時，她開始朗讀起來。

我原以爲會聽到單調的鼻音讀來錯誤百出，我以爲會顚簸、搖擺、急刹車，結果還迎頭撞上。可是朦朧的對象讀音非常好。清楚、有力，很富節奏。那是她在家裡聽唱得太多的叔伯舅舅背誦詩歌學來的。她的表情也變了。一種以前從來不曾有過的專注布滿在臉上，她的頭在得意的頸子上抬起來，下巴伸著，聲音聽來像二十四歲，而不是十四歲。我不知道從我嘴裡吐出艾莎．基特[53]的聲音和由她嘴裡發出凱瑟琳．赫本的聲音比起來，哪一樣更奇怪。

她念完之後，一片沉寂。「謝謝妳。」達．西爾瓦先生說，他和我們其餘的人一樣驚訝。「讀得非常好。」

下課鐘響，我的對象馬上把身子移開，她又用手梳了下頭髮，好像是在蓮蓬頭下沖水似的。她從座位上滑了出來，離開了溫室。

在有些日子裡，溫室裡的光線正適恰，而朦朧的對象襯衫扣子又打開兩顆，光線照亮了垂在她胸罩兩個罩杯之間的小花飾時，卡莉歐琵有沒有因爲她眞正的生理本能而感到心動呢？在那朦朧的對象在走廊裡走過的時候，她有沒有想過她的那種感覺是不該有的呢？可以說有，也沒有。我要提醒你的是這一切發生在什麼地方。

在培英女校裡，愛上一個同班同學是司空見慣的事。在女子學校裡，某些情感上的能量，通常應該投射到男孩子身上去的，卻會轉到友誼上去。培英女校的女學生會像法國女學生那樣手挽著手走路。她們會爭風吃醋，相互嫉妒，也有背叛的情形發生。走進廁所聽到有人在某個隔間裡哭是常有的事。女孩子之所以會哭，是因爲某某人吃午餐時不肯跟她們坐在一起，或是因爲她們最好的朋友交了個新男朋友，獨占了她所有時間。最重要的是，學校的傳統加強了這種親密的氣氛。有所謂的戒約日，大姊姊們送小妹妹們花和金戒指來祝賀她們成年。有所謂的女性舞會，是在春天舉辦，沒有男人參加的舞會。在學校的禮拜堂裡每兩個月辦一次「交心大會」，最後總無可避免地相互擁抱哭泣。儘管如此，這個學校的風氣還是始終維持著異性戀的精神。我那些同學在白天可能很親暱，可是放學之後的活動還是以男孩子爲第一位。凡是被人懷疑喜歡女孩子的女生，都會遭人說閒話，受到排擠和打壓。我對這一切都很清楚，也讓我很害怕。

我不知道我對朦朧的對象所有的這種感覺是不是正常。我的朋友們都出於羨慕而愛上其他女生。莉蒂卡因艾溫．布列爾用鋼琴彈奏〈芬蘭頌〉而爲之傾倒。琳達．雷米瑞茲迷戀上蘇菲亞．古拉其歐諾，因爲她同時修三國語文。這就是原因所在嗎？我愛上我的對象是她朗誦才華的結果嗎？我很懷疑。我的迷戀很實在，不是理智的判斷，而是心裡的衝動。因此我對這事祕而不宣。我藏身在地下的洗手間裡想這件事。每天，只要我能夠，我就會由後樓梯走到那間沒有人的洗手間去，把自己關在那裡，至少半個鐘點。

還有什麼地方比一間學校裡在戰前修建的洗手間更讓人覺得自在？那種洗手間是美國正越來越繁榮的時候建造的。培英女校地下室裡的洗手間造得就像是個歌劇院裡的包廂。頭上有愛德華王朝式的燈，洗手槽是很深的白色瓷缸建在藍色的石板上。你彎下身去洗臉時，會看到瓷上的細裂紋，就像是明朝的花瓶一樣。排水管的塞子用金鍊子繫住。在水龍頭下面，滴水使得瓷水槽裡出現一條條綠色的凹槽。

每個洗手槽上都掛了一面橢圓形的鏡子。我不想跟任何一面鏡子有什麼牽連。（「對鏡子的憎恨始於中年」的說法在我身上開始得更早。）我閃躲開我鏡中的映像，直接走向有抽水馬桶的廁所隔間。那裡一共有三間，我選了中間的那個。那間和其他的一樣，是大理石的。灰色的新英格蘭大理石，兩吋厚，十九世紀時開採的，點綴著好幾百年老的化石。我關好門、上了鎖。從上面的箱子裡抽出一張紙護墊，墊在馬桶的坐墊上。在保證不會有細菌之後，我脫下底褲，撩起裙子，坐了下來。我馬上就感到我的身子放鬆了，傴僂的身子鬆了開來。我把擋在臉前的頭髮撥開，讓我能看看，有好多小小的羊齒植物形狀的化石，還有看來像蠍子把自己螫死的化石。在我腿下的馬桶有一塊銹跡，也很古老。

地下室的洗手間和我們的更衣室正好相反。每個隔間有七呎高，而且隔牆一直到地。有化石的大理石比我的頭髮更能把我遮住。在地下室洗手間裡是一段讓我覺得更自在的時空，不像樓上學校裡那樣充滿競爭，而是地球般緩緩的進化過程，像地球和生物都由那有生產力的原始泥土中漸漸成形。水龍頭的滴水像時間般無情而緩慢，我獨自在地下室，非常安全。不受我對朦朧的對象所有感覺的干擾；也不受我聽到父母在臥室中低聲說的那些話干擾。就在前一天夜裡，密爾頓憤怒的聲音傳到我耳朵裡：「妳還在頭痛？天哪，去吃兩顆阿斯匹靈。」「我已經吃過了。」我母親回答道：「沒有什麼用。」然後是我哥哥的名字，還有我父親咕噥了幾句我聽不清楚的話。然後泰喜說：「我也在擔心卡莉。她的月經到現在還沒來。」「媽的，她才十三歲呢。」「她十四歲了。你看看她有多高。我覺得有什麼問題。」一陣沉寂，之後我父親問道：「費洛大夫怎麼說？」「費洛大夫！他什麼也沒有說。我想帶她看別的醫生。」

由我臥室牆後傳來我父母的聲音，在我童年時一直讓我充滿了安全感，現在卻成為焦慮和恐慌的來源。所以我換成大理石的牆。這裡的回聲只有滴水的聲音，我沖馬桶的聲音，或者是我輕輕朗讀《伊里亞德》的聲音。

等我對荷馬的作品厭倦時，我就開始讀牆上的東西。

地下室的洗手間還有一個賣點：滿牆都是塗鴉。樓上，各班的照片上是一排又一排學生的臉。這下面大部分都是身體。用藍墨水畫的是一些有巨大性器官的小男人，以及有龐然巨乳的女人。也有不同的變化：男人長著很小的老二；女人也長著陰莖。那是種對既有實況和可能狀況的教育。在灰色的大理石上，這些筆法粗糙，新刻出來的人體在做某些事，長出某些部分，交接在一起，變化形體。另外也有笑話、俏皮話、自白。在這裡是「我愛性行爲。」那裡是：「佩蒂．C.是個爛女人。」一個像我這樣的女孩子，把她自己都不很明白的問題藏起來不讓別人知道的，還能在別的什麼地方——還有什麼別的地方讓她更自在？哪裡也不及這個隱藏的地方，這裡能讓人寫下他們不能說的話，讓他們表達出最丟臉的渴望和念頭。

在那個春天，番紅花盛開，女校長檢視花床裡水仙花球根的時候，卡莉歐琵也感覺到有什麼開始萌芽。一個只屬於她的不明物體，是除了對隱私的需求之外，另一個讓她下樓來到地下室洗手間的原因。那也像一種番紅花，剛要開花之前，一支粉紅色的莖從新生的黑色苔蘚中冒了起來。可是那眞是一種奇怪的花，因爲一天之中就好像經過了好幾個季節。先是休眠的冬季，潛伏在地下。五分鐘之後，在私下的春日裡蠢動。坐在課堂上，懷裡放著本書，或是搭共乘的車回家的路上，我會覺得兩腿之間有股暖意，土地變得濕潤，一股濃濃的泥炭味道升起，然後——我假裝在背拉丁文動詞——我裙子底下突然在溫熱的泥土裡有生物扭動著。觸摸之下，那番紅花有時感覺柔軟而濕滑，像是一條蟲，有時卻又硬得像條樹根。

卡莉歐琵對她的番紅花有什麼感覺？這可是最容易，同時也最難說明白的事。她一方面很喜歡，如果她把教科書的一角抵著那裡時，那種感覺很舒服。這並不新鮮，只要往那邊壓下去，總會感覺很好。畢竟那番紅花是她身體的一部分，沒什麼理由去問什麼問題。

可是有時候我會感到我的身體是有點什麼不一樣的地方。在龐許維夏令營裡，我就知道碰上某些濕熱的夜晚，自行車坐墊和籬笆柱子都對我那些荳蔻年華的夏令營夥伴有莫大誘惑力。麗茲．波頓在用根棍子烤蘗蜀葵時，跟我們說到她越來越喜歡自行車皮鞍座的支柱。瑪格麗特．湯普生是城裡第一個家裡有按摩蓮蓬頭的女生。我在這些臨床案例裡也加上我個人感覺的資料（我就是在那一年愛上了跳繩）。可是在我朋友們報告的動人故事和我自己那種抽搐所帶來的快感之間，似乎還有模糊而難以界定的鴻溝。有時候，從我在上鋪的床位翻落到某人的手電筒光柱裡，我會在我小小白白的最後加上一句「妳知道嗎？」。而在黯淡之中，三四個長髮女孩都會點下頭，咬著嘴角，把眼光轉開。她們並不知道。

我有時候會擔心說我的番紅花開得眞辛苦，不是普通多年生的植物，而是在溫室裡的花，像玫瑰花一樣依原品種來命名的混種。希臘彩虹。白色奧林帕斯。希臘之火。可是不對——那樣不對。我的番紅花不是給人家看的，目前還正在成形階段，如果我耐心等候的話，說不定會有很好的結果。也許每個人的狀況都像這樣。目前最好是一切都不要聲張，而這正是我在地下室裡所做的事。

培英女校的另一項傳統：每年初二的學生要演出一齣古典希臘戲劇，原先這些戲都是在中學大禮堂裡演出。可是在達・西爾瓦先生到希臘去旅行之後，他想到了把曲棍球場改成劇場的主意。有已經裝設在山坡上的長椅，加上自然的音效，簡直就是個完美的小型希臘圓形劇場。總務部門的人把活動平台拿了出來，在草地上搭成舞台。

在我迷戀上朦朧的對象那年，達・西爾瓦先生所選的戲是《安蒂岡妮》。事先沒有經過試演選角。達・西爾瓦先生把所有主要角色都分派給他課堂上最喜歡的學生，其餘的人就塞進歌舞隊裡。所以演員表如下：瓊安妮・瑪麗亞・芭芭拉・皮拉其奧飾演底比斯王克里昂；提娜・庫比克飾演克里昂之妻尤瑞迪西；瑪克馨・葛羅辛格飾演安蒂岡妮的妹妹伊絲米妮。至於安蒂岡妮這個角色——哪怕只是以實際的觀點來看，唯一眞正的可能——就是我那朦朧的對象。她的期中考成績是丙下。然而達・西爾瓦先生卻有能識明星的慧眼。

「我們得背這麼多台詞嗎？」瓊安妮・瑪麗亞・芭芭拉・皮拉其奧在我們第一次排練時問道：「才兩個禮拜耶。」

「盡量背吧。」達・西爾瓦先生說：「每個人都會穿上袍子，妳們可以把劇本藏在袍子底下。范格麗絲小姐也會當提詞的。她會在樂池裡。」

「我們還有樂隊嗎？」瑪克馨・葛羅辛格想要弄清楚。

「樂隊呀，」達・西爾瓦先生指著他的直笛說：「就是我。」

「我希望那天不要下雨。」我的對象說。

「下下個禮拜五會不會下雨？」達．西爾瓦先生說：「我們何不問問我們的泰瑞西亞斯呢？」他說完轉身向著我。

你以為還會有別人嗎？不會的，如果說朦朧的對象最適合飾演那為兄復仇的妹妹，那我就是演那老盲先知的不二人選。我的一頭亂髮暗示超凡的洞察力，我的駝背讓我看來飽受歲月摧殘。我變了一半的聲音有種脫離實體而空靈的味道。當然，泰瑞西亞斯以前也一度是個女人。可是我當時並不知道這點，劇本裡也沒有提到。

我並不在意飾演哪個角色。最重要的和我只想到的是，現在我能接近那朦朧的對象了。不是像我在課堂上的那樣接近，那時不可能和她交談。也不像在午餐室裡，她在另一張桌子上笑得噴奶。而是在學校裡排演時能接近她，有那麼多等待的時間，在後台的親密感覺，以及角色扮演中所帶來那些強烈而深藏著的，令人眼花撩亂的縱情。

「我覺得我們不該看劇本。」朦朧的對象宣布道。她來到排演場時一副專業的模樣，她所有的台詞都用黃色螢光筆畫了出來。一件毛衣像披風似地繫在肩膀上。「我認為我們都該把台詞背下來。」她一個一個地看過去。「否則就太假了。」

達．西爾瓦先生面帶微笑。背台詞會讓我的對象花很多氣力。很奇怪的挑戰。「安蒂岡妮的台詞是最多的，」他說：「所以，要是安蒂岡妮都說不要帶本子上台，那我想其他的人也不能帶本子上台。」

其他的女孩子都發出呻吟。可是已經可以預見未來的泰瑞西亞斯卻轉向那對象說：「如果妳願意的話，我可以跟妳對詞。」

未來，已經發生了，我的對象望著我，瞬膜翻了上去。「好呀！」她淡淡地說。

我們說好第二天，也就是禮拜三晚上見面。朦朧的對象寫下了她家的地址，泰喜開車送我到她家門口。傭人帶我走進圖書室時，她正坐在一張綠色天鵝絨的沙發上。她的鞋子脫掉了，可是還穿著制服。紅色的長髮綁在腦後，這樣對她正在做的事來說要方便得多，她正在點菸。我的對象像印地安人似地盤腿坐著，俯身向前，嘴裡叼著菸，湊近一個形狀像朝鮮薊的陶製打火機。打火機裡的油不夠了，她甩了甩，用拇指按著開關，最後終於射出小小的火焰。

「妳父母准妳抽菸嗎？」我說。

她吃驚地抬起頭來看了一眼，然後又回去忙她手邊的事。她點著了菸，深吸了一口，再慢慢地，很滿足地吐了出來。「他們抽菸，」她說：「要是不讓我抽的話，那他們就是相當大的僞君子了。」

「可是他們是大人呀。」

「媽咪和爹地知道只要我想抽菸就會抽的。如果他們不許我抽，我就會偷抽。」

照這樣看來，這種許可已經有相當時間了。我的對象並不是抽菸的新手，她已經儼然專家姿態。她望著我時，兩眼瞇起，香菸叼垂在嘴裡，煙貼著她的臉飄上來。這種對比很奇怪：一個穿著私立學校制服的女孩，臉上卻帶著飽經滄桑私家偵探的表情。最後她終於伸手把嘴裡的菸取了出來。看也不看菸灰缸一眼，就彈了下菸灰。菸灰落進裡面。

「我想像妳這樣的小孩子不抽菸吧。」她說。

「猜得好。」

「有興趣開始抽嗎？」她把她那包泰瑞通牌的香菸遞向我。

「我不想得癌症。」

她把那包菸丟下，聳了下肩膀。「我想等我得到癌症的時候，他們也能找到治療方法了。」

來。

「爲了妳，我也希望是這樣。」

她又吸了一口菸，吸得甚至比先前還深。她把煙憋住，然後轉過頭去，擺出電影明星的姿態，把煙吐出來。

「我可以打賭說妳什麼壞習慣都沒有。」

「我的壞習慣可多了。」

「比方說呢？」

「比方我會咬我的頭髮。」

「我會咬指甲。」她像在和我比賽似的說，還舉起一隻手來給我看。「媽咪給我弄來一種搽在指甲上的東西，味道像狗屎，據說能讓妳戒掉咬指甲的習慣。」

「有用嗎？」

「起先有用。可是現在我還挺喜歡那個味道的。」她微微一笑。我也微微一笑。然後，我們像在摸索似地，一起笑了一陣。

「這還不像咬頭髮那麼糟糕。」我重提這個話題。

「爲什麼？」

「因爲你咬頭髮之後，頭髮聞起來就會有你午餐的味道。」

她做了個鬼臉說：「好噁。」

在學校裡，我們在一起說話會覺得奇怪，可是這裡不會有別人看見。廣義地說起來，在這個世界上，我們相同的地方比不同的地方多得多。我們都是十來歲的青少年，我們都住在市郊。我把我的包包放下，走到沙發那邊。我的對象把菸叼在嘴裡，兩手撐在她盤起雙腿的兩側，整個身子騰空抬起，像在做瑜伽似的，移到一邊去讓我有地方可坐。

「我明天要考歷史。」她說。

「是誰教妳歷史課?」

「舒勒小姐。」

「舒勒小姐的辦公桌抽屜裡藏著一支按摩棒。」

「一支什麼?」

「一支按摩棒。麗茲·克拉克看到過,藏在她最底下的那個抽屜裡。」

「我眞不敢相信!」我的對象大爲震驚,也覺得很有意思。可是緊接著她卻斜著眼睛看我,一面想著,用很親密的語氣問道:「那些到底是做什麼用的?」

「按摩棒?」

「嗯。」她知道她應該曉得的,可是她相信我不會取笑她。我們在那天就建立起了這種約定關係:我告訴她有深度的文化問題,像按摩棒等等,她則處理社交問題。

「大部分女人在一般的性交時都不會有高潮。」我引用了梅格·席姆卡給我的那本《做自己身體的主人》裡的話。「她們需要刺激陰蒂的東西。」

我對象的臉在她的雀斑下紅了起來。她當然對這類資訊聽得入迷。我貼在她左耳邊說著。她的臉從這邊一路紅過去,好像我的話留下了清晰可見的痕跡。

「我眞不敢相信妳知道這些事。」

「我可以告訴妳誰知道這些,就是舒勒小姐。」

笑聲和叫聲像噴泉似地從她嘴裡射了出來,然後我的對象往後倒在沙發上。她發出尖叫,既高興,又覺得噁心。她踢著兩腿，把她那支菸都從桌上撞下了地。她又成了十四歲，而不是二十四歲，而且儘管非常困難，我們卻成了朋友。

『沒人爲我哀悼，沒人爲我祝福，沒人陪我同行，沒人與我成親。慌張——』

『——愁腸——』

『愁腸寸斷踏上不歸路，不容遲疑。我，天底下……』

『……最不幸的人……』

『最不幸的人！』我眞討厭這句。『我，天底下最不幸的人，不會再有多少時刻享受陽光溫煦；不會有親友悲嘆我命苦——一個……一個……』

『一個也沒有，半滴眼淚也沒有。』

『一個也沒有，半滴眼淚也沒有。』

54

我們又在我對象的家裡，練習我們的台詞。我們在日光浴室，趴在有加勒比海風味的沙發上。我對象的頭後面是一群鸚鵡，她兩眼緊閉，背著台詞。我們已經練了兩個小時。我的對象幾乎整本都背了下來。女傭皮幼娜用托盤給我們送來三明治，外加兩瓶六十四盎斯裝的礦泉水。三明治是用白土司做的，切去了邊皮，但夾的不是小黃瓜或水芹，在鬆軟的麵包上塗了厚厚一層鮭魚色的醬。

我們不時停下來休息，我的對象不停地需要吃喝。我在這間房子裡仍然很不自在，始終不習慣讓人伺候。總是跳起來自己動手。皮幼娜是個黑人，這一點並沒讓事情更輕鬆。

「我眞的很慶幸我們一起演這個戲。」我的對象一面吃著東西一面說：「否則我絕不會跟妳這種小孩說話的。」她停了一下，發現那話聽起來不對勁。「我是說，否則我根本不知道妳是這麼酷的小孩。」

酷？卡莉歐琵很酷？我連作夢也想不到這種事。可是我很樂於接受我對象的評斷。

「不過，我能不能跟妳說一件事？」她問道：「是妳演的那個角色的事。」

「當然可以。」

「妳知道妳演的那個人是瞎子什麼的吧？呃，我們去百慕達的時候，看到一個開旅館的人，是個瞎子，他最特別的地方就是，好像他的耳朵是他的眼睛一樣。比方說有人走進房間，他會把一邊耳朵轉到那邊去，妳演的方法——」她突然停了下來，抓住我的手。「妳不會生我的氣吧？」

「不會。」

「妳臉上表情好難看呢，卡莉！」

「眞的！」

她握著我的手不放。「妳眞的沒生氣？」

「我沒生氣。」

「呃，妳假裝看不見的樣子就只是，好像，到處跌跌撞撞。可是實際上，在百慕達的那個瞎子，他從來不會跌跌撞撞的。他站得很挺，每樣東西在哪裡都一清二楚。而他總是用耳朵去對著不同的事物。」

我把臉轉了開去。

「看，妳生氣了吧！」

「我沒有。」

「妳就有。」

「我現在瞎了，」我說：「我正在用我的耳朵看妳。」

「哦，這就好了。哎，就是這樣。這眞的很棒。」

她沒有放開我的手，把身子湊近來，而我聽到、感覺到，她熱熱的呼吸非常輕柔地吹進我耳朵裡，「嗨，泰瑞西亞斯，」她說著吱吱咯咯地笑了起來，「是我，安蒂岡妮。」

演出的那天到了（我們稱之爲「首演之夜」，雖然再沒有其他演出）。在舞台後面所謂的「化妝室」裡，我們這些主要演員坐在折椅上。初二的其他同學都已經上了台，站成一個很大的半圓形。戲要在七點開始，在日落前演完。當時是六點五十五分。隔著舞台，我們聽到曲棍球場漸漸坐滿了人。各種聲音越來越響——說話聲、腳步聲、長椅的吱軋聲、還有停車場裡車門砰然關上的聲音。我們每個人都穿著長到地上的長袍，以手工染成黑色、灰色和白色，不過那朦朧的對象穿的是一件白袍。達．西爾瓦先生的基本概念是極簡：不化妝、不戴面具。

「外面有多少人？」提娜．庫比克問道。

瑪克馨．葛羅辛格偷看了一眼。「非常之多。」

「妳想必很習慣這種場面吧，瑪克馨，」我說：「妳開過好多次獨奏會。」

「我拉小提琴的時候不會緊張，這可慘多了。」

「我好——緊張啊。」我的對象說。

她懷裡抱著一罐樂來得適，像糖似地猛吃。我現在知道她第一天上課時爲什麼用拳頭敲打胸部了。朦朧的對象多多少少常有「火燒心」的毛病。尤其是緊張的時候更加嚴重。幾分鐘之前，她走出去抽了她上台前的最後一支菸，現在她在嚼著抗酸劑藥片。從有錢世家顯然遺傳到不少老習慣，那些成年人的惡劣需求和不顧一切的暫時性姑息行爲。我的對象還太年輕，看不出這些事對她的影響。她沒有眼袋或熏黃的手指甲。可是某些跡象已經有了。要是你靠得很近的話，會聞到她有菸味，而她的胃也壞透了。可是她的面孔還是散發著秋日的光輝。在她獅子鼻上面的那對貓眼很警醒，閃亮著把注意力再放到舞台外越來越響的聲音上。

「我媽咪和我爹地來了！」瑪克馨．葛羅辛格叫道。她回身對著我們，開心地笑了起來。我以前從來沒看過瑪克馨的笑臉。她的牙齒既不整齊，牙縫又大，好像是桑達克筆下的人物。她也戴了牙套。她那毫不掩飾的快樂讓我了解她，她在學校以外有完全不一樣的生活。瑪克馨在她那藏在柏樹後面的家裡很快樂。同時，鬈髮從她那脆弱而很富音樂性的頭裡長了出來。

「哦，天哪，」瑪克馨又在向外偷看，「他們就坐在第一排。他們會直瞪著我看。」

我們全都輪流往外偷看，只有朦朧的對象始終坐著。我看到我父母來了，密爾頓在山坡當中停了下來，低頭看看那曲棍球場。從他的表情，看得出他眼前的景色，翠綠的草地、白色的木製長椅、遠方有藍色石板屋頂和常春藤的校舍，讓他很開心。在美國，英國是你去找種族淵源的地方。密爾頓穿了件藍色上衣，配著奶油色的長褲，看起來像郵輪的船長。他一手扶著泰喜的背，溫柔地帶著她由階梯走下去找個好位子。

我們聽到現在安靜下來。然後聽見了牧笛的聲音——達．西爾瓦先生在吹直笛。

我走到我對象面前說：「不用擔心，妳會演得很好的。」

「妳是一個眞正很好的女演員。」我繼續說道。

她轉開身，低下頭，又開始動著嘴唇。

「妳不會忘詞的，我們練過一千萬遍了。妳昨天背得一點也不——」

「妳能不能不要吵我？」我的對象叱喝道。「我正要做好心理準備。」她瞪了我一眼，然後轉身走了開去。

我站在那裡望著她，沮喪地恨著自己。酷？我就是不酷。我已經讓朦朧的對象討厭我了。我覺得好像會哭出來，就抓住一塊黑色的布幕，把我自己包在裡面。我站在黑暗中，只希望自己死掉了。

我並不是恭維她，她真的很好。上台之後，我對象的煩躁不安就消失了。她的姿態改善了。當然還有她本身的條件。她就像把濺滿了血斑的刀劍，那繽紛的色彩吸引了每個人的注意。直笛的聲音停止了，曲棍球場上一片沉寂。有人在咳嗽，讓自己放鬆一些。我從布幕間往外偷看，看到我的對象正等著上台。她正站在中間那道拱門裡，離我不到十呎遠。我從來沒見過她這麼嚴肅，這麼專注。才能是一種智慧，在等著上場的時候，朦朧的對象進入她的角色裡，她的嘴唇蠕動著，好像在把蘇弗克里茲所寫的台詞念給蘇弗克里茲本人聽，就好像推翻了所有學術上的證據，她能了解這些台詞之所以能傳之千古的文學上的理由。我的對象就這樣站著，準備上場。遠離她的香菸和她的勢利傲慢、她那些小圈圈的朋友、她那些可怕的話語。這是她最擅長的：在眾人面前現身，跨出去，站在那裡說話。她當時才剛剛開始了解這件事。我眼前所見的是一個人如何發現他所能成就的自我。

就在這時候，我們的安蒂岡妮深吸一口氣，走上台去。她的白袍用銀色的繐帶繫在身上。袍子飄拂著，她走進外面溫暖的微風中。

「我要舉行葬禮，願不願意幫忙？」

瑪克馨演的伊絲米妮回答道：「葬禮？妳要抗命？」

「自己的哥哥。我得盡本分。也是妳的哥哥，雖然你可以六親不認。大逆不道的罪名我可擔當不起，我得盡自己的心意。」

我還有一陣子不會上台。泰瑞西亞斯不是那麼重要的一個角色。於是我又把布幕圍住身子等著。我手裡有一樣東西，是我唯一的道具。一根塑膠棍子漆得看來像是木棍。

就在這時候，我聽見一個小小的、窒息的聲音。我的對象又說了一遍：「大逆不道的罪名我可擔當不起，我得盡自己的心意。」接下來是一片沉寂。我從布幕間望出去，由中間那道拱門可以看到她們，我的對象背對著我。在過去一點靠台口的地方，瑪克馨．葛羅辛格滿臉茫然地站在那裡。她的嘴張開著，可是沒有聲音發出來，再過去，露在舞台邊上的，是范格麗絲小姐那張紅臉，輕輕地念著瑪克馨該說的下一句台詞。

那不是怯場。瑪克馨．葛羅辛格腦子裡的一顆動脈瘤爆開了。起先，觀眾以為她的蹣跚和震驚的表情是戲裡的一部分。有人開始對這位女孩子扮飾伊絲米妮的這種演法發出嗤笑。但瑪克馨的母親知道她孩子臉上痛苦的表情是什麼，就從座位上跳了起來。「不要，」她叫道：「不要呀！」二十呎外，高站在落日下的瑪克馨．葛羅辛格仍然啞著，一陣咯咯的聲音從她喉間發出。就像燈光突然變換似的，她的臉色發青。即使是在後排的觀眾也看得出她血裡沒有了氧氣。粉紅色逐漸消失，從她的前額、她的兩頰、她的脖子一路向下。後來，朦朧的對象發誓說瑪克馨帶著乞求的眼光看著她，還說她看到光從瑪克馨的眼中消失。但是照醫生的說法，這話大概不是眞的。裹著黑色長袍，仍然站著的瑪克馨．葛羅辛格已經死了。幾秒鐘之後，才向前仆倒。

葛羅辛格太太連爬帶滾地上了舞台。她現在沒有出聲了，也沒有一個人出聲。她在寂靜中趕到瑪克馨身邊，撕開她的袍子。在寂靜中，那個做母親的開始給女兒做口對口的人工呼吸。我呆住了，讓圍在身上的布幕散開，走了出來，呆站著。突然之間，一道白影擋在拱門下。那朦朧的對象正由台上逃下來。一時之間，我有個瘋狂的念頭。我認為達．西爾瓦先生騙了我們。他到底還是在按傳統行事。因為朦朧的對象戴了張面具。是悲劇的面具，她的兩眼像兩道刀痕，她的嘴巴像一根表示悲哀的回力鏢。她帶著這張可怕的臉撲進我懷裡，「哦，我的天哪！」她啜泣道：「哦，我的天哪，卡莉！」她渾身顫抖，她需要我。

這讓我承認一件可怕的事。在葛羅辛格太太想把生命送進瑪克馨的體內，落日正戲劇性地照著劇本裡沒有的死亡時，我卻感到一陣純然的喜悅流過我的全身，每條神經，每個血球都亮了起來，我把朦朧的對象抱在懷裡。

泰瑞西亞斯墜入情網

「我幫妳排了看醫生的時間。」
「我才去看過醫生。」
「不是費洛大夫，是巴爾大夫。」
「巴爾大夫是什麼人？」
「他是……一個婦科醫生。」
我胸口覺得有陣火熱的泡泡冒出來，就好像我的心在吃「爆爆糖」。可是我裝出冷冷的樣子，望著外面的湖水。
「誰說我是個婦人？」
「眞好笑。」
「我才剛去看過醫生，媽。」
「那是一般身體檢查。」
「那這又是什麼呢？」
「女孩子長到某個年紀的時候，卡莉，就得要做檢查。」
「爲什麼？」

「要確定一切都沒問題。」

「妳說『一切』是什麼意思?」

「就是——所有的一切嘛。」

我們當時坐在車子裡，是第二好的凱迪拉克。密爾頓一買新車，就把舊車給泰喜。朦朧的對象約我到她的俱樂部去玩一天，而我母親正送我到她家去。

現在是夏天，從瑪克馨·葛羅辛格死在舞台上之後，已經過了兩個禮拜。學校放假了，在中性大宅裡，正在準備我們的土耳其之旅。密爾頓下定決心不讓十一章詆毀觀光的言論損及我們的旅行計畫，就訂好了機位，跟好幾家租車公司討價還價。他每天早上看報紙，報告伊斯坦堡的天氣，「華氏八十一度，晴天。聽起來不錯吧。卡莉?」我通常伸出食指來轉圈圈以爲回應。我不再那麼想回故鄉去看看，我不想浪費一個暑假去粉刷教堂。希臘、小亞細亞、奥林帕斯山，它們跟我有什麼關係?我剛發現了一個新大陸，才幾哩遠。

一九七四年的夏天，土耳其和希臘又要鬧新聞了。可是我並沒有在意漸漸升高的緊張情勢。我有我自己的煩惱，更重要的是，我墜入了情網。很祕密，覺得很丟臉，並不完全清楚是怎麼回事，卻完全神魂顛倒地墜入了情網。

我們漂亮的湖邊上卻很骯髒，一如往常的六月聚集著蒼蠅，另外還加上了一圈新的護網，這讓我在我們開車經過時有種陰森的感覺，瑪克馨·葛羅辛格不是那年學校裡唯一死掉的女孩子，凱洛·漢克，一個初一的學生死於車禍。有個禮拜六夜裡，她喝醉了的男友，一個叫雷克斯·李世的傢伙，開著他父母的車衝進湖裡。雷克斯游回岸上而撿回小命，可是凱洛卻被困在車裡。

我們經過培英女校，學校因放暑假而關了門，看起來有種不眞實的感覺。我們轉上科拜路。我的對象住在通納可街，一棟灰色石頭和護牆楔形板蓋的房子，還豎了個風向標。停在卵石車道上的是一輛不起眼的福特房車。我在那第二好的凱迪拉克裡覺得很不安，就很快地下了車，希望我母親趕快開走。

我按了門鈴，皮幼娜出來應門，她帶我到樓梯口，往上一指，如此而已。我上到二樓。我以前從來沒到我對象家裡的樓上過。這裡比我家亂多了，地毯也不是新的。天花板已經多年沒粉刷油漆。可是家具卻非常的老而厚重，讓人覺得有種恆久而安定的感覺。

我試了三間房，才終於找到我對象的房間。她的窗簾拉了下來，衣服散落在粗毛地毯上，我得在衣服堆裡跋涉而過，才能走到床邊。她就躺在床上，穿著一件印著李斯特．藍寧[55]的圓領衫，正呼呼大睡。我叫她的名字，又搖著她。最後她靠著枕頭坐了起來，眨著眼睛。

「我想必難看得要死。」她過了一下說。

我沒說她是不是如此。讓她懷疑不定就能鞏固我的地位。

我們在廚房吃了早餐，皮幼娜毫不在意地服侍我們，把盤子送來收走。她穿著女傭的制服，黑色的、繫了條白圍裙。她的眼鏡顯示出她以前另有一種更神氣的生活，她的名字用金絲鏤刻在左邊的鏡片上。

我對象的母親來了，踩著半高的高跟鞋。「早呀，皮幼娜。我要到獸醫那裡去，雪芭要拔顆牙，我會把牠送回來，可是馬上就要去吃中飯，他們說牠會有點頭昏昏的。哦——還有他們今天要來裝窗簾。讓他們進來，把櫃檯上那張支票給他們。哈囉，孩子們！我剛剛沒看到妳們。卡莉，妳想必有很好的影響力。才九點半，這個人就已經起床了？」她揉了下我對象的頭髮。「寶貝，妳今天到小俱樂部去嗎？很好，妳爹和我今晚要跟彼德斯夫婦出去，皮幼娜會在冰箱裡給妳留吃的。再見了，大家！」

整個這段時間裡，皮幼娜一直在洗杯子，始終維持著她的戰略，對格洛斯波因不理不睬。

我的對象撥動桌上的轉盤，法國果醬、英國果醬、一個不乾淨的奶油碟子、幾瓶蕃茄醬和辣醬油轉了過去，最後到了我對象要的東西：一大罐樂來得適。她倒了三顆出來。

「火燒心到底是什麼東西？」我說。

「妳從來沒有火燒心過？」我的對象大爲吃驚地問道。

小俱樂部其實只是個綽號，那個俱樂部的正式名稱叫做格洛斯波因俱樂部。雖然蓋在湖邊，卻看不見有碼頭或船隻，只有一幢大廈似的俱樂部，兩個打板網球的球場，還有個游泳池。那年六月和七月的每一天，我們就躺在這個游泳池旁邊。

要說到泳裝，朦朧的對象喜歡比基尼式。她穿起來很好看，但絕不能算完美。像她的大腿一樣，她的臀部偏大。她宣稱很羨慕我細長的兩腿，可是那只是客氣話。卡莉歐琵在第一天和以後的每一天出現在游泳池畔時，穿的是老式一件頭的泳裝，還帶著小短裙。那原是蘇美莉娜在五〇年代穿的。我在一口舊箱子裡找到這件泳裝。對外是說想看起來很別致，可是我看中的是能遮住全身。我也在脖子上掛條大毛巾，或是在泳裝外再罩件鱷魚牌的襯衫。那件泳裝的上身也有個好處。胸部的罩杯襯有橡皮，向外挺突，在毛巾或襯衫下面，能讓人以爲我有豐滿的胸部。

在我們再過去一點的地方，幾個肚子像鵜鶘的婦人，戴著泳帽，抓著踢水板在池裡來回練習游泳。她們的泳裝和我的很相似。小孩子在水淺的那頭涉水和打水仗。在這裡有小小的機會讓有雀斑的女孩子曬黑，我的對象就在做這件事。那年夏天，我們在大毛巾上翻來轉去地烤著時，我對象身上的雀斑顏色變深了，從奶油色變成了棕色，其間的皮膚也變黑了，把她的雀斑織在一起，成爲一個有斑點的丑角面具，只有她的鼻尖始終還是粉紅色的。她頭髮裡則被曬得發紅。

總匯三明治放在有波紋的盤子上航向我們。要是我們覺得自己很成熟老練，就點法式蘸醬。我們也叫奶昔、冰淇淋、炸薯條，所有的東西我的對象都簽在她父親的帳上。她談著佩托斯開，她家在那裡有棟避暑別墅。「我們八月會去那裡，也許妳也可以去玩。」

「我們要去土耳其。」我悶悶不樂地說。

「哦，對啊，我都忘了。」然後，「妳爲什麼一定得去粉刷教堂呢？」

「我爹許過願的。」

「怎麼回事？」

在我們身後，有幾對夫婦在打板網球，三角旗飄揚在俱樂部的屋頂上。在這個地方能提聖克里斯多夫嗎？還有我父親當兵的事？和我祖母的迷信？

「妳知道我一直在想些什麼嗎？」我說。

「什麼？」

「我一直在想瑪克馨，我眞不敢相信她死了。」

「我知道。看起來不像她眞的死了。好像是我在作夢。」

「唯一讓我們知道眞有這件事的就是我們兩個都夢到了。這就是現實。是一個大家一起作的夢。」

「妳說得好深奧。」我的對象說。

我摑了她一掌。

「噢！」

「活該。」

蟲子受到我們搽的椰子油所吸引，我們毫不留情地將蟲子殺死。我的對象正以慢得可怕的速度看著哈洛·羅賓斯的《寂寞芳心》，每看一兩頁，就搖著頭說：「這本書好——髒啊。」我在看《孤雛淚》，是我們暑假作業的指定讀物之一。

突然之間，陽光不見了。一滴水滴在我的書頁上。可是這和灑落在朦朧的對象身上的小瀑布不能相比。一個比我們大的男孩子正歪著身子，甩著他那一頭濕透的亂髮。

「該死的，」她說：「不要亂搞！」

「怎麼了？我在讓妳清涼一下啊。」

「別鬧了。」

他終於停了下來，而且伸直了身子。他的泳褲垮在他瘦削的髖骨上，露出一線由他肚臍往下的毛髮，這一線毛是紅色，但他頭上的頭髮卻是漆黑的。

「誰是妳好客性格的最新受害者？」那個男孩子問道。

「這位是卡莉，」我的對象說，然後對我說：「這是我哥哥，傑若米。」

看得出他們長得很像，傑若米的臉上也有相同的顏色（主要是橘色和淺藍色），可是整體上要粗糙得多，蒜頭鼻，兩眼有點斜，眼光銳利。最先讓我吃驚的是那一頭漆黑而毫無光澤的頭髮，不久我就知道那是染過的。

「妳是參加演出的那個，對吧？」

「是的。」

傑若米點了點頭。他細長的眼睛閃亮著，說道：「演員哦，啊？就像妳，對吧，老妹？」

「我哥有一大堆問題。」我的對象說。

「嗨，既然妳們這兩個妞兒都喜歡演戲，說不定妳們想演我下一部電影。」他看著我。「我在拍一部吸血鬼的片子，妳會是個很棒的吸血鬼。」

「是嗎？」

「讓我看看妳的牙齒。」

我沒理他，從我對象那裡得到暗示說不用太友善。

「傑若米喜歡怪物電影。」她說。

「是恐怖電影，」他更正道，仍然在對著我說話：「不是怪物電影。我老妹跟平常一樣，總愛損我。想知道片名嗎？」

「不想。」我對象說。

「《預科學校裡的吸血鬼》。故事是說一個吸血鬼，由在下飾演，因爲他有錢卻很不快樂的父母鬧離婚而給送進了預科學校。反正，他在那間寄宿學校裡過得並不好，衣服穿得不對，髮型剪得不對。然後有一天，這個小子在校園裡走過的時候遭到一個吸血鬼的攻擊。而——妙的就在這裡——那個吸血鬼抽著菸斗，穿著海力士花呢的衣服，原來是那操他媽的校長呢，老兄！結果第二天早上，我們的主角醒來之後，就馬上出門去買了件藍色上裝和幾雙懶人鞋——說變就變——他就成了個不折不扣的預科生了！」

「你讓一下好嗎？你擋到我曬太陽了。」

「這是諷刺上寄宿學校的經驗，」傑若米說：「每一代都殘害下一代，把他們變成活死人。」

「傑若米被兩所寄宿學校踢出來過。」

「我會報復他們的！」傑若米用蒼老的聲音宣布道，一邊還揮舞著拳頭。然後他一言不發地衝向游泳池往裡跳。就在躍起的時候，他轉過身，面向著我們。傑若米身在半空中，骨瘦如柴，胸部凹陷，白得像片椒鹽餅乾，整張臉皺成一團，一手握住胯下。他就維持著這個姿勢一路掉進水裡。

我當時年輕得想不到去問自己我們這樣突然的親密關係有什麼幕後的原因。在接下來的那些日子和那些禮拜裡，我完全沒想到我對象自己的動機，或是她在愛這方面的眞空狀態。她的母親整天都在忙，她父親每天早上六點四十五分就去上班了。傑若米是哥哥，所以毫無用處。我的對象不喜歡一個人獨處，她從來沒學會如何自娛，所以有天晚上在她家裡，我正準備騎上自行車回家時，她建議我留下來過夜。

「我沒帶著我的牙刷。」

「妳可以用我的。」

「好噁啊。」

「我會給妳找支新牙刷，我們家有一整盒牙刷。天哪，妳好神經啊。」

我只是假裝有潔癖，實際上一點也不在乎共用我對象的牙刷。我對她可愛的嘴巴早已很熟悉。在這方面抽菸是件好事。你可以清楚地看到噘起來和吮吸的模樣，舌頭常會出現，舔掉嘴唇上被濾嘴沾到的部分。有時有一點點捲菸紙屑黏在下唇，抽菸的人在拉下來時會露出像晶體的下排牙齒連著果肉狀的牙齦。而如果這個抽菸的人會吐菸圈，你還可以一直看到兩頰裡像暗色天鵝絨似的肉。

朦朧的對象就是這樣。在床上抽的一支菸就像是標示一天終了的墓碑，也是每天清早讓她能用以呼吸而復活的空心蘆葦。你聽說過裝置藝術家吧？呃，我的對象卻是個吞雲吐霧藝術家。她有一整套表演的戲碼，有側擊式響尾蛇飛彈，是她很有禮貌地讓煙由嘴角吐出，不會噴到和她面對面說話的人。有所謂噴泉，是她生氣時的吐法。還有龍女，把煙從兩個鼻孔噴出來。還有一種法式再生法，由嘴裡把煙吐出來，馬上再用鼻子吸回去。另外還有吞嚥大法，吞嚥大法是專爲緊急狀況使用的。有一回，在科學館的洗手間裡，我的對象剛抽了一大口菸，卻有個老師衝了進來。我的朋友還有時間把香菸丟進馬桶裡沖掉，可是那一口煙怎麼辦？能往哪裡送呢？

「什麼人在這裡抽菸？」那個老師問道。

我的對象聳了下肩，嘴閉得緊緊的。老師靠近來用鼻子聞著。而朦朧的對象吞嚥了一口。沒有煙出來，連一絲一縷都沒有。她兩眼有點濕潤，算是她肺裡有車諾比事變的唯一跡象。

我接受了朦朧的對象要我過夜的邀請。她的母親打電話給泰喜，問可不可以，到十一點左右，我朋友和我一起上了床。她拿了一件圓領衫給我穿，衣服前面印著「費森登」[56]的名字。我把衣服穿上，我的對象偷笑起來。

「什麼事？」

「那是傑若米的圓領衫，有沒有臭味？」

「妳爲什麼把他的衣服給我？」我說著渾身僵直，雖然衣服還穿在身上，卻把身子縮起來不去碰到。

「我的太小了。妳要不要一件我爹地的衣服？那聞起來有古龍水的味道。」

「妳爹搽古龍水？」

「他戰後住過巴黎，有好多娘娘腔的習慣。」她說著爬上那件大床。「何況他還跟大概一百個法國妓女睡過覺。」

「這是他告訴妳的嗎？」

「也不算啦。可是每次我爹地一說到法國，就一副色迷迷的樣子。他當年在那裡的部隊裡。好像是戰後在管巴黎那個地方什麼的。」她現在學起她母親的口氣：『今晚談法國也談夠了，親愛的。』」她像平常一樣，相當的戲劇化，她的智商突然升高。然後她撲倒在床上。「他也殺過人。」

「眞的？」

「對呀，」我的對象說，還加以解釋說：「納粹。」

我爬上了那張床。我在家裡只有一個枕頭，這裡卻有六個枕頭。

「背部按摩。」我的對象開心地大叫。

「妳幫我按，我才要幫妳按。」

「一言爲定。」

我跨坐在她身上，正好是她腰眼的地方。從她的肩膀開始，她的頭髮擋住了我，所以我把她的頭髮撩開。我們沉默了一陣，我繼續按摩，然後我問道：「妳去看過婦科醫生嗎？」

我的對象把頭埋在枕頭裡點了點。

「像什麼情形？」

「像受刑，我恨死了。」

「他們都會怎麼做法呀？」

「首先他們讓妳脫光衣服，換上件小袍子，是紙做的，冷風都會吹進來，然後他們讓妳躺在手術檯上，四仰八叉地。」

「四仰八叉的？」

「對呀，妳得把兩隻腳擱在那種金屬的踏板上，然後醫生給妳做骨盆檢查，痛死人了。」

「骨盆檢查？什麼意思？」

「我還以爲妳是性學專家哩。」

「說嘛。」

「做骨盆檢查就是，妳知道，在身體裡面。他們把那小小的玩意兒插進妳裡面，讓妳整個張開來什麼的。」

「我不相信有這種事。」

「痛死了。而且冰得要死。要加上那個醫生一面在那下面弄來弄去，一面說些冷笑話。可是最糟的還是他用手做的事。」

「什麼？」

「基本上他會一直伸到能搔到妳那敏感的地方。」

這下我啞口無言了。完全因爲震驚和恐懼而麻痺了。

「妳要去看哪個醫生？」

「一個叫巴爾大夫的人。」

「巴爾大夫！就是蕾妮的老爸嘛！他是個不折不扣的大變態！」

「什麼意思？」

「我有次去蕾妮家游泳。他們有游泳池。巴爾大夫從房裡走出來，站在那裡看。然後說：『妳的腿比例完美，非常完美的比例。』天啊，好變態啊！巴爾大夫。我眞可憐妳。」

她抬起肚子把圓領衫撩上去，我按摩她的腰部，再伸到她衣服裡去揉她的肩胛骨。

朦朧的對象在那之後就沒再說話。我也沒說話，我專心按摩，讓自己不去想看婦科的事。這倒不困難。她那蜂蜜色或杏桃色的背部在腰部細了下來，我的就不是那樣。她身上到處都有白點，沒長雀斑的地方。不管我揉按哪裡，那裡就會發紅。我感覺到她皮膚下的血在奔流又消退。她的腋下粗得像貓的舌頭。在那之下，她被壓扁在床墊上的乳房兩邊鼓了出來。

「好了，」我按了好久之後說：「該我了。」

可是那天晚上和其他的時候一樣，她已經睡著了。

和朦朧的對象在一起，永遠輪不到我。

那些事都回到我腦海裡。那個夏天和我的對象在一起的點點滴滴，每一件都封存在一個紀念性的雪花玻璃球裡，讓我再搖動那些玻璃球，看著雪花片片飄落：

禮拜六早上我們一起躺在床上。朦朧的對象仰臥著。我以一肘撐著身子，俯靠過去細看她的臉。

「妳知道睡覺是什麼？」我說。

「什麼？」

「鼻涕。」

「才不是呢。」

「就是。是黏液。有眼屎從妳眼睛裡流出來。」

「好噁心喲！」

「親愛的，妳眼睛裡有點睡意。」我用假裝低沉的聲音說。用手指把我的對象眼裡的眼屎撥掉。

「我眞不敢相信我會讓妳做那種事。」她說：「妳在碰我的眼屎。」

我們對望了一陣。

「我在碰妳的眼屎！」我尖叫道。我們翻滾著，用枕頭扔來扔去，不停尖叫。

另外一天，我的對象正在洗澡。她有她自己的浴室。我坐在床上，看一本八卦雜誌。

「你看得出珍．芳達在那部電影並沒眞的脫光。」

「怎麼看得出？」

「她穿著連身的褲襪，妳看得出來。」

我走進浴室去拿給她看。在四隻腳像獸爪的浴缸裡，我的對象在一層泡泡下懶洋洋地躺著，用浮石在磨著一邊腳後跟。

她看了那張照片一眼說：「妳也從來沒脫光過。」

我整個人僵住了，說不出話來。

「妳有什麼問題嗎？」

「沒有啊，我沒什麼問題。」

「那妳怕什麼？」

「我沒怕什麼。」

我的對象知道這不是實話。可是她本來就沒有什麼惡意，她不是想抓我小辮子，只是想讓我放鬆一下，我的過分保守讓她很困惑。

「我不懂妳在擔心些什麼，」她說：「妳是我最好的朋友。」

我假裝全神貫注在雜誌上，沒法讓自己轉開目光。但是在我心裡卻充滿了快樂。歡樂的情緒滿溢出來，可是我一直瞪著那本雜誌，就好像我在生氣似的。

很晚了，我們先前一直在看電視。我走進浴室時，朦朧的對象正在梳頭髮。我拉下底褲，坐在馬桶上。我有時會這樣做來表示不在乎。圓領衫長得能蓋住我。我在小便，我的對象在梳頭。然後我聞到菸味，我抬起頭來，看到除了有支牙刷在我對象嘴裡之外，還有支香菸。

「妳在刷牙的同時還抽菸？」

她斜眼看著我。「薄荷的。」她說。

但這些回憶的光采很快就消逝了。

貼在我們家冰箱上的備忘錄讓我回到現實：「巴爾大夫，七月二十二日下午兩點。」

我心裡充滿了恐懼。怕那個變態的婦科醫生和他那些檢查用的儀器。害怕那些金屬的東西把我的兩腿撐開，更怕那會把我別處撐開的小玩意。還怕撐開這些地方之後會暴露出來的東西。

我就是在這種狀態中，像置身於這個情緒上的散兵坑裡，又開始上教堂。七月初的一個禮拜天，我母親和我打扮好（泰喜穿了高跟鞋，我沒穿）開車到聖母升天教堂去。泰喜也在煩惱，十一章騎著機車由中性大宅疾駛而去到現在已經有六個月了，從那之後，他再沒回來過。更糟的是，在四月裡他表示要輟學。他打算和一些朋友搬到上半島去，照他的說法是不住在地上。「你想他不會做出什麼跑去娶梅格之類的瘋狂怪事吧？」泰喜問密爾頓。「希望他不會。」他回答道。泰喜也擔心十一章不會照顧好自己。他沒有定期去看牙醫，吃素讓他面色蒼白。而且還開始掉頭髮，才二十多歲哩。這點讓泰喜突然覺得老了。

我們都滿懷焦慮，爲不同的原因（泰喜想擺脫她的痛苦而我卻希望我的疼痛開始）尋求慰藉，進入了教堂。就我所知，每個禮拜天在聖母升天希臘正教教堂裡的情形就是一堆教士聚在一起大聲地讀著聖經。他們從〈創世記〉開始一直念過〈民數記〉和〈申命記〉，然後再讀到〈詩篇〉和〈箴言〉、〈傳道書〉、〈以賽亞書〉、〈耶利米書〉和〈以西結書〉，一路念到〈新約〉。然後就念〈新約聖經〉。以我們禮拜時間之長來看，也沒其他可能。

在他們的吟誦聲中，教堂裡慢慢地坐滿了人，最後中間的大吊燈亮了起來，麥可神父像一個眞人大小的傀儡，由繪著聖像的幕後出來。我這位姑丈每個禮拜天的變化總令我很感吃驚。在教堂裡，麥可神父就像神那樣隨興出現和消失。前一分鐘他還在樓上用他那柔和、音癡般的聲音唱著，後一分鐘他又回到了一樓，搖著他的香爐。法衣金碧輝煌，珠光寶氣得像一枚法貝熱[57]製作的復活節蛋。他在教堂裡四處遊走，給我們神的賜福。有時候他香爐裡冒出來的煙太濃，看起來好像麥可神父有種讓自己裹在霧中的特異功能。不過，等到下午煙霧散盡，他置身在我家客廳裡時，他又恢復成一個矮小而靦腆的男人，穿著一身人造纖維的黑衣服，戴著一個塑膠的領圈。

柔依姑姑則和他正好相反。她在教堂裡很溫順，頭上戴的那頂圓形的灰色帽子看起來就像是個螺絲釘的頭，把她固定在座位上。她不停地捏她的幾個兒子，讓他們不會睡著。我很難把那個每週佝僂著身子坐在我們前面一排的虔誠婦人，聯想到那個喝完酒之後會在我家廚房耍寶的滑稽女人。「你們男人別進來！」她一面和我母親跳著舞，一面叫道：「我們這裡可是有好多把刀呢。」

在上教堂的柔依和喝醉酒的柔依之間反差驚人到讓我總在做禮拜時特別注意看她。每每在禮拜天，我母親輕拍她肩膀打招呼時，柔依姑姑只報以微微的一笑，她的大鼻子看來因充滿悲傷而腫脹。然後她轉回身去，在胸前畫個十字，坐好了準備做禮拜。

所以：那個七月清晨在聖母升天教堂裡，香煙隨著毫無道理的希望升起。鏡頭推近（那天外面下著毛毛雨），有濕羊毛的味道。濕答答的雨傘收在座椅底下。由那些雨傘造成的小河一路流過我們蓋得偷工減料的教堂裡那片不平的地板，積成一個個小水潭。髮膠、香水和廉價雪茄的味道，還有手錶走得很慢的滴答聲。肚子發出的咕嚕聲越來越多，打呵欠的也越來越多，還有打瞌睡的、打鼾的、被人家用手肘撞醒的。

我們的禮拜儀式沒完沒了；我自己的身體不受時間法則的控制，而就在我前面的柔依．安東尼奧，時間卻在她身上留下了痕跡。

當教士妻子的生活遠比柔依姑姑想像中壞多了。她恨透了他們在伯羅奔尼撒過的那幾年。他們住在一棟沒有暖氣的小石頭屋子裡。屋子外面，村子裡的婦女把毯子鋪在橄欖樹下，敲打樹枝讓橄欖落下。「她們該死的吵個不停呀！」柔依抱怨不止。而在五年裡，伴隨著那些樹被亂棒打死的聲音，她生下了四個孩子。她寫信給我母親，詳述她的辛苦：沒有洗衣機，沒有汽車，沒有電視，後院裡滿是石頭和山羊。她在信上的簽名是：「殉教者聖柔依」。

麥可神父比較喜歡希臘。他在那裡的那幾年是他教士生涯中最好的一段時光。在伯羅奔尼撒的那個小村莊裡，還殘留著古老的迷信。那裡的人仍然相信有「惡眼」[58]。沒有人因爲他當教士而覺得他可憐，不像後來在美國，他的教區會眾總是用一種雖然輕微卻很明顯的優越神態來對待他，就好像對一個瘋子的妄想必須容忍似的。在一個市場經濟的環境裡當教士的屈辱，並不會傷到在希臘時的麥可神父。在希臘，他可以把我母親（那個拋棄他的人）忘掉，他也可以避開和我父親（那個錢賺得很多的人）相比。他妻子的嘮叨和抱怨還沒有開始讓麥可神父想要脫離教士生涯，也還沒有引發他採取激烈的行動……

一九五六年，麥可神父調回美國，在克利夫蘭的一所教堂任職。一九五八年，他成爲聖母升天教堂的教士之一。柔依很高興能回家，可是她始終不習慣她那presvytera（教士之妻）的身分。她不喜歡當別人的榜樣，她覺得要讓她的子女保持整潔和衣著光鮮，是很困難的事。「哪來的錢？」她對她丈夫叫道：「要是他們能付你還過得去的薪水，說不定孩子們會好看點。」我的表哥表姊——亞里士多德、蘇格拉底、克麗奧派屈拉和柏拉圖——都有那種教士子女飽受挫折和拘束的模樣。男孩子都穿著廉價而顏色鮮豔的雙排扣西裝，留著圓蓬的黑人頭。克麗奧就像同名的埃及豔后一樣美麗，有一對杏眼，只能穿捐贈來的衣服。她很少說話，在做禮拜的時候和柏拉圖玩翻繩花。

我一直很喜歡柔依姑姑。我喜歡她大而宏亮的聲音。我喜歡她的幽默感。她比大多數男人的嗓門都大，誰也不能像她那樣讓我母親笑得那麼開心。

比方說，那個禮拜六，在眾人昏昏欲睡的禮拜儀式之中，柔依姑姑轉過頭來，大膽地開著玩笑說：「我是非來不可，泰喜，妳是爲了什麼呢？」

「卡莉和我只是想上教堂。」我母親回答道。跟他父親一樣是小個子的柏拉圖假裝責難似地說：「眞丟臉，卡莉，妳幹了什麼好事？」他一再用右手的食指在左手食指上摩擦著。

「沒。」我說。

「嗨，蘇格拉底，」柏拉圖低聲向他哥哥說：「卡莉表妹是不是臉紅了？」

「她想必做了什麼不想告訴我們的事。」

「閉嘴了，你們。」柔依姑姑說，因爲麥可神父提著香爐走了過來。我兩個表哥轉回身去。我母親低頭禱告，我也低下頭來。泰喜祈求讓十一章能頭腦清楚。而我呢？很簡單，我祈求我的月經快來，我祈求接受女性的聖傷痕。

夏日匆匆，密爾頓把我們的箱子從地下室提了上來，叫我母親和我開始收拾行李。我和朦朧的對象在小俱樂部一起曬日光浴。巴爾大夫在我心裡纏祟著我，打量我兩腿的比例。約訪的時間還有一個禮拜，然後半個禮拜，然後只剩兩天……

現在我們到那前一個禮拜六的晚上，一九七四年七月二十日。那是個充滿了離情別意和祕密計畫的夜晚。到了禮拜天剛開始的時刻（在密西根還算是禮拜六的半夜），土耳其的噴射機從本土的基地起飛，向南橫越地中海飛向塞浦路斯島。在古老的神話裡，喜歡凡人的神祇常會把他們藏起來。阿芙柔黛蒂有回遮掉了巴里士王子，使他不致死於米奈勞斯之手。她把阿伊尼裹在一件大衣裡，把他偷帶離戰場。同樣的，土耳其的噴射機飛在海上時，也都隱藏著。那天夜裡，塞浦路斯的軍方人員報告說他們的雷達螢幕上發生神祕不明的故障，螢幕上充滿了成千上萬的小白點：一片電磁雲。隱身其中的土耳其噴射機飛到島上，開始投下炸彈。

就在這時候，鏡頭轉回格洛斯波因。佛瑞德和菲麗絲．穆尼夫婦也正在離開他們的家，起程前往芝加哥，站在前門廊上揮手說再見的是他們一雙兒女，伍迪和珍妮，他們也有自己的祕密計畫。當時飛向穆尼公館的是由啤酒罐組成的銀色轟炸機，以半打裝的緊密隊形前來。坐滿十來歲青少年的好幾部汽車也正在路上。朦朧的對象和我也上了路，梳妝打扮，還用電熱梳子把頭髮捲了起來，我們自己前去參加這場派對。我們穿著薄棉布裙和木屐，走到他們門前的草坪上。可是到了門廊上，準備進去之前，我的對象攔住了我，她正咬著嘴唇。

「妳是我最好的朋友，對吧？」

「對呀。」

「那好。我有時候覺得我有口臭，」她停了下來，「問題是，你根本不知道自己到底是不是有口臭。所以問題是，」──她停了一下──「我要妳幫我檢查一下。」

我不知道該說什麼，所以就什麼也沒說。

「這會不會太讓人噁心？」

「不會。」我終於開口說道。

「好，那就來吧。」她朝我俯過身來，對著我的臉吐了口氣。

「沒問題。」我說。

「很好，現在妳來。」

我俯身下去，朝她臉上吐了口氣。

「蠻好的。」她很決斷地說：「好了，現在我們可以去參加那個派對了。」

我以前從來沒參加過派對。我眞替那些做父母的難過。我們由滿屋子的人群中擠過時，想到會有的破壞情形就害怕，菸灰會落在名家設計的椅墊上，啤酒滴在長毛地毯上。在書房裡，我看到兩個男孩子一邊笑著一邊把尿撒在一個網球比賽的獎盃裡。大部分是年紀比較大的孩子。有幾對爬上樓梯，消失在臥室裡。朦朧的對象也在裝大人。她模仿高中女生那種高人一等而百無聊賴的表情。她走在我前面，直朝後門廊走去，排隊等著拿啤酒。

「妳在幹什麼？」我問道。

「我要拿罐啤酒，妳以為我要幹什麼？」

外面相當黑。我像平常社交場合裡那樣用頭髮遮住了臉。我站在我對象的後面，像個跟班，突然有人用手捂住了我的眼睛。

「猜猜是誰？」

「傑若米。」

我把他的手拉開，轉過身去。

「你怎麼知道是我？」

「因為那怪怪的味道。」

「哎喲。」傑若米後面有個聲音說。我伸過頭去一看，大吃一驚。和傑若米站在一起的是雷克斯·李世，我們當地的泰德·甘迺迪[59]，現在看來也並不特別清醒，一頭黑髮長得蓋住了耳朵，脖子上戴了塊穿在細皮帶上的藍色珊瑚。我細看他的臉，看是不是有自責和悔恨的跡象，但是雷克斯卻沒在看我，他正盯著我的對象。他的頭髮掉在眼睛前面，嘴角帶著微笑。

兩個男生動作熟練地擠進我們之間，背對背地站著。我只看到朦朧的對象最後一眼，她把兩手插在她裙子後面的口袋裡。這個姿勢看似隨便，卻有使她胸部挺突的效果。她正抬頭望著雷克斯，面帶笑容。

「我明天開始拍片。」傑若米說。

我一臉茫然的表情。

「我的電影。我那部吸血鬼的電影。妳確定不想參一腳嗎？」

「我們這個禮拜要出國度假。」

「差勁，」傑若米說：「這可是天才之作呢。」

我們默默地站著，過了一下之後，我說：「眞正的天才從來不會認爲自己是天才。」

「誰說的？」

「我。」

「因爲什麼原因？」

「因爲天才是十分之九的汗水。你難道從來沒聽過這句話嗎？一旦你認為自己是天才，你就完了，以爲你所做的一切都好了不起什麼的。」

「我只是想拍點恐怖電影，」傑若米回答道：「其中穿插一些裸露鏡頭。」

「只要別自以爲是天才，說不定你最後還會意外地成了天才呢。」我說。

他怪怪地看著我，很專注，卻咧著嘴。

「幹什麼？」

「沒什麼。」

「你爲什麼這樣看著我？」

「怎麼樣看著妳？」

在黑暗裡，傑若米和我對象的相像程度更加明顯。那對黃褐色的眉毛，奶油糖色的面孔──都很相似。

「妳比我老妹大部分朋友機靈多了。」

「你比我大部分朋友的哥哥機靈多了。」

他朝我俯過身來，他個子比我高，這點是他和他妹妹之間最大的不同。而這點就足夠讓我從迷情中清醒過來。我轉開身子，繞過他回到我對象身邊。她仍然站得直直地，開心地對著雷克斯。

「來吧，」我說：「我們得去做那件事了。」

「哪件事？」

「妳知道的嘛，就那件事！」

最後我終於把她拉走了。她留下微笑和意味深長的一眼。一等我們走離門廊，她就對我皺起了眉頭。

「妳要帶我到哪裡去？」她生氣地說。

「躲開那些討厭的人。」

「妳就不能不管我的事嗎？」

「妳要我丟下妳一個人不管？」我說：「好，我就丟下妳一個人不管。」我沒有走開。

「連在派對裡和男生說話也不可以？」我的對象問道。

「我是趁著還來得及，趕快把妳帶走。」

「妳這話是什麼意思？」

「妳嘴裡的味道不對了。」

這話制住了我的對象，這話擊中她的罩門。她猶豫了，「有嗎？」她問道。

「只是有點洋蔥味。」我說。

我們現在到了後院的草坪上，一些人坐在門廊的石頭欄杆上，他們的菸頭在黑暗中閃亮著紅光。

「妳覺得雷克斯怎麼樣？」我的對象低聲問道。

「什麼？妳可別告訴我說妳喜歡他啊。」

「我又沒說我喜歡他。」

我仔細看著她的臉，搜尋著答案，她注意到了，就走向草坪那頭，我跟在她後面。我先前說過我大部分的情緒都很複雜，可是並不是所有的情緒都如此。也有些相當純粹而眞實，比方說，嫉妒。

「雷克斯是還好啦，」我趕上她之後說道：「只要妳喜歡殺人凶手。」

「那是一場意外。」我的對象說。

只差四分之一就是滿月的月亮，把樹葉照出一層銀光。草地很濕。我們兩個都踢掉了腳下的木屐站在草地裡。過了一下之後，我的對象嘆了口氣，把頭靠在我肩膀上。

「幸好妳要出國去了。」她說。

「爲什麼？」

「因爲這太詭異了。」我回頭看看是不是有人會看到我們。沒有人看得到，所以我伸手摟住她。

接下來的那幾分鐘裡，我們站在灑滿月光的樹下，聽著屋子裡傳來的音樂聲。警察不久之後就會來到。警察總是會來的，這點在格洛斯波因可是說得準的。

第二天早上，我和泰喜一起上教堂。像平常一樣，柔依姑姑坐在我們前面，擺出我們學習的模範。亞里士多德、蘇格拉底和柏拉圖都穿著他們像黑社會幫派的西裝。克麗奧則縮在她蓬鬆的黑髮裡，準備打盹。教堂後面和兩邊都很黑。聖像朦朧地立在門廊裡，或是在閃著光的禮拜堂裡伸起僵直的手指。在拱頂之下，光像粉白色的光柱照下來，空氣中已經瀰漫著濃烈的香煙味，來來回回的教士看來就像是土耳其浴室裡的男人。

然後就到了表演時刻，有位教士打開一個開關。巨大的吊燈最下一圈亮了起來。麥可神父由聖像屏幃後面出來。他穿著一襲亮眼的青綠色袍子，背後繡了一顆紅心。他越過平台，走到會眾中間。由他香爐裡升起的煙蜷曲著，散發出古老的香氣，「Kyrie eleison.」麥可神父唱著。「Kyrie eleison.」雖然這話對我來說毫無意義，或者是幾乎毫無意義，我還是感受到它們的沉重，它們在時間的藝術中所留下的深槽。泰喜在胸前畫了十字，心裡想著十一章。

麥可神父先向著教堂的左半邊。繚繞的香煙形成藍色波浪捲過那些會眾的頭上，使大吊燈的那一圈光也爲之暗淡、加重了那些寡婦們的肺疾、使我那幾位表哥的西裝失色。當煙霧把我裹在那乾冰的毯子裡時，我把煙吸進去，開始祈禱：神啊，求祢讓巴爾大夫在我身上找不到毛病。讓我和我的對象只做好朋友。讓她在我們到土耳其去的時候不要忘了我。幫助我母親別太擔心我哥哥，讓十一章回大學念書。

香在希臘正教教堂裡有各種作用。在象徵意義上來說，那是對上帝的奉獻。像信奉異教時代焚燒祭品，香味直飛升到天堂。在有現代屍體防腐劑之前，香還有很實際的作用，能在葬禮中遮沒屍體的味道。而且在吸進相當的量後，會讓人有種輕飄飄的感覺，好像聖靈充滿。而且你若是吸進夠多的話，也會讓你想吐。

「怎麼了？」泰喜的聲音在我身邊響起，「妳臉色好蒼白。」

我停止祈禱，睜開了眼睛。

「是嗎？」

「妳還好吧？」

我正要說我很好，但及時攔住了自己。

「妳看起來臉色眞的很蒼白，卡莉。」泰喜又說了一遍。她用手摸了下我的額頭。病痛、夢想、奉獻、欺騙——全都一起來了。要是天不助你，你就只有自助了。

「是我的胃痛。」我說。

「妳吃壞了什麼？」

「也不是胃啦，還要往下一點。」

「妳覺得頭昏嗎？」

麥可神父走過來，他把香爐晃得高到幾乎碰到了我的鼻尖，我張大了鼻孔，盡可能地把香煙吸進去，讓我變得更加蒼白。

「就好像有人在我肚子裡擰絞似的。」我很冒險地掰著說。

這話想必多少說對了，因爲泰喜這下笑了起來，「哦，寶寶，」她說：「哦，感謝上帝。」

「我生病了妳倒高興？眞謝謝妳了。」

「妳不是生病，寶寶。」

「那我是怎麼了？我不舒服，好痛。」

我母親握著我的手，仍然滿臉堆著笑。「趕快、趕快，」她說：「我們可不想出事。」

到我把自己關進教堂盥洗室的馬桶間時，土耳其侵略塞浦路斯的消息傳到了美國。等泰喜和我回到家裡，客廳裡已經擠滿了大聲叫嚷的男人。

「我們的軍艦就在海岸外威脅希臘人。」吉美·費奧瑞托斯說。

「他們當然要停在外海。」說這話的是密爾頓。「你以爲會怎麼樣？執政團趕走了馬卡里奧斯[60]，所以土耳其人也急了，現在局勢變化多端。」

「不錯，可是幫著土耳其人——」

「美國不是在幫土耳其人，」密爾頓繼續說道：「他們只是不想讓執政團失控。」

在一九二二年，斯麥納焚城時，美國的軍艦守在一邊，五十二年後，在塞浦路斯的外海，他們同樣什麼也不做，至少表面上如此。

「別那麼天眞，密爾頓。」吉美．費奧瑞托斯說：「你以爲是什麼把雷達給堵上了？就是美國人搞的鬼。密爾，是我們啦。」

「你怎麼曉得？」我父親挑釁似地問道。

現在是蓋斯．潘諾士由他脖子上那個洞裡說：「都是那他媽的——嘶嘶——季辛吉。他想必——嘶嘶——跟土耳其談了條件。」

「當然的嘛，」彼德．塔塔奇斯點著頭，一面喝著百事可樂說：「現在越戰危機已經過去了，季辛吉博士大人可以回過頭來繼續扮演俾斯麥。他希望讓北大西洋公約在土耳其設軍事基地吧？這就是他想出來的招數。」

這些指控是眞是假？我不能確定。我只知道：在那天早上，有人把塞浦路斯的雷達給堵上了，以確保土耳其能侵略成功。土耳其有這種科技嗎？沒有。美國軍艦有沒有呢？有的，可是這種事你無法證明……

何況，這事反正和我沒關係。那些男人咒罵連連，朝電視機指指點點，還拿著拳頭打收音機，最後柔依姑姑把插頭全給拔掉。不幸的是，她沒法拔掉那些男人的插頭，吃飯的時候，那些男人相互叫罵，刀叉在空中揮舞，因塞浦路斯而引起的爭論長達好幾個禮拜，最後讓週日大餐也因此不再舉行。可是就我而言，這次侵略只有一個意義。

我一得到機會，就先告退，衝出去打電話給朦朧的對象。「妳猜怎麼著？」我興奮地叫道：「我們不出國度假了。那邊打仗了！」

然後我告訴她說剛才我腹部絞痛，還有馬上到她那裡去。

肉與血

我很快地就到了眞相大白的一刻：由我自己了解了我自己。其實那是件我一直都知道卻又不明白的事；也就是那可憐的，已經半瞎了的費洛波西恩大夫在我出生時未能注意到，後來每年檢查身體的時候也始終沒弄清楚的那件事；而我父母親發現他們生下來的是個什麼樣的孩子（答案是：還是那同一個孩子，只是很不一樣）；最後是，發現了那突變的基因，深藏在我們血統中兩百五十年，等候時機到來，等著凱末爾攻擊，等著哈吉尼斯提斯兩腿變成玻璃，等著一支豎笛在後窗吹出誘人的旋律，一直到和隱性的那一半接合，開始一連串的事件，最後是我現在身在柏林寫下這一切。

那年夏天——隨著美國總統越扯越大的謊言——我開始假裝我有月經來潮。和尼克森一樣狡詐的卡莉歐琵拆開再丟棄一大堆沒用過的衛生棉。我裝出從頭痛到四肢無力等等各種症狀，我的各式疼痛就像梅莉·史翠普的口音一樣變化多端。有刺痛、有隱隱作痛、也有痛得在床上打滾。我的經期，儘管是出於想像，卻精確地記在我的桌曆上。我用羅馬早期基督教徒地下墓地裡的魚形符號∝來標示那些日子。我把我的經期一路排到十二月，深信到了那時候，我眞正的月經終於來到。

我的僞裝很見效，平息了我母親的焦慮，就連我自己的焦慮也因此多少減弱了些。我覺得我占了主導地位，不再只任由大自然擺布。更好的是，我們的布爾沙之旅還有巴爾大夫之約診——取消之後，我就能接受我對象的邀約，到她家的避暑別墅去。我爲此買了草帽、涼鞋和一套鄉下人穿的工裝褲。

對於那年夏天國內的政治事件，我並不很注意，可是也不可能不知道發生了什麼事。我父親對尼克森的認同隨著那位總統的麻煩越來越多而越加堅定。在那些留著長髮的反戰示威群眾裡，密爾頓看到他自己的兒子。現在，在水門醜聞案發生時，我父親在動亂之中認清了他自己曖昧的行爲。他認爲闖入水門大廈是個錯誤，但也相信那件事沒什麼大不了，「你以爲民主黨就不會幹這樣的事嗎？」密爾頓對禮拜天來論戰的人說：「那些自由派的人只是要把這筆帳算在他頭上，所以他們才假裝清高。」看著晚間新聞的時候，密爾頓對著螢光幕發表一連串的評論。「喲，是嗎？」他說。「胡說八道。」或是：「這個叫普羅西默[61]的傢伙是個笨蛋。」或是：「這些尖頭學者該操心的是外交政策，該怎麼對付他媽的俄國佬和赤色中國。而不是對一間爛競選辦公室遭到闖空門打劫的哼哼唧唧。」密爾頓抱著電視餐的餐盤坐在那裡，對那些左派的新聞記者皺起眉頭，他和那位總統越來越相像的事讓人無法忽視。

平常日子裡，他和電視爭辯，但到了禮拜天，他面對的卻是活生生的聽眾。彼德舅公平常在吃過飯之後總像飽餐後的蛇一樣動也不動的，現在卻激動而得意非常。「就算是從脊椎指壓的立場來看，尼克森也是個有問題的人。他的腦袋長得像黑猩猩。」

麥可神父也來見縫插針，「密爾，現在你對你那位叫滑頭尼克森的朋友有什麼看法？」

「我覺得那全是亂吵。」

等話題轉到塞浦路斯之後，事情就更糟了。在內政方面，密爾頓還有吉美．費奧瑞托斯站在他這邊。可是一談到塞浦路斯的問題，他們就分邊站了。入侵一個月後，聯合國正準備完成和談時，土耳其軍隊又發動了一次攻擊。這回土耳其占領了島上一大部分，鐵絲網圍了起來，瞭望塔豎了起來。塞浦路斯就像柏林，像韓國，像世界上所有其他這類兩邊都不是的地方一樣，給分成了兩半。

「這下他們露出狐狸尾巴了，」吉美．費奧瑞托斯說：「土耳其人一直就想侵略，胡說什麼『保護憲法』，只是藉口。」

「他們……嘶嘶……等我們轉過背去的時候下手。」蓋斯．潘諾士用沙啞的聲音說道。

密爾頓嗤之以鼻地說：「你說『我們』是什麼意思？你生在哪裡？蓋斯？塞浦路斯嗎？」

「你知道……嘶嘶……我什麼意思。」

「美國背叛了希臘！」吉美．費奧瑞托斯伸出根手指頭指指點點。「都是那婊子養的兩面人季辛吉。一邊跟你揮手，一邊把尿撒在你口袋裡。」

密爾頓搖搖頭。他挑釁似地壓下下巴，由喉嚨深處發出個聲音，表示不贊同。「我們得講求我們國家的利益。」

然後密爾頓抬起下巴來說：「去他的希臘。」

在一九七四年，我父親不但沒有到布爾沙去尋根，反而斷絕了關係，被迫在他的國家和祖先的國家之中做取捨時，他毫不猶豫。同時，我們在老遠的廚房裡都聽得見：叫罵聲；一個咖啡杯摔破了；用英語和希臘話咒罵的聲音；氣沖沖走出屋子去的腳步聲。

「拿著妳的大衣，菲麗絲，我們要走了。」吉美．費奧瑞托斯說。

「現在是夏天，」菲麗絲說：「我沒大衣。」

「那妳該拿什麼鬼東西就拿。」

「我們也要走了……嘶嘶……我沒了……嘶嘶……胃口。」

就連彼德舅公那麼一個自學得知書達禮的人也畫下了界線。「也許蓋斯不是生長在希臘。」他說：「可是我相信你一定記得我可是生長在那裡的。你說的可是我的祖國呢，密爾頓。而且那也是你父母的故鄉。」

那些客人都走了，再沒有回來。吉美．費奧瑞托斯和他的太太菲麗絲。蓋斯和海倫．潘諾士夫婦。彼德·塔塔奇斯。幾輛別克車開出了中性大宅，在我們的客廳裡留下一塊充滿負面意識的空間，從此以後，再沒有什麼週日盛宴，再沒有那些大鼻子的男人像吹大喇叭似的擤鼻子。再沒有長得像老來的麥蓮娜·梅可麗[62]而喜歡捏小孩面孔的女人。最重要的是，再沒有了客廳裡的辯論。再沒有爭辯、舉證，引用有名先人的話來抨擊聲名狼藉的活人。再沒有人坐在我們家的沙發上教政府如何運作，也再沒有訂正稅制、或對政府該是什麼角色、福利國家、瑞典的健保制度（是一位費奧瑞托斯博士制定的，不過這位博士和吉美·費奧瑞托斯沒有關係）等等問題作理論上的爭論。那是一個時代的結束，再也沒有了，禮拜天休息。[63]

還留下來的人只剩下柔依姑姑、麥可神父和我們的幾個表兄弟姊妹，因爲他們是我們的親戚。泰喜對密爾頓引發爭吵而生氣，也向他實話實說。他對她大發脾氣，結果她那一天都不和他說話。麥可神父利用這個機會把泰喜帶到上面的曬台去。密爾頓上了車開走了。我後來和柔依姑姑一起把吃的東西送上去，我剛從屋子裡走到外面兩道粗紅木欄杆之間的石子路上時，就看到泰喜和麥可神父坐在黑色的露台椅上。麥可神父握著我母親的手。留了鬍子的臉湊在她面前，正視著她的兩眼，溫柔地向她說話。我母親顯然一直在哭。她手裡握著一團面紙。「卡莉拿了冰茶，」柔依姑姑走出來時大聲說道：「我拿了酒。」可是她緊接著看到麥可神父望著我母親的樣子，當下就沉默下來。我母親站起身來，臉都紅了。「我喝點酒吧，柔依。」大家都尷尬地笑了起來。柔依姑姑倒了酒，「別看，麥可。」她說：「presvytera禮拜天也喝酒。」

接下來的那個禮拜五，我坐我對象父親的車一起到他們在佩托斯開附近的避暑別墅去。那是一幢堂皇的維多利亞式建築，外面滿是俗艷的裝飾，粉刷了一層像淡草綠色太妃糖的顏色。在我們的車向那裡開去時，那幢房子的外觀令我震懾，房子高踞在小特拉佛斯灣畔的山上，四周有高大的松樹，所有的窗子都閃閃發亮。

我很能應付做家長的，應付朋友的父母是我的專長。在去那裡的路上，我和我對象的父親一直進行著一場生動而範圍廣泛的對談。她的膚色和髮色是從他那裡遺傳來的。她父親有凱爾特人的味道，不過，已經五十多近六十歲，那頭泛紅的頭髮已經變得幾乎沒有顏色了，就像已結籽的蒲公英。他長滿雀斑的皮膚看來也像是炸彈開花的結果。身穿了一套卡其色毛葛西裝，打了個領結。在他接了我之後，我們在公路附近一家酒鋪停了一下，買了半打裝的雞尾酒。

「馬丁尼也有罐裝的，卡莉，我們眞是生活在一個無奇不有的時代。」

五個小時之後，他相當不清醒地把車開上一條通往那幢房子的土路。那時候已經晚上十點鐘了，我們在月光下把行李拿到後門口。兩行細瘦灰色松樹間滿是松針的小路上點綴著一些蕈子。房子旁邊有一口自流井，甚爲調和地坐落在長滿苔蘚的岩石之中。

我們走進廚房，看到了傑若米。他正坐在桌子前，看著一份《每週世界新聞》。他蒼白的臉色讓人覺得他這一個月大概都坐在那裡。那一頭毫無光澤的黑髮尤其了無生氣。他穿了一件印有科學怪人圖案的圓領衫、藍白條紋的薄棉布短褲，腳上一雙懶人鞋，沒有穿襪子。

「這位是史蒂芬尼德小姐。」我對象的爹說。

「歡迎光臨寒舍。」傑若米站起來，和他父親握了握手，他們敷衍地擁抱了一下。

「你媽呢？」

「她在樓上換衣服，準備去參加那個你遲到得實在太厲害的派對。從她的脾氣就看得出這點。」

「你帶卡莉上樓到她房間去好嗎？帶她參觀一下。」

「行。」傑若米說。

我們由廚房外的後樓梯上去，「客房正在油漆，」傑若米告訴我：「所以妳住我妹妹的房間。」

「她呢？」

「她和雷克斯在後門廊上。」

我的血停止了流動。「雷克斯・李世？」

「他爹媽在這裡也有棟房子。」

然後傑若米告訴我一些重要資訊，客人用的毛巾，浴室的位置，怎麼開關電燈。可是我完全沒注意他的殷懃，心裡只在想爲什麼朦朧的對象完全沒在電話裡提到雷克斯的事。她在這裡三個禮拜了，卻什麼也沒說。

我們回到她的臥室裡。她皺成一團的衣服丟在沒有鋪好的床上，一個枕頭上放了個骯髒的菸灰缸。

「我的小妹是個懶散慣了的人，」傑若米四下環顧著說：「你很講求乾淨嗎？」

我點了點頭。

「我也是，只有那樣才對嘛。嗨，」現在他轉過身來面對著我。「妳的土耳其之旅怎麼啦？」

「取消了。」

「太好了。現在妳可以演我的電影了。我正在這裡拍攝。妳有興趣嗎？」

「我以爲那是以寄宿學校爲背景的。」

「我決定把那裡設定成一所在窮鄉僻壤的寄宿學校。」傑若米站得離我很近，兩手在口袋裡動著，一面盯著我，一面前後晃動。

「我們要不要下樓去？」最後我終於問道。

「什麼？哦，對，嗯，我們走吧。」傑若米轉身就跑，我跟著他下樓，穿過廚房。我們正經過客廳時，我聽到外面門廊上的聲音。

「結果那個輕量級的史福瑞吉吐了，」雷克斯．李世說：「都來不及到洗手間，在吧台就吐了。」

「我眞不敢相信！史福瑞吉耶！」現在說話的是我的對象，開心地叫著。

「他大吐特吐，就吐在他酒杯裡，我簡直不敢相信，他吐得像尼加拉大瀑布，史福瑞吉吐在吧台上，所有的人都從高腳凳上跳了起來。妳知道吧？史福瑞吉整個臉埋在他吐出來的東西裡。在那一下子，一點聲音也沒有。然後有個女孩開始作嘔……簡直就像連鎖反應，整個地方的人全在作嘔，到處有人在吐，酒保可眞——氣死了。他個子也很大，他眞操他媽的大塊頭，他走過來，低頭看著史福瑞吉。我一副不認得這傢伙的樣子。從來沒見過他。然後妳猜怎麼著？」

「怎麼樣？」

「那個酒保伸出手來，抓住史福瑞吉，一手抓領子，一手抓皮帶，對吧？然後他把史福瑞吉舉到空中有一呎高——把他從吧台這頭滑到那頭。」

「不會吧！」

「我不開玩笑，就把史福瑞吉丟在他自己吐出的東西裡滑到那頭！」

就在這時候，我們走到外面門廊上，我的對象和雷克斯一起坐在一張白色柳條椅上，外面很黑，很涼，可是我的對象仍然穿著泳裝，一套酢漿草花紋的比基尼，腿上圍了塊海灘毛巾。

「嗨！」我叫道。

我的對象轉過頭來，茫然地望著我。「嗨！」她說。

「她到了，」傑若米說：「毫髮無傷，老爹沒把車開出公路去。」

「爹地開車也沒那麼爛。」我的對象說。

「沒喝酒的話就不會那麼差。可是今晚，我打賭他前座一定帶著他那放酒的水瓶。」

「你老爹喜歡熱鬧！」雷克斯用沙啞的聲音叫道。

「我爹在開車來的路上有沒有喝酒解渴？」傑若米問道。

「可不止一次。」我道。

傑若米這下笑開了，全身放鬆，還拍著手。

這時候雷克斯正對我的對象說：「好了，她來了，我們去樂一樂吧。」

「我們要去哪裡呢？」我的對象說。

「嗨，傑——若曼，你不是說樹林裡有座舊的獵屋嗎？」

「是呀，大約往林子裡走半哩路。」

「這麼黑，你找得到嗎？」

「有手電筒的話，大概可以。」

「走吧。」雷克斯站了起來。「我們去拿點啤酒往裡走吧。」

我的對象也站了起來，「我去穿條褲子。」她穿著泳裝走到門廊那頭。雷克斯盯著她看。「來吧，卡莉，」她說：「妳住我的房間。」

我跟著對象走進屋裡。她走得很快，幾乎像在跑著似的，也不回頭看我，她在我前面上樓梯時，我從後面看著她。

「我恨妳。」我說。

「什麼？」

「妳曬得好黑！」

她回頭對我嫣然一笑。

我的對象在穿衣服的時候，我就在臥室裡到處看看。這裡的家具也是白色柳條的，牆上掛著非職業畫家畫的海景，架子上放著佩托斯開的石頭、松果和發了霉的平裝本小說。

「我們到樹林裡去幹什麼？」我的話裡帶著點抱怨的味道。

我的對象沒有回答。

「我們到樹林裡去幹什麼？」我又問了一次。

「我們去散散步。」她說。

「妳只想要雷克斯調戲妳。」

「妳的思想好骯髒啊，卡莉。」

「不要否認。」

她轉過身來，微微一笑。「我可知道誰想調戲妳。」她說。

一時之間，我感到一陣難以壓制的快樂。

「傑若米。」她把話說完了。

「我不想去樹林裡，」我說：「有蟲子啊什麼的。」

「別這麼孬種。」她說。我從來沒聽她說過「孬種」，這種話是男孩子用的，像雷克斯那種男生說的。我的對象把衣服穿好了，站在鏡子前面，摳著臉上一塊乾掉的皮。她用髮刷梳了下頭髮，又搽上亮唇膏，然後她走到我面前。她靠得非常之近。張開嘴來，朝我臉上吹了口氣。

「沒問題。」我說著退了開去。

「妳不要我檢查妳的口氣嗎？」

「沒什麼大不了。」我說。

我決定要是我的對象打算不理會我而向雷克斯賣弄風情的話，我就不理她而去和傑若米打情罵俏。在她走了之後，我梳好了頭髮，從梳妝台上那一大堆香水裡挑了一瓶，按了下噴頭，可是並沒有香水噴出來。我走進浴室裡，解開工裝褲的吊帶，把襯衫撩起來，在胸罩裡塞了一些衛生紙。然後我把頭髮甩到後面，穿好工裝褲，趕到外面去樹林裡散步。

他們在門廊上一盞黃色的大燈下等著我。傑若米拿著一支銀色的手電筒。雷克斯肩膀上背了個是軍方剩餘物資的背包，裡面裝滿了啤酒。我們走下台階，到了草坪上。地很不平，布滿了樹根，可是松針踩在腳下很柔軟。一時之間，儘管我心裡不爽，卻仍然感受到：密西根州北部那種清爽和舒適。空氣中有點涼意，即使是八月，這種情形幾乎和俄國一樣。靛青色的天空在黑色的彎上。杉樹和松樹的氣味。

到了樹林邊上，我的對象停了下來。「裡面會不會很濕？」她說：「我只穿了涼鞋。」

「來吧，」雷克斯．李世說著抓住她的手就拉，「濕就濕了吧！」

她發出很戲劇化的尖叫。像拔河似地身子向後仰，蹣跚地給拖進了樹林裡。我也停了下來，往林子裡看著，等傑若米來做同樣的事。不過，他並沒有做，卻只直接走進沼澤裡，然後慢慢地像膝蓋以下都融化了，「流沙！」他叫道：「救救我！我沉下去了！拜託，有誰來救……咕嚕咕嚕咕嚕咕嚕咕嚕。」在前面，幾乎已經看不見了的雷克斯和我的對象正在大笑。

這處杉樹林沼澤地是一個古老的地方。從來沒有人在這裡伐過木。地也不適合蓋房子。這些樹已經活了好幾百年。倒下的時候，就一倒不起了。在這個杉樹林中的沼澤地裡，直立並不是樹木主要的特色。是有不少杉樹直立著，但也有很多歪向一邊，更有一些倒靠在旁邊的樹上，或是倒在地上，連根拔起。那裡有種墓地的感覺：到處都是樹木灰色的髑髏。透射進來的月光映照出一個個銀色水窪和蜘蛛網，也照見在我前面往前衝著的我對象的紅髮。

我們笨拙而粗野地穿過沼澤。雷克斯模仿各種動物的聲音，聽起來都不像。啤酒罐在他背包裡響著，我們與世隔絕的雙腳在爛泥裡跋涉前行。

二十分鐘之後，我們找到了那裡：一棟用未上漆的木頭搭成，只有一個房間的小木屋，屋頂不比我高多少。手電筒的圓形光柱照見窄窄的門上貼著焦油紙。

「門鎖上了，我操！」雷克斯說。

「我們試試窗子。」傑若米建議道。他們消失了，留下我的對象和我獨處。我看著她，而從我到了之後，她這才第一次真正看我，朦朧的月光則夠讓我們目光默默地交會。

「這裡好黑。」我說。

「我知道。」我的對象說。

小木屋後面響起一陣撞擊的響聲，接著是一陣笑聲。我的對象朝我走近一步，「他們在那裡做什麼？」

「我不知道。」

突然之間，小屋的小窗子亮了起來。那兩個男生在裡面點上了一盞煤油燈，接著前門打開，雷克斯走了出來，他像個推銷員似地笑著。「有人想見妳。」說著舉起一塊上面還黏著一隻老鼠的捕鼠板。

我的對象尖叫一聲，「雷克斯！」她往後一跳，緊緊抓住我，「趕快拿走！」

雷克斯還晃了幾下，大聲笑著，然後才丟進樹林裡。「好啦！別給我昏倒。」他回到屋子裡。

我的對象仍然緊緊抱著我。

「也許我們還是回去的好。」我大膽地說。

「妳認得路嗎？我是完全搞不清方向了。」

「我能找得到路。」

她轉過身去，望著漆黑的樹林，一面考慮著。可是這時候雷克斯又出現在門口。「進來吧，」他說：「看看怎麼樣。」

這下來不及了，我的對象放開了我，把她那一頭像圍巾的紅髮甩在肩後，穿過低矮的門框，進了小獵屋。

裡面是兩張行軍床，都鋪著印了哈德遜灣字樣的氈子，兩張床分置在房間的兩側，中間隔著有個露營用小爐子的簡陋廚房。窗台上排放著空的酒瓶，四壁都貼滿了已經發黃的剪報，全是當地報紙刊登的釣魚比賽、肥皂箱車比賽[64]新聞，還有一隻短耳野兔的剝製標本，張著大嘴。燈裡的煤油不多了，火焰跳動，光是奶油色的，繚繞的青煙讓空氣中充滿油味，簡直像鴉片館裡的燈。不過這倒很恰當，因爲雷克斯已經從口袋裡掏出一支大麻菸，用根安全火柴點燃了。

雷克斯坐在一張行軍床上，傑若米坐在另一張上。我的對象很隨意地在雷克斯身邊坐下，我站在地板中間，駝著背。我能感覺到傑若米在看著我，我假裝在看那間小房子，但接著就轉過身去，以爲會和他的目光碰個正著，可是並沒有這種事。傑若米的兩眼盯著我的胸部，盯著我那對假胸部，他已經喜歡上我了。現在又增加了一分吸引力，好像是好意添加的紅利。

也許我應該因爲他的神魂顛倒而感到高興。可是我那想要報復的念頭早已打消了，我的心不在那上面。可是，我沒有選擇餘地，只能走過去坐在傑若米旁邊。在房間對面，雷克斯．李世把大麻菸叼在嘴裡。

雷克斯穿著短褲和一件有字母組合圖案的襯衫，肩膀那裡裂了條縫，露出曬黑的皮膚。他像西班牙舞者的脖子上有一塊紅印：是蟲子咬的，已經有點消了。他閉起眼睛來用力吸著，上下兩排長睫毛合在一起，他頭上的頭髮密而油得像水獺的毛皮。他最後睜開了眼睛，把大麻菸傳給我的對象。我沒想到她居然接了過去，就好像那是她最喜歡的香菸似地含在嘴裡，深吸了一口。

「那不會讓妳變成妄想狂嗎？」

「不會。」

「我以爲妳跟我說過抽大麻總會讓妳成一個妄想狂。」

「我在戶外大自然裡就不會。」我的對象說。她狠狠地瞪了我一眼，然後又吸了一口。

「別抽光了。」傑若米說。他爬起身來把大麻菸從她手裡拿過去，半站著吸了一口，然後轉身，把菸朝我伸過來。我看著那支大麻菸。一頭點著了；另外一頭又扁又濕。我覺得這些全是那兩個男生計畫好的。樹林、小屋、行軍床、大麻菸、還有互吃口水。這裡有一個我到現在不能回答的問題：我之所以會看穿這種男性的詭計，是不是因爲我自己生來也會幹這種事的？還是說女生也會看穿這些把戲，只是假裝沒注意而已？

一時之間，我想到了十一章，他現在就住在樹林裡一間這樣的小屋裡。我問我自己是不是很想念我哥哥。我不知道自己到底是不是很想他。我向來都是等到事過境遷之後才了解自己的感覺。十一章抽他第一根大麻菸是在念大學的時候，我比他早了四年。

「吸到裡面去。」雷克斯教我。

「妳得讓大麻酚積存在妳的血液裡。」傑若米說。

外面樹林裡有一個聲音，小樹枝折斷的聲音。我的對象抓住雷克斯的手臂，「什麼東西？」

「大概是隻熊。」傑若米說。

「我希望妳們兩個女生不是正好大姨媽來了。」雷克斯說。

「雷克斯！」我的對象抗議道。

「嗨，我可是說眞話。熊聞得到的。有次我到黃石公園去露營，碰到一個女人被熊咬死了。灰色大熊聞得到血的味道。」

「才不會呢！」

「我發誓是眞的。告訴我的人我認得，他是野外活動的嚮導。」

「呃，我不知道卡莉怎麼樣，我是沒有。」我的對象說。

所有的人都望著我，「我也沒有。」我說。

「那我想我們都安全了，若曼。」雷克斯說著，大笑起來。

我的對象仍然抓著他尋求保護。「妳想玩打槍嗎？」他向她問道。

「那是什麼？」

「來，」他轉身面對著她，「就是一個人把嘴張開，另外一個人把煙吹進嘴裡去。讓妳爽到底，棒極了。」

雷克斯把大麻菸點著的那頭放進嘴裡，往前俯向我的對象，她也朝前俯過身來，張開了嘴。雷克斯開始吹煙，朦朧對象的嘴形成一個完美的圓形，雷克斯．李世對準目標，讓煙朝靶心直射過去。我看到那一道白煙衝進了我對象的嘴裡，像瀑布上的白水一般消失在她喉嚨裡。最後她咳了起來，而他也停了下來。

「很棒，現在來給我。」

我對象的那雙綠眼睛盈滿淚水。但是她接過大麻菸來，塞進唇間。她俯向雷克斯．李世，而他把嘴大張著。

等他們弄完之後，傑若米把大麻菸由他妹妹手裡接過來，「讓我看看我是不是也能克服這種技術上的困難。」他說。接下來，他的臉就貼到了我面前。所以最後我也做了。我俯身向前，閉起眼睛，張開嘴巴，讓傑若米用一道又長又髒的煙朝我嘴裡打槍。

煙霧充塞在我肺裡，開始燒灼，我咳著嗽把煙吐出來。等我再睜開眼睛的時候，雷克斯的手摟著我對象的肩膀。她裝出一副無所謂的樣子。雷克斯把他的啤酒喝光了，又開了兩罐，一罐給自己，一罐給她。他轉向我的對象，微微一笑，說了句我聽不見的話，然後就在我眼睛還在眨個不停時，他用他那發酸、俊美、吸了大麻的嘴蓋住了我對象的雙唇。

在油燈閃爍的小屋這邊，傑若米和我假裝沒有注意。那支大麻菸現在是我們的了，愛抽幾口就抽幾口。我們默默地輪流吸著，一邊喝著手裡的啤酒。

「我覺得好詭異，我的腳看起來非常的遠。」傑若米過了一陣之後說：「妳的腳看起來很遠嗎？」

「我看不到我的腳，」我說：「這裡面太黑了。」

他又把大麻遞給我，我接了過來。我吸了一口，把煙悶住，讓煙一直燒灼著我的肺，因爲我想要讓我自己不去注意我心裡的痛。雷克斯和我的對象仍在接吻。我轉開了頭，望向又黑又髒的窗戶外面。

「所有的一切看起來都藍藍的，」我說，「你有沒有注意到？」

「哦，對呀，」傑若米說：「各種各樣奇怪的附帶現象。」

在德爾菲[65]傳神諭的是一個少女，大約和我的年紀相若，她整天坐在地上的一個洞口，那個洞叫omphalos，也就是大地之臍，吸著由地底逸出的石油化學的氣味。那個十幾歲的處女傳神諭者說未來的事，說的是歷史上最早押韻的詩句。我爲什麼要提起這件事呢？因爲卡莉歐琵在那天晚上也是一個處女（至少還維持了一陣子）。她也在吸著迷幻劑。乙烯從小屋外的杉林沼澤裡逸出。沒有穿透明的白袍而穿著一條工裝褲的卡莉歐琵，眞的開始覺得怪怪的。

「再來罐啤酒吧？」傑若米問道。

「好。」

他給了我金色罐子的啤酒，我把結著水珠的罐頭湊在唇邊喝了一口，然後又喝了一些。傑若米和我都感到不能不做點什麼的壓力，我們緊張不安地相對笑了笑。我低下頭，隔著工裝褲揉我的膝蓋。等我再抬起頭來的時候，傑若米的臉湊得很近。他的兩眼緊閉，就像小男孩從高處腳下頭上直接往水裡跳時的表情。我還沒弄清楚是怎麼回事，他就在吻我了，吻著這個從來沒接過吻的女孩子。（至少在克莉曼婷．史達克之後沒接過吻。）我沒有阻止他，只是一動也不動地隨他去做。儘管我有點頭昏眼花，卻能感覺到所有的一切。他的嘴唇濕得令人震驚。他嘴唇輕觸的感覺，想塞進來的舌頭，還有一些味道：啤酒、大麻，一點沒有散盡的薄荷糖味，還有在這一切之下男生嘴巴野獸般的味道。我能嚐到他強勁的荷爾蒙和他假牙的金屬味道。我睜開一隻眼睛，眼前是一頭我在另外一個人頭上花了那麼多時間去欣賞的柔細頭髮，在前額，鼻梁和耳邊的點點雀斑。可是這張臉不對，這些雀斑也不對，而那頭秀髮染成黑色。在我毫無表情的面孔底下，我的靈魂蜷縮成一個小球，等著這種令人不快的事情結束。

傑若米和我仍然坐著。他把臉壓在我的臉上，我稍微動一下，就能看到房間對面的雷克斯和我的對象。他們現在已經躺下來了。雷克斯那件藍襯衫的下襬似乎在閃爍的燈光中飄動，在他身下，我對象的一條腿懸在床邊，她的褲腳沾滿泥巴。我聽到他們輕聲交談和笑聲，然後又沉寂下來。我望著我對象那條沾著泥巴的腿在舞動。我整個注意力都集中在那條腿上，因此沒注意到傑若米開始把我拉倒在我們坐著的那張行軍床上。我讓他去拉，隨著他慢慢倒下，只一直斜著一隻眼睛看著雷克斯和我的對象。雷克斯的雙手現在在我對象的身上撫摸，拉起了她的襯衫，伸到了她襯衫底下，然後他們的身子移動，讓我能看到他們的側臉。我對象的臉像一張死人面具似地一動也不動，閉緊了兩眼在等待著。雷克斯的側臉很激動，滿面通紅。這時候，傑若米的兩手也在我身上摸著，他在揉擦著我的工裝褲，可是我好像已經脫離了那裡，一心只專注在我對象身上。

Ecatasy（忘我），這個字是從希臘文Ekstasis來的，其意義並不是你想的那樣。意思不是指異常欣快，不是指性高潮，甚至不是指快樂。眞正的意思是：一種失神的狀態，完全失去了感覺。三千年前，在德爾菲，傳神諭的人工作時全都是在失神忘我的狀態下。那天晚上，在密西根州北部一間小獵屋裡的卡莉歐琵也是一樣。我有生以來第一次因大麻而飄飄然，第一次喝醉酒，只覺得自己分解了，化成了氣體。我的靈魂像教堂裡的香煙似地飄升向我頭殼的拱頂，然後衝了出去，飄過木頭地板，飄過小小的露營用的爐子，經過那些空的酒瓶。我浮在另一張行軍床上，俯視著我的對象。然後，因爲我突然知道我能那樣做，就滑進了雷克斯．李世的身體裡。我像個神祇進入他體內，所以在吻她的不是雷克斯，而是我。

什麼地方的一棵樹上有隻貓頭鷹在叫。蟲子被燈光吸引，撲擊著窗子。我在如德爾菲神諭者失神的狀態下，同時注意到兩個正在進行的情況。我經由雷克斯的身體，擁抱著朦朧的對象，和她耳鬢廝磨。同時我也注意到傑若米的兩手在上下其手地撫摸我留在另一張行軍床上的身體。他趴在我的身上，壓住了我的一條腿，因此我動了一下，將我的兩腿張開，而他落在我兩腿之間。他發出一些聲音，我伸出兩手來抱著他，因爲他的瘦弱而感到既討厭又感動。他甚至比我還瘦。現在傑若米在吻著我的脖子。現在，因爲看過某些雜誌專欄的建議，他著重在我的耳垂。他的兩手往上移，移向我的胸部。「不要。」我說，怕他會發現我塞的衛生紙。傑若米很聽話……

……這時在另一張行軍床上，雷克斯可沒有碰到這種阻礙。他以熟練的技巧用一隻手解開了我對象的胸罩，因爲他比我有經驗，我就讓他去對付她襯衫的扣子。可是卻是我的兩手拉住了她的胸罩，像拉開窗簾似地，讓我對象那對乳房的蒼白光輝照進了房間。我看到那對乳房；還觸摸到；可是因爲做這事的不是我，而是雷克斯．李世，所以我不必感到有罪惡感，不必問我自己是不是有不自然的慾望。我怎麼可能是那樣呢？因爲我正在另外一張床上和傑若米搞在一起呀。

……所以，只是爲了保險起見，我把注意力轉回到他身上，他現在好像很痛苦，身體在我身上磨蹭，然後他停下來，伸手到下面去調整一下，我聽到拉鍊的聲音，我由眼角偷看他，看到他正在苦思，不知怎麼對付工裝褲。

他好像不會有任何進展，所以我又再漂浮回房間的另一邊，進入了雷克斯·李世的身體。一時之間，我能感受到我對象在我觸摸下的反應，她的肌膚在驚嚇之餘，熱切地甦醒過來。現在我感受到另一件事，雷克斯，或是我，在變長、變大。我只感受到一秒鐘，緊接著就有別的事將我拉了回來……

傑若米的手放在我祖露的肚子上。就在我進入雷克斯的身體時，傑若米利用這個機會解開了我的肩帶，解開了我腰間的銀釦子。現在他正把我的工裝褲往下拉，而我盡量想清醒過來。現在他在拉我的內褲，而我這才發現我醉得有多厲害。現在他進到了我內褲裡，現在他已經……進入了我體內！

然後：劇痛。痛得像把刀，痛得像把火。直劈進我裡面，撕裂了我的肚子，一直伸到我的乳頭。我倒吸了一口冷氣；睜開雙眼；我往上看，看到傑若米正俯視著我。我們目瞪口呆地彼此對望著，而我知道他曉得了。傑若米知道了我是什麼樣的人，就像我突然之間也明白了一樣。我有生以來第一次了解到我不是一個女孩子，而是介乎男女之間的什麼東西。我之所以知道，是因爲我進入雷克斯·李世的身體時，覺得非常自然、非常對勁，也因爲傑若米臉上那種震驚的表情。這一切都發生在刹那之間，然後我把傑若米推開。他往後退，抽了出去，然後由床上滑到地上。

沉寂中，只有我們兩個想喘過氣來。我仰臥在那張行軍床上，在那些貼著的剪報下方。在只有一隻野兔標本的注視下，我拉起工裝褲，覺得非常清醒。

現在一切都完了，我什麼辦法也沒有。傑若米會告訴雷克斯，雷克斯會告訴我的對象。她會不再和我做朋友。等到開學的時候，培英女校的每一個人都會知道卡莉歐琵·史蒂芬尼德是個畸形。我等著傑若米跳起來跑出去。我感到恐慌，但同時也出奇地鎮靜。我在腦海裡把所有的一切拼湊起來。克莉曼婷·史達克和接吻練習；和她一起在熱澡盆裡打轉；兩棲動物的心和綻開的番紅花；始終沒有來的經血和胸部；還有當時，曾經一度，看來會長久的對我對象的迷戀。

一時的清醒之後，惶恐又在我耳邊號叫，我自己只想跑出去。在傑若米有機會說什麼，在任何人發現之前逃跑，我可以在今晚離開。我能找得到路穿過杉林沼澤回到大宅裡，我可以偷走我對象父母的車子，我可以往北開去，穿過上半島到加拿大，也就是十一章以前想逃避兵役而去的地方。我一面爲我的逃亡生活考量，一面從行軍床邊偷看傑若米在做什麼。

他平躺在地上，閉著兩眼，自顧自地笑著。

笑著？笑什麼？在嘲笑？不是。很震驚！又錯了。那是爲什麼呢？因為滿足。傑若米臉上是那種男生在夏夜一舉登上本壘的笑容，是那種等不及要告訴他所有朋友的笑容。

各位讀者，信不信由你：他根本什麼也沒注意到。

掛在牆上的槍

我醒來時已經回到了大房子裡，我只模糊記得是怎麼回去的，蹣跚地涉過沼澤。我的工裝褲還穿在身上，胯下覺得灼熱而浮腫。我的對象已經起了床，要不然就是睡在別的地方。我伸手下去，把黏貼在我皮膚上的內褲拉開。這個動作帶起一小陣風，升起的氣味讓我再次認清關於我自己的那件嶄新的事實。可是那其實也不算一件事實，當時還不像事實那麼實在，只是我對自己的一種直覺，並沒有隨著清晨的到來而更爲清楚。那只是一個已經開始消退的想法，幾乎已成爲昨夜在林中醉酒的一部分。

宣神諭的人在她狂野的預言之夜過後清醒時，大概都不記得她所說的話。不論她所說的眞相如何，都不及她當下的感覺：頭痛、啞的喉嚨。對卡莉歐琵來說也是一樣。我有種被弄髒和經過開導的感覺，覺得自己是個大人，但最爲重要的是我覺得噁心，完全不願多想所發生的事。

我在淋浴間裡想把這經驗沖刷乾淨，仔仔細細地擦洗，抬著臉讓斜沖下來的水淋著，水蒸氣瀰漫在空中。鏡子和窗子上都水漬淋漓。毛巾都濕了，我能拿到手的肥皀都用上了，蘭芙香皀、象牙肥皀，還有一種當地鄉下產的肥皀，粗得像砂紙。我穿好了衣服，靜悄悄地下了樓。就在我穿過客廳時，注意到一把舊的獵槍掛在壁爐上，又是一支掛在牆上的槍。我踮著腳由旁邊走過。在廚房裡，我的對象正吃著玉米片，一邊在看一本雜誌，我走進去時她連頭都沒抬。我自己拿了個碗，在她對面坐了下來，也許我在坐下的時候皺了下眉頭。

「怎麼了?」我的對象嘲弄地說:「痛呀?」她那張表情挖苦的臉用一隻手托著。她自己看起來也不怎麼漂亮,兩邊下眼袋都腫著,有時候她的雀斑不那麼像陽光,而是像腐蝕的痕跡或是銹斑。

「妳才該覺得痛呢。」我回答道。

「如果妳想知道的話,」我的對象說:「我可是一點也不痛。」

「我忘了,」我說:「妳早就習慣了。」

突然之間,她臉上充滿了憤怒,不住抖動,皮膚下青筋暴起,清晰可見。「妳昨天晚上完全是個婊子似的。」她攻訐道。

「我?那妳呢?妳對雷克斯根本是投懷送抱。」

「才沒有,我們甚至沒做那件事。」

「騙誰啊。」

「至少他不是妳的哥哥。」她站了起來,怒視著我,一臉要哭的樣子。她剛才沒有擦嘴,還沾著果醬和碎片。看到這張可愛的臉變得看來充滿怒氣,不禁讓我呆住了,我自己的臉想必也有反應,我能感覺到我的眼睛睜大了,充滿懼意。我的對象正等我回話,可是我什麼話也想不出來。所以她最後把椅子往後一推說:「傑若米在樓上,妳何不爬到他床上去?」然後她氣沖沖地走了。

接下來,我感到很消沉,原本就讓我心情低落的悔意潰堤而出,滲進我的兩腿,積在我的心裡。除了因失去我的朋友而惶恐之外,我還突然擔心起我的名譽來,我真的像個婊子嗎?我甚至還不喜歡那檔子事呢。可是我的確做了,不是嗎?我讓他做了那件事。接下來怕的是遭到報應,萬一我懷孕了呢?到時候該怎麼辦?我坐在早餐桌前的那張臉,就像所有在計算的女生,數著日子,加以清算。至少過了一分鐘之後,我才想起我不可能懷孕。發育得遲倒還有這一點好處。然而,我還是很不安,我確信我的對象再也不會和我說話了。

我爬上樓梯，回到床上，拿過一個枕頭來擋在臉上，遮住夏日的陽光。可是那天早上卻無法躲避現實。不到五分鐘之後，彈簧床因爲增加了新的重量而陷了下去，我偷眼看去，看到是傑若米前來拜訪。

他仰臥著，看來很舒服，已經安頓好了似的。他沒穿睡袍，卻穿了件獵雁用的外套，底下露出他破了的四角褲邊緣，一隻手裡端著咖啡，我注意到他的指甲塗成黑色。晨間的陽光從旁邊窗子外照進來，看得到他下巴和上唇上的鬍碴，襯著他那一頭死板而染得毫無光澤的頭髮，這些橘紅色的鬍碴就像生命回到了一片焦土上。

「早安，親愛的。」他說。

「嗨。」

「我們有點宿醉，是吧？」

「對呀，」我說：「昨晚我醉得相當厲害。」

「我倒不覺得妳醉得那麼厲害呢，親愛的。」

「呃，我就是。」

傑若米丟下這個話題，他靠緊了枕頭一點，喝了口咖啡，嘆了口氣，用一根手指在額頭上點了一陣，然後說道：「萬一妳還在擔心什麼早就不必擔心的事，妳應該知道我仍然很尊重妳什麼的。」

我沒有回應。回應只會證實了已經發生的那些事，而我寧願對那些事保持懷疑。過了一下之後，傑若米把咖啡杯放下，側轉過來。他朝我這邊挪了下，把頭枕在我肩膀上。他躺在那裡呼吸著。然後，他閉著眼睛，把頭也伸到枕頭底下來，他開始用鼻子頂我，又用頭髮搔我脖子，然後是那些敏感的器官。他的睫毛如蝶翼般輕吻我的下巴，鼻子伸進我的頸窩，然後他的嘴唇也來了，貪婪、笨拙。我希望他別來纏我，同時卻又問自己有沒有刷牙。傑若米滑動著，爬到我身上，感覺就像前一晚一樣，重重地壓下來。原來男孩子和男人就是這樣表示他的企圖。他們像石棺的蓋子似地蓋在妳身上，還稱之爲愛。

前一分鐘讓人可以忍受。但很快地，那件獵雁用的外套拉了上去，傑若米迫不及待的那一部分壓在我身上，他又想把手伸到我的襯衫底下。我沒有戴胸罩。在沖完澡之後，我把衛生紙沖下馬桶，沒有再把胸罩戴上。我已經受夠了。傑若米的手越伸越高。我不在乎，我讓他摸我，隨他摸個夠。可是如果說我是想讓他失望的話，可沒有成功。他又摸又捏，而他的下半身像鱷魚尾巴似地扭來擺去。然後他說了一句很不好笑的話，他狂熱地低聲說道：「我對妳眞『入』迷。」

他的嘴唇湊近來，找著我的唇，他的舌頭伸進來。這第一種的進入預告了下一個。可是現在不行，這回不行。

「住手。」我說。

「什麼？」

「住手。」

「爲什麼要叫停？」

「因爲所以。」

「因爲什麼？」

「因爲我不喜歡你這樣。」

他坐了起來。就像以前雜耍裡的那個，坐在一張折起又彈開來的折疊床上的人一樣。傑若米翻身坐起，完全清醒過來，然後他跳下床去。

「別生我的氣。」我說。

「誰說我生氣了？」傑若米說完就走了。

那天過得很慢。我留在房間裡，一直等到看見傑若米帶著他的攝影機離開了那棟房子，我想我不在演員表上了。我對象的父母打完晨間的網球雙打之後回到家裡來，她老媽上樓到主臥室的浴室去。我由窗子裡看見她老爹帶了本書，爬上後院的吊床。我等到浴室裡的蓮蓬頭打開了之後，再由後樓梯下樓，從廚房門走了出去。我一直走到海灣那邊，覺得鬱鬱不樂。

杉林沼澤在房子的一側，另外一邊是一條土石路，穿過一片空地，地上一棵樹也沒有，長著高高的黃草。一棵樹也沒有的情形很引人注意，我在那裡到處亂走，碰到一塊歷史性的紀念碑，幾乎已被野草淹沒。那裡標示出一處堡寨還是一場大屠殺的所在地，我不記得是哪一樣了。苔蘚長在突出的字上，我沒有看完所有的碑文。我在那裡站了一陣，想著第一批來墾荒的移民，還有他們爲了海狸和狐狸的皮而相互砍殺。我把腳伸到碑上，用我的球鞋踢掉苔蘚，一直到我疲累不堪。到那時候，已經接近中午了，海灣是亮藍色的。在高地的那邊，我能感覺到佩托斯開那個城市，那邊由爐子和煙囪裡冒出來的煙。近水邊的草很濕，我爬上堤防，在上面走來走去。爲了保持身體平衡，我把兩臂伸開來跳躍，像歐嘉·柯芭特[66]那樣。可是我的心思沒有放在這上面，而且要做歐嘉·柯芭特，我也嫌太高了。不久之後，我聽到快艇的引擎聲，我用手擋在眼前遮光，望向閃亮的水面。一艘快艇衝過，掌舵的是雷克斯·李世，光著上半身，戴著黑眼鏡，一面喝著罐啤酒。他加足油門，拖著一個滑水的人，那個人當然就是我的對象，穿著她酢漿草的比基尼泳裝，在那一大片水上，看來幾乎是全裸，只有那兩小條布，上面一條，下面一條，才讓她不像是在伊甸園裡。她的紅髮飛飄著，像強風警報旗。她不是個漂亮的滑水選手，她身子俯得太向前面，踩在滑水板上的兩腿彎得像羅圈腿。可是她沒有掉下來。雷克斯不停地回頭看她，一面喝著啤酒，最後快艇一個急轉彎，我的對象切過她原先的航跡，在岸邊劃過。

滑水的時候會碰上一件可怕的事，在你鬆開拖纜之後，你還會在水面上滑行一段。但接著就會碰上無可避免的一刻，你的速度無法讓你再繼續往前，水面像玻璃一樣裂開來，深海張開來要將你吞食。這正是我站在岸上看我的對象滑過時的感受。那同樣讓你投身其中的絕望感受。在情感上的切身之痛。

等我回去吃飯時，我的對象仍然不在家裡。她的母親很生氣，認爲我對象把我一個人丟下來十分無禮。傑若米也和他的朋友們出去了，所以我和我對象的父母共進晚餐。我覺得非常寂寞，那天晚上不想再討好大人。我默默地吃了飯，然後坐在客廳裡，假裝在看書。時鐘滴答地走著，夜晚慢慢過去。每次我覺得自己要崩潰時，就到浴室去把水潑在臉上，我用一塊濕毛巾蓋在眼睛上，用兩手壓著兩邊的太陽穴。我不知道我的對象和雷克斯在幹什麼。我想像著她的兩隻襪子舉在空中，她那雙腳跟那裡有球形圖案的小網球襪，印在上面的兩顆球，上下跳動。

顯然我對象的父母之所以留下來，只是爲了給我作伴。所以最後我道了晚安，自己上床睡覺。我一上床就開始哭了起來。我哭了好久，盡量不出什麼聲音。一面抽泣、一面不平地低聲說一些話，我哭道：「妳爲什麼不喜歡我？」還有，「對不起，對不起！」我不管這些話聽起來像什麼。在我體內有一種毒素，我需要加以清除。就在我這樣又哭又說的時候，我聽到樓下的紗門砰一聲關上，我用床單擦了下鼻子，盡量冷靜下來聽聽。腳步聲爬上樓梯，接著臥室門開了又關上。我的對象走進來，站在黑暗中。她也許是在讓她的眼睛適應一下，我側躺著，假裝睡著了。地板發出響聲，她走到我睡的這邊來。我感覺她站在我身邊，低頭看我。然後她走到床的另外一邊，脫掉鞋子和短褲，套上一件圓領衫，上了床。

我的對象睡覺時都仰臥著，她有次告訴我說仰臥睡覺的人都是領袖人物、天生的表演家或是好出風頭的人。像我這樣俯臥著睡覺的人是逃避現實，思想陰暗，擅於冥想。這個理論正應在我們身上。我俯臥著，鼻子和眼睛都哭痛了。我的對象呢，仰臥著，打了個呵欠，然後（大概是像個天生的表演家）很快就睡著了。

我等了大約十分鐘左右，以策安全。然後，好像在睡夢中翻身，我轉過身來，面對著我的對象。過半而未全圓的月亮讓房間裡充滿了藍光。朦朧的對象在柳條床上睡著。看得見她那件圓領衫的上半部，那是她父親的一件舊衣服，上面還有幾個洞。她的一隻手臂橫擱在臉上，像標誌上的一道斜線，表示「禁止碰觸」。所以我就只看著。她的頭髮散在枕頭上。嘴唇微張。她的耳朵裡有什麼在閃亮，大概是海灘上的沙粒。再過去，是梳妝台上發亮的噴霧器，天花板在頭頂上。我可以感覺到蜘蛛在角落裡織網。床單很涼。捲在我們腳邊蓬鬆的羽絨被有羽毛漏出來。我生長的環境裡是新地毯的氣味，還有剛從烘乾機裡取出來人造纖維襯衫的味道。這裡埃及棉的床單聞起來像樹籬，枕頭像水鳥。十三吋外，我的對象也是這一切裡的一部分。她的顏色似乎和美國的風景相合，她南瓜色的頭髮，蘋果西打色的皮膚，她發出個聲音，然後又不動了。

我輕輕地把她身上蓋著的被單拉開，在微光中，她的輪廓出現了，在圓領衫下高聳的乳房，如小丘般微微隆起的腹部，然後是她色彩鮮豔的內褲，收斂成V字形。她絲毫沒有動彈，她的胸部隨著呼吸起伏。我盡量不出一點聲音，慢慢地移近她，我身上一些小小的肌肉，那些我以前都不知道自己有的肌肉，突然都有用了，讓我一分一釐地移過床單。老舊的彈簧床墊給我找麻煩，在我盡量悄沒聲息地前進時，它們卻高聲叫著些猥褻的話來鼓勵我。歡呼，歌唱。我不住地停下來又再開始，眞是辛苦的工作。我用嘴巴呼吸，這樣比較小聲。

經過十分鐘的時間，我滑得離她越來越近。最後，我全身上下都感到她身體的溫熱。我們仍未相觸，只是對彼此散發著熱力。她的呼吸深沉，我也一樣。我們一起呼吸。最後，我鼓起勇氣，伸手搭在她的腰上。

然後有好長一段時間沒有動靜。到了這個程度，我卻害怕再往前有什麼進展。所以我一直僵住不動，半摟著她。我的手臂有點僵了，開始悸動，最後麻掉了。我的對象好像是給人下藥迷昏了或是失去了意識。然而，我還是感到她的皮膚、她的肌肉都很警醒。又過了好一陣子之後，我冒險一搏，我拉住她的圓領衫，往上撩起，我對著她赤裸的腹部看了很久，最後，帶著點悲傷的情緒，把頭低了下去。我低頭向那掌管不顧一切慾望的神祇禮拜，我吻了我對象的肚子，然後越來越有信心地慢慢向上。

你還記得我那像青蛙的心嗎？在克莉曼婷．史達克的臥室裡，它從泥濘的岸上跳下，擺盪在兩種情緒之間。現在它做了件更驚人的事——爬上了陸地，把幾千年壓縮成三十秒，還有了意識。我在親吻我對象的肚子時，並不只是像和克莉曼婷接吻時那樣有快感的反應，我不像和傑若米在一起時那樣騰空了我的肉體。現在我很清楚有些什麼事，我還在想著這件事。

我在想著這正是我一直想要的，我了解到我不是在裝假，我在想有什麼人發現了我們在做的這件事的話，會怎麼樣？我在想著這一切都非常複雜，而且只會變得更加複雜。

我伸手下去，碰到她的臀部，我把手指勾進她內褲的褲腰，開始往下拉脫。就在這時候，我的對象把屁股微微抬起，讓我更方便一點。這是她唯一的貢獻。

第二天，我們都沒提這件事。我起床的時候，我的對象已經不在床上了。她在廚房裡，看著她父親準備炸蔬菜玉米碎肉餅。炸肉餅是她老爹每個禮拜天清晨的固定工作。他守著冒泡的肥肉和肥油，而我的對象隔陣子就看一下煎鍋裡，說：「好噁心。」不久她就添了一大盤子在吃，還逼我也吃一盤，「我一定會犯最嚴重的火燒心的。」她說。

我馬上就了解了那沒有說出口的意思。我的對象不想有戲劇化的場面，不想有罪惡感，也不要什麼浪漫情調。她吃著炸肉餅來把白天和晚上的事分開，很清楚地表示晚上的那些事、我們在晚上所做的事，都和白天沒有任何關連。她也是個好演員，有時候我很懷疑在整個過程中，她是不是一直睡著，還是說那只是我在做夢。

在那天，她只有兩次表示出我們之間有了什麼改變。那天下午，傑若米的電影工作小組到了。這個小組由他兩個朋友組成，帶來很多盒子和電纜，還有一個長而多毛的麥克風，像一塊骯髒的浴室腳墊捲在一起。到這時候，傑若米刻意不和我講話，他們在一間小小的工具棚屋裡把機器架好，我的對象和我決定去看他們在做什麼。傑若米關照過我們不准靠近，所以我們忍不住。我們偷偷過去，從一棵樹後閃到另一棵樹後。我們不時得停下來，強忍住笑意，彼此拍打對方，避免視線接觸，等我們再能控制住自己。到了那間工具間後面的窗口，我們往裡偷窺。其實沒什麼，傑若米的一個朋友正用膠帶把一盞燈貼在牆上。我們倆要同時由小窗子看進去相當困難，所以我的對象站在我前面，把我的手放在肚子上，抓住我的手腕。不過她的注意力在表面上看來還是放在棚屋裡的情形上。

傑若米出現了，打扮得像那個讀寄宿學校的吸血鬼。在傳統吸血鬼德古拉伯爵式背心底下，他穿了件粉紅色的鱷魚牌襯衫，沒有打領結，卻打了條領巾式的領帶。一頭黑髮全向後梳，臉上用化妝品塗白了，手裡還拿了個調雞尾酒的搖杯。他的一個朋友舉著一根掃把，上面掛了隻塑膠的蝙蝠，另外一個負責攝影。「開始。」傑若米說。他舉起那個雞尾酒搖杯，用兩手搖著，同時那隻蝙蝠在他頭上盪來盪去。傑若米打開搖杯的蓋子，把血倒進幾個喝馬丁尼的酒杯裡，他端起了一杯給他的朋友，那隻蝙蝠馬上撲進杯裡，傑若米喝著他的鮮血雞尾酒，「正是你喜歡的那樣，莫飛，」他對那隻蝙蝠說：「非常不甜。」

在我手底下，我對象的肚子笑得抖了起來，她向後靠在我身上，被我抱著的肉體抖著貼靠過來。我用小腹抵緊了她。這一切都在小棚屋後面祕密進行，像挑情的遊戲。可是接著攝影師把攝影機放了下來。他指著我們，傑若米轉過身來。他的視線落在我的兩手上，然後抬起來正視我的兩眼。露出他的獠牙，恨恨地瞪了我一眼，然後用他平常的聲音叫道：「給我滾開，妳們兩個混蛋！我們在拍戲。」他衝到窗前，用手捶著窗子，可是我們早已跑開了。

後來，黃昏時分，電話響了。我對象的母親接了電話。「是雷克斯。」她說。我的對象由我們在玩雙陸的沙發上爬起來。我重新整理我的籌碼，讓自己有點事可做。我在我對象和雷克斯通話的時候，一次又一次地把籌碼疊放整齊。她背對著我，一邊說話一邊走動，玩著電話線。我一直低頭看著籌碼，搬來搬去。同時很注意聽他們的對話。「沒什麼呀，只是玩雙陸……跟卡莉啦……他在拍他那部蠢電影……不行啦，我們就快要吃晚飯了……我不知道，也許再晚一點吧……說老實話，我有點累。」突然之間，她轉身來對著我。我勉強抬起頭來，我的對象指了指電話，然後張大了嘴，把手指塞進喉嚨裡。我的心充滿了快樂。

夜晚又來到了。我們在床上做完基本動作，拍鬆枕頭，打呵欠，翻身讓自己睡舒服了。然後經過一段時間長短很適當的沉默，我的對象發出點聲音，是喃喃自語，是哽在喉間的叫聲，好像是在說夢話。完了之後，她呼吸變得更深沉。卡莉歐琵把這當做是認可的意思，就開始她移到床那邊的漫長旅程。

這就是我們的戀情。沒有言語，假裝沒有看見，一件夜裡的事，夢中的事。在我這邊會這樣也有各種原因。不管當時我到底是怎麼樣，最好還是慢慢地展現在朦朧的光影下，也就是沒多少光亮。何況，青少年時期都是這樣子的。你會在暗處做各種嘗試，喝醉酒或是嗑藥嗑得迷迷糊糊，事先毫無準備。回想一下你的汽車後座，你的露營帳篷，你的海灘營火會，難道你不曾和你最好的朋友交纏在一起？只是不承認罷了。或是宿舍房間裡的床上，睡的是兩個人，不是一個人，而立體音響裡播放著巴哈的曲子，用遁走曲陪你們反覆追逐。反正，早期的性愛也是一種心神遁走的狀態。當時還沒有那些例行的事，也沒有愛。那還是伸手摸一把的多半不知是誰的時候，或是在沙坑裡玩耍的時候。從十幾歲開始，一直到二十或二十一歲。只是學習分享，分享你的玩具。

有時在我趴到我對象身上時，她會幾乎要醒過來似的。她會移動身子來遷就我，把兩腿分開，或是用一隻手摟住我的背部。她會浮到意識的表層來，再潛沉下去。她的眼瞼顫動，她的身體有所反應，腹部收緊放鬆的節奏和我相同，頭向後仰，把她的頸部獻給我。我等待更多的暗示，我希望她能認知我們所做的事，可是我也很害怕。於是那濕滑的海豚躍起，跳過我兩腿形成的環，然後又消失了，留下我載浮載沉，想要維持平衡。下面一切都是濕濕的，是因爲我還是她，我不知道。我把頭枕在她胸口那件撐起的圓領衫下，她的腋下聞起來像熟透的果子，那裡的毛很稀少。「妳很幸運，」如果是在白天的話，我會說：「妳甚至不用剃毛。」可是在晚上的卡莉歐琵只會撫摸或是舔那些毛。有天晚上，我正在做這件事和一些別的事時，我注意到牆上有個影子，我以爲那是隻蛾。可是，仔細看看，我看見那是我對象的手，舉在我的腦後，她的手完全清醒，握緊鬆開，把她身體裡所有的快感吸上來，成爲那花朵的祕密綻放。

我對象和我一起做的事循著某些不是很嚴格的規則。我們對細節不是太認眞，我們所注意的就是有這麼回事，有性愛這回事，這是最了不起的事實，至於到底經過如何，有什麼到了哪裡，全都是次要的問題。何況，我們也沒有多少可以加以比較的。除了我們在小獵屋和雷克斯與傑若米那一夜之外，什麼也沒有。

至於那朵番紅花呢，不過是我的一部分，是我們發現了，也一起享受的東西。路思博士會告訴你說母猴在服用了男性荷爾蒙之後，也會有「上」其他母猴的行爲。牠們會抓住對方，會有衝刺動作。我不會。至少開頭不會這樣。番紅花的綻放是一種與個人無關的現象。像一種把我們拴在一起的勾子，是對她外在部分的刺激，而不會深入她的內裡。可是顯然也夠有效。因爲在最初幾晚過後，她非常渴望那事。渴望，但表面上還是始終昏睡不醒。在我擁抱她，在我們無力地挪動和交纏的時候，我對象的昏睡中包括她喜歡的姿勢變化。一切都不是有所準備或細心安排過的，一切都沒有既定的目標，但練習之後，我們睡夢中的交歡卻有著行雲流水的自然。我對象的兩眼始終閉著；她的頭通常微微轉開。她在我身下動著，就像一個熟睡的女孩子遭到夢魔姦淫時會有的那樣。她就像一個做春夢的人，把她的枕頭誤認爲是情人。

有時候，事前或事後，我打開床頭燈。我把她的圓領衫盡量拉高，把她的內褲拉到膝蓋以下，然後我躺在那裡，大飽眼福。還有什麼能比得上？金屑在她肚臍的磁鐵四周移動。她的肋骨細如糖棒。臀部的開闊，和我大不相同，看來有如一個紅色水果的大碗。然後是我最喜歡的地方，也就是她的肋骨柔化成乳房的地方，那光滑的白色沙丘。

我將燈關了。我緊靠著我的對象，我把她的大腿後面抱在我手裡，讓她的兩腿環著我的腰。我伸手到她身下，把她往上抬向我。然後我的身體，像一座大教堂，鐘聲齊鳴。那駝背的怪人在鐘樓上跳著，抓著繩索瘋狂地搖晃。

在經歷所有這些事情的時候，我對自己都沒有什麼定論。我知道這很難置信，可是事情就是這樣。人的腦子會自我編輯，會美化很多事。在一個人的體內或體外是截然不同的事。從外面，你能觀察、審視、比較。從裡面的話無從比較。在過去幾年來，那番紅花長長了很多。在最長的時候大約有兩吋。不過，大部分的長度都隱藏在其中伸出的瓣狀皮層裡。另外還有毛髮遮蔽。處在沉靜狀態時的番紅花根本看不見。我低頭看我自己的時候，只看見私處那黑色的三角形。只有在碰觸之下，那朵番紅花才會伸長、變大，然後從藏著的皮層裡冒了出來。把頭伸進空氣裡，只是伸得並不遠。不過超出林木線一吋而已。這是什麼意思呢？我由個人經驗知道我的對象也有她自己的番紅花，在碰觸到時也會變大。只是我的比較大得多、更敏感。我的番紅花可說是多愁善感型的。

重點是：那朵番紅花前端沒有一個小孔。這顯然不像男生所有的那樣。各位讀者，你們設身處地的爲我想想，問問你自己，如果你有的和我一樣，如果你看起來像我這樣子，那你對自己的性別會得到什麼樣的結論呢？我得坐著小便，尿液是從底下排出的，我裡面像個女生，裡面很細嫩，如果把手指頭插進去會很痛。

不錯，我的胸部完全平坦，可是同學中也有很多洗衣板，而泰喜堅持說我這部分是從她那裡遺傳來的。肌肉呢？不值一提，屁股也不大，腰也不細，是個像晚餐碟子的女孩，放低卡特餐的。

那我怎麼會想得到我不是個女孩子？因爲我受到一個女生的吸引嗎？這種事古已有之，這種事在一九七四年尤其多，那已經成爲全國性的消遣了。直到現在，我都將自己所有的直覺深深壓抑。我還能壓抑多久，誰也不知道。可是最後這事由不得我，所有的大事都向來由不得我的。我是說，生與死。還有愛。以及在我們出生之前愛所留給我們的一切。

接下來的那個禮拜四天氣很熱，是那種天氣潮濕得連大氣都搞不清楚狀況的日子。坐在門廊上，你都能感受得到：空氣希望自己是水。只要天一熱，我的對象就懶洋洋的。她說她的腳踝腫了，一整個早上都惹人討厭，很煩人，又彆扭。我正在穿衣服的時候，她由浴室裡出來，站在門口就罵我，「妳把洗髮精弄哪裡去了？」

「我沒動呀。」

「我就放在窗台上的。也只有妳用過。」

我由她身邊擠過，從走廊走過去，「就在浴缸裡呀。」我說。

我的對象從我手裡接了過去，「我覺得全身又髒又黏！」她說，表示道歉的意思。然後她進去沖澡，而我在刷牙。一分鐘後，她橢圓形的臉出現了，四周讓浴簾圍著。她看起來像是光頭，瞪著大眼睛，好像太空異形。「對不起，我今天眞差勁。」她說。

我繼續刷牙，想讓她再多難過一陣。

我對象的額頭皺了起來，兩眼露出哀求的表情。「妳恨我嗎？」

「我還沒決定。」

「妳眞壞！」她說，很卡通似地皺著眉頭，把浴簾一把拉上。

吃過早飯之後，我們坐在門廊的鞦韆椅上，喝著檸檬水，前後搖擺著想弄出點風來。我把腳踩在欄杆上，借力使力地推著。我的對象側躺著，兩腿跨過我懷裡，頭枕在鞦韆椅的扶手上。她穿著熱褲，短得都露出了口袋的襯裡，還有比基尼泳裝的上身。我穿的是卡其短褲和一件白色的鱷魚牌襯衫。

在我們前方遠處，海灣閃著銀光。海灣像水裡的魚似地有一層鱗。

「我有時候眞討厭我有個身體。」我的對象說。

「我也是。」

「妳也是？」

「尤其是像這樣熱的天氣，動一動就像在受苦刑。」

「再加上我討厭流汗。」

「我受不了流汗，」我說：「我寧願像狗那樣喘著。」

我的對象大笑起來。她很高興地對我笑道：「我說的妳全都能了解。」她搖了搖頭。「妳爲什麼不是個男生呢？」

我聳了下肩膀，表示我沒有答案。我不覺得這話有諷刺意味，我的對象也沒這個意思。

她半垂下眼皮望著我。在明亮的白天，熱浪在烤熱的草上升起時，她的兩眼看來非常的綠。哪怕瞇成兩條細縫，像兩彎新月。她的頭向前彎著枕在鞦韆椅的扶手上；她得抬起眼來看我，這讓她有種潑辣的表情。她兩眼正視著我，挪了下腿，把兩腿微微張開。

「妳的眼睛最驚人了。」她說。

「妳的眼睛好綠，看起來幾乎像是假的。」

「本來就是假的。」

「妳裝了玻璃眼珠？」

「是呀，我是瞎子，我是泰瑞西亞斯。」

這是個新的做法，我們才剛發現。正視著彼此的眼睛，是另一種閉眼的方法，至少可以不去注意手邊的細節。我們鎖住彼此的視線。同時，我的對象不動聲色地讓兩腿拉緊又放鬆。我感覺到她熱褲下微隆的部分向我抬舉。只有那麼一點點，抬起來讓人注意，我伸手放在我對象的大腿上，手心向下。我們繼續搖晃，彼此望著，蟲子在草裡鳴叫，我把手橫著向上移向我對象兩腿相接的地方。我拇指伸進她熱褲下。她臉上毫無反應。在沉重眼瞼下的綠色眼睛仍然盯著我的兩眼。我感覺到她的內褲，壓了下去，滑進鬆緊帶底下。然後我們的眼睛仍然睜得大大的，我的拇指滑進了她體內。她眨了下眼，把眼睛閉了起來，小腹向上再挺高了些，而我重複了一次我的動作，之後又再來了一次。在海灣裡的船也是整個畫面的一部分，還有在草叢裡鳴叫的昆蟲，以及在我們檸檬水杯子裡融化的冰塊。鞦韆椅前後擺動，生銹的鍊子發出嘎嘎聲，就好像是一首老的兒歌，小傑克．何納坐在屋角吃著聖誕節的派。他把拇指插進去掏出顆梅子來……在眼珠子流轉過那次之後，我對象的兩眼又再盯著我，然後她所感受到的就只反映在那裡，在她綠色眸子的深處。除此之外，她一動也不動，只有我的手在動，我的腳在欄杆上，推著鞦韆椅。這樣子過了三分鐘，或是五分鐘，或是十五分鐘。我不知道。時間已經消失了。然而我們好像仍然沒有意識到我們在做什麼。快感直接化爲忘懷。

我們身後門廊的地板發出響聲，我嚇了一跳。我把手從我對象的褲子裡抽出來，坐直了身子。我眼角瞥見有什麼，就轉過身去，蹲在我們右邊欄杆上的是傑若米，雖然那麼熱，他卻還穿著吸血鬼的戲服。臉上的白粉有好幾塊化掉了，但他看起來仍然很蒼白。他用最陰森鬼氣的恐怖表情俯視著我們，他那《碧廬冤孽》

式的表情。那個被園丁帶壞了的少爺。那穿著雙排扣大禮服，淹死在井裡的男孩。一切都死氣沉沉的，只有那雙眼睛緊盯著我們——盯著我對象伸在我懷裡的那兩條光著的腿——臉上毫無表情。

然後那個幽靈開了口：

「兩個品玉的。」

「別理他。」我的對象說。

「兩個品——玉——的。」傑若米又說了一遍，他的聲音沙啞。

「閉嘴！」

傑若米一動也不動，像鬼似地待在欄杆上。他的頭髮沒有全往後梳，而是垂掛在臉的兩邊，他非常自制而專注，好像按照既定的時程。「品玉的，」他又說了一遍，「品玉的，品玉的。」現在用的是單數，這是他和他妹妹之間的事了。

「我說不要講了，傑若米。」我的對象想爬起來，她把兩腿從我懷裡挪開，開始翻滾下鞦韆椅。可是傑若米動作更快。他把大衣撐開得像翅膀一樣，跳下了欄杆，朝下撲向我的對象。他的臉上仍然毫無表情，除了嘴巴之外，一絲肌肉也沒有動。他對著我對象的臉，對著她的耳朵不斷咬牙切齒地用沙啞聲音說道：「品玉，品玉，品玉，品玉，品玉。」

「住嘴！」

她想打他，可是他抓住她的兩手，用一隻手抓住她兩隻手腕，另外一隻手把指頭伸出來比成個V字形。他把那V字形的手湊在嘴前，在那富暗示性的三角形裡，把舌頭來回伸縮著。面對這樣粗鄙的動作，我對象再無法鎮定。她開始啜泣。傑若米感覺到了，他弄哭他妹妹已經有十多年了；他知道怎麼做法：他就像用放大鏡去燒螞蟻的小孩子一樣，把光線聚焦越來越熱。

「品玉，品玉，品玉……」

接著事情就來了。我的對象崩潰了，她開始像個小女孩似地號啕大哭起來，滿臉通紅，狂亂地揮舞著拳頭，最後跑進屋子去。

這時候，傑若米的粗暴行爲停止了。他整好衣服，撫平頭髮，然後靠在門廊欄杆上，平靜地望著遠方的海水。

「不用擔心，」他對我說：「我不會告訴任何人。」

「告訴別人什麼？」

「妳運氣好，碰上我是思想開通的人，」他繼續說道：「大部分的男人發現他們被一個女同志劈腿到自己妹妹那邊去了，都不會高興的。妳不覺得這很尷尬嗎？可是我的思想開放到願意忽視妳這種傾向。」

「你閉嘴好吧？傑若米？」

「我想閉嘴的時候自然會閉嘴。」他說。然後他轉過頭來看著我，「妳知道妳現在是在哪裡嗎？劈腿村啦，史蒂芬尼德。滾出去，不要再回來，還有不許再碰我妹妹。」

我已經跳了起來，血直往頭上衝，從我的脊椎直衝到我的腦子裡。我在一陣狂怒之中向傑若米衝了過去。他比我高大，但猝不及防。我一拳打在他的臉上，他想閃躲，但被我撞上，力道大得將他撞倒在地。我爬到他胸口，用兩腿壓住他的兩臂，最後傑若米停止抗拒，他仰面躺著，想裝出一副覺得很有趣的表情來。

「隨妳搞到什麼時候。」他說。

壓在他身上實在有種興奮的感覺。我這輩子都被十一章壓倒，這還是我第一次這樣對付別人，尤其是一個比我大的男孩子。我的長髮垂在傑若米的臉上，我把頭髮來回擺動，折磨著他，然後我想起我哥哥以前常做的一件事。

「不要，」傑若米叫道：「哎呀，不行！」

我讓它掉了下去，像一滴雨水，像一滴淚水，但並不是這兩樣東西。我的口水正落在傑若米的兩眼之間。然後我們下面的地裂了開來。傑若米怒吼一聲，翻身而起，把我推得直往後退。我占上風的時候很短，現在是逃跑的時候了。

我衝過門廊，跳下台階，跑進後面的草地，打著一雙赤腳。傑若米穿著他的吸血鬼戲服追在我身後。他停下來，甩開大衣，而我拉開了我們兩人之間的距離。我跑過鄰居家的後院，低頭躲開松樹枝，閃避開樹叢和烤肉架，腳底下的松針給我很好的摩擦力，最後我到了那頭的那片空地，飛奔過去。我回頭看了看，傑若米正慢慢追上來。

我們飛奔過岸邊那一帶長得高高的黃草。我跳過那塊歷史性的紀念碑，扭到了腳，只有在疼痛中跳著繼續跑下去。傑若米毫不費力地一躍而過。在這片空地的另一邊是那條通回屋子去的路。只要我能越過高坡，就能在傑若米看不見的情況下趕回屋子裡，我的對象和我可以鎖門守在房間裡。我到了小山坡下，開始往上爬。傑若米跟在我後面，皺著眉頭，越追越近。

我們像建築物上帶狀雕刻裝飾裡的兩名跑者，從側面看來，邁開兩腿，屈起雙臂，在割人的草裡飛奔而過。等我到達山坡底下時，傑若米似乎慢了下來。他認輸地揮著手。他一邊揮手，一邊在叫著一些我聽不見的話……

那輛曳引機剛剛轉上路來，坐在高高駕駛座上的那個農夫沒有看見我，而我正好回頭看傑若米追上來沒有。等我終於把頭轉回來的時候，已經來不及了。曳引機的大輪胎正在我眼前。我一頭撞了上去。在一層赤紅色的塵土中，我被捲得拋入空中。我到了拋物線的頂端時，看到後面的犁刀、螺旋形的金屬上蓋滿了爛泥，然後那場追逐結束了。

我後來醒過來時，是在一輛陌生的汽車後座。一輛破舊的老爺車，座椅上蓋著毯子。後面窗子上的貼紙印著一隻上了鈎還在跳動的鱒魚。開車的人戴了頂紅色的鴨舌帽，在帽子後面可以調整大小的頭帶上方小小空間裡，露出他有皺紋的脖子上那不整齊的髮線。

我的頭覺得軟軟的，好像包著紗布，我全身裹在一張毯子裡，很僵硬，還有稻草刺著。我轉過頭去往上看，看到一幅美麗的畫面。我從下面看到我對象的臉，我的頭枕在她懷裡。我的右臉頰紅紅的，靠在她溫暖的肚子上。她仍然穿著比基尼泳裝的上身和熱褲，兩膝分開，紅色的頭髮垂落在我臉上，遮沒了光線。我透過那片酒紅或牛血紅的空間，盡我可能地去看她，那一道暗色的比基尼上身，她的鎖骨朝前伸著。她正在咬著指甲的外皮，要是她再這樣咬下去，就會出血了。「趕快，」她正在垂下的頭髮另一邊說：「趕快，裴特先生。」

開車的是那個農夫，就是他的曳引機被我撞上的那個農夫。我希望他充耳不聞，我不想要他趕快，我想要讓這趟路走得盡可能地久。我的對象正在撫摸著我的頭。她以前從來沒在大白天裡做過這種事。

「我揍了妳哥哥。」我突如其來地說道。

我的對象用手把頭髮撩開，光刺了進來。

「卡莉！妳還好嗎？」

我抬臉對她微笑。「我把他打慘了。」

「啊，天哪，」她說：「我嚇死了。我以爲妳死了。妳就那樣——那樣——」——她哽不成聲——「躺在路上！」

眼淚淌了下來，現在是感恩的淚水，不像先前的憤怒。我的對象抽泣起來，我吃驚地看著這場感情風暴撼動了她。她把頭低下來，把她吸著鼻子、沾著淚水的臉貼在我臉上。然後，是第一次，也是最後一次，我們接吻。我們藏在後座，被那道髮牆擋住，而且那個農夫能告訴誰呢？我對象的熾熱雙唇和我的唇相觸，有股甜美的味道，也有點鹹鹹的味道。

「我一臉眼淚鼻涕。」她說著把臉又抬了起來，勉強笑了笑。

可是車子已經停了。那個農夫跳下車，大喊大叫。他拉開後車門。兩個醫護人員出現了，把我放上擔架床。他們把我推過人行道，進了醫院的門。我的對象一直陪在我旁邊，握著我的手。一時之間，她似乎想到她自己近乎裸露的身子，在她的赤腳踩上冰冷的瓷磚地時，低頭看了看自己。但是她聳了下肩，把這事丟開。一路沿著走廊到醫護人員要她停步之前。她一直握著我的手。好像那是一條在港口連到船上送行的線。

「妳不能進去，小姐，」醫護人員說：「妳得在這裡等著。」於是她停了下來，但是她還不肯放開我的手，還又握住了一下。擔架床沿走廊推下去。而我的手臂伸向我的對象。我已經啓程了，我正乘船飄洋過海到另一個國度去。現在我的手臂有二十呎長、三十呎、四十呎、五十呎。我由擔架床上抬起頭來看我的對象，看那朦朧的對象。因爲她對我而言又再成爲一個謎。她後來怎麼樣了？她現在在什麼地方？她當時站在走廊的那頭，握住我那解開了的手臂。她看來又冷、又瘦，格格不入而失落。幾乎就好像她知道我們以後再也不會相見了。擔架床的速度加快了，我的手臂現在只是一條細細的彩帶，在風中飄起。最後那無可避免的一刻到來。我的對象放開了手。我的手飛起來，自由自在，空虛一片。

頭頂上的燈又亮又圓，像我出生時一樣。同樣的白鞋的吱吱聲，但到處找不到費洛波西恩大夫。低頭對我微笑的醫生很年輕，一頭沙色頭髮。他帶著鄉下口音，「我要問妳幾個問題，行嗎？」

「可以。」

「從妳的姓名開始。」

「卡莉。」

「妳幾歲了？卡莉？」

「十四歲。」

「我現在伸出來的手指有幾根？」

「兩根。」

「我要妳從十開始往前倒數。」

「十……九……八……」

說這些的時候，他一直在我身上按壓，看有沒有骨折什麼的。「這裡痛嗎？」

「不痛。」

「這裡呢？」

「沒有。」

「那這邊怎麼樣？」

突然那裡眞痛起來。在我肚臍下，像被眼鏡蛇咬了一口。我發出的叫聲就足以回答了。

「好了，好了，我們要小心這裡，我只要看一看。躺著不要動。」

醫生用眼神向護士打了個訊號。他們分站兩邊開始把我的衣服脫掉。護士小姐把我的襯衫從頭上拉脫，露出我平坦的胸部。他們沒有注意，我也沒有。這時醫生已經解開了我的皮帶，正在解我卡其褲的扣子。我隨他去弄。我的褲子脫下來了。我好像在遠處看著，心裡在想著別的事。我回想起那時候我的對象抬起屁股來幫我脫掉她的內褲，那是個順從和慾望的表示，我想到她這樣做的時候我有多愛這一點。現在那個護士小姐正把手伸到我身下，所以我把下身抬了起來。

他們拉著我的內褲，往下拉脫，鬆緊帶卡在我皮膚上，然後鬆脫開來。

醫生彎下身來湊近了一點，嘴裡自言自語。那個護士小姐很不專業地把一隻手舉到喉嚨口，然後假裝是在拉好她的領子。

契訶夫是對的。如果在牆上掛了支槍，那支槍就一定得射出。不過，在現實生活裡，你根本不知道那支槍掛在哪裡。我父親放在枕頭下的那支，一發也沒射過。我對象家壁爐上方所掛的那支長槍也從來沒用過。可是在急診室裡，情形卻完全不一樣。沒有硝煙，沒有火藥的味道，也沒有一點聲音。只有那位醫生和護士小姐的反應明白顯示出我的身體的確值得討論。

在我生命中的這一部分裡，只還有一場戲需要形容一下。時間是在一個禮拜以後，回到了中性大宅，裡面有我，一口皮箱和一棵樹。我在我的臥室裡，坐在窗台上。那時候將近中午，我穿著一套旅行裝，一套灰色的褲裝，加上一件白色罩衫。我把手伸出窗外，去採長在外面桑樹上的桑椹。在過去一個小時裡，我一直在吃著桑椹，好讓我自己不去聽那從我父母房間裡傳出來的聲音。

在上個禮拜裡，桑椹成熟了，大而多汁。桑椹染紅了我的雙手。外面的人行道上和草地上，還有花壇裡的石頭上，全是斑斑點點的紫紅色。不到一個鐘點，我父母和我就要動身了。我們要到紐約市去見一位名醫。我不知道我們要去多久，也不知道我有什麼毛病；我對所有細節不是太注意，我只知道我不再是一個像其他女孩子一樣的女孩了。

希臘正教的僧侶在六世紀時將蠶絲由中國偷帶出來。他們把蠶絲帶到小亞細亞，再從那裡傳到歐洲，最後再渡海來到北美。班哲明．富蘭克林在美國獨立之前，就在賓夕凡尼亞開設蠶絲工廠。不過，當我由臥室窗口採桑椹的時候，一點也不知道我們的桑樹和絲綢工業有什麼關係，也不知道我的祖母以前在土耳其她家後面就種得有和這棵一樣的樹。那棵矗立在中性大宅我臥室外的桑樹從來沒向我洩露過它的重要性。可是現在事情都不一樣了。現在只要我仔細觀察，我生命中所有默默無言的事物似乎都在敘述著我的故事，回溯到好久以前。所以我不可能在結束我這一部分生活時，不提下面的這件事實：

一般最常養的蠶，也就是Bombyx mori（蠶蛾）的幼蟲，已經完全不是原本自然的形態。正如我的百科全書上沉痛地說：「幼蟲的腿足都已退化，而成蟲都不會飛。」

註釋

1 正常嬰兒出生後幾個月內的受驚反射，包括四肢外展和伸展，以及四肢的屈曲和外展。

2 Edmund Keane，1789-1833，英國著名的悲劇演員。

3 Thomas Aquinas，1225?-1274，中世紀義大利神學家和經院哲學家，其哲學與神學稱爲托馬斯主義。

4 Wilhelm II，1859-1941，普魯士國王、德意志帝國皇帝，推行侵略政策，曾於一八九七年強占中國的膠州灣，一九〇〇年參加八國聯軍，一九一四年挑起第一次世界大戰。一九一八年被迫退位，逃亡荷蘭。

5 cordovan，西班牙科爾多瓦所產紋路細緻而有光澤的上等皮革。

6 Thermopylae，希臘東部一山口。

7 Monticello，湯馬斯・傑佛遜在維吉尼亞州沙洛斯維附近的住家，由他自己設計。

8 Mount Vernon，美國國父喬治・華盛頓的住家。

9 Watts，美國加州洛杉磯西南一區，原名泥鎮 Mud Town。一九六五年八月十一至十六日爆發種族暴亂。有卅四人死亡，千餘人受傷。

10 Newark，美國新澤西州東北部港市。

11 Great Society，美國第三十六任總統詹森於一九六四年提出的以社會福利爲主要內容的施政綱領。

12 Cyrus Vance，美國律師及政府官員，一九五七年開始從政，甘迺迪遇刺、詹森接任總統後，擔任國防部副部長之職，至一九六七年中以健康爲由請辭。

13 Amelia Earhart，1897-1937，美國女飛行員，是第一位單獨飛越大西洋的女性，其後在嘗試環球飛行途中在太平洋上神祕失蹤。

14 Molotov cocktail，用一瓶汽油和引燃布條製成的汽油彈。西班牙內戰時期國際縱隊多用此種攻擊用的燃燒彈，適逢莫洛托夫負責蘇聯外交事務而有此別名。

15 Stonehenge，英國南部索爾茲伯里附近的一處史前巨石建築遺址。

16 Boston Tea Party，波士頓居民爲反對英國壟斷茶葉貿易，於一七七三年十二月十六日集會抗議，並襲擊停泊港內的三艘英國船，將船上數百箱茶葉盡傾入海中。

17 The Flower Drum Song，百老匯著名詞曲搭檔羅傑與漢默斯坦合作的歌舞劇，以舊金山唐人街爲背景，曾改編搬上銀幕，由華裔影星關家倩主演。

18 St. Lawrence Seaway，一般指由美國和加拿大共同經營和改善的安大略湖與蒙特利爾間沿勞倫斯河通大西洋的深水航道；廣義指從大西洋經五大湖通至各內河的整個航道。

19 Never on Sunday，美國導演朱爾斯・達辛（Jules Dassin）在希臘拍攝的名作，由他本人任男主角，全片充滿詼諧喜趣，女主角瑪蓮娜・麥可莉演出精采。後來在眞實生活中與導演達辛成婚。

20 Coney Island，美國紐約市布魯克林區南部一處海濱遊憩區，原爲一小島。

21 Sammy Davis，美國黑人歌星。

22 Harry Reems，美國七〇年代以《深喉嚨》一片聲名大噪的春宮片演員。

23 Maurits Cornelius Escher，1898-1971，荷蘭平面設計藝術家，以使用寫實的精細事物造成特異視覺效果及概念性效果著稱。

24 mood ring，在情緒起伏引起體溫變化時會隨之變色的液晶石英戒指。

25 學校爲平衡黑白學童比例而用車接送外區兒童上學。

26 *Love Story*，艾瑞克・席格（Erich Segal）所著的暢銷小說，內容平淡而通俗，卻造成轟動。一九七〇年改編搬上銀幕，由雷恩・歐尼爾和愛莉・麥克勞主演，亞瑟・希爾執導，也成爲票房大捷的賣座電影。

27 Walter John de la Mare，1873-1958，英國詩人和小說家，主要作品有詩集《聆聽者》、小說《歸來》等。

28 eclampsia，妊娠後半期可能出現的症狀，包括血壓升高，水腫，蛋白尿，以及痙攣或昏迷。

29 John Philip Sousa，1854-1932，美國作曲家，曾任美國海軍軍樂隊指揮長達十二年之久，作有百餘首進行曲。

30 John Birch Society，美國極右組織，一九五八年十二月九日由已退休的波士頓糖果商羅勃・華契二世創立，主要目的在對抗共產主義和鼓吹極右思想。以約翰・伯奇爲名是紀念那位兼任美國情報官員的浸信會傳教士於一九四五年八月廿五日遭中共殺害。

31 Plymouth Rock，相傳爲首批英格蘭清教徒於一六二〇年乘「五月花號」到達北美的登陸處。在今麻薩諸塞州。

32 Boethius，480-524，古羅馬哲學家和政治家，曾以拉丁文譯註亞里士多德的著作，後以通敵罪遭處死，在獄中曾寫成以柏拉圖思想爲立論根據的名著《哲學的慰藉》。

33 Thucydides，西元前五世紀後半時人，最偉大的古希臘歷史學家，著有《伯羅奔尼撒戰史》，記述西元前五世紀雅典與斯巴達之間的戰事，是史上第一本分析一個國家作戰政策的書籍。

34 Ayn Rand，1905-1982，美國小說家，生於俄國聖彼德堡。小說以其商業價值著稱，卻表現了她客觀主義的哲學，認爲所有眞正的成就都是個人能力與努力的結果，自私是美德，利他主義是罪惡。這種反傳統的道德觀使她贏得很多信眾。

35 saluki，一種原產於中東，體細長而高大，皮毛光滑，類似靈猩的獵犬。

36 Dorothy Hamill，1956-，美國花式溜冰好手，曾獲得一九七六年冬季奧運女子花式溜冰金牌。八歲開始溜冰，十二歲就獲得第一次冠軍，十四歲輟學，專心致力於溜冰生涯，獲奧運金牌後，於一九七七年開始轉爲職業溜冰表演者。

37 Sun Belt，指美國南方西起加利福尼亞州，東至北卡羅來納州和南卡羅來納州一帶。

38 Bible Belt，美國南部基督教基要派流行地帶的別名，該派主張恪守《聖經》全部文句。

39 Achaea，古希臘一區，在伯羅奔尼撒半島北部。

40 Heinrich Schliemann，1822-1890，德國考古學家，曾在希臘和小亞細亞發現特洛伊遺址、「米尼亞斯寶藏」遺址及邁錫尼遺址。

41 Maria Callas，1923-1977，生於美國的希臘女高音歌唱家，演唱歌劇唱做俱佳，飾演角色範圍亦廣。

42 Funny Girl，原爲百老匯歌舞劇，一九六八年搬上銀幕，由威廉・惠勒導演，原舞台劇女主角芭芭拉・史翠珊主演，首次演出電影，就和主演《冬之獅》的老牌女星凱瑟琳・赫本同獲奧斯卡最佳女主角，創奧斯卡史上第一次有兩位影后的新紀錄。

43 Maharishi Mahesh Yogi，印度聖者，將超覺靜坐介紹到西方的印度教領袖。

44 *Daniel Deronda*，英國女作家喬治・艾略特重要作品之一，因書中對人物性格及心理的分析，有論著以爲她的巔峰之作。

45 Mani，伯羅奔尼撒南端由泰耶托斯山保護的突出地帶，乾燥而遺世獨立，是希臘最晚信奉基督教的地方。

46 *The Light in the Forest*，美國小說家Conrad Richter所著印地安人與白人關係的小說。

47 指尼克森。

48 即愛神維納斯。

49 Gerard Manley Hopkins，1844-1889，英國詩人，其作品融合纖細情感、知識力量與宗教感情於一體。首創接近日常語言的「跳韻」。

50 nictitating membrane，在很多動物眼睛內角或下眼瞼所長的一層薄膜，能伸開來將眼球完全包覆。

51 *That Obscure Object of Desire*，是布紐爾的最後一部作品，根據Pierre Louÿs曾多次搬上銀幕的小說改編而成。布紐爾運用他擅長的超現實主義手法，用兩位女演員飾演同一個女主角，再用另一位女演員爲她們配音。

52 "Flight of the Bamblebee"，俄國作曲家雷姆斯基可沙可夫的名作，以快板的旋律模仿大黃蜂振翅急飛的情景。

53 Eartha Kitt，1927-，美國女星，有黑人血統，幼年窮困，其後成爲歌舞巨星，享譽歐美各地舞台和電影電視。

54 所有和《安蒂岡妮》一劇相關的台詞及劇中人物姓名等，均徵得譯者及出版者同意引自書林出版有限公司印行，呂健忠先生翻譯之《安蒂岡妮》一書。

55 Lester Lanin，1907-2004，美國紐約最有名的樂團指揮：手下的樂團最多時同時有十多個，爲世界各國名流舞會演奏，灌錄舞曲唱片二十多張，前後享譽七十年，是樂壇傳奇人物。

56 William Pitt Fessenden，1806-1869，美國政治家，曾任眾議員和參議員，南北戰爭時任參院財政委員會主席，支持林肯政府，主張監督南部重建，是建立共和黨的重要人物。

57 Peter Carl Gustavovitch Fabergé，1846-1920，俄國金匠，珠寶首飾工藝設計家。其作坊精製的復活節蛋被俄國和其他各國寶寶視爲珍品。

58 evil eye，希臘人稱爲「那隻眼（to máti）」，是可使人倒楣或遭厄運的眼光，卻並非巫術，而是因嫉妒而產生的「意外」。

59 Teddy (Edward) Kennedy，1932-，美國總統甘迺迪的么弟，曾發生與女同車出遊墜河而女子溺斃的意外醜聞。

60 Archbishop Makários，時任塞浦路斯總統。

61 William Proxmire，1915-，美國威斯康辛州民主黨參議員，當時反尼克森。

62 Melina Mercouri，希臘女星，最著名的作品就是《痴漢豔娃》。

63 這句"Never on Sunday"正是希臘名片《痴漢豔娃》的原名，在片中從事賣春工作的女主角也標榜「禮拜天休息」。

64 soap box derby，一種原先的肥皂木箱製成兒童箱形玩具車滑行比賽。

65 Delphi，位於希臘中部，目前是希臘中部最佳觀光景點，除了有很多獨特古蹟外，還有天然美景。

66 Olga Korbut，1956-，俄國體操選手，在一九七二年慕尼黑奧運中，奪得三面金牌和一面銀牌。

第四卷

神諭之口

從我出生時它們沒被檢查出來，到我受洗時它們整了那個教士的冤枉，再到我煩惱不堪的青春期，它們起先沒什麼動靜，然後又一下子鬧出那麼多事來，我那不止一個的性器官一直是我所有過最重要的東西。有人繼承了房屋；也有人繼承名畫或保了很高險額的小提琴琴弓。還有些人得到一個日本的「簞笥」（五斗櫃）或是顯赫的姓氏。我得到的卻是在第五對染色體上的一個突變基因，這可是稀有的傳家之寶。

我父母起先拒絕相信急診室醫生有關我生理構造的瘋狂意見。那個診斷結果先由電話通知了完全大爲意外的密爾頓，然後由他大量刪節之後告知泰喜，變成了對我泌尿系統的構造和可能是內分泌失調等等的含糊問題。在佩托斯開的那位醫生沒有做染色體的檢查。他的工作只是處理我的腦震盪和碰撞傷，治療完畢之後，他就讓我走了。

我父母要聽聽其他醫生的意見。在密爾頓的堅持下，他們帶我最後一次去看費洛醫生。

一九七四年，倪山・費洛波西恩大夫已經八十八歲了。他仍然打著領結，但脖子細得讓領口都顯得鬆了，他整個人都像縮了水似的。然而，在他白袍的下襬底下露出綠色的高爾夫球褲，而沒有頭髮的禿頭上架著一副有顏色的、像飛行員戴的眼鏡。

「哈囉，卡莉，妳好嗎？」

「很好，費洛大夫。」

「又開學了？妳現在幾年級了？」

「今年升三年級，初中。」

「中學？就念中學了？我想必也老了。」

他那有禮貌的態度和以前一模一樣。仍然保留的外國口音，和由他牙齒看得出是舊世界來的，一切都讓我很自在。我從小到大都在模樣神氣的外國人呵護照料之下，最難抗拒地中海東部諸島和那一帶的人對我的好。我還是小女孩的時候，曾經坐在費洛波西恩大夫腿上，讓他的手指在我脊柱上移動，數我的脊椎骨。現在我個子比他高，瘦長，留著怪異的長髮，像個未發育的女孩子，穿著袍子、胸罩和內褲，坐在一張還附有硬橡膠踏腳的老式診療檯邊上。他聽了我的心臟和肺部，他的禿頭連在長頸子上低探下去，像一隻雷龍在嚐葉子。

「令尊大人好嗎？卡莉？」

「好。」

「熱狗生意怎麼樣？」

「很好。」

「妳爹有多少個賣熱狗的地方呀？」

「五十家左右吧。」

「離羅莎里護士和我冬天去避寒的朋柏諾灘不遠也有一家。」

他檢查了我的眼睛和耳朵，然後很有禮貌地請我站起來，拉下我的內褲。五十年前，費洛波西恩大夫執業時醫治過在斯麥納的土耳其富家小姐，禮節和規矩是他的老習慣了。

我的頭腦不像在佩托斯開時那麼混亂。我很清楚是怎麼回事，知道醫療檢查的重點在哪裡。在把內褲拉到膝蓋那邊之後，尷尬像一陣熱浪席捲過我的全身，我本能地伸手擋住那裡。費洛波西恩大夫不是那麼溫柔地把我的手挪開。動作帶著點老年人的不耐煩。一時之間，他似乎有點忘我，在他那副飛行員的眼鏡後面瞪著兩眼。但是，他仍然沒有低頭看我。他很有禮貌地望著遠處的一堵牆，用兩手來感覺。我們像在跳舞般地靠得很近。費洛大夫的呼吸很響；兩手顫抖。我只低頭看了我自己一次。我的尷尬讓我退縮。從我的角度來看，我又是個女孩子，白色的肚子，黑色的三角形毛髮，看來短了些的兩腿刮得很光滑。我的胸罩掛在我胸前。

一共只花了一分鐘，那個老亞美尼亞人彎著腰，弓著背，用他發黃的手指摸過我的身子。難怪費洛波西恩大夫從來沒注意到有什麼問題，就算現在，已經曉得有某些可能，他還是一副不想知道的樣子。

「妳可以把衣服穿上了。」他只說了這麼句話，就轉過身去，小心翼翼地走向洗手槽，打開水龍頭，把兩手伸進水流下。他的手似乎比以前抖得更厲害。他很隨意地擠了一大坨殺菌洗手乳，在我離開診療室之前，對我說：「向妳爹問個好。」

費洛大夫把我轉給亨利福特紀念醫院的一位內分泌科醫生，這位內分泌科醫生拍拍我手臂上的一條血管，把數量多得驚人的小玻璃瓶裡裝滿了我的血。他並沒有說爲什麼需要這麼多的血，而我嚇得不敢多問。不過，那天晚上，我把耳朵貼在我臥室的牆上，希望能弄清楚到底是怎麼回事。「那個醫生怎麼說呢？」密爾頓問道。「他說費洛大夫在卡莉出生的時候就應該注意到了。」泰喜回答說：「這個問題當初就可以解決的。」然後又是密爾頓的聲音：「我不相信他會沒看到這種情況。」（「什麼情況？」我默默地問牆壁，可是並沒得到解釋。）

三天之後，我們到了紐約。

密爾頓在東三十幾街一家叫「湖濱獵場」的旅館裡訂了房間。二十三年前他當海軍少尉時曾住過這個旅館。加上密爾頓外出時向來節儉，房價也成爲決定性的因素。我們不知道會在紐約停留多久，和密爾頓談過的那位醫生——那個專家——在有機會替我檢查之前拒絕討論細節問題。「妳們會喜歡那個旅館的，」密爾頓向我們保證說：「我記得那裡很華麗。」

其實不然。我們由機場坐計程車前來，發現「湖濱獵場」風光不再。櫃檯職員和會計都躲在防彈玻璃後面工作，維也納式的地毯因爲冷暖氣機的滴水而潮濕不堪，牆上的鏡子拆掉了，留下長方形鬼影似的灰泥和裝飾用的螺絲釘。電梯還是戰前的老古董，外面有弧形鍍金的鐵條，像個鳥籠。以前還有操作員；現在沒有了。我們把行李擠進那小小的空間，由我把門拉上。門一直滑開來，我拉了三回才通上電。最後這個奇怪的機械裝置開始上升，我們透過噴了漆的鐵條，看著一層層樓經過，每層樓都黑黑的，幾乎一模一樣，只差會有個穿制服的女傭，或是門口有待收的碗盤，或是一雙鞋子。不過，在那個舊電梯廂裡還是有一種抬升的感覺，像由深坑中起來，因此等我們到了八樓，發現和大廳一樣破爛時，眞令人喪氣。

我們的房間是從以前一間大套房隔出來的，所以牆的角度歪歪斜斜，就連個子那麼小的泰喜也覺得有壓迫感。不知爲什麼，浴室幾乎和臥室一樣大。馬桶像擱淺在鬆脫的瓷磚地上，一直不斷地漏水。浴缸排水口有一道刮痕。

房間裡有張給我父母睡的雙人床，角落裡給我放了張行軍床。我把我的箱子放在床上。我的箱子是我和泰喜之間爭吵的重點，那是她在我們準備去土耳其之前替我挑的，上面印著藍色和綠色的大花，讓我覺得不忍卒睹。自從上了私立學校——又和我的對象一起廝混——之後，我的口味改變了，我覺得變得更高雅了。可憐的泰喜再也不知道該買什麼給我，凡是她挑的東西，都會讓我報以恐怖的哀號。我基本上反對所有人造和合成的材質，或是看得到縫線的東西。我父母認爲我這種對純淨的追求很有意思，我父親常把我的襯衫夾在手指間摩擦著問道：「這是好料的嗎？」

買那個皮箱的時候，泰喜沒時間先問過我的意見，結果就買了這麼個東西，花色像塊餐具墊。我拉開拉鏈，把箱子蓋打開之後，才覺得好過些，箱子裡全是我自己挑選的衣服：有幾件水手領的原色毛衣，鱷魚牌襯衫，粗條燈芯絨的褲子。我的大衣是帕帕蓋洛[1]的暗黃綠色，還有用骨頭做成的號角形扣子。

「我們應該把行李打開，還是把所有的東西都留在箱子裡？」我問道。

「最好打開，箱子收進壁櫥裡，」密爾頓回答道：「讓房間裡多點空間。」

我把我的幾件毛衣整齊地放進梳妝台的抽屜裡，再放進我的襪子和內褲，把長褲掛起來，再把我的盥洗包拿進浴室，放在架子上。我還帶了護唇膏和香水，不知道那些有沒有過期。

我關上浴室門，上了鎖，然後湊在鏡子前面仔細看我的臉。在我人中附近有兩根黑毛，還很短，卻看得很清楚，我從包包裡取出鑷子把毛拔掉，痛得我流了眼淚。我的衣服很緊，毛衣的袖子太短了。我梳了下頭髮，很樂觀，也很絕望地對自己微笑。

我知道不管我的情況到底是什麼，總之問題很大，從我父母假裝開心的態度和匆忙由家裡出來就明白了。但是，還沒人跟我說過什麼。密爾頓和泰喜對我還像以前一樣——換言之，就是把我當他們的女兒。他們那樣子就好像我的問題和醫藥有關，所以是可以解決的。因此我也開始希望是如此。就像一個得了絕症的病人一樣，我急於忽視眼前的症狀，希望在最後一分鐘能夠治癒。我擺盪在希望與絕望之間，越來越確定我絕對是出了什麼可怕的問題。可是再沒有比照鏡子更讓我絕望的事了。

我打開門，回到房間裡，「我討厭這家旅館，」我說：「好噁心。」

「是不太好。」泰喜同意道。

「以前滿好的，」密爾頓說：「我不明白到底是怎麼了。」

「地毯很臭。」

「我們開扇窗吧。」

「也許我們不必在這裡待那麼久。」泰喜滿懷希望卻無力地說。

到了黃昏時分，我們冒險外出，找東西吃，然後回到房間去看電視。後來，等我們關了燈之後，我躺在床上問他們：「我們明天要做什麼？」

「早上我們得到醫生那裡去。」泰喜說。

「然後我們得看看買到百老匯的什麼票，」密爾頓說：「妳想看什麼？卡莉？」

「我無所謂。」我悶悶不樂地說。

「我想我們應該去看齣歌舞劇。」泰喜說。

「我看過伊漱．梅曼演的《我愛紅娘》，」密爾頓回憶道：「她從那道又大又長的樓梯上走下來，一面唱著歌。等她唱完，全場觀眾都爲之瘋狂，戲演不下去了。結果她又走上樓梯，把那首歌重唱了一遍。」

「妳想不想看齣歌舞劇？卡莉？」

「都可以。」

「那是我所看過最棒的戲，」密爾頓說：「那個伊漱．梅曼眞能演。」

然後再沒有人說什麼，我們在黑暗中躺在陌生的床上，一直到沉沉睡去。

第二天早上吃過早點之後，我們去見那位專家。在我們離開餐館的時候，我父母裝出一副興奮的樣子，在計程車裡指點著窗外的景象，密爾頓使出他在碰到麻煩事時特別熱鬧的那一招。「這地方眞棒，」他在我們開到紐約醫院時說：「還可以看到河呢！還是我自己住進來吧。」

我和所有的青少年一樣，完全不注意我的笨拙模樣。像鸛鳥似的動作，甩動的雙臂，長長的兩腿把穿著淡黃褐色布鞋的小腳往前踢出——像一些哐噹作響的機械連結在我像瞭望台似的腦袋下，我自己因爲近在眼前所以視而不見。我父母卻看得很清楚，看著我走過人行道，直往醫院入口走去，讓他們很心疼。看到自己的孩子被一些未知的力量攫住，是很讓人害怕的事。在過去一年裡，他們始終不肯承認我在改變，認爲這只是因爲我在尷尬年齡的緣故。「她會擺脫這些的。」密爾頓一直這樣告訴我母親。可是現在他們卻害怕我已經失控了。

我們找到了電梯，坐到四樓，然後跟著箭頭指示到了所謂的「心理內分泌科」。密爾頓在一張卡片上寫下了診室的號碼。最後我們找到了那個房間。灰色的門上沒有什麼記號，只在中間下方有一塊很小而不起眼的牌子寫著：

性別錯亂與認同診所

我父母就算看到了那塊牌子，也假裝沒見到。密爾頓像頭公牛似地把頭低下來，推開了門。

負責接待的向我們表示歡迎之意，請我們先坐一下。候診室沒什麼特別的地方，椅子沿牆擺放，很平均地以放雜誌的小桌子隔開來。角落擺著通常可見的人造樹盆景，很制式化的地毯，花得讓人看不出上面的污漬。空氣中甚至還瀰漫著讓人確定是在醫院裡的藥水味。在我母親塡好了資料表格之後，我們走進了醫生的辦公室，這裡也很讓人產生信心。一張埃姆斯椅[2]放在辦公桌後面，窗子前面是一張柯比意[3]式的長躺椅，用鉻鋼和牛皮製成。書架上放滿了醫藥書籍和刊物，牆上很有品味地掛著畫。大城市的理性和歐洲的感性交融。這是一個在心理分析上有世界觀的環境，更不必提起從窗口還可以看見東河的景色。這裡和費洛大夫那掛著業餘畫家的油畫作品和放著藥櫃的診療室相差何止十萬八千里。

兩三分鐘之後，我們才注意到有什麼不尋常的地方。起先那些小擺設和圖畫都和整個辦公室裡的學者氣氛融爲一體。可是當我們坐下來等那位醫生的時候，卻感受到四周圍有默默的騷動。就好像瞪著地上，突然間注意到滿地爬滿了螞蟻。這位醫生很安靜的辦公室裡充滿了活動。比方說，他辦公桌上的紙鎮，不是簡簡單單一塊毫無生氣的石頭，而是用石頭雕刻的一根陰莖。仔細觀察之下，才看出牆上掛的小畫中的題材。在黃色緞子的帳篷下，印度的王子以特技似的方式與好多個女子交合，頭上戴的頭巾還一絲不亂。泰喜看著，滿臉羞紅；而密爾頓卻瞇起了兩眼；我則像平常一樣藏在我的長髮裡。我們試著看別的地方，就望向書架。可是這裡也不安全。在一大堆枯燥無聊的《美國醫師學會月報》和《新英格蘭醫藥月刊》之間，有不少讓人瞠目的書名。其中之一，在書脊上有兩條交纏在一起的蛇，書名是《情慾關係》。有一本紫色的小冊子，題爲《儀式化的同性戀行爲：三項田野調查》。在辦公桌上，有一本夾著書籤的手冊，標題是《人造陰莖：女變男變性手術技巧》。如果說門上的牌子還沒說清楚的話，路思的辦公室可表示得明明白白，我父母親帶我來看的（更糟糕的是來看我的）是位什麼樣的專家。房間裡還有雕像，由供歡喜佛的庫加拉峨神廟裡複製出來的雕像和巨大的綠色植物一起放在角落裡，襯在油亮的綠色枝葉前，乳房像大西瓜的印度女人整個人彎著，像祈禱的人似地把身上的洞孔獻給身懷巨物的男子。像一個超載的配電盤，隨你轉到哪裡都是一場淫猥的遊戲。

「你看看這個地方。」泰喜低聲地說。

「裝飾很不尋常。」密爾頓說。

而我說：「我們到這裡來做什麼？」

就在這時候，門開了，路思醫生走了進來。

當時，我還不知道他在這一行的聲望和地位。我完全不曉得路思的名字有多常出現在各種刊物和論文上。可是我馬上就看得出路思不是一般的醫生。他沒有穿白袍，而是穿一件有縫子的皮背心，銀白的頭髮留長到他灰色高領毛衣的領口。下身穿的是一條喇叭褲，腳上是一雙旁邊開拉鍊，長到膝蓋的靴子。他也戴著眼鏡，是細銀框的，另外還留著灰色的鬍子。

「歡迎光臨紐約，」他說：「我是路思博士。」他和我父親握了下手，再和我母親握了手，最後到了我面前，「妳想必就是卡莉歐琵了。」他面帶微笑，神情輕鬆。「我看看我是不是還記得神話學裡的東西，卡莉歐琵是九位繆思女神之一，對吧？」

「對。」

「司掌什麼呢？」

「史詩。」

「眞了不起。」路思說。他盡量一副不在乎的樣子。可是我看得出他很興奮。畢竟我是個很特別的案例。他不慌不忙地打量著我。對像路思這樣的一個科學家來說，我不過就是一個在性別或基因方面的卡斯柏．豪瑟[4]。他是個有名的性學專家、電視訪談節目的特別來賓，《花花公子》雜誌上經常有他的文章，而我，卡莉歐琵．史蒂芬尼德，現年十四歲，就像是阿維農的野孩子[5]，由底特律的森林裡到了他的門口。我是一個活生生的實驗品，穿著一條白色燈芯絨長褲和一件費爾島牌的毛衣。這件毛衣是淺黃色的，領口有一圈花邊，讓路思知道我正如同他理論所預測的那樣否定我的本性。見到我時，他想必很難控制自己。他是個聰明、迷人的工作狂，坐在辦公桌後面，用熱切的眼光看著我。他一面聊著天，大部分是對我父母親說話，贏取他們的信任；實際上卻是在心裡記下很多事情。他注意到我男高音似的聲音，注意到我坐著的時候一隻腳壓在身下。他注意看我在檢查指甲時把手指蜷向掌心。他也注意我咳嗽、發笑、抓頭和說話的樣子；總而言之，所有他稱之爲性別認同的外在行爲。

他始終維持著平靜的態度，就好像我不過就是扭傷了腳才到醫院來似的。「我要做的第一件事就是給卡莉歐琵一個小小的檢查。史蒂芬尼德先生和太太，你們可以在我辦公室裡等一下吧？」他站了起來。「卡莉歐琵，請妳跟我來好嗎？」

我從椅子上站起身來。路思看著我身體的各部分像一把折疊尺似地打了開來，最後展現了我的身高，比他本人還高一吋。

「寶貝，我們就在這裡等妳。」泰喜說。

「我們哪裡也不去。」密爾頓說。

彼德．路思可說是研究雌雄同體人類的世界頂尖權威。他在一九六八年創立的這間「性別錯亂與認同診所」，已經成爲全世界對性別曖昧不明狀況的研究與治療方面最好的地方。他寫過一本性學方面的重要作品《神諭之口》，已經成爲從基因學和小兒科到心理學等各種學科的標準，他在《花花公子》雜誌上所開的同名專欄，從一九七二年八月一直寫到一九七三年十二月，用異想天開的表現方式，以一具擬人化而無所不知的女陰來回答男性讀者的問題，回答都充滿機鋒，有時還帶著點神祕性。修．海夫納當初是在一份和性解放運動有關的論文裡看到了彼德．路思的名字。六名哥倫比亞大學的學生在校園草地上一頂帳篷裡開無遮大會，遭到警方逮捕。在問到他對這類在校園裡的活動有什麼看法時，四十六歲的彼德．路思教授表示：「不論在哪裡，我都贊成雜交派對。」這話引起了海夫納的注意，爲了避免有模仿《閣樓》雜誌裡由莎薇娜．何蘭黛[6]主持的專欄「鴇母信箱」之嫌，海夫納要路思的稿子專注於性的科學與歷史面，因此，在前三期裡，「神諭之口」發表了對日本畫家山本宏的春宮畫、梅毒的傳染病學、還有聖奧古斯丁的性生活所做的研究。這個專欄頗受歡迎，儘管很難得碰上讀者有學術上的問題，而大部分讀者更感興趣的是「花花公子顧問」對與女性口交的祕訣提示或如何防止早洩。最後，海夫納要路思自問自答，他當然樂於從命。

彼德・路思曾經和兩個陰陽人與一個變性人一起上由菲爾・唐納修主持的訪談節目，討論這些情況下醫藥和心理等各層面的問題。在節目裡，菲爾・唐納修說：「林恩・哈里斯生下來是個女孩，家裡也把他當女孩養大。你在一九六四年還當選過加州桔郡新港海灘小姐？哎喲，且等他們聽到這一段，你一直以女性的身分生活到廿九歲，然後你變成了一個男人。他在生理構造上同時具有男性和女性的特徵。我騙你，我會死。」

他也說過：「這可不是什麼好笑的事。這些活著的，獨一無二的神的兒女，全都是人。最希望讓你們知道的正是：他們全都是人。」

因爲某些基因和內分泌激素的影響，有時候很難決定新生嬰兒的性別。碰到這種情況，斯巴達人會把嬰兒丟在荒山上自生自滅。路思的祖先，英國人，甚至不喜歡提起這個話題，要不是因爲那弄不明白生殖器官的討厭事情搞得原本運作平順的遺傳法出了問題的話，恐怕根本就不會談這件事。那位十七世紀著名的英國法學家柯克爵士[7]曾經想說清楚由誰來繼承家產的問題，認爲一個人應該「是男性或女性，以其明顯的性別爲準。」當然，他並沒有說清楚究竟用什麼方法來決定哪種性別確實明顯。到了二十世紀，絕大部分都還使用早在一八七六年由克萊布斯[8]定出的原始性別判定法。克萊布斯始終主張一個人的生殖腺決定性別。在性別模糊的情況下，就要用顯微鏡來看生殖腺的組織。如果是睪丸的，那個人就是男性，如果是卵巢的，就是女性。這種論調的重點在於一個人的生殖腺會引致性的發育，尤其是在青春期。可是事實上問題要比這個複雜得多。克萊布斯開始了這方面的工作，但這個世界卻要再等一百年，才有彼德・路思來加以完成。

一九五五年，路思發表了一篇文章，題名〈條條大路通羅馬：陰陽人的性別概念〉。路思在那篇長達二十五頁，語意直接而水準甚高的文章裡，認爲性別之決定受到各種不同的影響：染色體的性別；生殖腺的性別；內分泌激素；內部生殖器官的結構；外部的生殖器；還有，最重要的是：後天的養成性別。路思利用他設在紐約醫院裡的小兒內分泌科診所病患資料，做成圖表說明這些不同的因素如何產生影響，也顯示出一個患者的生殖腺通常並不能決定他或她的確切性別。這篇文章引起轟動。不到幾個月，幾乎所有的人都拋開了克萊布斯的單一標準而採用了路思的多項準則。

因爲這次的成功，路思得到機會在紐約醫院開了「心理內分泌科」。那段時間裡，他看的孩子大部分是腎上腺性生殖器症候群，也就是女性陰陽人最常見的形式。最近在實驗室裡可以人工合成的氫基可體松經發現能抑制那些女孩子通常會有的男性化現象，使她們能發育成正常的女性。內分泌科醫生控制氫基可體松，而路思負責那些女孩子在性心理方面的發現。他學到了很多。在十年扎實的第一手研究中，路思有了他第二個偉大的發現：一個人的性別認同很早就已經決定，大約在兩歲左右。性別就像母語，在出生前並不存在，而是在孩提時牢記在腦子裡，永遠不會消失，孩子們學會說話像男性或女性，就像學英語或法語一樣。

他在一九六七年發表了這個理論，是《新英格蘭醫藥月刊》裡刊出的一篇文章，題目叫〈兩歲定終生：早期確定的性別認同〉。在那之後，他的名聲到達巔峰，研究經費大量湧進，出錢的有洛克斐勒基金會、福特基金會、還有N.I.S.。那眞是當個性學家的黃金年代。性革命讓那些企業化的性學研究者有很多新的機會。有好幾年的時間裡，全國人民興趣所在就是研究女性性高潮的形成，或是某些男性爲什麼會在大街上暴露自己的心理原因。在一九六八年，路思博士開了「性別錯亂與認同診所」。路思對病人來者不拒：那個屬於特納氏症候群的十幾歲少女，只有一個性染色體，單單一個X；雄激素無感症的長腿美女；或是有XY染色體、會作白日夢或極其孤獨的男孩子。醫院裡有性別不明的嬰兒誕生時，就會打電話找路思醫生來和不知所措的父母討論這件事。路思也有變性的患者。每個人都到這間診所來，其結果是讓路思手裡有了大批的研究資料——全是活生生的樣本——是以前的科學家從來沒有過的。

現在路思有了我。在檢查室裡，他要我脫光衣服，穿上一件紙做的袍子，在抽過血（謝天謝地，只有一小瓶）之後，他讓我躺在一張檯子上，兩腿抬到腳蹬上。檯子邊有一道和我袍子顏色相同的淺綠色隔簾，可以橫拉過來，隔開我的上半身和下半身。第一天路思並沒有把隔簾拉上。只有後來碰到有觀眾在場的時候才會拉起隔簾。

「這不會痛，不過可能會感覺怪怪的。」

我瞪著天花板上那環形的燈。路思有另外一盞立燈，他把角度調好，在他往我身上又壓又戳的時候，我能感覺到燈照得我兩腿之間熱熱的。

前面幾分鐘裡，我只盯著那盞環形的燈，但最後，我收緊下巴，往下看到路思把我那朵番紅花用拇指和食指捏著。他用一隻手把那裡拉出來，用另一隻手加以度量。然後他把尺放下，記著筆記。他看起來絲毫沒有震驚或驚嚇的感覺。事實上，他檢查我的時候非常好奇，幾乎像在鑑賞一樣。在他臉上帶著些讚嘆或欣賞的表情。他一面檢查，一面記錄，卻沒有和我說話。他非常之專注。

過了一下之後，仍然彎腰在我兩腿之間的路思轉過頭去找另外一件工具。在我豎起的兩腿之間，出現了他的耳朵，眞是一個很令人驚異的器官，有渦旋和凸緣，在明亮的燈光下幾近透明。他的耳朵離我很近，一時之間，好像路思在傾聽我的根源，好像從我兩腿之間傳送給他一個謎語。可是緊接著他找到了他要找的東西，頭又轉了回來。

他開始探入我的體內。

「放鬆。」他說。

他抹上一種潤滑劑，身子俯得更近。

「放鬆。」

他的聲音裡有一絲不悅和命令的意味。我深吸一口氣，盡我可能地讓自己放鬆。路思探了進去，起先只像他說的有點怪怪的，但接著一陣劇痛傳遍了我全身。我身子往後一縮，叫出聲來。

「抱歉。」

然而，他還是繼續下去。他把一手放在我胯骨上將我穩住，更朝裡深探，不過避開了會疼痛的地方。我兩眼湧出了淚來。

「差不多快好了。」他說。

可是他才剛開始。

處理像我這樣的個案時，最重要的就是不要對患者的性別表示懷疑。你不會跟新生嬰兒的父母說：「你們的小孩是個陰陽人。」而是說：「你們的女兒生下來就有個比一般女孩子要大點的陰蒂，我們需要動手術讓那裡有正常大小。」路思覺得所有做父母的都無法接受子女性別不明的事實。你必須告訴他們說他們生的是兒子還是女兒。也就是說，在要說什麼之前，一定得確定比較明顯的性別是哪一種。

路思對我還不能下定論。他收到了亨利福特紀念醫院給我做的內分泌檢查報告，所以知道我XY染色體組型，我的高血漿睪酮含量，以及我血液中缺少二羥睪酮。換言之，即使在見到我之前，路思也就能很有根據地猜測我是個男的假性陰陽人——在基因上說來是個男性，但外表不是，還有5—α—還原酶不足症候群。可是按照路思的想法，這還並不表示我確定能有男性的性別認同。

我那十來歲的年齡也讓事情變得很複雜。除了染色體和內分泌激素的影響之外，路思還得考慮我後天的養育，一直把我當女性。他懷疑在我體內觸診到的那堆組織是睪丸，但是他還是要等到用顯微鏡看過取樣之後才能確定。

所有這些事情，想必在路思把我帶回候診室的路上都想過了。他告訴我說他想和我父母談談，等談完之後就會讓他們出來。他不像先前那麼緊張，變得又很友善，面帶微笑，拍著我的背。

到了辦公室裡，路思在他那把埃姆斯椅上坐了下來，抬頭看著密爾頓和泰喜，扶了下他的眼鏡。「史蒂芬尼德先生、史蒂芬尼德太太，我很坦白地說，這是個很複雜的案例，我所謂的複雜並不是說不能治療，我們對這類的情況有很多有效的治療方法。可是在我動手治療之前，有幾個問題必須先解決。」

我的母親和父親在聽這番話時兩人的座位相隔只有一呎，可是各人聽到的卻大不相同。密爾頓聽到他說的那些字眼，聽到「治療」和「有效的」，而泰喜卻聽到了一些他沒說的字眼。比方說，那個醫生沒說我的名字，他沒說「卡莉歐琵」或「卡莉」，他也沒說「女兒」，他完全沒有用任何代名詞。

「我需要再多做些測驗。」路思繼續說道：「我需要做完整的心理評估。一旦有了必要的資料之後，我們就可以討論適當治療的細節了。」

密爾頓已經在點頭，「我們的時間表大概是怎麼樣呢？醫生。」

路思沉吟地把下嘴唇伸了出來。「我要重新做生化檢查，只是要確定結果。那些結果明天會出來。心理評估會多花點時間，我需要每天和你們的孩子見面，為期一週，也許兩週。還有，要是你們能給我一些孩童時期的照片或是可能有的家庭電影什麼的，會很有幫助。」

密爾頓轉頭問泰喜：「卡莉什麼時候開學？」

泰喜沒有聽到他的話，她只注意到路思的用語：「你們的孩子」。

「你想要什麼樣的資料？醫生？」泰喜問道

「驗血能告訴我們荷爾蒙的量，心理評估則是這類案例的例行公事。」

「你認爲這跟荷爾蒙的分泌有關？」密爾頓問道：「荷爾蒙不平衡？」

「等我有時間把我要做的做完之後，我們就會知道了。」路思說。

密爾頓站起來，和那位醫生握了握手，會談到此結束。

要記住：密爾頓或是泰喜都已經有多年沒有看過我脫掉衣服了。他們怎麼會知道？既然不知道，他們又怎麼想得到？他們能得到的資訊全是二手貨——我沙啞的聲音，我平坦的胸部——可是這些事情毫無說服力。內分泌的問題。也不過就這麼回事吧。所以我父親就相信了，或者是他想要相信，所以他想說服泰喜。我有我的反抗理由。「他爲什麼要做什麼心理評估？」我問道：「我又沒發瘋。」

「醫生說是例行公事。」

「可是爲什麼呢？」

我這個問題可是擊中要害了。我母親後來告訴我說她直覺地想到做心理評估的眞正原因，可是決定不去追究，或者不如說是她沒有決定。讓密爾頓去替她決定。密爾頓寧願獨斷獨行地來處理這個問題，根本不必擔心什麼心理評估的事，因爲那只會證實顯而易見的事實：就是我是一個很正常、調適得很好的女孩子。「他大概是要用心理評估之類的去多領健保費吧，」密爾頓說：「抱歉，卡莉，可是妳得忍受一下，也許他可以治好妳的神經質。妳有沒有點神經質？這正是丟開的好時機。」他伸手摟著我，用力地擠了擠，很粗魯地在我頭上親上一下。

密爾頓深信一切都沒問題，所以禮拜二一大早就飛到佛羅里達州去出差。「我守在旅館裡沒什麼道理。」他對我們說。

「你只是不想待在這個爛地方。」我說。

「我會補償妳們的。今晚妳何不跟妳媽一起出去吃頓大餐。隨妳想去哪裡都行。我們住這個房間省了幾文，所以妳們可以去闊氣一下。泰喜，妳何不帶卡莉去德莫尼可？」

「德莫尼可是什麼？」我問道。

「一家牛排館。」

「我想吃龍蝦，還有烤的阿拉斯加帝王蟹。」我說。

「烤的帝王蟹！說不定他們也有呢。」

密爾頓走了，而我母親和我準備花他的錢。我們到布隆明達百貨公司去買東西，到廣場大飯店去吃晚茶。結果我們並沒有去德莫尼可牛排館，選了在洛奇穆爾大廈附近一家價錢公道的義大利餐館，在那裡覺得自在得多。我們每晚都去那裡吃飯，盡可能假裝我們是在旅行，在度假。泰喜的酒喝得比平常要多，有點醺醺然，等她去化妝室的時候，我就把她的酒喝掉了。

平常我母親臉上最有表情的部分是她門牙中間的寬縫。泰喜在聽我說話的時候，她的舌頭通常會抵著那塊光禿的地方，那扇門。這代表了她很注意。我母親對我所說的話一向都很注意的。要是我告訴她什麼好笑的事，那她的舌頭就會縮回去，頭往後仰，嘴巴大張著，露出她的門牙，中間劈開，高高抬著。

每天晚上在那個義大利餐館裡，我都盡量造成這種狀況。

到了早上，泰喜就帶我到診所去看診。

「卡莉，妳的嗜好是什麼？」

「嗜好？」

「有什麼妳特別想做的事嗎？」

「我不是那種有什麼嗜好的人。」

「運動呢？妳喜歡哪種運動嗎？」

「乒乓球算不算？」

「我會記下來。」路思在他辦公桌後面微笑道，我在房間另一邊的那張柯比意式的長躺椅上，懶洋洋地躺在牛皮上。

「男孩子呢？」

「男孩子怎麼樣？」

「在學校裡有妳喜歡的男孩子嗎？」

「我想你從來沒到過我的學校，醫生。」

他看了下檔案，「哦，那是個女校，是吧？」

「對。」

「妳在性方面會受女孩子吸引嗎？」路思的這句話說得很快。就像是用小橡皮槌子敲了一下。可是我壓制我的反應。

他把筆放下，兩手的手指交叉在一起，身子向前俯過來，柔聲地說：「我要妳曉得這事只有妳我知道。卡莉。妳在這裡告訴我的任何事，我都不會告訴妳的父母。」

我有點左右爲難。坐在他的皮椅上，留著長髮，穿著靴子的路思，正是那種孩子會對他說出心裡祕密的大人。他年歲跟我父親一般大，可是卻是和年輕一代一國的。我很想把朦朧對象的事告訴他。我很想告訴什麼人，任何人都可以。我對她的感情仍然強烈到衝上了我的喉嚨。可是我機警地吞了回去。我不相信這裡談的會眞的那麼隱祕。

「妳母親說妳和一個朋友有很親密的關係，」路思又開口說道，他說了我對象的名字，「妳覺得她對妳有性的吸引力嗎？還是說妳和她之間有過性關係？」

「我們只是朋友。」我堅持道，話說得有點太大聲。我試著用比較平靜的聲音再說了一次：「她是我最好的朋友。」路思的反應是挑起了在他眼鏡後面的右邊眉毛。那道眉毛從藏身的地方出來，好像它也想好好地看著我。然後我找到了脫身的方法。

「我和她哥哥有過性關係，」我承認道：「他是高二的學生。」

路思還是既沒表示驚訝和不贊成，也沒表示有興趣。他在本上子記了點東西，點了下頭。「妳還喜歡嗎？」

這回我可以說實話。「很痛，」我說：「而且我還怕懷孕。」

路思自顧自地笑了笑，在他的本子上寫著。「不用擔心。」他說。

事情就是這樣進行。我每天到路思的辦公室裡坐一個小時，談我的生活，我的感情，我喜歡和不喜歡的東西。路思問我各式各樣的問題。我的答案有時並不像我怎麼回答那麼重要。他注意看我面部的表情；他記錄我辯論的方式。女性比男性會向對談的人微笑。女性會停下來，等對方表示同意之後再繼續。男性只望著兩個人中間的地方，一路說下去。女人好講軼事奇聞，男人喜歡推論。做路思這一行的大概不可能不靠這種模式，他知道這些有其限制，可是卻很有用。

不問我有關生活和感覺的問題時，就讓我自己來寫這些事。大部分時間裡，我都坐在那裡用打字機寫下路思所謂我的「心理陳述」。那份早期的自傳開頭不是「我出生過兩次」。花稍而修飾過的開頭要等後來才懂得竅門。那篇開始得很簡單，在「我的名字叫卡莉歐琵．史蒂芬尼德，今年十四歲，快滿十五歲了，」這些字句之後，我開始記下一些事實，也盡可能地記錄事實。

高唱吧，繆思，唱出狡猾的卡莉歐琵怎麼用那架破舊的皇冠牌打字機寫東西！唱出那打字機爲她坦露內心而哼唱顫抖！爲那兩條色帶高唱，一條是打字用的，一條是修改用的，那樣動人地代表了她的困境，懸盪在列印出來的基因和用於矯正的手術之間。唱出那打字機散發的怪異味道，像防銹油和義大利臘腸，還有上一個用過的人在上面用螢光筆畫的花，以及破損而常卡住的「F」字鍵。在那架最新流行但很快就會廢棄掉的機器上，我寫來與其說是像一個中西部來的小孩，倒不如說是像由英國士洛普夏來的一個牧師之女。我現在還留了一份我的心理陳述。路思把這篇自傳發表在他的作品集裡，略去了我的名字。「我想談談我的生活，」其中一段寫著：「以及在這個我們稱之爲地球的星球上給我帶來無數歡樂和悲傷的經歷。」形容我母親時，我說：「她的美是那種看來似乎因哀痛而寬心。」有幾頁上面有小標題：「卡莉刻薄而狡詐的中傷」。有一半我寫來像拙劣的喬治．艾略特，另外一半則像拙劣的沙林傑。「如果眞有什麼是我討厭的問題，那就是電視。」不對；我很愛電視！可是在那架皇冠牌打字機上，我很快就發現說實話完全比不上編故事那麼好玩。我也知道我這是寫給一個人——路思博士——看的，如果我看來夠正常的話，他很可能就會讓我回家去了。這就說明了我爲什麼會寫那幾段談到我愛貓（「貓樣的熱情」），做各種派的食譜，還有我對大自然的熱愛。

路思照單全收。不錯，是誰的功勞就該歸功於誰。路思是第一個鼓勵我寫作的人。他每天晚上看我在白天用打字機寫出來的東西。他當然不知道我所寫的大部分全是杜撰的，假裝我是那個我父母心目中想要的標準美國女孩。我編造出早期的「性遊戲」和後來對一些男孩子的迷戀；我把我對朦朧對象的感情轉到傑若米身上，眞想不到那麼有效：小小的一點眞相就使人對漫天大謊也深信不疑。

當然，路思感興趣的是我所寫的東西裡洩露出來和性別有關的事情，他用我的行文來推斷我的jouissance（樂趣）。他挑出我維多利亞風的花稍，很老式的用語，和我女子學校的規矩。這些在他最後的評估報告裡都會占有很重要的分量。

他也用色情的東西來做分析用的工具。有天下午我到路思那裡的時候，看到他辦公室裡有一架電影放映機。書架前面張起一方銀幕，窗簾都拉了起來。在昏黃的燈光下，路思正把膠片穿進帶動的齒輪。

「你又要把我爹拍的電影放給我看嗎？我小時候的事？」

「今天我有點不一樣的東西。」路思說。

我坐在長沙發的老位置上，兩臂背在身後的牛皮上。路思關掉了電燈，電影開始放映。

主角是個送披薩的女孩子，事實上，電影的片名就叫《安妮送上門》。第一場，安妮穿著熱褲和一件露出腰肢的短罩衫，在一間海邊洋房前，從她的車子裡下來。她按了門鈴。沒人在家。因爲不想浪費那個披薩，她就坐在游泳池邊開始吃了起來。

影片的製作水準很低。清游泳池的男孩出場的時候，光打得很差。也聽不清楚他在說些什麼。不過他一下子就什麼也不說了。安妮開始脫衣服。她跪在地上。清游泳池的男孩子也光著身子，然後他們在台階上，在游泳池裡，在跳板上，衝刺、扭動。我閉上了眼睛。我不喜歡影片上赤裸肉體的顏色，一點也不像路思辦公室那些小畫那樣美。

路思在黑暗中以很直接的口氣問道：「那一個讓妳興奮？」

「你說什麼？」

「哪一個讓妳興奮？那個女的還是男的？」

眞實的答案是兩個都不讓我興奮，可是說實話是不行的。

我堅守我編造的故事立場，讓自己很平靜地說：「那個男的。」

「清游泳池的男孩子？很好，我自己是喜歡那送披薩的女孩子。她身材很棒。」小時待過收容所，出身於保守長老教會家庭的路思，現在解放了，擺脫了反對性行爲主義的箝制。「她那對奶子眞惹火，」他說：「妳喜歡她的奶子嗎？會不會讓妳興奮？」

「不會。」

「那個男人的老二讓妳興奮嗎？」

我微微地點了下頭，只希望趕快放映完。可是那還要再演一陣子，安妮還有好多披薩要送，而路思每一段都要看。

他有時會找別的醫生來看我。很典型的做法如下。把我從診所後面我的寫作工作室裡叫出來。兩個穿著西裝的男人等在路思的辦公室裡。我進門的時候，他們站了起來。路思介紹道：「卡莉，我要妳見見柯理格醫生和溫特爾醫生。」

兩位醫生和我握握手。這就是他們所得到的第一件資料：我握手的方式。柯理格醫生握得很用力，溫特爾不那麼用力。他們都很小心不要顯得太過熱心。像見到一個服裝模特兒的男士們一樣，他們把眼光由我的身體上移開，假裝只是對我這個人有興趣。路思說：「卡莉到診所來大概有一個禮拜左右了。」

「妳還喜歡紐約嗎？」柯理格醫生問道。

「我還沒看到多少。」

兩位醫生給了我一些觀光的建議。氣氛很輕鬆，很友善。路思的手托在我腰眼上。男人做這種事很讓人討厭。他們按著你的背，好像那裡有個把手，可以讓你去他們要你去的地方。或是他們會像個做父親的那樣把手放在你頭頂上。男人跟他們的手。你眞得隨時注意。路思的手現在像是在宣布：這就是她，我的明星人物。可怕的是我的反應；我喜歡路思的手按在我背上的感覺，我喜歡受到注意。有這麼多人都想見我。

路思的手很快地就引導著我從走廊走進了檢查室，我知道要做些什麼。幾個醫生等著，我到簾幕後面去更衣，那件綠色的紙袍子已經摺好放在椅子上。

「那一家是哪裡人？彼德？」

「最初是由土耳其來的。」

「我只看過在巴布亞新幾內亞做的研究。」柯理格說。

「是山比亞族吧，對不對？」溫特爾問道。

「對，正是。」路思回答道：「在那裡發生突變的機率也很高。從性學觀點來看，山比亞族也很有意思。他們從事儀式化的同性戀行爲，山比亞的男人認爲和女性接觸污染性很高。所以他們的社會結構盡可能減少接觸。男人和男孩子睡在村子的一邊，女人和女孩子在另一邊。有男人到女人住的長屋裡，只是爲生孩子，進去辦完事就出來。事實上，『陰戶』在山比亞土話裡的稱呼，直接翻譯過來就是『眞不好的東西』。」

由簾幕那邊傳來輕笑聲。

我走了出來，感覺很尷尬。我比房間裡其他人都高，雖然體重要輕得多。赤腳踩在地板上覺得很冷，我走到檢查檯前面，跳了上去。

我仰臥著，不用他們多說，把腿抬起來，兩隻腳踩上婦科用的腳蹬上。整個房間一點聲音也沒有。三位醫生走上前來，瞪大了眼睛往下看，他們的頭在我上方湊成三位一體。路思把隔簾拉了起來。

他們彎下身來，仔細看我的私處，由路思來擔任導遊。大部分的詞句我都不知道是什麼意思，不過在三四次之後，我都背得出來了：「男性體質……沒有女性型乳房……尿道下裂……泌尿生殖竇道……陰部凹袋末端不通……」這些都是我有名的地方，但我並不覺得自己有名。事實上，在那道隔簾後面，我都不覺得自己在那個房間裡。

「她多大了？」溫特爾醫生問道。

「十四歲。」路思回答道：「到正月就滿十五了。」

「所以你的立場是認爲染色體的狀態完全被後天的養育給蓋過去了？」

「我想這是很清楚的。」

我躺在那裡，讓戴了橡皮手套的路思做他該做的事時，對事情有了些了解。路思要讓那些人覺得他的工作極其重要。他需要財源來維持他診所的運作。在籌款方面，他做變性手術的事不是賣點。要讓人家感興趣，你得撥動心弦，得裝出一副受苦的模樣。路思就想拿我來幹這件事。我眞再完美不過了。那樣有禮貌，那樣中西部老實相，沒什麼不當的地方，也沒有去過變裝酒吧，或上過什麼色情雜誌封底的廣告。

柯理格醫生覺得還有問題，「很有意思的案例，彼德。毫無問題。可是我那邊的人希望知道實際的結論。」

「這是個很少見的情況，」路思承認道：「非常少見。可是就研究本身來說，其重要性是不用說了。相關的原因，我在辦公室已經大致說明了。」路思因爲我的關係，始終說得很含糊，但對他們來說，已經夠有說服力。他之所以能有今天，有一部分就靠他遊說得來。同時我身在那裡，也不在那裡，在路思的觸摸下畏縮著，起了雞皮疙瘩，一面擔心自己沒洗乾淨。

我也記得另外一回。在醫院別層樓的一個狹長房間裡，房間一頭搭了個小台子，後面放了螽蝶形燈。攝影師正把底片裝進照相機裡。

「好了，我準備好了。」他說。

我脫下了袍子。我現在幾乎已經習慣了地爬上那座後面有標高的台子。

「兩臂往外一點。」

「像那樣？」

「很好，我不希望有影子。」

他沒有要我笑。印教科書的一定會記得把我的臉遮起來的。那個黑塊：像放反了位置的無花果葉遮住了面孔，卻讓私處暴出來。

密爾頓每天晚上打電話到我們的房間，泰喜都爲他裝出輕快的聲音。我接電話的時候，密爾頓也盡量聽起來很快樂的樣子。可是我卻抓住機會哼哼唧唧地抱怨個不停。

「這家旅館我已經住煩了。我們什麼時候可以回家？」

「妳好一點之後就回去。」密爾頓說。

到了該睡覺的時候，我們拉上窗簾，關了電燈。

「晚安！寶貝，明早見。」

「晚安。」

可是我睡不著。我一直想到那幾個字：「好一點。」我父親這話是什麼意思？他們打算對我怎麼樣？街上的聲音傳到房間來，清楚得出奇，由對面石頭樓房回傳過來。我聽著警車的警笛聲，憤怒的喇叭聲。我的枕頭很薄，有菸味。隔著一小條地毯的那邊，我母親已經睡著了。在她懷我之前，她就同意了我父親那個奇怪的計畫來決定我的性別。她之所以這樣做是爲了她不會孤獨，爲了她能在家裡有個女朋友。而我也是那個朋友，我一直和我母親很親近。我們的脾氣很相似。我們最喜歡的事莫過於坐在公園的長椅上，看著一張張面孔走過。我現在正在看著的那張面孔是睡在另一張床上的泰喜。那張臉看來很白，一片空白，就好像她搽的冷霜不但清除了她的化妝，連她的個性也清除了。不過，泰喜的眼睛在動；在眼皮下來回滑動，當時卡莉不能想像泰喜在夢中所見的事物。可是我可以。泰喜作的是個家傳的夢。像黛絲荻蒙娜聽著法德的講道時所做的噩夢。夢到小嬰兒的胚胎冒上冒下，在分解。夢見非常討厭的怪物從蒼白的泡沫中長出來。泰喜不讓自己在白天想這些事，所以這些在晚上都到她這裡來。這是她的錯嗎？當初密爾頓強要大自然隨他的意志行事時，她是不是該加以抗拒？還是說眞的有上帝，而祂懲罰地上的人呢？那些舊世界的迷信被我母親摒諸在她清醒的頭腦之外，但它們卻仍然會侵入她的夢中。我在另一張床上，看著這些黑暗勢力在我母親入睡了的臉上嬉戲。

在韋氏大字典裡查找我自己

我每晚輾轉反側，無法一覺睡到天亮。我就像那個床墊底下有顆豌豆的公主。一點點的不安一直讓我靜不下來。有時候我會驚醒過來，覺得我在睡覺時有盞聚光燈在我身上掃來掃去，就好像我那輕如大氣的身子在貼近天花板的地方和天使們交談。我一睜開眼睛，他們就逃走了。可是我能聽見這份溝通的痕跡，那逐漸消失的水晶鈴鐺的回音。有些重要的訊息正由我體內深處升起。這個資訊都到了我的舌尖，卻始終還沒有浮現。只有一點是確定的：這事好像全和我的對象有關。我平躺著，無法入眠，想著她，不知道她怎麼樣了，心裡很痛苦，很悲傷。

我也想到底特律，想到在那些被徵收的與尚未徵收的房子之間空地上長出來的白色雜草，想到流著鐵褐色水流的河，還有漂在水上的死魚，肚皮翻白。我想到站在水泥貨運碼頭上的釣客，戴著高帽子，帶著裝餌的桶子，聽著收音機裡的棒球賽實況轉播。人家常說小時候的創傷會留給人永不磨滅的記號，會把她單獨拉了出來，說：「站在這裡，不許動。」我在那間診所裡的那段時間對我就有這樣的影響。我感到有一條直線，從那個把兩膝豎在旅館毛毯下的女孩子那裡，直通到現在坐在一張安隆椅[9]上寫作的這個人。她該做的就是要在現實世界中過一個神話般的生活，而我該做的就是把這些寫下來。我十四歲的時候沒有那些資源，知道得也不夠多，沒有去過在安納托力亞那座希臘人稱爲Olympus而土耳其人稱爲Uludag（和一種汽水的牌子一樣）的山。我那時年紀還沒有大到能明白生活不會把人送進未來，而是回到過去，到孩提時代，到出生之前，最後會和亡者交談。你越來越老，上樓梯會喘，你進入你父親的身體。從那裡就只是一躍而進入祖父母，然後你不知不覺地就在時間中漫遊了。在這一世的生命裡，我們往回生長。永遠是些白髮遊客在義大利的大客車上告訴你一些關於伊特魯利亞的事。

在那兩個禮拜裡，密爾頓乘著噴射機四處奔波，視察他的生意，可是到約定時間之前的那個禮拜五，他飛回紐約。我們那個週末都無精打采地到處觀光，心裡懷著焦慮。到了禮拜一的早上，我父母親把我丟在紐約公共圖書館，然後去見路思博士。

我父親那天早上特別注意地打扮了一番。他儘管外表很沉靜，其實心裡有種他很少有的害怕，所以密爾頓用他最神氣的服裝來武裝自己：裹住他胖胖身體的，是一套炭灰色的條紋西裝，繞在他牛蛙似的脖子上的，是一條瑪娜伯爵夫人牌的領帶；而在他的襯衫袖口用上了他「幸運的」希臘戲劇悲喜面具袖扣。那對袖扣就像我們家那盞雅典衛城的夜燈一樣，是從希臘城裡傑奇．哈里斯開的紀念禮品店買來的。每次和銀行貸款部的人或是國稅局的稽查見面時，密爾頓都會戴上。不過，那個禮拜一的早上，他卻一直沒辦法把袖扣戴好；因爲他的手不夠穩。憤怒之下，他要泰喜幫他忙。「怎麼了？」她溫柔地問道。可是密爾頓叱喝道：「把袖扣給我戴上就是了。」他把兩手伸出來，眼望著別處，爲他身體的軟弱而尷尬。

泰喜默不作聲把袖扣穿進扣洞，一邊袖口是悲劇面具，另一邊是喜劇面具。那天早上我們走出旅館時，袖扣在清晨的陽光中閃亮。在那對兩邊的配件影響下，接下來發生的事呈現出截然不同的調子。在他們把我留在圖書館門口時，密爾頓的表情中當然是悲劇。密爾頓離開紐約的那段時間裡，他想像中的我又回到一年前那小女孩的模樣。現在他再面對眞正的我。他看到我以難看的動作爬上圖書館的台階，看到我在那件帕帕蓋洛的大衣裡寬闊的肩膀。由計程車裡望出來，密爾頓面對著悲劇的衝擊，那是早在你出生之前就已經決定了的事，是你不論多努力也無法逃避或更動的事。而一向習慣於經由她丈夫來感覺這個世界的泰喜，則看到我的問題正加速惡化。他們的心裡絞痛，那種生兒育女的痛苦，那種脆弱就像父母能給出的愛一樣驚人，這些全在一邊的袖扣裡……

……可是現在計程車開動了，密爾頓用手帕擦額頭；他右手袖口那張笑臉露在他眼前，因爲那天的事情也有滑稽的一面，滑稽的是密爾頓雖然還在擔心我的事，卻兩眼盯著車上快速跳動的計費錶。到了診所裡，滑稽的是泰喜隨手拿起候診室裡的一本雜誌，發現自己在看的是一篇恆河猴早期的性行爲。甚至在我父母所追求的這件事本身就很具諷刺性，因爲這正是典型的美國人相信一切問題都可以交給醫生解決。不過，這些屬於喜劇的事都是事後回顧才感覺到的。在密爾頓和泰喜準備去見路思醫生的時候，他們的胃裡一陣灼熱，密爾頓回想起他剛進海軍的時候，想到他在登陸艇裡的時候。這個情形就像那時一樣，那扇門隨時會打開，而他們就得投身滔天的夜浪之中……

路思在他的辦公室裡開門見山地說：「讓我說明一下你們女兒的問題。」泰喜立刻注意到其中的改變，女兒。他剛說了「女兒」。

那位性學家在那天早上專業得讓人安心。他在高領的喀什米爾羊毛衣外穿上一件眞正的白袍子。手裡拿著一本素描簿，他的原子筆上印著某大藥廠的名字。窗簾拉了起來，燈光暗淡。那些交歡的印度男女都很害羞地藏身在陰影中。路思博士坐在他那把名師設計的椅子上，背後是整架的大書和期刊。他的表情嚴肅，一副專家模樣，他說的話也一樣。「我在這裡畫的，」他開始說道：「是胎兒的生殖器官構造，換言之，受孕後的前幾週，在子宮裡的小寶寶的生殖器官就像這個樣子，不管是男是女都一樣。這兩個圈圈就是我們所謂通用的生殖腺。這裡這條小小的波形曲線叫做沃爾弗管[10]；另外那條波形曲線是苗勒管[11]。好吧？要記住的是每一個人開始的時候都是這樣的，我們生下來的時候都有可能是男或女性的部分。你，史蒂芬尼德先生、史蒂芬尼德太太、我——每個人都一樣。現在，」——他又開始畫了起來——「等胎兒在子宮裡發育的時候，荷爾蒙和酶開始分泌起來——我們用箭頭來表示。這些荷爾蒙和酶有什麼用呢？呃，它們把這些圈圈和波形曲線變成男孩或女孩的生殖器，看到這個圈圈、這個通用的生殖腺嗎？這可以變成一個卵巢或是一個睪丸，而這個彎彎曲曲的苗勒管呢？可能萎縮掉，」——他塗銷掉——「或是長成子宮、輸卵管，還有陰道的內壁。這個沃爾弗管可能萎縮，或是形成精囊、副睪和輸精管。完全要看荷爾蒙和酶的影響。」路思抬起頭來，微微一笑。「你們不必擔心這些專有名詞，主要的是要記住這一點：每個胎兒都有苗勒氏的構造，也就是可能成爲女性的生殖器官；也有沃爾弗氏的構造，也就是可能成爲男性的生殖器官。這些都是體內的生殖器官。可是外在的生殖器官也一樣。陰莖只是一根很大的陰蒂，從同一個根生出來的。」

路思博士又停了下來，兩手交握。我的父母親在椅子上俯身向前，等著下文。

「正如我剛剛解釋過的，關於性別的決定必須考慮到很多因素。在你們女兒的個案裡，」——又來了，很有信心地宣布出來——「最重要的是這十四年來都把她當女孩子來教養，而且她也的確認爲自己是女性。她的興趣、手勢、性心理的構成——全都屬於女性。到目前爲止，你們都明白嗎？」

密爾頓和泰喜點了點頭。

「因爲她的5—α—還原酶不足，卡莉的身體沒有產生二羥睪酮。這個意思也就是說，在子宮裡，她主要是照女性的路線來發育。尤其是在外陰方面。這一點，加上她一直是當做女孩子來教養長大，結果使她在思想、行爲和外表上都像個女孩子。問題是在她開始進入青春期的時候出來的。在青春期，另外一種雄激素——睪酮——開始產生很強的作用。最簡單的說法就是：卡莉是一個男性荷爾蒙有點太多的女孩子。我們要改正這一點。」

密爾頓和泰喜都沒有說話，那個醫生所說的話，他們並沒有完全聽懂，可是就像所有人碰到醫生的時候一樣，他們只注意看他的神態，想看出事情有多嚴重。路思看起來很樂觀，很有信心，所以泰喜和密爾頓開始充滿希望。

「那是生物學。對了，這也是一種非常罕見的遺傳問題。據我們所知，其他族群會產生這種突變的是在多明尼加共和國、巴布亞新幾內亞，還有土耳其東南部，離你父母親老家的村子不遠，事實上大約是三百哩左右。」路思取下了他的銀邊眼鏡，「你們知不知道有哪個家族成員可能有過和你們女兒相似的情況？」

「據我們所知是沒有。」密爾頓說。

「你的父母親是什麼時候移民來的？」

「一九二二。」

「你們還有親戚在土耳其嗎？」

「沒有了。」

路思一副很失望的樣子。他把一邊的眼鏡腳放在嘴裡咬著。很可能是在想像要是發現一個新的族群，全都是5—α—還原酶突變的人，不知會是什麼狀況。他只好讓自己覺得發現了我就很滿足了。

他再把眼鏡戴上，「我對治療你們女兒的建議有兩方面。第一，注射荷爾蒙。第二，做整型手術。以荷爾蒙治療能使她的乳房開始發育，促進她的女性第二性徵。手術則可以讓卡莉看起來完全是她自己所感覺的那樣一個女孩子。事實上，她就會是那樣一個女孩子，她的外在和內在會一致。她會看起來像一個正常的女孩子，誰也看不出什麼。然後卡莉就可以好好地過她的生活了。」

密爾頓的眉頭仍然因爲專注而緊皺著，可是在他眼裡出現了亮光，寬慰的眼光。他轉向泰喜，拍了拍她的腿。

可是泰喜用微弱而沙啞的聲音問道：「她將來能生孩子嗎？」

路思只停頓了一秒鐘。「恐怕不行，史蒂芬尼德太太。卡莉不會有月經。」

「可是她月經來已經有好幾個月了。」泰喜反駁道。

「我怕那是不可能的。大概是別處流的血吧。」

泰喜兩眼充滿淚水，轉開了頭。

「我剛收到一個以前的病人寄來的明信片，」路思安慰地說：「她的情況和妳女兒很類似。她現在已經結婚了。她和她的丈夫領養了兩個小孩，生活得非常快樂。她在克利夫蘭交響樂團裡吹低音管。」

一片沉寂，然後密爾頓問道：「就是這樣嗎？醫生？你做那個手術，我們就可以帶她回家去了？」

「以後我們可能還必須再做別的手術，可是目前對你問題的答案是肯定的。經過這個療程之後，她就可以回家了。」

「她要在醫院住多久？」

「只要一晚上。」

這不是一個困難的決定，尤其是路思已經安排到這個地步。一次手術加上打幾針就能結束這個噩夢，把我父母親的女兒，他們的卡莉歐琵，完整無缺地還給他們。當年讓我祖父母做出那件難以想像之事的同一誘因，現在又給了密爾頓和泰喜。沒有人會知道，永遠沒有別人會知道。

我父母親在上有關生殖腺形成的速成課程時，我——正式身分還是卡莉歐琵——也在做我自己的功課。在紐約公共圖書館的閱覽室裡，我正在查字典。路思認爲他和同事以及醫科學生之間的談話我聽不懂的想法是對的，我不知道「5—α—還原酶」或「女樣男乳」或「腹股溝管」等等是什麼意思。可是路思也低估了我的能力，他沒有考慮到我在學校有很重的課程，也沒料到我有一流的研究和學習技巧，更重要的是，他沒有把我兩位拉丁文老師，芭瑞小姐和賽白爾小姐的能力計算在內。所以現在，當我的哇那比鞋[12]在幾張閱覽桌之間發出吱嘎的聲音，有幾個人把書放下，抬起頭來看看來了什麼東西，又再把頭低下去（這個世界上不再全是眼睛）的時候，我耳邊聽到芭瑞小姐的聲音：「孩子們，給我解釋hypospadias這個字，要用希臘文或拉丁文的字根。」

在我腦子裡的那個小女孩在座位上扭動著身體，手舉得高高地。「來，卡莉歐琵。」芭瑞小姐叫了我。

「Hypo，是低於或在下方的意思，比方『hypodermic（皮下）』。」

「太好了，那spadias呢？」

「呃……呃……」

「有沒有誰能幫幫這位可憐的繆思？」

可是，在我腦中的教室裡，沒有人能幫我。所以我才會到這裡來，因爲我知道我在底下或下面有什麼問題，可是我不知道那到底是什麼。

我以前從來沒見過這麼大的字典，在紐約公共圖書館裡的韋氏大字典和其他字典放在一起，在我看來就像帝國大廈之於其他建築物一樣。那是一本很古老，像中世紀的東西，以棕色的皮面裝訂，讓人想起養獵鷹的人戴的長手套。書頁都和聖經一樣燙了金。

我按字母順序翻頁，經過了cantabile（如歌的）到eryngo（海濱刺芹），經過fandango（愚蠢的舉動，胡言亂語）到formicate（螞蟻般爬行），經過hypertonia（張力過強）到hyposensitivity（弱感性），接下來就是：

hypospadias　新拉丁文，源自希臘文，男性有尿道下裂。來自：hypo＋可能來自spadon，去勢，來自span，撕開，猛拉，拉扯，拖曳。——陰莖異常情況，尿道在下方表面裂開，同義字請參閱

EUNUCH。

我按照指示查到

eunuch ——1.遭閹割的男人：特別是某些東方宮廷中用於後宮的僕傭或侍者。2.睪丸未曾發育之男子。同義字請參閱 HERMAPHRODITE。

跟著這條線索，我終於查到：

hermaphrodite ——1.同時擁有男女兩性的性器官及第二性徵的人。2.任何由包含多種或矛盾之元素所組成之事物。同義字請參閱 MONSTER。

到這裡我就停下來，然後抬起頭來看看是不是有人在注意看我。那間巨大的閱覽室裡充滿了寂靜無聲的力量。很多人在想著、寫著，粉刷過的天花板在頭上鼓起得像一面船帆，而下面亮著一盞盞綠色的檯燈，照著那些俯在書頁上的臉。我也彎著身子在看我的書，我的頭髮垂落到書頁上，蓋住了那些關於我的定義。我那件黃綠色的大衣敞開著。我那天下午和路思有約，所以洗了頭髮，換上新的內褲。我的膀胱很脹，我把兩腿交叉，忍住不去上洗手間。恐懼刺戳著我，我渴望有人將我抱住，撫慰我，可是那是不可能的事。我把手按在字典上，看著我的手，修長的手，像片葉子的形狀。一隻手指戴著繩編的戒子，是我對象送我的禮物。細繩已經髒了。我看著我漂亮的手，然後把手拿開，再度面對那個詞。

就在那裡 monster（怪物），白紙黑字，清清楚楚地印在一間大城市圖書館的一本舊字典裡。一本很破舊的老書，形狀和大小像一塊墓碑，發黃的書頁上有著在我之前無數看過這本書的人所留下的印漬。有鉛筆的字跡、墨水印、乾了的血、食物的碎屑；外面的皮封面本身以一條鐵鏈鎖在那張台子上。這本書裡包含著由過去蒐集來的各種知識，同時也顯露了目前的社會狀況。那條鏈子就表示到圖書館來的人可能會讓他們自己負起責任來使這本書流通。這本字典裡包含了英文的每一個字，但那根鏈子卻只知道幾個字。它知道賊和偷，也許還知道竊。這根鏈子說到貧窮和不信任以及不平等還有墮落。卡莉自己現在也緊抓住那根鏈子，她用力地扯著，把鏈子繞在手上，讓她的手指都泛白了，而她兩眼瞪著那兩個字：怪物。還在那裡，沒有移動，而她不是在她那間老廁所隔間的牆上看到這兩個字。這是印在韋氏大字典裡的，可是那同義字不是部分而已，那同義字很正式，很具權威性；那是文化對像她這樣的人所下的判決。怪物。原來她就是這麼樣一個東西。這就是路思博士和他的同事在說的東西。眞的把太多事情都解釋清楚了。說明了她母親爲什麼在隔壁房間裡哭。說明了密爾頓聲音裡那假裝出來的高興，說明了她的父母親爲什麼把她帶到紐約來，這樣那些醫生才能祕密地工作。這也說明了爲什麼拍那些照片。一般人碰上大腳怪或尼斯湖水怪的時候會怎麼辦呢？他們會想辦法拍下照片來。一時之間，卡莉看到自己也像那樣。像一個蹣跚而滿身是毛的東西，站在森林邊上。像一隻長了瘤的怪物，把龍頭從冰冷的湖裡伸出來。她的眼眶裡現在充滿了淚水，使得那些字都在游動，她轉開身子，匆匆走出了圖書館。

但那個同義字緊追著她，一路出了門，走下那兩隻石獅中間的台階，韋氏大字典不斷地在她後面叫著她，怪物，怪物！從門楣上掛下來亮眼的布條也寫著這兩個字，其中的說明則塞進了經過的公共汽車外側的布告和廣告中。一輛計程車由第五大道開過來停下，她的父親跳下車來，一面笑著揮手。卡莉看到他時，心情好轉了，她腦中韋氏大字典的聲音停了下來。要不是從那個醫生那裡聽到好消息的話，她父親不會笑成那樣。卡莉笑了，衝下了圖書館的台階，差點絆倒。在跑到街上的那段五到八秒鐘的時間裡，她的情緒高昂。但越接近密爾頓，她就越對醫學報告這件事有所了解。人笑得越開心，消息越壞。密爾頓對她咧嘴笑著，在那套條紋西裝裡汗流浹背，而那個悲劇面具的袖扣又在陽光中閃亮。

他們知道了。她的父母親知道了她是個怪物。然而在她面前的是密爾頓，爲她拉開車門；車裡是泰喜，在卡莉上車時對她微笑。計程車把他們送到一家餐廳，很快地，他們三個就在看著菜單點菜了。

密爾頓一直等到酒上了桌。然後，有點很正式地開始說道：「妳知道妳母親和我今天早上和那位醫生談了談，好消息是妳這個禮拜就能回家了，不會耽誤多少學校的課程。至於壞消息呢，妳準備好聽壞消息了嗎？卡莉？」

由密爾頓的眼光就可以看得出來那壞消息也沒有那麼壞。

「壞消息是妳得動一次小手術，很小。都用不上『手術』這兩個字。我想那個醫生稱之爲『療程』。他們得把妳弄昏過去，妳得在醫院裡住上一夜。如此而已。會有一點點痛，可是他們可以讓妳吃止痛藥。」

這樣密爾頓就說完了。泰喜伸出手來，拍了拍卡莉的手，「沒問題的，寶貝。」她用沙啞的聲音說，兩眼含著淚，紅紅的。

「什麼樣的手術？」卡莉問她的父親。

「只是一點整型的治療。就像點痣一樣。」他伸出手來，開玩笑地用手指夾住卡莉的鼻子，「或者是把妳的鼻子弄漂亮點。」

卡莉生氣地把頭別開。「不要這樣。」

「抱歉。」密爾頓說。他清了下嗓子，眨巴著眼。

「我有什麼問題？」卡莉歐琵問道，現在是她的聲音沙啞了，淚水由她臉頰上滾落下來。「我有什麼問題呢？爹？」

密爾頓臉上的表情陰暗下來，他很困難地呑了口口水。卡莉等著他說出那兩個字，等他引用韋氏大字典裡的解釋，可是他並沒有。他只隔著桌子看她，微低著頭，兩眼的表情陰暗，溫暖，悲傷，而且充滿了愛。密爾頓兩眼中的愛多到不可能從其間找到眞相。

「妳的毛病和荷爾蒙有關係。」他說：「我一直以爲男人有男性荷爾蒙，女人有女性荷爾蒙。可是顯然每個人兩種都有。」

卡莉仍在等著下文。

「呃，妳的情形，是男性荷爾蒙太多了一點，而女性荷爾蒙又不夠。所以那個醫生要做的就是隔不多久給妳打一針，讓一切正常。」

他沒有說那兩個字，我也沒逼他。

「就是荷爾蒙的問題，」密爾頓又說了一遍：「這是天生的，沒什麼大不了。」

路思相信像我這個年紀的病人能夠懂得重點。所以，在那天下午，他說得很直截了當。路思正視著我的兩眼，用他溫和悅耳而很有教養的聲音宣布說，我是一個女孩子，只是我的陰蒂比其他女孩子的大一點。他把畫給我父母看的圖同樣地再給我畫了一遍。在我追問他有關手術的細節時，他只說：「我們要動個手術來完成妳的生殖器官，目前還沒有完全發育完成，而我們要完成它們。」

他始終沒有提什麼尿道下裂的事，而我開始希望那個名詞用不到我身上。也許我只是斷章取義。路思博士可能是在講另外一個病人。韋氏大字典上說尿道下裂是陰莖的異常狀況。可是路思博士告訴我說我有陰蒂，我明白這兩樣東西都是從同一個胚胎生殖腺長成的，可是那沒關係。如果我有的是陰蒂——一個專家告訴我說是這樣的——那我除了是個女孩子之外，還能是什麼？

青少年的自我是種很模糊的東西，沒有定形，像雲一樣。要做不同的認同毫不困難。在某方面說來，我也能隨別人要求而變化出各種形體來，我只想知道範圍在哪裡。這些會由路思來爲我提供，我父母都支持他。一切問題都能解決的美景對我也極具吸引力。當我躺在長躺椅上的時候，我並沒有問我自己對朦朧對象的感情該怎麼辦。我只希望一切趕快過去。我想要回家，忘記這件事情。所以我靜靜地聽著路思的話，沒有表示反對。

他解釋說注射雌激素能增進我乳房的發育。「妳不會像拉寇兒．薇芝[13]，可是也不會是崔姬[14]。」我臉上的毛髮會消除，我的聲音會從男高音升到女低音。可是在我問到我是不是終於會有月經的時候，路思醫生說得很坦白，「不會，妳不會有。永遠不會。妳也不能生小孩，卡莉，如果妳想要有個家庭的話，就得收養孩子。」

我很鎮定地接受了這個消息。在十四歲的時候，生兒育女並不是我常想到的問題。

門上響起了敲門聲，接待員把頭伸了進來。「對不起，路思博士，能耽誤你一分鐘嗎？」

「那要看卡莉怎麼說了。」他對我微微一笑。「妳不在乎休息一下吧？我馬上回來。」

「我無所謂。」

「在這裡坐幾分鐘，看看是不是會想到什麼問題。」他走出了房間。

他走了之後，我並沒有想到任何問題。我坐在椅子裡，什麼也沒想。我的腦子裡很奇怪地一片空白。是那種順從的空白，我以孩子們準確的直覺猜到我父母希望我怎麼樣。他們要我維持現狀，而這點正是路思博士現在答應我的事。

一朵鮭紅色的雲在低空飄過，把我從出神的狀態拉了回來。我站起身來，走到窗前，去看外面的河。我把臉頰貼在玻璃上，盡量往南邊看那些高聳入雲的摩天樓。我告訴自己說等我長大之後，我要住在紐約。

「這是個適合我的城市。」我說。我又開始哭了起來，我想止住哭泣，我擦了下眼睛，在辦公室裡走來走去，最後發現我站在一張小印度春宮畫前。在那小小的黑檀木框子裡，兩個小人在做愛，儘管他們的動作看來很用力，他們的面容卻看來很平靜。他們的表情既不緊張，也不是狂喜。可是他們的面孔當然不是焦點。由那對愛人胴體的姿勢和四肢流暢的線條，引得目光直視著他們的私處。那女子的陰毛就如白雪前的一叢冬青樹，而那男人的陽具就如一株紅木從那裡伸了出來。我看了看，又再看了看，想看看別人是什麼模樣。我在看的時候，並沒有預設立場。對那男人的急切和那女人的愉悅，我都能了解。我的腦子裡不再是一片空白，而是充滿了一種邪惡的想法。

我車轉身子。我轉身去看路思博士的辦公桌，一份檔案攤放在桌上，他匆忙離去的時候沒有收起來。

初步研究：

基因XY（男性）以女性身分教養

以下案例指出基因結構與生殖器官構造之間，或男性或女性行為與染色體之間，並無預先注定之關聯。

研究對象：卡莉歐琵．史蒂芬尼德

訪問者：醫學博士彼德．路思

基本資料：患者現年十四歲，迄今為止均以女性身分生活，出生時下體之陰莖過小致誤以為陰蒂，研究對方之XY染色體組型在青春期開始逐漸男性化之前均未發現。該少女之父母起先拒絕相信傳送此一消息之醫生，其後再經兩次檢查，始前來性別認知診所及紐約醫院診所。

檢查中可由觸診偵知有來自腹腔降下之睪丸。其「陰莖」略有尿道下裂，尿道開口在下方。該少女便溺時皆如同其他女性採取蹲坐式。驗血證實其XY染色體組型，且驗血顯示研究對象有5—α—還原酶不足症候群。但並未遂行剖腹手術探究。

由十二歲時拍攝之家庭生活照（見附件）中，可見其為一快樂健康之女孩，無明顯男孩模樣，未受XY染色體組型之影響。

初期印象：研究對象之面部表情，雖有時頗為嚴肅，大體而言均甚愉悅且易為人接受，經常保持笑容。研究對象經常目光下垂，呈現謙遜或嬌羞之神態。動作及手勢均甚為女性化，行走時之略欠優雅則與同一代之女性無異。雖因其身高關係，容或有人乍見之下認為該研究對象之性別難以判定，但持續觀察必然能有決定其為少女之結果。事實上，其聲音具柔和且略帶喘息之特質。其他人說話時，會將頭微傾，注意聆聽，不會以男性特有之強勢態度堅持其意見。且經常用語幽默。

家庭狀況：該少女之雙親屬二次大戰一代典型之中西部居民。父親自承為共和黨員。母親為一友善、聰明且操心之女性，或許有略沮喪或神經質之傾向。恰如她這一代女性，安於順從之賢妻角色。少女之父親僅到診所兩次，聲稱生意繁忙，但由兩次會面中顯見在家中居主導地位，是「白手起家」類型，前海軍軍官。此外，研究對象係在希臘正教傳統下長大，男女分際甚為嚴格。大體而言，其父母均已被同化，外觀非常「美國化」，但內心更深層之民族認同亦不可忽視。

性活動：研究對象自承在孩童時曾與其他孩童從事性遊戲，每一次均扮演女性角色，通常掀起裙子，由男孩壓在身上做類似性交之動作。曾站在鄰居游泳池之噴水口前而得到情色方面頗為愉悅之快感。從小就經常自慰。

該研究對象並無認真交往之男友，唯此事可能歸因於就讀女子學校或對其肉體有羞愧之感。研究對象深知其私處外觀異常，因而在更衣室或其他公眾更衣處均盡力避免他人窺見其裸體。儘管如此，亦自承有過性交行為。僅只一次，對方為其知己密友之兄弟。對此次經驗感覺疼痛，但以青少年對浪漫探求之觀點而言，仍可謂成功。

訪談：研究對象說話快速，言詞清楚而精準，唯偶因焦慮而有喘息之情形，按用語形式及特色、語調高低、兩眼是否正視對方等觀之，應屬女性。在性方面僅對男性感到興趣。

結論：在言談、舉止及衣著方面，研究對象均認同女性之性別與角色，並不受其相反之染色體組型影響。

由此可見在性別認同方面，後天之教養遠較先天之基因更具影響力。

因該少女之性別在發現其生理狀況異常時早已認定為女性，故進行女性化之外科手術及相關之荷爾蒙療法等決定，應屬正確。任其生殖器官維持現狀，將使其遭受各種羞辱，儘管手術結果可能令其失去部分或全部性愛快感，然則性愛之愉悅僅為幸福生活之要素之一。能結婚並在社會上以正常女性身分生活等，亦為重要之目標，而若未經女性化之外科手術與荷爾蒙治療，則二者均無可能。且運用新式手術方法，希望能將過去此等手術尚在萌芽初期所引發之性行為能力喪失等問題，減至最小程度。

那天晚上，我母親和我回到旅館的時候，密爾頓給了我們意外的驚喜，買到了看百老匯歌舞劇的票。我假裝非常興奮。但後來，吃過晚飯之後，爬到我父母的床上，說我累得不想去。

「太累了？」密爾頓說：「妳說妳太累了是什麼意思？」

「沒關係，寶貝，」泰喜說：「妳不一定非去不可。」

「是很好的一齣戲呢，卡莉。」

「裡面有伊漱・梅曼嗎?」我問道。

「沒有,機靈的小鬼。」密爾頓微笑道。「伊漱・梅曼沒有在裡面演出。她現在不在百老匯。所以我們看的是卡洛・錢寧。她也很棒的。妳何不一起去看看呢?」

「不了,謝謝。」我說。

「那,好吧。是妳看不到啊。」

他們開始動身。「拜拜,寶貝。」我母親說道。

我突然跳下床來,衝到泰喜面前,緊緊抱住她。

「這是幹什麼?」她問道。

我兩眼滿含淚水。泰喜以爲那是因爲我們經歷這一切之後感到寬慰的淚水。在那從原本大套房隔出來的那處狹窄、歪斜而黑暗的門口,我們兩個站在那裡,緊緊抱著哭泣。

等他們走了之後,我把我的箱子從衣櫥裡取出來。然後,看著那藍綠色的大花,我換了我母親的那個灰色的山松耐德名牌皮箱,把我的裙子和費爾島的毛衣留在梳妝台的抽屜裡,在箱子裡只收進顏色比較暗的衣物,一件藍色水手領的毛衣,幾件鱷魚牌的襯衫,還有我的燈芯絨長褲。我的胸罩也丟了下來。我暫時還留著我的襪子和內褲,再丟進我整個盥洗包。等都收拾好了之後,我在密爾頓的西裝套子裡找他藏在那裡的錢,那一捲相當的厚,將近三百元。

這不全是路思醫生的錯,我在很多事情上都向他說了謊。他的決定是根據假資料來的,可是他自己也很假。

我在一張信箋上給我父母留了張字條。

親愛的媽媽和爹爹：

我知道你們只想做對我最有利的事，可是我認為沒有人確實知道什麼是最好的。我愛你們，不想成為麻煩的問題，所以我決定離開。我知道你們會說我不是個麻煩，可是我知道我是的。要是你們想知道我為什麼這樣做的話，就該去問路思博士，他是個大騙子！我不是女生。我是個男孩子。這是我今天發現的事。所以我要去沒有人認得我的地方。全格洛斯波因的人在知道這件事之後，都會說閒話的。

爹，對不起，我拿了你的錢。可是我答應將來會還給你，還加上利息。

請不要為我擔心，我沒問題的！

雖然留言是那樣的內容，我還是在這份給我父母的宣言上簽下：「卡莉」。這是我最後一次做他們的女兒。

到西部去，年輕人

在柏林，一個姓史蒂芬尼德的人又住在土耳其人中間，我在什內貝克區裡感到很自在。在漢樸街上的那排土耳其店鋪就像我父親以前帶我去過的那些，還是同樣的食物。乾無花果、蜂蜜芝麻糖、葡萄葉包飯。那些面孔也都一樣，有皺紋，黑眼珠，骨相特殊。儘管我家族的歷史是那樣，我卻覺得土耳其很吸引我。我想到伊斯坦堡的大使館去工作，也提出了轉調到那裡的申請。那會讓我回到起點。

在那之前，我只能這樣盡我的本分。我看著樓下那家店裡留著鬍子的烤麵包師傅。他用石砌的爐子烘烤麵包，就和以前在斯麥納一樣。他使著一根長柄的刮鏟來將麵包移動位置和從爐子裡取出來。他整天工作，十四、十六個小時，完全專心一志，腳上的涼鞋在滿是麵粉的地上留下腳印。是個烘烤麵包的藝術家。史蒂芬尼德，一個美國人，希臘人的孫子，對這個在德國的土耳其移民，這個Gastarbeiter，於二〇〇一年在漢樸街上烘烤麵包的人，欣羨不已。我們都是由很多部分，其他的另外一半所組成的，不只我而已。

＊

斯克蘭頓火車站裡艾德理髮店門上的鈴鐺悅耳地響了起來，先前在看報的艾德把報紙放下，招呼他下一個客人。

有一陣子沒反應，然後艾德說：「怎麼了？你打賭輸了嗎？」

站在門裡，可是看來好像會轉頭逃出去的似乎是個十來歲的孩子，很高，很瘦，是艾德從來沒見過那麼怪異的混合體。他留著嬉皮式的長髮，長得過了肩膀，可是他穿著一套黑色西裝，上裝寬鬆下垂，褲子卻有點太短，吊在他那雙厚重的棕色方頭皮鞋上。即使隔著老遠，艾德也聞到一股發霉的舊衣店味道。可是那個孩子的皮箱卻很大，灰色的，是個生意人用的皮箱。

「我只是這個髮型留膩了。」那孩子回答道。

「我和你有同感。」理髮師艾德說。

他讓我坐上一張椅子。我——輕易改名後的卡爾．史蒂芬尼德，逃家的青少年——把我的箱子放下來，把上裝掛在衣架上，走了過去，專心地走得像個男孩子。我就像是中過風的病人，必須重新學習最簡單的動作。就走路來說，還不算是太困難。讀培英女校的女生要在頭上頂幾本書走路的日子早已過去。路思醫生批評我走路略欠優雅的姿態，預示我成為毫不優雅的那一性。我的骨骼是很男性化的，重心稍高，使我走來有點往前衝的感覺。最麻煩的是我的膝蓋。我走路很容易兩膝靠攏，使我的臀部搖擺而扭動。我現在盡量讓骨盆穩住。走路要像男孩的話，就得讓肩膀擺動，而不能讓屁股擺動，而且兩腳要分得更開一點。所有這一切都是這一天半裡我在路上學來的。

我爬上椅子，慶幸自己不必再走動。理髮師艾德在我脖子上圍了一圈紙，再替我罩上一塊圍布，一面看著我的頭髮，大搖其頭。「我實在搞不懂你們這些年輕人和長頭髮，差點毀了我的生意，我這裡大部分是退休的老傢伙，跑進來要理髮，可是又沒有什麼頭髮。」他笑了起來，可是笑聲很短暫。「好吧，最近流行的髮型是比以前短點了。我想，很好，也許我還能賺口飯吃了。可是才不呢，現在大家又要搞什麼中性頭了。他們還要洗頭。」他朝我靠了過來，很懷疑的問道：「你可不要洗頭吧？啊？」

「只要剪頭髮。」

他很滿意地點了點頭。「要怎麼剪？」

「剪短。」我大膽地說。

「很短的短？」他問道。

「剪短，」我說：「可是不要太短。」

「好吧，剪短可是不要太短，好主意，看看另外一半人是怎麼過的。」

我整個人呆住了，以爲他這話另有含義。可是他只是在開玩笑。

至於艾德本人，他的頭髮很整齊，不多的頭髮整個往後梳。他有一張讓人討厭，滿臉橫肉的面孔，鼻孔很黑，長著鼻毛，他在我四周忙著，撩起頭髮，磨著剃刀。

「你爸爸讓你把頭髮留成這樣？」

「現在不許了。」

「原來你老頭終於要管管你了。我說呀，你不會後悔的。女人不喜歡男人看起來像個女孩子似的。別相信別人跟你說什麼女人想要一個感性的男人。狗屁！」

粗話，剃刀，抹刮鬍膏的小刷子，就是這些把我迎進了男性的世界。理髮店裡的電視正在播映足球賽，月曆的圖片是一個伏特加酒瓶和一個穿了白色毛皮比基尼的美女。我把腳踩穩在有格子花紋的鐵踏腳板上，而他把我在那幾面閃亮的鏡子前轉來轉去。

「我的老天，你上回剪頭髮到底是什麼時候？」

「還記得登陸月球的事吧？」

「唔，我看也差不多。」

他把我轉過來面對鏡子，我最後一次看到映照在塗了水銀的玻璃裡的她：卡莉歐琵。她還沒有完全消失。像一個被禁錮的靈魂，往外偷看。

理髮師艾德將一把梳子插進我頭髮裡，試著撩起來，一面把他的剪刀弄得咔嚓直響。刀鋒還沒有碰到我的頭髮，這樣虛剪只是做心理準備，熱身而已，這讓我有時間再考慮一下。我這是在做什麼？萬一路思博士是對的話呢？萬一在鏡子裡的那個女孩子眞的就是我呢？我怎麼知道自己能不能那樣輕易地轉到另外一邊去？我對男孩子，對男人知道什麼？我甚至不怎麼喜歡他們。

「這簡直像要砍一棵大樹，」艾德說道：「先得到上面去把枝葉修剪掉，再來砍掉樹幹。」

我閉上眼睛，拒絕再回望卡莉歐琵的眼光。我兩手抓緊了椅子的扶手，等著理髮師開始他的工作。可是接下來，剪刀咔嗒一聲放在架子上，在一陣嗡嗡聲中，電剪啓動了。像蜜蜂似地繞著我的頭，理髮師艾德再次用梳子撩起我的頭髮，我聽到那嗡嗡響的東西往裡衝向我的頭。「咱們開始了。」他說。

我兩眼仍然閉著，可是我知道現在不能回頭了。電剪在我頭上犁過，我一動也不動。頭髮一綹綹地掉下來。

「我該向你多收錢的。」艾德說。

這下我睜開了眼睛，對價錢問題緊張起來。「要多少？」

「別擔心，不跟你多收。今天是我的愛國行動日。我要讓世界民主而安全。」

我的祖父母因爲戰亂而逃離了老家。現在，五十二年之後，我自己也逃離了家庭。我覺得我就和他們一樣絕對是在自救。我逃家時口袋裡沒有多少錢，用的是因我新的性別而改的假名。並沒有一條船載著我飄洋過海；而是一連串的車子帶我橫越大陸。我就像拉夫提和黛絲荻蒙娜一樣地變成了一個新的人，而我也不知道在這個我所到的新世界裡會碰到什麼事。

我也很害怕，我從來沒有一個人離家在外過。我不知道這個世界是怎麼運作的，也不知道什麼東西値多少錢。我從「湖濱獵場」旅館叫了部計程車到公車站總站，根本不認得路。到了威港總站，我走過幾家賣領帶和速食的店，去找售票處。找到之後，我買了一張開往芝加哥去的夜行客車，付的車資讓我可以到賓夕凡尼亞州的斯克蘭頓。盤踞在候車室長椅上的流浪漢和毒販上下打量我，有時還發出嘶嘶聲或咂著嘴巴，他們也讓我害怕。我差點因此放棄了逃家的念頭。要是我趕快的話，我還能在密爾頓和泰喜看完卡洛・錢寧的表演回來之前趕回旅館去，我坐在候車室，考慮著這件事，那只山松耐德的皮箱夾在我兩膝之間，好像隨時會有人來搶走似的。我在腦海裡想著各式各樣的場景，我宣布我想以男生的身分生活，而我的父母親，起先抗議，然後崩潰，最後接受了我。一個警察走過。等他走了之後，我移過去坐在一個中年婦人旁邊，希望別人會以為我是她的女兒。擴音器宣布我坐的那班車開始登車，我看看其他的旅客，那些搭夜行車的窮人。有一個年紀很大的牛仔，帶著一個帆布袋和一個當紀念品賣的路易・阿姆斯壯雕像，有兩個斯里蘭卡的天主教教士；還有三個過胖的媽媽，帶著孩子和被褥；一個小個子男人，後來才知道他是個賽馬騎師，因為菸抽太多而滿臉皺紋，一口黃牙。他們排隊上車，而我腦子裡的畫面開始自動轉換，不再理會我的指揮。現在密爾頓搖頭說不行，路思醫生戴上了他手術用的口罩，而我那些在格洛斯波因的同學都指著我大笑，臉上充滿幸災樂禍的表情。

我感到一陣恐懼，既茫然又渾身顫抖地走向那黑黑的客運汽車，為求自保，我坐在那中年婦人隔壁的座位上。其他的旅客已經習慣於夜間行程，都已經拿出水瓶，打開了三明治的包裝紙。炸雞的香味開始由後座飄送過來。我突然非常飢餓，只希望自己回到旅館，點客房服務的餐點。我必須趕快弄些新的衣服，需要看起來年紀大一點，不像是可以欺負的對象。我得穿得像個男生。夜行客車開出了總站，我看著，因為自己做的事而感到害怕，卻又無法阻攔自己，而我們已經出了市區，穿過那條亮著黃燈，通往新澤西州的長隧道。走進地下，穿過岩石，頭上是骯髒的河底，魚就在弧形瓷磚另外一邊的黑水裡游著。

離斯克蘭頓火車站不遠的一家救世軍舊貨店裡，我找著一套西裝，假裝是來替我哥哥買的，不過沒人問我任何問題。男裝的尺碼讓我搞不清楚，我偷偷地把上裝貼在身上看是不是合身。最後我找到一套跟我身材差不多的西裝，料子看來很結實，而且是四季可穿。上面的標籤寫著：「杜雷麥男裝，匹茲堡」。我脫下我那件帕帕蓋洛的大衣，看看沒有人在注意，就試穿了下那件上裝。我並沒有一個男孩子會有的感覺，不像是穿上你父親的西裝上衣就成了大人。而像是因爲天冷，妳的男伴把他的西裝上衣給妳穿上。穿在我肩膀上的那件西裝上衣感覺很大，很溫暖，很讓人舒服，也很陌生。（在這裡，我的男伴是誰呢？足球隊長？不是的。我的男友是一位二次大戰的退伍軍人，死於心臟病。我的男人是慈善互助會的會員，已經搬到德州去了。）

那套西裝只是我新形象的一部分。最重要的是髮型。現在，在理髮店裡，艾德正用個小刷子在我臉上揮著，鬃毛使得空中起了一陣塵霧，我閉上眼睛，我感到自己在椅子上又給轉了一圈，那個理髮師說：「好了，理好了。」

我睜開眼睛，在鏡子裡沒有看到我自己，不再是那有謎樣微笑的蒙娜麗莎。不是那個以糾結黑髮遮住臉的醜腆女孩，而是她的孿生兄弟。把成爲簾幕遮擋起的頭髮剪掉了之後，我臉部的改變更是明顯。我的下巴看來更方，更寬，脖子粗了些，正中還有一個喉結。這毫無疑問的是一張男性的臉，但在這個男孩裡面的感覺卻還是個女孩子的。和男友分手之後去剪頭髮是女性的反應，用來表示重新開始，拋開虛榮，唾棄愛情。我知道我從此再也不會見到我朦朧的對象了。儘管還有更大的問題，更令我擔心的事；但在我第一眼看到我映在鏡中的男性面貌時，卻是那種心碎的感覺占據了我的心。我想道：一切都完了。我用剪掉我的頭髮來懲罰我那樣深愛別人。我要讓自己更加堅強。

等到我走出艾德理髮店的時候，我成了個全新的人。其他經過車站的人，就算注意到我，也以爲我是附近寄宿學校的學生。一個念預科學校的孩子，有點藝術家的調調，穿著一套老頭子的西裝，毫無疑問地都在看卡繆或加洛克[15]的作品。杜雷麥的西裝有種「垮掉的一代」[16]的味道。褲子有種鯊魚皮的光澤。因爲我身高的關係，我可以裝得年紀比較大，十七歲，也許是十八歲。在西裝上衣底下是一件水手領的毛衣，再裡面是一件鱷魚牌襯衫，兩層保護下，我父親的錢貼身藏著，再加上腳上那雙金色的哇那比鞋。要是有人注意我，也會認爲我就像十來歲的青少年一樣愛打扮。

在這些衣服裡面，我的心還是跳得很快。我不知道接下來該怎麼辦。突然之間，我得注意好多我以前從來沒有注意過的事。比方說客運車的時刻表和票價，爲錢做預算，擔心錢的事，還要在菜單上找最便宜卻還能讓我吃飽的東西，那天在斯克蘭頓只有辣肉醬。我吃了一碗，配上好幾包附贈的餅乾，仔細看過公車路線圖。因爲現在是秋天，最好往南或往西去過冬，因爲我不想去南方，所以我決定到西部去，去加州。爲什麼不去呢？我查了下票價是多少，果然像我害怕的那樣，太貴了。

整個早上小雨一直下下停停，可是現在天開了，在這間破落小吃店那頭，被雨淋濕的窗外，那條小路再過去，隔著一條滿是垃圾的草坡，就是州際公路。我望著呼嘯而過的車輛，感覺雖不那麼飢餓了，卻仍然孤獨而害怕。女侍走過來問我要不要咖啡，我雖然以前從來沒喝過咖啡，還是說要，在她替我倒好咖啡之後，我加進兩包奶精和四塊方糖，等到喝起來像是咖啡冰淇淋的味道之後，我把它喝掉了。

客運車一班班地由車站裡開出去，留下一道道廢氣，下面的高速公路上車輛疾駛來去。我想要沖個澡，我想要躺在乾淨的床單上睡一覺。我可以花九塊九毛五到汽車旅館弄到個房間，可是我想走得更遠一點之後再做這件事。我在店裡坐了很久，不知道下一步該怎麼走。最後，我想到一個主意。我付了帳，離開了車站，穿過那條小路，走下草坡，把我的皮箱放在路肩上，走出一步去面對開來的車流，試著豎起我的大拇指。

我父母一向警告我不要搭便車。有時候密爾頓會讓我們看報上的新聞，詳細報導一些犯這種錯誤的女大學生悽慘的下場。我的大拇指沒有舉得很高，心裡有一半反對這個想法。車子飛馳而過。沒有人停下來。我那根並不情願的拇指抖著。

我對路思估計錯誤。我以爲他在和我談過之後，會認爲我很正常而不再來煩我。可是我這才開始了解什麼叫正常，正常不是平常，不可能是。如果正常就是平常的話，大家就可以不去管了，他們就可能安坐在一邊，讓平常自己表現出來。可是一般人——尤其是醫生——對正常都頗有疑慮，不確定正常是不是眞的正常，所以他們覺得該再助上一臂之力。

至於我的父母，我倒不怪他們，他們只是想把我從羞辱、沒有人愛、甚至死亡之中拯救出來。後來我才知道路思博士特別強調對我的情況不加處理的話，就醫學上來說會有很大的危險。說他稱之爲「性腺組織」的我那留在腹腔中而未降下的睪丸，將來會致癌。（不過，我今年四十一歲了，到目前爲止還沒出什麼事。）

一部大聯結車轉彎過來，由直立的排氣管排出黑煙，紅色車身的玻璃窗裡，駕駛的頭上下顫動，就好像裝了彈簧的娃娃頭。在那輛巨大的卡車轟隆經過我面前時，他的臉轉向我這邊，踩下了剎車。車子的幾個後輪胎冒了點煙，發出吱吱的聲音，然後卡車停在前面二十碼遠的地方等著。

我提起皮箱，非常興奮地跑向卡車。可是等我跑到那裡時，我停了下來。車門看起來高高在上，巨大的車身發出轟隆的聲音，不住抖動。從我這邊看不到司機，因此我站在那裡，猶豫地不知所措。然後那個司機的臉突然出現在車窗裡，嚇了我一跳，他打開了車門。

「你是要上來還是不上來？」

「來了。」我說。

車裡不很乾淨。他已經在路上開了很久，車裡到處是裝食物的紙盒和飲料空瓶。

「你的工作就是別讓我打瞌睡。」那個聯結車的司機說。

因爲我沒有馬上回話，他轉頭來看我，他的兩眼紅紅的，兩撇傅滿洲[17]式的八字鬍和長鬢角也是紅色的。「一直不停地說話。」他說。

「你想談什麼？」

「我操——我哪知道！」他生氣地叫道。可是同樣突然地說：「印地安人！你知道印地安人的什麼事嗎？」

「美國的印地安人？」

「對呀。我開車到西部的時候，載過好多印地安人，那些眞是我從來沒碰過操他媽那麼瘋的傢伙，他們有各種理論跟胡說。」

「比方說什麼呢？」

「比方有些說他們不是走白令陸橋過來的。你知道白令陸橋吧？是在阿拉斯加州，現在叫白令海峽了，是水啊，在阿拉斯加和俄羅斯中間那條小小的銀色水帶。不過，好久好久以前，那裡是陸地，印地安人就是從那邊來的，從中國還是蒙古之類的地方來的，印地安人其實是東方人。」

「這我倒不知道。」我說。我現在感覺上不像先前那麼害怕了。那個司機顯然當我是男孩。

「可是有些我載過的印地安人，他們說他們的族人以前不是由那邊過來的。他們說他們的老家是一個已經不見了的島，像亞特蘭提斯。」

「我們都一樣。」

「你知道他們還說什麼嗎？」

「什麼？」

「他們說憲法是印地安人寫的，美國憲法耶！」

結果，差不多都是他在說話，我說得很少。可是有我在就夠讓他保持清醒了。談起印地安人就讓他想起流星；在蒙大拿州有塊隕石，印地安人說是聖石。接著他又跟我談起天象，是當卡車司機才看得到的，流星啦，彗星啦，還有綠光。「你有沒有看過綠光？」他問我。

「沒有。」

「他們說不可能拍到綠光的照片，可是我拍到了一張。我一向在車子裡放著一架照相機，就是以防萬一碰到像這樣讓人興奮的狗屎東西。有次我看到綠光，就抓起相機，拍到了。我那張照片在家裡。」

「綠光是什麼呀？」

「是太陽升起和落下的時候發出的顏色，只有兩秒鐘，在山裡看得最清楚。」

他一直把我帶到俄亥俄州，讓我在一間汽車旅館前面下車。我謝謝他載我一程，然後提著皮箱到了櫃檯。在這裡，那套西裝又有用了，再加上那件昂貴的行李箱，我看起來不像是個逃家的少年。汽車旅館的職員也許對我的年紀有點懷疑，可是我馬上把鈔票放在櫃檯上，鑰匙就交出來了。

俄亥俄州之後是印地安納州、伊利諾州、愛荷華州和內布拉斯加州。我搭過旅行車、跑車、租來的廂型車。單身女子從來不會讓我搭便車，只有男人，或是有女人在一起的男人。有一對荷蘭來的觀光客，停車讓我搭，一路抱怨美國啤酒淡而無味；有時候讓我搭便車的是在吵架，彼此厭倦了對方的夫婦。每一次，那些人都以爲我是個十來歲的男孩子，而我也越來越像。蘇菲．賽宋不會在這裡用熱蠟來脫我的鬍子，所以鬍子開始長了出來，在我上嘴唇上有一抹黑影，我的聲音越來越低沉，路上每次顛簸都讓我的喉結在脖子上更往下移一點。

要是有人問起，我就告訴他們說我要到加州去念大學一年級。我對這個世界所知無幾，可是我還知道一些大學的事，至少做過功課，所以我宣稱我要去上史丹福大學，住在宿舍裡。說句老實話，讓我搭便車的都不是疑心很重的人，他們其實也不在乎，他們有他們自己的行程安排。他們只是無聊，或是很寂寞，想要有人說說話。

我就像剛改變信仰的人一樣，起先會做得過了頭。在印地安納州的蓋瑞附近，我開始大搖大擺地走路。我很少露出笑臉。在伊利諾州時我的臉上一逕是克林·伊斯威特那種斜眼看人的表情。這完全是在唬人，可是大部分男人都是這副模樣。我們都是走來走去斜眼看人。我大搖大擺走路的樣子也和大部分裝出男子漢模樣的青少年沒多大區別。因此還很有說服力，正是那種假裝才讓人相信。偶爾我也會出差錯。要是覺得鞋底粘到什麼東西，我會往後抬起腿來，轉頭去看那是什麼，而不是在前面架起二郎腿，把鞋底轉過來看。我會抓一把零錢在手掌心裡付錢，而不是從褲子口袋裡掏錢。那種一時不察的失誤讓我很緊張，但其實沒這必要。從來沒人注意，這點對我大有幫助：一般人根本不會注意什麼的。

如果我告訴你說我能了解所有的感覺，那可是騙人的。十四歲的時候做不到的。自保的直覺要我跑的時候，我就會跑了。恐懼始終在追逐我。我想念我的父母，爲了讓他們擔心而內疚。路思博士的報告纏祟著我。到了晚上，在各個不同的汽車旅館裡，我一路哭著入睡。逃家並沒有讓我覺得自己不是個怪物。我看到我前面只有羞辱和拒斥，而我爲我的生命哭泣。

可是到了早上我醒來的時候會覺得好過得多，離開我汽車旅館的房間，走到外面去，站在這個世界的空氣中。我很年輕，雖然害怕，卻充滿了動物般的精神；不可能一直有陰暗的看法，總能有很長一段時間忘記我自己的事。我吃甜甜圈當早餐。我一直喝很甜、牛奶加得很多的咖啡。我做那些我父母不讓我做的事來提高我的興致，會點兩種，有時甚至三種，甜食，卻從來不吃沙拉。我現在自由了，可以讓我的牙蛀掉，或是把腳蹺在前面的椅背上。有時候在等搭便車的時候，我看到其他的逃家少年。在高架路的底下或在大涵洞裡，他們聚在一起，抽著香菸，運動衫附的帽兜都戴了起來。他們都比我狠，會行乞偷騙。我盡量避開他們那一群群的人。他們都來自破碎的家庭，肉體上受到凌虐，現在又欺負別人。我和他們完全不一樣。我還帶著我們家傳向上的精神上路。我不參加他們任何一群，獨自走我的路。

現在，在大草原中間，出現了屬於紐約州佩藍鎮梅農和雪爾薇亞．布雷斯尼克夫婦的休旅車。就像一輛現代化的篷車，從草浪中開了出來停下。一扇門開了，就像是一棟房子的大門，而站在裡面的是一個六十好幾的快活女人。

「我想我們還有地方給你。」她說。

我剛才還在愛荷華州西部的八十號公路上。現在我把皮箱提上這艘草原之舟上時，突然就到了布雷斯尼克家的客廳裡。牆上掛著放了他們子女照片的相框，還有夏卡爾[18]的畫。梅農晚上在後面小拖車裡寫的邱吉爾史傳稿件放在咖啡桌上。

梅農是個退休了的旅行推銷員。雪爾薇亞以前是社工人員，她的側臉看來很像潘趣乃樂[19]，化了妝的臉上表情豐富，鼻子彎得很有喜劇效果。梅農嘴裡盤弄著他的雪茄菸，吸著他自己的口水。

梅農駕著車，雪爾薇亞讓我看床鋪、淋浴間和起居室的部分，我準備去上哪間學校？我想做什麼？她不停地問我問題。

開著車的梅農轉過頭來，大聲地說：「史丹福大學！好學校！」

事情就是在那一瞬間發生了。在八十號公路上的那一刻，我腦袋裡突然豁然開朗，而我感覺我已經抓到了要點。梅農和雪爾薇亞把我當兒子看待，至少有那麼一段時間，在所有的假象之下，我變成了那個身分，我讓人認同了我是男性。

可是我想必還是有什麼小女兒的味道。因爲很快地，雪爾薇亞就把我拉到一邊去抱怨她的丈夫。「我知道這有點瘋瘋癲癲的，住在休旅車裡之類的。你眞該看看在這些營地裡碰到的人，他們稱這叫『RV生活派』。哦，他們人是夠好的——可是很無趣。我很懷念以前參加的文化活動。梅農說他一輩子在全國到處走，結果忙得沒好好看過所有的地方，所以他要再走一趟——慢慢來。你猜是誰給拖了來？」

「親愛的，」梅農叫她：「能不能給妳老公拿杯冰茶來？勞駕。他乾死了。」

他們讓我在內布拉斯加州下了車。我數了下錢，發現我還剩了兩百三十塊。我在一家類似寄宿舍的地方找到一個很便宜的房間過夜。我還是怕得不敢在夜裡搭便車。

在路上有很多時候要做小小的調整。我帶來的襪子有很多顏色不對——粉紅，白色，或是印滿了鯨魚圖案。我的內褲也不對。在內布拉斯加市的一家百貨超商裡，我買了一包三件裝的四角褲。我是女生的時候穿大號的，男生的話，中號。我也在賣盥洗用品和化妝保養品的部分逛了逛，那裡沒有一排排的美容用品，只有一個架子上放了些衛生用品，男性化粧品市場的爆炸性發展還是後來的事，也沒有以其他名稱來僞裝的潤膚膏。沒有超強整膚液，也沒有防刺痛的刮鬍凝膠。我選了除臭劑、拋棄式的刮鬍刀和泡沫式剃鬚膏。多彩的古龍水吸引了我，可是我對刮鬍水所有的經驗卻不怎麼好。古龍水讓我想起教發聲訓練的、侍者領班、老頭子和他們令人敬謝不敏的擁抱。我也選了個男用的皮夾。到了付帳的櫃檯，我都不敢看收銀員的臉，尷尬得就好像我是在買保險套似的。收銀員的年紀也不比我大多少，一頭打薄了的金髮，標準中部人的模樣。

在餐廳裡，我開始去上男廁所。這可能是最難調適的部分。我受不了男廁所的骯髒，那股臭味，和豬似的聲音，從馬桶間傳來的哼聲和喘息聲。地上永遠會有一灘灘的尿。用過的衛生紙還有些碎片黏在馬桶上。走進馬桶間，通常都會發現那裡亟需疏通，不是一池黃水，就是一鍋死青蛙湯。想想以前一個馬桶間對我來說還是天堂呢！那個現在早過去了。我馬上發現男廁所和女廁所不一樣，不會讓人舒服。通常裡面連面鏡子也沒有，更沒有洗手肥皂。關在門裡哼哼唧唧的男人一點也不害羞，在小便斗前的男人卻緊張不安，兩眼直視正前方，就像戴了眼罩的馬一樣。

在這些時候，我就明白我丟下的是什麼：是對兩性的認知。女性了解擁有一具胴體的意義，她們能了解其中的難處和弱點，值得誇耀和愉悅之所在。男人認爲身體就是他們自己的，即使是在公共場所，對待自己的身體也很隱祕。

要說一下陰莖的事，卡爾對陰莖的正式立場如何呢？在那些之間，四周都是的情況下，他的感覺和他原先是個女孩子時一樣：既覺得迷人，又覺得可怕。男人的老二在我看來一向沒什麼大不了的，我的女性朋友們對那話兒都有很滑稽的意見，我們用傻笑來掩飾我們有些罪惡感的興趣，或是假裝覺得噁心。就像所有去做校外考察旅行的女學生一樣，我也曾經在羅馬的古物之間紅過臉，在老師背過身去的時候偷看，那是我們做小孩子的時候第一堂藝術課，不是嗎？那些裸體都穿著東西，穿的是高超的思想。我哥哥比我大六歲，以前沒和我一起洗過澡。這麼多年來，我就算看到他的下體也是一瞬間的事，我都會故意把眼光轉開。就連傑若米進入我體內，也都沒讓我看到進去的是什麼。不管是什麼東西，藏了那麼久，不可能不會讓我好奇。可是在男廁所裡偶爾看到一眼，整體說來很讓人失望。從來沒見過那神氣的陽物，只看到像掛在馬脖子上的飼料袋，乾香菇，還有沒了殼的蝸牛。

而我又怕得要死，怕在看的時候被人逮到。儘管我穿了西裝，剪了短髮，還有高高的身材，可是每次走進男廁所，腦子裡就好像聽到有人在叫：「你進的是男廁所！」可是我本來就該上男廁所的。並沒有人說什麼，沒有人反對我到那裡去。所以我找一個看來還算乾淨的馬桶間，我必須坐著小便，現在還這樣。

到了晚上，我在汽車旅館房間裡骯髒的地毯上做運動，伏地挺身和仰臥起坐。身上只穿一條新買的四角褲，我在鏡子裡細看我的體格。不久以前，我還在煩惱我的發育問題，現在這份煩惱已經沒有了。我不必符合那個標準了，那些不可能的要求已經消除了，我覺得鬆了一大口氣。可是看著我日漸變化的身體，有時候也會有位置錯亂的時刻。有時候我的身體好像不是我自己的。很結實，很白，很瘦。我想也有它美的地方吧，可是很斯巴達式的，沒有彈性和柔軟性，可說是全在壓力之下。

我就是在這些汽車旅館的房間裡認識了我的新身材，它的特殊要求和禁忌。朦朧的對象和我只在暗中摸索。她從來沒有眞正探索過我的器官。診所裡則完全以醫學的立場來處理我的性器官，我在那裡的那段時間裡，我那部分因爲不停的檢查而麻木或微微疼痛。我整個身體封閉了來應付這些事情。可是旅行將我的身體喚醒了。一個人，門關上還上了防盜鍊，我用自己做各種嘗試。我把枕頭夾在兩腿之間。我躺在枕頭上。我一面看電視上強尼・卡森主持的節目，一面不是很專注地用手去探索。對於自己生理構造究竟是如何而感到的焦慮，使我不像一般孩子那樣做法。所以一直到現在，在遠離世界和所有我認得的人之後，我才有勇氣去嚐試。我不能輕忽這點的重要性。如果說我對我的決定有所懷疑，有時想到轉回去，跑回到我父母身邊和診所去，隨他們擺布的話，唯一阻止我那樣做的就是在我兩腿之間那私密的快感。我知道那一定會遭到剝奪。我並不想高估了性，但那對我而言是一種很強的力量，尤其是在十四歲，全身的神經都非常敏感，只要一點刺激就隨時會一起迴響起來。卡爾就是這樣地認識了他自己，在沉迷肉慾而濕淋淋卻不會孕育下一代的高潮中，壓在兩三個變了形的枕頭上，窗簾拉上，外面是抽乾了水的游泳池，還有整夜不停來往的車輛。

在內布拉斯加市郊外，一輛銀色掀背式的諾瓦停了下來，我提著皮箱跑過去，打開助手席那邊的車門。坐在駕駛座上的是一個很好看的男子，三十出頭，穿了件花格呢的外套和黃色V字領的毛衣。格子襯衫的領口敞開著，但衣領漿得筆挺。那樣正式的穿著和他隨和的態度恰成對比。「你好。」他說，說的是布魯克林的口音。

「謝謝你停下來載我。」

他點上一支香菸，伸出手來，自我介紹道：「班・薛爾。」

「我叫卡爾。」

他沒有問我從哪裡來，要到哪裡去等等常有的問題，而是在把車子開動後問道：「你這套西裝是哪裡買的？」

「救世軍。」

「眞不錯。」

「眞的嗎？」我說，然後重新考慮了一下。「你在開我玩笑。」

「不是，我沒有，」薛爾說：「我喜歡死人穿過的衣服，非常的存在主義。」

「那是什麼？」

「什麼是什麼？」

「存在主義。」

他正視了我一眼。「存在主義就是活在當下的人。」

以前從來沒有人跟我這樣交談過。我很喜歡。我們開車穿過黃色的鄉野，薛爾告訴我很多別的有趣的事。我知道了伊奧尼斯可和荒謬劇場，也知道了安迪・沃荷以及「絲絨地下樂團」。實在很難形容這些字眼給我這樣一個從文化邊陲地帶來的孩子帶來多大的興奮，飾物手鐲組的人都假裝她們是東部來的，我猜我也染上了這個毛病。

「你有沒有住過紐約？」我問道。

「以前住過。」

「我剛從那裡來，我希望將來會住在那裡。」

「我在那裡住了十年。」

「爲什麼要離開呢？」

他又正視了我一眼。「我有天早上醒來，發現如果我不離開的話，不到一年就會死掉。」

這一點看起來也很了不起。

薛爾的容貌很英俊、蒼白，那對灰色的眼珠有點亞洲人的味道，那頭淺棕色的鬈髮梳得一絲不亂，分線清楚。過了一陣子之後，我注意到他衣著方面其他講究的地方，用姓名縮寫字母組合做花紋的袖扣，義大利製的鞋子。我馬上就喜歡上了他，薛爾是那種我自己也想成爲的人。

突然之間從後面車裡發出一聲很響、很疲倦、讓人心碎的嘆息。

「你還好吧？富蘭克林？」薛爾叫道。

聽到叫牠的名字，富蘭克林把牠皺著眉頭，像帝王似的頭從後面抬了起來，我看到那隻英國長毛獵犬身上的黑白花斑。牠用那雙水汪汪的老眼朝我打量了一下，然後縮回去不見了。

薛爾這時候把車開離了公路。他開車有種輕鬆的感覺，可是一旦要做什麼變動的時候，就會突然像軍事行動一樣，兩手握緊了方向盤。他把車開進一家便利商店的停車場。「馬上回來。」

他像抓根馬鞭似地把一支香菸拿在身側，用小跑步走進了店裡。他走了之後，我四下看了看車子。車裡異常的整潔，地毯剛用眞空吸塵器清理過，前面的置物櫃裡很有次序地放著地圖和梅寶．梅爾西爾[20]的錄音帶。薛爾拿著滿滿兩大袋的東西走了回來。

「我想路上該喝點東西。」他說。

他買了一箱十二罐裝的啤酒，兩瓶「藍尼」牌的白酒，還有一瓶仿陶瓶的玫瑰紅。他把所有這些都放在後座。

這也是成熟而有修養的一部分。用塑膠杯喝酒，稱之爲雞尾酒；用瑞士刀切乾酪下酒。薛爾從便利商店那樣個小地方也弄出一大盤很不錯的小點心。還有橄欖。我們開回到公路上，穿越那片無人之地，而薛爾教我怎麼開酒，服侍他吃點心，我現在成了他的隨從。他讓我放上梅寶·梅爾西爾的錄音帶，然後向我說明她用詞的講究。

突然之間，他提高了聲音，「條子。把杯子放低一點。」

我很快地把我的酒杯放下，我們繼續往前開，一副很冷靜的樣子讓州警的車由我們左邊開過去。現在薛爾在學著警察的口氣說：「那些城裡的老油子，我一看就知道，這裡就是最油的兩個，我敢說他們一定想幹什麼壞事。」

對這一切，我報之以大笑，很高興能一起反抗那個假道學而什麼都要管的世界。

天開始黑下來的時候，薛爾挑了一家牛排館。我擔心那裡會太貴，可是他對我說：「今天晚餐我請客。」

裡面很熱鬧，是家很受歡迎的店，唯一的空位是酒吧旁邊的一張小桌子。

薛爾對女侍說：「我要一杯伏特加馬丁尼，很不甜的，放兩顆橄欖，我兒子要杯啤酒。」

那個女侍望望我。

「他有身分證明嗎？」

「沒帶在身上。」我說。

「那就不能賣酒給你。」

「他出生的時候我在場，我可以替他擔保。」薛爾說。

「抱歉，沒有證件，不能叫酒。」

「好吧，那，」薛爾說：「我點的東西改一下，我要一杯不甜的伏特加馬丁尼，兩顆橄欖，再外加一杯啤酒。」

那個女侍咬著牙說：「你如果要讓你朋友喝那杯啤酒的話，我就不能賣給你。」

「兩杯都是我要喝的。」薛爾向她保證道。他把聲音放低了點，讓音色明亮一點，在裡面注入了東部人或長春藤盟校的那種權威感，即使是在這麼遠的平原上一間牛排館裡，那種影響力仍然不能完全忽視。那個女侍不高興地寫了單子。

她走開之後，薛爾向我這邊靠了過來，他又裝出那鄉下人的土腔：「那妞兒的問題呀，只要到穀倉裡打她一炮就都解決了，你正好是可以幹這差事的小猛男。」他看起來不像喝醉了，可是這種粗魯不文倒是先前沒有過的；他的動作現在也有點不那麼精準，聲音也大了些。「對，」薛爾說：「我想她是看上你了。你跟她在一起會很快活的。」我也感到了酒意，我的頭像會反光的球，射出光來。

女侍把酒端了來，刻意地都放在桌上靠薛爾那邊。一等她走開之後，他就把啤酒往我這邊一推，說：「給你。」

「謝了。」我大口大口地喝著啤酒，每次那個女侍走過時，就把酒杯推回桌子對面。這樣偷偷摸摸很好玩。

可是我這樣並不是沒人看到。有個坐在吧台邊的男人在注意我。他穿了件夏威夷的花襯衫，戴著太陽眼鏡，一副很不以爲然的表情，可是後來他臉上露出會心的微笑。那個笑臉讓我很不自在，就轉開了眼光。

等我們由餐館出來時，天已經全黑了。在動身之前，薛爾先打開了諾瓦車的後掀門，讓富蘭克林出來。那隻老狗已經走不動了，薛爾得把牠給抱出車來。「我們走吧，富蘭克林。」

薛爾很親熱地說，他用牙齒咬著一根點著的香菸，菸微微翹起，讓他看起來也有點像富蘭克林・羅斯福，穿著Gucci懶人鞋，旁邊開衩，帶金光的花呢上裝，兩條像馬球選手般強壯的腿撐著他手裡的重擔，抱著那隻老狗走進草叢裡。

在開回到高速公路之前，他又停在一間便利商店那裡去買了更多的啤酒。我們開了大約一個小時左右，薛爾喝掉了很多啤酒；我也喝了一兩罐，人不是那麼清醒，覺得很想睡覺。我靠在我那邊的車門上，眼光模糊地望著外面。一輛很長的白車和我們並排開車，開車的人看著我微笑，可是我已經睡著了。

過了一陣之後，薛爾把我搖醒，「我累得沒法開車。我要停一下。」

我沒表示意見。

「我要找間汽車旅館，我也會給你找個房間，錢由我出。」

我沒有反對。不久之後就看到朦朧的汽車旅館燈光。薛爾下了車，拿了我房間的鑰匙回來。他領著我到我的房間，還幫我提著箱子，替我打開了房門。我走到床邊，倒頭就睡。

我的頭像轉個不停，我勉強拉開了床單，還睡到了枕頭上。

「你睡覺不脫衣服嗎？」薛爾好像覺得很好玩似的問道。

我感到他的手在我背上揉著。「你不能穿著衣服睡覺。」他說。他開始脫我的衣服。可是我把自己撐了起來，「讓我睡覺啦。」我說。

薛爾把身子俯得更靠近些，他用沙啞的聲音說：「你父母把你趕出了家門吧？卡爾？是不是？」他聽起來突然好像醉得很厲害，好像整天整夜喝的酒全都湧上來了。

「我要睡覺。」我說。

「來吧，」薛爾低聲地說：「讓我來照顧你。」

我抗議似地蜷曲起身子，兩眼始終緊閉著。薛爾用鼻子推著我的臉，可是因爲我沒有反應，他就停了下來。我聽到他打開門出去，然後帶上了房門。

等我再醒過來的時候，天已經亮了，光從窗子照了進來。薛爾就躺在我旁邊，很笨拙地抱著我，兩眼閉得緊緊的。「只想在這裡睡，」他含糊不清地說：「只想睡睡覺。」我的襯衫解開了，薛爾只穿著內褲。電視開著，電視機上擺了好多空啤酒罐。

薛爾抱緊了我，把臉貼緊在我臉上，嘴裡發出聲音。我強自忍耐，覺得好像該順著他。可是等他醉後的行爲變得更爲貪婪、更有目標的時候，我把他從我身邊推開。他沒有抗議，整個人蜷縮成一團，昏睡過去。

我下了床，走進浴室，在蓋著的馬桶上坐了很久，兩手緊抱住我的膝蓋。等我再探頭往外看時，薛爾仍然在呼呼大睡。門上沒有裝鎖，可是我非常想洗個澡，我很快地沖了澡，沒有拉上浴簾，兩眼緊盯著門。然後我換上一件新襯衫，穿上我的西裝，出了房門。

那時候還很早，路上沒有汽車經過。我離開汽車旅館，走了一段路，然後坐在我那只山松耐德的皮箱上等著。天很開闊，空中只有幾隻小鳥。我又餓了。我的頭很痛。我拿出皮夾，數了下越來越少的錢，第一百次考慮要不要打電話回家。我開始哭了起來，但逼我自己不要再哭。然後我聽到有輛車子開了過來。從汽車旅館的停車場裡，一部白色的林肯開了出來。我伸出大拇指，車子停在我面前，電動車窗慢慢地降了下來。駕車的正是前一天在餐館裡看我的那個人。

「你要去哪裡？」

「加州。」

又是那個笑容，像突然冒了出來。「哎，那今天你運氣正好，因爲我也要去那裡。」

我只遲疑了一下下，然後我打開那輛大車的後車門，把我的皮箱推了進去。在那一刻，我實在也沒多少選擇的餘地。

在舊金山的性焦慮

他的名字叫鮑勃・普里斯陀。一雙手既軟又白還很胖，臉圓滾滾的，穿了件織有金線的奎亞比拉衫[21]。他對自己的聲音十分得意，以前曾經當過多年的播音員，現在的行業是什麼並沒明說。可是相當賺錢這一點卻可以從這輛有紅色皮椅的白色林肯車，還有普里斯陀的金錶和寶石戒指，以及他那像電視新聞主播的髮型上看得出來。儘管一副大人打扮，但普里斯陀還是讓人覺得他是個離不開媽媽的小男孩。他的體態有點肥胖，雖然他個子很大，將近兩百磅重。他讓我想起伊萊亞連鎖餐廳廣告裡的大男孩，只是他要老得多，因爲一些大人的壞事而顯得變粗而膨脹了很多。

我們的談話從一般的話題開始，普里斯陀問起我的事，我用那套標準的謊話回答。

「你要到加州的哪裡？」

「上大學。」

「哪個學校？」

「史丹福大學。」

「眞了不起。我有個姊夫是念史丹福的。是個很爛的爛貨。那是在哪裡呀？」

「史丹福大學？」

「是呀，在哪個城市？」

「我忘了。」

「你忘了？我以爲史丹福的學生應該都很聰明的。要是你不知道學校在哪裡，那你怎麼去學校呢？」

「我要先去和一個朋友見面，他有所有的詳細資料什麼的。」

「有朋友眞好。」普里斯陀說。他轉過頭來，朝我眨了下眼睛，不知道他眨眼是什麼意思，我沒說話，直望著前面的路。

在我們之間的前座就像是自助餐檯子，放滿了各式各樣吃的：一瓶瓶汽水和一包包的洋芋片和小餅乾。普里斯陀要我想吃什麼隨便拿。我餓得沒有拒絕，拿了幾片餅乾，盡量不狼吞虎嚥地吃掉。

「我告訴你，」普里斯陀說：「我年紀越大，碰到的大學生看起來就越小。要是你問我的話，我會說你還在念高中。你念幾年級？」

「大一。」

普里斯陀的臉上又露出那個糖蘋果似的笑容。「我眞希望我是你。大學是人生最棒的一段時間。我希望你能應付得了那些女孩子。」

他說著笑了起來，我不得不也陪著笑了兩聲。「我在大學的時候有好多女朋友，卡爾。」普里斯陀說：「我在大學電台工作。都能拿到各種免費贈送的唱片，要是我喜歡上哪個女孩子，我就會點歌獻給她，」他給我示範了下他的風格，放低了聲音說：「這首歌是點給安德洛街一〇一號的女王珍妮佛的。我眞想能了解妳，寶貝。」

普里斯陀的大腦袋低了下來，爲他自己聲音方面的天賦才華而謙虛地挑起了眉毛。「讓我給你一點關於女人的忠告。卡爾，聲音。聲音最能讓女人動情。絕不能不在意聲音。」普里斯陀的聲音的確很低沉，充滿男性魅力。喉嚨的脂肪層更增加了共鳴，他解釋道：「拿我老婆做例子。我們認得的時候，不管我說什麼，她都會爲之瘋狂。我們在做愛的時候，我說『英式鬆餅』——她就到高潮了。」

因爲我沒回應，普里斯陀說：「我這樣說沒冒犯到你吧？你不是出來傳教的摩門教徒吧？穿著這一身西裝？」

「不是。」

「那就好。你剛讓我擔心了一下。讓我再聽聽你的聲音。」普里斯陀說：「來啦，給我現一下你最拿手的。」

「你要我說什麼呢？」

「說『英式鬆餅』。」

「英式鬆餅。」

「我現在不在廣播電台工作了，卡爾。我不是一個專業播音員，可是以我的淺見來說，你還眞不是當主持人的材料。你的嗓子很像細細的男高音。如果你想把人騙上床，你最好去學唱歌。」他大笑起來，對我咧著嘴。但是他眼中毫無笑意，眼光很冷，仔細地打量著我。他一隻手開車，另外一隻手抓洋芋片來吃。

「其實，你的聲音有種很不尋常的特質，很難歸類。」

看來我最好保持沉默。

「你多大了，卡爾？」

「我剛才告訴過你了。」

「沒有，你沒有告訴我。」

「我剛滿十八歲。」

「你看我有幾歲？」

「我不知道。六十嗎?」

「好了,你可以下車了。六十歲呢!老天爺啊,我才五十二。」

「我本來要猜五十的。」

「都是因爲太胖的關係。」他搖著頭,「我在這麼胖以前都一直不顯老。像你這樣瘦的小子是不會知道的,是吧?我最早看到你站在路邊的時候,以爲你是個小妞。我沒注意看你的西裝,只看到你的輪廓。我當時想,天啦,像這樣的年輕小妞怎麼會想搭便車?」

我現在不敢正視普里斯陀的目光,我開始覺得害怕,而且非常不自在。

「就在那時候我認出是你。我先前見過你。在牛排館裡,你跟那個相公在一起。」他停頓了一下,「我覺得他是個專拐小雞的傢伙,你是同志嗎?卡爾?」

「什麼?」

「你願意的話可以告訴我。我不是同志,可是我也不反對這件事。」

「我現在想下車了,請你讓我下車好嗎?」

普里斯陀放開了方向盤,兩手向上攤在空中。「對不起,我道歉。不再逼供了,我不會再多說一個字。」

「讓我下車就是了。」

「如果你一定要下車。沒問題。可是這樣很沒道理。我們走的是同一條路。卡爾。我送你到舊金山。」

他沒有把車子慢下來,我也沒要求他那樣做。他很守信用,從那之後,他大部分時間只是跟著收音機哼歌。每一個鐘頭,他就停次車,上個廁所,再買更多大瓶裝的百事可樂,有巧克力碎片的餅乾,紅色的甘草糖和玉米片。上了路之後,他大吃大喝。嚼東西的時候仰著脖子,怕碎屑會掉在襯衫前胸。可樂和汽水直灌進喉嚨。我們之間的交談維持著一般性的對話。我們穿過內華達山脈,出了內華達州,進入了加州。我們在一家附得來速櫃檯的速食店買了午餐。普里斯陀付錢買了漢堡和奶昔，而我決定他沒有問題，夠友善，也並不會對我打什麼主意。

「該我吃藥的時候了，」在我們吃完之後，他說：「卡爾，請你把我的幾瓶藥給我好嗎？就在前面的小置物櫃裡。」

裡面大約有五六個不一樣的藥瓶，我把它們遞給普里斯陀，他斜著眼睛，想看清楚藥瓶上的標籤，「來，」他說：「把住一下。」我靠過去，握住方向盤，我實在不想靠鮑勃．普里斯陀那麼近，而他掙扎地打開瓶蓋，倒出藥來。「我的肝整個完蛋了，都是因爲在泰國染上了肝火。那個操他媽的國家差點害死了我。」他拿起一片藍色的藥，「這是治肝的。我還有讓血稀一點的、治高血壓的，我的血管也都完蛋了。我不該吃這麼多的。」

我們就這樣開了一整天，黃昏時到了舊金山。當我看到那個城市，又是粉紅又是白色，像個結婚蛋糕架在小山丘上時，心裡只感到一陣新的焦慮。這一路橫越美國，心裡只想著要到我的目的地，現在我已經到了那裡，卻不知道我該怎麼辦，又怎麼活下去。

「你要到哪裡我就送你過去，」普里斯陀說：「你有你要住的地方的地址嗎？卡爾？你朋友住的地方。」

「隨便哪裡都行。」

「我送你到黑什伯里[22]，那是個能讓你弄清楚方向的好地方。」我們開進市區，最後鮑勃．普里斯陀把車靠路邊停下，我打開了車門。

「謝謝你載我一程。」我說。

「沒問題，沒問題。」普里斯陀說。他伸出手來，「哦，對了，那裡叫帕羅阿圖。」

「什麼？」

「史丹福大學在帕羅阿圖。如果你想要人家相信你在念大學的話，應該先把這個弄清楚。」他等著我說話。然後，普里斯陀的聲音變得出乎意外的溫柔，毫無問題，這又是他的專業技巧，可是頗見效果。他問道：「我說，小子，你有地方住嗎？」

「不用替我擔心。」

「我能不能問你一件事，卡爾？你到底是怎麼回事？」

我沒有回答，下了車，拉開後車門去取我的皮箱。普里斯陀在座椅上轉過身來，這在他來說可是件很困難的事。他的聲音仍然很柔和而低沉，像個做父親的。「說吧，我是在這一行的，我說不定可以幫你的忙。你是變性人嗎？」

「我走了。」

「不要覺得我冒犯了你，我對手術前、手術後的各種情況都很了解。」

「我不知道你在說什麼。」我把皮箱拖出了車外。

「嗨，別那麼急。來，至少把我的電話號碼記下。我可以用一個像你這樣的孩子。不管你在哪裡，你總會需要用錢的吧？想要很容易就賺到一大筆的話，記得給老朋友鮑勃・普里斯陀打個電話。」

我記下了號碼，以便打發他。然後我轉過身走了開去，好像我知道要往哪裡去似的。

「晚上在公園裡要小心，」普里斯陀在我後面用他渾厚的聲音叫道：「那裡有很多壞人。」

我母親常說連接她和她孩子之間的臍帶始終沒有完全剪斷。一等費洛波西恩大夫把肉身的臍帶剪斷之後，另外一條精神上的臍帶就替代著長了出來。在我失蹤之後，泰喜更覺得這個幻想是眞的。在夜裡，當她躺在床上等著鎮靜劑的藥效起作用時，她常把手放在肚臍上，像一個漁夫檢查他的釣魚線。泰喜覺得她有些什麼感覺，有輕微的震顫傳到她這裡來。她因此知道我還活著，雖然離開很遠，很飢餓，很可能並不很好。這一切都從那根看不見的線傳了過來，像是鯨魚的歌聲，在深海中相互召喚。

在我失蹤之後，我父母還在「湖濱獵場」旅館裡住了將近一個禮拜，希望我說不定會回去。最後負責這個案子的紐約警局警探告訴他們說最好還是回家去，「令嫒可能會打電話，或是回到那裡。小孩子通常都會這樣的。要是我們找到她的話，就會通知你們。相信我，最好就是回家去，守在電話旁邊。」我的父母親心不甘情不願地接受了勸告。

但是在他們離開之前，又去和路思醫生見了次面。「一知半解是很危險的事，」路思告訴他們，用這話來解釋我失蹤的原因，「卡莉可能在我離開辦公室的時候偷看了她的檔案資料。可是她並不懂她所看到的東西。」

「可是有什麼會讓她逃家呢？」泰喜問道。她睁大了兩眼，探索著。

「她誤會了某些事實，」路思回答道：「她把那些事過分簡化了。」

「我跟你說實話，路思博士，」密爾頓說：「我們的女兒在她所留的字條裡說你是個騙子。我倒想請你解釋一下她爲什麼會這樣說。」

路思很寬容地微微一笑，「她才十四歲，對成年人不信任。」

「我們能不能看看她的資料？」

「讓你們看檔案資料也沒用，性別認同是件很複雜的事。那不單是和基因有關，也不單是環境因素。基因和環境恰好在關鍵時刻碰到了一起，不是雙層影響，是三層影響。」

「讓我先把一件事弄清楚，」密爾頓插嘴道：「你醫學方面的意見到底是或不是說卡莉應該維持她的現狀？」

「就我治療卡莉的短短時間裡所做的心理評估來說，我會說是這樣的，我的意見是她認同自己是女性。」泰喜再也無法冷靜，她的聲音聽來十分瘋狂。「那，她爲什麼說她是個男孩子呢？」

「她從來沒跟我說過那樣的話，」路思說：「這倒是個新的謎。」

「我要看她的資料。」密爾頓要求道。

「我怕這不可能，檔案資料是給我自己私下研究用的。你可以看她的驗血報告和其他的實驗報告。」這下密爾頓大爲光火，他高聲叫罵著路思博士，「我要你負全責，你聽見沒有？我們的女兒不是那種會就這樣跑了的人。你想必對她怎麼樣了，嚇壞了她。」

「是她的狀況嚇到了她，史蒂芬尼德先生，」路思說：「讓我向你強調一件事，」他用指關節在桌上敲著。「這件事非常重要，就是你要儘快找到她，後果可能會很嚴重。」

「你說什麼？」

「沮喪啦，躁鬱啦，她的心理狀況相當不穩定。」

「泰喜，」密爾頓望著他的太太，「妳要看那個檔案資料，還是說我們就走了，讓這個混帳王蛋去操他自己。」

「我要看那份檔案資料。」她哭了起來，「拜託你說話注意點，我們還是要客氣點。」

最後，路思終於答應讓他們看了那份資料。在他們看完之後，他說他願意將來再重新評估我的狀況，還說希望很快能找到我。

「我八輩子也不會再帶卡莉來看他。」我母親在他們離開的時候說。

「我不知道他到底做了什麼事讓卡莉那樣不開心，」我父親說：「可是他一定做了什麼事。」

他們在九月下旬回到中性大宅，榆樹的葉子都在掉落，使街道沒有了遮蔽。天氣開始轉冷。泰喜夜裡躺在床上，聽著風聲和樹葉搖動的聲音，想著不知道我睡在哪裡，是不是平安。鎮靜劑並不能減少她的恐慌，只是加以轉移。在鎮靜劑的作用下，泰喜縮回到她自己更深一層的心中。那裡像一個平台，讓她可以省視自己的焦慮。在這些時候，她的恐懼會少一點。藥片讓她口乾，讓她的頭感覺像包在棉花裡，使她視野的周圍模糊。她應該一次只吃一粒藥的，可是她通常都會吃兩粒。

就是在半醒半夢之間的地方，泰喜想得最清楚。白天她忙著招呼客人——不停地有人帶著吃的東西到家裡來，她就得先擺盤子，等他們走了之後再清理——可是到了晚上，在昏睡過去之前，她才有勇氣去想我所留下的那張字條。

在我母親心目中，我除了是她的女兒之外，不可能是別的什麼。她的思想始終在同一個圈圈裡繞來繞去。泰喜的兩眼半張半閉，看到房間那頭的角落裡有什麼在閃亮。在她眼前看到我曾經穿戴和擁有過的所有東西。好像全都堆放在她的床腳——緞帶花邊的襪子、洋娃娃、髮夾、一整套的讀物、小禮服、那件紅色的毛衣、那件連身裙、簡易式的小烤箱、呼啦圈。由這些東西都會聯想到我，這些東西怎麼能讓人聯想到一個男孩子呢？

可是現在顯然就是如此。泰喜回想著過去一年半以來種種的事情，尋找著她可能忽略掉的跡象。面對和十來歲的女兒相關的驚人眞相，這和任何一個做母親的會做的事沒什麼兩樣。要是我因吸毒過量致死或是加入了某個邪教宗派，我母親的想法大概也是一樣。重新評量是一樣的，只是問題不同。那是不是我之所以會那麼高的原因？這是不是就能解釋我爲什麼始終沒有月經？她想到我們在金羊毛美容院用熱蠟脫毛的事，還有我沙啞的、女低音的聲音——眞的，所有的一切：洋裝在我身上老不對勁，女人的手套我都戴不下。所有以前泰喜覺得只是尷尬年齡的問題，突然都成了不好的兆頭。她怎麼會一直不知道！她是我的母親，是她生下了我，她對我比自己還更親近。我的痛苦就是她的痛苦，我的喜悅就是她的喜悅。可是卡莉的臉有時候不是有種很奇怪的表情嗎？那樣嚴肅，那樣……男人味道。而且她身上沒有肥肉，哪裡都沒有，全是骨頭，屁股是扁的。可是有沒有可能……路思醫生說卡莉是個……爲什麼他沒有說什麼染色體的事……這種事怎麼可能是眞的？我母親的思路就是這樣轉折著，而她的腦海裡暗了下來，閃光停止了。在她想過所有這些事情之後，泰喜想到了我的對象，想到我和我對象之間親密的友誼。她記起那天那個女孩戲演一半死在台上的事，想起衝到後台，看到我抱著我的對象，安慰她，撫摸她的頭髮，還有我臉上激動的表情，其實完全不是悲傷……

從最後這件事，泰喜又轉了回來。

另一方面，密爾頓並不浪費時間在重新檢視證據上。在那張旅館的信箋上，卡莉宣稱：「我不是女生。」可是卡莉只是個孩子，她知道什麼？孩子什麼瘋話都會說。我父親不明白是什麼讓我躲開我的手術。他想不透我爲什麼不希望解決問題，把我治好。他確信再多想我逃家的原因是偏離了重點。首先他們得找到我。他們得把我毫髮無傷地弄回來。醫療方面的問題以後再說。

密爾頓現在一心只爲這個目標。他每天大半時間都花在打電話上，打給全國各地的警察局，他盯著紐約的那位警探，問我的案子有沒有進展，他到公眾圖書館去查電話簿，抄下各警察局和逃家青少年收容所的地址和電話，然後按部就班地順著名單一個個電話打過去，問有沒有誰見過像我這樣的人。他把我的照片寄給那些警察局，寫備忘錄給他各分店的店長，請他們把我的照片貼在每個赫丘力熱狗餐廳裡。早在我的裸體出現在醫學教科書裡之前，我的面孔就已經出現在全國的布告欄和櫥窗裡。舊金山的警察局收到過這張照片，可是到那時候我被認出來的機會極小，我像個眞正的亡命之徒，把我的外表完全改變了，而生物學也讓我的僞裝一天比一天更爲完美。

中性大宅開始又擠滿了朋友和親戚。柔依姑姑和我的表兄弟姊妹來給我父母精神上的支持。彼德・塔塔奇斯有天提早把他的整脊所打烊，遠從伯明罕開車來和密爾頓與泰喜一起吃晚飯。吉美・費奧瑞托斯和他太太菲麗絲帶了koulouria和冰淇淋來。就好像入侵塞浦路斯的事從來沒發生過。女人都擠在廚房裡準備吃的東西，而男人都坐在客廳裡，壓低了嗓子談話。密爾頓把塵封的酒瓶從酒櫃裡取出來。他由襯了紫色天鵝絨的盒子裡把陳年好酒拿出來待客。我們的舊雙陸棋盤又從一大堆別的棋盤底下出現，而幾個年紀比較大的女人開始數她們的煩惱珠，每個人都知道我逃家了，可是沒有一個人知道爲什麼。她們私底下彼此詢問，「你想她是不是懷孕了？」還有：「卡莉有了男朋友嗎？」還有：「她看起來一向是個好孩子，完全想不到她會做出這種事來。」還有：「老是在吹噓他們的孩子在那個貴族學校裡成績全是A，哎，現在可不說了。」

泰喜痛苦地躺在樓上的床上，麥可神父握著她的手。他脫掉了上裝，只穿著短袖的黑襯衫，戴著領圈，告訴她說他會爲我回來的事祈禱，他勸泰喜到教堂去，爲我點支蠟燭。我現在問我自己，麥可神父在主臥室裡握住我母親的手時，他臉上會是什麼表情，有沒有一點schadenfreude（幸災樂禍）？因爲他的前未婚妻的不幸而感到開心？因爲他大舅子有錢也擋不了這不幸的事而高興？還是因爲在回家路上，他老婆柔依終於不能說密爾頓比他好而鬆了口氣？我無法回答這些問題。至於我母親，她吃了鎮靜劑，只記得她眼睛裡的壓力使麥可神父的臉變得很奇怪地拉長了，就好像是艾爾・格列柯的畫裡的教士。

泰喜晚上睡得很不穩，恐慌的情緒時時使她驚醒過來。早上她鋪好床，可是吃過早飯之後，有時候又去躺在床上，把她那雙小小的白色軟底帆布鞋整齊地放在地毯上，拉上窗簾。她的眼眶黑了，而她太陽穴的青筋很明顯地悸動著。電話鈴聲響起時，她的頭感覺好像要炸開來似的。

「喂？」

「有消息嗎？」是柔依姑姑。泰喜的心沉了下去。

「沒有。」

「別擔心，她會出現的。」

她們聊了大約一分鐘，然後泰喜說她得掛電話了。「我不該一直占著線。」

每天早上，一大陣濃霧降在舊金山，霧從很遠的海上來，在費拉隆斯群島上空形成，遮住了在岩石上的海獅。然後掃過洋灘再填滿了像個長形綠色大碗的金門公園，遮沒了那些清早時分的晨跑者和各自在打太極拳的人。讓琉璃閣的玻璃窗爲之迷濛，霧悄悄地蓋過整個城市，覆蓋了紀念碑和電影院，遮沒了潘罕兜的毒窟，以及「油水區」[23]的廉價旅社。濃霧包圍了太平洋高地的維多利亞式豪宅，也裹住了黑什伯里一帶七彩的房子。霧氣在中國城曲折小街裡來往；上了纜車，使得車上的鐘聲響得像海上的浮標；一路攀到柯依特塔，最後你就看不見了；霧氣飄進教會區，那裡的墨西哥街頭樂隊隊員還高臥未起；卻讓遊客困擾。舊金山的霧，那既冷又遮掩一切的迷霧每天布滿全城，比任何事物都更能說明這個城市爲什麼會是現在這個樣子。在二次世界大戰之後，舊金山是由太平洋回國的水手最主要的入口。在海上的時候，很多水手染上了某些情色上的習慣，是陸上的人不表贊同的。結果這些水手留在舊金山，人數越來越多，彼此吸引，最後這個城市變成了同志的重鎮，一個同性戀者的Hauptstadt（首都）。（生活的難以預料還有更多的證明：卡斯特羅街[24]是軍事、工業情結下的結果。）就是那濃霧吸引了這些水手，因爲霧給這個城市一種像海一樣飄移而隱匿的感覺。在這個隱祕之下，個人的改變要容易得多。有時候還眞難說得準究竟是霧滾滾地進了城來，還是這個城市移出去迎向濃霧。回溯到四〇年代，濃霧遮蔽了那些水手做的事，不讓他們的同胞看見。而霧還沒有就此罷休。五〇年代，霧氣充滿了垮掉的一代的腦袋，就像他們喝的卡布基諾咖啡上的泡沫一樣。到了六〇年代，則像從菸斗裡冒出來的大麻菸一樣，使那些嬉皮腦子裡思想不清，而在七〇年代，卡爾・史蒂芬尼德到來的時候，濃霧則把我的新朋友們和我藏在公園裡。

到了黑什伯里的第三天，我坐在一家咖啡店裡吃著一客香蕉船，那已經是我的第二份了。我的新自由所帶來的興奮感已漸漸消失，狼吞虎嚥地吃甜食也不像一個禮拜之前那樣可以驅走我的憂傷。

「能給點零錢嗎？」

我抬起頭來，靠在我那張大理石桌面的小桌子邊上的，是我很清楚的那型人。一個住在高架橋下的孩子，那種我始終和他們保持距離的、會偷搶拐騙的逃家少年。他運動衫的帽兜戴在頭上，露出一張紅紅的臉，臉上滿是青春痘。

「抱歉。」我說。

那個男孩彎過身來，臉貼得更近。「給點錢好吧？」他又說了一遍。

他的死纏爛打讓我很著惱，所以我對他怒目而視地說：「我還想跟你說同樣的話呢。」

「像豬一樣大吃聖代的人可不是我。」

「我跟你說了我沒有多餘的零錢。」

他看了我身後一眼，用比較溫和的口氣問道：「你怎麼到處都帶著那麼大個皮箱呢？」

「那是我家的事。」

「我昨天看到你帶著那個東西。」

「我的錢夠買冰淇淋吃，不過也就這樣。」

「你沒有地方可住嗎？」

「我有好多好多地方。」

「你請我吃個漢堡，我就告訴你一個好地方。」

「我說過我地方多的是。」

「我知道公園裡的一個好地方。」

「我自己就能進公園去，隨便什麼人都能進公園去。」

「要是他們不想被搶的話就不能進去。你根本不知道那裡面是怎麼回事，老兄。金門公園裡有的地方很安全，有些就不是。我和我的朋友們有一個很好的地方，眞的很隱祕，連條子都不知道，所以我們可以隨時尋開心，可以讓你住在那裡，可是首先我得要那個雙層吉士堡。」

「剛才還說是漢堡的。」

「你一打瞌睡就輸了，價錢是一直在往上爬的。你到底幾歲呀？」

「十八。」

「嗯，對，好像我還相信呢。你才不是十八歲。我十六歲，你不會比我大。你是馬林郡來的嗎？」

我搖了搖頭。我已經有好一陣子沒和我差不多年紀的人說過話了。這種感覺很好，讓我不那麼孤單寂寞。可是我還是要防備著。

「不過你是個有錢的小孩，對吧，穿鱷魚牌襯衫的先生？」

我什麼也沒說。突然之間，他滿臉乞求的表情，充滿了孩子氣的飢餓，他的兩膝發抖。「好啦，老兄，我餓死了，好吧，不要雙層吉士堡了，只要一個漢堡。」

「好吧。」

「酷，一個漢堡，加薯條，你說了薯條的，是吧？你也許不相信，老兄，可是我爸媽也是有錢人。」

就這樣，我開始了在金門公園裡的日子。後來發現我的新朋友麥特說他父母的事沒有騙人。他是「主流」之後，父親是費城一個專打離婚官司的律師，麥特是第四個孩子，也是老么。他長得矮而結實，下巴突出，因爲抽菸而喉音很重的沙啞嗓子，他是去年夏天爲了追隨「死之華合唱團」而離家，到現在還沒停下來。他在他們的演唱會上賣手染的圓領衫，有辦法的時候也賣迷幻藥和毒品。他帶著我深入公園，我認得了他的同伴。

「他叫卡爾，」麥特對他們說：「他要跟我們擠一陣子。」

「酷。」

「你是葬儀社的啊？老兄？」

「我開頭還以爲他是林肯呢。」

「不是，這套衣服只是卡爾旅行的時候穿的，」麥特說：「他箱子裡還有別的衣服，對吧？」

我點了點頭。

「你要不要買襯衫？我有些襯衫。」

「好耶。」

住的地方是在一處金合歡樹叢裡，樹枝上毛茸茸的紅花就像是清菸斗的刷子。沙丘上一帶全是很大的冬青樹叢，形成天然的茅屋，裡面都是空的，下面的地很乾。樹叢可以擋風，大部分的時間也能擋雨。裡面的地方大得夠讓人坐起來。每個樹叢裡都有幾個睡袋，想睡覺的時候就挑一個正巧沒人用的。適用的是公社的倫理。孩子們一直有去有來，而這裡用的就是他們留下來的東西：一個露營用的爐子，一個煮義大利麵的鍋子，各式各樣的銀餐具、果醬瓶子、被褥，還有他們丟來丟去的夜光飛盤，有時候還把我找進去讓比賽的兩隊人數相等。（「天哪，鱷魚牌，你扔得像小女生呢，老兄。」）他們身上的堅果食品、大麻菸、菸斗、防止心絞痛的藥都不少，可是毛巾、內褲、牙膏卻都很缺。三十碼左右以外有一條溝，我們用來當公共廁所，水族館旁邊的噴水池用來洗澡很不錯，可是一定得在晚上，以免被警察逮到。

要是這群人裡有誰交了女朋友，就會有個女孩子來待一陣子，我都避開她們，覺得她們可能會猜到我的祕密。我像個移民，在碰上了從老家來的人就裝腔作勢起來。我不想被人發現，所以始終不多說什麼，不過在這群人裡，我不管怎麼樣話都不會多的。他們全都是「死之華」的死忠歌迷，談話也離不開這個話題。誰在哪天晚上看到了傑瑞[25]，誰在哪場演唱會上喝到走私進口的酒。麥特是高中的輟學生，可是談起和「死之華」有關的瑣碎事情，頭腦卻好得驚人。他記得那個樂團每場巡迴演唱的日期和地點，他背得每首歌的歌詞，「死之華」在什麼時候、在什麼地方表演過那首曲子，一共演出過幾次，又有哪些歌是他們只演唱過一次的。他就像忠實地等待救世主降臨似地等著他們演唱某些歌曲。有一天「死之華」會唱〈滑稽查理〉，而麥特．拉爾森希望能在場目睹創作重生。他有次見到傑瑞的太太山女，「她眞是操他媽的酷，」他說：「我可以操他媽的愛上這樣一個女人，要是我能找到一個像山女那樣酷的女人，我就會娶她，做生孩子等等的狗屎事情。」

「也去找份工作嗎？」

「我們可以跟著樂團巡迴，把孩子放在袋子裡，像印地安人的小嬰兒那樣。去賣大麻。」

住在公園裡的不止我們這批人，在這片地另外一頭的幾座沙丘讓一些遊民占據著。他們留著長鬍子，臉被太陽和塵土弄成褐色，聽說他們會搗毀別人的營地，所以我們從來不會讓我們這裡沒人看守。這大概是我們所有唯一的規定，永遠要有人看守。

我和這群「死之華」的死忠歌迷混在一起，是因爲我怕孤獨。我在路上的那段時間讓我明白成群結黨的好處。我們因爲不同的原因離家，他們不是那種在一般正常環境下我會交朋友的人，可是在這段短短的時間裡，我會這樣做是因爲我沒有別處可去。我跟他們在一起時始終不自在。可是他們並不特別殘忍，孩子們喝了酒會打架，但基本上並不暴力，每個人都在看《悉達多》。一本很舊的平裝本，大家傳來傳去，我也看過。這是我對那段時間記憶最深刻的事情之一：卡爾，坐在石頭上，看著赫曼・赫塞的著作，了解佛陀。

「我聽說佛陀嗑迷幻藥，」有個傢伙說：「那就是他的開示。」

「那年頭還沒有迷幻藥呢，老兄。」

「不是啦，那就像，你知道嘛，一種蕈子。」

「我認爲傑瑞就是佛陀，老兄。」

「對！」

「像我那時候看到傑瑞用〈在聖塔非探索〉那支曲子即興演奏了四十五分鐘，我就知道他是佛陀。」

這些談話我都沒參與。在所有的「死之華」死忠歌迷入睡時，卡爾卻在遠處的樹叢裡。我逃家的時候並沒有想到我的生活會是什麼樣子，我逃走的時候沒有可以逃去的地方。現在我很髒，身上的錢越來越少。我遲早得打電話給我父母。可是我這輩子第一次明白他們不能幫我，任何人都幫不了我。我每天帶著這群人到阿里巴巴速食店去，給他們買一個七毛五的素漢堡。我不願去行乞和販毒。大部分時間我都待在樹叢裡，越來越感到絕望。我有幾次走到海濱去坐在海邊，可是過了一陣子之後，我也不去了。大自然並不能帶來寬慰，外在的世界結束了，我無論到哪裡都還是我。

對我父母來說卻恰好相反，不論他們到哪裡，不論他們做什麼，他們所面對的都是沒有了我。在我消失蹤影三個禮拜之後，朋友和親戚都不再那麼常到中性大宅來了，屋子裡安靜了很多，電話不再響。密爾頓打電話給現在住在上半島的十一章說：「你媽過得很苦，我們還是不知道你妹妹在哪裡，要是你媽能看到你，我相信她一定會覺得好過點的。你何不下來度個週末呢？」密爾頓沒有提過我留的字條。我在診所的那段時間，他只讓十一章知道最簡單的情況。十一章聽出密爾頓話裡的嚴重性，就同意開始在週末時回家，住在他原先的睡房裡。他漸漸地弄明白我問題的細節，反應比我的父母要溫和得多，因此讓他們，或至少是讓泰喜開始接受這新的現實。就是在這些週末的時間，密爾頓急於想穩定他和兒子之間重建的關係，再度慫恿十一章參與家裡的生意，「你沒再和那個梅格在一起了吧？」

「沒有。」

「呃，你理工學到一半不學了，那你現在在做什麼呢？你媽和我都不怎麼清楚你在馬奎特的生活情形。」

「我在一個酒吧裡工作。」

「在酒吧工作？做什麼呢？」

「當快餐廚師。」

密爾頓只停頓了一下，「你覺得哪樣比較好，是一直守在爐子後面呢？還是將來經營赫丘力熱狗？畢竟那是你發明的。」

十一章沒有說好，可是他也沒說不要。他以前是個搞科學的書呆子，可是六〇年代讓他改變了，在那十年的壓力下，十一章成了個吃奶素的人，一個超覺靜坐的徒弟，會嗑佩奧特掌[26]丸。很久以前，他有次把高爾夫球鋸開來，想知道裡面是什麼；可是在他生活的某一點上，我的哥哥卻對頭腦的內部著了迷。他認定制式教育毫無用處，就脫離了文明。我們兩個都有回復自然的時刻，十一章在上半島，而我是在金門公園的樹叢裡。不過，在我父親提出他的建議時，十一章已經開始對樹林感到厭倦了。

「來吧，」密爾頓說：「我們現在去吃一根赫丘力熱狗。」

「我不吃肉，」十一章說：「要是我不吃肉，我怎麼能經營那個生意呢？」

「我一直在考慮加進沙拉吧，」密爾頓說：「最近很多人都在吃低卡餐了。」

「好主意。」

「是嗎？你這樣覺得嗎？那你就負責這一部分。」密爾頓用手肘撞了十一章一下，開著玩笑說：「我們讓你一開始先當負責沙拉吧的副總裁。」

他們開車到市中心區的赫丘力熱狗店去。他們到的時候生意正忙。密爾頓跟經理賈斯．扎拉斯打招呼：「Yahsou（嗨）。」

賈斯抬起頭來，呆了一秒鐘，才開始咧嘴笑了起來，「嗨，密爾頓，你好不好？」

「好，好，我帶未來的老闆來看看這個地方。」他指了下十一章。

「歡迎光臨家族帝國。」賈斯開著玩笑把兩臂伸開。他笑得有點太過大聲。他好像注意到這點，就停了下來，一陣尷尬的沉默，然後賈斯問道：「哎，密爾頓，來點什麼呢？」

「兩客熱狗，什麼料都要加，我們有什麼是素的嗎？」

「我們有青豆湯。」

「好，給我兒子來碗青豆湯。」

「沒問題。」

密爾頓和十一章選了位子，等著上菜。又是一陣沉默之後，密爾頓說：「你知道你老頭現在有多少家像這樣的店嗎？」

「多少？」十一章說。

「六十六家。佛羅里達州有八家。」

生意的事只談到這裡爲止。密爾頓默默地吃他的赫丘力熱狗。他很清楚賈斯爲什麼裝得這樣過分客氣，因爲他跟所有的人在有女孩子失蹤之後想的一樣。他在想最糟的情況。密爾頓也有這樣想法的時候，他沒有向任何人承認這件事，對自己也不承認。可是每次泰喜說到臍帶的事，說她仍然可以感覺到我在什麼地方的時候，密爾頓就發現自己希望能夠相信她。

有個禮拜天，泰喜出門去上教堂的時候，密爾頓遞給她一張大鈔。「給卡莉點枝蠟燭，點上一大把，」他聳了聳肩膀，「反正無傷。」

可是等她走了之後，他搖了搖頭，「我是怎麼了？點蠟燭！天哪！」他對自己這樣迷信而大為光火。他再發誓一定要找到我；他一定會把我找回來。不管怎麼樣都要把我找回來。他會碰到機會的，到那時候，密爾頓・史蒂芬尼德絕不會錯過。

「死之華」來到了柏克萊。麥特和其他孩子全都去了演唱會，給了我守營的工作。

半夜時分在金合歡樹叢裡，我驚醒過來，聽到有聲音。有光在樹叢裡移動，有低聲說話的聲音。我頭上的樹葉變成白色，而我能看到鷹架似的樹枝。光掃過地面、我的身子、我的臉。緊接著一道手電筒的光直照進我藏身巢穴的開口來。

那兩個人馬上撲了上來，一個用手電筒照著我的臉，另外一個跳坐在我胸口，壓住我的兩隻手。

「起床囉。」拿手電筒的那個說。

是兩個從另外那頭沙丘來的遊民。一個坐在我身上，另外一個則開始搜索營地。

「你們這些小操蛋在這裡藏了什麼好貨？」

「看看他，」另外那個說：「小子嚇得都要在褲子裡拉屎了。」

我把兩腿併緊，我心裡仍然有那種女孩子的恐懼。

他們主要是想找毒品。那個拿手電筒的把睡袋都抖開，也搜了我的箱子。過了一下之後，他走了回來，一腿跪下。

「你所有的朋友都到哪裡去了，老兄？他們全走了，丟下你一個人？」

他開始搜我的幾個口袋。很快地就找到了我的皮夾，把裡面的東西全掏出來，掏的時候，我的學生證掉了出來，他用手電筒照著。

「這是什麼？你女朋友？」

他瞪著那張照片，咧開嘴來，「你女朋友喜歡吸老二嗎？我打賭她喜歡。」他把學生證撿起來，拿在他褲襠前，前後挺突著，「哦，耶！她好喜歡！」

「讓我看看。」坐在我身上的那個說。拿手電筒的把學生證丟在我胸口上，壓住我的那個把臉湊到我面前，用低沉的聲音說：「你操他媽的不許動。」他放開了我的手，撿起學生證。

我現在能看到他的臉了，花白的鬍子，一口爛牙，鼻子歪著，鼻孔張開。他打量著那張照片。「好瘦的婊子。」他的眼光從照片上移到我臉上，他的表情變了。

「是個妞！」

「反應眞快，老兄，我老說你有這好處。」

「不是，我是說他。」他指著我。「就是她！他是個女的。」他把學生證拿起來給另外那個人看。手電筒的光又再照著穿了外套和罩衫的卡莉歐琵。

最後那跪著的男人咧嘴獰笑道：「妳在騙我們？啊？妳有好東西藏在這條褲子底下？抓住她。」他命令道。跨坐在我身上的那個人又把我兩手壓住，讓另外那個解開我的皮帶。

我想掙脫他們。我又扭又踢，可是他們太壯了，他們把我的褲子拉到我膝蓋上。一個把手電筒對準了，然後跳了開去。

「我的老天！」

「什麼？」

「我操！」

「什麼啦？」

「是個操他媽的怪物。」

「什麼？」

「我要吐了，老兄，你看！」

另外那個才看了一眼就放開了我，好像會污染到他似的。他站了起來，勃然大怒。他們心意相通，開始踢我，一面踢還一面罵，壓住我的那個踢我的腰，我抓住他的腿不放。

「放開我，妳操他媽的怪物。」

另外那個踢著我的頭，踢了三四下，我昏了過去。

等我醒來時，一切都靜悄悄的，我以爲他們已經走了。然後有人竊笑著，「交叉。」一個聲音說道。兩道黃色水流，閃亮著，交叉著，淋了我一身。

「爬回你的洞裡去吧，怪胎。」

他們就把我丟在那裡。

等我找到水族館旁邊那個噴水池，在裡面洗澡的時候，天還是黑的。我好像沒有哪裡在流血，我的右眼腫得閉了起來，深呼吸時腰就會痛。我還有我父親的山松耐德皮箱，我身上還有七毛五分錢。我眞想能打電話回家，卻打給了鮑勃・普里斯陀。他說他馬上來接我。

赫爾馬弗羅迪塔斯[27]

也難怪路思對於性別認同的理論在七〇年代初會大受歡迎。當時，正如我第一個理髮師說的，每個人都想走中性路線。一般都認爲個性主要是因環境而定，每個孩子開頭都是一張白紙，我個人在醫學方面的經驗只是反映了當年每個人心理上的情形。女人越來越像男人，而男人則變得越來越像女人，七〇年代有段時間似乎沒有了性別的差異。可是另外一件事情發生了。

那稱爲進化生物學，在影響之下，兩性又分了開來，男人成爲狩獵者，女人成爲蒐集者，塑造了我們的不是後天的教育；而是天生自然，西元前兩萬年原始人的衝動，到現在還控制著我們。所以今天在電視和雜誌上，你還能看到現代簡化的結果。男人爲什麼不能溝通？（因爲他們在狩獵時必須很安靜。）爲什麼女人這麼會溝通？（因爲她們必須大聲地彼此詢問水果和漿果在哪裡。）爲什麼男人在家裡老是找不到東西？（因爲他們的視野很窄，追蹤獵物時很有用。）爲什麼女人要找東西都很容易找到？（因爲在保護巢穴時，她們經常要注意周圍的廣闊野地。）爲什麼女人不會並排停車？（因爲睪酮分泌量低抑制了空間的能力。）爲什麼男人不肯問路？（因爲問路是示弱的行爲，狩獵者絕不會示弱。）這就是我們今日的處境，男人和女人，厭倦了彼此相同，希望能再不一樣。

因此，也難怪路思博士的理論在九〇年代大受攻擊，孩子現在不是一張白紙了；每個新生的嬰兒都有基因和進化的銘記。我的生命正存在於這番辯論的中心。在某方面說來，我正是答案。我失蹤的時候，路思博士起初很絕望，認爲他失去了他最偉大的發現。可是後來，大概想通了我爲什麼逃跑，他得到的結論是我不但不是能支持他理論的證據，反而是種反證。他希望我永遠保持安靜。他出版了對我的研究報告，祈禱我永遠不會露面來反駁他。

可是事情並不是那麼簡單。我完全不符合任何一個這類的理論，既不合進化生物學者的理論，也不合路思的理論，我的心理構成也和雙性人運動中頗受歡迎的本質主義論不一致。我和其他新聞報告中所謂男性假性陰陽人不同，我在做女孩的時候，從來沒有格格不入的感覺。現在在男人之間，我仍然不會完全自在。情慾讓我跨到另外一邊，情慾和我肉體的眞實性。在二十世紀，遺傳基因把古希臘對命運的觀念帶到我們的細胞裡。在這個新的世紀，我們才剛開始發現某些不一樣的東西。和一般人所想的不同：強調我們個人性的組合碼嚴重不足，不是想像中的二十萬個基因，而是三萬個。比一隻老鼠多不了多少。

所以就產生了一種很奇怪的新的可能。在妥協之下，有些模糊、相當概略，但並沒完全忘卻的：自由意志又回來了。生物學給你頭腦。生活把那變成了思想。

反正，一九七四年在舊金山，生活正努力地讓我有思想。

＊

又來了；那種氯氣的味道。在跨坐在腿上那個女人嗆鼻的香味之下，甚至和仍然留在那老電影院座位上的奶油爆米花的香味分得很清楚，苟先生能聞到那種錯不了是游泳池的味道。在這裡？在六九俱樂部裡？他嗅了一下。坐在他懷裡那個叫茀薩娜的女孩子說：「你喜歡我的香水嗎？」可是苟先生沒有回答。苟先生有辦法對他付錢來在他懷裡扭動的女孩置之不理。他最喜歡的是一個女孩子趴在他身上像青蛙似地蹬著腿，而他一面看著另外一個女孩子在台上跳鋼管舞：苟先生是一心多用的人。可是今晚他無法分散他的注意力，游泳池的味道讓他分心，這種情形到現在已經有一個多禮拜了。荷先生把在茀薩娜努力之下微微上下擺動的頭轉過去，看看那行排在絲絨繩前的人。在這個「表演廳」裡的五十張左右座椅幾乎全是空的。藍色的燈光下，只看得見很少幾個男人的頭，有些單獨向著舞台，有幾個和荷先生一樣，有個女伴騎在他們身上：那些染了頭髮的騎師。

那道絲絨繩後面是一道邊上鑲著閃燈的樓梯。要爬上那道樓梯就得另外再付五塊錢的門票。上到了俱樂部的二樓之後（荷先生聽別人告訴他），你唯一的選擇就是進入一個小隔間，那裡又要投在樓下一個兩毛五買的代幣，一旦這些事都做到之後，你就能看到一點點什麼荷先生始終沒弄懂的東西。荷先生的英文不止是還過得去而已，他在美國已經住了五十二年。但樓上表演的那張廣告卻讓他不知所云，因此他很好奇。氯氣的味道讓他更加好奇。

儘管最近幾個禮拜到樓上去的人越來越多，荷先生自己卻還沒上去過。他一直死忠地守在一樓，這裡只要花十塊錢的門票，就可以有多重選擇。比方他想要的話，荷先生可以離開表演廳，到走廊盡頭的「暗房」去。在暗房裡，有好多細細光芒的手電筒，有擠在一堆的男人在揮著這些手電筒。要是你能擠得夠遠，就會發現一個女孩子，有時是兩個，躺在一張鋪了泡沫乳膠墊的台子上。當然這在某方面說來是你要能相信眞的看到一個女孩子，或有時會有兩個。你在暗房裡永遠看不到一個完整的女孩。你只能看到各部分，只能看到你的手電筒照到的那些。比方說，一個膝蓋，或是一個乳頭。或者，是荷先生和他的同好們特別感興趣的，你能看到生命的源頭，最了不起的部位，非常的純粹，沒有連著一個人的胴體。

荷先生也可以進「舞廳」。舞廳裡有好多女孩子都想和荷先生跳慢舞。不過他不喜歡狄斯可音樂，他這把年紀很容易累。要把那些女孩子壓得貼在舞廳加裝了墊子的牆上，花的力氣太多了。荷先生還是喜歡坐在表演廳裡，坐在骯髒的裝飾派藝術[28]的椅子上，那些椅子原先是在奧克蘭的一家電影院裡，那裡現在已拆除了。

苟先生七十三歲了。每天早上，爲了維持他的精力，都喝摻了犀牛角粉的茶。也吃熊膽，只要他能在他公寓附近的中藥鋪裡買得到。這些壯陽藥好像很見效，苟先生幾乎每天晚上都到六九俱樂部來。他喜歡跟坐在他懷裡的女孩子講一個笑話。「苟先生喜歡來個夠。」只有在他跟她們說這個笑話的時候，他才會大笑或微笑。

要是俱樂部裡的客人不多——現在樓下是難得有人多的時候了——茀薩娜有時會陪苟先生三首到四首歌的時間。給一塊錢，她就在他身上騎上一首歌，可是她會免費多坐個一首到兩首歌，這點在苟先生心裡是茀薩娜的一大優點，茀薩娜不年輕了，可是她皮膚很好，苟先生覺得她很健康。

不過，今晚才過兩首歌，茀薩娜就由苟先生身上滑了下來，咕噥著：「我又不是慈善機構。」她走了開去，苟先生站起來，整了下褲子。就在這時候，他又聞到了游泳池的味道。這回他抵不住好奇，拖著腳走出了表演廳，抬頭望著樓梯上那張畫的宣傳海報：

六九俱樂部　特設

八爪魚樂園
人魚梅蘭妮！
伊莉和她的電鰻！
特別演出
雌雄同體兩性神
1／2男人⟷1／2女人
絕無虛假！貨眞價實！

現在苟先生眞抵不住好奇了，他買了張門票和一把代幣，和其他人一起排隊等候入場。等到看門的保鏢讓他過去之後，他爬上了那道閃著燈的樓梯，二樓的那些小隔間都沒標號碼，只有燈光表示裡面有沒有人。他找到了一個空隔間，進去之後關好了門，把一枚代幣投進了投幣口，前面的布幕馬上滑開，露出一個圓窗，看出去是水裡的景象，天花板上的擴音器播著音樂，一個低沉的聲音開始說故事：

「從前在古希臘，有一個魔潭，那個潭是奉獻給水精莎梅席絲的。有一天，一個叫赫爾馬弗羅迪塔斯的美少年到那裡游泳。」聲音繼續說下去，可是苟先生不再理會。他盯著池子裡，藍色的水池裡是空的，他一面想著那些女孩子在哪裡。他開始後悔花錢買了八爪魚樂園的門票。可是就在這時候，那個聲音吟唱道：

「諸位女士、諸位先生，請看赫爾馬弗羅迪塔斯神！半男半女！」

上面傳來濺水的聲音，池裡的水變成白色，然後又轉爲粉紅色。就在幾吋遠處，在圓窗玻璃的外面，有一具胴體，活生生的人體。苟先生看著，瞇起眼睛，把臉貼在圓窗上。他從來沒看過他現在看著的那樣東西。就算他這麼多年來在「暗房」裡也沒看過。他不知道自己喜不喜歡，可是眼前的景象讓他覺得很奇怪，有點頭昏昏的，全身輕飄飄，好像自己年輕了很多。布幕突然關上了。苟先生毫不遲疑地又投下一枚代幣。

舊金山的「六九俱樂部」，鮑勃．普里斯陀開的俱樂部：坐落在北濱，可以看得見市中心區的那些摩天大樓。那附近全是義大利咖啡店、披薩餐廳和上空酒吧。在北濱有很多俗麗的脫衣舞場，像卡珞．杜妲的表演場，在入口還畫著她那對有名的巨乳。拉客的在路邊拉住路過的人：「各位先生！進來看秀啊！看一眼吧，看一眼不用錢。」隔壁那家的則在叫著：「我們的妞兒是最好的，請走這邊，掀開布簾就進去了！」再下一個：「活春宮啊，各位！在我們裡面還可以看足球賽轉播！」叫客的都是些很有意思的人，大部分是沒成功的詩人，休息的時候都在「城市之光書店」[29]翻閱「新方向」[30]所出的平裝書。他們穿著條紋長褲，打著大花領帶，留著鬢角和山羊鬍子。他們都很像湯姆．衛茲，也或許是衛茲長得像他們，像馬密筆下的人物，生活在一個並不存在的美國，過著孩子心目中時髦人士和廣告界人士，以及地下社會的生活。

據說：舊金山是年輕人退休的地方。儘管想到描寫醜陋的地下生活可以讓我的故事更多采多姿，卻又不能不說整條北濱大道只有幾條街長。舊金山的地理環境太美了，美到不讓醜陋的東西有多少立足之地。而且除了拉客的人之外，也有很多觀光客在那裡走著，那些遊客抱著發酵的麵包和季拉德里巧克力[31]。白天有溜輪鞋和打曲棍球的聚在公園裡。可是到了晚上，情況終於有點醜陋了，而從晚上九點到半夜三點，男人川流不息地湧進六九俱樂部來。

而這裡，很明顯的正是我目前正在工作的地方。一週五天，每天六個小時，做了四個月——幸好，以後再也不必了——我就靠展示我的身體與眾不同的地方來謀生。路思的診所替我打下了基礎，讓我沒什麼羞恥感，何況我急需要錢，六九俱樂部對我來說也是個再好不過的地方，我和其他兩個女孩子一起工作，她們叫：卡門和左娜。

普里斯陀是個剝削勞工的人，是色情生意的狗，是性行爲的豬玀。可是我的情況很可能更糟，要沒有他的話，我可能永遠無法找到自己。他把遍體鱗傷的我從公園接出來，帶回他的公寓裡。他那位納米比亞的女朋友葳希蜜亞爲我在傷口敷藥，其間我又昏了過去。他們脫掉我的衣服，送我上床。就是這個時候，普里斯陀知道他可以發一筆橫財了。

我睡睡醒醒，斷斷續續地聽到他們的對話。

「我就知道，我在牛排館看到他的時候就知道了。」

「你知道個屁，鮑勃，你以爲他是個變性人。」

「我知道他是座金礦。」

後來，葳希蜜亞說：「他多大年紀？」

「十八歲。」

「他看起來不像十八歲。」

「他自己說的。」

「而你想要相信他的話，是吧？鮑勃，你要他到俱樂部去表演。」

「是他打電話給我。所以我提供他機會。」

再過了一陣，「你爲什麼不打電話給他的父母？鮑勃？」

「這小子是從家裡跑出來的，他不想打電話給他爸媽。」

八爪魚樂園在我去之前就有了，普里斯陀是六個月前想到了這個點子，卡門和左娜從一開始就在那裡工作，藝名分別叫做伊莉和梅蘭妮。但普里斯陀還一直在找更怪異的表演，知道我可以讓他贏過在這條街上的其他對手。附近可沒有像我這樣的。

水箱本身並沒有那麼大。比誰家後院那個放在地上的袖珍游泳池大不了多少。長十五呎，寬大約是十呎。我們由一道梯子下到溫水裡。由小隔間裡，客人直接看到水箱裡面；不可能看到水面以上，所以我們願意的話就可以把頭伸到水面上，一面工作，一面互相聊天。只要我們腰部以下在水裡，客人就很滿意了。「他們不是來看你們漂亮面孔的。」普里斯陀對我說。這點讓事情變得更容易。我想我不可能跟客人面對面地演出偷窺秀。他們的眼光會吸走我的靈魂。可是在水箱裡，要是我在水下，我的兩眼就會閉上，我在深海般的寂靜中浮沉。當我把身體貼近某一個圓窗的玻璃時，我就把臉伸出水外，這樣就不知道有眼睛在細看我的私處。我以前是怎麼說的？海面是一面鏡子，反映了不同的進化途徑，上面，是空氣中的生物；下面則是水中的生物。一個星球，包含了兩個世界，客人都是海中的生物；左娜、卡門和我主要始終是空氣中的生物。左娜穿著人魚裝，躺在一條濕濕的墊子上，等著在我之後上場。有時候她拿著一枝大麻菸湊到我嘴邊，讓我抓著池邊抽兩口。在我表演的十分鐘過去之後，我爬上那塊墊子，晾乾身子。透過廣播系統，鮑勃・普里斯陀正在說著：「各位觀眾，請爲赫爾馬弗羅迪塔斯鼓掌。只有在八爪魚樂園裡，性別其實無分別！我告訴你們，各位觀眾，我們是岩石堆裡的寶石，我們把交直流兩用的插在……」

金髮藍眼的左娜側躺著問我：「我的拉鍊拉上了嗎？」

我檢查了一下。

「這個水箱讓我有壓迫感，我一直全身都好緊。」

「妳要我從酒吧那邊給妳帶什麼東西嗎？」

「給我要杯內格羅尼，卡爾。謝謝。」

「各位女士、各位先生，現在是八爪魚樂園的下一個節目。是的，我現在看到史坦哈特水族館的人剛把她給抬進來，快把代幣投下去吧。各位女士、各位先生，這可是你們不會想錯過的好東西，請給我打一通鼓好嗎？不對，還是給我來一盤壽司吧。」

左娜表演的音樂響起，她的序曲。

「各位女士、各位先生，不知從多久以前，討海的人就說過他們看到難以相信的生物，一半女人，一半是魚，在海裡游泳，我們六九俱樂部的人原先都不相信這種故事。可是有個我們認得打鮪魚的漁夫，那天給我們送來他網到一件令人驚異的東西，現在我們知道那些故事都是眞的了。各位女士、各位先生，」鮑勃・普里斯陀柔聲地說：「有沒有……哪個……聞到了……魚的味道？」

在這句提示下，穿著閃亮綠色魚鱗片橡皮戲服的左娜就跳進水裡。那件戲服一直到她腰上，她的胸部和肩膀都是光裸的。左娜在水光中滑過。她在水下不像我那樣，而是睜大了兩眼對著在小隔間裡的男人和女人微笑。她的金色長髮像海草一般漂在她後面，細小的水泡像珍珠般綴在她雙乳上，而她甩動著她那閃亮的翠綠色魚尾巴。她不做任何淫猥的表演，左娜的美貌讓每個人只要看著她就滿足了，看她白皙的皮膚，美麗的雙峰，平坦的小腹和淺淺的肚臍，還有她擺動的背部，由肉身轉接到鱗片的地方那動人的曲線。她游動時兩手在身體兩側，非常性感地波動著。她的面容沉靜，眼睛是加勒比海的藍色。樓下一直有狄斯可的節奏在悸動著，但是在八爪魚樂園裡，音樂卻很空靈，好像本身就是一些音樂性的水泡。

從某個角度來看，似乎有一種藝術性在裡面。六九俱樂部是個很猥褻的地方，可是在樓上的樂園裡，氣氛卻帶有異國情調，而不淫猥。在風月場所中相當於偉克商人餐廳[32]。客人能看到奇怪的事物，與眾不同的肉體，但更吸引人的是在想像中進入另一個境地。由各自的圓窗望出去的客人所看見的是眞正的人體在做一些有時在夢境中才能見到的事。那裡有男性的客人，已婚的異性戀男子，他們有時會夢見和長了陰莖的女人做愛，不是男性的陰莖，而是細細小小女性化的一根，像花朵的雄蕊，是因爲旺盛的情慾而伸展得很長的陰蒂。那裡也有同性戀的男客人，他們夢想著皮膚光滑無毛，像女人一樣的男孩子。也有女同志的客人，她們夢想著長陰莖的女人，不是男人的陰莖，而是男性的勃起，那種敏感和鮮活感是假陽具不可能有的。沒有人知道在所有的人裡，會做這種和性變形有關的春夢的人占多少百分比。可是他們每晚都會來到我們這個水底樂園，坐滿了那些小隔間來看我們。

在美人魚梅蘭妮之後的是伊莉和她的電鰻。那條電鰻一開始並不明顯，躍進水中的似乎是一個苗條的夏威夷女郎，穿著一套蓮花串成的比基尼泳裝。她一面游泳，一面將泳裝上身脫掉，她仍然還是個女孩子。可是等她以優雅的水上芭蕾舞姿倒立在水中，把她泳裝的下半身推到膝蓋上時——啊，這就是那條電鰻讓人大吃一驚的時候了。因爲在那苗條女孩的身上，有原本不該在那裡的一條細長、棕色、看來脾氣很壞的鰻魚，一種很危險的東西。而在伊莉捱著玻璃磨蹭之下，那條鰻魚越來越長，用那隻獨眼瞪著客人，而客人們回望著她的乳房，細瘦的腰肢。他們的眼光從伊莉到那條鰻魚，又從鰻魚到伊莉，來回地看著，因那兩種相對的竟然結合成一體而如受電擊。

卡門是一個由男變女的變性人，但手術還沒完成。她是紐約布朗士區的人。個子很小，骨架纖細，對眼線和口紅都非常講究，永遠都在節食減肥。她從不喝啤酒，怕會有肚子，我覺得她在女人那一套上做得有點過火。卡門在扭屁股和甩頭髮上都太過火。她有一張漂亮如水精的臉，外表是個女孩子，內裡是個屏息凝神的男孩。有時候她服用的荷爾蒙讓她的皮膚上長痘痘，她的醫生（那位極爲忙碌的聖布魯諾的梅爾醫生）不得不隨時調整她使用的劑量。唯一會讓卡門洩了底的是她的聲音，即使服用了雌激素和黃體素，她的嗓子仍然很粗，還有她的手。可是那些男人從來不會注意到。而且他們希望卡門不純潔，實際上，正是這點才讓他們動心。

她的故事比我的要更傳統。卡門從小就覺得她生錯了身體，有天在化妝室裡，她用南布朗士的口音對我說：「我就覺得，喲！誰給我裝了條老二？我可從來沒想要那玩意兒。」不過，那玩意兒暫時還在那裡。人家花錢來看的就是這個。據左娜分析，會喜歡卡門的男人潛意識裡都是同性戀。可是卡門反對這個論調。「我的男朋友全是異性戀者，他們要的是一個女人。」

「顯然不是。」左娜說。

「一等我存夠了錢，我就把下半身給做了。到時候我們走著瞧，我會比妳更女人。」

「我無所謂，」左娜回答道：「我並不特別想是什麼樣子。」

左娜有雄激素麻木症，男性荷爾蒙對她的身體全無作用，雖然XY的組合像我一樣，她卻一直像女性一樣發育。可是左娜在這方面比我強多了，除了是金髮藍眼之外，她還曲線玲瓏，雙唇豐滿。她突出的顴骨，把她的臉分得像北極的平面圖。左娜說話的時候，你都看得出她的皮膚繃緊在那兩塊顴骨上，在兩頰凹陷下去，形成一個像女鬼似的緊緊的面具，上面有藍色的眼睛穿透出來。還有她的身材，奶媽似的乳房，游泳冠軍般的腹部，兩腿像短跑選手或瑪莎．葛蘭姆派的舞者。即使脫光了衣服，左娜看起來完全是個女人，完全看不出她既沒有子宮，也沒有卵巢。雄激素痲木症候群創造了完美的女性，左娜對我說，不少頂尖的服裝模特兒就有這種病。「有多少女孩子會有六呎二吋，身材瘦削，卻有一對大奶子的？沒有多少，可是對像我這種人來說，那卻是很正常的。」

不管美不美，左娜都不想做個女人。她寧願認同自己是個陰陽人。她是我所遇見的第一個陰陽人。第一個像我這樣的人。早在一九七四年她就在用「雙性」這個詞，這在當時還很少見呢。石牆事件[33]才剛過五年，同志平權運動方興未艾，卻給包括我們在內的弱勢族群其後在認同方面的奮鬥鋪下了一條路。不過，北美雙性人協會要到一九九三年才成立。所以我想左娜．凱伯爾算是早期的先驅，像在曠野中呼喊的施洗者約翰。擴而大之，那個曠野就是美國，甚至是整個地球，但說得更實在一點，那是在洛伊谷左娜住的一棟紅木小屋裡，也是我現在住的地方。在鮑勃．普里斯陀對我的生理構造弄清楚之後，他就打了電話給左娜，安排我去和她住在一起。左娜收容像我這樣無家可歸的人，這也是她呼籲的一部分，舊金山的霧也給雙性人帶來掩護，難怪ＩＳＮＡ（北美雙性人協會）也是在舊金山、而不是在別處成立的。左娜在非常凌亂的時間裡一直參與所有這一切。在運動開始之前，有幾個重心點，左娜就是其中之一。她主要在研究和寫作，另外，在我和她同住的幾個月裡，則在教育我，把我從她眼中所謂我中西部的黑暗裡救出來。

「如果你不願意的話，就不一定要替鮑勃工作，」她告訴我：「我反正很快就要辭掉了，那只是暫時性的。」

「我需要錢，他們把我的錢全偷走了。」

「你父母呢？」

「我不想去問他們。」我說。我低下頭，承認道：「我不能打電話給他們。」

「怎麼回事？卡爾？如果你不在意我問你這些。你到這裡來做什麼？」

「他們帶我到紐約去看一個醫生，他要給我動手術。」

「所以你就跑了。」

我點了點頭。

「算你運氣好，我一直到二十歲才知道。」

這一切都發生在我到左娜住處的第一天。我還沒有開始在俱樂部工作。我身上的傷得先養好。我所在的地方並不讓我驚訝，要是你像我這樣上路，不清楚目的地何在，也沒有旅行計畫，你就會完全放開了。這就是最初的那些哲學家都是逍遙學派[34]的原因，耶穌基督也是一樣。我想見自己第一天的模樣，盤腿坐在一塊用蠟染布做的坐墊上，用一隻手拉坯的陶杯喝著綠茶，抬起我那對充滿希望和好奇而專注的大眼睛來望著左娜。頭髮剪短之後，我的眼睛顯得更大了，甚至大過一張拜占庭神像上某人的眼睛，那個人由梯子上爬向天堂，兩眼往上看，其他的人都墮向底下的惡魔。在經歷過我所有的麻煩之後，我不是有權希望能得到些知識以為回報嗎？在左娜那間有紙門的房子裡，朦朧的光由窗外照進來，我就像一張空白的畫布，等著用她告訴我的話來填滿。

「從古到今一直都有陰陽人。卡爾，一直都有。柏拉圖說最初的人類就是雌雄同體的。你知道這件事嗎？最初的那個人是兩半合起來的，一半是男，一半是女。然後這些分了開來。所以每個人都永遠在尋找他們的另外一半。除了我們，我們已經兩半都有了。」

我沒有提到我對象的事。

「好吧，有些地方把我們看做是怪物，」她繼續說道：「可是也有些地方正好相反。納瓦荷人[35]裡有一種人稱爲「百搭喜」（berdache）。所謂百搭喜，基本上就是認同和本身性別不同的性向。要記住，卡爾，性別是生理上的，性向則是文化上的。納瓦荷人了解這一點。要是一個人想轉換她的性向，他們就隨她去。而且他們不會詆毀那個人——他們會尊敬她。百搭喜都是那個部落裡的巫醫。他們是能治病的，是偉大的織工，是藝術家。」

不是只有我一個！左娜的話最讓我聽進去的就是這一點。我當下就知道我必須在舊金山住一陣子。命運或是運氣把我帶到這裡，我一定得取我所需，不管我被迫做什麼來賺錢都沒有關係。我只想和左娜在一起，從她這裡學習，在這個世界不再那麼孤單。我已經跨出了那扇施了魔咒的門，脫離了那些嗑藥、狂亂的年輕歲月。到了第一天的下午，我肋骨附近的疼痛已經減輕了。就連空氣也像著了火一樣，燃起了活力之火，就像你年輕的時候，像無數充滿狂野的觸角，而死亡還異常遙遠。

左娜正在寫一本書。她說那本書會由柏克萊的一家小出版社出版。她把那個出版社的目錄給了我看。他們選的書五花八門什麼都有。有佛教的書，有關於密特拉神[36]的神祕教派的書，甚至還有本奇怪的書（本身就是個混血兒）把遺傳學、細胞生物學和印度玄學全混在一起。左娜正在寫的那本書想必很適合到這張書單上，可是我始終沒有弄清楚她的出版計畫究竟有多明確。在那之後的很多年裡，我一直想找左娜那本叫《神聖的陰陽人》的書，始終沒有找到。要是她一直沒有寫完，也一定不是她能力的問題。我本人看過那本書的大部分內容。以我當時的年齡，實在很難判定那本書在文學和學術方面的品質，可是左娜的學習和研究卻是眞的。她深入了解她的主題，很多都熟記在心。她的書架上放滿了人類學的教科書和法國結構主義者和解構主義者的著作。她幾乎每天都寫作，把紙和書本攤放在她的書桌上，記筆記，打字。

「我有一個問題，」我有天向左娜問道：「妳爲什麼會跟別人講？」

「什麼意思？」

「看著妳，誰也不會知道的。」

「我希望別人知道，卡爾。」

「爲什麼？」

左娜把她修長的腿盤在身下，她那對形如佩斯利渦旋紋，既藍又冷，像精靈般的眼睛直視著我的兩眼，她說：「因爲接下來都是我們這樣的。」

「從前在古希臘，有一個魔潭，那個潭是奉獻給水精莎梅席絲的。有一天，一個叫赫爾馬弗羅迪塔斯的美少年到那裡游泳。」

這時我把雙腳伸進水裡，前後擺動著，聽他繼續講下去：「莎梅席絲抬頭看到那俊美的男孩子，激起了她的情慾。她游得更靠近他，好仔細看看。」現在我開始一吋一吋地把我的身子滑進水裡：小腿，膝蓋，大腿，要是我把時間算得像普里斯陀所指示的那樣，那些偷窺的圓窗就會在這時候關上。有些客人離開，可是很多人都把代幣投進投幣口。圓窗的布幕又會打了開來。

「那水精想要控制住她自己。可是那少年實在太美了，單是看看還不夠。莎梅席絲越游越近，然後，忍不住滿腔慾火，她從後面抓住那個男孩，用兩手環抱著他。」我開始踢著，攪起水浪，讓客人看不清楚。「赫爾馬弗羅迪塔斯掙扎著，想掙脫緊抓不放的水精，各位女士，各位先生。可是莎梅席絲力氣太大了。她的慾望強烈到讓他們兩人合而爲一，他們的身體相互交融，男人成了女人，女人成了男人。請看赫爾馬弗羅迪塔斯神！」在這時候，我整個人潛進水裡，全身袒露。

圓窗全都關上了。

從來沒有一個人在這時候離開小隔間，每個人都延長了他或她八爪魚樂園的會員資格。我在水裡都能聽見代幣叮噹跌入錢箱的聲音。這讓我想起在家洗澡的時候，把頭潛到浴缸的水裡，聽著水管裡的響聲。我盡量想著這一類的事，會使眼前的一切像在千里之外。我假裝自己是在中性大宅的浴缸裡。實際上，一張張的面孔伸在圓窗前，懷著驚異、好奇、厭惡和情慾的眼光在盯著看我。

我們一向先讓自己迷迷糊糊地去上工，那是不可或缺的，在穿上表演用的戲裝時，左娜和我就會點上一枝大麻菸，左娜還帶來一滿保溫瓶的草藥酒加冰塊，我拿來當汽水喝。你想要的是半昏迷狀態，像在開私人派對的情緒，這讓那些客人不那麼眞實，也不那麼讓人注意。要不是因爲有左娜，我還眞不知道會怎麼樣。我們的小木屋在霧和樹林中間，四周整整齊齊地讓加州地被植物圍繞著，小小的魚池裡游著寵物店裡買來的金魚，戶外的佛龕是用青花崗石做的——這是我的避難所，是我暫住的中途之家，讓自己準備好回到世界上。我這幾個月的生活像我的身體一樣分歧。夜裡我們在六九俱樂部裡，在水箱旁邊等著，無聊，很亢奮，嘰嘰咯咯笑著，很不快樂。可是你不久就習慣了，你學會讓自己對這一切產生抗體，把這些摒諸腦外。

白天的時候，左娜和我始終都很清醒規矩。她的那本書完成了一百八十頁，全都用打字機打在我所見過最薄的蔥皮紙上。因此那本手稿很容易破損，翻閱的時候必須很小心。左娜讓我坐在廚房裡的桌子邊，由她把手稿像是莎士比亞的手跡似地拿出來。除此之外，左娜從不把我當小孩子看待，她讓我自己支配時間，要我負擔一部分房租。大部分的時間裡，我們都穿著日式浴袍在屋子裡來去。左娜工作的時候，表情嚴肅，我坐在外面的露天平台上看從她書架上拿來的書。凱特．蕭邦[37]，珍．波爾絲[38]的作品，還有蓋瑞．史耐德[39]的詩集。雖然我們看起來沒有相似的地方，左娜卻始終強調我們的團結一致。我們在對抗同樣的偏見與誤解。這點讓我很高興，可是我在左娜身邊卻從來不覺得我們像姊妹。不完全有這種感覺。我始終會注意到她在袍子下的身材，我走過時都會把眼光避開，盡量不瞪著看。走在街上，大家當我是個男孩子，左娜卻會引人注目。男人會向她吹口哨。可是，她不喜歡男人，只喜歡女同志。

她也有黑暗的一面。她酒喝得很多，有時行爲惡劣，她極端討厭美式足球、男性情誼、小孩子、育種的人、政客，還有所有的男人。這種時候，左娜有種讓我會感到緊張不安的暴力。她曾經是高中的校花，她曾讓人愛撫，卻沒反應，也嘗試過痛苦不堪的做愛。左娜像所有的美女一樣，吸引到最壞的男人，學校裡那些次等角色，讓人討厭的小集團頭子，也難怪她對男人的評價那麼低。我在她眼中算是例外，她認爲我還好，不算是個眞正的男人。這點我覺得還滿正確的。

赫爾馬弗羅迪塔斯的父母是赫密斯和阿芙柔黛蒂。奧維德並沒有告訴我們在他們的孩子失蹤之後，他們有什麼感覺。至於我自己的父母，他們仍然一直把電話放在手邊，拒絕一起出門。可是現在他們怕接電話了，怕會聽到壞消息。一無所知似乎比傷心好些。只要電話鈴聲響起，他們都會先停一下再接，總要等到響到了三四次之後。

他們的痛苦很一致。在我失蹤的那幾個月裡，密爾頓和泰喜經歷了同樣的惶恐，同樣瘋狂的希望，同樣的失眠。已經有很多年，他們的情感生活沒有這樣同步了，而這樣的結果帶回了他們當初墜入愛河的時光。

他們開始多年以來不曾有過的頻繁做愛。只要十一章出門去了，他們都等不及上樓，而就用他們當時所在的房間。他們試過書房裡的紅皮躺椅；他們躺在客廳裡那張有藍鳥和紅漿果花樣的沙發上；有幾次甚至就躺在廚房裡磚塊花紋的厚地氈上。他們唯一沒有用過的地方就是地下室，因爲那裡沒有裝電話。他們做愛並不熱情，卻是緩慢而悲哀，一直到像是受苦和折磨似專橫的節奏。他們都不年輕了；他們的肉體都不美了。泰喜有時候在事後會哭，密爾頓則一直緊閉著兩眼。他們努力的結果沒有快感，沒有宣洩，即使有，也很少。

然後有一天，在我失蹤的三個月之後，由我母親精神上的臍帶傳來的信號停止了。她肚臍上輕微的震顫停止時，泰喜正躺在床上。她坐了起來，把手放在肚子上。

「我感覺不到她了！」泰喜哭喊道。

「什麼？」

「臍帶切斷了！有人把臍帶切斷了。」

密爾頓想和泰喜講道理，可是沒有用。從那一刻開始，我母親深信我一定發生了什麼可怕的事。所以：在他們共同一致的苦難中，又加進剪斷臍帶這件事。雖然密爾頓盡力保持著積極正面的態度，泰喜卻越來越陷入絕望。他們開始爭吵。偶爾密爾頓的樂觀會讓我母親動搖，讓她開心個一兩天。她會告訴自己說，畢竟他們並不能確定什麼。可是這種情緒都是短暫的。等到她一個人的時候，泰喜就想要感覺有什麼會從她精神上的臍帶傳來，可是什麼也沒有，甚至沒有悲痛的跡象。

到這時候，我已經失蹤四個月了。那是一九七五年的元月。我十五歲生日過去了，我的人卻不在。一個禮拜天的早晨，泰喜去了教堂，爲我能回來的事祈禱。電話鈴響了，密爾頓接了電話。

「喂？」

起先對方沒有回應。密爾頓聽到有音樂的聲音，大概是另外一個房間裡的收音機開著吧。然後一個含糊的聲音說道：

「我敢打賭你一定很想你女兒，密爾頓。」

「你是誰？」

「女兒是很特別的。」

「你是誰？」密爾頓又追問道，電話卻掛斷了。

他沒有把這通電話的事告訴泰喜。他猜那是個無聊的人，或是他手下哪個心懷不滿的職員。一九七五年經濟衰退，密爾頓被迫關掉了幾家連鎖店。可是下一個禮拜天，電話又響了。這回密爾頓在第一次響鈴時就接了電話。

「喂？」

「早呀，密爾頓。今天早上我有個問題問你。你想知道是什麼問題嗎？密爾頓？」

「你告訴我你是誰，否則我就掛電話。」

「我不相信你會掛電話，密爾頓，我是你能找回你女兒的唯一機會。」

密爾頓當場做了件只有他會做的事，他吞了口唾沫，挺起了肩膀，微點了下頭，讓自己準備好面對要來的事。

「好吧，」他說：「我聽你說。」

打電話來的人把電話掛斷了。

「從前在古希臘，有一個魔潭……」我現在在睡夢裡也能表演了。我還真是在睡夢裡，想想我們在後台的那些情形，不停地喝著草藥酒，有鎮定作用的大麻菸。萬聖節來了又去了，感恩節也過了，然後是聖誕節。在除夕的那天，鮑勃・普里斯陀開了個大派對。左娜和我喝了香檳。輪到我表演時，我跳進水裡，我很亢奮，醉了，所以那天晚上我做了件平常不會做的事，我在水裡睜開了眼睛。我看到那些回望著我的臉，我看到他們一點也不覺得厭懼。那天晚上我在水箱裡玩得很開心。這件事說起來對我大有益處，可以說是很有療效。在赫爾馬弗羅迪塔斯體內，以前的緊張情緒在翻攪，想要加以解決。更衣室裡留下的創傷逐漸散出，因爲自己身體和別人身體不同而感到的羞慚慢慢消失，那種怪物的感覺也在消退。隨著羞愧和自慚形穢的過去，另一個傷口也在癒合。赫爾馬弗羅迪塔斯開始忘記了那個朦朧的對象。

我在舊金山的最後幾個禮拜裡，看了左娜給我的所有東西，想要教育我自己。我知道了我們陰陽人分爲好幾類。我看了有關腎上腺皮質功能亢進和女性化試驗的資料，以及一種叫隱睪症的病，正是我碰到的問題。我讀到所謂柯萊氏症候群，就是多了一個X染色體，使人長得很高，沒有男性性徵，而且脾氣不好。我對歷史性的資料比對醫藥資料更感興趣。由左娜的手稿，我認識了印度的hijras，巴布亞新幾內亞山比亞族的kwoluaatmwols，以及多明尼加共和國的guevedoche。卡爾・亨瑞克・烏里赫[40]在一八六〇年用德文寫到das dritte Geschlecht，第三性。他稱他自己是一個Uranist（同性戀者），認爲他在男性的軀體裡有著女性的靈魂。世界上很多的文化所談的不是兩性，而是三性。而第三性永遠是特別的，崇高的，有著神祕的天賦。

在一個寒冷的雨夜裡，我試了一下。左娜出去了。那天是禮拜天，我們不用工作。我在地上盤腿坐下，閉上了眼睛。集中精神，非常認眞地等著我靈魂出竅。我想要進入所謂入定的狀態或變形成一種動物。我盡了全力，可是什麼事也沒發生。就特異功能來說，我似乎什麼也沒有。我並不是個泰瑞西亞斯似的盲先知。

這一切把我帶到正月下旬一個禮拜五的晚上。時間已過半夜。卡門在水箱裡，表演她的伊漱・蕙蓮絲[41]。左娜和我在化妝室裡，保持著我們的傳統（保溫瓶，大麻菸）。穿著美人魚裝的左娜不怎麼能動，橫躺在長沙發上，像個雙魚宮的宮女。她的魚尾巴垂在扶手外，滴著水。她上身穿了一件圓領衫，上面印著艾蜜莉・狄金遜[42]的像。

表演場的聲音也送進了化妝室，鮑勃・普里斯陀正在喋喋不休：「各位女士、各位先生，大家準備好體驗一場眞正像觸電的經驗嗎？」

左娜和我不出聲只動嘴地和他一起說下一句：「準備好很高的電力嗎？」

「我受夠了這個地方，」左娜說：「我眞的受夠了。」

「我們該辭職了嗎？」

「應該。」

「那我們要改做什麼呢？」

「抵押貸款。」

水箱裡傳來噗通一聲。「可是今天伊莉的電鰻到哪裡去了？各位女士、各位先生，它好像躲起來了。能找得到嗎？也許被一個漁夫抓走了。對了，各位女士、各位先生，說不定伊莉的鰻魚正在漁人碼頭待價而沽呢。」

「鮑勃自以爲很會說俏皮話。」左娜說。

「不必擔心，各位女士、各位先生。伊莉不會讓我們失望的。來了，各位。好好地看看伊莉的電鰻！」

擴音器傳來一個奇怪的聲音，一扇門砰然作響。鮑勃．普里斯陀道：「嗨，搞什麼鬼？你們不許到這裡來的。」

然後整個播音系統都沒聲音了。

八年前，警察在底特律的十二街上抄了一家非法的地下酒店。現在，在一九七五年的年頭，他們抄了六九俱樂部。這次行動並沒有引起暴動。客人很快地跑出了小隔間，散到街上，匆匆離開。我們給帶到樓下，和其他的女孩子排在一起。

「哎，你好，」那個警察走到我面前的時候說：「你年紀會是多大呢？」

在警察局裡，他們讓我打一個電話，所以我終於垮了，讓步了，做了那件事：我打電話回家。

我哥哥接的電話。「是我，」我說：「卡爾。」十一章還來不及有所反應，話就全由我口裡衝了出來。

我告訴他我在什麼地方，出了什麼事。「別告訴媽和爸爸。」我說。

「我沒辦法，」十一章說：「我沒辦法告訴爸爸。」然後我哥哥用一種顯示出他自己都不相信的質疑語氣告訴我說，出了一場車禍，密爾頓死了。

空飄

我雖然是個正式的助理文化專員，可是做的卻是非官方的雜事，參加了在新國家藝廊舉行的沃荷展開幕典禮。在那座有名的密斯·凡·德·羅耶[43]設計的大樓裡，我走過那位普普藝術家著名的絹印版畫的名人面孔。新國家藝廊是一座很棒的美術館，只除了一點：裡面沒地方掛藝術作品。我其實並不怎麼在乎。我透過玻璃牆看外面的柏林，覺得自己很蠢。難道我以爲在藝展開幕的場合會有藝術家來？來的人只有贊助者、記者、評論家和社交界人士。

從走過的侍者手裡接過一杯酒之後，我在靠牆邊擺放的那排用鉻鋼和皮做的椅子中挑了一張坐下。這些椅子也是密斯設計的。你到處都可以看得到仿製品，可是這些椅子都是原版的。現在已經磨損了，黑色的皮子在邊緣部分都變成了棕色。我點上一枝雪茄菸抽了起來，想讓我自己覺得好過。

一堆人在聊天，在毛澤東和瑪麗蓮夢露的畫像之間繞來繞去。挑高的天花板讓傳音效果變得含混。剃光頭的男人很快地衝過，灰白頭髮的女人披著普通的披肩，露出一口黃牙。窗外國家圖書館在遠處清晰可見，新波茨坦人廣場則看起來像溫哥華的購物中心。遠方建築工地的燈光照著骷髏似的起重吊車，底下的街道上車水馬龍。我深吸了一口雪茄菸，瞇起眼睛，看到我自己映照在玻璃裡的身影。

我先前說過我看起來像是個火鎗手，可是我也有點（尤其是在深夜的鏡子裡）像個半人半羊的牧神。彎彎的眉毛，邪惡的笑容，眼中的慾火。咬在牙間向上翹起的雪茄菸對我的形象也沒有改善的作用。

有隻手在我背上輕拍了一下。「抽雪茄趕時髦的傢伙。」一個女人的聲音說道。

我在密斯的黑色玻璃中認出了來人是菊池茱莉。

「嗨，這裡是歐洲，」我微笑著反駁道：「雪茄菸在這裡不算是時髦東西。」

「我在大學的時候就愛抽雪茄了。」

「是嗎？」我向她挑釁地說：「那，來一根吧。」

她在我旁邊的椅子上坐下，伸出手來。我由上裝口袋裡掏出另外一支雪茄菸，連同雪茄剪和火柴一起遞給她。茱莉把雪茄菸拿在鼻子下聞了聞，又在手指間轉動著來試驗其濕潤度。她剪掉了雪茄菸的頭，含進嘴裡，劃著了火柴，點燃了菸，不住地吸著。

「密斯．凡．德．羅耶也抽雪茄的。」我像推銷似地說。

「你看過密斯．凡．德．羅耶的照片嗎？」茱莉說。

「我明白妳的意思。」

我們並肩坐著，沒有說話，只抽著菸，面對美術館裡面。茱莉的右膝在抖動。過了一陣之後，我轉過身去，面對著她。她把臉轉過來對著我。

「很好的雪茄。」她說。

我朝她俯過身去，茱莉向我俯過身來。我們兩個的臉越靠越近，最後我們的前額幾乎碰在一起。我們這樣過了十秒鐘左右。然後我說：「讓我告訴妳爲什麼我沒有打電話給妳。」

我深吸了一口氣，開始說道：「有些關於我的事情應該先讓妳知道。」

*

我的故事開始於一九二二年，當時有能源危機的問題。到了一九七五，我的故事結束時，石油開採供應問題又讓大家擔心。兩年前，阿拉伯石油輸出國家組織開始禁止輸出。美國有了節約能源措施，加油站前大排長龍。總統宣布說白宮聖誕樹上不亮燈，而油箱鎖也應運而生。

那時候每個人心裡都在擔心能源不足的事，經濟衰退。全國的家庭都在摸黑吃晚飯。就像我們當年住在塞米若里街時只用一個電燈泡的情形一樣。但是我父親對保守政策不以爲然。密爾頓早已脫離了要斤斤計較電量的日子。所以那天晚上他出門去付我的贖金時，開著的還是一輛很大又很耗油的凱迪拉克。

我父親的最後一部凱迪拉克：一九七五年產的金城（Eldorado）。漆成藏青色，看來幾乎像是黑色，這輛車看來很像蝙蝠俠的蝙蝠車。密爾頓把所有的車門鎖上，那時剛過半夜兩點鐘，在下游河口一帶的路上全是坑洞，路邊則長滿雜草，堆滿垃圾。車燈的強光照見街上散落的碎玻璃，還有鐵釘、金屬碎片、舊的轂蓋、鐵罐子，還有一條壓得平平的男裝長褲。在一條高架路下方，一輛汽車給拆得精光，輪胎全沒了，擋風玻璃打得粉碎，所有的鉻鋼部分都拉脫了，引擎也不見了。密爾頓踩著油門，暫時不理會那份擔憂短缺的感覺，短缺的不只是石油問題，還有很多別的事。比方說，在中性大宅就缺少希望，他的妻子不再感覺到她那精神上的臍帶有什麼動靜。冰箱裡缺少食物，櫃子裡缺少點心，他的五斗櫃裡缺少燙好的襯衫和乾淨的襪子。也缺少社交活動的邀請和別人打來的電話，因爲我父母親的朋友漸漸害怕打電話到一個介乎快活和悲傷之間的人家去。雖然有這麼多短缺所造成的壓力，密爾頓還是不停地把汽油送進金城的引擎裡，而等到這點還不夠的時候，他打開了放在他身邊座椅上的手提箱，藉著儀表板上的燈光看著塞在箱子裡的那一捆捆總數兩萬五千美元的鈔票。

在不到一個鐘點前，密爾頓溜下床的時候，我母親也醒來了。她仰臥在床上，聽著他在黑暗中穿衣服，她沒有問他爲什麼半夜裡起床。以前有段時間她是會問的，可是後來就不再問了。自從我失蹤之後，家裡的日常生活全亂了。密爾頓和泰喜常常發現自己凌晨四點鐘在廚房裡喝咖啡。只有等到泰喜聽到關大門的聲音時，她才開始擔心。接著密爾頓的車子發動了，開始由車道上退出去，我母親一直注意地聽到車聲遠去。她以出乎意料的鎮靜在心裡想道：「也許他就一去不回了。」在她那張列著逃家的父親和逃家的女兒的清單上，她現在又添加了另一個可能：逃家的丈夫。

密爾頓之所以不把他要去的地方告訴泰喜，有好幾個原因。第一，他怕她會阻攔他。她會要他去報警，而他不想報警。綁匪告訴他不可以扯上警察。何況，密爾頓已經受夠了條子和他們那種blasé（見怪不怪、漠不關心）的態度。唯一能把事情做好的辦法，就是自己動手。最重要的是，整件事也許只是徒勞之舉。要是他跟泰喜說了，只會讓她擔心。她很可能打電話給柔依，那他就會被他妹妹嘮叨得兩耳生繭了。簡而言之，密爾頓只是在做逢到要做重大決定時就會做的那件事。就像當年他加入海軍，或是他把我們全家搬到格洛斯波因。密爾頓想到就做，相信他知道得最清楚。

在上一次神祕的電話之後，密爾頓一直在等下一通。下一個禮拜天早上，電話來了。

「喂？」

「早安，密爾頓。」

「你聽好了，不管你是誰，我要有答案。」

「我打電話不是來聽你要什麼的，密爾頓，重要的是我要什麼。」

「我要我的女兒，她在哪裡？」

「她在我這裡。」

電話裡還是模糊地聽到音樂還是唱歌的聲音，讓密爾頓想起很久以前的什麼事。

「我怎麼知道她在你手上？」

「你爲什麼不問我個問題呢？她和我談過很多她家的事，很多啊。」

當時密爾頓所感到的怒氣幾乎難以忍受。他差點就把電話在桌子上砸爛掉。同時他也在思考，在算計。

「她祖父母老家的村子叫什麼名字？」

「等一下，」話筒用手捂住，然後那個聲音說：「俾斯尼奧斯。」

密爾頓兩膝發軟，他在書桌前坐了下來。

「你還不相信我呀？密爾頓？」

「我們有次到田納西州的幾個洞穴去過。那根本是騙觀光客錢的地方，那叫什麼名字？」

電話的話筒又給捂了起來。過了一下，那個聲音回來道：「馬默蘇尼克洞穴。」

聽了這話，密爾頓又從椅子上跳了起來。他的臉色陰沉，一面拉著領口，來幫助他自己呼吸。

「現在我有一個問題，密爾頓。」

「什麼？」

「你覺得把你女兒找回去値得花多少錢？」

「你要多少？」

「你現在是在談生意嗎？我們現在是在討論交易問題嗎？」

「我準備交易。」

「眞叫人興奮呀。」

「你要多少？」

「兩萬五千美元。」

「好。」

「不對，密爾頓，」那個聲音說：「你不明白，我要討價還價。」

「什麼？」

「殺價呀，密爾頓，這是談生意呢。」

密爾頓呆住了，他搖了搖頭，覺得這個要求太怪異。可是最後他還是照著做了。

「好吧，兩萬五太多了，我只付三千。」

「我們談的是你女兒呢，密爾頓，不是熱狗。」

「我沒那麼多現金。」

「我也許可以答應兩萬二。」

「我給你一萬五。」

「最低價是兩萬。」

「我最多只能出到一萬七。」

「一萬九好不好？」

「一萬八。」

「一萬八千五。」

「好。」

打電話來的人笑了。「哦，這太好玩了，密爾。」然後他用粗暴的聲音說：「可是我要兩萬五。」然後電話就掛斷了。

早在一九三三年，一個看不見身體的聲音由暖氣孔對我祖母說話。現在在四十二年之後，一個僞裝過的聲音透過電話和我父親交談。

「早呀，密爾頓。」

後面又是那個音樂，很微弱的歌聲。

「我錢準備好了，」密爾頓說：「現在我要我女兒。」

「明天晚上。」那個綁匪說。然後他告訴密爾頓把錢留在哪裡，再到哪裡去等我給放回來。

在下游河口低地的另外那頭，火車總站矗立在密爾頓的凱迪拉克前。這個火車站在一九七五年還在使用，只不過頻率不高，以前一度很堂皇的車站，現在只剩了空殼。假的「美鐵」[44]門面掩蓋住片片剝落的牆壁。大部分的走廊都封閉了。同時，在仍然運作的中心四周，那棟很大的老建築漸漸變成廢墟。棕櫚廳裡古斯塔維諾式的瓷磚紛紛掉落，碎在地上。那間很大的理髮廳，現在是堆放雜物的房間，天窗下陷，積滿了髒東西。連結在車站旁的辦公大樓現在是一座十三層樓的鴿子籠，所有五百扇窗子全被打爛，好像是特別用心去做的事。就是在這個火車站，我的祖父母在半個世紀之前來到，拉夫提和黛絲荻蒙娜，在這裡是唯一的一次把他們的祕密洩露給蘇美莉娜；現在他們從來都不知道這件事的兒子正把車開到這個車站後面停下來，同樣也是很祕密地。

像這樣一個場景，付贖金的場面，需要很陰森的氣氛：陰影，邪惡的黑影子。可是老天卻不合作。我們有的是一個我們所謂的粉紅夜晚。這種情況經常發生，完全要看溫度和當時空氣中化學成分的含量而定。碰到大氣中那些成分充足的時候，地面的光就被困住，反射回來，整個底特律的天空就會變成像棉花糖似的柔和粉紅色。粉紅夜晚就不會天黑，但那種光線也一點都不像白天。我們的粉紅夜晚亮著夜班的冷光，是工廠全日無休運轉的光。有時候天上會亮得像一種腸胃藥的亮粉紅色，但通常會很弱，像衣物柔軟精的顏色。沒有人覺得這很奇怪，也沒有人談過這件事。我們都是和粉紅夜晚一起長大的，它們並不是一種自然現象，但在我們心目中卻是很自然的一件事。

在這種奇怪的夜空下，密爾頓把車開得盡量貼靠著月台，停了下來。他熄了火。提起那個手提箱，下車走進密西根州那寂靜而透明的冬日空氣中，整個世界都凍住了：遠方的樹、電話線、下游河口一帶房屋院子裡的草，還有大地。外面河上有艘駁船鳴著笛。這裡卻一點聲音也沒有，車站在夜裡人跡全無。密爾頓穿著他那雙有總帶的黑色便鞋。他在黑暗中穿衣的時候，覺得這雙鞋最容易套上。他也穿上了他的便裝短大衣，毛呢的，有點髒，領子上還鑲了一圈毛皮。為了禦寒，他戴了頂帽子，一頂灰色寬沿軟氈帽，黑色的帽帶裡還插了支紅色的羽毛。在一九七五年來說，那已經是老人家才戴的帽子了。密爾頓戴著帽子，提著手提箱，穿著便鞋，好像是去上班似的。而他的確走得很快。他爬上鐵階梯到了月台上，沿著月台走過去，找著那個他該把手提箱丟進去的垃圾箱。那個綁匪說垃圾箱蓋上會有個粉筆畫的大叉叉。

密爾頓匆匆地在月台上走著，他便鞋上的總飾跳動著，帽子上那支小羽毛在冷風中抖動。要說他害怕倒也不完全是眞的。密爾頓·史蒂芬尼德並不承認他害怕。害怕的心理現象，心跳加快，腋下汗濕等，在他身上都有，只是自己不知道。在他這一代裡也不只有他一個人是這樣。有很多做父親的在害怕時會大喊大叫，或是責罵兒女來推諉他們自己的過錯。很可能這種事在打贏了戰爭的這一代是免不了的。缺乏自省對鼓起你的勇氣來說是件好事，可是在過去的幾個月和幾個禮拜裡，卻對密爾頓造成了傷害。在我失蹤的這段期間，密爾頓一直維持著堅強勇敢的外表，但疑慮卻讓人看不見地藏在他心裡。他就像一尊從裡面鑿爛了的雕像，給掏空了。因為那些想法給他的痛苦越來越多，密爾頓就越來越規避那些念頭，只專注在那些讓他覺得好過點的事。那種船到橋頭自然直的陳腔濫調。密爾頓很簡單地就不再多想。他跑到這個黑黑的月台上來做什麼？他爲什麼一個人到這裡來？我們永遠也沒辦法能解釋清楚。

他沒有花多少時間就找到了那個用粉筆畫了記號的垃圾箱。密爾頓很快地打開三角形的綠色蓋子，把手提箱放了進去。可是在他想把手臂收回來的時候，卻有什麼不讓他動：那是他的手。因爲密爾頓不再把事情想清楚，所以他的身體現在在替他做這件工作。他的手好像在說什麼，在表示異議。「要是那個綁匪不放卡莉呢？」那隻手說。可是密爾頓回答道：「現在沒有時間去考慮那個。」他又想把手臂由垃圾箱裡抽出來，可是他的手頑固地抗拒。「要是那個綁匪拿走了錢，然後再問你要錢怎麼辦呢？」那隻手問道。「這是我們必須要冒的險。」密爾頓叱喝道，然後使盡全力將他的手臂抽出了垃圾箱，他的手抓不住；那個手提箱掉到了裡面的垃圾上。密爾頓很快地跨過月台回來（還硬拉著他那隻手），上了他的凱迪拉克。

他發動了引擎，開了暖氣，爲我在暖車。他俯身向前，隔著擋風玻璃往外望，希望我會出現。他的手仍在苦惱地自言自語。密爾頓想到那只手提箱躺在那邊的垃圾箱裡。他的腦子裡只想到箱子裡的鈔票，兩萬五千大洋！他看到一疊疊的百元大鈔：班哲明．富蘭克林的面孔一再重複地出現在鈔票上，密爾頓的喉嚨發乾；一陣所有出生於經濟大蕭條時期的人都很熟悉的焦慮攫住了他的身體；下一秒鐘，他就又跳出了車子，朝月台飛奔而去。

這個傢伙要做生意？那密爾頓就要教他怎麼做生意！他想要談判？那這樣好不好！（密爾頓現在在爬階梯，便鞋在金屬梯上踩出聲音。）與其留下兩萬五，爲什麼不只給一萬二千五百元呢？這樣我還有一部分籌碼。先付一半，以後再付一半。他爲什麼沒早想到這一點？他到底是怎麼了？他的壓力實在太大……可是，他剛爬上月台，我父親就呆住了。不到二十碼的地方，一個戴著絨線帽的黑色身影正把手伸進垃圾箱裡。密爾頓的血都凍住了。他不知道自己是該退還是該進。那個綁匪把手提箱拉出來，可是沒法穿過晃動的蓋子。他走到垃圾箱後面，把整個金屬的箱蓋拆下來。在因化學成分而明亮的夜光下，密爾頓看到令人起敬的大鬍子，蒼白得像蠟一樣的臉頰，還有——最明顯的——五呎四吋的小個子。麥可神父。

麥可神父？麥可神父是那個綁匪？不可能。難以置信！可是毫無疑問。站在月台上的那個人，曾經一度和我母親訂婚，而我父親卻把她給偷走了。拿著贖金的正是以前念神學院，後來娶了密爾頓的妹妹柔依的人。這個選擇讓他一輩子受到不公平比較的苦刑，柔依永遠在問他為什麼沒像密爾頓一樣在股票市場投資，或是像密爾頓一樣去買黃金，或像密爾頓那樣把錢轉到開曼群島；那個選擇使麥可神父從此成了個窮親戚，被迫在接受密爾頓的款待時不得不忍受對他的毫不尊重，連他想坐下，都得自己由飯廳帶張椅子到客廳裡去。不錯，密爾頓在月台上看到他的妹夫的確有如青天霹靂，可是也很有道理。現在他弄清楚了為什麼這個綁匪要和他討價還價，為什麼想要像個生意人，還有，他怎麼知道俾斯尼奧斯。這也解釋了為什麼電話總是禮拜天泰喜在教堂的時候打來，還有背景的音樂，密爾頓現在才知道那是教士在誦經的聲音。很久以前，我父親偷走了麥可神父的未婚妻，自己娶了她。他們結合所生的孩子，我，又用反向教士施洗的事給他的傷口撒了鹽。現在麥可神父想要扯平了。

可是只要密爾頓想辦法就不會讓他得逞。「嗨！」他大聲叫著，兩手扠腰。「你他媽的在搞什麼鬼？麥可？」麥可神父沒有回答。他抬起頭來，然後完全是出於當教士的習慣，向我父親客氣地笑了笑，在那一大叢黑鬍子裡露出他一口白牙。可是他已經在往後退，踩著壓扁了的杯子和其他的垃圾，把那個手提箱像是包好的降落傘似地抱在懷裡。他往後退了三四步，臉上帶著那溫和的微笑，然後轉身，撒腿就跑。他個子很小，可是動作很快。一下子就消失在月台那頭的那段階梯下。在粉紅色的光下，密爾頓看到他跨過鐵道去開他的車，一輛亮綠（依型錄上的話來說是「希臘綠」），很省油的ＡＭＣ小妖精。而密爾頓跑回那輛凱迪拉克去追他。

那完全不像電影裡的飛車追逐場面，沒有甩尾，也沒有幾乎撞車的事，畢竟那只是一個希臘正教的教士和一個中年共和黨員之間的汽車追逐。在他們加速（只是一種形容的說法）離開火車總站，朝河那邊開去時，麥可神父和密爾頓的車速從來沒有超過速限到每小時十哩以上。麥可神父不想引來警察，密爾頓發現他妹夫根本無處可逃，只想跟著他到河邊去。所以他們一路慢吞吞地開著。那輛形狀怪異的小妖精碰到紅燈都會停下來，而在後面一點跟來的金城也一樣。他們開過無名的小街，經過很多破爛房子，還橫越過一塊因為高速公路和河流而形成像死胡同似的空地。麥可神父很不聰明地想要逃走；柔依姑姑應該在當初對麥可神父叫罵才對，因為只有白痴才會往河那邊，而不往高速公路開。每一條他可能選的街都哪裡也到不了。「我這下逮到你了。」密爾頓非常興奮，那輛小妖精往右轉了個彎，金城也向右轉，小妖精向左轉，凱迪拉克也一樣向左轉。密爾頓的油箱加滿了油，有必要的話，他可以跟蹤麥可神父一整夜。

密爾頓信心十足地調了下太高的暖氣，打開了收音機，讓金城和小妖精之間的車距拉大了一點點，等他再抬起頭來看時，小妖精又向右轉了個彎。三十秒之後，密爾頓也在這裡右轉的時候，看到橫跨河上的大使橋，他的信心頓時粉碎。這回和平常完全不一樣。今天晚上，他那個當教士的妹夫，一輩子都生活在教堂的童話世界裡，像個神父那樣盛裝打扮的，卻難得想出了計謀。密爾頓一看到那座像一具巨大的豎琴橫跨河上的橋，整個人都感到張皇失措。密爾頓非常驚恐地明白了麥可神父的計畫。就像當年十一章威脅說要逃避兵役的時候一樣，麥可神父要逃到加拿大去！像吉米．齊思莫，那個私酒販子，他正逃往北方那個沒有法律、很自由的藏身之地！他計畫把這筆錢拿到國外去，而現在他的車不再開得那麼慢了。

不錯，儘管那小小的引擎響得像縫衣機，那輛小妖精還是加快了速度。離開了火車總站附近的無人之地，現在進入了燈光明亮、有海關把守、車水馬龍的美加邊界。高高的碳氣路燈照著那輛小妖精，那亮綠的顏色顯得比以前更刺眼。拉大了和金城之間的距離（就像小丑的車逃離了蝙蝠車的追逐），那輛小妖精和卡車與轎車一起擠向那道大吊橋的入口。密爾頓踩下油門，凱迪拉克的巨大引擎發出吼聲；白煙從排氣管湧出。到了這時候，那兩部車才有了汽車該有的樣子；他們成爲車主人形象的延伸。小妖精既小又靈活，像麥可神父一樣；在車陣裡時而消失，時而重現，一如他在教堂裡畫著聖像的簾幕後面那般。那輛金城很實在，像條大路——就如密爾頓——在凌晨大橋上擁擠的車流裡很難駕馭，那裡有巨大的聯結車，有載著客人前往溫莎的賭場和脫衣舞俱樂部去的遊覽車。在這樣的交通狀況下，密爾頓失去了小妖精的蹤影。他開進一條線道裡等著。突然之間，他看到在六輛車前，麥可神父衝出了那一線道，搶過另一部車子，滑進了收費站。密爾頓把他的電動車窗降下，把頭伸進瀰漫著廢氣的冰冷空氣裡，大聲叫道：「攔住那個人！他搶了我的錢！」但是海關官員沒有聽見他的叫聲。密爾頓看到那個官員向麥可神父問了幾句話，然後——不行！攔住他！——揮手讓麥可神父過去。這時候，密爾頓開始猛按喇叭。

從金城引擎蓋底下冒出來的響亮喇叭聲，簡直像是由密爾頓胸口發出來的。他的血壓直往上飆，在他那件短大衣下，他的身體開始冒汗。他原先很有信心能在美國將麥可繩之以法。可是誰知道他一旦進了加拿大之後會怎麼樣呢？那個主張和平主義和有健保制度的加拿大！那個有幾百萬人說法語的加拿大！那就像……就像……就像是個外國！麥可神父可以在那裡成爲一個逃犯，住在魁北克。也可能消失在薩克其萬，和麋鹿混在一起。讓密爾頓憤怒的不只是損失了錢，除了捲款兩萬五千美元潛逃，還讓密爾頓懷著等我回來那不可能實現的希望之外，麥可神父還拋棄了他自己的家庭。做兄長的要保護妹妹的想法，和財務與親情上損失的痛苦交混在密爾頓沉重起伏的胸膛裡，「你不能這樣對我妹妹，你聽見沒有？」密爾頓徒然地坐在他那輛被夾住的大車駕駛座上大叫，然後他大聲地對麥可神父叫道：「嗨，你這個笨蛋。你有沒有聽過什麼叫手續費？你一換錢就要損失掉百分之五！」他坐在駕駛座上大聲叱罵，車子卻被前面的聯結車和後面的遊覽車夾住動彈不得，密爾頓扭著身子叫罵，怒氣難以忍受。

我父親猛按喇叭並不是沒人注意。海關官員早已習慣那些不耐煩的駕駛亂按喇叭。他們自有一套處理方法，一等密爾頓把車開進收費站，那官員就比手勢叫他停過去。

密爾頓由打開的車窗裡叫道：「有個剛過去的人，偷了我的錢。你能不能讓他在橋那頭給攔住？他開的是一輛小妖精。」

「請把車開到那邊來，先生。」

「他偷了兩萬五千美元！」

「等你開過去，下了車之後，我們馬上談那件事。」

「他想把錢帶出國去！」密爾頓再做了最後的一次解釋，可是那個海關官員只一逕要他把車開到檢查區。最後，密爾頓屈服了。他把頭由打開的車窗口縮了回來，把住方向盤，很順從地開始把車開向那條空著的線道。但一等他離開收費站之後，他就用他有繐帶的便鞋用力踩下油門，那輛凱迪拉克像火箭似地衝了出去。

現在可就是一場飛車追逐了。因爲在那道橋上，麥可神父也踩著油門，在汽車與卡車之間蛇行，直朝兩國的國界飛馳而去。密爾頓緊追在後，閃著車燈，要別人讓路。大橋以一道很優美的拋物線橫在河面上，鋼索上亮著紅燈。凱迪拉克的輪胎在有伸縮縫的橋面上轟然開過，密爾頓把油門踩到了底，開到他所謂的最高速度。現在一輛豪華轎車和一輛新型卡通車之間的差異開始顯露出來。凱迪拉克的引擎發出有力的吼聲，八個汽缸燃著了，汽化器吸進大量的燃料，活塞來回衝擊，而帶動全車的輪子瘋狂地急轉。那輛很長的超級英雄車超過其他的車輛，好像它們都靜止不動似的。看到這輛金城來得這麼快，其他開車的人趕緊移到路邊，密爾頓在車陣中直衝向前，最後看到了在前面的那輛綠色的小妖精。「你那省油的車有什麼了不起，」密爾頓叫道：「有時候你還是需要點力量！」

這時候，麥可神父也看到那輛金城越追越近了，他用力地踩著油門，可是小妖精的引擎已經到了極限。

車子猛烈地震動，可是速度無法加快。那輛凱迪拉克越來越近，密爾頓踩在油門上的腳一直沒有放開，最後他前面的保險桿幾乎已經碰上了小妖精的車尾。他們現在的時速已經到了七十哩。麥可神父抬起頭來，看到後照鏡裡只有密爾頓那雙充滿復仇意念的眼睛。往前望進小妖精車裡的密爾頓只看見一小條麥可神父的臉。那個教士似乎在哀求寬恕，或是在解釋他的行爲；在他的眼裡有種奇怪的傷感，一種虛弱，是密爾頓無法理解的。

……現在，我恐怕得進入麥可神父的腦袋裡。我覺得自己被吸了進去，而我無力抗拒。他思想的表面部分混雜著恐懼、貪婪和拚命想逃的念頭。這些都是可以想見的。但更深入一點，我就發現他一些我從來不知道的事。比方說，沒有安寧，一點也沒有，沒有對神的親近。麥可神父所有的溫柔，在與家族共餐時微笑的沉默，會彎下腰來和小孩子面對面說話（對他來說不用彎得很低，可是還是要彎腰）──所有的這些特質都和神的王國毫無關係，那些都只是消極─進取的求生法則，是娶了個像柔依姑姑這種大嗓門女人爲妻的結果。不錯，在麥可神父腦袋裡迴響的是這麼多年來柔依姑姑的叫罵，從她在希臘不停懷孕，卻沒有洗衣機或烘乾機的時候開始。我能聽見：「你說這就叫生活嗎？」還有：「要是你能讓上帝聽見你的禱告，告訴祂給我張支票去買窗簾。」還有：「也許天主教的想法是對的，教士不該有家庭。」在教堂裡，麥可．安東尼奧被稱爲神父，受到尊敬，受到照料。可是一等他踏進他們位於哈潑伍茲那棟公寓大門，麥可神父的地位馬上陡降。在家裡他什麼也不是。在家裡他被人使喚，遭到抱怨和忽視。所以不難明白爲什麼麥可神父決定逃離他的婚姻，爲什麼他需要錢……

……不過，這些密爾頓都不能由他妹夫的眼睛裡看到。而在下一瞬間，這雙眼睛的表情又變了。麥可神父把視線轉回到路上，卻看見一個可怕的景象，他前面那輛車的紅色刹車燈正在閃動。麥可神父車速太快，無法及時停住。他用力地踩下刹車，可是已經來不及了：那輛希臘綠的小妖精撞進了前面的那輛車。接著是那部金城。密爾頓穩住自己，準備迎面而來的撞擊。可是緊接著一件令人驚訝的事發生了。他聽到金屬扭曲和玻璃粉碎的聲音，可是那些聲音來自前面的那幾輛車。至於凱迪拉克本身始終沒有停止向前，直接爬上了麥可神父的車子。小妖精後面很怪異的斜車尾就像一個斜坡，下一秒鐘裡密爾頓發現自己騰空而起。藏青色的金城飛到橋上車禍現場的上空，越過了護欄，穿過鋼索之間，從大使橋的中樑掉了下去。

金城的車頭朝下墜落，速度越來越快。密爾頓透過有顏色的擋風玻璃能看到下方的底特律河；可是只瞥到一眼。在最後的幾秒鐘裡，當生命準備離開他肉體時，也抽離了一切法則。凱迪拉克不但沒有掉進河裡，反而轉而向上，讓車身放平。密爾頓很吃驚，卻也很高興，他不記得賣車的業務員跟他提過車子能飛的事。更棒的是，密爾頓沒有爲這點額外付錢。當車子從橋上飄出的時候，他正在微笑。「哎，這個才是我說的空飄。」他對自己說。那輛金城高高地飛在河上，浪費著沒人知道有多少的汽油。外面的天空是粉紅色的，而儀表板上的燈光是綠色的。那裡有各種開關和量錶，密爾頓以前大部分都從來沒注意過。看起來更像是飛機的駕駛艙而不像汽車，而密爾頓正在操縱，密爾頓正駕著他最後一輛凱迪拉克飛過底特律河。不管目擊者看到的是什麼，或是第二天報上報導說那部凱迪拉克是橋上十輛車連環追撞車禍中的一輛，都無所謂了。密爾頓·史蒂芬尼德靠坐在舒服的皮椅上，可以看見市中心區的天頂線越來越近。收音機裡正播著音樂，一首阿提·蕭的老歌，有何不可呢？而且密爾頓望著佩諾斯卡大樓上的紅燈一明一滅地閃動。經過相當程度的嘗試與錯誤之後，密爾頓學會了怎麼操縱這輛飛車。不是靠轉動方向盤，而是要用意志力去想要怎麼樣，就像在一個很清晰的夢境裡。密爾頓把車開到了陸地上空，越過了柯伯堂，繞過他曾帶我去吃過午餐的龐察全大飯店的頂樓。不知爲什麼，密爾頓不再怕高。他猜想大概是自己死到臨頭，也沒什麼好怕的了。他既沒有懼高症，也沒有流汗，低頭看著大圓公園，最後他看到了底特律那些大輪子的遺跡；然後他開往西城，去找以前的斑馬房。而在橋上，我父親的頭顱撞碎在方向盤上。事後來把這件車禍告訴我母親的那位警探，在她問到我父親遺體的狀況時，只說：「就是時速七十哩的車子撞毀時的樣子。」密爾頓已經不再有腦波，所以也可以明白爲什麼他趴在凱迪拉克裡，居然會忘記斑馬房在好久以前老早燒掉了。他對於找不到那裡的事覺得不解，以前那一帶剩下的都是空地，看起來好像這個城市大部分都消失了。他低頭看去，只見到一塊空地接一塊空地。可是密爾頓在這一點上也錯了。有些地方長出了玉蜀黍，青草也長了回來，下面那些地方看起來像農地。「不如還給印地安人算了。」密爾頓想道：「也許波多瓦托米人會想要，他們可以蓋一間賭場。」天已經變成棉花糖，城市又成了平原。可是現在有另一盞紅燈在閃爍著，不是在佩諾斯卡大樓上，是在車子裡。是儀表板上的一個量錶，密爾頓以前從來沒見過，他知道那表示的是什麼意思。

就在這一刹那，密爾頓哭了起來。他的臉突然濕了。他用手摸了一下，一面抽搐著流淚。他往後一靠，因爲沒有別人在看他，就張開嘴來讓他那強大的悲傷宣洩出來。他從小就沒哭過，他低沉的哭聲讓他大吃一驚。那像一隻熊受了傷或垂死的聲音。密爾頓在那輛凱迪拉克裡放聲大哭，而那部車子又開始下降。他之所以會哭，不是因爲他就要死了，而是因爲我，卡莉歐琵，還沒有找到，因爲他沒有能救回我，因爲他盡了全力來找我回去，而我仍然下落不明。

當車頭向下，那條河又出現了。密爾頓．史蒂芬尼德，一個老海軍，準備加以面對。到了最後一刻，他沒再想到我。我必須誠實地記錄下密爾頓當時的想法。到了最後一刻，他不是在想我或泰喜或我們之中任何一個人。沒有那樣的時間。當車子撞下去的時候，密爾頓只有時間又爲事情會演變成這樣結果而吃驚。他這一輩子都在教每個人做事的正當方法，現在他卻做出這種事來，做出這件有史以來最蠢的事。他不敢相信他會把事情弄得這麼糟。所以，他最後一句說得很輕柔，沒有憤怒也沒有恐懼，只是很驚訝，還有一點勇敢。「笨蛋。」密爾頓在他最後那部凱迪拉克裡對他自己說。然後河水將他淹沒。

一個眞正的希臘人可能就在這個悲劇上收尾。可是美國人卻會保持樂觀。這些日子以來，我們每次談到密爾頓，我母親和我都認爲他走得正是時候。他走的時候不知道十一章後來接下了家裡的生意，不到五年就做垮了。也不知道十一章要再現黛絲荻蒙娜的性別預測術，開始在脖子上掛上一支小銀湯匙。不知道後來銀行帳戶透支和卡債。不知道泰喜被迫賣掉了中性大宅，搬到佛羅里達州去和柔依姑姑住在一起。在他走了三個月後，凱迪拉克公司在一九七五年四月推出了塞維雅，一種省油的車型，看起來像輸掉了褲子似的。從那以後，凱迪拉克跟以前可是不一樣了。密爾頓走的時候，還有好多好多我不會寫到這個故事裡面來的事，因爲那些都是美國生活中很普通的悲劇，這一類的事不適合寫在這個單一而不普通的紀錄裡。他走的時候，冷戰還沒結束、還沒有飛彈防衛系統和全球暖化的問題、也還沒有「九一一」，以及又有一個美國總統的姓氏裡只有一個母音。

最重要的是，密爾頓走之前沒有能再見到我。那想必不那麼容易。我情願想著我父親對我的愛強烈到能接受我，可是在某些方面說來，也許他和我不必一定要解決這個問題反倒比較好。爲了對我父親的尊重，我會永遠做一個小女孩，那樣有種純眞在裡面，那種孩童的純眞。

最後一站

「說起來現在還是一樣。」菊池茱莉說。

「不是。」我說。

「八九不離十吧。」

「我跟妳講到關於我自己的事和是個同志、或沒有現身出櫃什麼的完全沒有關係。我一向喜歡女孩子，我當初還是女孩子的時候就喜歡女孩子了。」

「我不會是你的最後一站吧？」

「倒更像是第一站。」

茱莉大笑起來，她仍然沒有做決定。我等著，然後她終於說道：「好吧。」

「好吧？」我問道。

她點了點頭。

「眞好。」我說。

於是我們離開了美術館，回到我的公寓。我們又喝了杯酒，在客廳裡跳了慢舞。然後我把茱莉帶進臥室，我已經有很久很久不曾帶過任何人到那裡了。

她關了所有的燈。

「等一下，」我說：「妳把燈都關了，是因爲妳還是因爲我的緣故？」

「因爲我。」

「爲什麼？」

「因爲我是個很害羞、很靦腆的東方淑女。別期望我會替你擦澡。」

「不擦澡？」

「除非你肯跳希臘左巴的舞。」

「我的那把布祖基琴[45]放在哪裡了？」我想一直開著玩笑。我也脫掉了衣服，茱莉也一樣。這就像往冷水裡跳，你不能想太多。我們躺進被單下，互相抱著對方，有點害怕，也很快樂。

「我也可能是妳的最後一站。」我說著，抱緊了她。「妳有沒有想過這點？」

菊池茱莉回答道：「我的確想過。」

*

十一章飛到舊金山去把我從牢裡保出來。我母親必須簽署一封信，要求警方將我交給我哥哥監護。審判日期會訂在最近的將來，但因爲我還未成年，又是初犯，大概會只判緩刑。（這次並沒有留下前科紀錄，也從來沒有影響到我後來在國務院的工作機會。不過當時我不是不擔心這些，只是太吃驚，也太難過，只想回家。）

我走到警察局裡靠外面的那間辦公室時，我哥哥正一個人坐在一條長長的木頭板凳上。他毫無表情地抬頭看著我，眨著眼睛。十一章就是這副模樣。所有的事都在他心裡。在他的腦子裡各種感覺要先檢視過，估量過，然後才有正式的反應出來。我當然早已習慣了這些。還有什麼比自己親人的毛病和習慣更自然的事呢？多年前，十一章曾經逼我把內褲拉下來，好讓他看我。現在他的眼光抬高了，但一樣專注。他在看著我剪掉亂髮的頭，他得承受一大堆傷心事。幸好我的哥哥吃過那麼多迷幻藥。十一章很早以前就擴大了他的思想範圍。他默想過瑪雅女神[46]的面紗，生命的各個階段。像有過這些經驗的人，要應付你的妹妹變成了弟弟的事，多少容易得多。自從有這個世界以來，一直都有像我這樣的陰陽人。可是當我從拘留所裡走出來的時候，很可能除了我哥哥那一代的人之外，沒有別人會這樣容易接受我。可是，看到我那麼大的改變也不可能若無其事。十一章的兩眼睜大了。

我們有一年多沒有見面。十一章也改變了。他的頭髮剪短了，前面禿得更厲害。他朋友的女朋友替他在家裡燙了頭髮。十一章以前細長的直髮，現在後面像獅子毛一樣，雖然前面髮線退得更後了。他外表不再像約翰・藍儂，褪色的喇叭褲和老奶奶式的圓眼鏡也都不見了。現在他穿著棕色的緊身褲，大翻領的襯衫在日光燈下閃亮。六〇年代其實始終並沒有完全結束。目前在果阿[47]還是那個味道。可是在一九七五年時，對我哥哥來說，六〇年代終於結束了。

要是在別的時候，我們會多談一些這類的細節，可是我們那時候沒有這種悠閒心情。我走到房間那頭，十一章站了起來，然後我們抱在一起，身體搖晃著，「爸死了，」我哥哥在我耳邊重複道：「他死了。」

我問他是怎麼回事，而他告訴我經過情形。密爾頓衝過了海關。麥可神父那時也在橋上。他現在是在醫院裡。密爾頓的那只舊手提箱在那輛小妖精的殘骸中找到，裡面裝滿了錢。麥可神父向警方招供了所有的事，包括假綁票和贖金的事。

我弄清楚這件事後問道：「媽還好嗎？」

「她還好，她在撐著吧。她對密爾頓很生氣。」

「生氣？」

「因爲他跑到那裡去，因爲他沒有告訴她。她很高興你回家來了。她現在只注意這件事，你能回來參加葬禮。所以還好。」

我們安排好連夜趕回去。葬禮是在第二天早上。十一章處理好了所有官方的事，取得了死亡證明，發了訃聞。他沒有問起我在舊金山或六九俱樂部的事。一直等到我們上了飛機，十一章喝了一兩罐啤酒之後，他才提到我的情形。「呃，我想我不能再叫你卡莉了。」

「你愛叫我什麼都可以。」

「叫『小弟』怎麼樣？」

「我沒問題。」

他沒說話，眨著眼睛，他在想事情的時候都會有這麼一段時間。「我沒聽到多少診所裡發生的事情。我當時住在馬奎特，很少和爸媽談話。」

「我跑了。」

「爲什麼？」

「他們要給我開刀。」

我能感覺到他在瞪著我，用他那漠然的外表隱藏他相當大量的精神活動。「在我看來有點詭異。」他說。

「對我來說也很詭異。」

過了一下之後，他笑了一聲，「哈！詭異！眞他媽的詭異。」

我故作絕望地搖著頭。「一點也不錯，老哥。」

要面對這種不可能解決的問題，沒有別的辦法，只有當做一般的狀況，我們說起來並沒有更好的招數，只有退而求其次以我們共通的經驗和平常的做法，當玩笑來開。可是這也讓我們撐過去了。

「不過我有的基因另有一個好處。」我說。

「什麼？」

「我永遠不會禿頭。」

「爲什麼不會？」

「你要有ＤＨＴ（二氫睪酮）才會禿頭。」

「嚇，」十一章說著摸了下自己的頭，「我想我是ＤＨＴ多了點。我想我就是他們所謂的有ＤＨＴ過剩吧。」

我們在六點剛過不久抵達了底特律。那輛撞毀的金城已經給拖到警方的停車場裡，等在機場的是我母親的車，那輛「佛羅里達特快」。那輛檸檬黃的凱迪拉克是密爾頓唯一留下來的。那車已經開始有點像是件遺物了，駕駛座的椅子因爲他的體重而凹陷下去，你在皮椅墊的後邊還看得到密爾頓坐下去的印子。泰喜把那個洞用小墊枕鋪滿，讓她能由方向盤上方看路。十一章把那些墊枕都丟進後座。

在那部退了流行的車裡，關掉了力道十足的冷氣，天窗關緊，我們開始往家裡開。我們經過巨大的聯皇輪胎工廠和印克斯特的稀疏樹林。

「葬禮是幾點鐘？」我問道。

「十一點。」

那時候天剛亮。太陽從該升起來的地方升了起來，可能是遠方的工廠後面，或是在那條看不見的河上。越來越亮的光就像是漏出來的水，或是洪水，被吸進地裡去。

「從市中心穿過去吧。」我對我哥哥說。

「那樣時間太長了。」

「我們還有的是時間，我想看看。」

十一章答應了我。我們走I-94號公路，經過了奧林匹亞體育館，然後繞過來往河那邊開上高速公路，由北邊進入市區。

生長在底特律，你就能了解各種事物的道理，從很早開始，你就和「混亂」有密切關係。當我們從高速公路低處開上來的時候，我們看得到那些已經徵收的房子，很多都燒掉了。也看到所有灰色而結凍的空地那種十足的美。以前一度很高雅的公寓矗立在垃圾場旁邊，原先是毛皮商和電影院的地方，現在成了血庫和勒戒所，還有汪德媽媽萬年教會。從陽光燦爛的地方回到底特律來時，通常會讓我很沮喪，可是現在我卻很喜歡，這裡的衰敗景象減輕了我父親過世所帶來的痛苦，使那件事看起來稀鬆平常，至少這個城市沒有以多采多姿或興高采烈的模樣來嘲諷我的悲傷。

市中心區看來還是那樣，只是空了一點。住戶搬走了之後，你不能把摩天樓拆掉；所以就用木板把窗子和門給釘上，而那些商業大樓的空殼就這麼冷凍在那裡。在河邊的復興中心正在蓋，爲的是始終不見蹤影的復興計畫。「我們從希臘城經過一下吧。」我說。我哥哥又答應了。不久之後，我們就經過那條滿是餐館和紀念品店的街道。在那些富有民俗色彩的工藝品之間，還有幾家眞正的咖啡店，客人都是七八十歲的老人。這天早上已經有人來光顧，喝著咖啡，玩著雙陸，看著希臘的報紙。等到這些老人過世之後，這幾家咖啡店會很困難地撐一陣子，最後會關門。這條街上的餐館也會一點一點地生意越來越差，他們的雨篷破了，招牌上的黃色大燈泡燒壞了，街口的希臘烘焙作坊被由迪爾伯恩來的南方小吃所取代。不過所有這些都還沒有發生，在門羅街上，我們經過了慈悲園，我們曾經在那裡辦過拉夫提的makaria。

「我們要給爸爸辦一場makaria嗎？」我問道。

「要，要弄全套。」

「在哪裡？在慈悲園嗎？」

十一章笑了起來，「你在開玩笑吧？現在沒有人想到這邊來了。」

「我喜歡這裡，」我說：「我愛底特律。」

「是嗎？哎，歡迎回家來。」

他又把車轉上傑佛遜大道要一路穿過衰敗的東區。一家假髮店，浮華舞廳，那間老俱樂部，現在是召租的空屋。一家二手唱片店，貼了張手繪的海報，上面畫著很多人在爆開的音符間跳舞。那些老雜貨店和糖果店都關掉了，凱利吉雜貨、伍華糖果、三德冰淇淋。外面很冷，路上沒有多少人。街角站著一個男人，一動不動地在冬日的天空前襯出個很帥氣的身影。他的皮大衣長到腳踝，一副大的護目鏡包在他那張神氣而有長下巴的頭上，頂上戴著，或不如說架著，一頂像西班牙大帆船似的紅褐色絲絨帽子。這個人不屬於我們的市郊世界，因此有點異國風味。可是卻相當熟悉，而且有種我老家特有的創造力的味道。反正我看到他很高興，簡直移不開我的目光。

在我小的時候，像這種站在街角的人，有時會把他們的黑眼鏡拿下來眨眼，想要引起開過的車子後座的白人女子注意。可是現在那個傢伙看我的眼光完全不同。他沒有拿掉太陽眼鏡，但是他的嘴，他那張著的鼻孔，還有甩頭的樣子，傳達出蔑視，甚至是恨意。就在這時候，我發現一件令人吃驚的事。我要做個男人的話，就一定要像這個男人，即使我不想如此。

我要十一章經過印地安村，經過我們家以前住的地方，我想要在見我母親之前先讓懷舊之情來鎮定我的神經。那些街道兩邊還是種滿了樹。在冬天光禿禿的，所以我們可以一路看到那條結凍的河。我想著這個世界上有那麼多的生命，是多麼令人驚奇的事。在外面的街道上，大家都牽扯在成千上萬的事情裡，錢的問題、愛情的問題、學業的問題。隨時都有人談戀愛、結婚、去勒戒所、學溜冰、配雙焦眼鏡、準備考試、試穿衣服、剪頭髮和出生。在某些房子裡，有人老去、生病、死亡，留下其他的人哀悼。這件事隨時都在發生，沒有人特別注意，這才是眞正重要的事。生命中眞正有關係的，眞正重要的事，就是死亡。從這個角度來看，我身體的變化只是小事，大概只有搞色情行業的才會有興趣。

我們很快就到了格洛斯波因。光禿的榆樹由路兩邊向中間伸展，指尖相觸，而積雪堆在溫暖而像在冬眠的房屋前的花壇裡。我的身體在看到我家時有了反應。幸福的火花在我體內四射，這是一種像狗一樣的感覺，充滿了急切的愛，對悲慘的事麻木不仁。這裡是我的家，中性大宅。在那扇大窗子裡，在鋪了瓷磚的窗台上，我經常坐在那裡看書，一坐就是幾個鐘頭，伸手去摘窗外樹上的桑椹來吃。

車道上的雪沒有鏟掉，沒有人有時間去想到這件事。十一章開上車道時速度有點太快，使得我們在座椅上顚簸，而排氣管敲著積雪。在我們下車之後，他打開行李廂，然後開始提著我的皮箱往屋子走去，可是走到半路就停了下來，「嗨，小弟，」他說：「你可以自己提行李。」他淘氣地笑著，看得出他對這種制式化的轉變覺得很有趣，他把我的變形看做是一種讓人難以理解的問題，像列在他那些科幻雜誌封底的問題一樣。

「不必太講究，」我回答道：「你要替我提行李，隨時歡迎。」

「接著。」十一章叫道，把皮箱扔了過來。我接住箱子，踉蹌後退。就在這時候，房子的大門開了，我母親穿著家居的拖鞋走進外面結了霜的冷空氣裡。

泰喜·史蒂芬尼德，在太空梭旅行還是個新玩意的那段日子裡，決定隨她丈夫的意思，以不當的方法去生個女兒，現在看到在她面前，站在積雪的車道上的，正是那個計畫的結果。不再是一個女兒，而是，至少看起來是，一個兒子。她很疲累，又傷心，沒有力氣來應付這件新的大事。她無法接受我現在以一個男人的身分在生活的事實，泰喜覺得這不該由我來決定。是她生下我，餵我奶，把我帶大。她在我認識自己之前就認得了我，現在她卻在這件事情上不能置一詞。生命開始的時候是一個樣子，然後突然轉了個彎，就成了另外一個樣子。泰喜不知道這件事是怎麼發生的。雖然她仍然可以在我的臉上看到卡莉歐琵，但每個地方似乎都變了，變粗了，而且在我的下巴和人中的地方都長著細毛。在泰喜眼裡，這是我外表上不該有的部分。她忍不住想到我回來是爲了算清一些舊帳，密爾頓已經受到了懲罰，而她的懲罰才剛要開始。因爲這些原因，她一動也不動地紅著眼睛站在門口。

「嗨，媽，」我說：「我回來了。」

我走向前去見她。我把皮箱放下，等我再抬起頭來時，泰喜的表情變了。她爲這一刻已經準備了好幾個月。現在她那淡淡的眉毛挑起，兩邊嘴角也彎了起來，讓她蒼白的臉頰起了皺褶。她的表情就像做母親看著醫生把嚴重燒傷的孩子臉上繃帶拆掉的時候一樣。一張樂觀、虛僞、在床邊的臉。當時，這已經把所有我需要知道的都告訴了我。泰喜要試著去接受一切。發生在我身上的事令她大受打擊，可是她要爲了我而忍受這些。

我們擁抱在一起。因爲我那樣高，我把頭靠在我母親的肩膀上哭著，而她摸著我的頭髮。

「爲什麼？」她一直輕輕地哭著，一面搖著頭，「爲什麼？」我以爲她是在說密爾頓。可是緊接著她就說明白了：「爲什麼你要跑掉呢？寶貝？」

「我不能不跑。」

「你難道不覺得就維持你原來的樣子要方便得多嗎？」

我抬起頭來，正視著我母親的兩眼，告訴她說：「這就是我原來的樣子。」

你也許想知道，我們是怎麼會對某些事情習慣的？我們的記憶怎麼辦呢？是不是卡莉歐琵必須死掉來勻出地方給卡爾？對這些問題，我只有同樣一個實話實說的答辯：你眞想不到你什麼都能習慣。在我由舊金山回來，開始過一個男人的生活之後，我家人發現一件和大家以為的情形相反的事情。性別並沒有那麼重要。我由女孩變成男孩，其實遠不如任何人從襁褓長成大人的過程來得更戲劇化。在很多方面，我還是原來的那個人。即使到了現在，雖然我過的是個男人的生活，我基本上始終還是泰喜的女兒。記得每個禮拜給她打電話的人是我，會聽她把她那張越來越長的病痛清單講出來的人也是我。我和所有的好女兒一樣，會是在她老年時去照顧她的人。我們仍然會討論男人有些什麼毛病，在我回去看她的時候，我們還是會一起去做頭髮。為了順應時代潮流，金羊毛美容院現在也給男士剪頭髮了。（而我也終於讓親愛的老蘇菲照她一直想要的那樣把我頭髮剪短。）

可是這些都是後來的事。當時，我們相當的著急，已經差不多十點鐘了。由殯儀館來的禮車再有四十五分鐘就要到了。「你最好趕快梳洗一下。」泰喜對我說。葬禮有葬禮該有的作用：讓我們沒有時間老在想我們的感覺。泰喜挽起我的手，把我帶進屋子裡。中性大宅也在服喪。房間裡的鏡子用黑布蓋了起來，拉門上也綁了黑帶子。所有那些老移民的風俗。除此之外，這棟房子看起來安靜而陰暗得很不自然。像平常一樣，那些巨大的窗子把戶外的感覺帶了進來，因此在客廳裡也是冬天；我們四周都是積雪。

「我想你可以穿那套西裝。」十一章對我說：「看起來還蠻適合的。」

「我看你連西裝都沒有吧。」

「我是沒有，我又沒去上什麼神里神氣的私立學校。你那套衣服到底是哪裡來的？有股怪味道。」

「至少那還是一套西裝。」

我哥哥和我彼此鬥嘴的時候，泰喜注意地看著，她從我哥哥那裡得到暗示，知道我發生的事情可以輕鬆以對。她不敢說她自己是不是能做得到，可是她在看年輕一代是怎麼做的。

突然有一個奇怪的聲音響起，像是老鷹在叫，客廳牆上的對講機在響，有個聲音尖叫道：「喲——嗬——泰喜寶貝！」

當然啦，屋子裡那種移民的味道不是因爲泰喜才有的。透過對講機尖叫的不是別人，正是黛絲荻蒙娜。有耐心的讀者，你也許早就在奇怪我祖母怎麼了。你大概注意到了在她爬上床不下來之後不久，黛絲荻蒙娜就開始隱退了。可是那是我有意的安排。我讓黛絲荻蒙娜由我的敘述中滑了出去，是因爲，說老實話，在我轉變的那戲劇性的幾年裡，大部分的時間我都沒有想到她。過去五年裡，她始終躺在客房的床上。我念培英女校的時候、愛上朦朧的對象的時候，我幾乎都不怎麼記得我的祖母。我看過泰喜準備她的飲食，用托盤送到客房去；每天晚上，我看到我父親很盡責地到她終身的病房去看她，帶著熱水瓶和各種的藥。在這些時候，密爾頓和他母親說希臘話，只是越來越困難。在戰時，黛絲荻蒙娜沒能教她兒子用希臘文寫信。現在到她老來，她更恐怖地發現他也忘記怎麼說希臘話了。我偶爾會用托盤給黛絲荻蒙娜送飯，讓我自己有幾分鐘的時間重溫她那在時代文物密藏器[48]裡的生活。那張配了相框的預定墓地照片仍然立在她床邊小几上，讓她安心。

泰喜走到對講機前。「喂，yia yia，」她說：「妳要什麼嗎？」

「我的腳今天好痛，妳有沒有泡腳藥粉？」

「有，我就送去給妳。」

「老天怎麼不讓yia yia死呢？泰喜？大家都死了！除了yia yia，所有的人都死了！yia yia現在老得不能活了，老天爺怎麼樣呢？祂什麼也不做。」

「妳早餐吃完了嗎？」

「吃完了，謝謝妳，寶貝，可是今天的梅乾不好。」

「就是妳平常吃的一樣的梅乾啦。」

「大概是出了什麼問題，另外買一盒吧，拜託，泰喜，買香吉士的。」

「好的。」

「好了，小寶貝，謝謝妳，寶貝。」

我母親關掉了對講機，轉回身來對我說：「yia yia不像以前那麼好了，她的腦子越來越不清楚了。你走了之後，她一直在走下坡，我們跟她說了密爾頓——」泰喜有點哽咽，差點哭出來，「出的事情。yia yia哭個不停。我以爲她當場就會死了。結果一兩個鐘頭之後，她問我密爾頓在哪裡。她把整件事都忘記了。也許這樣反而好。」

「她要去參加葬禮嗎？」

「她路都走不動了，帕帕尼可拉斯太太會來照顧她。她有一半的時間不知道自己在哪裡。」泰喜很悲哀地笑了一下，搖搖頭。「誰想得到她會比密爾頓還長命？」她的淚水又湧上來。她拚命忍住。

「我能去看看她嗎？」

「你想去嗎？」

「想。」

泰喜看來有點擔心，「你打算怎麼跟她說？」

「我應該跟她說什麼？」

我母親沉默了幾秒鐘，想著。然後她聳了下肩膀，「沒有關係，不管你說什麼，她都不會記得。把這個帶去給她，她要泡泡腳。」

我帶著泡腳的藥粉和一塊用玻璃紙包著的蜜糖果仁千層酥，走出了房子，沿著門廊走過去，經過院子和澡房到了後面的客房。門沒有鎖上，我打開門，走了進去。房間裡唯一的亮光是從電視機來的，電視音量開得非常大。我進門首先看到的就是一張阿西納哥拉斯大主教的肖像，就是多年前黛絲荻蒙娜從拍賣家私時搶救下來的那張。窗邊的一個鳥籠裡，有隻綠色的鸚鵡在西印度輕木做的棲木上走來走去，那是我祖父母以前養的鳥裡剩下的最後一隻了。其他熟悉的物品和家具也都還在：拉夫提的唱片，那張銅咖啡桌，當然還有那個蠶盒，都放在雕花的圓桌正中間。那個盒子裡塞滿了紀念品，都蓋不起來了。裡面放著照片、舊的信件、珍貴的釦子，煩惱珠。在所有這些東西底下，我知道還有兩條長長的辮子，用皺了的黑緞帶綁著，還有一頂用船上繩索做成的婚禮花冠，我想要看看那些東西。可是在我再往房間裡走進幾步時，床上的奇景卻吸引了我的注意。

黛絲荻蒙娜像女王似地坐靠在一個謔稱爲「老公」的米黃色燈芯絨布靠枕上。靠枕的兩隻扶手把她圈住。從一隻扶手外面縫了鬆緊帶的袋子裡，伸出一支抽痰器，還有兩三個藥瓶子。黛絲荻蒙娜穿著一件白色睡袍，被單直蓋到她腰部。懷裡放了一把控訴土耳其暴行的扇子。這一切都不讓人吃驚，讓我震驚的是黛絲荻蒙娜的頭髮。聽到密爾頓的死訊時，她拉掉了髮網，抓著垂下來的大把頭髮。她的頭髮全都灰白了，可是髮質仍然很好，在電視機的光照射下，看來幾乎是金色的。頭髮垂在她肩上，也散在她身上，就如同波提切利筆下維納斯的頭髮。不過，被那令人驚嘆如瀑布似的長髮所包圍的臉，卻不是一個年輕的美女，而是一個頭顱四方、嘴巴乾癟的老寡婦。在這個房間毫不流動的空氣以及藥味和潤膚膏的味道裡，我能感受到她在床上的時間和她等待與希望死亡來臨等等形成的重擔。有這樣一個祖母，我不確定你是不是能成爲一個深信生命的意義就是在追求幸福的眞正美國人。黛絲荻蒙娜的苦難和拒絕生命都是認定了老年不是延續了青春的歡娛，而是一場漫長的試練，慢慢地消磨盡了生命中即使是最小、最單純的快樂。每個人都努力抗拒絕望，但絕望總是最後的贏家。一定得是如此吧，因爲讓我們說再見的就是那個。

我站在那裡看我祖母的時候，黛絲荻蒙娜突然轉過頭來，注意到我。她的手伸到胸口，帶著害怕的表情，整個人往後面的墊枕上擠，一面叫道：「拉夫提！」

現在感到震驚的人是我了。「不是的。yia yia，不是papou。是我，卡爾。」

「誰？」

「卡爾，」我停了一下，「妳的孫子。」

這當然很不公平，黛絲荻蒙娜的記憶力已經不好了，可是我一點也沒幫她。

「卡爾？」

「我小時候，他們都叫我卡莉歐琵。」

「你看起來像我的拉夫提。」她說。

「眞的嗎？」

「我以爲你是我的丈夫，來接我去天國了。」她這才第一次發笑。

「我是密爾頓和泰喜的孩子。」

黛絲荻蒙娜臉上幽默的表情像來時一樣快地消失了，她看來悲傷而充滿歉意。「對不起。我不記得你了，寶貝。」

「我給妳送這些來。」我把泡腳藥粉和蜜糖果仁千層酥拿給她看。

「泰喜怎麼不來？」

「她得換衣服，」

「換衣服做什麼？」

「參加葬禮。」

黛絲荻蒙娜叫了一聲，又用手按著胸口，「誰死了？」

我沒有回答，只把電視機的音量關小。然後，指著那個鳥籠說：「我記得妳以前有過二十隻鳥的時候。」

她望了望鳥籠，沒有說話。

「妳以前住在閣樓上，在塞米若里街，記得嗎？那時候妳養了好多鳥，妳說那些鳥讓妳想起了布爾沙。」

聽到這個地名，黛絲荻蒙娜又微微地笑了。「在布爾沙，我們有各式各樣的鳥，綠的、黃的、紅的。各式各樣的都有。小小的鳥，可是很美，像是用玻璃做的。」

「我想去那裡，還記得那裡的教堂嗎？我將來要到那裡去把教堂修好。」

「密爾頓要去修的。我一直跟他講。」

「要是他不去做，我會去做。」

黛絲荻蒙娜對我看了好一陣，好像在估量我是不是有能力做得到還願的事。然後她說：「我不記得你了，寶貝，可是麻煩你給 yia yia 調下泡腳藥粉好嗎？」

我拿出了腳盆，打開浴缸的水龍頭把盆裡放上溫水。我撒進泡腳的藥粉，端回臥室。

「放在椅子旁邊，小寶貝。」

我照做了。

「現在扶 yia yia下床。」

我走近了些，彎下腰，把她的兩隻腳由床單下挪出來，讓她轉了個身，將她的手臂搭在我肩膀上，再把她拉起來，走那幾步路到椅子那邊。

「我現在什麼事都不能做了。」她一路悲嘆。「我太老了，寶貝。」

「妳還很好呀。」

「不行，我什麼都不記得，全身又痠又痛，我心臟也不好了。」

我們現在到了椅子邊。我轉過去繞到她身後，扶她慢慢坐下。再走回到前面來，把她腫脹而青筋浮現的兩腳放進泡腳水裡，黛絲荻蒙娜發出高興的喃喃語聲，閉上了眼睛。

在接下來的幾分鐘裡，黛絲荻蒙娜不作聲地享受著溫水泡腳。血色回到她腳踝，再往上升到她腿上。這種紅潤的顏色消失在她睡袍的下襬底下，可是，一分鐘之後，就從領口露了出來，紅光散布到她臉上。等她睜開兩眼時，她眼神的清楚，是先前沒有的。她直望著我，然後叫了起來。「卡莉歐琵！」

她用手掩著嘴，「Mana！妳怎麼了？」

「我長大了。」我只說了這麼一句。我本來不想告訴她的，可是現在看出來了。我覺得反正沒什麼關係，她不會記得這段談話的。

她仍然在看著我，她眼鏡的鏡片把她的眼睛放得很大，要是黛絲荻蒙娜腦筋清楚的話，不可能知道我在說什麼。可是在她老邁癡呆的狀態下，她卻能適應這個訊息。她現在活在回憶和夢想中，而在這種情況下，久遠的鄉野傳說又越來越接近了。

「你現在是個男孩子了，卡莉歐琵？」

「多多少少吧。」

她想了想，「我媽她以前告訴過我一些好笑的事，」她說：「好久好久以前，在村子裡，他們有時候會生出小孩來，看起來是女孩子，然後——到十五、十六歲——他們看起來都像男孩子了！我媽跟我說過這種事，可是我從來不相信。」

「這是遺傳的問題，我去看的那個醫生說這種事會發生在小村子裡、大家都是近親結婚的地方。」

「費洛大夫也說過這種事。」

「是嗎？」

「這全是我的錯。」她難過地搖著頭。

「什麼？什麼是妳的錯？」

她並沒有眞正在哭。她的淚腺已經乾涸了，沒有淚水從她臉頰上流下來。可是她的臉還是有哭的動作，肩膀在抖動。

「神父說就連嫡親的堂兄弟姊妹或表兄弟姊妹都不該結婚，」她說：「遠房的堂兄弟姊妹或表兄弟姊妹是可以的，可是你還是得先問過主教。」她轉開了眼光，盡量要想起這些事。「就算妳想嫁給妳教父教母的兒子都不可以。我以爲那只是爲了教會的規定，我不知道原來是因爲會讓孩子出什麼事。我只是個鄉下來的傻女孩。」她在這方面說了一陣子，一直怪罪自己。她一時忘記了我在旁邊，或者是她在大聲地自言自語。「後來費洛大夫他告訴我很多可怕的事。我害怕得去動了手術，不再生孩子了。後來密爾頓要生孩子，我又害怕了。可是結果什麼事也沒有。所以我想，經過這麼久的時間，一切都沒問題了。」

「妳在說什麼呀？yia yia？papou是妳表弟嗎？」

「很遠房的表弟。」

「那就沒問題了。」

「不單是很遠房的表弟，也是我弟弟。」

我的心跳停了一下。「papou是妳的弟弟？」

「是的，寶貝。」黛絲荻蒙娜非常疲累無力地說：「很久很久以前，在另外一個國家。」

就在這時候，對講機響了：

「卡莉？」泰喜咳嗽一聲，更正了自己的說法：「卡爾？」

「什麼事？」

「你最好趕快梳洗一下，車子十分鐘之內就要來了。」

「我不去了，」我停了一下，「我要在這裡陪 yia yia。」

「你得去那裡，寶貝。」泰喜說。

我走到對講機的前面，把嘴靠在上面，用低沉的聲音說道：「我才不進那個教堂。」

「為什麼？」

「妳沒看到他們那些該死的蠟燭賣得有多貴嗎？」

泰喜笑了起來，她需要笑笑。所以我繼續下去，放低了聲音，裝得像我父親一樣。「兩塊錢一枝蠟燭？眞是敲竹槓！也許妳可以騙得了從那個古老國家來的人去上這種當，可是在美國可沒這種事！」這樣模仿密爾頓是有傳染性的，現在泰喜在對講機裡也放低了聲音，「根本是詐騙！」她說著，又笑了起來。我們這下了解到這就是我們將來會做的事，這樣讓我們一直覺得密爾頓還活著。

「你確定不想去嗎？」她問我。

「事情會太複雜，媽。我不想跟每個人都得解釋每一件事。現在還不行。會太讓大家分心了，我不在場比較好。」

泰喜在心裡同意我的說法，所以她很快就讓步了。「我會告訴帕帕尼可拉斯太太說她不用來陪 yia yia 了。」

黛絲荻蒙娜仍然在看著我，可是她眼中的神色又像在作夢一般，她在微笑著。然後她說道：「我的湯匙是對的。
「我想也是。」
「我很遺憾，寶貝，我很難過這種事會出在你身上。」
「沒關係。」
「我很抱歉，小寶貝。」
「我喜歡我的生活，」我對她說：「我會過得很好的。」她仍然很痛苦的樣子，於是我握著她的手。
「不用擔心，**yia yia**，我不會跟別人說的。」
「跟誰說呢？現在所有的人都死了。」
「妳還沒死。我會等妳走了之後再說。」
「好，等我死了以後，你什麼都可以說出來。」
「我會的。」
「了不起，小寶貝，了不起。」

在聖母升天教堂裡，顯然是違背了密爾頓的心願，給他舉行了全套的希臘正教式的葬禮。儀式由葛里格神父主持。至於麥可·安東尼奧神父，他後來因竊盜未遂的重罪被判兩年有期徒刑。柔依姑姑和他離了婚，帶著黛絲荻蒙娜搬到了佛羅里達州。到底是去了哪裡呢？當然是新斯麥納灘，還能是哪裡？幾年之後，我母親被迫要賣掉我們的房子時，她也搬去了佛羅里達州。她們三個人又住在一起，就像當年在霍爾伯特街的情形一樣，一直住到一九八〇年，黛絲荻蒙娜過世。泰喜和柔依到今天仍然住在佛羅里達州，兩個女人靠自己過活。

在葬禮過程中，密爾頓的棺材始終是蓋著的，泰喜把她丈夫的結婚花冠交給了葬儀社的喬治．帕帕斯，讓那件東西能和他葬在一起。到了要和死者最後吻別的時候，弔唁的人排成一列經過密爾頓的靈柩，親吻漆得亮亮的棺蓋。來參加我父親葬禮的人比我們預期的要少很多，赫丘力熱狗加盟店的老闆一個都沒有來，這麼多年來，密爾頓一直交往的人也都沒有到場；所以我們這才知道，儘管他做人溫柔敦厚，密爾頓卻始終沒有什麼朋友，只有生意上來往的人。倒是家族親戚來了。彼德．塔塔奇斯，那位整脊專家，開著他那輛酒黑色的別克來到。巴特．史奇奧提斯也到這間他偷工減料蓋的教堂裡來弔唁。蓋斯．潘諾士和他太太海倫也來了，因爲是葬禮，蓋斯的氣管切開使他的聲音聽起來更像死神。柔依姑姑帶著我們的表兄弟姊妹沒有坐在前排，那排位子留給了我的母親和哥哥。

結果是我在執行一項已經沒有人記得的古希臘習俗，留在中性大宅，擋住大門口，讓密爾頓的鬼魂不能再回到屋子裡來。這個工作一向是由一個男人來做的，現在我有資格了。我穿著那套黑西裝，和那雙骯髒的哇那比鞋，站在敞開在冬日寒風裡的門前。楊柳都光禿禿的，可是枝椏仍然很多，像悲痛的婦人般將交纏的手臂伸向天空。我們那棟現代化黃色方塊似的房子乾淨俐落地坐落在白雪上。中性大宅現在幾乎有七十年了，雖然我們用殖民時期風味的家具毀了它原有的風格，卻依然如同當初建造的目的一樣，像一座燈塔，一個沒有多少室內隔牆的地方，沒有小資產階級生活的規矩，是一個只爲一種住在新世界的新典型人類所設計的地方。當然，我忍不住感到這種人就是我，我和其他所有像我這樣的人。

葬禮過後，所有的人都回到各自的車裡，開向墓園。紫色的小旗子在天線上飄拂，車隊慢慢地開過舊東城我父親生長的那一帶，也就是他曾經在睡房後窗以豎笛向我母親示愛的地方。車隊行經馬克大道，在走過霍爾伯特街的時候，泰喜從禮車的車窗望出去，想看那棟老房子。可是她找不到，那裡四周長滿了樹叢，院子裡滿是垃圾，那些老舊的房子在她看來全都一模一樣。過了一下之後，靈車和禮車遇到了一列摩托車隊，我母親注意到那些騎車的人全都戴著土耳其氈帽。他們是聖地兄弟會的會員，進城來開年會的。他們很客氣地停到路旁，讓送葬的車隊通過。

在中性大宅這邊，我一直站在大門口。我很認眞地克盡我的責任，儘管寒風刺骨，我也一動都不動。密爾頓這個從小就叛教的人，應該會證實了他的懷疑，因爲他的鬼魂那天始終沒有想衝過我身邊回家來。那棵桑樹葉子落盡了，風把變硬的雪片吹到我那張拜占庭式的臉上，那也是我祖父的面孔，是我以前當個美國女孩子時的面孔。我在門口站了一個鐘點，也許兩個鐘點。有一陣子我已經記不清時間了，既爲了能回家而高興，也爲了我父親而哭泣，還在想著以後的事。

註釋

1 Papagallo，義大利的一個服飾品牌。

2 Eames chair，一種由模製膠合板或塑膠製的椅子，由美國人查爾斯·埃姆斯設計，因而得名。

3 Le Corbusier，1887-1965，法國國際風格建築學派建築師，主張功能主義和工業社會新價值。

4 Kaspar Hauser，1812-1833，德國青年，從出生之謎到不知是自殘或如他所說遭遇陌生人重創的事，是十九世紀最有名的謎案之一，也成爲很多戲劇、小說及詩歌的題材。

5 Wild Boy of Aveyron，一七九八年，在法國阿維農地方森林裡發現一個年約十二歲的野孩子，顯然是嬰兒時就被棄養。法國名導演楚浮曾以這個眞實故事拍成動人的影片《野孩子》（L'enfant Sauvage）並飾演片中教化野孩子的啓聰教師。

6 Xaviera Hollander，以一本露骨描述她本人賣春經驗的《快樂神女》（*The Happy Hooker*）而聲名大噪。

7 Sir Edward Coke，1551-1634，英國法學家，曾任下院議長及民事法院首席法官，主張普通法是最高法律，反對王室特權和宗教司法權。

8 Edwin Klebs，1834-1913，德國醫生，細菌學家，研究傳染病的細菌理論。是白喉桿菌的發現者之一。

9 Aeron Chair，由製作辦公家具的赫曼米勒公司設計生產的一種高科技，合乎人體工學，舒適而豪華的高級座椅。

10 Wolffian duct，又稱中腎管，是德國解剖學家，胚胎學家沃爾弗 Kaspar Friedrich Wolff（1733-1794）所發現。

11 Müllerian duct，因德國動物學家苗勒 Fritz Müller 而命名。

12 Wallabees，一種繫帶便鞋，也可能有高統，特色是用翻毛皮製成，網路上稱爲全世界最醜的鞋子。

13 Raqual Welch，1940- ，美國性感女星，以《蠻荒世界》中的性感形象名噪一時，後來演過《雌雄美人》，由名影評人Rex Reed和她分飾變性前後的主角。

14 Twiggy，二十世紀六〇年代末期走紅國際的模特兒，平胸，身材細瘦如少女，七〇年代初期進入影壇，以《男朋友》走紅。

15 Jack Kerouac，1922-1969，美國小說家、詩人，二次大戰後所謂「垮掉的一代」的代表人物之一，主要作品有小說《在路上》等。

16 Beat Generation，二次大戰後美國的一批年輕人，對社會現實不滿，蔑視傳統觀念，衣著與行爲摒棄常規，追求自我表現，長期浪跡於社會底層，形成獨特處世哲學與文學流派。

17 Fu Manchu，英國偵探小說中的中國惡棍角色，兩撇鬍子從嘴角垂直向下。

18 Marc Chagall，1887-1985，生於俄國的猶太畫家，作品取材於民間傳說、聖經故事。除油畫外，後期也作版畫和插畫，一九二二年移居國外，後定居法國。

19 Punchinello，義大利傳統木偶劇中矮胖駝背的滑稽主角。

20 Mabel Mercer，英國威爾斯創作型歌手。

21 guayabera，拉丁風味的薄料短袖襯衫。

22 Hashbury，美國舊金山Haight-Ashbury地區，六〇年代嬉皮多聚居此處。

23 the Tenderloin，指舊金山聯合廣場西邊一帶。但凡大都市犯罪率特高，巡邏員警因此有「額外收入」的地方，皆有此渾名。

24 the Castro，舊金山繼早年的波克街後，成爲男同性戀主要活動集中的一條街。

25 傑瑞・賈西亞（Jerry Garcia）是「死之華」的主唱。

26 peyote，墨西哥產的仙人掌，提煉後有迷幻藥的作用。

27 Hermaphroditus，男女合爲一體的希臘神，父親是赫密斯（Hermes），母親是阿芙柔黛蒂（Aphrodite）。兩性人（hermaphrodite）一詞即源自於此神的名字。

28 Art Deco，起源於二〇年代，流行於三〇年代和六〇年代後期的藝術風格，特色爲輪廓與顏色明朗粗獷，呈流線型或幾何圖形。

29 City Light Bookstore，當年地下文學和前衛作品最多的一家著名舊金山著名書店。

30 New Directions，以出版當代文學創作爲主的一家出版社，很多現在已成爲美國文學經典的作家和作品，當年都是由此起家。

31 Ghirardelli chocolates，歷史悠久的名牌，創立於一八五二年。

32 Trader Vic's，大溪地風味的高級西餐廳。

33 一九六九年六月二十八日凌晨，紐約市格林威治村的「石牆客棧」（Stonewall Inn）遭到臨檢，引起這家同性戀酒吧的顧客及圍觀群眾與警察衝突，進而形成連續五日的暴動，一般視爲同志平權運動的里程碑。

34 Peripateticism，亞理士多德和其門徒逍遙地走來走去討論哲學而得名。

35 Navajo，散居於新墨西哥州、亞利桑那州及猶他州的北美印地安人。

36 Mithras，波斯神話中的光明之神，二至八世紀時，在羅馬帝國成爲廣泛崇拜的對象。

37 Kate Chopin，1851-1904，美國作家和地方彩畫家，被譽爲紐奧良文化的代表，對婦女解放的想法影響後世女權主義文學甚鉅。

38 Jane Bowles，1917-1973，美國女作家，名劇作家田納西．威廉斯譽之爲「最被忽視的小說家。」

39 Gary Snyder，1930- ，美國詩人，早期屬於「垮掉的一代」，六〇年代以後，成爲公眾生活與生態激進主義的重要發言人，一九七五年獲普立茲文學獎。

40 Karl Heinrich Ulrichs，1825-1895，史上第一個公開承認其性向的人，曾出版十二本小冊討論性向問題。

41 Esther Willams，四〇年代以泳技走紅影壇的女星，爲米高梅主演了一連串水上歌舞片，大受歡迎。

42 Emily Elizabeth Dickinson，1830-1886，美國女詩人，現代詩先驅之一，遺有詩稿一千七百餘首及大量書信，內容均寫愛情、死亡與自然美景。

43 Mies van der Rohe，1886-1969，生於德國、入籍美國的建築師，二十世紀中葉以用玻璃與鋼鐵爲建材的建築設計著稱，有「少即是多」的名言。

44 Amtrack，美國全國鐵路客運公司的簡稱。

45 bouzouki，希臘的一種長頸撥弦樂器，主要用於伴唱或伴舞。

46 Maya，印度教的虛幻女神，濕婆神之妻。

47 Goa，印度西南部一地區。

48 time-capsule，內存代表當前文化之器物、文獻等，密封埋藏，供後世了解現代情況之用。

大師名作坊⑩

中性

作　者—傑佛瑞・尤金尼德斯
譯　者—景　翔
副總編輯—葉美瑤
編　輯—邱淑鈴
責任企劃—陳靜宜
校　對—余淑宜、景　翔、邱淑鈴

總編輯—余宜芳
董事長—趙政岷
出版者—時報文化出版企業股份有限公司
108019台北市和平西路三段二四〇號三樓
發行專線—(〇二)二三〇六—六八四二
讀者服務專線—〇八〇〇—二三一—七〇五・(〇二)二三〇四—七一〇三
讀者服務傳真—(〇二)二三〇四—六八五八
郵撥—一九三四四七二四時報文化出版公司
信箱—一〇八九九臺北華江橋郵局第九九信箱

時報悅讀網—http://www.readingtimes.com.tw
電子郵件信箱—liter@readingtimes.com.tw
法律顧問—理律法律事務所　陳長文律師、李念祖律師
印　刷—勁達印刷有限公司
初版一刷—二〇〇六年十月十六日
初版十七刷—二〇二四年八月十二日
定　價—新台幣三八〇元
(缺頁或破損的書，請寄回更換)

時報文化出版公司成立於一九七五年，
並於一九九九年股票上櫃公開發行，於二〇〇八年脫離中時集團非屬旺中，
以「尊重智慧與創意的文化事業」爲信念。

ISBN 978-957-13-4532-1
ISBN 957-13-4532-6
Printed in Taiwan

中性／傑佛瑞・尤金尼德斯作；景翔譯. -- 初
版. -- 臺北市：時報文化, 2006〔民95〕
面；　公分. --（大師名作坊；100）
譯自：Middlesex
ISBN 978-957-13-4532-1（平裝）

874.57　　95015976